小白變酷炫大神

日本語 基本 6000 單字

吉松由美，田中陽子
西村惠子，林勝田
◎合著

生活、報紙、書籍
用這本就夠啦！

QR Code朗讀
隨看隨聽

山田社

前言

不再是小白，變身日文大神！從N5到N2，全靠這本！
擴展您的單字，讓日常用語更酷！每天學點，365天差距超明顯！
別再猶豫，來戰勝日文吧！

　　別再被那些晦澀難懂的單字絆住腳步啦！不再只會那點點滴滴，聊天再也不怕尷尬！對自學者來說，找不到方向？

　　大聲來吧，既然您決定學，就學會真正有用的單字。從零開始，一路走到高手級別，日常用語信手拈來。只需要這本書，拋開煩惱，哪都是您的舞台，隨時都能游刃有餘，無懼溝通挑戰！

日文高手養成計畫，讓您輕鬆掌握！

◆ 全球最認真！標示生活常用2000、3000、6000個字，分為3個等級！
◆ 6000個生活、看報、看書一定用得到的單字，統統搞定！
◆ 絕無冷場不再怕N5、N4、N3、N2的難度，6000個字、6000個例句，無論白天黑夜，應對自如！
◆ 從初級到中高級，6000個例句，打造地道日語，聽說讀寫樣樣得心應手！
◆ 精心挑選相反詞、同義詞，深度理解，系統擴展單字量！
◆ 想擁有像日本人一樣的語感嗎？跟著朗讀音頻，從這裡開始說一口流利的日語！
◆ 帶著50音排序，宛如魔法辭典，解答您在日常生活中的一切日語難題，變身日語高手！

　　無論您是在備考日語考試，還是自學出於興趣，都能在這本書裡發現寶藏，找到將日語融入生活的樂趣！現在就加入我們，開始一場充滿趣味的日語探險吧！

⇨ **學霸都這樣學：**

◎ **6000常用單字一網打盡**：精選的6000個常用單字根據日本國立國語研究所的《日語教育基本單字調查》標準精心挑選而出。並且依照常用2000、3000和6000分成3個級別，讓您的需求一目了然！

◎ **通用於生活和日語考試**：這6000個單字不僅包括日常生活所需，還完全涵蓋了日檢舊制考試的4級、3級和2級內容（對應新制的N5到N2程度的單字和文法）。每個單字都清楚標明了所屬級別，不僅是一本有針對性地檢視自己的學習進度生活單字書，還是在日語考試中大放異彩的有力武器！

◎ **私人導師級辭典**：這本書就像您的日文私人導師，讓您輕鬆應對生活中的日語難題。我們按照50音排序，這是各大辭典最愛的方式，讓您輕鬆查找單字。不再害怕生字，隨時解決問題，好像有了一個隨身的日文專家，讓您信心百倍！

◎ **超廣角話題絕無冷場**：這本書囊括了生活中最常用的6000個單字，無論是吃喝玩樂、食衣住行、白天到晚上，應有盡有。它將讓您成為聚會中的明星，不管在任何場合，都能自如地展現您的日文魅力。

◎ **同級文法＆逗趣生活化例句**：文法學習，枯燥又無趣？放心，我們的招牌「同級文法＆有趣例句」將給你耳目一新的學習體驗！每個單字都伴隨著像網路梗一樣的短句，文法跟你互動，學得又輕鬆又充滿樂趣！有了這個，單字和對話能輕鬆上手。

◎ **養成令人驚豔的日文理解力**：我們特別挑選了相反詞和類義詞，好像在挑戰解密遊戲一樣。理解日文更深入，詞彙量直線飆升，這不是開玩笑的！每天比別人多學兩個字，一年後，你將大獲全勝。

我們的理念是這樣的：不只要你在喝咖啡的時候享受學習的樂趣，還要在不知不覺中像是在挑戰逃脫遊戲一樣「爆增單字量」，輕鬆應對「新日檢」！別再默默地背單字了，我們提供深度的文法解釋和實用例句，讓您迅速掌握，輕鬆應對考試，沒有壓力，只有進步！

更令人驚訝的是，我們貼心地為您提供了可以隨時掃描的QR Code行動學習音檔，讓您隨時隨地輕鬆地聽單字發音。這樣，您就可以在任何地方、任何時候都不間斷地提升您的日語單字能力。

說到這，我們就像是您的日語學習夥伴，隨時陪伴您在學習的道路上！無論走到哪裡，學到哪裡！無論考試方式如何，無論通過的門檻多高，我們都要確保您毫無煩惱地通過！別再猶豫，讓我們一起釋放日文學習的魔法，熱情迸發在日文考試的舞台上吧！

目　錄

每個單字右邊的「二、三、四、2、3、6」等數字為：
「四」四級單字
「三」三級單字
「二」二級單字
「2」日本國立國語研究所挑選的，生活基本語彙2000字
「3」日本文化廳所選的，生活標準語彙3000字
「6」日本國立國語研究所，挑選的基本語彙6000字

あア

あ 四2

[感]（表示驚訝等）啊，唉呀；哦。

△あ、あなたも学生（がくせい）ですか／啊！你也是學生嗎？

あ（っ） 二6

[感]（吃驚、感嘆、非常危急時的發聲）啊！呀！唉呀！

△あっ、びっくりした／唉呀！嚇我一跳。

ああ 三2

[副] 那樣，那麼。

[類] あのように

△私（わたし）があの時（とき）ああ言（い）ったのは、よくなかったです／我當時那樣說並不恰當。

あい［愛］ 二36

[名・漢造] 愛，愛情；友情，恩情；愛好，熱愛；喜愛；喜歡；愛惜。

[類] 愛情

△愛（あい）を注（そそ）ぐ／傾注愛情。

あいかわらず［相変わらず］ 二36

[副] 照舊，仍舊，和往常一樣。

[類] 変わりもなく

△相変（あいか）わらず、ゴルフばかりしているね／你還是老樣子，常打高爾夫球！

あいさつ［挨拶］ 三2

[名・自サ] 問候，寒暄；表示敬意，致敬；致詞，致謝；回答，回話。

[類] お世辞

△アメリカでは、こう握手（あくしゅ）して挨拶（あいさつ）します／在美國都像這樣握手寒暄。

あいさつ［挨拶］ 二36

[名・自サ] 問候，寒暄；表示敬意，致敬；致詞，致謝；回答，回話。

[類] お世辞

△社長（しゃちょう）にかわって、副社長（ふくしゃちょう）が挨拶（あいさつ）をした／副社長代替社長致詞。

あいじょう［愛情］ 二36

[名] 愛，愛情。

[類] 情愛

△愛情（あいじょう）も、場合（ばあい）によっては迷惑（めいわく）になりかねない／即使是愛情，也會有讓人感到困擾的時候。

あいず［合図］ 二36

[名・自サ] 信號，暗號。

[類] 知らせ

△あの煙（けむり）は、仲間（なかま）からの合図（あいず）に違（ちが）いない／那道煙霧，一定是同伴給我們的暗號。

アイスクリーム［ice cream］ 二6

[名] 冰淇淋。

あいする［愛する］ 二36

[他サ] 愛，愛慕；喜愛，有愛情，疼愛，愛護；喜好。

[反] 憎む　[類] 可愛がる

△愛する人に手紙を書いた／我寫了封信給我所愛的人。

あいだ［間］ [三] 2

[名] 中間；期間；之間。

[類] 間隔

△10年もの間、連絡がなかった／長達10年的時間，沒有聯絡了。

あいだ［間］ [二] 3 6

[名·接助] 間隔，距離；間，中間；期間，時候，工夫；關係。

[類] 間隔

△中国とアメリカの間に太平洋がある／在中國跟美國之間有太平洋。

あいて［相手］ [二] 3 6

[名] 夥伴，共事者；對方，敵手；對象。

[反] 自分 [類] 相棒

△商売は、相手があればこそ成り立つものです／所謂的生意，就是要有交易對象才得以成立。

アイデア［idea］ [二] 3 6

[名] 主意，想法，構想；（哲）觀念。

[類] 思い付き

△彼のアイデアは、尽きることなく出てくる／他的構想源源不絕地湧出。

あいにく［生憎］ [二] 3 6

[副·形動] 不巧，偏偏。

[反] 折良く [類] 折悪しく

△あいにく、今日は都合が悪いです／真不湊巧，今天不大方便。

あいまい［曖昧］ [二] 3 6

[形動] 含糊，不明確，曖昧，模稜兩可；可疑，不正經。

[反] 明確 [類] はっきりしない

△物事を曖昧にするべきではない／事情不該交代得含糊不清。

あう［会う］ [四] 2

[自五] 見面，遇見，碰面。

[反] 別れる [類] 面会

△先生とは、大学で会いました／跟老師在大學裡見過面。

あう［合う］ [三] 2

[自五] 適合；一致；正確。

[反] 分かれる [類] 一致

△時間が合えば、会いたいです／如果時間允許，希望能見一面。

あう［合う］ [二] 3 6

[自五] 正確，適合；一致，符合；對，準；合得來；合算。

[反] 分かれる [類] ぴったり

△ワインは、洋食和食を問わず、よく合う／不論是西餐或是和食，葡萄酒都很搭。

アウト［out］ [二] 6

[名] 外，外邊；出界；出局。

[反] セーフ [類] 局外者

△アウトになんか、なるものか／我怎麼會被三振出局呢!？

あ

あお［青］ [二][3][6]

[名・接頭] 青，藍；草綠，綠色；綠燈；年輕的，未成熟的；發青的，略帶青色的。

[類] 水色

あおい［青い］ [四][2]

[形] 藍色的；綠的。

[類] 碧い

△青(あお)い箱(はこ)か赤(あか)い箱(はこ)に、プレゼントが入(はい)っています／藍色盒子或紅色盒子裡裝了禮物。

あおい［青い］ [二][3][6]

[形] 青的，藍色的；臉色蒼白的，發青的；未成熟的，幼稚的。

[類] 蒼い

△彼女(かのじょ)のデザインをもとに、青(あお)いワンピースを作(つく)った／根據她的設計，裁製了一件藍色的連身裙。

あおぐ［扇ぐ］ [二][6]

[自・他五]（用扇子）扇（風）；煽動。

△暑(あつ)いので、団扇(うちわ)で扇(あお)いでいる／因為很熱，所以拿圓扇搧著風。

あおじろい［青白い］ [二][6]

[形]（臉色）蒼白的；青白色的。

[類] 青い

△彼(かれ)はうちの中(なか)にばかりいるから、顔色(かおいろ)が青白(あおじろ)いわけだ／他老是窩在家裡，臉色當然蒼白啦！

あか［赤］ [二][3][6]

[名・造語] 紅，紅色；（俗）共產主義者；冠於他語之上表示分明，完全的意思。

[類] レッド

あかい［赤い］ [四][2]

[形] 紅色的。

[類] 朱い

△この木(こ)の葉(は)は、1年中(ねんじゅう)赤(あか)いです／這葉子，一整年都是紅的。

あかい［赤い］ [二][3][6]

[形] 紅色的；革命的，左傾的。

[類] 桃色

△赤(あか)いスカートがほしいです／我想要一件紅色的裙子。

あかちゃん［赤ちゃん］ [三][2]

[名] 嬰兒。

[類] 幼児

△赤(あか)ちゃんは、泣(な)いてばかりいます／嬰兒只是哭著。

あかちゃん［赤ちゃん］ [二][3][6]

[名]（俗・喻）娃娃，嬰兒；不懂世故的人。

[類] 赤ん坊

△赤(あか)ちゃんみたいな男(おとこ)だ／像個嬰兒的男人。

あかり［明かり］ [二][6]

[名] 燈，燈火；光，光亮；消除嫌疑的證據。

[類] 灯

△明(あ)かりがついていると思(おも)ったら、息子(むすこ)が先(さき)に帰(かえ)っていた／我還在想燈怎麼

是開著的，原來是兒子先回到家了。

あがる［上がる］ [三][2]

[自五] 上昇；昇高；上升。

[反] 下がる　[類] 上昇

△野菜の値段が上がるようだ／青菜的價格好像要上漲了。

あがる［上がる］ [二][3][6]

[自五·他五·接尾] 上，登，進入；上漲；提高；加薪；吃，喝，吸（煙）；表示完了。

[反] 下がる　[類] 上る

△矢印にそって、2階に上がってください／請順著箭頭上二樓。

あかるい［明るい］ [四][2]

[形] 明亮，光明的；鮮明，亮色；快活，爽朗。

[反] 暗い　[類] 明々

△電気をつけて、部屋が明るくなった／打開電燈後，房間變亮了。

あかるい［明るい］ [二][3][6]

[形] 明亮的，光明的；開朗的，快活的；精通，熟悉。

[反] 暗い　[類] 明らか

△年齢を問わず、明るい人が好きです／年紀大小都沒關係，只要個性開朗我都喜歡。

あかんぼう［赤ん坊］ [三][2]

[名] 嬰兒。

[類] 赤ちゃん

△赤ん坊が歩こうとしている／嬰兒在學走路。

あき［秋］ [四][2]

[名] 秋天。

△秋になったら、旅行をしたいです／等秋天時想去旅行。

あき［空き］ [二][6]

[名] 空隙，空白；閒暇；空額。

[類] スペース

△時間に空きがあるときに限って、誰も誘ってくれない／偏偏有空時，就是沒人來約我。

あきらか［明らか］ [二][3][6]

[形動] 顯然，清楚，明確；明亮。

[類] 鮮やか

△統計に基づいて、問題点を明らかにする／根據統計的結果，來瞭解問題點所在。

あきらめる［諦める］ [二][3][6]

[他下一] 死心，放棄；想開。

[類] 思い切る

△彼は、諦めたかのように下を向いた／他有如死心般地，低下了頭。

あきる［飽きる］ [二][3][6]

[自上一] 夠，滿足；厭煩，煩膩。

[類] 滿足；倦む

△この映画を3回見て、飽きるどころかもっと見たくなった／我這部電影看了三次，不僅不會看膩，反而更想看了。

□ あきれる［呆れる］ [二]36

[自下一] 吃驚，愕然，嚇呆，發愣。

[類] 呆然

△あきれて物が言えない／我嚇到話都說不來了。

□ あく［開く］ [四]2

[自五] 打開，開（著）；開業。

[反] 閉まる　[類] 開（ひら）く

△ドアが開いている／門開著。

□ あく［開く］ [二]36

[自五] 開，打開；（店鋪）開始營業。

[反] 閉まる　[類] 開（ひら）く

△店が10時に開くとしても、まだ２時間もある／就算商店十點開始營業，也還有兩個小時呢。

□ あく［空く］ [三]2

[自五] 空隙；間著；有空。

[類] 欠ける

△席が空いたら、坐ってください／如空出座位來，請坐下。

□ あく［空く］ [二]6

[自五] 空閒；缺額，騰出，移開。

[類] 空席

△人気のない映画だから、席がいっぱい空いているわけだ／就是因為電影沒有名氣，所以座位才那麼空。

□ あくしゅ［握手］ [二]36

[名·自サ] 握手；和解，言和；合作，妥協；會師，會合。

△会談の始まりに際して、両国の首相が握手した／會談開始的時候，兩國首相握了手。

□ アクセサリー［accessory］ [二]6

[名] 附屬品，零件；服飾用品（胸針、耳環、手套、手提包之類）。

[類] 装身具

□ アクセント［accent］ [二]36

[名] 重音；重點，強調之點；語調；（服裝或圖案設計上）突出點，著眼點。

[類] 発音

△アクセントからして、彼女は大阪人のようだ／聽口音，她應該是大阪人。

□ あくび［欠伸］ [二]36

[名·自サ] 哈欠。

△仕事の最中なのに、あくびばかり出て困る／工作中卻一直打哈欠，真是傷腦筋。

□ あくま［悪魔］ [二]6

[名] 惡魔，魔鬼。

[反] 神　[類] 魔物

△あの人は、悪魔のような許しがたい男です／那個男人，像魔鬼一樣不可原諒。

□ あくまで［飽くまで］ [二]36

[副] 徹底，到底。

[類] どこまでも

△私はあくまで彼に賛成します／我挺他到底。

あくる［明くる］ [二] 3 6

[連體] 次，翌，明，第二。

[類] 次

△一晩考えた計画をもとに、私たちは明くる日、出発しました／按照整晚想出來的計畫，我們明早就出發。

あけがた［明け方］ [二] 6

[名] 黎明，拂曉。

[反] 夕　[類] 朝

△明け方で、まだよく寝ていたところを、電話で起こされた／黎明時分，還在睡夢中，就被電話聲吵醒。

あける［開ける］ [四] 2

[他下一] 打開；開始。

[反] 閉める　[類] 開（ひら）く

△ドアを開けます／把門打開。

あける［開ける］ [二] 3 6

[他下一] 打開；挖，穿開；騰出，倒出；空出。

[反] 閉める　[類] 開（ひら）く

△私にかわって、鍵を開けてもらえますか／你可以替我打開鎖嗎？

あげる［上げる］ [四] 2

[他下一] 舉起；逮捕。

[反] 下げる　[類] 高める

△私が手を上げたとき、彼も手を上げた／當我舉起手時，他也舉起了手。

あげる [三] 2

[他下一] 給；送。

[類] 与える

△ほしいなら、あげますよ／如果想要，就送你。

あげる［上げる］ [二] 3 6

[他下一·自下一] 舉起，抬起，揚起，懸掛；（從船上）卸貨；增加；升遷；送入；表示做完；表示自謙。

[反] 下げる　[類] 高める

△箱を棚に上げる／把箱子放在架上。

あこがれる［憧れる］ [二] 6

[自下一] 嚮往，憧憬，愛慕；眷戀。

[類] 慕う

△田舎でののんびりした生活に憧れています／很嚮往鄉下悠閒自在的生活。

あさ［朝］ [四] 2

[名] 早上，早晨。

[反] 夕　[類] 明け方

△朝起きて、新聞を読みます／早上起床後看報紙。

あさい［浅い］ [二] 3 6

[形]（水等）淺的；（顏色）淡的；（程度）膚淺的，少的，輕的；（時間）短的。

[反] 深い

△子供用のプールは浅いです／孩童用的游泳池很淺。

あさごはん［朝ご飯］ [四] 2

[名] 早餐。

△朝ご飯を食べました／吃過早餐了。

□ あさって［明後日］ [四][2]

[名] 後天。

[類] 明後日（みょうごにち）

△郵便局(ゆうびんきょく)へは、明後日(あさって)行(い)きます／後天去郵局。

□ あさって［明後日］ [二][3][6]

[名·副] 後天；錯誤的方向。

[類] 明後日（みょうごにち）

△展覧会(てんらんかい)は、あさってから国立博物館(こくりつはくぶつかん)において開催(かいさい)される／展覽會自後天起，在國立博物館開放參觀。

□ あさねぼう［朝寝坊］ [三][2]

[名·自サ] 賴床；愛賴床的人。

△うちの息子(むすこ)は、朝寝坊(あさねぼう)をしたがる／我兒子老愛賴床。

□ あさねぼう［朝寝坊］ [二][6]

[名·自サ] 早上睡懶覺的人；起床晚。

△遅刻(ちこく)したのは、朝寝坊(あさねぼう)のせいです／我之所以遲到，全都是早上賴床的關係。

□ あし［足］ [四][2]

[名] 腿；腳；（器物的）腿；走，移動。

[反] 手　[類] 腿

△たくさん歩(ある)いて、足(あし)を丈夫(じょうぶ)にします／多走路讓腳變得更強壯。

□ あじ［味］ [三][2]

[名] 味道；妙處。

[類] 味わい

△彼(かれ)によると、このお菓子(かし)はオレンジの味(あじ)がするそうだ／聽他說這糕點有柳橙味。

□ あじ［味］ [二][3][6]

[名] 味道；好處，甜頭；趣味，妙處。

[類] 味わい

△見(み)た目(め)がおいしそうなのに反(はん)して、味(あじ)はまずかった／看起來很好吃，但吃起來卻很糟。

□ アジア［Asia］ [二][3][6]

[名] 亞洲。

△アジアの経済(けいざい)に関(かん)して、討論(とうろん)した／討論亞洲的經濟。

□ あしあと［足跡］ [二][6]

[名] 腳印；（逃走的）蹤跡；事蹟，業績。

[類] 跡

△家(いえ)の中(なか)は、泥棒(どろぼう)の足跡(あしあと)だらけだった／家裡都是小偷的腳印。

□ あした［明日］ [四][2]

[名] 明天。

[反] 昨日　[類] 明日（あす）

△今日(きょう)も明日(あした)も仕事(しごと)です／今天和明天都要工作。

□ あしもと［足下］ [二][6]

[名] 腳下；腳步；身旁，附近。

△足下(あしもと)に注意(ちゅうい)するとともに、頭上(ずじょう)にも気(き)をつけてください／請注意腳下的路，同時也要注意頭上。

□ あじわう［味わう］ [二][6]

[他五] 品嚐；體驗，玩味，鑑賞。

[類] 楽しむ

△私(わたし)が味(あじ)わったかぎりでは、あの店(みせ)の料理(りょうり)はどれもおいしいです／就我嚐過的來看，那家店所有菜都很好吃。

あす［明日］ [三2]

[名] 明天（較文言）。

[反] 昨日　[類] 明くる日

△今日(きょう)忙(いそが)しいなら、明日(あす)でもいいですよ／如果今天很忙，那明天也可以喔！

あずかる［預かる］ [二36]

[他五] 收存，（代人）保管；擔任，管理，負責處理；保留，暫不公開。

[類] 引き受ける

△金(かね)を預(あず)かる／保管錢。

あずける［預ける］ [二36]

[他下一] 寄放，存放；委託，託付。

[類] 託する

△あんな銀行(ぎんこう)に、お金(かね)を預(あず)けるものか／我絕不把錢存到那種銀行！

あせ［汗］ [二36]

[名] 汗。

△テニスにしろ、サッカーにしろ、汗(あせ)をかくスポーツは爽快(そうかい)だ／不論是網球或足球都好，只要是會流汗的運動，都令人神清氣爽。

あそこ [四2]

[代] 那邊。

[類] あちら

△あそこのプールは、広(ひろ)くてきれいです／那邊的游泳池又寬又乾淨。

あそこ [二36]

[代] 那裡；那種程度；那種地步。

[類] あちら

△あそこの喫茶店(きっさてん)で待(ま)っていてください／請到那裡的咖啡廳等一下。

あそび［遊び］ [三2]

[名] 遊玩，玩耍；間隙。

[類] 娯楽

△勉強(べんきょう)より、遊(あそ)びのほうが楽(たの)しいです／玩樂比讀書有趣。

あそぶ［遊ぶ］ [四2]

[自五] 遊玩；遊覽，消遣；閒置。

△六本木(ろっぽんぎ)ヒルズというところで遊(あそ)びました／在一個叫六本木山丘的地方玩。

あそぶ［遊ぶ］ [二36]

[自五] 玩耍，遊戲；閒置不用；玩耍消遣；遊歷，遊學；遊蕩，嫖賭。

△彼(かれ)となんか、一緒(いっしょ)に遊(あそ)ぶものか／我才不跟他那種人玩呢！

あたえる［与える］ [二36]

[他下一] 給與，供給；授與；使蒙受；分配。

[反] 奪う　[類] 授ける

△子(こ)どもにたくさんお金(かね)を与(あた)えるものではない／不該給小孩太多錢。

あたたかい［暖かい］ [四2]

[形] 溫暖的，溫和的；和睦的，親切的；

充裕的。

反 寒い　類 暖か

△タイという国は、暖かいですか／泰國那個國家很暖和嗎？

あたたかい［暖かい］　二36

形 溫暖，暖和；熱情，熱心；和睦；充裕，手頭寬裕。

反 寒い　類 溫暖

△暖かくて、まるで春が来たかのようだ／天氣暖和，好像春天來到似的。

あたたまる［暖まる］　二36

自五 暖，暖和；感到溫暖；手頭寬裕。

類 暖かくなる

△部屋がだんだん暖まってきた／房間逐漸暖和起來了。

あたためる［暖める］　二36

他下一 使溫暖；重溫，恢復；擱置不發表。

類 暖かくする

△ストーブで部屋を暖めよう／開暖爐暖暖房間吧！

あたま［頭］　四2

名 頭；（物體的上部）頂；頭髮；頭目，首領。

類 頭（かしら）

△頭が痛いわ／頭好痛哦。

あたらしい［新しい］　四2

形 新的；新鮮的；時髦的。

反 古い　類 新（あら）た

△あれは、新しい建物です／那是新的
建築物。

あたらしい［新しい］　二36

形 新的；新式的；新鮮的。

反 古い　類 目新しい

△ここから隣町にかけては、新しい家が多い／從這裡到下一個城鎮之間，有很多新房子。

あたり［辺（り）］　二36

名・造語 附近，一帶；之類，左右。

類 近く

△この辺りからあの辺りにかけて、畑が多いです／從這邊到那邊，有許多田地。

あたり［当（た）り］　二36

名 命中，打中；感覺，觸感；味道；猜中；中獎；待人態度；如願，成功。

接尾 每，平均。

反 はずれ　類 的中

△福引で当たりを出す／抽獎抽中了。

あたりまえ［当たり前］　二36

名 當然，應然；平常，普通。

類 もっとも

△新しい商品を販売する上は、商品知識を勉強するのは当たり前です／既然要販售新產品，當然就要好好學習產品相關知識。

あたる［当（た）る］　二36

自五・他五 碰撞；擊中；合適；太陽照射；取暖，吹（風）；接觸；（大致）位於；當…時候；（粗暴）對待。

⊕ ぶつかる

△この花は、屋内屋外を問わず、日の当たるところに置いてください／不論是屋內或屋外都可以，請把這花放在太陽照得到的地方。

あちこち 　　　二36

代 這兒那兒，到處。

⊕ ところどころ

△どこにあるかわからないので、あちこち探すよりほかない／因為不知道在哪裡，所以只得到處找。

あちら 　　　四2

代 那裡；那位。

⊕ あそこ

△あちらは、小林さんという方です／那位是小林先生。

あちら・あっち 　　　二36

代 那邊，那裡，那位；對方。

⊕ あそこ

△あちらに比べて、こちらは寒いです／比起那裡，這裡比較冷。

あちらこちら 　　　二36

代 到處，四處；相反，顛倒。

⊕ あちこち

△君に会いたくて、あちらこちらどれだけ探したことか／為了想見你一面，我可是四處找得很辛苦呢！

あつい ［厚い］ 　　　四2

形 厚；（感情、友情）深厚，優厚。

反 薄い　⊕ 厚ぼったい

△ケーキを厚く切らないでください／請別把蛋糕切得太厚。

あつい ［厚い］ 　　　二36

形 厚的，深厚的。

反 薄い　⊕ 重厚

△厚いおもてなしありがとうございました／謝謝您如此熱情的款待！

あつい ［暑い］ 　　　四2

形 （天氣）熱，炎熱。

反 寒い　⊕ 蒸し暑い

△暑いか寒いか、わかりません／不知道是熱是冷。

あつい ［暑い］ 　　　二36

形 （天氣）炎熱。

反 寒い　⊕ 蒸し暑い

△毎日暑くてしようがないね／每天都熱得令人無法忍受。

あつい ［熱い］ 　　　四2

形 （溫度）熱的，燙的；熱心。

反 冷たい　⊕ ホット

△熱いから、気をつけてください／很燙的，請小心。

あつい ［熱い］ 　　　二36

形 熱的，燙的；熱情的，熱烈的。

反 冷たい　⊕ ホット

△選手たちの心には、熱いものがある／選手的內心深處，總有顆熾熱的心。

あ

□ あつかう［扱う］ [二][3][6]

[他五] 操作，使用；對待，待遇；調停，仲裁。

[類] 取り扱う

△この商品を扱うに際しては、十分気をつけてください／使用這個商品時，請特別小心。

□ あつかましい［厚かましい］ [二][6]

[形] 厚臉皮的，無恥。

[類] 図々しい

△あまり厚かましいことを言うべきではない／不該說些丟人現眼的話。

□ あっしゅく［圧縮］ [二][6]

[名·他サ] 壓縮；（把文章等）縮短。

[類] 縮める

△こんなに大きなものを小さく圧縮するのは、無理というものだ／要把那麼龐大的東西壓縮成那麼小，那根本就不可能。

□ あつまり［集まり］ [二][3][6]

[名] 集會，會合；收集（的情況）。

[類] 集い

△これは、老人向けの集まりです／這是針對老年人所舉辦的聚會。

□ あつまる［集まる］ [三][2]

[自五] 聚集，集合；集中。

[類] 集う

△パーティーに、1000人も集まりました／多達1000人，來參加派對。

□ あつまる［集まる］ [二][3][6]

[自五] 集合，集中，聚匯。

[類] 集結

△国を問わず、どこでも人は集まるのが好きだ／不論是哪個國家、哪個地方，人們總是喜歡聚集在一起。

□ あつめる［集める］ [三][2]

[他下一] 集合；收集。

[反] 配る　[類] 収集

△切手を集めることが好きです／我喜歡集郵。

□ あてな［宛名］ [二][3][6]

[名] 收信（件）人的姓名住址。

[類] 宛所

△宛名を書きかけて、間違いに気がついた／正在寫收件人姓名的時候，發現自己寫錯了。

□ あてはまる［当てはまる］ [二][6]

[自五] 適用，適合，合適，恰當。

[類] 適する

△条件に当てはまる／合乎條件。

□ あてはめる［当てはめる］ [二][6]

[他下一] 適用；應用。

[類] 適用

△その方法はすべての場合に当てはめることはできない／那個方法並不適用於所有情況。

□ あてる［当てる］ [二][3][6]

[他下一] 碰撞，接觸；命中；猜，預測；貼

上，放上；測量；對著，朝向。

△僕の年が当てられるものなら、当ててみろよ／你要能猜中我的年齡，你就猜看看啊！

□ あと［後］ 四2

[名]（時間）以後；（地點）後面；（距現在）以前；（次序）之後。

△後で教えてくださいませんか／能不能待會兒教我？

□ あと［後］ 二36

[名]（地點、位置）後面，後方；（時間上）以後；（距現在）以前；（次序）之後，其後；以後的事；結果，後果；其餘，此外；子孫，後人。

[反] 前　[類] 後ろ；後（のち）

△後から行く／我隨後就去。

□ あと［跡］ 二36

[名] 印，痕跡；遺跡；跡象；行蹤下落；家業；後任，後繼者。

[類] 遺跡

△山の中で、熊の足跡を見つけた／在山裡發現了熊的腳印。

□ あな［穴］ 二36

[名] 孔，洞，窟窿；坑；穴，窩；礦井；藏匿處；缺點；虧空。

[類] 洞窟

△穴があったら入りたい／地下如果有洞，真想鑽進去（無地自容）。

□ アナウンサー［announcer］ 二6

[名] 廣播員，播報員。

[類] アナ

△彼は、アナウンサーにしては声が悪い／就一個播音員來說，他的聲音並不好。

□ あなた 四2

[代]（對長輩或平輩尊稱）你，您；（妻子叫先生）老公。

[反] 私　[類] そちら

△あなたは、どなたに英語を習いましたか／你英語是跟哪位學的？

□ あなた［貴方］ 二36

[代] 您，你；那邊；以前。

[反] 私　[類] 君

△あなたのせいで、ひどい目に遭いました／都是你，害我倒了大霉。

□ あに［兄］ 四2

[名] 哥哥，家兄；大伯子，大舅子，姐夫。

[反] 姉　[類] 兄さん

△兄は、映画が好きです／哥哥喜歡看電影。

□ あね［姉］ 四2

[名] 姊姊，家姊；嫂子，大姑子，大姨子。

[反] 兄　[類] 姉さん

△姉は、目が大きいです／姊姊的眼睛很大。

□ あの 四2

[連體]（表第三人稱，離說話雙方都距離遠

的）那裡，哪個，哪位。

[類] かの

△この店でも、あの店でも売っています／這家店和那家店都有在賣。

あの [二][6]

[連體・感] 那個；嗯。

[類] かの

△私が本で読んだかぎりでは、あの国はとても住みやすそうです／就我書上看到的，那個國家好像住起來很舒適。

あのう [四][2]

[感] 喂；嗯（招呼人時，躊躇或不能馬上說出下文時）。

△あのう、この道をまっすぐ行くと、駅ですか／請問一下，沿著這條路直走，就可以到車站嗎？

アパート [四][2]

[名] 公寓。

[類] 貸家

△先生のアパートはあれです／老師住的公寓是那一間。

あばれる［暴れる］ [二][6]

[自下一] 胡鬧；放蕩，橫衝直撞。

[類] 乱暴

△彼は酒を飲むと、周りのこともかまわずに暴れる／他只要一喝酒，就會不顧周遭一切地胡鬧一番。

あびる［浴びる］ [四][2]

[他上一] 淋、浴，澆；照，曬；遭受，蒙受。

△冷たい水を浴びて、風邪を引いた／洗冷水澡結果感冒了。

あびる［浴びる］ [二][6]

[他上一] 洗，浴；曬，照；遭受，蒙受。

[類] 受ける

△シャワーを浴びるついでに、頭も洗った／在沖澡的同時，也順便洗了頭。

あぶない［危ない］ [四][2]

[形] 危險，不安全；（形勢、病情等）危急。

△あっちは危ないから、気をつけて／那裡很危險，小心一點。

あぶない［危ない］ [二][3][6]

[形] 危險的，危急的；令人擔心，靠不住。

[類] 危うい

△みんなの注意もかまわず、危ないことばかりしている／他完全不顧大家的勸告，盡做些危險的事情。

あぶら［脂］ [二][6]

[名] 脂肪，油脂；（喻）活動力，幹勁。

[類] 脂肪

△こんな目に遭っては、恐ろしくて脂汗が出るというものだ／遇到這麼慘的事，我大概會嚇得直流汗吧！

アフリカ［Africa］ [二][3][6]

[名] 非洲。

あぶる［炙る・焙る］ [二][6]

[他五] 烤；烘乾；取暖。

類 焙じる
△魚を炙る／烤魚。

あふれる［溢れる］ 二6

自下一 溢出，漾出，充滿。
類 零れる
△道に人が溢れているので、通り抜けようがない／道路擠滿了人，沒辦法通過。

あまい［甘い］ 四2

形 甜的；甜蜜的；（口味）淡的。
反 辛い
△これは、甘いお菓子です／這是甜的糕點。

あまい［甘い］ 二36

形 甜的；淡的；寬鬆，好說話；鈍，鬆動；藐視；天真的；樂觀的；淺薄的；愚蠢的。
反 辛い 類 甘ったるい
△そんな甘い考えは、採用しかねます／你那天真的提案，我很難採用的。

あまど［雨戸］ 二36

名 （為防風防雨而罩在窗外的）木板套窗，滑窗。
類 戸
△力をこめて、雨戸を閉めた／用力將滑窗關起來。

あまやかす［甘やかす］ 二6

他五 嬌生慣養，縱容放任；嬌養，嬌寵。
△子どもを甘やかすなといっても、ど

うしたらいいかわからない／雖說不要寵小孩，但也不知道該如何是好。

あまり 四2

名・副 （後接否定）不太…，不怎麼…；太，過份；剩餘，剩下。
類 残り
△パンは、あまり食べません／我很少吃麵包。

あまり［余り］ 二36

名・副 不太（下接否定）；（あまる的名詞形）剩餘，剩下；（除法除不盡的）餘數；過分，過度。
類 残り
△映画は、評判のわりにあまり面白くなかった／那部電影與評論說的相反，不怎麼有趣。

あまる［余る］ 二6

自五 剩餘；超過，過分，承擔不了。
反 足りない 類 有り余る
△時間が余りぎみだったので、喫茶店に行った／看來還有時間，所以去了咖啡廳。

あみもの［編み物］ 二6

名 編織；編織品。
類 手芸
△おばあちゃんが編み物をしているところへ、孫がやってきた／老奶奶在打毛線的時候，小孫子來了。

あむ［編む］ 二6

他五 編，織；編輯，編纂。

あ

[類] 織る

△お父さんのためにセーターを編んでいる／為了爸爸在織毛衣。

□ あめ［飴］ [二6]

[名] 糖，麥芽糖。

[類] キャンデー

△子どもたちに一つずつ飴をあげました／給了小朋友一人一顆糖果。

□ アメリカ［America］ [二36]

[名] 美洲；美國。

△日本でも勉強できますから、アメリカまで行くことはないでしょう／既然在日本也可以學，就沒必要特地跑到美國去呀！

□ あやうい［危うい］ [二6]

[形] 危險的；令人擔憂，靠不住。

[類] 危ない

△彼の計画には、危ういものがある／他的計畫有令人擔憂之處。

□ あやしい［怪しい］ [二36]

[形] 奇怪的，可疑的；靠不住的，難以置信；奇異，特別；笨拙；關係曖昧的。

[類] 疑わしい

△外を怪しい人が歩いているよ／有可疑的人物在外面徘徊呢。

□ あやまり［誤り］ [二6]

[名] 錯誤。

[類] 違い

△誤りを認めてこそ、立派な指導者と言える／唯有承認自己過失，才稱得上是偉大的領導者。

□ あやまる［謝る］ [三2]

[自五] 道歉，謝罪。

[類] 詫びる

△そんなに謝らなくてもいいですよ／不必道歉到那種地步。

□ あやまる［誤る］ [二6]

[自·他五] 錯誤，弄錯；耽誤。

△誤って違う薬を飲んでしまった／不小心搞錯吃錯藥了。

□ あら [二6]

[感]（女）（出乎意料或驚訝時發出的聲音）唉呀！唉唷！

△あら、あの人が来たわよ／唉呀！那人來了。

□ あらい［荒い］ [二36]

[形] 凶猛的；粗野的，粗暴的；濫用。

[類] 荒っぽい

△彼は言葉が荒い反面、心は優しい／他雖然講話粗暴，但另一面，內心卻很善良。

□ あらう［洗う］ [四2]

[他五] 沖洗，清洗；（徹底）調查，查（清）。

[反] 汚す　[類] 濯ぐ

△石鹸で洗いました／用香皂洗過了。

□ あらし［嵐］ [二6]

[名] 風暴，暴風雨。

△嵐が来ないうちに、家に帰りましょう／趁暴風雨還沒來之前，快回家吧！

あらすじ［粗筋］ [二][3][6]

[名] 概略，梗概，概要。

[類] 概容

△彼の書いた粗筋に基づいて、脚本を書いた／我根據他寫的故事大綱，來寫腳本。

あらそう［争う］ [二][3][6]

[他五] 爭奪；爭辯；奮鬥，對抗，競爭。

[類] 競う

△裁判で争う際には、法律をしっかり勉強しなければならない／遇到訴訟糾紛時，得徹底把法律學好才行。

あらた［新た］ [二][6]

[形動] 重新；新的，新鮮的。

[反] 古い　[類] 新しい

△今回のセミナーは、新たな試みの一つにほかなりません／這次的課堂討論，可說是一個全新的嘗試。

あらためて［改めて］ [二][6]

[副] 重新；再。

[類] 再び

△改めてお知らせします／另行通知。

あらためる［改める］ [二][6]

[他下一] 改正，修正，革新；檢查。

[類] 改正

△酒で失敗して以来、私は行動を改めることにした／自從飲酒誤事以後，我就決定檢討改進自己的行為。

あらゆる［有らゆる］ [二][3][6]

[連體] 一切，所有。

[類] ある限り

△資料を分析するのみならず、あらゆる角度から検討すべきだ／不單只是分析資料，也必須從各個角度去探討才行。

あらわす［表す］ [二][3][6]

[他五] 表現出，表達；象徵，代表。

[類] 示す

△この複雑な気持ちは、表しようがない／我這複雜的心情，實在無法表現出來。

あらわれ［表れ］ [二][6]

[名] （為「あらわれる」的名詞形）表現；現象；結果。

△上司の言葉が厳しかったにしろ、それはあなたへの期待の表れなのです／就算上司講話嚴厲了些，那也是一種對你有所期待的表現。

あらわれる［現れる］ [二][3][6]

[自下一] 出現，呈現，顯露。

[類] 出現

△意外な人が突然現れた／突然出現了一位意想不到的人。

ありがたい［有り難い］ [二][3][6]

[形] 難得，少有；值得感謝，感激，值得慶幸。

[類] 謝する

△手伝ってくれるとは、なんと有り難いことか／你願意幫忙，是多麼令我感激啊！

ありがとう 〔四2〕

（寒暄）謝謝，太感謝了。
（類）サンキュー
△何から何まで、ありがとう／謝謝多方照顧。

（どうも）ありがとう 〔二36〕

（感）謝謝。
（類）お世話様
△私たちにかわって、彼に「ありがとう」と伝えてください／請替我們向他說聲謝謝。

ある 〔四2〕

（自五）有，存在；持有，具有；舉行，辦理。
（反）ない
△鉛筆はありますが、ペンはありません／有鉛筆但沒原子筆。

ある ［有る］ 〔二36〕

（自五）有；持有，具有；舉行，發生；有過；在。
（反）無い （類）存する
△あなたのうちに、コンピューターはありますか／你家裡有電腦嗎？

ある ［或る］ 〔二36〕

（連體）（動詞「ある」的連體形轉變，表示不明確、不肯定）某，有。
△ある意味ではそれは正しい／就某意

義而言，那是對的。

あるいは ［或いは］ 〔二36〕

（接・副）或者，或是，也許；有的，有時。
（類）又は
△ペンか、あるいは鉛筆を持ってきてください／請帶筆或鉛筆過來。

あるく ［歩く］ 〔四2〕

（自五）走路，步行；到處。
（類）歩む
△道を歩きます／走在路上。

あるく ［歩く］ 〔二36〕

（自五）走，步行；（到處）走。
（類）歩行する
△歩いて行くにしては遠すぎます／走路過去的話就太遠了。

アルバイト ［（德）Arbeit］ 〔二2〕

（名）打工，副業。
（類）バイト
△アルバイトばかりしていないで、勉強もしなさい／別光打工，也要唸書啊！？

アルバイト ［（德）Albeit］ 〔二36〕

（名・自サ）工讀；副業；研究成果，博士論文。
（類）副業
△アルバイトを始めて以来、私はいつも疲れています／自從打工之後，我就經常感到疲倦。

アルバム ［album］ ㈡36

㈎ 相簿，記念冊。

△娘の七五三の記念アルバムを作ることにしました／為了記念女兒七五三節，決定做本記念冊。

あれ ㈣2

㈹（表事物、時間、人等第三稱）那，那個；那時；那裡。

△これはあれとは違います／這個跟那個是不一樣的。

あれこれ ［彼是］ ㈡6

㈎ 這個那個，種種。

㈣ いろいろ

△あれこれ考えたあげく、行くのをやめました／經過種種的考慮，最後決定不去了。

あれっ ㈡6

㈑（驚訝、恐怖、出乎意料等場合發出的聲音）呀！唉呀！

△あれっ、何の音だ／唉呀！那是什麼聲音啊！？

あれる ［荒れる］ ㈡6

㈒ 天氣變壞；（皮膚）變粗糙；荒廢，荒蕪；暴戾，胡鬧；秩序混亂。

㈣ 波立つ

△天気が荒れるかどうかにかかわらず、出かけます／不管天氣會不會變壞，我都要出門。

あわ ［泡］ ㈡6

㈎ 泡，沫，水花。

㈣ 泡（あぶく）

△泡が立つ／起泡泡。

あわせる ［合わせる］ ㈡36

㈒ 合併；核對，對照；加在一起，混合；配合，調合。

㈣ 接合

△みんなで力を合わせたとしても、彼に勝つことはできない／就算大家聯手，也是沒辦法贏過他。

あわただしい ［慌ただしい］ ㈡6

㈕ 匆匆忙忙的，慌慌張張的。

㈣ 落ち着かない

△田中さんはあわただしく部屋を出て行った／田中先生慌忙地走出了房間。

あわてる ［慌てる］ ㈡36

㈒ 驚慌，急急忙忙，匆忙，不穩定。

㈥ 落ち着く ㈣ まごつく

△突然質問されて、さすがに慌てた／突然被這麼一問，到底還是慌了一下。

あわれ ［哀れ］ ㈡6

㈎·形動 可憐，憐憫；悲哀，哀愁；情趣，風韻。

㈣ かわいそう

△そんな哀れっぽい声を出さないでください／請不要發出那麼可憐的聲音。

あん ［案］ ㈡6

㈎ 計畫，提案，意見；預想，意料。

㈣ 考え

あ

△その案には、賛成しかねます／我難以贊同那份提案。

あんい [安易]　　（二）6

名・形動 容易，輕而易舉；安逸，舒適，遊手好閒。

反 至難　類 容易

△安易な方法に頼るべきではない／不應該光是靠著省事的作法。

あんがい [案外]　　（二）3 6

副・形動 意想不到，出乎意外。

反 案の定　類 意外

△難しいと思ったら、案外易しかった／原以為很難，結果卻簡單得叫人意外。

あんき [暗記]　　（二）3 6

名・他サ 記住，背誦，熟記。

類 暗唱

△こんな長い文章は、すぐには暗記できっこないです／那麼冗長的文章，我不可能馬上記住的。

あんしん [安心]　　（二）2

名・自サ 安心，放心。

反 心配　類 大丈夫

△大丈夫だから、安心しなさい／沒事的，放心好了。

あんしん [安心]　　（二）3 6

名・自サ 放心，安心，無憂無慮。

反 心配　類 心強い

△みんな一緒のほうが、安心にきまって

ます／大家在一起，肯定是比較放心的。

あんぜん [安全]　　（三）2

名・形動 安全。

反 危険　類 平安

△安全な使いかたをしなければなりません／使用時必須注意安全。

あんてい [安定]　　（二）3 6

名・自サ 安定，穩定；（物體）安穩。

反 不安定　類 落ち着く

△結婚したせいか、精神的に安定した／不知道是不是結了婚的關係，精神上感到很穩定。

アンテナ [antenna]　　（二）6

名 天線。

△屋根の上にアンテナが立っている／天線矗立在屋頂上。

あんな　　（三）2

連體 那樣的；那樣地。

類 ああ

△私だったら、あんなことはしません／如果是我的話，才不會做那種事。

あんな　　（二）3 6

連體 那樣的，那種。

類 あのように

△あんな人を信じるものではない／不要相信他那種人。

あんない [案内]　　（二）2

名・他サ 引導；帶路；指南。

（類）導く

△京都を案内してさしあげました／我陪同他遊覽了京都。

あんない［案内］　（二）36

（名・他サ）嚮導，陪同遊覽；熟悉，清楚；通知，指南；招待，邀請。

（類）知らせ

△田中さんにかわって、私が案内しましょう／由我來代替田中先生，當您的嚮導吧！

あんなに　（二）6

（副）那麼地，那樣地。

△あんなに遠足を楽しみにしていたのに、雨が降ってしまった／人家那麼期待去遠足，天公不作美卻下起雨了。

あんまり　（二）6

（副・形動）太，過於，過火。

（類）それほど

△あの喫茶店はあんまりきれいではない反面、コーヒーはおいしい／那家咖啡廳裝潢不怎麼美，但咖啡卻很好喝。

いィ

い［胃］　（二）36

（名）胃。

（類）胃腸

△あるものを全部食べきったら、胃が痛くなった／吃完了所有東西以後，胃就痛了起來。

い［位］　（二）36

（漢造）位；身分，地位；（對人的敬稱）位；計算的單位。

（類）級

いい・よい　（四）2

（形）好，佳，良好；貴重，高貴；美麗，漂亮；可以。

（反）悪い　（類）宜しい

△いい天気ですが、午後は雨が降ります／天氣雖好，但是下午會下雨。

いいえ　（四）2

（感）（用於否定）不是，不對，沒有。

（反）はい　（類）いや

△いいえ、私の靴はそれではありません／不，那不是我的鞋子。

いいだす［言い出す］　（二）6

（他五）開始說，說出口。

（類）発言

△余計なことを言い出したばかりに、私が全部やることになった／都是因為我多嘴，現在所有事情都要我做了。

いいつける［言い付ける］　（二）6

（他下一）命令；告狀；說慣，常說。

（類）命令

△先生に言いつけられるものなら、言いつけてみろよ／如果你敢跟老師告狀，你就試試看啊！

いいん［委員］　（二）6

（名）委員。

（類）役員

△委員になってお忙しいところをすみませんが、お願いがあります／真不好意思，在您當上委員的百忙之中打擾，我有一事想拜託您。

☐ いう［言う］ [四][2]

[他五] 說，講；說話，講話；講述；忠告；叫做。

[類] 話す

△誰がそんなことを言いましたか／誰說過那種話？

☐ いえ［家］ [四][2]

[名] 房子；（自己的）家，家庭；家世。

[類] 住まい

△家に帰ります／我要回家。

☐ いか［以下］ [三][2]

[名·接尾] 以下；在這以後，下面。

[反] 以上　[類] 以内

△あの女性は、30歳以下の感じがする／那位女性，感覺不到30歲。

☐ いか［以下］ [二][6]

[名]（指數量、程度或階段等，包含它本身，在它以下）以下；某起點後的全部；在這以後，下面。

[反] 以上　[類] より下

△12歳以下の児童は入場料が半額になる／12歲以下的兒童，入場費是半價。

☐ いがい［以外］ [三][2]

[名] 除外；除了…以外。

[反] 以内　[類] 外

△彼以外は、みんな来るだろう／除了他以外，大家都會來吧！

☐ いがい［以外］ [二][3][6]

[名] 除它之外，以外。

[反] 以内　[類] 外

☐ いがい［意外］ [二][3][6]

[名·形動] 意外，想不到，出乎意料。

[類] 案外

△雨による被害は、意外に大きかった／大雨意外地造成嚴重的災情。

☐ いかが［如何］ [三][2]

[副] 如何，怎麼樣。

[類] どのように

△こんな洋服は、いかがですか／這一類的洋裝，您覺得如何？

☐ いかが［如何］ [二][3][6]

[副·形動] 如何，怎麼樣；怎麼樣，好嗎；表不能贊成的心情，可以嗎，是否合適。

[類] どう

△あの映画はいかがでしたか／那齣電影如何呢？

☐ いがく［医学］ [三][2]

[名] 醫學。

[類] 医術

△医学を勉強するなら、東京大学がいいです／如果要學醫，我想讀東京大學。

☐ いがく［医学］ [二][6]

[名]（研究疾病的治療和預防方法的學問）

醫學。
類 医術

いき［息］　　　　　二36
名 呼吸，氣息；步調。
類 呼吸
△息を全部吐ききってください／請將
氣全部吐出來。

いき・ゆき［行き］　　二36
名 去，往；開往；寄給。
反 帰り　類 行き道

いき［意気］　　　　　二6
名 意氣，氣概，氣勢，氣魄。
類 気勢
△試合に勝ったので、みんな意気が上
がっています／因為贏了比賽，所以大
家的氣勢都提升了。

いぎ［意義］　　　　　二6
名 意義，意思；價值。
類 活潑
△自分でやらなければ、練習するとい
う意義がなくなるというものだ／如果
不親自做，練習就毫無意義了。

いきいき［生き生き］　二6
副・自サ 活潑，生氣勃勃，栩栩如生。
類 活発
△結婚して以来、彼女はいつも生き生
きしているね／自從結婚以後，她總是
一副風采煥發的樣子呢！

いきおい［勢い］　　　二6
名 勢，勢力；氣勢，氣焰。
類 気勢
△その話を聞いたとたんに、彼はすご
い勢いで部屋を出て行った／他聽到那
番話，就氣沖沖地離開了房間。

いきなり［行き成り］　　二36
副 突然，冷不防，馬上就。
類 突然
△いきなり声をかけられてびっくりし
た／冷不防被叫住，嚇了我一跳。

いきもの［生き物］　　二36
名 生物，動物；有生命力的東西，活的
東西。
類 生物
△こんなひどい環境では、生き物が
生存できっこない／在這麼糟的環境
下，生物不可能活得下去。

いきる［生きる］　　　三2
自上一 活著；謀生；充分發揮。
反 死ぬ　類 生存する
△彼は、一人で生きていくそうです／
聽說他打算一個人活下去。

いく［行く］　　　　　四2
自五 去，往；行，走；離去；經過。
類 出かける
△兄は行きますが、私は行きません／
哥哥會去，但是我不去。

いく［幾］　　　　　　二36
接頭 表數量不定，幾，多少；表數量，程

い

25

度很大。

△幾多の困難を切り抜ける／克服了重重的困難。

□ いくじ［育児］ [二]6

[名] 養育兒女。

△主婦は、家事の上に育児もしなければなりません／家庭主婦不僅要做家事，還得帶孩子。

□ いくつ［幾つ］ [四]2

[名]（不確定的個數、年齡）幾個，多少；幾歲。

[類] 幾ら

△いくつぐらいほしいですか／大約要幾個？

□ いくぶん［幾分］ [二]36

[名·副] 一點，少許，多少；（分成）幾分；（分成幾分中的）一部分。

[類] 少し

△体調は幾分よくなってきたにしろ、まだ出勤はできません／就算身體好些了，但還是沒辦法去上班。

□ いくら［幾ら］ [四]2

[名] 多少（錢、價格、數量等）。

[類] 幾つ

△その長いスカートは、いくらですか／那條長裙多少錢？

□ いくら…ても [三]2

[副] 無論…也不…。

△いくらほしくても、これはさしあげられません／無論你多想要，這個也不能給你。

□ いけ［池］ [四]2

[名] 池塘，池子；（庭院中的）水池。

[類] 水溜り

△あっちの方に、大きな池があります／那邊有大池塘。

□ いけない [二]36

[形·連語] 不好，糟糕；沒希望，不行；不能喝酒，不能喝酒的人；不許，不可以。

[類] 良くない

△病気だって？それはいけないね／生病了！那可不得了了。

□ いけばな［生け花］ [二]6

[名] 生花，插花。

[類] 挿し花

△智子さんといえば、生け花を習い始めたらしいですよ／說到智子小姐，聽說她開始學插花了！

□ いけん［意見］ [三]2

[名] 意見；勸告。

[類] 考え

△あの学生は、いつも意見を言いたがる／那個學生，總是喜歡發表意見。

□ いけん［異見］ [二]6

[名·他サ] 不同的意見，不同的見解，異議。

[類] 異議

△異見を唱える／唱反調。

□ いご［以後］ [二]36

[名] 今後，以後，將來；（接尾語用法）

（在某時期）以後。

⊠ 以前　類 以来

△交通事故に遭ったのをきっかけにして、以後は車に気をつけるようになりました／出車禍以後，對車子就變得很小心了。

いこう ［以降］　⊜36

名 以後，之後。

⊠ 以前　類 以後

△5時以降は不在につき、また明日いらしてください／五點以後大家都不在，所以請你明天再來。

イコール ［equal］　⊜6

名 相等；（數學）等號。

△失敗イコール負けというわけではない／失敗並不等於輸了。

いさましい ［勇ましい］　⊜36

形 勇敢的，振奮人心的；活潑的；（俗）有勇無謀。

類 雄々しい

△彼らの行動には、勇ましいものがある／他們的行為有種振奮人心的力量。

いし ［石］　⊜2

名 石頭。

類 小石

△池に石を投げるな／不要把石頭丟進池塘裡。

いし ［医師］　⊜6

名 醫師，大夫。

類 医者

△医師の言うとおりに、薬を飲んでください／請依照醫生的指示服藥。

いし ［意志］　⊜36

名 意志，志向，心意。

類 意図

△本人の意志に反して、社長に選ばれた／與當事人的意願相反，他被選為社長。

いじ ［維持］　⊜6

名・他サ 維持，維護。

類 保持

△政府が助けてくれないかぎり、この組織は維持できない／只要政府不支援，這組織就不能維持下去。

いしき ［意識］　⊜36

名・他サ （哲學的）意識；知覺，神智；自覺，意識到。

類 知覚

△患者の意識が回復しないことには、治療ができない／只要病患不回復意識，就無法進行治療。

いじめる ［苛める］　⊜2

他下一 欺負，虐待。

類 苛む

△誰にいじめられたの／你被誰欺負了？

いじめる ［苛める］　⊜36

他下一 欺負，虐待，捉弄。

類 虐待

△彼女が会社をやめたのは、社長がいじめたせいです／她之所以會離開公司，是因為社長欺負她的關係。

いしゃ［医者］ 四2

名 醫生，大夫。

反 患者　類 医師

△医者になりたいです／我想成為醫生。

いじょう［以上］ 三2

名 …以上；以上。

反 以下　類 越える

△100人以上のパーティーと二人で遊びに行くのと、どちらのほうが好きですか／你喜歡參加百人以上的派對，還是兩人單獨出去玩？

いじょう［異常］ 二36

名・形動 異常，反常，不尋常。

反 正常　類 格外

△システムはもちろん、プログラムも異常はありません／不用說是系統，程式上也有沒任何異常。

いしょくじゅう［衣食住］ 二6

名 衣食住。

類 生計

△衣食住に困らなければこそ、安心して生活できる／衣食只要不缺，就可以安心過活了。

いじわる［意地悪］ 二36

名・形動 使壞，刁難，作弄。

類 無愛想

△意地悪な人といえば、高校の数学の先生を思い出す／說到壞心眼的人，就讓我想到高中的數學老師。

いす［椅子］ 四2

名 椅子；職位，位置。

類 腰掛け

△あちらにいすを持っていきます／把椅子拿到那邊去。

いずみ［泉］ 二6

名 泉，泉水；泉源；話題。

類 湧き水

△泉を中心にして、いくつかの家が建っている／圍繞著泉水，周圍有幾棟房子在蓋。

いずれ［何れ］ 二6

代・副 哪個，哪方；反正，早晚，歸根到底；不久，最近，改日。

類 どれ

△いずれやらなければならないと思いつつ、今日もできなかった／儘管知道這事早晚都要做，但今天仍然沒有完成。

いぜん［以前］ 二36

名 以前；更低階段（程度）的；（某時期）以前。

反 以降　類 以往

△以前、東京でお会いした際に、名刺をお渡ししたと思います／我記得之前在東京跟您會面時，有遞過名片給您。

いそがしい［忙しい］ [四] [2]

[形] 忙，忙碌。

[反] 暇 [類] 多忙

△仕事(しごと)で忙(いそが)しかったです／為工作而忙。

いそぐ［急ぐ］ [三] [2]

[自五] 急忙；快走。

[類] 急行

△急(いそ)いだのに、授業(じゅぎょう)に遅(おく)れました／雖然趕來了，但上課還是遲到了。

いた［板］ [二] [3] [6]

[名] 木板；薄板；舞台。

[類] 盤

△板(いた)に釘(くぎ)を打(う)った／把釘子敲進木板。

いたい［痛い］ [四] [2]

[形動] 疼痛；（因為遭受打擊而）痛苦，難過；（觸及弱點而感到）難堪。

[類] 痛む

△おなかが痛(いた)いのは、どの人(ひと)ですか／是誰肚子痛？

いだい［偉大］ [二] [6]

[形動] 偉大的，魁梧的。

[類] 偉い

△ベートーベンは偉大(いだい)な作曲家(さっきょくか)だ／貝多芬是位偉大的作曲家。

いだく［抱く］ [二] [3] [6]

[他五] 抱；懷有，懷抱。

[類] 抱える

△彼(かれ)は彼女(かのじょ)に対(たい)して、憎(にく)しみさえ抱(いだ)いている／他對她甚至懷恨在心。

いたす［致す］ [三] [2]

[自·他五] 做，辦。

[類] する

△このお菓子(かし)は、変(か)わった味(あじ)が致(いた)しますね／這個糕點有奇怪的味道。

いたずら［悪戯］ [二] [6]

[名·形動] 淘氣，惡作劇；玩笑，消遣。

[類] 戯れ

△彼女(かのじょ)は、いたずらっぽい目(め)で笑(わら)った／她眼神淘氣地笑了。

いただきます [四] [2]

[連語]（吃飯前的客套話）我不客氣了。

△いただきます。これは、おいしいですね／我就不客氣了。這個真好吃。

いただく [三] [2]

[他五] 接收，領取；吃，喝。

[類] もらう

△その品物(しなもの)は、私(わたし)がいただくかもしれない／那商品也許我會要。

いたみ［痛み］ [二] [3] [6]

[名] 痛，疼；悲傷，難過；損壞；（水果因碰撞而）腐爛。

[類] 苦しみ

△あいつは冷(つめ)たいやつだから、人(ひと)の心(こころ)の痛(いた)みなんか感(かん)じっこない／那傢伙很冷酷，絕不可能懂得別人的痛苦。

いたむ［痛む］ [二] [3] [6]

[自五] 疼痛；苦惱；損壞。

類 傷つく

△傷が痛まないこともないが、まあ大
丈夫です／傷口並不是不會痛，不過
沒什麼大礙。

いたる ［至る］　　　二6

自五 到，來臨；達到；周到。

類 まで

△駅から、神社に至る道を歩いた／我
走過車站到神社這一段路。

いち ［一］　　　四2

名 一；第一，最初，起頭；最好，首
位。

△日本語を一から勉強しませんか／要
不要從頭開始學日語？

いち ［一］　　　二36

漢造 數目中的一，一個，一；事物的最
初，開頭，首先，第一；第一等的事物。

△健康を第一に考える／以健康為第一
優先考慮。

いち ［位置］　　　二36

名・自サ 位置，場所；立場，遭遇；位於。

類 地点

△机は、どの位置に置いたらいいです
か／書桌放在哪個地方好呢？

いちいち ［一一］　　　二36

副 一一，逐一；全部，一件件；詳細。

類 それぞれ

△わからないことは、いちいち先輩に
聞くよりほかはない／不懂的地方，只

有一一請教前輩了。

いちおう ［一応］　　　二6

副 大略做了一次，暫，先，姑且。

類 大体

△一応、息子にかわって、私が謝って
おきました／我先代替我兒子去致歉。

いちじ ［一時］　　　二6

造語・副 某時期，一段時間；那時；暫時；
一點鐘；同時，一下子。

反 常時　類 暫く

△一時のことにしろ、友達とけんかす
るのはあまりよくないですね／就算是
一時，跟朋友吵架總是不太好吧！

いちだんと ［一段と］　　　二6

副 更加，越發。

類 一層

△彼女が一段ときれいになったと思っ
たら、結婚するんだそうです／覺得她
變漂亮了，原來聽說是要結婚了。

いちど ［一度］　　　二2

名 一次，一回。

類 一回

△一度あんなところに行ってみたい／
想去一次那樣的地方。

いちどに ［一度に］　　　二36

副 同時地，一塊地，一下子。

類 同時に

△そんなに一度に食べられません／我
沒辦法一次吃那麼多。

いちにち［一日］ [四2]

[名] 一天，終日；一整天；（每月的）一號（如是此意要註假名為「ついたち」）。

[類] 月初め

△1日(にち)勉強(べんきょう)して、疲(つか)れた／唸了一整天的書，好累。

いちば［市場］ [二36]

[名] 市場，商場。

[類] 市

△市場(いちば)で、魚(さかな)や果物(くだもの)などを売(う)っています／市場裡有賣魚、水果…等等。

いちばん［一番］ [四2]

[名·副] 最初，第一；最好，最妙；最優秀，最出色。

[類] 第一

△誰(だれ)が一番(いちばん)頭(あたま)がいいですか／誰的頭腦最好？

いちぶ［一部］ [二36]

[名] 一部分，（書籍、印刷物等）一冊，一份，一套。

[反] 全部　[類] 一部分

△この案(あん)に反対(はんたい)なのは、一部(いちぶ)の人間(にんげん)にほかならない／反對這方案的，只不過是一部分的人。

いちりゅう［一流］ [二6]

[名] 一流，頭等；一個流派；獨特。

[反] 二、三流　[類] 最高

△一流(いちりゅう)の音楽家(おんがくか)になれるかどうかは、才能次第(さいのうしだい)だ／是否能成為一流的音樂家，全憑個人的才能。

いつ［何時］ [四2]

[代] 何時，幾時，什麼時候；平時。

[類] いつごろ

△いつでも大丈夫(だいじょうぶ)です／什麼時候都行。

いつか［五日］ [四2]

[名]（每月的）五號，五日；五天。

△五日(いつか)は暇(ひま)ですが、六日(むいか)は忙(いそが)しいです／我五號有空，但是六號很忙。

いつか［何時か］ [二36]

[副] 未來的不定時間，改天；過去的不定時間，以前；不知不覺。

[類] そのうちに

△またいつかお会(あ)いしましょう／改天再見吧！

いっか［一家］ [二6]

[名] 一所房子；一家人；一個團體；一派。

[類] 家族

△田中(たなか)さん一家(いっか)のことだから、正月(しょうがつ)は旅行(りょこう)に行(い)っているでしょう／田中先生一家人的話，新年大概又去旅行了吧！

いっさくじつ［一昨日］ [二36]

[名] 前一天，前天。

[類] 一昨日（おととい）

△一昨日(いっさくじつ)アメリカから帰(かえ)ってきたかと思(おも)ったら、もう中国(ちゅうごく)に出張(しゅっちょう)に行(い)った／我以為他前天才剛從美國回來，現在又到中國出差去了。

い

□ いっさくねん［一昨年］ [二][3][6]

[造語] 前年。

[類] 一昨年（おととし）

△一昨年、会社をやめたのを契機に、北海道に引っ越しました／前年，趁著辭掉工作，搬去了北海道。

□ いっしゅ［一種］ [二][3][6]

[名] 一種；獨特的；（說不出的）某種，稍許。

[類] 同類

△これは、虫の一種ですか／這是屬昆蟲類的一種嗎？

□ いっしゅん［一瞬］ [二][6]

[名] 一瞬間，一剎那。

[反] 永遠　[類] 瞬間

△花火は、一瞬だからこそ美しい／煙火就因那一瞬間而美麗。

□ いっしょ［一緒］ [四][2]

[名] 一同，一起；（時間）一齊；一樣。

[類] 共に

△林さんと一緒に行くわ／我要跟林先生一起去。

□ いっしょう［一生］ [二][3][6]

[名] 一生，終生，一輩子。

[類] 生涯

△あいつとは、一生口をきくものか／我這輩子，絕不跟他講話。

□ いっせいに［一斉に］ [二][3][6]

[副] 一齊，一同。

[類] 一度に

△彼らは一斉に立ち上がった／他們一起站了起來。

□ いっそう［一層］ [二][3][6]

[副] 更，越發。

[類] 更に

△大会で優勝できるように、一層努力します／為了比賽能得冠軍，我要比平時更加努力。

□ いったい［一体］ [二][3][6]

[名·副] 一體，同心合力；一種體裁；根本，本來；大致上；到底，究竟。

[類] そもそも

△一体何が起こったのですか／到底發生了什麼事？

□ いったん［一旦］ [二][6]

[副] 一旦，既然；暫且，姑且。

[類] 一度

△一旦うちに帰って、着替えてからまた出かけます／我先回家一趟，換過衣服之後再出門。

□ いっち［一致］ [二][3][6]

[名·自サ] 一致，相符。

[反] 相違　[類] 合致

△意見が一致した上は、早速プロジェクトを始めましょう／既然看法一致了，就快點進行企畫吧！

□ いつつ［五つ］ [四][2]

[名] 五個；五歲；第五（個）。

△五つで一セットです／五個一組。

いってい［一定］ [二]36

[名·自他サ] 一定；規定，固定。

[反] 不定 [類] 一様

△一定の条件のもとで、安心して働くことができます／在一定的條件下，就能放心地工作了。

いってまいります [三]2

[寒暄] 我走了。

△息子は、「いってまいります 。」と言ってでかけました／兒子說：「我出門啦！」便出去了。

いつでも［何時でも］ [二]6

[副] 無論什麼時候，隨時，經常，總是。

[類] 随時

△彼はいつでも勉強している／他無論什麼時候都在看書。

いってらっしゃい [三]2

[寒暄] 慢走，好走。

△いってらっしゃい 。何時に帰るの／路上小心啊！幾點回來呢？

いつのまにか［何時の間にか］ [二]6

[副] 不知不覺地，不知什麼時候。

[類] いつしか

△何時の間にか、お茶の葉を使い切りました／茶葉不知道什麼時候就用光了。

いっぱい [三]2

[副] 滿滿地；很多。

[類] 満々

△そんなにいっぱいくださったら、多すぎます／您給我那麼多，太多了。

いっぱん［一般］ [二]36

[名] 一般，普遍，廣泛；相同，同樣。

[反] 特殊 [類] 普通

△展覧会は、会員のみならず、一般の人も入れます／展覽會不僅限於會員，一般人也可以進入參觀。

いっぽう［一方］ [二]36

[名·副助·接] 一個方向；一個角度；一面，同時；（兩個中的）一個；只顧，愈來愈 ；從另一方面說。

[反] 相互 [類] 片方

△勉強する一方で、仕事もしている／我一邊唸書，也一邊工作。

いつまでも［何時までも］ [二]36

[副] 到什麼時候也…，始終，永遠。

△今日のことは、いつまでも忘れません／今日所發生的，我永生難忘。

いつも［何時も］ [四]2

[副] 經常，隨時，無論何時；日常，往常。

[反] たまに [類] 常に

△いつも兄とけんかします／經常跟哥哥吵架。

いつも［何時も］ [二] [3] [6]

[副] 無論何時，經常。

[反] たまに　[類] 常に

△いつもテレビを見(み)ているだけあって、芸能界(げいのうかい)に詳(くわ)しいね／果然是常看電視的，對演藝圈還真了解啊！

いてん［移転］ [二] [6]

[名·自他サ] 轉移位置，搬家；（權力等）轉交、轉移。

[類] 引っ越す

△会社(かいしゃ)の移転(いてん)で大変(たいへん)なところを、お邪魔(じゃま)してすみません／在貴社遷移而繁忙之時前來打擾您，真是不好意思。

いと［糸］ [三] [2]

[名] 線；（三弦琴的）弦。

△糸(いと)と針(はり)を買(か)いに行(い)くところです／正要去買線和針。

いど［井戸］ [二] [6]

[名] 井。

[類] 井泉

△井戸(いど)で水(みず)をくんでいるところへ、隣(となり)のおばさんが来(き)た／我在井邊打水時，隔壁的伯母就來了。

いど［緯度］ [二] [6]

[名] 緯度。

[反] 経度

△緯度(いど)が高(たか)いわりに暖(あたた)かいです／雖然緯度很高，氣候卻很暖和。

いどう［移動］ [二] [6]

[名·自他サ] 移動，轉移。

[反] 固定　[類] 移る

△雨(あめ)が降(ふ)ってきたので、屋内(おくない)に移動(いどう)せざるをえませんね／因為下起雨了，所以不得不搬到屋內去呀。

いとこ［従兄弟］ [二] [3] [6]

[名] 堂兄弟姊妹，表兄弟姊妹。

いない［以内］ [三] [2]

[名] 不超過…；以內。

[反] 以外　[類] 以下

△1万円以内(まんえんいない)なら、買(か)うことができます／如果不超過一萬日圓，就可以買。

いなか［田舎］ [三] [2]

[名] 鄉下。

[反] 都会　[類] ふるさと

△田舎(いなか)のおかあさんの調子(ちょうし)はどうだい／你鄉下母親的身體還好吧？

いね［稲］ [二] [6]

[名] 水稻，稻子。

[類] 水稲

△太陽(たいよう)の光(ひかり)のもとで、稲(いね)が豊(ゆた)かに実(みの)っています／稻子在陽光之下，結實累累。

いねむり［居眠り］ [二] [6]

[名·自サ] 打瞌睡，打盹兒。

[類] 仮寝

△あいつのことだから、仕事中(しごとちゅう)に居眠(いねむ)りをしているんじゃないかな／那傢伙的話，一定又是在工作時間打瞌睡吧！

いのち［命］ [二][3][6]

[名] 生命，命；壽命。

[類] 生命

△命（いのち）が危（あぶ）ないところを、助（たす）けていただきました／在我性命危急時，他救了我。

いのる［祈る］ [三][2]

[自五] 祈禱；祝福。

[類] 拝む

△みんなで、平和（へいわ）について祈（いの）るところです／大家正要為和平而祈禱。

いばる［威張る］ [二][3][6]

[自五] 誇耀，逞威風。

[類] 驕る

△部下（ぶか）に威張（いば）る／對屬下逞威風。

いはん［違反］ [二][3][6]

[名・自サ] 違反，違犯。

[反] 遵守　[類] 反する

△スピード違反（いはん）をした上（うえ）に、駐車違反（ちゅうしゃいはん）までしました／不僅超速，甚至還違規停車。

いふく［衣服］ [二][6]

[名] 衣服。

[類] 衣装

△季節（きせつ）に応（おう）じて、衣服（いふく）を選（えら）びましょう／依季節來挑衣服吧！

いま［今］ [四][2]

[名] 現在，此刻；（表最近的將來）馬上；剛才。

[類] 現在

△先生（せんせい）がたは、今（いま）どこにいらっしゃいますか／老師們現在在什麼地方？

いま［居間］ [二][3][6]

[名] 起居室。

[類] 茶の間

△居間（いま）はもとより、トイレも台所（だいどころ）も全部（ぜんぶ）掃除（そうじ）しました／別說是客廳，就連廁所和廚房也都清掃過了。

いまに［今に］ [二][6]

[副] 就要，即將，馬上；至今，直到現在。

[類] そのうちに

△彼（かれ）は、現在（げんざい）は無名（むめい）にしろ、今（いま）に有名（ゆうめい）になるに違（ちが）いない／儘管他現在只是個無名小卒，但他一定很快會成名的。

いまにも［今にも］ [二][6]

[副] 馬上，不久，眼看就要。

[類] すぐ

△その子（こ）どもは、今（いま）にも泣（な）き出（だ）しそうだった／那個小朋友眼看就要哭了。

いみ［意味］ [四][2]

[名]（詞句等）意思，含意；動機。

[類] 意義

△意味（いみ）がわかります／我了解意思。

イメージ［image］ [二][6]

[名] 影像，形象，印象。

△企業（きぎょう）イメージが悪化（あっか）して以来（いらい）、わが社（しゃ）の売（う）り上（あ）げはさんざんだ／自從企業

い

形象惡化之後，我們公司的營業額真是悽慘至極。

いもうと［妹］ [四2]

[名] 妹妹。

[類] 弟

△妹（いもうと）は、本（ほん）が好（す）きです／妹妹喜歡看書。

いや［嫌］ [四2]

[形動] 討厭，不喜歡，不願意；厭煩，厭膩；不愉快。

[類] 嫌い

△黒（くろ）いシャツは嫌（いや）です、白（しろ）いのがいいです／我不喜歡黑襯衫。最好是白色的。

いやがる［嫌がる］ [二6]

[他五] 討厭，不願意，逃避。

[類] 嫌う

△彼女（かのじょ）が嫌（いや）がるのもかまわず、何度（なんど）もデートに誘（さそ）う／不顧她的不願，一直要約她出去。

いよいよ［愈々］ [二36]

[副] 愈發；果真；終於；即將要；緊要關頭。

[類] 遂に

△いよいよ留学（りゅうがく）に出発（しゅっぱつ）する日（ひ）がやってきた／出國留學的日子終於來到了。

いらい［以来］ [二36]

[名] 以來，以後；今後，將來。

[反] 以降　[類] 以前

△去年（きょねん）以来（いらい）、交通（こうつう）事故（じこ）による死者（ししゃ）が減（へ）りました／從去年開始，車禍死亡的人口減少了。

いらい［依頼］ [二6]

[名·自他サ] 委託，請求，依靠。

[類] 頼み

△仕事（しごと）を依頼（いらい）する上（うえ）は、ちゃんと報酬（ほうしゅう）をはらわなければなりません／既然要委託他人做事，就得付出相對的酬勞。

いらいら［苛々］ [二6]

[名·副·自サ] 情緒急躁、不安；焦急，急躁。

[類] 苛立つ

△何（なん）だか最近（さいきん）いらいらしてしようがない／不知道是怎麼搞的，最近老是焦躁不安的。

いらっしゃいませ [四2]

[寒暄] 歡迎光臨。

△いらっしゃいませ 。何（なに）になさいますか／歡迎光臨。你想點什麼？

いらっしゃる [三2]

[自五]（尊敬語）來，去，在。

[類] 来る

△忙（いそが）しければ、いらっしゃらなくてもいいですよ／如果很忙，不來也沒關係的。

いりぐち［入り口］ [四2]

[名] 入口，門口；開始，起頭。

[反] 出口　[類] 出入り口

△トイレの入（い）り口（ぐち）はどれですか／洗手

間的入口是哪一個？

いりょう［医療］　□6

(名) 醫療。

(類) 治療

△高い医療水準のもとで、国民は健康に生活しています／在高醫療水準之下，國民過著健康的生活。

いる［居る］　四2

(自上一)（人或動物的存在）有，在；居住。

(類) いらっしゃる

△どうして、ここにいるのですか／為什麼你在這裡？

いる［要る］　四2

(自五) 要，需要，必要。

(類) 必要

△飲み物はいりません／不需要飲料。

いる［煎る］　□6

(他五) 炒，煎。

△ごまを鍋で煎ったら、いい香りがした／芝麻在鍋裡一炒，就香味四溢。

いれもの［入れ物］　□36

(名) 容器，器皿。

(類) 器

△入れ物がなかったばかりに、飲み物をもらえなかった／就因為沒有容器了，所以沒能拿到飲料。

いれる［入れる］　四2

(他下一) 放入，裝進；送進，收容；包含，計算進去。

(反) 出す　(類) 収容

△本をかばんに入れます／把書放進包包裡。

いろ［色］　四2

(名) 顏色；色澤；臉色，神色。

(類) 色合い

△あそこのリンゴ、色がきれいですね／那裡的蘋果，色澤真是美。

いろいろ　四2

(形動) 各種各樣，各式各樣，形形色色。

(類) さまざま

△いろいろありますが、あなたはどれが好きですか／有各種不同的動物，你喜歡哪一種？

いわ［岩］　□36

(名) 岩，岩石。

(類) 岩石

△ここを畑にするには、あの大きな岩をどけるよりほかない／要把這裡改為田地的話，就只得將那個大岩石移開了。

いわい［祝い］　□6

(名) 祝賀，慶祝；賀禮；慶祝活動。

(類) おめでた

△祝いの品として、ネクタイを贈った／我送了條領帶作為賀禮。

いわう［祝う］　□36

(他五) 祝賀，慶祝；祝福；送賀禮；致賀詞。

(類) 祝する

い

△みんなで彼の合格を祝おう／大家一起來慶祝他上榜吧！

□ いわば［言わば］ [二][3][6]

[副] 譬如，打個比方，說起來，打個比方說。

[類] 要するに

△このペンダントは、言わばお守りのようなものです／這對墜飾耳環，說起來就像是我的護身符一般。

□ いわゆる［所謂］ [二][6]

[連體] 所謂，一般來說，大家所說的，常說的。

[類] 言うところの

△いわゆる健康食品が、私はあまり好きではない／我不大喜歡那些所謂的健康食品。

□ いん［員］ [三][2]

[名·接尾] …員。

△研究員としてやっていくつもりですか／你打算當研究員嗎？

□ インキ［ink］ [二][6]

[名] 墨水。

[類] インク

△万年筆のインキがなくなったので、サインのしようがない／因為鋼筆的墨水用完了，所以沒辦法簽名。

□ いんさつ［印刷］ [二][3][6]

[名·他サ] 印刷。

[類] プリント

△原稿ができたら、すぐ印刷にまわすことになっています／稿一完成，就要馬上送去印刷。

□ いんしょう［印象］ [二][3][6]

[名] 印象。

[類] イメージ

△旅行の印象に加えて、旅行中のトラブルについても聞かれました／除了對旅行的印象之外，也被問到了有關旅行時所發生的糾紛。

□ いんたい［引退］ [二][6]

[名·自サ] 隱退，退職。

[類] 辞める

△彼は、サッカー選手を引退するかしないかのうちに、タレントになった／他才從足球選手隱退，就當起了演員。

□ インタビュー［interview］ [二][6]

[名·自サ] 會面，接見；訪問，採訪。

[類] 面会

△インタビューを始めるか始めないかのうちに、首相は怒り始めた／採訪才剛開始，首相就生起了氣來。

□ いんよう［引用］ [二][6]

[名·他サ] 引用。

△引用による説明が、わかりやすかったです／引用典故來做說明，讓人淺顯易懂。

□ いんりょく［引力］ [二][6]

[名] 物體互相吸引的力量。

[反] 斥力

うゥ

ウィスキー［whisky］ [二][6]

[名] 威士忌（酒）。

[類] 酒

△ウィスキーにしろ、ワインにしろ、お酒は絶対飲まないでください／不論是威士忌，還是葡萄酒，請千萬不要喝酒。

ウーマン［woman］ [二][6]

[名] 婦女，女人。

[反] マン [類] 女

△ウーマンリブがはやった時代もあった／過去女性解放運動也曾有過全盛時代。

ウール［wool］ [二][3][6]

[名] 羊毛，毛線，毛織品。

うえ［上］ [四][2]

[名]（位置）上面，上部；表面；（能力等、地位、等級）高。

[反] 下 [類] 上方

△机の上に本があります／桌上有書。

ウェートレス［waitress］ [二][6]

[名]（餐廳等的）女侍者，女服務生。

[類] メード

△あの店のウェートレスは態度が悪くて、腹が立つほどだ／那家店的女服務生態度之差，可說是令人火冒三丈。

うえき［植木］ [二][6]

[名] 植種的樹；盆景。

△植木の世話をしているところへ、友だちが遊びに来ました／當我在修剪盆栽時，朋友就跑來拜訪。

うえる［植える］ [三][2]

[他下一] 種植；培植。

[類] 植え付ける

△花の種をさしあげますから、植えてみてください／我送你花的種子，你試種看看。

うえる［飢える］ [二][3][6]

[自下一] 飢餓，渴望。

[類] 飢（かつ）える

△生活に困っても、飢えることはないでしょう／就算為生活而苦，也不會挨餓吧！

うお［魚］ [二][6]

[名] 魚。

[類] 魚類

△魚に興味をもったのをきっかけに、魚市場で働くことにした／因為對魚有興趣，因此我就到魚市場工作了。

うがい［嗽］ [二][6]

[名·自サ] 漱口。

[類] 漱ぐ

△うちの子は外から帰ってきて、うがいどころか手も洗わない／我家孩子從

外面回來，別說是漱口，就連手也不洗。

□ うかがう　三2

[他五] 拜訪；打聽（謙讓語）。
[類] 訪れる
△先生のお宅にうかがったことがあります／我拜訪過老師家。

□ うかがう　三2

[他五] 詢問；打聽。
[類] 尋ねる
△先生でもわからないかもしれないが、まあ、うかがってみましょう／老師或許也不知道，總之問問看吧！

□ うかぶ［浮かぶ］　二6

[自五] 漂，浮起；想起，浮現，露出；（佛）超度；出頭，擺脫困難。
[反] 沈む　[類] 浮き上がる
△そのとき、すばらしいアイデアが浮かんだ／就在那時，靈光一現，腦中浮現了好點子。

□ うかべる［浮かべる］　二6

[他下一] 浮，泛；露出；想起。
[反] 沈める　[類] 浮かす
△行ったこともない場所のイメージは、頭に浮かべようがない／沒去過的地方，腦海中不可能會有印象。

□ うく［浮く］　二6

[自五] 飄浮；動搖，鬆動；高興，愉快；結餘，剩餘；輕薄。
[反] 沈む　[類] 浮かぶ
△面白い形の雲が、空に浮いている／天空裡飄著一朵形狀有趣的雲。

□ うけたまわる［承る］　二6

[他五] 聽取；遵從，接受；知道，知悉；傳聞。
[類] 受け入れる
△担当者にかわって、私が用件を承ります／由我來代替負責的人來承接這件事情。

□ うけつけ［受付］　三2

[名·他サ] 詢問處；受理；受理申請。
[類] 窓口
△受付に行こうとしているのですが、どちらのほうでしょうか／我想去詢問處，請問在哪一邊？

□ うけつけ［受け付け］　二36

[名·他サ] 受理申請；傳達室，收發室；詢問處。
[類] 受け入れ
△受け付け時間は、9時から5時までです／受理時間，是由早上九點到下午五點。

□ うけとり［受け取り］　二36

[名] 收領；收據；計件工作（的工錢）。
△荷物を届けたら、受け取りをもらってください／如果包裹送來的話，請要索取收據。

□ うけとる［受け取る］　二36

[他五] 領，接收，理解，領會。

[反] 差し出す　[類] 受け入れる

△意味のないお金は、受け取りようがありません／沒來由的金錢，我是不能收下的。

うけもつ［受け持つ］ [二36]

[他五] 擔任，擔當，掌管。

[類] 担当する

△1年生のクラスを受け持っています／我擔任一年級的班導。

うける［受ける］ [三2]

[他下一] 接受；遭受；報考。

[類] 受験する

△いつか、大学院を受けたいと思います／我將來想報考研究所。

うごかす［動かす］ [二36]

[他五] 移動，挪動，活動；搖動，搖撼；給予影響，使其變化，感動。

[反] 止める　[類] 振るう

△体を動かす／活動身體。

うごく［動く］ [三2]

[自五] 動，移動；運動；作用。

[反] 止まる　[類] 働く

△動かずに、そこで待っていてください／請不要離開，在那裡等我。

うさぎ［兎］ [二6]

[名] 兔子。

△動物園には、象やライオンばかりでなく、兎などもいます／動物園裡面，不單有大象和獅子，也有兔子等等的動物。

うし［牛］ [二36]

[名] 牛。

うしなう［失う］ [二6]

[他五] 失去，喪失；改變常態；喪，亡；迷失；錯過。

[類] 無くす

△事故のせいで、財産を失いました／都是因為事故的關係，而賠光了財產。

うしろ［後ろ］ [四2]

[名] 後面；背面，背地裡。

[反] 前　[類] 後方

△あなたの後ろに、なにかあります／你的後面好像有什麼東西。

うすい［薄い］ [四2]

[形] 薄；淡；待人冷淡；稀少，缺乏。

[反] 厚い　[類] 薄手

△パンを薄く切ります／把麵包切薄。

うすぐらい［薄暗い］ [二36]

[形] 微暗的，陰暗的。

[類] 薄明かり

△目に悪いから、薄暗いところで本を読むものではない／因為對眼睛不好，所以不該在陰暗的地方看書。

うすめる［薄める］ [二6]

[他下一] 稀釋，弄淡。

△コーヒーをお湯で薄めたから、おいしくないわけだ／原來這咖啡有用水稀釋過，怪不得不怎麼好喝。

□ うそ［嘘］ [三]2

[名] 謊言；錯誤。

[反] 誠　[類] 偽り

△彼(かれ)は、嘘(うそ)ばかり言(い)う／他老愛說謊。

□ うた［歌］ [四]2

[名] 歌，歌曲；和歌，詩歌；謠曲。

△あなたは、歌(うた)を歌(うた)いますか／你會唱歌嗎？

□ うたう［歌う］ [四]2

[他五] 唱歌；賦詩，歌詠；謳歌，歌頌。

[類] 歌唱

△どちらの歌(うた)を歌(うた)いますか／你要唱哪首歌？

□ うたがう［疑う］ [二]3 6

[他五] 懷疑，疑惑，不相信，猜測。

[反] 信じる　[類] 訝る

△彼(かれ)のことは、友人(ゆうじん)でさえ疑(うたが)っている／他的事情，就連朋友也都在懷疑。

□ うち［家］ [四]2

[名] 家，家庭；房子；自己的家裡。

[類] 住まい

△彼女(かのじょ)は家(うち)にいるでしょう／她應該在家吧！

□ うち［内］ [三]2

[名] 內部；…之中；…之內。

[反] 外

△今年(ことし)のうちに、お金(かね)を返(かえ)してくれますか／年內可以還我錢嗎？

□ うちあわせ［打ち合わせ］ [二]6

[名·他サ] 事先商量，碰頭。

[類] 相談

△特別(とくべつ)に変更(へんこう)がないかぎり、打(う)ち合(あ)わせは来週(らいしゅう)の月曜(げつよう)に行(おこな)われる／只要沒有特別的變更，會議將在下禮拜一舉行。

□ うちあわせる［打ち合わせる］ [二]6

[他下一] 使…相碰，（預先）商量。

[類] 相談する

△あ、ついでに明日(あした)のことも打(う)ち合(あ)わせておきましょう／啊！順便先商討一下明天的事情吧！

□ うちけす［打ち消す］ [二]6

[他五] 否定，否認；熄滅，消除。

[類] 取り消す

△一度(いちど)言(い)ってしまった言葉(ことば)は、打(う)ち消(け)しようがない／一旦說出的話，就沒辦法否認了。

□ うちゅう［宇宙］ [二]3 6

[名] 宇宙；（哲）天地空間；天地古今。

△宇宙飛行士(うちゅうひこうし)の話(はなし)を聞(き)いたのをきっかけにして、宇宙(うちゅう)に興味(きょうみ)を持(も)った／自從聽了太空人的故事後，就對宇宙產生了興趣。

□ うつ［打つ］ [三]2

[他五] 打擊，打。

[類] 叩く

△イチローがホームランを打(う)ったところだ／一郎正好擊出全壘打。

□ うつ
　　[打つ・討つ・撃つ]　（二）③⑥

（他五）使勁用某物撞打他物，打，擊，拍，碰。

（類）殴る

△後頭部を強く打つ／重擊後腦部。

□ うっかり　　　　　　　（二）③⑥

（名・副）不注意，不留神；發呆，茫然。

（類）うかうか

△うっかりしたものだから、約束を忘れてしまった／因為一時不留意，而忘了約會。

□ うつくしい［美しい］　（三）②

（形）美麗，好看。

（類）綺麗

△美しい絵を見ることが好きです／我喜歡看美麗的畫。

□ うつす［写す］　　　　（三）②

（他五）照相；摹寫。

（類）撮る

△写真を写してあげましょうか／我幫你照相吧！

□ うつす［映す］　　　　（二）③⑥

（他五）映，照；放映。

△鏡に姿を映して、おかしくないかどうか見た／我照鏡子，看看樣子奇不奇怪。

□ うつす［移す］　　　　（二）③⑥

（他五）移，搬；使傳染；度過時間。

（類）引っ越す

△住まいを移す／遷移住所。

□ うったえる［訴える］　（二）⑥

（他下一）控告，控訴，申訴；求助於；感動，打動。

（類）告訴

△彼が犯人と知った上は、警察に訴えるつもりです／既然知道他是犯人，我就打算向警察報案。

□ うつる［移る］　　　　（三）②

（自五）移動；推移；沾到。

（類）動かす

△あちらの席にお移りください／請移到那邊的座位。

□ うつる［映る］　　　　（二）⓪⑥

（自五）映，照；顯得，映入；相配，相稱；照相，映現。

（類）映ずる

△山が湖の水に映っています／山影倒映在湖面上。

□ うで［腕］　　　　　　（二）②

（名）胳臂；本領。

（類）肘

△彼女の腕は、枝のように細い／她的手腕像樹枝般細。

□ うどん［饂飩］　　　　（二）③⑥

（名）烏龍麵條，烏龍麵。

□ うなずく［頷く］　　　（二）⑥

（自五）點頭同意，首肯。

（類）承知する

う

△私が意見を言うと、彼は黙ってうなずいた／我一說出意見，他就默默地點了頭。

うなる［唸る］ 二6

自五 呻吟；（野獸）吼叫；發出嗚聲；吟，哼；贊同，喝彩。

類 鳴く

△ブルドックがウーウー唸っている／哈巴狗嗚嗚地叫著。

うばう［奪う］ 二6

他五 剝奪；強烈吸引；除去。

反 与える　類 奪い取る

△戦争で家族も財産もすべて奪われてしまった／戰爭把我的家人和財產全都奪走了。

うま［馬］ 二36

名 馬。

うまい 三2

形 拿手；好吃；非常適宜，順利。

反 上手

△彼はテニスはうまいのに、ゴルフは下手です／他網球打得好，但高爾夫卻打不好。

うまい［美味い］ 二36

形 味道好，好吃；想法或做法巧妙，擅於；非常適宜，順利。

反 まずい　類 美味しい

△山の空気がうまい／山上的空氣新鮮。

うまれ［生まれ］ 二36

名 出生；出生地；門第，出生。

類 生い立ち

△戸籍上は、北海道の生まれになっています／戶籍上，是標明北海道出生的。

うまれる［生まれる］ 四2

自下一 出生；出現。

類 出生する

△あなたは、どちらで生まれましたか／你在哪裡出生的？

うみ［海］ 四2

名 海，海洋；茫茫一片。

反 陸

△海に遊びに行きませんか／要不要去海邊玩？

うむ［有無］ 二6

名 有無；可否，願意與否。

類 有り無し

△彼が行くことをためらっているところを、有無を言わせず連れてきた／就在他猶豫是否要去時，不管三七二十一地就將他帶了過來。

うめ［梅］ 二6

名 梅花，梅樹；梅子。

△梅の花が、なんと美しかったことか／梅花是多麼地美麗啊！

うめる［埋める］ 二6

他下一 埋，掩埋；填補，彌補；佔滿。

類 埋（うず）める

△犯人は、木の下にお金を埋めたと言っている／犯人自白說他將錢埋在樹下。

うやまう［敬う］　㉓6

他五 尊敬。

反 侮る　類 敬する

△年長者を敬うことは大切だ／尊敬年長長輩是很重要的。

うら［裏］　㉔2

名 裡面；背後。

反 表　類 裏側

△紙の裏に名前が書いてあるかどうか、見てください／請看一下紙的背面有沒有寫名字。

うらがえす［裏返す］　㉓36

他五 翻過來；通敵，叛變。

類 折り返す

△靴下を裏返して洗った／我把襪子翻過來洗。

うらぎる［裏切る］　㉓6

他五 背叛，出賣，通敵；辜負，違背。

類 背信する

△友だちを信じたとたんに、裏切られた／就在我相信朋友的那一刻，遭到了背叛。

うらぐち［裏口］　㉓6

名 後門，便門；走後門。

反 表口

△すみませんが、裏口から入ってくだ

さい／不好意思，請由後門進入。

うらなう［占う］　㉓6

他五 占卜，占卦，算命。

類 占卜（せんぼく）

△恋愛と仕事について占ってもらった／我請他幫我算愛情和工作的運勢。

うらみ［恨み］　㉓6

名 恨，怨，怨恨。

類 怨恨

△私に恨みを持つなんて、それは誤解というものです／說什麼跟我有深仇大怨，那可真是個天大誤會啊。

うらむ［恨む］　㉓36

他五 抱怨，恨；感到遺憾，可惜；雪恨，報仇。

類 怨恨

△仕事の報酬をめぐって、同僚に恨まれた／因為工作的報酬一事，被同事懷恨在心。

うらやましい［羨ましい］　㉓36

形 羨慕，令人嫉妒，眼紅。

類 羨望

△庶民からすれば、お金のある人はとても羨ましいのです／就平民的角度來看，有錢人實在太令人羨慕。

うらやむ［羨む］　㉓6

他五 羨慕，嫉妒。

類 妬む

△彼女はきれいでお金持ちなので、みんなが羨んでいる／她人既漂亮又富有，大家都很羨慕她。

うりあげ［売り上げ］ [二][6]

[名]（一定期間的）銷售額，營業額。

[類] 売上高

△売り上げの計算をしているところへ、社長がのぞきに来た／在我結算營業額時，社長跑來看了一下。

うりきれ［売り切れ］ [二][6]

[名] 賣完。

△売り切れにならないうちに、早く買いに行かなくてはなりません／我們得在賣光之前去買才行。

うりきれる［売り切れる］ [二][3][6]

[自下一] 賣完，賣光。

△コンサートのチケットはすぐに売り切れた／演唱會的票馬上就賣完了。

うりば［売場］ [三][2]

[名] 賣場。

△靴下売場は２階だそうだ／聽說襪子的賣場在二樓。

うる［売る］ [四][2]

[他五] 賣，販賣；沽名；出賣。

[反] 買う　[類] 商売する

△デパートで、かわいいスカートを売っていました／百貨公司裡有在賣很可愛的裙子。

うるさい［煩い］ [三][2]

[形] 吵鬧；囉唆。

△うるさいなあ。静かにしろ／很吵耶，安靜一點！

うれしい［嬉しい］ [三][2]

[形] 高興，喜悅。

[反] 悲しい　[類] 喜ばしい

△誰でも、ほめられれば嬉しい／不管是誰，只要被誇都會很高興的。

うれゆき［売れ行き］ [二][6]

[名]（商品的）銷售狀況，銷路。

△その商品は売れ行きがよい／那個產品銷路很好。

うれる［売れる］ [二][3][6]

[自下一] 商品賣出，暢銷；變得廣為人知，出名，聞名。

△この新製品がよく売れる／這個新產品很暢銷。

うろうろ [二][3][6]

[副·自サ] 徘徊；不知所措，張慌失措。

[類] まごまご

△彼は今ごろ、渋谷あたりをうろうろしているに相違ない／現在，他人一定是在澀谷一帶徘徊。

うわ［上］ [二][3][6]

[造語]（位置的）上邊，上面，表面；（價值、程度）高；輕率，隨便。

△上着を脱いで仕事をする／脫掉上衣工作。

うわぎ［上着］ [四][2]

[名] 上衣，外衣。
[反] 下着　[類] 上衣
△上着を脱いで、入ります／脫了外套後再進去。

□うわさ［噂］ [二]36
[名·自サ] 議論，閒談；傳說，風聲。
[類] 流言
△本人に聞かないことには、噂が本当かどうかわからない／傳聞是真是假，不問當事人是不知道的。

□うわる［植わる］ [二]6
[自五] 栽上，栽植。
△庭にはいろいろのばらが植わっていた／庭院種植了各種玫瑰花。

□うん [三]2
[感] 對，是。
△うん、僕はUFOを見たことがあるよ／沒錯，我看過UFO喔！

□うん［運］ [二]36
[名] 命運，運氣。
[類] 運命
△宝くじが当たるとは、なんと運がいいことか／竟然中了彩卷，運氣還真好啊！

□うんが［運河］ [二]6
[名] 運河。
[類] 堀
△真冬の運河に飛び込むとは、無茶というものだ／在寒冬跳入運河裡，真是件荒唐的事。

□うんてん［運転］ [三]2
[名·他サ] 開車；周轉。
[類] 操る
△車を運転しようとしたら、かぎがなかった／正想開車，才發現沒有鑰匙。

□うんてんしゅ［運転手］ [三]2
[名] 司機。
[類] 運転者
△タクシーの運転手に、チップをあげた／給了計程車司機小費。

□うんどう［運動］ [三]2
[名·自サ] 運動；運動。
[類] スポーツ
△運動し終わったら、道具を片付けてください／運動完了，請將道具收拾好。

□うんと [二]6
[副] 多，大大地；用力，使勁地。
[類] たくさん
△うんとおしゃれをして出かけた／她費心打扮出門去了。

□うんぬん［云々］ [二]6
[名·他サ] 云云，等等；說長道短。
[類] これこれ
△他人のすることについて云々したくはない／對於他人所作的事，我不想多說什麼。

うんぱん［運搬］ [二][6]

[名·他サ] 搬運，運輸。

[類] 運ぶ

△荷物(にもつ)を指示(しじ)どおりに運搬(うんぱん)した／行李已依指示搬運完成。

うんよう［運用］ [二][6]

[名·他サ] 運用，活用。

[類] 応用

△目的(もくてき)にそって、資金(しきん)を運用(うんよう)する／按目的來運用資金。

えエ

え［絵］ [四][2]

[名] 畫。

[類] 画

△これは、「ひまわり」という絵(え)です／這幅畫叫「向日葵」。

えいえん［永遠］ [二][6]

[名] 永遠，永恆，永久。

[類] 何時までも

△神(かみ)のもとで、永遠(えいえん)の愛(あい)を誓(ちか)います／在神面前，發誓相愛至永遠。

えいが［映画］ [四][2]

[名] 電影。

[類] ムービー

△いっしょに映画(えいが)を見(み)ましょう／一起看場電影吧！

えいがかん［映画館］ [四][2]

[名] 電影院。

[類] 映画劇場

△映画館(えいがかん)と銀行(ぎんこう)があります／有電影院和銀行。

えいきゅう［永久］ [二][3][6]

[名] 永遠，永久。

[類] 何時までも

△私(わたし)は、永久(えいきゅう)にここには戻(もど)ってこない／我永遠不會再回來這裡。

えいきょう［影響］ [二][3][6]

[名·自サ] 影響。

[類] 反響

△毎日(まいにち)テレビを見(み)ていたら、影響(えいきょう)を受(う)けざるをえない／每天都在看電視，難免不受其影響。

えいぎょう［営業］ [二][6]

[名·自他サ] 營業，經商。

[類] 商い

△営業(えいぎょう)開始(かいし)に際(さい)して、店長(てんちょう)から挨拶(あいさつ)があります／開始營業時，店長會致詞。

えいご［英語］ [四][2]

[名] 英語，英文。

△先生(せんせい)は、英語(えいご)ができます／老師懂英語。

えいせい［衛生］ [二][3][6]

[名] 衛生。

[類] 保健

△この店(みせ)は、衛生上(えいせいじょう)も問題(もんだい)があるね／

這家店，衛生上也有問題呀。

えいぶん［英文］ [二][3][6]

[名] 用英語寫的文章；「英文學」、「英文學科」的簡稱。

△この英文は、難しくてしようがない／這英文，實在是難得不得了。

えいよう［栄養］ [二][3][6]

[名] 營養。

[類] 養分

△子どもに勉強させる一方、栄養にも気をつけています／我督促小孩讀書的同時，也注意營養是否均衡。

えいわ［英和］ [二][3][6]

[名] 英日辭典。

△兄の部屋には、英和辞典ばかりでなく、仏和辞典もある／哥哥的房裡，不僅有英日辭典，也有法日辭典。

ええ [四][2]

[感]（用降調表示肯定）是的；（用升調表示驚訝）哎呀。

△ええ、切手も葉書も買いました／是的，買了郵票，也買了明信片。

ええと [二][6]

[感]（一時想不起而思考時發出的聲音）啊，嗯。

えがお［笑顔］ [二][6]

[名] 笑臉，笑容。

[反] 泣き顔　[類] 笑い顔

△売り上げを上げるには、笑顔でサービスするよりほかない／想要提高營業額，沒有比用笑臉來服務客人更好的辦法。

えがく［描く］ [二][3][6]

[他五] 畫，描繪；以…為形式，描寫；想像。

[類] 写す

△この絵は、心に浮かんだものを描いたにすぎません／這幅畫只是將內心所想像的東西，畫出來的而已。

えき［駅］ [四][2]

[名]（鐵路的）車站。

△駅から家まで歩きました／從車站走到家。

えきたい［液体］ [二][3][6]

[名] 液體。

[類] 液状

△気体から液体になったかと思うと、たちまち固体になった／才剛在想它從氣體變成了液體，現在又瞬間變成了固體。

えさ［餌］ [二][6]

[名] 飼料，飼食。

[類] 餌（え）

△野良猫たちは、餌をめぐっていつも争っている／野貓們總是圍繞著飼料互相爭奪。

エスカレーター［escalator］ [三][2]

[名] 自動手扶梯。

△駅にエスカレーターをつけることになりました／車站決定設置手扶梯。

えだ［枝］ [三][2]

[名] 樹枝；分支。

[類] 梢

△枝を切ったので、遠くの山が見えるようになった／由於砍掉了樹枝，遠山就可以看到了。

エチケット［etiquette］ [二][6]

[名] 禮節，禮儀，（社交）規矩。

[類] 礼儀

△エチケット違反をするものではない／不該違反禮儀。

えっ [二][6]

[感]（表示驚訝、懷疑）啊！怎麼？

△えっ、あれが彼のお父さん?／咦？那是他父親啊？

エネルギー［energie］ [二][6]

[名] 能量，能源；精力，氣力。

[類] 活力

△国内全体にわたって、エネルギーが不足しています／就全國整體來看，能源是不足的。

えのぐ［絵の具］ [二][6]

[名] 顏料，水彩。

[類] 顔料

△絵の具で絵を描いています／我用水彩作畫。

エプロン［apron］ [二][6]

[名] 圍裙。

[類] 前掛け

△彼女は、エプロン姿が似合います／她很適合穿圍裙呢！

えらい［偉い］ [二][3][6]

[形] 偉大，卓越，了不起；（地位）高，（身分）高貴；（出乎意料）嚴重。

[類] 偉大

△彼は学者として偉かった／以一個學者而言他是很偉大的。

えらぶ［選ぶ］ [三][2]

[他五] 選擇。

[類] 選択する

△好きなのをお選びください／請選您喜歡的。

える［得る］ [二][6]

[他下一] 得，得到；領悟，理解；能夠。

[類] 手に入れる

△仕事をしてお金を得るとともに、沢山のことを学ぶことができる／工作可以得到報酬的同時，也可以學到很多事情。

エレベーター［elevator］ [四][2]

[名] 電梯，升降機。

△駅にはエレベーターがあります／車站裡有電梯。

えん［円］ [四][2]

[名]（日本貨幣單位）日圓。

△アメリカのは1000円ですが、日本の

は800円です／美國製的是一千日圓，日本製的是800日圓。

えん ［円］ (二)6

㊧（幾何）圓，圓形；（明治後日本貨幣單位）日元。

㊤ 丸

△点Aを中心に、円を描いてください／請以A點為圓心，畫出一個圓來。

えんき ［延期］ (二)③6

㊧·他サ 延期。

㊤ 日延べ

△スケジュールを発表した以上、延期するわけにはいかない／既然已經公布了時間表，就絕不能延期。

えんぎ ［演技］ (二)6

㊧·自サ （演員的）演技，表演；演技，做戲。

△ちょうど演技の練習をしているところを、ちょっと中断してもらった／正當在他們練習演技時，我請他們暫停了一下。

えんげい ［園芸］ (二)6

㊧ 園藝。

△趣味として、園芸をやっています／我視園藝為一種興趣在經營。

えんげき ［演劇］ (二)6

㊧ 演劇，戲劇。

㊤ 芝居

△先生の指導のもとに、演劇の練習をしている／在老師的指導之下排演戲

劇。

えんしゅう ［円周］ (二)6

㊧（數）圓周。

△円周率は、約3.14である／圓周率約為3.14。

えんしゅう ［演習］ (二)③6

㊧·自サ 演習，實際練習；（大學內的）課堂討論，共同研究。

㊤ 練習

△計画にそって、演習が行われた／按照計畫，進行了演習。

えんじょ ［援助］ (二)6

㊧·他サ 援助，幫助。

㊤ 後援

△親の援助があれば、生活できないこともない／有父母支援的話，也不是不能過活的。

エンジン ［engine］ (二)6

㊧ 發動機，引擎。

㊤ 発動機

△スポーツカー向けのエンジンを作っています／我們正在製造適合跑車用的引擎。

えんぜつ ［演説］ (二)6

㊧·自サ 演說。

㊤ 講演

△首相の演説が終わったかと思ったら、外相の演説が始まった／首相的演講才結束，外交大臣就馬上接著演講了。

えんそう [演奏] 〓6

(名・他サ) 演奏。

(類) 奏楽

△私から見ると、彼の演奏はまだまだだね／就我來看，他演奏還有待加強。

えんそく [遠足] 〓③6

(名・自サ) 遠足，郊遊。

(類) ピクニック

△遠足に行くとしたら、富士山に行きたいです／如果要去遠足，我想去富士山。

えんちょう [延長] 〓6

(名・自他サ) 延長，延伸，擴展；全長。

(類) 延ばす

△試合を延長するに際して、10分 休憩します／在延長比賽時，先休息10分鐘。

えんとつ [煙突] 〓6

(名) 煙囪。

(類) 煙筒

△煙突から煙が出ている／從煙囪裡冒出了煙來。

えんぴつ [鉛筆] 四2

(名) 鉛筆。

(類) 木筆

△鉛筆で書きます／用鉛筆寫字。

えんりょ [遠慮] 〓2

(名・自他サ) 客氣；謝絕。

(類) 憚る

△すみませんが、私は遠慮します／對不起，請容我拒絕。

おォ

お [御] 四2

(接頭) 放在字首，表示尊敬語及美化語。

(類) ご

△お金は、いくらありますか／你有多少錢？

おあずかりします [お預かりします] 四2

(寒暄) 收進；保管（暫時代人）。

△鍵をお預かりします／幫您保管鑰匙。

おい 〓6

(感)（對同輩或晚輩使用）打招呼的喂，唉；（表示輕微的驚訝），呀！啊！

△おい、大丈夫か／喂！你還好吧。

おい [甥] 〓6

(名) 姪子，外甥。

(反) 姪　(類) 甥御

△甥の将来が心配でならない／替外甥的未來擔心到不行。

おいかける [追い掛ける] 〓③6

(他下一) 追趕；緊接著。

(類) 追う

△すぐに追いかけないことには、犯人

に逃げられてしまう／不趕快追上去的話，會被犯人逃走的。

□ おいこす［追い越す］ [二]36

[他五] 超過，趕過去。

[類] 抜く

△トラックなんか、追い越してしまいましょう／我們快追過那卡車吧！

□ おいしい［美味しい］ [四]2

[形] 美味的，可口的，好吃的。

[反] まずい [類] うまい

△その店のラーメンは、おいしいですか／那家店的拉麵可口嗎？

□ おいつく［追い付く］ [二]36

[自五] 追上，趕上；達到；來得及…。

[類] 追い及ぶ

△一生懸命走って、やっと追いついた／拼命地跑，終於趕上了。

□ おいでになる［お出でになる］ [三]2

[自五] 來，去，在（尊敬語）。

[類] いらっしゃる

△明日のパーティーに、社長はお出でになりますか／明天的派對，社長會蒞臨嗎？

□ オイル［oil］ [二]6

[名] 油，油類；油畫，油畫顏料；石油。

[類] 石油

△最近、オイル価格は、上がる一方だ／最近石油的價格持續上升。

□ おいわい［お祝い］ [三]2

[名] 慶祝，祝福。

[類] 祝賀

△これは、お祝いのプレゼントです／這是聊表祝福的禮物。

□ おう［王］ [二]6

[名] 帝王，君王，國王；首領，大王；（象棋）王將。

[類] 国王

△王も、一人の人間にすぎない／國王也不過是普通的人罷了。

□ おう［追う］ [二]36

[他五] 追；趕走；逼催，忙於；趨趕；追求；遵循，按照。

[類] 追いかける

△刑事は犯人を追っている／刑警正在追捕犯人。

□ おうえん［応援］ [二]36

[名・他サ] 援助，支援；聲援，助威。

[類] 声援

△私が応援しているチームに限って、いつも負けるからいやになる／獨獨我所支持的球隊總是吃敗仗，叫人真嘔。

□ おうさま［王様］ [二]6

[名] 國王，大王。

[類] 元首

△王様は、立場上意見を言うことができない／就國王的立場上，實在無法發表意見。

お

おうじ［王子］ [二][6]

[名] 王子；皇族的男子。

[反] 王女　[類] プリンス

△国王のみならず、王子まで暗殺された／不單是國王，就連王子也被暗殺了。

おうじょ［王女］ [二][6]

[名] 公主，皇族的女子。

[反] 王子　[類] プリンセス

△王女様のことだから、ピンクのドレスがよく似合うでしょう／正因為是公主，所以一定很適合粉紅色的禮服吧。

おうじる・おうずる［応じる・応ずる］ [二][6]

[自上一] 響應；答應；允應，滿足；適應。

[類] 適合する

△場合に応じて、いろいろなサービスがあります／隨著場合的不同，有各種不同的服務。

おうせつ［応接］ [二][6]

[名·自サ] 接待，應接。

[類] 持て成し

△会社では、掃除もすれば、来客の応接もする／公司裡，要打掃也要接待客人。

おうせつま［応接間］ [三][2]

[名] 會客室。

△応接間の花に水をやってください／會客室裡的花澆一下水。

おうたい［応対］ [二][6]

[名·他サ] 應對，接待，應酬。

[類] 接待

△お客様の応対をしているところに、電話が鳴った／電話在我接待客人時響了起來。

おうだん［横断］ [二][3][6]

[名·他サ] 橫斷；橫渡，橫越。

[類] 横切る

△警官の注意もかまわず、赤信号で道を横断した／他不管警察的警告，照樣闖紅燈。

おうふく［往復］ [二][3][6]

[名·自サ] 往返，來往；通行量。

[類] 行き帰り

△往復5時間もかかる／來回要花上五個小時。

おうべい［欧米］ [二][6]

[名] 歐美。

[類] 西洋

△A教授のもとに、たくさんの欧米の学生が集まっている／A教授的門下，聚集著許多來自歐美的學生。

おうよう［応用］ [二][3][6]

[名·他サ] 應用，運用。

[類] 活用

△基本問題に加えて、応用問題もやってください／除了基本題之外，也請做一下應用題。

おえる [終える] 　　二6

他下一・自下一　做完，完成，結束。

反 始める　　類 終わらせる

△太郎は無事任務を終えた／太郎順利地把任務完成了。

おお [大] 　　二36

造語 （形狀、數量）大，多；（程度）非常，很；大體，大概。

反 小

△昨日大雨が降った／昨天下了大雨。

おおい [多い] 　　二2

形 多的。

反 少ない　　類 たくさん

△友だちは、多いほうがいいです／多一點朋友比較好。

おおいに [大いに] 　　二6

副 很，頗，大大地，非常地。

類 非常に

△社長のことだから、大いに張り切っているだろう／因為是社長，所以一定相當地賣命吧。

おおう [覆う] 　　二36

他五 覆蓋，籠罩；掩飾；籠罩，充滿；包含，蓋擴。

類 被せる

△車をカバーで覆いました／用車套蓋住車子。

おおきい [大きい] 　　四2

形 （數量、體積等）大，巨大；（程度、範圍等）大，廣大。

反 小さい　　類 でかい

△あの窓の大きい建物は、学校です／那棟有著大窗戶的建築物是學校。

おおきな [大きな] 　　二2

準連體詞 大，大的。

反 小さな

△こんな大きな木は見たことがない／沒看過這麼大的樹木。

オーケストラ [orchestra] 　　二6

名 管絃樂（團）；樂池，樂隊席。

類 管弦楽（団）

△オーケストラの演奏は、期待に反してひどかった／管絃樂團的演奏與期待相反，非常的糟糕。

おおざっぱ [大雑把] 　　二6

形動 草率，粗枝大葉；粗略，大致。

類 おおまか

△大雑把に掃除しておいた／先大略地整理過了。

おおぜい [大勢] 　　四2

名 很多（人），眾多（人）；（人數）很多。

反 小勢　　類 多人数

△あそこに、大勢人がいます／那邊有很多人。

おおどおり [大通り] 　　二36

名 大街，大馬路。

類 街

お

△売り上げがよかったのを契機に、大通りに店を出した／趁著銷售量亮眼的時候，在大馬路旁開了家店。

オートバイ ［auto＋bicycle（日製）］ ⊜2
⊛ 摩托車。
⊛ 単車
△そのオートバイは、彼のらしい／那輛摩托車好像是他的。

オートメーション ［automation］ ⊜6
⊛ 自動化，自動控制裝置，自動操縦法。
⊛ 自動制御装置
△オートメーション設備を導入して以来、製造速度が速くなった／自從引進自動控制設備後，生產的速度就快了許多。

オーバー ［over］ ⊜2
⊛ 超過。
⊛ 超える
△外野のフェンスをオーバーする／越過外野圍牆。

オーバー（コート） ［overcoat］ ⊜36
⊛ 大衣，外套，外衣。
⊛ 外套

おおや ［大家］ ⊜6
⊛ 房東；正房，上房，主房。
⊛ 店子（たなこ） ⊛ 家主（やぬし）

△アメリカに住んでいた際は、大家さんにたいへんお世話になった／在美國居住的那段期間，受到房東很多的照顧。

おおよそ ［大凡］ ⊜6
⊛ 大體，大概，一般；大約，差不多。
⊛ 大方
△おおよその事情はわかりました／我已經瞭解大概的狀況了。

おか ［丘］ ⊜36
⊛ 丘陵，山崗，小山。
⊛ 丘陵
△町に出るには、あの丘を越えていくよりほかはない／要離開這個城鎮，除了翻越那個山丘沒有其他辦法。

おかあさん ［お母さん］ ⊜2
⊛ （「母」的敬稱）媽媽，母親；您母親，令堂。
⊛ お父さん ⊛ 母
△お母さんと一緒に、買い物をしました／和媽媽一起去買了東西。

おかえりなさい ［お帰りなさい］ ⊜2
⊛ 回來了。
△お帰りなさい。お茶でも飲みますか／你回來啦。要不要喝杯茶？

おかげ ［お蔭］ ⊜2
⊛ 托福；承蒙關照。
⊛ 恩惠

△あなたが手伝ってくれたおかげで、仕事が終わりました／多虧你的幫忙，工作才得以結束。

おかけください ㈡6

敬 請坐。

おかげさまで ［お蔭様で］ ㈢2

寒暄 託福，多虧。
△お蔭様で、元気になってきました／託您的福，我身體好多了。

おかし ［お菓子］ ㈣2

名 點心，糕點。
類 点心
△あなたは、お菓子しか食べないの／你只吃點心嗎？

おかしい ［可笑しい］ ㈢2

形 奇怪，可笑；不正常。
類 滑稽
△おかしければ、笑いなさい／如果覺得可笑，就笑呀！

おかず ［お数・お菜］ ㈡36

名 菜飯，菜餚。
類 副食物
△今日のおかずはハンバーグです／今天的餐點是漢堡肉。

おかね ［お金］ ㈣2

名 錢，貨幣。
類 金銭
△お金がたくさんほしいです／我想要有很多錢。

おかねもち ［お金持ち］ ㈢2

名 有錢人。
反 貧乏人　類 富豪
△だれでもお金持ちになれる／誰都可以成為有錢人。

おかまいなく ［お構いなく］ ㈡6

敬 不管，不在乎，不放在心上，不介意。
類 無頓着

おがむ ［拝む］ ㈡6

他五 叩拜；合掌作揖；懇求，央求；瞻仰，見識。
類 拝する
△お寺に行って、仏像を拝んだ／我到寺廟拜了佛像。

おかわり ［お代わり］ ㈡6

名・自サ （酒、飯等）再來一杯、一碗。
△ダイエットしているときに限って、ご飯をお代わりしたくなります／偏偏在減肥的時候，就會想再吃一碗。

おき ㈢2

接尾 每隔…。
△天気予報によると、1日おきに雨が降るそうだ／根據氣象報告，每隔一天會下雨。

～おき ㈡6

接尾 （接在數量詞後面）每隔，間隔。
△2時間おきに、赤ちゃんにミルクをあげます／我每隔兩個小時，就會餵牛

お

奶給寶寶喝。

□ おき［沖］ [二][3][6]

[名]（離岸較遠的）海面，海上；湖心；（日本中部方言）寬闊的田地、原野。

[類] 海

△船が沖へ出るにつれて、波が高くなった／船隻越出海，浪就打得越高。

□ おぎなう［補う］ [二][6]

[他五] 補償，彌補，貼補。

[類] 補足する

△ビタミン剤で栄養を補っています／我吃維他命錠來補充營養。

□ おきのどくに［お気の毒に］ [二][6]

[連語・感] 令人同情；過意不去，給人添麻煩。

[類] 哀れ

△泥棒に入られて、お気の毒に／被小偷闖空門，還真是令人同情。

□ おきる［起きる］ [四][2]

[自上一]（倒著的東西）起來，立起來；起床；不睡。

[類] 目覚める

△わたしは毎朝早く起きます／我每天早上都很早起床。

□ おきる［起きる］ [二][3][6]

[自上一]（倒著的東西）起來，立起來；起床；不睡；發生。

[類] 立ち上がる

△転んでもすぐ起きる／跌倒了也會馬上爬起來。

□ おく［置く］ [四][2]

[他五] 放，放置；降，下；處於，處在。

[類] 据える

△そこに、荷物を置いてください／請將行李放在那邊。

□ おく［億］ [三][2]

[名] 億。

△家を建てるのに、３億円も使いました／蓋房子竟用掉了3億日圓。

□ おく［奥］ [二][3][6]

[名] 裡頭，內部，深處；裡院，內宅；盡頭，末尾，最後；夫人，太太。

[類] 奥底

□ おくがい［屋外］ [二][6]

[名] 戶外。

[反] 屋内 [類] 戸外

△君は、もっと屋外で運動するべきだ／你應該要多在戶外運動才是。

□ おくさま［奥様］ [二][3][6]

[名] 尊夫人，太太。

[類] 夫人

△社長のかわりに、奥様がいらっしゃいました／社長夫人代替社長大駕光臨了。

□ おくさん［奥さん］ [四][2]

[名] 太太，尊夫人。

[類] 奥様

△奥さんとけんかしますか／你會跟太

太吵架嗎？

□ おくじょう［屋上］ [三2]

[名] 屋頂。

△屋上でサッカーをすることができます／頂樓可以踢足球。

□ おくりがな［送り仮名］ [二36]

[名] 漢字訓讀時，寫在漢字下的假名；用日語讀漢文時，在漢字右下方寫的假名。

[類] 送り

△先生に習ったとおりに、送り仮名をつけた／照著老師所教來註上假名。

□ おくりもの［贈り物］ [三2]

[名] 贈品，禮物。

[類] プレゼント

△この贈り物をくれたのは、誰ですか／這禮物是誰送我的？

□ おくる［送る］ [三2]

[他五] 寄送；送行。

[類] 届ける

△東京にいる息子に、お金を送ってやりました／寄錢給在東京的兒子了。

□ おくる［贈る］ [二36]

[他五] 贈送，餽贈；授與，贈給。

[類] 与える

△大学から彼に博士号が贈られた／大學頒給他博士學位。

□ おくれる［遅れる］ [三2]

[自下一] 遲到；緩慢。

[類] 遅刻する

△時間に遅れるな／不要遲到。

□ おこさん［お子さん］ [三2]

[名] 您孩子。

[類] お子様

△お子さんは、どんなものを食べたがりますか／您小孩喜歡吃什麼東西？

□ おこす［起こす］ [三2]

[他五] 扶起；叫醒；引起。

[類] 目覚ませる

△父は、「明日の朝、6時に起こしてくれ。」と言った／父親說：「明天早上六點叫我起床」。

□ おこたる［怠る］ [二6]

[他五] 怠慢，懶惰；疏忽，大意。

[類] 怠ける

△努力を怠ったせいで、失敗しました／由於怠於努力，所以失敗了。

□ おこなう［行なう］ [三2]

[他五] 舉行，舉辦。

[類] 実施する

△来週、音楽会が行なわれる／音樂將會在下禮拜舉行。

□ おこる［怒る］ [三2]

[自五] 生氣；斥責。

[類] 腹立つ

△母に怒られた／被媽媽罵了一頓！

□ おさえる［押さえる］ [二36]

[他下一] 按，壓；扣住，勒住；控制，阻止；捉住；扣留；超群出衆。

☐ 押さえ付ける
△この釘を押さえていてください／請按住這個釘子。

☐ おさきに ［お先に］ 二6
敬 先離開了，先走了，先告辭了。

☐ おさけ ［お酒］ 四2
名 酒（「さけ」的鄭重說法）。
類 ワイン
△お祖母さんは、お酒がきらいです／奶奶不喜歡酒。

☐ おさけ ［お酒］ 二6
名 日本酒。
類 清酒
△お酒のかわりに、お茶をください／把酒換掉，請給我一杯茶。

☐ おさない ［幼い］ 二6
形 幼小的，年幼的；孩子氣，幼稚的。
類 幼少
△幼い子どもから見れば、私もおじさんなんだろう／從年幼的孩童的眼中來看，我也算是個叔叔吧。

☐ おさめる ［収める］ 二36
他下一 接受；取得；收藏，收存；收集，集中；繳納；供應，賣給；結束。
類 収穫する
△プロジェクトが成功を収めたばかりか、次の計画も順調だ／豈止是順利完成計畫，就連下一個企畫也進行得很順利。

☐ おじ ［伯父］ 四2
名 伯伯，叔叔，舅舅，姨丈，姑丈。
反 伯母 類 伯父さん
△伯父と一緒に晩ご飯を食べました／和伯伯一起吃了晚飯。

☐ おしい ［惜しい］ 二36
形 遺憾；可惜的，捨不得；珍惜。
類 もったいない
△普段の実力に反して、惜しくも試合に負けた／不同於以往該有的實力，很可惜地輸掉了比賽。

☐ おじいさん ［お祖父さん］ 四2
名 祖父；外公；（對一般老年男子的稱呼）爺爺；老爺爺，老爹。
反 お祖母さん 類 祖父
△お祖父さんは、元気ですか／爺爺好嗎？

☐ おしいれ ［押し入れ］ 二2
名 壁櫥。
類 押し込み
△その本は、押し入れにしまっておいてください／請將那本書收進壁櫥裡。

☐ おしえる ［教える］ 四2
他下一 指導，教導；教訓；指教，告訴。
反 習う 類 教授する
△どなたが田中さんですか。教えてください／哪位是田中先生？請告訴我。

☐ おじぎ ［お辞儀］ 二36
名・自サ 行禮，鞠躬，敬禮；客氣。

類 挨拶

△目上の人にお辞儀をしなかったばかりに、母にしかられた／因為我沒跟長輩行禮，被媽媽罵了一頓。

おじさん 四2

名 伯父，叔叔，舅舅，姑丈，姨丈；大叔，大爺。

反 おばさん 類 おじ

△伯父さんは元気ですか／伯父好嗎？

おじさん ［伯父・叔父さん］ 二36

名 伯伯，舅舅，姨丈，姑丈。

反 おばさん 類 おじ

△叔父さんのおかげで、助かりました／多虧叔叔您的幫忙我才得救。

おしゃべり ［お喋り］ 二36

名・自サ・形動 閒談，聊天；愛說話的人，健談的人。

反 無口 類 無駄口

△友だちとおしゃべりをしているところへ、先生が来た／當我正在和朋友閒談時，老師走了過來。

おじゃまします ［お邪魔します］ 二6

敬 打擾了。

おしゃれ ［お洒落］ 二36

名・形動 打扮漂亮。

類 お粧（めか）し

おじょうさん ［お嬢さん］ 三2

名 您女兒；小姐；千金小姐。

類 お嬢様

△お嬢さんは、とても女らしいですね／您女兒非常淑女呢！

おじょうさん ［お嬢さん］ 二6

名 小姐；令嬡。

類 お嬢様

△旦那様も旦那様なら、お嬢さんもお嬢さんだ／老爺固有不對，但小姐也有錯。

おしらせ ［お知らせ］ 二6

名 通知，訊息。

類 通知

△大事なお知らせだからこそ、わざわざ伝えに来たのです／正因為有重要的通知事項，所以才特地前來傳達。

おす ［押す］ 四2

他五 推，擠；壓，按；冒著，不顧。

反 引く 類 圧する

△押したり引いたりする／或推或拉。

おせわになりました ［お世話になりました］ 二6

敬 受您照顧了，得到您的關照了。

おせん ［汚染］ 二6

名・自他サ 污染。

類 汚れる

△工場が生産をやめないかぎり、川の汚染は続くでしょう／只要工廠不停止生產，河川的污染就會持續下去吧！

お

おそい［遅い］ [四] 2

[形]（速度上）慢，遲緩；（時間上）遲，晚；趕不上，來不及。

[反] 速い　[類] 鈍い

△もっと飲みたいですが、もう時間が遅いです／我想多喝一點，但是時間已經很晚了。

おそらく［恐らく］ [二] 3 6

[副] 恐怕，或許，很可能。

[類] 多分

△恐らく彼は、今ごろ勉強の最中でしょう／他現在恐怕在唸書吧。

おそれる［恐れる］ [二] 3 6

[自下一] 害怕，恐懼；擔心。

[類] 心配する

△私は挑戦したい気持ちがある半面、失敗を恐れている／在我想挑戰的同時，心裡也害怕會失敗。

おそろしい［恐ろしい］ [二] 3 6

[形] 可怕；驚人，非常，厲害。

[類] 怖い

△そんな恐ろしい目で見ないでください／不要用那種駭人的眼神看我。

おそわる［教わる］ [二] 3 6

[他五] 受教，跟…學習。

△パソコンの使い方を教わったとたんに、もう忘れてしまった／才剛請別人教我電腦的操作方式，現在就已經忘了。

おだいじに［お大事に］ [三] 2

[寒暄] 珍重，保重。

△頭痛がするのですか 。どうぞお大事に／頭痛嗎？請多保重！

おだいじに［お大事に］ [二] 6

[敬] 請保重身體。

おたがい［お互い］ [二] 3 6

[名] 彼此，互相。

△話せば話すほど、お互いを理解できる／雙方越交談，就越能互相了解。

おたく［お宅］ [三] 2

[名] 您府上，貴宅。

[類] お住まい

△うちの息子より、お宅の息子さんのほうがまじめです／你家兒子比我家兒子認真。

おだやか［穏やか］ [二] 3 6

[形動] 平穩；溫和，安詳；穩妥，穩當。

[類] 温和

△思っていたのに反して、上司の性格は穏やかだった／與我想像的不一樣，我的上司個性很溫和。

おちつく［落ち着く］ [二] 3 6

[自五]（心神，情緒等）穩靜；鎮靜，安祥；穩坐，穩當；（長時間）定居；有頭緒；淡雅，協調。

[類] 安定する

△引越し先に落ち着いたら、手紙を書きます／等搬完家安定以後，我就寫信

給你。

おちゃ［お茶］ [四] 2

[名] 茶，茶葉；茶道；茶會。

[類] ティー

△お茶やコーヒーを飲みました／喝了茶和咖啡。

おちる［落ちる］ [三] 2

[自上一] 掉落；脫落；降低。

[類] 落下する

△何か、机から落ちましたよ／有東西從桌上掉下來了喔！

おっしゃる [三] 2

[他五] 說，講，叫。

[類] 言う

△なにかおっしゃいましたか／您說什麼呢？

おっと［夫］ [二] 3 6

[名] 夫，丈夫。

[反] 妻　[類] 亭主

おてあらい［お手洗い］ [四] 2

[名] 廁所，洗手間。

[類] 洗面所

△お手洗いは、どちらにありますか／廁所在哪裡？

おでかけ［お出掛け］ [二] 6

[名] 出門，正要出門。

[類] 外出する

△ちょうどお出掛けのところを、引き止めてすみません／在您正要出門時叫住您，實在很抱歉。

おてつだいさん［お手伝いさん］ [二] 6

[名] 佣人。

[類] 女中

△妻の仕事が忙しくなったのを契機に、お手伝いさんを雇いました／自從妻子工作變忙之後，我們就雇用了佣人。

おと［音］ [三] 2

[名] 音，聲音。

[類] 音（おん）

△あれは、自動車の音かもしれない／那可能是汽車的聲音。

おとうさん［お父さん］ [四] 2

[名]（「ちち」的敬稱）爸爸，父親；您父親，令尊。

[反] お母さん　[類] 父

△お父さんとお母さんは、お元気ですか／父母親都好嗎？

おとうと［弟］ [四] 2

[名] 弟弟；年齡小，經歷淺。

[反] 妹　[類] 弟さん

△私は、弟がほしいです／我想要個弟弟。

おどかす［脅かす］ [二] 6

[他五] 威脅，逼迫；嚇唬。

[類] 驚かす

△急に飛び出してきて、脅かさないで

ください／不要突然跳出來嚇人好不好！

おとこ［男］ [四]2

[名] 男性，男子，男人；（泛指動物）雄性。

[反] 女　[類] 男性

△その男(おとこ)の人(ひと)は、学生(がくせい)です／那個男子是學生。

おとこのこ［男の子］ [四]2

[名] 男孩子；兒子；年輕小伙子。

[反] 女の子　[類] 男児

△男(おとこ)の子(こ)か女(おんな)の子(こ)か知(し)りません／不知道是男孩還是女孩。

おとこのひと［男の人］ [二]6

[名] 男人，男性。

[反] 女の人　[類] 男性

△この映画(えいが)は、男(おとこ)の人(ひと)向(む)けだと思(おも)います／這部電影，我認為很適合男生看。

おとしもの［落し物］ [二]36

[名] 不慎遺失的東西。

[類] 遺失物

△落(おと)し物(もの)を交番(こうばん)に届(とど)けた／我將撿到的遺失物品，送到了派出所。

おとす［落とす］ [三]2

[他五] 使掉下；丟失；弄掉。

[類] 取り落とす

△落(お)としたら割(わ)れますから、気(き)をつけて／掉下就破了，小心點！

おととい［一昨日］ [四]2

[名] 前天。

[類] 一昨日（いっさくじつ）

△一昨日(おととい)、誰(だれ)と会(あ)いましたか／前天跟誰見了面？

おととし［一昨年］ [四]2

[名] 前年。

[類] 一昨年（いっさくねん）

△一昨年(おととし)、ここに来(き)ました／前年來過這裡。

おとな［大人］ [四]2

[名] 大人，成人；（兒童等）聽話，乖巧；老成。

[反] 子供　[類] 成人

△子(こ)どもから大人(おとな)まで、たくさんの人(ひと)が来(き)ました／來了很多人，從小孩到大人都有。

おとなしい［大人しい］ [二]36

[形] 老實，溫順；（顏色等）樸素，雅致。

[類] 穏やか

△彼女(かのじょ)は大人(おとな)しい反面(はんめん)、内面(ないめん)はとてもしっかりしています／她個性溫順的另一面，其實內心非常有自己的想法。

おどり［踊り］ [三]2

[名] 舞蹈。

[類] 舞踊

△沖縄(おきなわ)の踊(おど)りを見(み)たことがありますか／你看過沖繩舞蹈嗎？

おとる［劣る］ [二]6

[自五] 劣，不如，不及，比不上。

反 優れる 類 及ばない
△英語力は、私のほうが劣っている／在英語能力方面，我比較差一些。

おどる ［踊る］ 三2
自五 跳舞。
類 舞う
△私はタンゴが踊れます／我會跳探戈舞。

おどろかす ［驚かす］ 二6
他五 使吃驚，驚動；嚇唬；驚喜；使驚覺。
類 びっくりさせる
△プレゼントを買っておいて驚かそう／事先買好禮物，讓他驚喜一下！

おどろく ［驚く］ 三2
自五 吃驚，驚奇。
類 びっくりする
△彼にはいつも、驚かせられる／我總是被他嚇到。

おなか ［お腹］ 四2
名 肚子，腸胃。
類 腹
△会社に行くとき、いつもおなかが痛くなります／到公司時，肚子總是會痛。

おなじ ［同じ］ 四2
形動 相同的，一樣的，同等的；同一個。
類 同様
△それは私のと同じだわ／那個跟我的一樣。

おに ［鬼］ 二6
名・接頭 鬼，鬼怪；窮凶惡極的人；鬼形狀的；死者的靈魂；狠毒的，冷酷無情的；大型的，突出的。
△あなたは鬼のような人だ／你真是個無血無淚的人！

おにいさん ［お兄さん］ 四2
名 哥哥（「あに」的鄭重說法）。
反 お姉さん 類 兄
△鈴木さんのお兄さんは、英語がわかります／鈴木先生的哥哥懂英語。

おねえさん ［お姉さん］ 四2
名 姉姉（「あね」的鄭重說法）。
反 お兄さん 類 姉
△お姉さんは、いつ結婚しましたか／令姉什麼時候結婚的？

おのおの ［各々］ 二36
名・副 各自，各，諸位。
類 それぞれ
△各々の考えにそって、行動しましょう／依你們各自的想法行動吧！

おば ［伯母・叔母］ 四2
名 姨媽，姑媽，伯母，舅媽。
反 おじ 類 おばさん
△叔母の家へ行きます／到姨媽家去。

おばあさん ［お祖母さん］ 四2
名 祖母；外祖母（對一般老年婦女的稱呼）；奶奶，姥姥。

お

反 お祖父さん　類 祖母

△お祖母さんといつ会いますか／什麼時候跟奶奶見面？

おばさん
[伯母さん・叔母さん] 四2

名 姨媽，姑媽，伯母。

反 おじさん　類 おば

△叔母さんは、ここへは、いつ来ましたか／姨媽什麼時候來過這裡？

おばさん
[小母さん] 二36

名 大姨，大媽，大嬸。

反 小父（おじ）さん

△隣の叔母さんにご馳走になった上に、プレゼントももらったの／不僅讓隔壁大媽請了一頓，又拿到了禮物呢！

おはよう 四2

寒喧 （早晨見面時）早安，您早。

類 おはようございます

△おはよう、今日はどこかへ行きますか／早安。今天要上那兒去嗎？

おび [帯] 二6

名 （和服裝飾用的）衣帶，腰帶；「帶紙」的簡稱。

類 腰帶

△この帯は珍しいものにつき、とても高くなっています／由於這個和式腰帶很珍貴，所以價位很高。

おひる [お昼] 二6

名 白天；中飯，午餐。

類 昼

△さっきお昼を食べたかと思ったら、もう晩ご飯の時間です／還以為才剛吃過中餐，忽然發現已經到吃晚餐的時間了。

オフィス [office] 二6

名 辦公室，辦事處；公司；政府機關。

類 事務所

△彼のオフィスは3階だと思ったら、4階でした／原以為他的辦公室是在三樓，誰知原來是在四樓。

おべんとう [お弁当] 四2

名 便當。

△お弁当は、いくついりますか／要幾個便當？

おぼえる [覚える] 四2

他下一 記住，記得；學會，掌握；感到，覺得。

反 忘れる　類 記憶する

△平仮名は覚えましたが、片仮名はまだです／平假名已經記住了，但是片假名還沒。

おぼれる [溺れる] 二6

自下一 溺水，淹死；沉溺於，迷戀於。

類 沈溺する

△川でおぼれているところを助けてもらった／我溺水的時候，他救了我。

おまいり [お参り] 二6

名・自サ 參拜神佛或祖墳。

類 参拝

△祖父母をはじめとする家族全員で、お墓にお参りをしました／祖父母等一同全家人，一起去墳前參拜。

　□ おまえ［お前］　　　　二 6

代·名 你；神前，佛前。

類 あなた

△おまえは、いつも病気がちだなあ／你總是一副病懨懨的樣子啊。

　□ おまたせしました
　　　［お待たせしました］　　二 2

寒暄 讓您久等了。

△お待たせしました。どうぞお坐りください／讓您久等了，請坐。

　□ おまたせしました
　　　［お待たせしました］　　二 6

敬 久等了。

　□ おまちください
　　　［お待ちください］　　　二 6

敬 請等一下。

　□ おまちどおさま
　　　［お待ちどおさま］　　　二 6

敬 久等了。

　□ おまつり［お祭り］　　　二 2

名 慶典，祭典。

類 祭祀

△お祭りの日が、近づいてきた／慶典快到了。

　□ おまわりさん
　　　［お巡りさん］　　　　二 3 6

名 巡邏警察。

類 警官

　□ おみこし［お神輿］　　　二 6

名 神轎；（俗）腰。

類 神輿（しんよ）

△おみこしが近づくにしたがって、賑やかになってきた／隨著神轎的接近，附近也就熱鬧了起來。

　□ おみまい［お見舞い］　　二 2

名 探望。

類 訪ねる

△田中さんが、お見舞いに花をくださった／田中小姐帶花來探望我。

　□ おみやげ［お土産］　　　二 2

名 當地名產；禮物。

類 みやげ物

△みんなにお土産を買ってこようと思います／我想買點當地名產給大家。

　□ おめでたい［お目出度い］　二 6

形 恭喜，可賀。

類 喜ばしい

△このおめでたい時にあたって、一言お祝いを言いたい／在這可喜可賀之際，我想說幾句祝福的話。

　□ おめでとうございます　　二 2

寒暄 恭喜。

△おめでとうございます。賞品は、カメラとテレビとどちらのほうがいいで

お

すか／恭喜您！獎品有照相機跟電視，您要哪一種？

おもい［重い］ [四] 2

[名]（份量）重，沉重；（心情）沈重，不開朗；（情況）嚴重。

[反] 軽い [類] 重たい

△重(おも)い荷物(にもつ)を持(も)ちました／提了很重的行李。

おもいがけない［思い掛けない］ [二] 3 6

[形] 意想不到的，偶然的，意外的。

[類] 意外に

△あなたに会(あ)えたのが思(おも)いがけないだけに、とても嬉(うれ)しかったです／正因為和你這樣不期而遇，所以才感佩更加高興。

おもいきり［思い切り］ [二] 6

[名·副] 斷念，死心；果斷，下決心；狠狠地，盡情地，徹底的。

[類] 思う存分

△思(おも)い切(き)り大(おお)きな声(こえ)で叫(さけ)んだ／我盡情地大喊了出來。

おもいこむ［思い込む］ [二] 6

[自五] 確信不疑，深信；下決心。

[類] 信じる

△彼女(かのじょ)は、失敗(しっぱい)したと思(おも)い込(こ)んだに違(ちが)いありません／她一定是認為任務失敗了。

おもいだす［思い出す］ [三] 2

[他五] 想起來，回想。

[類] 思い起こす

△明日(あした)は休(やす)みだということを思(おも)い出(だ)した／我想起明天是放假。

おもいっきり［思いっきり］ [二] 6

[名·副] 斷念，死心；果斷，下決心；狠狠地，盡情地，徹底的。

[類] 思う存分

おもいつく［思い付く］ [二] 6

[自·他五]（忽然）想起，想起來。

[類] 考え付く

△いいアイデアを思(おも)い付(つ)くたびに、会社(かいしゃ)に提案(ていあん)しています／每當我想到好點子，就提案給公司。

おもいで［思い出］ [二] 3 6

[名] 回憶，追憶，追懷；紀念。

△旅(たび)の思(おも)い出(で)に写真(しゃしん)を撮(と)る／旅行拍照留念。

おもう［思う］ [三] 2

[自五] 覺得，感覺。

[類] 考える

△悪(わる)かったと思(おも)うなら、謝(あやま)りなさい／如果覺得自己不對，就去賠不是。

おもしろい［面白い］ [四] 2

[形] 好玩，有趣；愉快；新奇，別有風趣。

[反] つまらない [類] 興味深い

△映画(えいが)は、あまり面白(おもしろ)くなかったです／電影不太有趣。

おもたい［重たい］ 二 3 6

[形]（份量）重的，沉的；心情沉重。

[類] 重い

△荷物（にもつ）は、とても重（おも）たかったとか／聽說行李非常的重。

おもちゃ［玩具］ 三 2

[名] 玩具。

[類] トイ

△孫（まご）のために、玩具（おもちゃ）を買（か）っておきました／為孫子買了玩具。

おもて［表］ 三 2

[名] 表面；正面。

[反] 裏　[類] 表面

△紙（かみ）の表（おもて）に、名前（なまえ）と住所（じゅうしょ）を書（か）きなさい／在紙的正面，寫下姓名與地址。

おもに［主に］ 二 6

[副] 主要，重要；（轉）大部分，多半。

[類] 主として

△大学（だいがく）では主（おも）に物理（ぶつり）を学（まな）んだ／在大學主修了物理。

おもわず［思わず］ 二 3 6

[副] 禁不住，不由得，意想不到地，下意識地。

[類] うっかり

△頭（あたま）にきて、思（おも）わず殴（なぐ）ってしまった／怒氣一上來，就不自覺地揍了下去。

おや［親］ 三 2

[名] 父母，雙親；先祖；母體。

[反] 子　[類] 両親

△親（おや）は私（わたし）を医者（いしゃ）にしたがっています／父母希望我當醫生。

おや［親］ 二 3 6

[名] 父母，雙親；先祖；（動植物生殖根源）母，母體。

[反] 子　[類] 両親

△私（わたし）は実（じつ）の親（おや）ではありません／我不是親生的父母。

おやつ［お八つ］ 二 3 6

[名] 特指下午二到四點給兒童吃的）點心，零食。

[類] 間食

△子（こ）ども向（む）きのおやつを作（つく）ってあげる／我做適合小孩子吃的糕點給你。

おやゆび［親指］ 二 6

[名]（手腳的）的拇指。

[類] 拇指

△親指（おやゆび）に怪我（けが）をしてしまった／大拇指不小心受傷了。

およぎ［泳ぎ］ 二 6

[名] 游泳。

[類] 水泳

△泳（およ）ぎが上手（じょうず）になるには、練習（れんしゅう）するしかありません／泳技要變好，就只有多加練習這個方法。

およぐ［泳ぐ］ 四 2

[自五]（人、魚等在水中）游泳；穿過，度過。

[類] 水泳する

△1日泳いで、とても疲れました／游了一整天，感到非常疲倦。

およそ［凡そ］ [二][3][6]

[名·副] 大概，概略；（一句話之開頭）凡是，所有；大概，大約；完全，全然。

[類] 大体

△田中さんを中心にして、およそ50人のグループを作った／以田中小姐為中心，組成了大約50人的團體。

およぼす［及ぼす］ [二][6]

[他五] 波及到，影響到，使遭到，帶來。

[類] 与える

△この事件は、精神面において彼に影響を及ぼした／他因這個案件在精神上受到了影響。

おりる［降りる］ [四][2]

[自上一]（從高處）下來，降落；（從車，船等）下來；（霜雪等）落下。

[反] 上がる [類] 下る

△バスを降ります／從巴士上下來。

おりる［下りる］ [三][2]

[自上一] 下來；下車；退位。

[反] 上がる [類] 下る

△この階段は下りやすい／這個階梯很好下。

おる［居る］ [三][2]

[自五] 在，存在。

[類] 居（い）る

△明日はうちに居りますので、どうぞ来てください／明天我在家，請過來坐坐。

オルガン［organ］ [二][6]

[名] 風琴。

△教会で、心をこめてオルガンを弾いた／在教堂裡用真誠的心彈奏了風琴。

おれい［お礼］ [三][2]

[名] 謝辭，謝禮。

[類] 返礼

△お礼を言わせてください／請讓我表示一下謝意。

おれる［折れる］ [三][2]

[自下一] 折彎；折斷。

[類] 曲がる

△台風で、枝が折れるかもしれない／樹枝或許會被颱風吹斷。

オレンジ［orange］ [二][6]

[名] 柳橙，柳丁。

おろす［下ろす・降ろす］ [二][3][6]

[他五]（從高處）取下，拿下，降下，弄下；開始使用（新東西）；砍下。

[反] 上げる [類] 下げる

△車から荷を降ろす／從車上卸下行李。

おろす［卸す］ [二][6]

[他五] 批發，批售，批賣。

[類] 納める

△定価の五掛けで卸す／以定價的五折批售。

おわり［終わり］ 三 2

[名] 結束，最後。

[反] 始め　[類] 最後

△小説は、終わりの書きかたが難しい／小說的結尾很難寫。

おわる［終わる］ 二 3 6

[自五·他五] 完畢，結束，告終；做完，完結；（接於其他動詞連用形下）。

[反] 始まる　[類] 済む

△レポートを書き終わった／報告寫完了。

おん［御］ 二 6

[接頭] 表示敬意。

[類] 御（お）

おん［音］ 二 3 6

[名] 聲音，響聲；發音。

[類] 音（おと）

△新しいという漢字は、音読みでは「しん」と読みます／「新」這漢字的音讀讀作「SIN」。

おん［恩］ 二 6

[名] 恩情，恩。

[類] 恩恵

△先生に恩を感じながら、最後には裏切ってしまった／儘管受到老師的恩情，但最後還是選擇了背叛。

おんがく［音楽］ 四 2

[名] 音樂。

[類] ミュージック

△私は、音楽が好きです／我喜歡音樂。

おんけい［恩恵］ 二 6

[名] 恩惠，好處，恩賜。

[類] お蔭

△我々は、インターネットや携帯の恩恵を受けている／我們因為網路和手機而受惠良多。

おんしつ［温室］ 二 3 6

[名] 溫室，暖房。

△熱帯の植物だから、温室で育てるよりほかはない／因為是熱帶植物，所以只能培育在溫室中。

おんせん［温泉］ 二 3 6

[名] 溫泉。

[反] 鉱泉　[類] 出で湯

△このあたりは、名所旧跡ばかりでなく、温泉もあります／這地帶不僅有名勝古蹟，也有溫泉。

おんたい［温帯］ 二 6

[名] 溫帶。

△このあたりは温帯につき、非常に過ごしやすいです／由於這一帶是屬於溫帶，所以住起來很舒適。

おんだん［温暖］ 二 6

[名·形動] 溫暖。

[反] 寒冷　[類] 暖かい

△気候は温暖ながら、雨が多いのが欠点です／氣候雖溫暖但卻常下雨，真是

一大缺點。

おんちゅう ［御中］ （二）6

名（用於寫給公司、學校、機關團體等的書信）公啓。

類 様

△山田商会御中／山田商會公啟。

おんど ［温度］ （二）36

名（空氣、物體等的）溫度，熱度。

類 気温

おんな ［女］ （四）2

名 女人，女性，婦女；女人的容貌，姿色。

反 男　類 女性

△私は、女とはけんかしません／我不跟女人吵架。

おんなのこ ［女の子］ （四）2

名 女孩子；少女。

反 男の子　類 女児

△その女の子は、いくつですか／那個女孩子幾歲？

おんなのひと ［女の人］ （二）6

名 女人。

反 男の人　類 女性

△可愛げのない女の人は嫌いです／我討厭不可愛的女人。

かカ

か ［下］ （二）6

漢造 下面；屬下；低下；下，降，落。

反 上　類 下方

か ［化］ （二）36

漢造 化學的簡稱；教化；化，變化。

か ［可］ （二）6

名 可，可以；及格。

類 よい

△一般の人も、入場可です／一般觀眾也可進場。

か ［科］ （二）36

名·漢造（大專院校的）科系；（區分種類的）科；（目與屬之間的）科；判罪；規定。

か ［歌］ （二）36

漢造 唱歌；歌詞。

類 歌謡

か ［課］ （二）6

名·漢造（教材的）課；課，征；課業；（機關、公司等分工的）科。

か ［蚊］ （二）6

名 蚊子。

△山の中は、蚊が多いですね／山中蚊子真是多啊！

か ［日］ （二）36

漢造 表示日期或天數。

か ［家］ （二）2

接尾 …家。

△この問題は、専門家でも難しいでしょう／這個問題，連專家也會被難倒吧！

カー ［car］ 〓6

名 車，車的總稱，狹義指汽車。

類 自動車

△スポーツカーがほしくてたまらない／想要跑車想得不得了。

カード ［card］ 〓36

名 卡，卡片；紙牌，撲克牌；節目表；圖表，表格。

類 札

カーブ ［curve］ 〓6

名・自サ 彎曲；（棒球，曲棍球）曲線球。

類 曲がる

△カーブを曲がるたびに、新しい景色が展開します／每一轉個彎，眼簾便映入嶄新的景色。

かい ［会］ 〓2

名・接尾 會，會議；…會。

類 集まり

△展覧会は、終わってしまいました／展覽會結束了。

かい ［貝］ 〓36

名 貝類。

△海辺で貝を拾いました／我在海邊撿了貝殼。

がい ［外］ 〓6

接尾・漢造 …外；以外，之外；外側，外面；除外。

反 内

△そんなやり方は、問題外です／那樣的作法，根本就是搞不清楚狀況。

がい ［害］ 〓36

名・漢造 為害，損害；災害；妨礙。

反 利　類 害悪

△煙草は、健康上の害が大きいです／香菸對健康而言，是個大傷害。

かいいん ［会員］ 〓6

名 會員。

類 メンバー

△この図書館を利用したい人は、会員になるしかない／想要使用這圖書館，只有成為會員這個辦法。

かいが ［絵画］ 〓6

名 繪畫，畫。

類 絵

△フランスの絵画について、研究しようと思います／我想研究關於法國畫的種種。

かいがい ［海外］ 〓36

名 海外，國外。

類 外国

△彼女のことだから、海外に行っても大活躍でしょう／如果是她的話，到國外也一定很活躍吧。

かいかい ［開会］ 〓6

名・自他サ 開會。

か

73

△開会に際して、乾杯しましょう／讓我們在開會之際，舉杯乾杯吧！

かいかく ［改革］　二6

名・他サ 改革。

類 変革

△大統領にかわって、私が改革を進めます／由我代替總統進行改革。

かいかん ［会館］　二6

名 會館。

△区長をはじめ、たくさんの人々が区民会館に集まった／由區長帶頭，大批人馬聚集在區公所。

かいけい ［会計］　二36

名・他サ 會計；付款，結帳。

類 勘定

△会計が間違っていたばかりに、もう一度計算しなければならない／都是因為計算錯誤，所以不得不重新計算一遍。

かいけつ ［解決］　二36

名・自他サ 解決，處理。

反 決裂　類 決着

△問題が小さいうちに、解決しましょう／趁問題還不大的時候解決掉吧！

かいごう ［会合］　二6

名・自サ 聚會，聚餐。

類 集まり

△父にかわって、地域の会合に出た／

代替父親出席了社區的聚會。

がいこう ［外交］　二36

名 外交；對外事務，外勤人員。

類 ディプロマシー

△外交上は、両国の関係は非常に良好である／從外交上來看，兩國的關係相當良好。

かいさつ ［改札］　二6

名・自サ （車站等）的驗票。

類 改札口

△改札を出たとたんに、友だちにばったり会った／才剛出了剪票口，就碰到了朋友。

かいさん ［解散］　二36

名・自他サ 散開，解散，（集合等）散會。

類 散会

△グループの解散に際して、一言申し上げます／在團體解散之際，容我說一句話。

かいし ［開始］　二36

名・自他サ 開始。

反 終了　類 始め

△試合が開始するかしないかのうちに、1点取られてしまった／比賽才剛開始，就被得了一分。

かいしゃく ［解釈］　二36

名・他サ 解釋，理解，說明。

類 釈義

△この法律は、解釈上、二つの問題

がある／這條法律，在解釋上有兩個問題點。

かいしゅつ ［外出］ (二)3 6

(名・自サ) 出門，外出。

(類) 出かける

△外出したついでに、銀行と美容院に行った／外出時，順便去了銀行和美容院。

かいすいよく ［海水浴］ (二)6

(名) 海水浴場。

△海水浴に加えて、山登りも計画しています／除了要去海水浴場之外，也計畫要去爬山。

かいすう ［回数］ (二)3 6

(名) 次數，回數。

(類) 度数

△優勝回数が10回になったのを契機に、新しいラケットを買った／趁著獲勝次數累積到了10次的機會，我買了新的球拍。

かいすうけん ［回数券］ (二)3 6

(名) （車票等的）回數票。

△回数券をこんなにもらっても、使いきれません／就算拿了這麼多的回數票，我也用不完。

かいせい ［快晴］ (二)6

(名) 晴朗，晴朗無雲。

(類) 好晴

△開会式当日は快晴に恵まれた／天公作美，開會典禮當天晴空萬里。

かいせい ［改正］ (二)6

(名・他サ) 修正，改正。

(類) 訂正

△法律の改正に際しては、十分話し合わなければならない／於修正法條之際，需要充分的商討才行。

かいせつ ［解説］ (二)6

(名・他サ) 解說，說明。

(類) 説明

△とてもわかりやすくて、専門家の解説を聞いただけのことはありました／非常的簡單明瞭，不愧是專家的解說，真有一聽的價值啊！

かいぜん ［改善］ (二)6

(名・他サ) 改善，改良，改進。

(反) 改悪 (類) 改正

△彼の生活は、改善し得ると思います／我認為他的生活，可以得到改善。

かいぞう ［改造］ (二)6

(名・他サ) 改造，改組，改建。

△経営の観点からいうと、会社の組織を改造した方がいい／就經營角度來看，最好重組一下公司的組織。

かいだん ［階段］ (四)2

(名) 樓梯，階梯，台階；順序前進的等級，級別。

(類) 踏み段

△階段を上ったり下りたりする／上上

か

下下爬樓梯。

かいだん［階段］ [二][3][6]

[名] 台階，樓梯；順序前進的等級。

[類] 踏み段

△階段を上って2階に行った／我爬樓梯到二樓。

かいつう［開通］ [二][6]

[名·自他サ]（鐵路、電話線等）開通，通車，通話。

△道路が開通したばかりに、周辺の大気汚染がひどくなった／都是因為道路開始通車，所以導致周遭的空氣嚴重受到污染。

かいてき［快適］ [二][6]

[形動] 舒適，暢快，愉快。

[類] 快い

△快適とは言いかねる、狭いアパートです／它實在是一間稱不上舒適的狹隘公寓。

かいてん［回転］ [二][3][6]

[名·自サ] 旋轉，轉動，迴轉；轉彎，轉換（方向）；（表次數）周，圈；（資金）週轉。

△遊園地で、回転木馬に乗った／我在遊樂園坐了旋轉木馬。

かいとう［解答］ [二][6]

[名·自サ] 解答。

[類] 答え

△問題の解答は、本の後ろについています／題目的解答，附在這本書的後面。

かいとう［回答］ [二][6]

[名·自サ] 回答，答覆。

[類] 答え

△補償金を受け取るかどうかは、会社の回答しだいだ／是否要接受賠償金，就要看公司的答覆了。

がいぶ［外部］ [二][3][6]

[名] 外面，外部。

[反] 内部　[類] 外側

△会員はもちろん、外部の人も参加できます／會員當然不用說，非會員的人也可以參加。

かいふく［回復］ [二][3][6]

[名·自他サ] 恢復，康復；挽回，收復。

[類] 復旧

△少し回復したからといって、薬を飲むのをやめてはいけません／雖說身體狀況好轉些了，也不能因此不吃藥啊！

かいほう［解放］ [二][6]

[名·他サ] 解放，解除，擺脫。

[反] 束縛

△家事から解放されて、ゆっくりした／擺脫掉家事後，放鬆了下來。

かいほう［開放］ [二][6]

[名·他サ] 打開，敞開；開放，公開。

[反] 閉鎖

△大学のプールは、学生ばかりでなく、一般の人にも開放されている／大

學內的泳池，不單是學生，也開放給一般人。

かいよう［海洋］　⊖6

⊛ 海洋。

△海洋開発を中心に、討論を進めました／以開發海洋為核心議題來進行了討論。

がいろん［概論］　⊖6

⊛ 概論。

⊛ 概説

△資料に基づいて、経済概論の講義をした／我就資料內容上了一堂經濟概論的課。

かう［飼う］　⊖36

⊛ 飼養（動物等）。

△うちではダックスフントを飼っています／我家裡有養臘腸犬。

かえす［帰す］　⊖36

⊛ 讓…回去，打發回家。

⊛ 帰らせる

△もう遅いから、女性を一人で家に帰すわけにはいかない／已經太晚了，不能就這樣讓女性一人單獨回家。

かえって［却って］　⊖36

⊛ 反倒，相反地，反而。

⊛ 逆に

△私が手伝うと、却って邪魔になるみたいです／看來我反而越幫越忙的樣子。

かえる［代える・替える・換える・変える］　⊖36

⊛ 改換，更換；代替，替換。

⊛ 交替させる

かえる［返る］　⊖6

⊛ 復原；返回；回應。

⊛ 戻る

△友達に貸したお金が、なかなか返ってこない／借給朋友的錢，遲遲沒能拿回來。

かおく［家屋］　⊖6

⊛ 房屋，住房。

△この地域には、木造家屋が多い／在這一地帶有很多木造房屋。

かおり［香り］　⊖6

⊛ 芳香，香氣。

⊛ 匂い

△歩いていくにつれて、花の香りが強くなった／隨著腳步的邁進，花香便越濃郁。

がか［画家］　⊖6

⊛ 畫家。

△彼は小説家であるばかりでなく、画家でもある／他不單是小說家，同時也是個畫家。

かかえる［抱える］　⊖6

⊛ （雙手）抱著，夾（在腋下）；擔當，負擔；雇用。

⊛ 引き受ける

△彼は、多くの問題を抱えつつも、が

か

んばって勉強を続けています／他雖然有許多問題，但也還是奮力地繼續念書。

□ かがく［化学］ [二][3][6]

[名] 化學。

△化学を専攻しただけのことはあって、薬品には詳しいね／不虧是曾主修化學的人，對藥品真是熟悉呢。

□ かかく［価格］ [二][6]

[名] 價格。

[類] 値段

△このバッグは、価格が高い上に品質も悪いです／這包包不僅昂貴，品質又很差。

□ かがやく［輝く］ [二][3][6]

[自五] 閃光，閃耀；洋溢；光榮，顯赫。

[類] きらめく

△空に星が輝いています／星星在夜空中閃閃發亮。

□ かかり［係り］ [二][3][6]

[名] 負責擔任某工作的人；關聯，牽聯。

[類] 担当

△係りの人が忙しいところを、呼び止めて質問した／我叫住正在忙的相關職員，找他問了些問題。

□ かかわる［係わる］ [二][3][6]

[自五] 關係到，涉及到；有牽連，有瓜葛；拘泥。

[類] 関連する

△私は環境問題に係わっています／我有涉及到環境問題。

□ かきとめ［書留］ [二][3][6]

[名] 掛號郵件。

△大事な書類ですから書留で郵送してください／這是很重要的文件，請用掛號信郵寄。

□ かきとり［書き取り］ [二][6]

[名·自サ] 抄寫，紀錄；聽寫，默寫。

[類] 書き写す

□ かきね［垣根］ [二][3][6]

[名] 籬笆，柵欄，圍牆。

[類] 垣

△垣根にそって、歩いていった／我沿著圍牆走。

□ かぎり［限り］ [二][3][6]

[名] 限度，極限；（接在表示時間、範圍等名詞下）只限於 ，以 為限，在 範圍內。

[類] だけ

△社長として、会社のためにできる限り努力します／身為社長，為了公司必定盡我所能。

□ かぎる［限る］ [二][3][6]

[自·他五] 限定，限制；限於；以…為限；不限，不一定，未必。

[類] 限定する

△この仕事は、二十歳以上の人に限ります／這份工作只限定20歲以上的成人才能做。

かぐ［家具］ [二36]

[名] 家具。

△家具といえば、やはり丈夫なものが便利だと思います／說到家具，我認為還是耐用的東西比較方便。

かく［各］ [二6]

[漢造] 每，各，每人，每個，各個。

[類] それぞれ

がく［学］ [二6]

[名] 學校；知識，學問，學識。

[類] 学問

△政治学に加えて、経済学も勉強しました／除了政治學之外，也學過經濟學。

がく［額］ [二6]

[名] 名額，數額，金額；匾額，畫框。

[類] 金額

△所得額に基づいて、税金を払う／根據所得額度來繳納稅金。

かく［書く］ [四2]

[他五] 寫，書寫；作（畫）；寫作（文章等）。

[反] 読む [類] 記す

△片仮名か平仮名で書く／用片假名或平假名來書寫。

かく［書く］ [二36]

[他五] 寫，寫作；畫，繪製；描寫，描繪。

[反] 読む [類] 記す

△住所を書く際には、ローマ字も書いてください／寫地址的時候，請也寫上羅馬拼音。

かく［掻く］ [二36]

[他五]（用手或爪）搔，撥；拔，推；攪拌，攪和。

[類] 擦る

△失敗して恥ずかしくて、頭を掻いていた／因失敗感到不好意思，而搔起頭來

△あせをかく／流汗。

かぐ［嗅ぐ］ [二36]

[他五]（用鼻子）聞，嗅。

△この花の香りをかいでごらんなさい／請聞一下這花的香味。

かくう［架空］ [二6]

[名] 空中架設；虛構的，空想的。

[類] 虚構

△架空の話にしては、よくできているね／就虛構的故事來講，寫得還真不錯呀。

かくご［覚悟］ [二36]

[名·自他サ] 精神準備，決心；覺悟。

[類] 決意

△最後までがんばると覚悟した上は、今日からしっかりやります／既然決心要努力撐到最後，今天開始就要好好地做。

かくじ［各自］ [二6]

[名] 每個人，各自。

[類] 各人

△各自の興味に基づいて、テーマを決めてください／請依照各自的興趣，來決定主題。

かくじつ［確実］ 二36

形動 確實，準確；可靠。

類 確か

△もう少し待ちましょう。彼が来るのは確実だもの／再等一下吧！因為他會來是千真萬確的事。

がくしゃ［学者］ 二6

名 學者；科學家。

類 物知り

△学者の意見に基づいて、計画を決めていった／依學者給的意見來決定計畫。

かくじゅう［拡充］ 二6

名・他サ 擴充。

△図書館の設備を拡充するにしたがって、利用者が増えた／隨著圖書館設備的擴充，使用者也變多了。

がくしゅう［学習］ 二6

名・他サ 學習。

類 勉強

△語学の学習に際しては、復習が重要です／在學語言時，複習是很重要的。

がくじゅつ［学術］ 二6

名 學術。

類 学問

△彼は、小説も書けば、学術論文も書く／他既寫小說，也寫學術論文。

かくす［隠す］ 二36

他五 藏起來，隱瞞，掩蓋。

△事件のあと、彼は姿を隠してしまった／案件發生後，他就躲了起來。

かくだい［拡大］ 二6

名・自他サ 擴大，放大。

反 縮小

△商売を拡大したとたんに、景気が悪くなった／才剛一擴大事業，景氣就惡化了。

かくち［各地］ 二6

名 各地。

△予想に反して、各地で大雨が降りました／與預料的相反，各地下起了大雨。

かくちょう［拡張］ 二6

名・他サ 擴大，擴張。

△家の拡張には、お金がかかってしようがないです／屋子要改大，得花大錢，那也是沒辦法的事。

かくど［角度］ 二36

名 （數學）角度；（觀察事物的）立場。

類 視点

△別の角度からいうと、その考えも悪くはない／從另一個角度來說，那個想法其實也不壞。

かくにん［確認］ 二6

（名・他サ）證實，確認，判明。

類 確かめる

△まだ事実を確認しきれていません／事實還沒有被證實。

がくねん ［学年］ 二6

名 學年（度）；年級。

△彼は学年は同じだが、クラスが同じというわけではない／他雖是同一年級的，但並不代表就是同一個班級。

かくべつ ［格別］ 二6

副 特別，顯著，格外；姑且不論，沒的可說。

類 とりわけ

△神戸のステーキは、格別においしい／神戶的牛排，格外的美味。

がくもん ［学問］ 二36

名・自サ 學業，學問；科學，學術；見識，知識。

△学問による分析が、必要です／用學術來分析是必要的。

かくりつ ［確率］ 二6

名 機率，概率。

△今までの確率からして、くじに当たるのは難しそうです／從至今的獲獎機率來看，要中彩券似乎是件困難的事情。

がくりょく ［学力］ 二36

名 學習實力。

△その学生は、学力が上がった上に、

性格も明るくなりました／那學生不僅學習力提升了，就連個性也變得開朗許多了。

かくれる ［隠れる］ 二36

自下一 躲藏，隱藏；隱遁；不為人知，潛在的。

△警察から隠れられるものなら、隠れてみろよ／你要是能躲過警察的話，你就躲看看啊！

かげ ［陰］ 二36

名 日陰，背影處；背面；背地裡，暗中。

反 陽

△木の陰で、おべんとうを食べた／在樹蔭下吃便當。

かげ ［影］ 二36

名 影子；倒影；蹤影，形跡。

△二人の影が、仲良く並んでいる／兩人的形影，肩並肩要好的並排著。

かけざん ［掛け算］ 二36

名 乘法。

反 割り算 類 乗法

△まだ5歳ですが、足し算はもちろん、掛け算もできる／雖只有5歲，但不用說是加法，就連乘法也會。

かけつ ［可決］ 二6

名・他サ （提案等）通過。

反 否決

△税金問題を中心に、いくつかの案が可決した／針對稅金問題一案，通過了一些方案。

81

か

かける［掛ける］ [三][2]

[他下一] 吊掛。

[類] ぶら下がる

△ここにコートをお掛けください／請把外套掛在這裡。

かける［掛ける］ [二][3][6]

[他下一·接尾] 坐；懸掛；蓋上，放上；放在…之上；提交；澆；開動；花費；寄託；鎖上；（數學）乘。

[類] ぶら下がる

△椅子に掛けて話をしよう／讓我們坐下來講吧！

かける［欠ける］ [三][2]

[自下一] 缺損；缺少。

△メンバーが一人欠けたままだ／成員一直缺少一個人。

かける［欠ける］ [二][6]

[自下一] 欠缺，缺損；弄出缺口；（月）缺。

△彼の話し方には、思いやりが欠けている／他講話的口氣，缺乏體諒他人之心。

かげん［加減］ [二][6]

[名·他サ] 加法與減法；調整，斟酌；程度，狀態；（天氣等）影響；身體狀況；偶然的因素。

[類] 具合

△病気と聞きましたが、お加減はいかがですか／聽說您生病了，身體狀況還好嗎？

かこ［過去］ [二][3][6]

[名] 過去，往昔；（佛）前生，前世。

[反] 未来 [類] 昔

△過去のことを言うかわりに、未来のことを考えましょう／與其述說過去的事，不如大家來想想未來的計畫吧！

かご［籠］ [二][3][6]

[名] 籠子，筐，籃。

△かごにりんごがいっぱい入っている／籃子裡裝滿了許多蘋果。

かこう［下降］ [二][6]

[名·自サ] 下降，下沉。

[反] 上昇 [類] 降下

△どうも学生の学力が下降ぎみです／總覺得學生的學習能力，有下降的傾向。

かこう［火口］ [二][6]

[名]（火山）噴火口；（爐灶等）爐口。

[類] 噴火口

△火口が近くなるにしたがって、暑くなってきました／離火山口越近，也就變得越熱。

かこむ［囲む］ [二][3][6]

[他五] 圍繞，包圍；下圍棋；圍攻。

[類] 囲う

△先生を囲んで話しているところへ、田中さんがやってきた／當我們正圍著老師講話時，田中小姐就來到了。

かさい［火災］ [二][6]

[名] 火災。

[類] 火事

△火災が起こったかと思ったら、あっという間に広がった／才剛剛發現失火了，火便瞬間蔓延開來了。

かさなる［重なる］ 二 3 6

[自五] 重疊，重複；（事情，日子）趕在一起。

△いろいろな仕事が重なって、休むどころではありません／同時有許多工作，哪能休息。

かさねる［重ねる］ 二 3 6

[他下一] 重疊堆放；再加上，蓋上；反覆，重複，屢次。

△本がたくさん重ねてある／書堆了一大疊。

かざり［飾り］ 二 6

[名] 裝飾（品）。

△道にそって、クリスマスの飾りが続いている／沿街滿是聖誕節的裝飾。

かざる［飾る］ 三 2

[他五] 擺飾，裝飾。

△花をそこにそう飾るときれいですね／花像那樣擺在那裡，就很漂亮了。

かざる［飾る］ 二 3 6

[他五] 裝飾，修飾；裝潢門面；增光；掩飾；陳列。

△クリスマスツリーを飾っているところへ、父が帰ってきた／我正在裝飾聖誕樹時，爸爸回來了。

かざん［火山］ 二 6

[名] 火山。

△経験からして、もうすぐあの火山は噴火しそうだ／就經驗來看，那座火山似乎就要爆發的樣子。

かじ［家事］ 二 6

[名] 家裡（發生）的事；家事，家務。

△出産をきっかけにして、夫が家事を手伝ってくれるようになった／自從我生產之後，丈夫便開始自動幫起家事了。

かし［菓子］ 二 3 6

[名] 點心，糕點，糖果。

[類] 間食

△お菓子が焼けたのをきっかけに、お茶の時間にした／趁著點心剛烤好，就當作是喝茶的時間。

かし［貸し］ 二 6

[名] 借出，貸款；貸方；給別人的恩惠。

[反] 借り

△山田君をはじめ、たくさんの同 僚に貸しがある／我借山田以及其他同事錢。

かしこい［賢い］ 二 6

[形] 聰明的，周到，賢明的。

[類] 賢明

△その子がどんなに賢いとしても、この問題は解けないだろう／即使那孩子再怎麼聰明，也沒辦法解開這難題吧！

かしこまりました [二][2]

[寒暄] 知道，了解（「わかる」的謙讓語）。

[類] 了解しました

△かしこまりました。少々(しょうしょう)お待(ま)ちください／知道了，您請稍候。

かしこまりました [二][6]

[敬] 是的；知道了。

[類] 了解しました

かしだし［貸し出し］ [二][6]

[名]（物品的）出借，出租；（金錢的）貸放，借出。

[反] 借り入れ

△この本(ほん)は貸(か)し出(だ)し中(ちゅう)につき、来週(らいしゅう)まで読(よ)めません／由於這本書被借走了，所以到下週前是看不到的。

かじつ［果実］ [二][6]

[名] 果實，水果。

[類] 果物

△秋(あき)になると、いろいろな果実(かじつ)が実(みの)ります／一到秋天，各式各樣的果實都結實纍纍。

かしつ［過失］ [二][6]

[名] 過錯，過失。

[類] 過ち

△これはわが社(しゃ)の過失(かしつ)につき、全額負担(ぜんがくふたん)します／由於這是敝社的過失，所以由我們全額賠償。

かしま［貸間］ [二][6]

[名] 出租的房間。

△貸間(かしま)によって、収入(しゅうにゅう)を得(え)ています／我以出租房間取得收入。

かしや［貸家］ [二][6]

[名] 出租的房子。

[類] 貸し家（いえ）

△学生向(がくせいむ)きの貸家(かしや)を探(さが)しています／我在找適合學生租的出租房屋。

かしゅ［歌手］ [二][6]

[名] 歌手，歌唱家。

[類] 歌い手

かしょ［箇所］ [二][3][6]

[名·接尾]（特定的）地方，…處，部分；（助數詞用法）處，地方。

[類] 部分

かじょう［過剰］ [二][6]

[名·形動] 過剩，過量。

△私(わたし)の感覚(かんかく)からすれば、このホテルはサービス過剰(かじょう)です／從我的感覺來看，這間飯店實在是服務過度了。

かじる［齧る］ [二][6]

[他五] 咬，啃；一知半解。

△一口齧(ひとくちかじ)ったものの、あまりまずいので吐(は)き出(だ)した／雖然咬了一口，但實在是太難吃了，所以就吐了出來。

ガス［gas］ [二][3][6]

[名] 氣，氣體；煤氣，瓦斯；（海上的）霧。

かず［数］ [二][3][6]

[名] 數，數目；多數，多種，種種；足以一提的事物，有 價值的事物。
[類] 数量

かす［貸す］ [四2]

[他五] 借出，借給；出租，組給；幫助，提供（智慧與力量）。
[反] 借りる [類] 貸与
△傘を貸してください／請借我傘。

かす［貸す］ [二36]

[他五] 借出，出借；出租；提出策劃。
[反] 借りる [類] 貸与
△伯父にかわって、伯母がお金を貸してくれた／嬸嬸代替叔叔，借了錢給我。

かぜい［課税］ [二6]

[名·自サ] 課税。
△課税率が高くなるにしたがって、国民の不満が高まった／伴隨著課稅率的上揚，國民的不滿情緒也高漲了起來。

かせぐ［稼ぐ］ [二36]

[自·他五]（為賺錢而）拼命的勞動；（靠工作、勞動）賺錢；爭取，獲得。
△生活費を稼ぐ／賺取生活費。

カセット［cassette］ [二6]

[名] 小暗盒；（盒式）錄音磁帶，錄音帶；膠卷。
[類] カセットテープ

かせん［下線］ [二6]

[名] 下線，字下畫的線，底線。
[類] アンダーライン
△わからない言葉に、下線を引いてください／請在不懂的字下面畫線。

かぞえる［数える］ [二36]

[他下一] 數，計算；列舉，枚舉。
[類] 勘定する
△10から1まで逆に数える／從10倒數到1。

かそく［加速］ [二6]

[名·自他サ] 加速。
[反] 減速 [類] 速める
△首相が発言したのを契機に、経済改革が加速した／自從首相發言後，便加快了經濟改革的腳步。

かそくど［加速度］ [二6]

[名] 加速度；加速。
△加速度がついて、車はどんどん速くなった／隨著油門的加速，車子越跑越快了。

かた［型］ [二6]

[名] 模子，形，模式；樣式。
[類] かっこう
△車の型としては、ちょっと古いと思います／就車型來看，我認為有些老舊。

かた［肩］ [二36]

[名] 肩，肩膀；（衣服的）肩；（器物、山、路的）上方，上端。

か

かたい [固い・堅い・硬い] 〓36

（形）硬的，堅固的；堅決的；生硬的；嚴謹的，頑固的；一定，包准；可靠的。
（反）柔らかい　（類）頑固

△父は、真面目というより頭が固いんです／父親與其說是認真，還不如說是死腦筋。

かたがた [方々] 〓6

（名・代・副）（敬）大家；您們；這個那個，種種；各處；總之。
（類）人々

△集まった方々に、スピーチをしていただこうではないか／就讓聚集此地的各位，上來講個話吧！

かたづく [片付く] 〓36

（自五）收拾，整理好；得到解決，處裡好；出嫁。

△母親によると、彼女の部屋はいつも片付いているらしい／就她母親所言，她的房間好像都有整理。

かたな [刀] 〓6

（名）刀的總稱。
（類）刃物

△私は、昔の刀を集めています／我在收集古董刀。

かたまり [塊] 〓36

（名・接尾）塊狀，疙瘩；集團；極端…的人。

△小麦粉を、塊ができないようにして水に溶きました／為了盡量不讓麵粉結塊，加水進去調勻。

かたまる [固まる] 〓36

（自五）（粉末、顆粒、黏液等）變硬，凝固；固定，成形；集在一起，成群；熱中，篤信（宗教等）。
（類）寄り集まる

△全員の意見が固まった／全部的人意見一致。

かたみち [片道] 〓36

（名）單程，單方面。
（反）往復

かたむく [傾く] 〓6

（自五）傾斜；有…的傾向；（日月）偏西；衰弱，衰微。
（類）傾（かし）ぐ

△あのビルは、少し傾いているね／那棟大廈，有點偏一邊呢！

かたよる [片寄る] 〓6

（自五）偏於，不公正，偏袒；失去平衡。

△ケーキが、箱の中で片寄ってしまった／蛋糕偏到盒子的一邊去了。

かたる [語る] 〓6

（他五）說，陳述，表演說唱節目。
（類）話す

△戦争についてみんなで語った／大家一起在說戰爭的事。

かち [勝ち] 〓36

（名）勝利。
（反）負け　（類）勝利

△今回は、あなたの勝ちです／這一次
是你獲勝。

がち［勝ち］ 二6

接尾 往往，容易，動輒；大部分是。
△彼女は病気がちだが、出かけられな
いこともない／她雖然多病，但並不是
不能出門。

かつ［勝つ］ 二2

自五 贏，勝利；克服。
反 負ける 類 勝利する
△試合に勝ったら、100万円やろう／
如果比賽贏了，就給你100萬日圓。

かつ［勝つ］ 二36

自五 獲勝；克制；超過；過多；佔優勢；
超負荷。
反 負ける 類 勝利する
△うちのチームが勝ちます。あんなに
練習したんだもの／我們隊伍一定會獲
勝的。都那麼辛苦練習了。

がっか［学科］ 二36

名 科系。
類 科目
△大学に、新しい専攻学科ができたの
を契機に、学生数も増加した／自從大
學增加了新的專門科系之後，學生人數
也增加了許多。

がっかい［学会］ 二6

名 學會，學社。
△雑誌に論文を出す一方で、学会でも

発表する予定です／除了將論文投稿給
雜誌社之外，另一方面也預定要在學會
中發表。

がっかり 二36

副・自サ 失望，灰心喪氣；筋疲力盡。
△何も言わないことからして、すごく
がっかりしているみたいだ／從他不發
一語的樣子看來，應該是相當地氣餒。

がっき［学期］ 二36

名 學期。
△学期が始まるか始まらないかのうち
に、彼は転校してしまいました／就在
學期快要開始的時候，他便轉學了。

がっき［楽器］ 二36

名 樂器。
△何か楽器を習うとしたら、何を習い
たいですか／如果要學樂器，你想學什
麼？

かっき［活気］ 二6

名 活力，生氣；興旺。
類 元気
△うちの店は、表面上は活気がある
が、実はもうかっていない／我們店表
面上看起來很興旺，但其實並沒賺錢。

がっきゅう［学級］ 二6

名 班級，學級。
類 クラス
△学級委員を中心に、話し合ってく
ださい／請以班長為中心來討論。

か

かつぐ［担ぐ］ ⓷6

（他五）扛，挑；推舉，擁戴；迷信；受騙。
△重い荷物を担いで、駅まで行った／
請從括號裡，選出正確答案。

かっこ［括弧］ ⓷⓷6

（名）括號；括起來。
△括弧の中から、正しい答えを選んで
ください／請從括號裡，選出正確答
案。

かっこう［格好］ ⓷⓷6

（名・形動・接尾）外形，姿態；適當，恰好；表
大約年齡，上下。
（類）外見
△パーティーには、どんな格好をして
行きますか／你打算穿什麼衣服去參加
舞會？

かつじ［活字］ ⓷6

（名）鉛字，活字。
△彼女は活字中毒で、本ばかり読ん
でいる／她已經是鉛字中毒了，一天到
晚都在看書。

がっしょう［合唱］ ⓷6

（名・他サ）合唱，一齊唱；同聲高呼。
（反）独唱 （類）コーラス
△合唱の練習をしているところに、急
に邪魔が入った／在練習合唱的時候，
突然有人進來打擾。

かって［勝手］ ⓷⓷6

（形動）任意，任性，隨便。
（類）わがまま

△誰も見ていないからといって、勝手
に持っていってはだめですよ／即使沒
人在看，也不能隨手就拿走呀！

かつどう［活動］ ⓷⓷6

（名・自サ）活動，行動。
△一緒に活動するにつれて、みんな仲
良くなりました／隨著共同參與活動，
大家都變成好朋友了。

かつやく［活躍］ ⓷⓷6

（名・自サ）活躍。
△彼は、前回の試合において大いに
活躍した／他在上次的比賽中大為活
躍。

かつよう［活用］ ⓷6

（名・他サ）活用，利用，使用。
△若い人材を活用するよりほかはない
／就只活有用年輕人材這個方法可行
了。

かつりょく［活力］ ⓷6

（名）活力，精力。
（類）エネルギー
△子どもが減ると、社会の活力が失わ
れる／如果孩童減少，那社會也就會失
去活力。

かてい［仮定］ ⓷6

（名・自サ）假定，假設。
（類）仮想
△あなたが億万長者だと仮定してく
ださい／請假設你是億萬富翁。

かてい ［家庭］ (二) 36

(名) 家庭，家。

(類) 家族

△最近の子どもの問題に関しては、家庭も家庭なら、学校も学校だ／關於最近小孩的問題，我認為家庭有家庭的不是，學校也有學校的缺失。

かてい ［課程］ (二) 36

(名) 課程。

(類) コース

△大学には、教職課程をはじめとするいろいろな課程がある／大學裡，有教育課程以及各種不同的課程。

かてい ［過程］ (二) 36

(名) 過程。

(類) プロセス

△過程はともかく、結果がよかったらいいじゃないですか／不論過程如何，結果好的話，不就行了嗎？

かなしい ［悲しい］ (三) 2

(形) 悲傷，悲哀。

△失敗してしまって、悲しいです／失敗了，很是傷心。

かなしい ［悲しい］ (二) 36

(形) 悲傷的，悲哀的，遺憾的。

△聞けば聞くほど悲しい話ですね／這故事越聽越叫人覺得悲傷！

かなしむ ［悲しむ］ (二) 36

(他五) 感到悲傷，痛心，可歎。

△それを聞いたら、お母さんがどんなに悲しむことか／如果媽媽聽到這話，會多麼傷心呀！

かなづかい ［仮名遣い］ (二) 36

(名) 假名的拼寫方法。

△仮名遣いをきちんと覚えましょう／要確實地記住假名的用法。

かなづち ［金槌］ (二) 6

(名) 釘錘，榔頭；不會游泳，旱鴨子。

(類) とんかち

かならず ［必ず］ (三) 2

(副) 一定，務必，必須。

(類) 例外なく

△この仕事を10時までに必ずやっておいてね／十點以前一定要完成這個工作。

かならず ［必ず］ (二) 36

(副) 一定，必然，必定。

(類) 例外なく

△明日は、必ず9時までに会社に来ます／明天一定會在九點以前到公司。

かならずしも ［必ずしも］ (二) 36

(副) 不一定，未必。

△この方法が、必ずしもうまくいくとは限らない／這個方法也不一定能順利進行。

かなり (二) 36

(副・形動・名) 相當，頗。

[類] 相当

△先生(せんせい)は、かなり疲(つか)れていらっしゃいますね／老師您看來相當地疲憊呢！

かね［金］ [二][3][6]

[名] 金屬；錢，金錢。

[類] 金銭

△事業(じぎょう)を始(はじ)めるというと、まず金(かね)が問題(もんだい)になる／說到創業，首先金錢就是個問題。

かね［鐘］ [二][6]

[名] 鐘，吊鐘。

[類] 釣鐘

△みんなの幸(しあわ)せのために、願(ねが)いをこめて鐘(かね)を鳴(な)らした／為了大家的幸福，以虔誠之心來鳴鐘許願。

かねつ［加熱］ [二][6]

[名·他サ] 加熱，高溫處理。

△薬品(やくひん)を加熱(かねつ)するにしたがって、色(いろ)が変(か)わってきた／隨著溫度的提升，藥品的顏色也起了變化。

かねる［兼ねる］ [二][3][6]

[他下一·接尾] 兼備；不能，無法。

△彼(かれ)は社長(しゃちょう)と社員(しゃいん)を兼(か)ねているから、忙(いそが)しいわけだ／他社長兼員工，所以當然很忙囉！

かのう［可能］ [二][3][6]

[名·形動] 可能。

[反] 不可能　[類] あり得る

△お金(かね)を貯(た)めるどころか、大(おお)もうけも可能(かのう)ですよ／別說是存錢了，也有可能大撈一筆呢。

カバー［cover］ [二][3][6]

[名·他サ] 罩，套；補償，補充；覆蓋。

[類] 覆い

△枕(まくら)カバーを洗濯(せんたく)した／我洗了枕頭套。

かはんすう［過半数］ [二][6]

[名] 過半數，半數以上。

△過半数(かはんすう)がとれなかったばかりに、議案(ぎあん)は否決(ひけつ)された／都是因為沒過半數，所以議案才會被駁回。

かび［黴］ [二][3][6]

[名] 霉。

△かびが生(は)えないうちに食(た)べてください／請在發霉前把它吃完。

かぶ［株］ [二][6]

[名·接尾] 株，顆；（樹的）殘株；股票；（職業等上）特權；擅長；地位。

[類] 株券

△彼(かれ)はA社(しゃ)の株(かぶ)を買(か)ったかと思(おも)うと、もう売(う)ってしまった／他剛買了A公司的股票，就馬上轉手賣出去了。

かぶせる［被せる］ [二][6]

[他下一] 蓋上；（用水）澆沖；戴上（帽子等）；推卸。

△機械(きかい)の上(うえ)に布(ぬの)を被(かぶ)せておいた／我在機器上面蓋了布。

かま［釜］ [二][6]

③ 窯，爐；鍋爐。

△お釜でご飯を炊いたら、おいしかった／我用爐子煮飯，結果還真好吃。

かまう ［構う］　　　二３６

自・他五 介意，顧忌，理睬；照顧，招待；調戲，逗弄；放逐。

△あの人は、あまり服装に構わない人です／那個人不大在意自己的穿著。

がまん ［我慢］　　　二３６

名・他サ 忍耐，克制，將就，原諒；（佛）饒恕。

類 辛抱

△いらないと言った上は、ほしくても我慢します／既然都講不要了，就算想要我也會忍耐。

かみ ［髪］　　　二２

名 頭髮。

類 髪の毛

△髪を短く切るつもりだったがやめた／原本想把頭髮剪短，但作罷了。

かみ ［髪］　　　二３６

名 髮，頭髮；髮型。

類 髪の毛

かみ ［上］　　　二６

名 上邊，上方，上游，上半身；以前，過去；開始，起源於；統治者，主人；京都；上座；（從觀眾看）舞台右側。

反 下

△舞台の上手から登場します／我從舞台的左側出場。

かみ ［神］　　　二３６

名 神，神明，上帝，造物主；（死者的）靈魂。

類 神様

△世界平和を、神に祈りました／我向神祈禱世界和平。

かみくず ［紙くず］　　　二３６

名 廢紙，沒用的紙。

△道に紙くずを捨てないでください／請不要在街上亂丟紙屑。

かみさま ［神様］　　　二６

名 （神的敬稱）上帝，神；（某方面的）專家，活神仙，（接在某方面技能後）之神。

類 神

△日本には、猿の神様や狐の神様をはじめ、たくさんの神様がいます／在日本，有猴神、狐狸神以及各種神明。

かみそり ［剃刀］　　　二３６

名 剃刀，刮鬍刀；頭腦敏銳（的人）。

△ひげをそるために、かみそりを買った／我為了刮鬍子，去買了把刮鬍刀。

かみなり ［雷］　　　二３６

名 雷；雷神；大發雷霆的人。

△雷が鳴っているなと思ったら、やはり雨が降ってきました／才剛打雷，這會兒果然下起雨來了。

かみのけ ［髪の毛］　　　二６

名 頭髮。

類 頭髮

か

□ ガム［（荷）gom］ [二]6

[名] 口香糖；樹膠。

[類] チューインガム

□ かむ［噛む］ [二]36

[他五] 咬，嚼；（水）猛烈衝擊，拍岸；齒輪等咬合。

△食べ物は、噛めば噛むほど健康にいい／食物越細嚼，對身體越好。

□ カメラ［camera］ [四]2

[名] 照相機；攝影機。

[類] 写真機

△カメラと一緒に、フィルムも買いました／相機和底片都一起買了。

□ カメラ［camera］ [二]36

[名] 照相機；攝影機。

[類] 写真機

□ かもく［科目］ [二]36

[名] 科目，項目；（學校的）學科，課程。

△興味に応じて、科目を選択した／依自己的興趣，來選擇課程。

□ かもしれない [二]6

[連語] 也許，也未可知。

□ かもつ［貨物］ [二]6

[名] 貨物；貨車。

△コンテナで貨物を輸送した／我用貨櫃車來運貨。

□ かゆ［粥］ [二]6

[名] 粥，稀飯。

□ かゆい［痒い］ [二]6

[副] 癢的。

△なんだか体中痒いです／不知道為什麼，全身發癢。

□ かよう［歌謡］ [二]6

[名] 歌謠，歌曲。

[類] 歌

△クラシックピアノも弾けば、歌謡曲も歌う／他既會彈古典鋼琴，也會唱歌謠。

□ から［殼］ [二]6

[名] 外皮，外殼。

△卵の殻をむきました／我剝開了蛋殼。

□ から［空］ [二]36

[名] 空的；空，假，虛。

[類] 空っぽ

△通帳はもとより、財布の中もまったく空です／別說是存摺，就連錢包裡也空空如也。

□ がら［柄］ [二]6

[名·接尾] 身材；花紋，花樣；性格，人品，身分；表示性格，身分，適合性。

[類] 模様

△あのスカーフは、柄が気に入っていただけに、なくしてしまって残念です／正因我喜歡那條圍巾的花色，所以弄丟它才更覺得可惜。

□ カラー［color］ [二]36

[名] 色，彩色；（繪畫用）顏料；（轉）特色，獨特的風格。
[類] 色

□ からい［辛い］ [四][2]

[形] 辣，辛辣；嚴格，嚴酷；艱難。
[類] 辛味
△甘いものは好きですが、辛いものは嫌いです／喜歡甜食，但是不喜歡辛辣的食物。

□ からい［辛い］ [二][3][6]

[形] 辣的；嚴格的，辛辣的；好不容易地。
[類] 辛味
△おなかが痛くなったのは、辛いものを食べたせいです／我肚子會痛，是因為吃了辣的東西。

□ からかう [二][6]

[他五] 嘲弄，逗弄，調戲。
△そんなにからかわないでください／請不要這樣開我玩笑。

□ からっぽ［空っぽ］ [二][6]

[名·形動] 空，空洞無一物。
[類] 空（から）
△お金が足りないどころか、財布は空っぽだよ／錢豈止不夠，連錢包裡也空空如也！

□ かりる［借りる］ [四][2]

[他上一] 借（進來）；借助；租用，租借。
[反] 貸す [類] 借り受ける
△図書館でも借りました／也有向圖書館借過了。

□ かりる［借りる］ [二][3][6]

[他上一] 借（入）；借助。
[反] 貸す [類] 借り受ける
△彼は金を借りたきり、返してくれない／他自從借了錢之後就沒還過。

□ かる［刈る］ [二][6]

[他五] 割，剪，剃。
△両親が草を刈っているところへ、手伝いに行きました／當爸媽正在割草時過去幫忙。

□ かるい［軽い］ [四][2]

[形] 輕的，輕巧的；（程度）輕微的；輕鬆，快活。
[反] 重い [類] 軽快
△こっちの荷物の方が軽いです／這個行李比較輕。

□ かるい［軽い］ [二][3][6]

[形] 輕的，輕巧的；清淡的；（程度）輕微的；輕鬆，快活。
[反] 重い [類] 軽快
△軽い気持ちで引き受けたものの、自信がなくなった／當時只是隨性地接下這份任務，但現在卻變得毫無把握。

□ かるた［加留多］ [二][6]

[名] 紙牌，撲克牌；（新年時玩的）寫有日本和歌的紙牌。

□ かれる［枯れる］ [二][3][6]

[自下一] 枯萎，乾枯；老練，造詣精深；

（身材）枯瘦。
△庭の木が枯れてしまった／庭院的樹木枯了。

カロリー［calorie］ 二6

[名]（熱量單位）卡，卡路里；（食品營養價值單位）卡，大卡。
[類] 熱量
△カロリーをとりすぎたせいで、太った／因為攝取過多的卡路里，才胖了起來。

かわ［皮］ 二36

[名] 皮，表皮；皮革。
[類] 表皮
△りんごの皮をむいているところを、後ろから押されて指を切ってしまった／我在削蘋果皮時，有人從後面推我一把，害我割到手指。

かわいい［可愛い］ 四2

[形] 可愛，討人喜愛；小巧玲瓏；寶貴。
[反] 憎い　[類] 可愛らしい
△可愛いバッグをください／請給我可愛的包包。

かわいい［可愛い］ 二36

[形] 可愛的，好玩的，討人喜歡的；小巧的；寶貴的。
[反] 憎い　[類] 可愛らしい
△あなたが子どもの頃は、どんなに可愛かったことか／你小孩子的時候，是多麼可愛啊！

かわいがる［可愛がる］ 二36

[他五] 喜愛，疼愛；嚴加管教，教訓。
[反] いじめる
△死んだ妹にかわって、叔母の私がこの子を可愛がります／由我這阿姨，代替往生的妹妹照顧這個小孩。

かわいそう［可哀相・可哀想］ 二36

[形動] 可憐。
[類] 気の毒
△お母さんが病気になって、子どもたちがかわいそうでならない／母親生了病，孩子們真是可憐得叫人鼻酸！

かわいらしい［可愛らしい］ 二36

[形] 可愛的，討人喜歡；小巧玲瓏。
[類] 愛らしい
△可愛らしいお嬢さんですね／真是個討人喜歡的姑娘呀！

かわかす［乾かす］ 二36

[他五] 曬乾；晾乾；烤乾。
△洗濯物を乾かしているところへ、犬が飛び込んできた／當我正在曬衣服的時候，小狗突然跑了進來。

かわく［乾く］ 三2

[自五] 乾；口渴。
△洗濯物が、そんなに早く乾くはずがありません／洗好的衣物，不可能那麼快就乾。

かわく［乾く］ 二36

[自五] 乾，乾燥。
△雨が少ないので、土が乾いている／

因雨下得少，所以地面很乾。

かわせ［為替］ [二36]

[名] 匯款，匯兌。

△料金は、郵便為替で送ります／費用我會用郵局匯款匯過去。

かわら［瓦］ [二6]

[名] 瓦；無價值的東西。

[類] がらくた

△赤い瓦の家に住みたい／我想住紅色磚瓦的房子。

かわる［変わる］ [三2]

[自五] 變化，改變。

[類] 変化する

△彼は、考えが変わったようだ／他的想法好像變了。

かわる［変わる］ [二36]

[自五] 變化；與眾不同；改變時間地點，遷居，調任。

[類] 変化する

△人の考え方は、変わるものだ／人的想法，是會變的。

かん［刊］ [二6]

[漢造] 刊，出版。

[類] 刊行

かん［勘］ [二6]

[名] 直覺，第六感；領悟力。

[類] 第六感

△答えを知っていたのではなく、勘で言ったにすぎません／我並不是知道答案，只是憑直覺回答而已。

かん［巻］ [二6]

[名·漢造] 卷，書本，書冊；（書畫的）手卷；卷曲；卷起（的東西）；（書的）卷數。

[類] 書物

かん［感］ [二6]

[名·漢造] 感覺，感動；感。

かん［缶］ [二6]

[名] 罐子。

△缶はまとめてリサイクルした／我將罐子集中，拿去回收了。

かん［観］ [二6]

[名·漢造] 觀感，印象，景象，樣子；觀看；觀點；所見的狀態。

[類] 見た目

かん［間］ [二6]

[名·接尾] 間，機會，間隙；隔閡，裂痕；間諜。

[類] 間（あいだ）

かん［館］ [二6]

[漢造] 旅館；公共建築物；大建築物或商店。

かんがえ［考え］ [二6]

[名] 思想，想法，意見；念頭，觀念，信念；考慮，思考；期待，願望；決心。

△その件について自分の考えを説明した／我來說明自己對那件事的看法。

かんがえる［考える］ [三2]

[他下一] 思考；考慮。

[類] 思考する

△その問題は、彼に考えさせます／我讓他想那個問題。

かんがえる［考える］ [二][3][6]

[他下一] 想，打算，考慮；有 想法；認為；回想，反省；想出新方法，創造。

[類] 思考する

△難しい問題を理解するには、考えるしかない／要理解難題，就只有思考了。

かんかく［感覚］ [二][6]

[名・他サ] 感覺。

△彼は、音に対する感覚が優れている／他的音感很棒。

かんかく［間隔］ [二][3][6]

[名] 間隔，距離。

[類] 隔たり

△バスは、２０分の間隔で運行しています／公車每隔20分鐘來一班。

かんき［換気］ [二][6]

[名・自他サ] 換氣，通風，使空氣流通。

△煙草臭いから、換気をしましょう／煙味實在是太臭了，讓空氣流通一下吧！

かんきゃく［観客］ [二][6]

[名] 觀眾。

[類] 見物人

△観客が減少ぎみなので、宣伝しなくてはなりません／因為觀眾有減少的傾向，所以不得不做宣傳。

かんきょう［環境］ [二][6]

[名] 環境。

△環境のせいか、彼の子どもたちはみなスポーツが好きだ／不知道是不是因為環境的關係，他的小孩都很喜歡運動。

かんけい［関係］ [三][2]

[名・自サ] 關係；影響。

[類] 掛かり合い

△みんな、二人の関係を知りたがっています／大家都很想知道他們兩人的關係。

かんけい［関係］ [二][3][6]

[名・自サ] 關係，影響；親戚關係；男女關係；（接人，機關等）有關…；機構，部門。

[類] 掛かり合い

△あの二人は会社では、何の関係もないかのようにふるまっている／那兩個人在公司裡，裝出一副各不相關的樣子。

かんげい［歓迎］ [二][3][6]

[名・他サ] 歡迎。

[反] 歓送

△故郷に帰った際には、とても歓迎された／回到家鄉時，受到熱烈的歡迎。

かんげき［感激］ [二][6]

[名・自サ] 感激，感動。

[類] 感動

△こんなつまらない芝居に感激するな

んて、おおげさというものだ／對這種無聊的戲劇還如此感動，真是太誇張了。

かんこう［観光］ 　　二6
名・他サ 観光，遊覽，旅遊。
△まだ天気がいいうちに、観光に出かけました／趁天氣還晴朗時，出外觀光去了。

かんさい［関西］ 　　二6
名 日本關西地區（以京都、大阪為中心的地帶）。
反 関東
△関西旅行をきっかけに、歴史に興味を持ちました／自從去關西旅行之後，就開始對歷史產生了興趣。

かんさつ［観察］ 　　二36
名・他サ 觀察。
△望遠鏡による天体観察は、とてもおもしろい／用望遠鏡來觀察星體，非常有趣。

かんじ［感じ］ 　　二36
名 知覺，感覺；印象。
類 印象
△彼女は女優というより、モデルという感じですね／與其說她是女演員，倒不如說她更像個模特兒。

がんじつ［元日］ 　　二6
名 元旦。
△日本では、元日はもちろん二日も三日も会社は休みです／在日本，不用說是元旦，一月二號和三號，公司也都放假。

かんじる・ずる ［感じる・ずる］ 　　二36
自他上一 感覺，感到；感動，感觸，有所感。
△とても面白い映画だと感じた／我覺得這部電影很有趣。

かんじゃ［患者］ 　　二6
名 病人，患者。
△研究が忙しい上に、患者も診なければならない／除了要忙於研究之外，也必須替病人看病。

かんしゃ［感謝］ 　　二36
名・自他サ 感謝。
△本当は感謝しているくせに、ありがとうも言わない／明明就很感謝，卻連句道謝的話也沒有。

かんじょう［勘定］ 　　二36
名・他サ 計算；算帳；（會計上的）帳目，戶頭，結帳；考慮，估計。
類 計算
△そろそろお勘定をしましょうか／差不多該結帳了吧！

かんじょう［感情］ 　　二36
名 感情，情緒。
類 気持ち
△彼にこの話をすると、感情的になりかねない／你一跟他談這件事，他可

か

能會很情緒化。

かんしょう［鑑賞］ 　（二36）

（名・他サ）鑑賞，欣賞。
△音楽鑑賞をしているところを、邪魔しないでください／我在欣賞音樂時，請不要來干擾。

かんしん［感心］ 　（二36）

（名・形動・自サ）欽佩；贊成；（貶）令人吃驚。
△彼はよく働くので、感心させられる／他很努力工作，真是令人欽佩。

かんしん［関心］ 　（二36）

（名）關心，感興趣。
（類）興味
△あいつは女性に関心があるくせに、ないふりをしている／那傢伙明明對女性很感興趣，卻裝作一副不在乎的樣子。

かんする［関する］ 　（二6）

（自サ）關於，與…有關。
（類）関係する
△日本に関する研究をしていたわりに、日本についてよく知らない／雖然之前從事日本相關的研究，但卻對日本的事物一知半解。

かんせい［完成］ 　（二36）

（名・自他サ）完成。
（類）出来上がる
△ビルの完成にあたって、パーティー

を開こうと思う／在這大廈竣工之際，我想開個派對。

かんせつ［間接］ 　（二36）

（名）間接。
（反）直接　（類）遠まわし
△彼女を通じて、間接的に彼の話を聞いた／我透過她，間接打聽了一些關於他的事。

かんぜん［完全］ 　（二36）

（名・形動）完全，完整；完美，圓滿。
（反）不完全　（類）完璧
△病気が完全に治ってからでなければ、退院しません／在病情完全痊癒之前，我是不會出院的。

かんそう［乾燥］ 　（二36）

（名・自他サ）乾燥；枯燥無味。
（類）乾く
△空気が乾燥しているといっても、砂漠ほどではない／雖說空氣乾燥，但也沒有沙漠那麼乾。

かんそう［感想］ 　（二36）

（名）感想。
（類）所感
△全員、明日までに研修の感想を書くように／你們全部，在明天以前要寫出研究的感想。

かんそく［観測］ 　（二6）

（名・他サ）觀察（事物），（天體，天氣等）觀測。
（類）観察

△毎日天体の観測をしています／我每天都在觀察星體的變動。

かんたい［寒帯］ [二][6]

[名] 寒帶。

△寒帯の森林には、どんな動物がいますか／在寒帶的森林裡，住著什麼樣的動物呢？

かんたん［簡単］ [二][3][6]

[名·形動] 簡單，便利，容易。

[反] 複雑 [類] 容易

△こんな簡単なことをできないわけがない／這麼簡單的事，不可能辦不到的。

かんちがい［勘違い］ [二][6]

[名·自サ] 想錯，判斷錯誤，誤會。

[類] 思い違い

△私の勘違いのせいで、あなたに迷惑をかけました／都是因為我的誤解，才造成您的不便。

かんちょう［官庁］ [二][6]

[名] 政府機關。

[類] 役所

△政治家も政治家なら、官庁も官庁で、まったく頼りにならない／政治家有貪污，政府機關也有缺陷，完全不可信任。

かんづめ［缶詰］ [二][3][6]

[名] 罐頭；不與外界接觸的狀態；擁擠的狀態。

かんでんち［乾電池］ [二][6]

[名] 乾電池。

[反] 湿電池

△乾電池の働きを中心に、ご説明します／針對乾電池的功用，我來跟您說明。

かんどう［感動］ [二][6]

[名·自サ] 感動，感激。

△評判が悪かったのに反して、感動的な映画だった／跟惡劣的評價相反，是一部令人感動的電影。

かんとう［関東］ [二][6]

[名] 日本關東地區（以東京橫濱為中心的地帶）。

[類] 関西

△関東に加えて、関西でも調査することになりました／除了關東以外，關西也要開始進行調查了。

かんとく［監督］ [二][6]

[名·他サ] 監督，督促；監督者，管理人；（影劇）導演；（體育）教練。

[類] 取り締まる

△日本の映画監督といえば、やっぱり黒澤明が有名ですね／一說到日本的電影導演，還是黑澤明最有名吧！

かんねん［観念］ [二][6]

[名·自他サ] 觀念；決心；斷念，不抱希望。

[類] 概念

△あなたは、固定観念が強すぎますね／你的主觀意識實在太強了！

□ かんぱい［乾杯］ 二6

[名·自サ] 乾杯。

△彼女(かのじょ)の誕生日(たんじょうび)を祝(いわ)って乾杯(かんぱい)した／祝她生日快樂，乾杯！

□ がんばる［頑張る］ 二36

[自五] 堅持，固執己見；努力，全力以赴，加油；固守不動。

△みんなでがんばったおかげで、仕事(しごと)が片付(かたづ)きました／託大家一同努力的福，工作做完了。

□ かんばん［看板］ 二36

[名] 招牌；牌子，幌子；（店舖）關門，停止營業時間。

△看板(かんばん)の字(じ)を書(か)いてもらえますか／可以麻煩您替我寫下招牌上的字嗎？

□ かんびょう［看病］ 二6

[名·他サ] 看護，護理病人。

△病気(びょうき)が治(なお)ったのは、あなたの看病(かんびょう)のおかげにほかなりません／疾病能痊癒，都是託你的看護。

□ かんむり［冠］ 二36

[名] 冠，冠冕；字頭，字蓋；有點生氣。

△これは、昔(むかし)の王様(おうさま)の冠(かんむり)です／這是古代國王的王冠。

□ かんり［管理］ 二6

[名·他サ] 管理，管轄；經營，保管。

[類] 取り締まる

△面倒(めんどう)を見(み)るというより、管理(かんり)されているような気(き)がします／我覺得與其說是在照顧我，倒像是被監控。

□ かんりょう［完了］ 二36

[名·自他サ] 完了，完畢；（語法）完了，完成。

[類] 終わる

△工事(こうじ)は、長時間(ちょうじかん)の作業(さぎょう)のすえ、完了(かんりょう)しました／工程在長時間的施工後，終於大工告成了。

□ かんれん［関連］ 二36

[名·自サ] 關聯，有關係。

[類] 連関

△教育(きょういく)との関連(かんれん)からいうと、この政策(せいさく)は歓迎(かんげい)できない／從和教育相關的層面來看，這個政策實在是不受歡迎。

□ かんわ［漢和］ 二36

[名] 漢語和日語；中日辭典的簡稱。

[類] 和漢

△図書館(としょかん)には、英和辞典(えいわじてん)もあれば、漢和辞典(かんわじてん)もある／圖書館裡，既有英日辭典，也有中日辭典。

きキ

□ き［器］ 二36

[名·漢造] 有才能，有某種才能的人；器具，器皿；起作用的，才幹。

[類] 器（うつわ）

△食器(しょっき)を洗(あら)う／洗碗盤。

□ き［期］ 二6

[名·漢造] 期，時期；時機；季節；（預定的）時日；一段時間。

[類] 時期

き ［機］ 　（二）3 6

[名·接尾·漢造] 機會，時機；飛機；（助數詞用法）表示飛機的架數；機器，機關；機能，心機；樞機，樞紐。

類 機会

きあつ ［気圧］ 　（二）6

[名] 氣壓；（壓力單位）大氣壓。

類 圧力

△気圧の変化にしたがって、苦しくなってきた／隨著氣壓的變化，感到越來越痛苦。

きいろ ［黄色］ 　（二）3 6

[名] 黃色。

類 イエロー

ぎいん ［議員］ 　（二）6

[名]（國會，地方議會的）議員。

△国会議員になるには、選挙で勝つしかない／如果要當上國會議員，就只有贏得選舉了。

きおく ［記憶］ 　（二）3 6

[名·他サ] 記憶，記憶力；記性。

反 忘却　類 暗記

△最近、記憶が混乱ぎみだ／最近有記憶錯亂的現象。

きおん ［気温］ 　（二）6

[名] 氣溫。

類 温度

△気温しだいで、作物の生長はぜんぜん違う／因氣溫的不同，農作物的成長也就完全不一樣。

きかい ［器械］ 　（二）3 6

[名] 機械，機器。

類 器具

△彼は、器械体操部で活躍している／他活躍於健身社中。

ぎかい ［議会］ 　（二）6

[名] 議會，國會。

類 議院

△首相は議会で、政策について力をこめて説明した／首相在國會中，使勁地解說了他的政策。

きがえ ［着替え］ 　（二）6

[名] 換衣服；換的衣服。

△着替えをしてから出かけた／我換過衣服後就出門了。

きがえる ［着替える］ 　（二）6

[他下一] 換衣服。

きかん ［期間］ 　（二）3 6

[名] 期間，期限內。

△夏休みの期間、塾の教師として働きます／暑假期間，我以補習班老師的身份在工作。

きかん ［機関］ 　（二）6

[名]（組織機構的）機關，單位；（動力裝置的）機關。

類 機構

△政府機関では、パソコンによる統計を行っています／政府機關都使用電腦

來進行統計。

きかんしゃ［機関車］ [二6]

[名] 機車，火車。

△珍しい機関車だったので、写真を撮った／因為那部蒸汽火車很珍貴，所以拍了張照。

きぎょう［企業］ [二6]

[名] 企業；籌辦事業。

[類] 事業

△大企業だけあって、立派なビルですね／不愧是大企業，好氣派的大廈啊！

ききん［飢饉］ [二6]

[名] 飢饉，飢荒；缺乏，…荒。

[類] 凶作

△この国では、いつでも飢饉が発生し得る／這個國家，隨時都有可能發生飢荒。

きぐ［器具］ [二6]

[名] 器具，用具，器械。

[類] 器械

△この店では、電気器具を扱っています／這家店有出售電器用品。

きく［効く］ [二6]

[自五] 有效，奏效；好用，能幹；可以，能夠；起作用；（交通工具等）通，有。

△この薬は、高かったわりに効かない／這服藥雖然昂貴，卻沒什麼效用。

きげん［期限］ [二36]

[名] 期限。

△支払いの期限を忘れるなんて、非常識というものだ／竟然忘記繳款的期限，真是離譜。

きげん［機嫌］ [二36]

[名] 心情，情緒。

[類] 気持ち

△彼の機嫌が悪いとしたら、きっと奥さんと喧嘩したんでしょう／如果他心情不好，就一定是因為和太太吵架了。

きこう［気候］ [二36]

[名] 氣候，天氣。

△最近気候が不順なので、風邪ぎみです／最近由於氣候不佳，有點要感冒的樣子。

きごう［記号］ [二6]

[名] 符號，記號。

△この記号は、どんな意味ですか／這符號代表什麼意思？

きざむ［刻む］ [二6]

[他五] 切碎；雕刻；分成段；銘記，牢記。

[類] 彫刻する

△指輪に二人の名前を刻んだ／在戒指上刻下了兩人的名字。

きし［岸］ [二36]

[名] 岸，岸邊；崖。

[類] がけ

△向こうの岸まで泳いでいくよりほかない／就只有游到對岸這個方法可行了。

きじ［記事］ [二][3][6]

[名]（報紙，雜誌上的）消息，報導；敘述文。

[類] 記事文

△書(か)き得(う)ることは、全部(ぜんぶ)記事(きじ)に書(か)きました／我將能寫的東西，全都寫進報導中了。

ぎし［技師］ [二][6]

[名] 技師，工程師，專業技術人員。

[類] エンジニア

△コンピュータ技師(ぎし)として、この会社(かいしゃ)に就職(しゅうしょく)した／我以電腦工程師的身分到這家公司上班。

きじ［生地］ [二][6]

[名] 本色，素質，本來面目；布料；（陶器等）毛坏。

△生地(きじ)はもとより、デザインもとてもすてきです／布料好自不在話下，就連設計也是一等一的。

ぎしき［儀式］ [二][6]

[名] 儀式，典禮。

△儀式(ぎしき)は、1時(じ)から2時(じ)にかけて行(おこな)われます／儀式從一點舉行到兩點。

きしゃ［記者］ [二][6]

[名] 執筆者，筆者；（新聞）記者，編輯。

[類] レポーター

△記者(きしゃ)が質問(しつもん)したにもかかわらず、首相(しゅしょう)は答(こた)えなかった／儘管記者的發問，首相還是沒給予回應。

きじゅん［基準］ [二][3][6]

[名] 基礎，根基；規格，準則。

[類] 標準

△この建物(たてもの)は、法律上(ほうりつじょう)は基準(きじゅん)を満(み)たしています／這棟建築物符合法律上的規定。

きしょう［起床］ [二][6]

[名・自サ] 起床。

[反] 就寝　[類] 起きる

△6時(じ)の列車(れっしゃ)に乗(の)るためには、5時(じ)に起床(きしょう)するしかありません／為了搭6點的列車，只好在5點起床。

きず［傷］ [二][3][6]

[名] 傷口，創傷；缺陷，瑕疵。

[類] 創傷

△薬(くすり)のおかげで、傷(きず)はすぐ治(なお)りました／多虧了藥物，傷口馬上就痊癒了。

きすう［奇数］ [二][6]

[名]（數）奇數。

[反] 偶数

△奇数(きすう)の月(つき)に、この書類(しょるい)を提出(ていしゅつ)してください／請在每個奇數月交出這份文件。

きせる［着せる］ [二][3][6]

[他下一] 給穿上（衣服）；鍍上；嫁禍，加罪。

[類] 着させる

△着物(きもの)を着(き)せてあげましょう／我來幫你把和服穿上吧！

きそ［基礎］ [二][3][6]

[名] 基石，基礎，根基；地基。

[類] 基本

△英語の基礎は勉強したが、すぐにしゃべれるわけではない／雖然有學過基礎英語，但也不可能馬上就能開口說的。

きたい［期待］ [二][3][6]

[名·他サ] 期待，期望，指望。

[類] 待ち望む

△みんな、期待するかのような目で彼を見た／大家用期待的眼神看著他。

きたい［気体］ [二][3][6]

[名]（理）氣體。

[反] 固体

△いろいろな気体の性質を調べている／我在調查各種氣體的性質。

きたく［帰宅］ [二][6]

[名·自サ] 回家。

[類] 帰る

△あちこちの店でお酒を飲んだあげく、夜中の１時にやっと帰宅した／到了許多店去喝酒，深夜一點才終於回到家。

きち［基地］ [二][6]

[名] 基地，根據地。

△南極基地で働く夫に、愛をこめて手紙を書きました／我寫了封充滿愛意的信，給在南極基地工作的丈夫。

きちょう［貴重］ [二][3][6]

[形動] 貴重，寶貴，珍貴。

[類] 大切

△貴重なお時間／寶貴的時間。

ぎちょう［議長］ [二][6]

[名] 會議主席，主持人；（聯合國，國會）主席。

△彼は、衆議院の議長を務めている／他擔任眾議院的院長。

きちんと [二][3][6]

[副] 整齊，乾乾淨淨；恰好，洽當；如期，準時；好好地，牢牢地。

[類] ちゃんと

△きちんと勉強していたわりには、点が悪かった／雖然努力用功了，但分數卻不理想。

きつい [二][3][6]

[形] 嚴厲的，嚴苛的；剛強，要強；緊的，瘦小的；強烈的；累人的，費力的。

[類] 厳しい

△太ったら、スカートがきつくなりました／一旦胖起來，裙子就被撐得很緊。

きっかけ［切っ掛け］ [二][6]

[名] 開端，動機，契機。

[類] 機会

△彼女に話しかけたいときに限って、きっかけがつかめない／偏偏就在我想找她說話時，就是找不到機會。

きづく［気付く］ [二][3][6]

（自五）察覺，注意到，意識到；（神志昏迷後）甦醒過來。

（類）感づく

△自分の間違いに気付いたものの、なかなか謝ることができない／雖然發現自己不對，但還是很難開口道歉。

きっさ［喫茶］ （二）6

（名）喝茶，喫茶，飲茶。

（類）喫茶（きっちゃ）

△喫茶店で、ウエイトレスとして働いている／我在咖啡廳當女服務生。

ぎっしり （二）36

（副）（裝或擠的）滿滿的。

（類）ぎっちり

△本棚にぎっしり本が詰まっている／書櫃排滿了書本。

きっと （二）（三）36

（副）一定，必定；（神色等）嚴厲地，嚴肅地。

（類）必ず

△あしたはきっと晴れるでしょう／明天一定會放晴。

きにいる［気に入る］ （二）36

（連語）稱心如意，喜歡，寵愛。

（反）気に食わない

△そのバッグが気に入りましたか／您中意這皮包嗎？

きにゅう［記入］ （二）6

（名・他サ）填寫，寫入，記上。

（類）書き入れる

△参加される時は、ここに名前を記入してください／要參加時，請在這裡寫下名字。

きねん［記念］ （二）36

（名・他サ）紀念。

△記念として、この本をあげましょう／送你這本書做紀念吧！

きのう［機能］ （二）6

（名・自サ）機能，功能，作用。

（類）働き

△機械の機能が増えれば増えるほど、値段も高くなります／機器的功能越多，價錢就越昂貴。

きのどく［気の毒］ （二）36

（名・形動）可憐的，可悲；可惜，遺憾；過意不去，對不起。

（類）可哀そう

△お気の毒ですが、今回はあきらめていただくしかありませんね／雖然很遺憾，但這次也只好先請您放棄了。

きばん［基盤］ （二）6

（名）基礎，底座，底子；基岩。

（類）基本

△生活の基盤を固める／穩固生活的基礎。

きふ［寄付］ （二）36

（名・他サ）捐贈，捐助，捐款。

（類）義捐

△彼はけちだから、たぶん寄付はする

き

まい／因為他很小氣，所以大概不會捐款吧！

きぼう［希望］ [二][3][6]

[名·他サ] 希望，期望，願望。

[類] 望み

△あなたが応援してくれたおかげで、希望を持つことができました／因為你的加油打氣，我才能懷抱希望。

きほん［基本］ [二][3][6]

[名] 基本，基礎，根本。

[類] 基礎

△日本語の基本として、ひらがなをきちんと覚えてください／為了打好日語基礎，平假名請一定要確實記牢。

きまり［決まり］ [二][3][6]

[名] 規定，規則；習慣，常規，慣例；終結；收拾整頓。

[類] 規則

△グループに参加した上は、決まりはちゃんと守ります／既然加入這團體，就會好好遵守規則。

きみ［気味］ [二][6]

[名·接尾] 感觸，感受，心情；有一點兒，稍稍。

[類] 気持ち

△女性社員が気が強くて、なんだか押され気味だ／公司的女職員太過強勢了，我們覺得被壓得死死的。

きみょう［奇妙］ [二][6]

[形動] 奇怪，出奇，奇異，奇妙。

[類] 不思議

△科学では説明できない奇妙な現象／在科學上無法說明的奇異現象。

ぎむ［義務］ [二][3][6]

[名] 義務。

[反] 権利

△我々には、権利もあれば、義務もある／我們既有權利，也有義務。

ぎもん［疑問］ [二][3][6]

[名] 疑問，疑惑。

[類] 疑い

△私からすれば、あなたのやり方には疑問があります／就我看來，我對你的做法感到有些疑惑。

ぎゃく［逆］ [二][3][6]

[名·漢造] 反，相反，倒；叛逆。

[類] 反対

△今度は、逆に私から質問します／這次，反過來由我來發問。

きゃくせき［客席］ [二][6]

[名] 觀賞席；宴席，來賓席。

[類] 座席

△客席には、校長をはじめ、たくさんの先生が来てくれた／來賓席上，來了校長以及多位老師。

きゃくま［客間］ [二][3][6]

[名] 客廳。

[類] 客室

△客間を掃除しておかなければならない／我一定得事先打掃好客廳才行。

キャプテン [captain] 〓6

名 團體的首領；船長；隊長；主任。
類 主将
△野球チームのキャプテンをしています／我是棒球隊的隊長。

ギャング [gang] 〓6

名 持槍強盜團體，盜伙。
類 強盗団
△私は、ギャング映画が好きです／我喜歡看警匪片。

キャンパス [campus] 〓6

名 （大學）校園，校內。
類 校庭
△大学のキャンパスには、いろいろな学生がいる／大學的校園裡，有各式各樣的學生。

キャンプ [camp] 〓6

名・自サ 露營，野營；兵營，軍營；登山隊基地；（棒球等）集訓。
類 野宿
△今息子は山にキャンプに行っているので、連絡しようがない／現在我兒子到山上露營去了，所以沒辦法聯絡上他。

きゅう [球] 〓6

名・漢造 球；（數）球體，球形。
類 ボール

△この器具は、尖端が球状になっている／這工具的最前面是呈球狀的。

きゅう [級] 〓6

名・漢造 等級，階段；班級，年級；頭。
類 等級
△英検で１級を取った／我考過英檢一級了。

きゅう [旧] 〓6

名・漢造 陳舊；往昔，舊日；舊曆，農曆；前任者。
反 新 類 古い
△旧暦では、今日は何月何日ですか／今天是農曆的幾月幾號？

きゅうか [休暇] 〓36

名 （節假日以外的）休假。
類 休み
△休暇になるかならないかのうちに、ハワイに出かけた／才剛放假，就跑去夏威夷了。

きゅうぎょう [休業] 〓6

名・自サ 停課。
類 休み
△病気になったので、しばらく休業するしかない／因為生了病，只好先暫停營業一陣子。

きゅうけい [休憩] 〓36

名・自サ 休息。
類 休息
△食事どころか、休憩する暇もない／

き

別說是吃飯，就連休息的時間也沒有。

□ きゅうげき［急激］ [二][6]

[形動] 急遽。

[類] 激しい

△車の事故による死亡者は急激に増加している／因車禍事故而死亡的人正急遽增加。

□ きゅうこう［休講］ [二][3][6]

[名·自サ] 停課。

△授業が休講になったせいで、暇になってしまいました／都因為停課，害我閒得沒事做。

□ きゅうこう［急行］ [二][三][3][6]

[名·自サ] 急忙前往，急趕；急行列車。

[反] 普通　[類] 急行列車

△各駅停車で間に合いますから、急行に乗ることはないでしょう／搭乘普通車就能趕上了，沒必要搭快車吧！

□ きゅうしゅう［吸収］ [二][3][6]

[名·他サ] 吸收。

[類] 吸い取る

△学生は、勉強していろいろなことを吸収するべきだ／學生必須好好學習，以吸收各方面知識。

□ きゅうじょ［救助］ [二][6]

[名·他サ] 救助，搭救，救援，救濟。

[類] 救う

△みんな助かるようにという祈りをこめて、救助活動をした／救援活動在祈求大家都能得救的心願下進行。

□ きゅうそく［休息］ [二][6]

[名·自サ] 休息。

[類] 休み

△作業の合間に休息する／在工作的空檔休息。

□ きゅうそく［急速］ [二][6]

[名·形動] 迅速，快速。

[類] 急激

△コンピュータは急速に普及した／電腦以驚人的速度大眾化了。

□ きゅうに［急に］ [二][3][6]

[副] 忽然，突然，急忙。

[類] 突然

△経営方針に関して、急に変更があった／關於營業方針，突然有了更動。

□ きゅうよ［給与］ [二][6]

[名·他サ] 供給（品），分發，待遇；工資，津貼。

[類] 給料

△会社が給与を支払わないかぎり、私たちはストライキを続けます／只要公司不發薪資，我們就會繼續罷工。

□ きゅうよう［休養］ [二][6]

[名·自サ] 休養。

[類] 保養

△今週から来週にかけて、休養のために休みます／從這個禮拜到下個禮拜，為了休養而請假。

きゅうりょう［丘陵］ [二][6]

[名] 丘陵。

[類] 丘

きゅうりょう［給料］ [二][3][6]

[名] 工資，薪水。

[類] サラリー

きよい［清い］ [二][6]

[形] 清徹的，清潔的；（內心）暢快的，問心無愧的；正派的，光明磊落；乾脆。

[反] 汚らわしい　[類] 清らか

△山道(やまみち)を歩(ある)いていたら、清(きよ)い泉(いずみ)が湧(わ)き出(で)ていた／當我正走在山路上時，突然發現地面湧出了清澈的泉水。

きよう［器用］ [二][3][6]

[名·形動] 靈巧，精巧；手藝巧妙；精明。

[類] 上手

△彼(かれ)は器用(きよう)で、自分(じぶん)で何(なん)でも直(なお)してしまう／他的手真巧，任何東西都能自己修好。

きょう［教］ [二][6]

[漢造] 教，教導；宗教。

[類] 教える

ぎょう［業］ [二][6]

[名·漢造] 業，職業，行業；事業；學業；行業；本行，工作；行為。

[類] 職業

ぎょう［行］ [二][3][6]

[名·漢造]（字的）行；（佛）修行；行書。

[反] 段　[類] くだり

きょういん［教員］ [二][6]

[名] 教師，教員。

[類] 教師

△小学校(しょうがっこう)の教員(きょういん)になりました／我當上小學的教職員了。

きょうか［強化］ [二][6]

[名·他サ] 強化，加強。

[反] 弱化

△事件前(じけんまえ)に比(くら)べて、警備(けいび)が強化(きょうか)された／跟案件發生前比起來，警備森嚴多許多。

きょうかい［境界］ [二][6]

[名] 境界，疆界，邊界。

[類] さかい

△仕事(しごと)と趣味(しゅみ)の境界(きょうかい)が曖昧(あいまい)です／工作和興趣的界線還真是模糊不清。

きょうかしょ［教科書］ [二][3][6]

[名] 教科書，教材。

[類] テキスト

きょうぎ［競技］ [二][6]

[名·自サ] 競賽，體育比賽。

[類] 試合

△運動会(うんどうかい)で、どの競技(きょうぎ)に出場(しゅつじょう)しますか／你運動會要出賽哪個項目？

ぎょうぎ［行儀］ [二][3][6]

[名] 禮儀，禮節，舉止。

[類] 礼儀

△お兄(にい)さんに比(くら)べて、君(きみ)は行儀(ぎょうぎ)が悪(わる)いね／和你哥哥比起來，你真沒禮貌。

きょうきゅう［供給］ [二][3][6]

[名・他サ] 供給，供應。

[反] 需要

△この工場は、24時間休むことなく製品を供給できます／這座工廠，可以24小時全日無休地供應產品。

きょうさん［共産］ [二][6]

[名] 共產；共產主義。

△資本主義と共産主義について研究しています／我正在研究資本主義和共產主義。

きょうし［教師］ [二][3][6]

[名] 教師，老師。

[類] 先生

△教師の立場から見ると、あの子はとてもいい生徒です／從老師的角度來看，那孩子真是個好學生。

ぎょうじ［行事］ [二][3][6]

[名]（按慣例舉行的）儀式，活動。

[類] 催し物

△行事の準備をしているところへ、校長が見に来た／正當準備活動時，校長便前來觀看。

きょうじゅ［教授］ [二][6]

[名・他サ] 教授；講授，教。

△教授とは、先週話したきりだ／自從上週以來，就沒跟教授講過話了。

きょうしゅく［恐縮］ [二][6]

[名・自サ]（對對方的厚意感覺）惶恐（表感謝或客氣）；（給對方添麻煩表示）對不起，過意不去；（感覺）不好意思，羞愧，慚愧。

[類] 恐れ入る

△恐縮ですが、窓を開けてくださいませんか／不好意思，能否請您打開窗戶。

きょうちょう［強調］ [二][3][6]

[名・他サ] 強調；權力主張；（行情）看漲。

[類] 力説

△先生は、この点について特に強調していた／老師曾特別強調這個部分。

きょうつう［共通］ [二][3][6]

[名・形動・自サ] 共同，通用。

[類] 通用

△彼女とは共通の趣味はあるものの、話があまり合わない／雖跟她有同樣的嗜好，但還是話不投機半句多。

きょうどう［共同］ [二][3][6]

[名・自サ] 共同。

[類] 合同

△この仕事は、両国の共同のプロジェクトにほかならない／這項作業，不外是兩國的共同的計畫。

きょうふ［恐怖］ [二][6]

[名・自サ] 恐怖，害怕。

[類] 恐れる

△先日、恐怖の体験をしました／前幾天我經歷了恐怖的體驗。

きょうよう［教養］ 二 3 6

[名] 教育，教養，修養；（專業以外的）知識學問。

△彼は教養があって、いろいろなことを知っている／他很有學問，知道各式各樣的事情。

きょうりょく［協力］ 二 3 6

[名·自サ] 協力，合作，共同努力，配合。

[類] 協同

△友達が協力してくれたおかげで、彼女とデートができた／由於朋友們從中幫忙撮合，所以才有辦法約她出來。

きょうりょく［強力］ 二 6

[名·形動] 力量大，強力，強大。

[類] 強力（ごうりき）

△そのとき、強力な味方が現れました／就在那時，強大的伙伴出現了！

ぎょうれつ［行列］ 二 6

[名·自サ] 行列，隊伍，列隊；（數）矩陣。

[類] 列

△この店のラーメンはとてもおいしいので、行列ができかねない／這家店的拉麵非常好吃，所以有可能要排隊。

きょか［許可］ 二 3 6

[名·他サ] 許可，批准。

[類] 許す

△理由があるなら、外出を許可しないこともない／如果有理由的話，並不是說不能讓你外出。

ぎょぎょう［漁業］ 二 6

[名] 漁業，水產業。

△その村は、漁業によって生活しています／那村莊以漁業維生。

きょく［局］ 二 6

[名·接尾] 房間，屋子；（官署，報社）局，室；特指郵局，廣播電臺；局面，局勢；（事物的）結局。

△観光局に行って、地図をもらった／我去觀光局索取地圖。

きょく［曲］ 二 6

[名·漢造] 曲調，調子；樂曲，歌曲；趣味，風趣；曲，彎曲；不正；詳盡。

きょくせん［曲線］ 二 6

[名] 曲線。

△グラフを見ると、なめらかな曲線になっている／從圖表來看，則是呈現流暢的曲線。

きょだい［巨大］ 二 6

[形動] 巨大。

[反] 直線　[類] カーブ

△その新しいビルは、巨大な上にとても美しいです／那棟新大廈，既偉又美觀。

きょり［距離］ 二 3 6

[名] 距離，間隔，差距。

[類] 隔たり

△距離は遠いといっても、車で行けばすぐです／雖說距離遠，但開車馬上就到了。

きらう [嫌う] （二6）

(他五) 嫌惡，厭惡；憎惡；區別。

(反) 好く　(類) 好まない

△彼を嫌ってはいるものの、口をきかないわけにはいかない／雖說我討厭他，但也不能完全不跟他說話。

きらく [気楽] （二6）

(名·形動) 輕鬆，安閒，無所顧慮。

(類) 安楽

△気楽にスポーツを楽しんでいるところに、厳しいことを言わないでください／請不要在我輕鬆享受運動的時候，說些嚴肅的話。

きり [霧] （二6）

(名) 霧，霧氣；噴霧。

△山の中は、霧が深いにきまっています／山裡一定籠罩著濃霧。

きりつ [規律] （二6）

(名) 規則，紀律，規章。

(類) 決まり

△言われたとおりに、規律を守ってください／請遵守紀律，依指示進行。

きる [切る] （四2）

(他五) 切，剪，裁剪；切傷。

(類) 断ち分ける

△紙を小さく切ってください／請將紙剪小一點。

きる [切る] （二6）

(接尾)（接助詞運用形）表示達到極限；表示完結。

(類) 〜しおえる

△小麦粉を全部使い切ってしまいました／太白粉全都用光了。

きれ [布] （二36）

(名) 衣料，布頭，碎布。

△きれいなきれを買ってきて、バッグを作った／我買漂亮的布料來作皮包。

きれい [綺麗] （二36）

(形) 好看，美麗；乾淨；完全徹底；清白，純潔；正派，公正。

(類) 美しい

△若くてきれいなうちに、写真をたくさん撮りたいです／趁著還年輕貌美時，想多拍點照片。

きれる [切れる] （二36）

(自下一) 斷開；中斷，間斷，出現隙縫；用完，賣完；磨破；耗減；期限屆滿；斷絕關係，離婚。

△このはさみは、あまり切れませんね／這把剪刀不大利耶！

きろく [記録] （二36）

(名·他サ) 記錄，記載，（體育比賽的）紀錄。

(類) 記述

△記録からして、大した選手じゃないのはわかっていた／就紀錄來看，可知道他並不是很厲害的選手。

ぎろん [議論] （二6）

(名·他サ) 爭論，討論，辯論。

類 論じる

△全員が集まりしだい、議論を始めます／等全部人員到齊之後，就開始討論。

□ きん［金］ 二36

名・漢造 黃金，金子；開金；金錢；金屬打擊樂器；金色；金屬，五金；貴重，堅固。

類 金銭

□ ぎん［銀］ 二36

名 銀，白銀；銀色。

類 銀色

△銀の食器を買おうと思います／我打算買銀製的餐具。

□ きんえん［禁煙］ 二36

名・自サ 禁止吸菸；禁菸，戒菸。

□ きんがく［金額］ 二6

名 金額。

類 値段

△忘れないように、金額を書いておく／為了不要忘記所以先記下金額。

□ きんぎょ［金魚］ 二6

名 金魚。

△水槽の中にたくさん金魚がいます／水槽裡有許多金魚。

□ きんこ［金庫］ 二6

名 保險櫃；（國家或公共團體的）金融機關，國庫。

類 金蔵

△大事なものは、金庫に入れておく／重要的東西要放到金庫。

□ きんし［禁止］ 二36

名・他サ 禁止。

反 許可 類 差し止める

△病室では、喫煙のみならず、携帯電話の使用も禁止されている／病房內不止抽煙，就連使用手機也是被禁止的。

□ きんせん［金銭］ 二36

名 錢財，錢款；金幣。

類 お金

△金銭の問題でトラブルになった／因金錢問題而引起了麻煩。

□ きんぞく［金属］ 二36

名 金屬，五金。

反 非金属

△これはプラスチックではなく、金属製です／這不是塑膠，它是用金屬製成的。

□ きんだい［近代］ 二6

名 近代，現代（日本則意指明治維新之後）。

類 現代

△日本の近代には、夏目漱石をはじめ、いろいろな作家がいます／日本近代，有夏目漱石及許多作家。

□ きんちょう［緊張］ 二36

名・自サ 緊張。

△彼が緊張しているところに声をかけ

き

ると、もっと緊張<ruby>緊張<rt>きんちょう</rt></ruby>するよ／在他緊張的時候跟他說話，他會更緊張的啦！

類 空間

きんにく［筋肉］ 二6

名 肌肉。

類 筋

△筋肉を鍛えるとすれば、まず運動をしなければなりません／如果要鍛鍊肌肉，首先就得多運動才行。

きんゆう［金融］ 二6

名 金融，通融資金。

類 経済

△金融機関の窓口で支払ってください／請到金融機構的窗口付帳。

くヶ

く［句］ 二6

名 字，字句；詩歌等的一個段落；「連歌」等作品的單位；俳句。

類 俳句

くいき［区域］ 二6

名 區域。

類 地域

△困ったことに、この区域では携帯電話が使えない／傷腦筋的是，這區域手機是無法使用的。

くう［空］ 二6

名・形動・漢造 空中，空間；空虚，空的；沒用，白費；虛空，沒用。

類 空間

くう［食う］ 二6

他五 （俗）吃，（蟲）咬。

類 食べる

△おいしいかまずいかにかかわらず、ちょっと食ってみたいです／無論好不好吃，都想先嚐一下。

ぐうすう［偶数］ 二6

名 （數）偶數。

反 奇数

△偶数の番号の人は、そちらに並んでください／偶數號的人請到那裡排隊。

ぐうぜん［偶然］ 二36

名・形動・副 偶然，偶而；（哲）偶然性。

反 必然 類 思いがけない

△彼に会いたくないと思っている日に限って、偶然出会ってしまう／偏偏在我不想跟他見面時，就會突然遇見他。

くうそう［空想］ 二36

名・他サ 空想，幻想。

類 想像

△楽しいことを空想しているところに、話しかけられた／當我正在幻想有趣的事情時，有人跟我說話。

くうちゅう［空中］ 二36

名 空中，天空。

類 なかぞら

△サーカスで空中ブランコを見た／我到馬戲團看空中飛人秀。

□ **クーラー** ［cooler］ （二6）
(名) 冷氣設備。
(類) 冷房器

□ **くぎ** ［釘］ （二36）
(名) 釘子。
△くぎを打って、板を固定する／我用釘子把木板固定起來。

□ **くぎる** ［区切る］ （二6）
(他四)（把文章）斷句，分段。
(類) 仕切る
△単語を一つずつ区切って読みました／我將單字逐一分開來唸。

□ **くさい** ［臭い］ （二36）
(形・接尾) 難聞，臭；可疑；表示有某種味道；（接形容詞後）表其程度嚴重。
(類) 怪しい
△ごみ捨て場が臭い／垃圾場很臭。

□ **くさり** ［鎖］ （二6）
(名) 鎖鏈，鎖條；連結，聯繫；（喻）段，段落。
(類) チェーン
△犬を鎖でつないでおいた／用狗鍊把狗綁起來了。

□ **くさる** ［腐る］ （二36）
(自五) 腐臭，腐爛；金屬鏽，爛；墮落，腐敗；消沉，氣餒。
(類) 腐敗する
△金魚鉢の水が腐る／金魚魚缸的水臭掉了。

□ **くし** ［櫛］ （二36）
(名) 梳子。

□ **くしゃみ** ［嚔］ （二36）
(名) 噴嚏。
△静かにしていなければならないときに限って、くしゃみが止まらなくなる／偏偏在需要保持安靜時，噴嚏就會打個不停。

□ **くじょう** ［苦情］ （二6）
(名) 不平，抱怨。
(類) 愚痴
△カラオケパーティーを始めるか始めないかのうちに、近所から苦情を言われた／卡拉ok派對才剛開始，鄰居就跑來抱怨了。

□ **くしん** ［苦心］ （二36）
(名・自サ) 苦心，費心。
(類) 苦労
△10年にわたる苦心の末、新製品が完成した／長達10年嘔心瀝血的努力，終於完成了新產品。

□ **くず** ［屑］ （二6）
(名) 碎片；廢物，廢料（人）；（挑選後剩下的）爛貨。
△工場では、板の削りくずがたくさん出る／工廠有很多鋸木的木屑。

□ **くずす** ［崩す］ （二6）
(他五) 拆毀，粉碎。
(類) 砕く

△私も以前体調を崩しただけに、あなたの辛さはよくわかります／正因為我之前也搞壞過身體，所以特別能了解你的痛苦。

くすりゆび［薬指］ 二6

名 無名指。

類 名無し指

△薬指に、結婚指輪をはめている／她的無名指上，戴著結婚戒指。

くずれる［崩れる］ 二36

自下一 崩潰；散去；潰敗，粉碎。

類 崩壊

△雨が降り続けたので、山が崩れた／因持續下大雨而山崩了。

くせ［癖］ 二36

名 癖好，脾氣，習慣；（衣服的）摺線；頭髮亂翹。

類 習慣

△まず、朝寝坊の癖を直すことですね／首先，你要做的是把你的早上賴床的習慣改掉。

くだ［管］ 二6

名 細長的筒，管。

類 筒

△管を通して水を送る／水透過管子輸送。

ぐたい［具体］ 二6

名 具體。

反 抽象　類 具象

△改革を叫びつつも、具体的な案は浮かばない／雖在那裡吶喊要改革，卻想不出具體的方案來。

くだく［砕く］ 二6

他五 打碎，弄碎；費心思，煩惱。

類 思い悩む

△家事をきちんとやるとともに、子どもたちのことにも心を砕いている／在確實做好家事的同時，也為孩子們的事情費心勞力。

くだける［砕ける］ 二6

自下一 破碎，粉碎。

△大きな岩が谷に落ちて砕けた／巨大的岩石掉入山谷粉碎掉了。

くたびれる［草臥れる］ 二36

自下一 疲勞，疲乏。

類 疲れる

△たとえくたびれても、走り続けます／就算累翻了，我也會繼續跑下去。

くだらない［下らない］ 二36

連語・形 無價值，無聊，不下於…。

類 つまらない

△その映画はくだらないと思ったものだから、見なかった／因為我覺得那部電影很無聊，所以就沒看。

くだり［下り］ 二36

名 下降的；下行列車。

反 上り

△下りの列車に乗って帰ります／我搭

南下的火車回家。

くだる［下る］ [二][3][6]

[自五] 下降，下去；下野，脫離公職；由中央到地方；下達；往河的下游去。

[反] 上る

△船(ふね)で川(かわ)を下(くだ)る／搭船順河而下。

くち［口］ [二][3][6]

[名·接尾] 口，嘴；用嘴說話；口味；人口，人數；出入或存取物品的地方；口，放進口中或動口的次數；股，份。

[類] 味覚

△酒(さけ)は辛口(からくち)より甘口(あまくち)がよい／甜味酒比辣味酒好。

くちびる［唇］ [二][6]

[名] 嘴唇。

[類] 口唇

△冬(ふゆ)になると、唇(くちびる)が乾燥(かんそう)する／一到冬天嘴唇就會乾燥。

くちべに［口紅］ [二][3][6]

[名] 口紅，唇膏。

[類] ルージュ

△口紅(くちべに)を塗(ぬ)っているところに子(こ)どもが飛(と)びついてきて、はみ出(だ)してしまった／我在塗口紅時，小孩突然撲了上來，口紅就畫歪了。

くつう［苦痛］ [二][6]

[名] 痛苦。

[類] 苦しみ

△薬(くすり)を飲(の)んだので、苦痛(くつう)が和(やわ)らぎつつあります／因為吃了藥，所以痛苦慢慢減輕了。

ぐっすり [二][3][6]

[副] 熟睡，酣睡。

[類] 熟睡

△みんな昨夜(さくや)はぐっすり寝(ね)たとか／聽說大家昨晚都睡得很熟。

くっつく［くっ付く］ [二][6]

[自五] 緊貼在一起，附著。

[類] 接合する

△ジャムの瓶(びん)の蓋(ふた)がくっ付(つ)いてしまって、開(あ)かない／果醬的瓶蓋太緊了，打不開。

くっつける［くっ付ける］ [二][6]

[他下一] 把…粘上，把…貼上，使靠近。

△部品(ぶひん)を接着剤(せっちゃくざい)でしっかりくっ付(つ)けた／我用黏著劑將零件牢牢地黏上。

くどい [二][6]

[形] 冗長乏味的，（味道）過於膩的。

[類] しつこい

△先生(せんせい)の話(はなし)はくどいから、あまり聞(き)きたくない／老師的話又臭又長，根本就不想聽。

くとうてん［句読点］ [二][6]

[名] 句號，逗點；標點符號。

[類] 句点

△作文(さくぶん)のときは、句読点(くとうてん)をきちんとつけるように／寫作文時，要確實標上標點符號。

くふう［工夫］ 二36

[名·自サ] 設法。

△工夫しないことには、問題を解決できない／如不下點功夫，就沒辦法解決問題。

くぶん［区分］ 二6

[名·他サ] 區分，分類。

[類] 区分け

△地域ごとに区分した地図がほしい／我想要一份以區域劃分的地圖。

くべつ［区別］ 二36

[名·他サ] 區別，分清。

[類] 区分

△夢と現実の区別がつかなくなった／我已分辨不出幻想與現實的區別了。

くみ［組］ 二36

[名] 套，組，隊；班，班級；（黑道）幫。

[類] クラス

△どちらの組に入りますか／你要編到哪一組？

くみあい［組合］ 二6

[名]（同業）工會，合作社。

△会社も会社なら、組合も組合だ／公司是有不對，但工會也半斤八兩。

くみあわせ［組み合わせ］ 二6

[名] 組合，配合，編配。

[類] コンビネーション

△試合の組み合わせが決まりしだい、連絡してください／賽程表一訂好，就請聯絡我。

くみたてる［組み立てる］ 二6

[他下一] 組織，組裝。

△先輩の指導をぬきにして、機器を組み立てることはできない／要是沒有前輩的指導，我就沒辦法組裝好機器。

くむ［汲む］ 二6

[他五] 打水，取水。

△ここは水道がないので、毎日川の水を汲んでくるということだ／這裡沒有自來水，所以每天都從河川打水回來。

くむ［組む］ 二36

[自五] 聯合，組織起來。

[類] 取り組む

△今度のプロジェクトは、他の企業と組んで行います／這次的企畫，是和其他企業合作進行的。

くもる［曇る］ 四2

[自五] 陰天；模糊不清，朦朧；（因為憂愁）表情、心情黯淡。

[反] 晴れる　[類] 陰る

△空が曇ります／天是陰的。

くもる［曇る］ 二36

[自五] 天氣陰，朦朧。

[反] 晴れる　[類] 陰る

△空がだんだん曇ってきた／天色漸漸暗了下來。

□くやしい［悔しい］ [二][3][6]

[形] 令人懊悔的。

[類] 残念

△試合に負けたので、悔しくてたまらない／由於比賽輸了，所以懊悔得不得了。

□くやむ［悔やむ］ [二][6]

[他五] 懊悔的，後悔的。

[類] 後悔する

△失敗を悔やむどころか、ますますやる気が出てきた／失敗了不僅不懊惱，反而更有幹勁了。

□くらい・ぐらい［位］ [四][2]

[副助] 大概，左右（數量或程度上的推測），上下；（表比較）像…那樣。

[類] ほど

△今日の気温は、30度ぐらいです／今天的氣溫約是三十度左右。

□くらい［位］ [二][6]

[名]（數）位數；皇位，王位；官職，地位；（人或藝術作品的）品味，風格。

[類] 地位

△100の位を四捨五入してください／請在百位的地方四捨五入。

□くらし［暮らし］ [二][3][6]

[名] 度日，生活；生計，家境。

[類] 生活

△我々の暮らしは、よくなりつつある／我們家境在逐漸改善中。

□クラシック［classic］ [二][6]

[名] 經典作品，古典作品，古典音樂；古典的。

[類] 古典

△クラシックを勉強するからには、ウィーンに行かなければ／既然要學古典音樂，就得去一趟維也納。

□グラス［glass］ [二][6]

[名] 玻璃杯；玻璃；眼鏡。

[類] ガラス

□くらす［暮らす］ [二][3][6]

[自・他五] 生活，度日。

[類] 生活する

△親子３人で楽しく暮らしています／親子三人過著快樂的生活。

□クラブ［club］ [二][3][6]

[名] 俱樂部，夜總會；（學校）課外活動，社團活動。

△どのクラブに入りますか／你要進哪一個社團？

□グラフ［graph］ [二][6]

[名] 圖表，圖解，座標圖；畫報。

[類] 図表

△グラフを書く／畫圖表。

□くらべる［比べる］ [二][三][3][6]

[他下一] 比較，對照。

[類] 比較する

△日本と比べて、アメリカの生活はどうでしたか／跟日本比較起來，美國的生活如何？

□ グランド［ground］ [二][6]

[造語] 大型，大規模；崇高；重要；操場，運動場。

[類] 運動場

△学校のグランドでサッカーをした／我在學校的操場上踢足球。

□ クリーニング［cleaning］ [二][3][6]

[名·他サ]（洗衣店）洗滌。

[類] 洗濯

△クリーニングに出したとしても、あまりきれいにならないでしょう／就算拿去洗衣店洗，也沒辦法洗乾淨吧！

□ クリーム［cream］ [二][3][6]

[名] 鮮奶油，奶酪；膏狀化妝品；皮鞋油；冰淇淋。

△私が試したかぎりでは、そのクリームを塗ると顔がつるつるになります／就我試過的感覺，擦那個面霜後，臉就會滑滑嫩嫩的。

□ くりかえす［繰り返す］ [二][3][6]

[他五] 反覆，重覆。

[類] 反復する

△失敗は繰り返すまいと、心に誓った／我心中發誓，絕不再犯同樣的錯。

□ クリスマス［chrismas］ [二][3][6]

[名] 聖誕節。

[類] 聖誕祭

□ くるう［狂う］ [二][6]

[自五] 發狂，發瘋，失常，不準確，有毛病；落空，錯誤；過度著迷，沉迷。

[類] 発狂

△失恋して気が狂った／因失戀而發狂。

□ グループ［group］ [二][3][6]

[名]（共同行動的）集團，夥伴；組，幫，群。

[類] 集団

△あいつのグループなんか、入るものか／我才不加入那傢伙的團隊！

□ くるしい［苦しい］ [二][3][6]

[形] 艱苦；困難；難過；勉強。

[反] 楽しい　[類] 辛い

□ くるしむ［苦しむ］ [二][3][6]

[自五] 感到痛苦，感到難受。

△彼は若い頃、病気で長い間苦しんだ／他年輕時因生病而長年受苦。

□ くるしめる［苦しめる］ [二][6]

[他下一] 使痛苦，欺負。

[類] 困らせる

△そんなに私のことを苦しめないでください／請不要這樣折騰我。

□ くるむ［包む］ [二][6]

[他五] 包，裹。

[類] 包む

△赤ちゃんを清潔なタオルで包んだ／我用乾淨的毛巾包住小嬰兒。

□ くれ［暮れ］ [二][6]

[名] 日暮，傍晚；季末，年末。

反 明け

△去年の暮れに比べて、景気がよくなりました／和去年年底比起來，景氣已回升許多。

□ くれぐれも 〔二〕6

副 反覆，周到。

類 どうか

△風邪を引かないように、くれぐれも気をつけてください／請一定要注意身體，千萬不要感冒了。

□ くろ〔黒〕 〔二〕36

名 黑，黑色；（圍棋）黑子，執黑；犯罪，罪犯。

反 白　類 墨色

□ くろう〔苦労〕 〔二〕36

名・形動・自サ 辛苦，辛勞。

類 労苦

△苦労したといっても、大したことはないです／雖說辛苦，但也沒什麼大不了的。

□ くわえる〔加える〕 〔二〕36

他下一 加，加上。

類 足す

△出汁に醤油と砂糖を加えます／在湯汁裡加上醬油跟砂糖。

□ くわえる〔銜える〕 〔二〕36

他下一 叼，銜。

△楊枝を銜える／叼根牙籤。

□ くわしい〔詳しい〕 〔二〕36

形 詳細；精通，熟悉。

類 詳細

△事情を詳しく知っている人／知道詳情的人。

□ くわわる〔加わる〕 〔二〕36

自五 加上，添上。

類 増す

△メンバーに加わったからは、一生懸命努力します／既然加入了團隊，就會好好努力。

□ くん〔訓〕 〔二〕36

名 （日語漢字的）訓讀（音）。

反 音　類 和訓

△これは、訓読みでは何と読みますか／這單字用訓讀要怎麼唸？

□ ぐん〔軍〕 〔二〕6

名 軍隊；（軍隊編排單位）軍。

類 兵士

△彼は、軍の施設で働いている／他在軍隊的機構中服務。

□ ぐん〔郡〕 〔二〕6

名 （地方行政區之一）郡。

△東京都西多摩郡に住んでいます／我住在東京都的西多摩郡。

□ ぐんたい〔軍隊〕 〔二〕6

名 軍隊。

△軍隊にいたのは、たった1年にすぎない／我在軍隊的時間，也不過一年罷了。

くんれん［訓練］ [二][3][6]

[名・他サ] 訓練。

[類] 修練

△今訓練の最中で、とても忙しいです／因為現在是訓練中所以很忙碌。

けヶ

け［家］ [二][6]

[接尾] 家，家族。

げ［下］ [二][3][6]

[名] 下等；（書籍的）下卷。

[反] 上 [類] 下等

△女性を殴るなんて、下の下というものだ／竟然毆打女性，簡直比低級還更低級。

けい［形・型］ [二][6]

[漢造] 型，模型；樣版，典型，模範；樣式；形成，形容。

[類] 形状

△飛行機の模型を作る／製作飛機的模型。

けい［計］ [二][6]

[名] 計畫，計；總計，合計。

[類] 合計

けいい［敬意］ [二][6]

[名] 尊敬對方的心情，敬意。

けいえい［経営］ [二][6]

[名・他サ] 經營，管理。

[類] 営む

△経営上はうまくいっているが、人間関係がよくない／經營上雖不錯，但人際關係卻不好。

けいかく［計画］ [二][三][3][6]

[名・他サ] 計畫，規劃。

[類] プラン

△私の計画をご説明いたしましょう／我來說明一下我的計劃！

けいき［景気］ [二][3][6]

[名]（事物的）活動狀態，活潑，精力旺盛；（經濟的）景氣。

[類] 景況

△景気がよくなるにつれて、人々のやる気も出てきている／伴隨著景氣的回復，人們的幹勁也上來了。

けいご［敬語］ [二][3][6]

[名] 敬語。

[類] 敬譲語

けいこ［稽古］ [二][3][6]

[名・自他サ]（學問、武藝等的）練習，學習；（演劇、電影、廣播等的）排演，排練。

[類] 練習

△踊りは、若いうちに稽古するのが大事です／學舞蹈重要的是要趁年輕時打好基礎。

けいこう［傾向］ [二][3][6]

[名]（事物的）傾向，趨勢。

[類] 成り行き

△若者は、厳しい仕事を避ける傾向が
ある／最近的年輕人，有避免從事辛苦
工作的傾向。

けいこうとう ［蛍光灯］ 二6

⊛ 螢光燈，日光燈。
△蛍光灯の調子が悪い／日光燈的壞
了。

けいこく ［警告］ 二6

名・他サ 警告。
類 忠告
△ウイルスメールが来た際は、コンピ
ューターの画面で警告されます／收到
病毒信件時，電腦的畫面上會出現警
告。

けいさん ［計算］ 二36

名・他サ 計算，演算；估計，算計，考慮。
類 打算
△商売をしているだけあって、計算が
速い／不愧是做買賣的，計算得真快。

けいじ ［刑事］ 二6

⊛ 刑事；刑事警察。
反 民事
△刑事たちは、たいへんな苦労のすえ
に犯人を捕まえた／刑警們，在極端辛
苦之後，終於逮捕了犯人。

けいじ ［掲示］ 二6

名・他サ 牌示，佈告。
△そのことを掲示したとしても、誰も
掲示を見ないだろう／就算公佈那件

事，也沒有人會看佈告欄吧！

けいしき ［形式］ 二36

⊛ 形式，樣式；方式。
反 実質　類 パターン
△上司が形式にこだわっているところ
に、新しい考えを提案した／在上司拘
泥於形式時，我提出了新方案。

げいじゅつ ［芸術］ 二36

⊛ 藝術。
類 アート
△芸術もわからないくせに、偉そうな
ことを言うな／明明就不懂藝術，別在
那裡說得跟真的一樣。

けいぞく ［継続］ 二6

名・自他サ 繼續，繼承。
類 続ける
△継続すればこそ、上達できるのです
／就只有持續下去才會更進步。

けいど ［経度］ 二6

⊛ （地）經度。
反 緯度
△その土地の経度はどのぐらいですか
／那塊土地的經度大約是多少？

けいと ［毛糸］ 二36

⊛ 毛線。
△毛糸でマフラーを編んだ／我用毛線
織了圍巾。

けいとう ［系統］ 二6

⊛ 系統，體系；血統。

類 血統
△この王様は、どの家の系統ですか／
這位國王是哪個家系的？

けいのう [芸能] 二 6

名（戲劇，電影，音樂，舞蹈等的總稱）
演藝，文藝，文娛。
△芸能人になりたくてたまらない／想
當藝人想得不得了。

けいば [競馬] 二 6

名 賽馬。
△彼は競馬に熱中したばかりに、財産
を全部失った／就因為他沉溺於賽馬，
所以賠光了所有財產。

けいび [警備] 二 6

名・他サ 警備，戒備。
△厳しい警備もかまわず、泥棒はビル
に忍び込んだ／儘管森嚴的警備，小偷
還是偷偷地潛進了大廈。

けいやく [契約] 二 6

名・自他サ 契約，合同。
類 約する
△君が反省しないかぎり、来年の契約
はできない／只要你不反省，就沒辦法
簽下明年的契約。

けいゆ [経由] 二 3 6

名・自サ 經過，經由。
△新宿を経由して、東京駅まで行き
ます／我經新宿，前往東京車站。

けいようし [形容詞] 二 3 6

名 形容詞。
△形容詞を習っているところに、形容
動詞が出てきたら、わからなくなっ
た／在學形容詞時，突然冒出了形容動
詞，就被搞混了。

けいようどうし [形容動詞] 二 6

名 形容動詞。
△形容動詞について、教えてください
／請教我形容動詞。

ケーキ [cake] 二 3 6

名 西洋點心，蛋糕。
類 菓子

ケース [case] 二 6

名 盒，箱，袋；場合，情形，事例。
類 かばん
△バイオリンをケースに入れて運んだ
／我把小提琴裝到琴箱裡面來搬運。

ゲーム [game] 二 3 6

名 遊戲，娛樂；比賽。
類 遊び

けが [怪我] 二 三 3 6

名 傷，受傷，負傷；過錯，過失。
類 負傷
△事故で腕にけがをした／胳臂因事故
而受傷。

げか [外科] 二 3 6

名（醫）外科。
反 内科

△この病院には、内科をはじめ、外科
や耳鼻科などがあります／這家醫院有
内科以及外科、耳鼻喉科等醫療項目。

けがわ［毛皮］ 　　　　　　二6

名 毛皮。
△うちの妻は、毛皮がほしくてならな
いそうだ／我家太太，好像很想要那件
皮草大衣。

げき［劇］ 　　　　　　　　二6

名 劇，戲劇；接尾 引人注意的事件。
類 ドラマ
△その劇は、市役所において行われま
す／那齣戲在市公所上演。

げきじょう［劇場］ 　　　　　二6

名 劇院，劇場，電影院。
類 シアター
△どこに劇場を建てるかをめぐって、
論議が起こっています／為了蓋電影院
的地點一事，而產生了許多爭議。

げきぞう［激増］ 　　　　　　二6

名·他サ 激增，劇增。
反 激減
△韓国ブームだけのことはあって、
韓国語を勉強する人が激増した／不愧
是吹起了哈韓風，學韓語的人暴增了許
多。

けしゴム［消しゴム］ 　　　二36

名 橡皮擦。
類 ゴム消し

げしゃ［下車］ 　　　　　　二36

名·自サ 下車。
類 乗車
△新宿で下車してみたものの、どこで
食事をしたらいいかわからない／我
在新宿下了車，但卻不知道在哪裡用餐
好。

げしゅく［下宿］ 　　　　二三36

名·自サ 租屋；住宿。
類 貸間
△下宿の探し方がわかりません／不知
道如何尋找住的公寓。

げじゅん［下旬］ 　　　　　二36

名 下旬。
類 月末
△2月の下旬に再会したのをきっか
けにして、二人は交際を始めた／自從
2月下旬再度重逢後，兩人就開始交往
了。

けしょう［化粧］ 　　　　　二36

名·自サ 化妝，打扮；修飾，裝飾，裝潢。
類 メークアップ
△彼女はトイレで化粧している／她在
廁所化妝。

げすい［下水］ 　　　　　　二6

名 汚水，髒水，下水；下水道的簡稱。
反 上水　類 汚水
△下水が詰まったので、掃除をした／
因為下水道積水，所以去清理。

け

□ けずる ［削る］　⊂二36

（他五） 削，刨，刮；刪減，削去，削減。

（類） 削ぐ

△木の皮を削り取る／刨去樹皮。

□ げた ［下駄］　⊂二36

（名） 木屐。

△げたをはいて、外出した／穿木屐出門去。

□ けた ［桁］　⊂二6

（名） （房屋、橋樑的）橫樑，桁架；算盤的主柱；數字的位數。

△桁が一つ違うから、高くて買えないよ／因為價格上多了一個零，太貴買不下手啦！

□ けち　⊂二36

（名・形動） 吝嗇、小氣（的人）；卑賤，簡陋，心胸狹窄，不值錢。

（類） つつましい

△彼は、経済観念があるというより、けちなんだと思います／與其說他有理財觀念，倒不如說是小氣。

□ けつあつ ［血圧］　⊂二6

（名） 血壓。

△血圧が高い上に、心臓も悪いと医者に言われました／醫生說我不但血壓高，就連心臟都不好。

□ けつえき ［血液］　⊂二6

（名） 血，血液。

（類） 血

△検査というと、まず血液を取らなけ

ればなりません／說到檢查，首先就得先抽血才行。

□ けっか ［結果］　⊂二36

（名・自他サ） 結果，結局。

（反） 原因　（類） 結末

△結果から見ると、今回の会議はなかなか成功でした／就結果來看，這次的會議辦得挺成功的。

□ けっかん ［欠陥］　⊂二6

（名） 缺陷，致命的缺點。

（類） 欠点

△この商品は、使いにくいというより、ほとんど欠陥品です／這個商品，與其說是難用，倒不如說是個瑕疵品。

□ げっきゅう ［月給］　⊂二6

（名） 月薪，工資。

（類） 給料

△高そうなかばんじゃないか。月給が高いだけのことはあるね／這包包看起來很貴呢！不愧是領高月薪的！

□ けっきょく ［結局］　⊂二36

（名・副） 結果，結局；最後，最終，終究。

（類） 終局

△結局、最後はどうなったんですか／結果，事情最後究竟演變成怎樣了？

□ けっさく ［傑作］　⊂二6

（名） 傑作。

（類） 大作

△これは、ピカソの晩年の傑作です／

這是畢卡索晚年的傑作。

けっしん［決心］ （二36）
（名・自他サ）決心，決意。
（類）決意
△絶対タバコは吸うまいと、決心した／我下定決心不再抽煙。

けっせき［欠席］ （二36）
（名・自サ）缺席。
（反）出席
△病気のため学校を欠席する／因生病而沒去學校。

けつだん［決断］ （二6）
（名・自他サ）果斷明確地做出決定，決斷。
（類）判断
△彼は決断を迫られた／他被迫做出決定。

けってい［決定］ （二36）
（名・自他サ）決定，確定。
（類）決まる
△いろいろ考えたあげく、留学することに決定しました／再三考慮後，最後決定出國留學。

けってん［欠点］ （二36）
（名）缺點，欠缺，毛病。
（反）美点 （類）弱点
△彼は、欠点はあるにせよ、人柄はとてもいい／就算他有缺點，但人品是很好的。

げつまつ［月末］ （二36）
（名）月末、月底。
（反）月初
△給料は、月末に支払われる／薪資在月底支付。

けつろん［結論］ （二36）
（名・自サ）結論。
（類）断定
△話し合って結論を出した上で、みんなに説明します／等結論出來後，再跟大家說明。

けはい［気配］ （二6）
（名）跡象，苗頭，氣息。
（類）様子
△好転の気配がみえる／有好轉的跡象。

げひん［下品］ （二36）
（形動）卑鄙，下流，低俗，低級。
（反）上品 （類）卑俗
△そんな下品な言葉を使ってはいけません／不准使用那種下流的話。

けむい［煙い］ （二36）
（形）煙撲到臉上使人無法呼吸，嗆人。
△部屋が煙い／房間瀰漫著煙很嗆人。

けむり［煙］ （二36）
（名）煙。
△喫茶店は、煙草の煙でいっぱいだった／咖啡廳裡，瀰漫著香煙的煙。

ける［蹴る］ （二36）
（他五）踢；沖破（浪等）；拒絕，駁回。

け

類 蹴飛ばす

△ボールを蹴ったら、隣のうちに入ってしまった／球一踢就飛到隔壁的屋裡去了。

けれど・けれども 二三ⓢ

接助 表示順接關係（只連接上下句，不表示意思）；表示逆接關係（轉折）；表示構成對比的兩事物的接續（並列）。

類 しかし

△夏の暑さは厳しいけれど、冬は過ごしやすいです／那裡夏天的酷熱非常難受，但冬天很舒服。

けわしい［険しい］ 二三ⓢ

形 陡峭，險峻；險惡，危險；（表情等）嚴肅，可怕，粗暴。

反 なだらか　類 険峻

△岩だらけの険しい山道を登った／我攀登了到處都是岩石的陡峭山路。

けん［券］ 二ⓢ

名 票，証，券。

類 チケット

△映画の券を買っておきながら、まだ行く暇がない／雖然事先買了電影票，但還是沒有時間去。

けん［権］ 二ⓢ

名・漢造 權力；權限。

類 権力

△私は、まだ選挙権がありません／我還沒有投票權。

けん［県］ 二ⓢ

名 （日本地方行政區域）縣。

△隣の県から引っ越してきた／我是從隔壁縣搬來的。

けん［軒］ 二三ⓢ

漢造 軒昂，高昂；屋簷；表房屋數量，書齋，商店等雅號。

類 屋根

△村には、薬屋が3軒もあるのだ／村裡竟有3家藥局

げん［現］ 二ⓢ

名・漢造 現，現在的。

類 現在の

△現市長も現市長なら、前市長も前市長だ／不管是現任市長，還是前任市長，都太不像樣了。

けんかい［見解］ 二ⓢ

名 見解，意見。

類 考え

△専門家の見解に基づいて、会議を進めた／依專家給的意見來進行會議。

げんかい［限界］ 二三ⓢ

名 界限，限度，極限。

類 限り

△記録が伸びなかったので、限界を感じないではいられなかった／因為沒有創新紀錄，所以不得不令人感覺極限到了。

けんがく［見学］ 二三ⓢ

名・他サ 參觀。

△６年生は出版社を見学に行った／六年級的學生去參觀出版社。

けんきょ［謙虚］ 〓6

形動 謙虛。

類 謙遜

△いつも謙虚な気持ちでいることが大切です／隨時保持謙虛的態度是很重要的。

げんきん［現金］ 〓36

名 （手頭的）現款，現金；（經濟的）現款，現金。

類 キャッシュ

△今もっている現金は、これきりです／現在手邊的現金，就只剩這些了。

げんご［言語］ 〓36

名 言語。

類 言葉

△インドの言語状況について研究している／我正在針對印度的語言生態進行研究。

けんこう［健康］ 〓36

形動 健康的，健全的。

類 元気

△煙草をたくさん吸っていたわりに、健康です／雖然抽煙抽得兇，但身體卻很健康。

げんこう［原稿］ 〓36

名 原稿。

△原稿ができしだい送ります／原稿一

完成就寄給您。

けんさ［検査］ 〓36

名・他サ 檢查，檢驗。

類 調べる

△病気かどうかは、検査をした上でなければわからない／是不是生病，不經過檢查是無法斷定的。

げんざい［現在］ 〓36

名 現在，目前，此時。

類 今

△現在は、保険会社で働いています／我現在在保險公司上班。

げんさん［原産］ 〓6

名 原產。

△この果物は、どこの原産ですか／這水果的原產地在哪裡？

げんし［原始］ 〓6

名 原始；自然。

類 元始

△これは、原始時代の石器です／這是原始時代的石器。

げんじつ［現実］ 〓36

名 現實，實際。

反 理想 類 実際

△現実を見るにつけて、人生の厳しさを感じる／每當看到現實的一面，就會感受到人生嚴酷。

けんしゅう［研修］ 〓6

名・他サ 進修，培訓。

[類] 就業

△みんなで研修(けんしゅう)に参加(さんか)しようではないか／大家就一起參加研習吧！

□げんじゅう［厳重］ [二][3][6]

[形動] 嚴重的，嚴格的，嚴厲的。

[類] 厳しい

△会議(かいぎ)は、厳重(げんじゅう)な警戒(けいかい)のもとで行(おこな)われた／會議在森嚴的戒備之下進行。

□げんしょう［現象］ [二][6]

[名] 現象。

[類] 出来事

△なぜこのような現象(げんしょう)が起(お)きるのか、不思議(ふしぎ)でならない／為什麼會發生這種現象，實在是不可思議。

□げんじょう［現状］ [二][6]

[名] 現狀。

[類] 現実

△現状(げんじょう)から見(み)れば、わが社(しゃ)にはまだまだ問題(もんだい)が多(おお)い／從現狀來看，我們公司還存有很多問題。

□けんせつ［建設］ [二][3][6]

[名·他サ] 建設。

[類] 建造

△ビルの建設(けんせつ)が進(すす)むにつれて、その形(かたち)が明(あき)らかになってきた／隨著大廈建設的進行，它的雛形就慢慢出來了。

□けんそん［謙遜］ [二][3][6]

[名·形動·自サ] 謙遜，謙虛。

[反] 不遜　[類] 謙譲

△優秀(ゆうしゅう)なのに、いばるどころか謙遜(けんそん)ばかりしている／他人很優秀，但不僅不自大，反而都很謙虛。

□げんだい［現代］ [二][3][6]

[名] 現代，當代；（歷史）現代（日本史上指二次世界大戰後）。

[類] 当世

△この方法(ほうほう)は、現代(げんだい)ではあまり使(つか)われません／那個方法現代已經不常使用了。

□けんちく［建築］ [二][3][6]

[名·他サ] 建築，建造。

[類] 建造

△ヨーロッパの建築(けんちく)について、研究(けんきゅう)しています／我在研究有關歐洲的建築物。

□けんちょう［県庁］ [二][6]

[名] 縣政府。

△県庁(けんちょう)で仕事(しごと)をしています／我在縣政府工作。

□げんど［限度］ [二][6]

[名] 限度，界限。

[類] 限界

△我慢(がまん)するといっても、限度(げんど)があります／雖說要忍耐，但也是有限度的。

□けんとう［検討］ [二][6]

[名·他サ] 研討，探討；審核。

[類] 吟味

△どのプロジェクトを始(はじ)めるにせよ、

よく検討しなければならない／不管你要從哪個計畫下手，都得好好審核才行。

けんとう［見当］ [二][6]

[名] 推想，推測；大體上的方位，方向；
[接尾] 表示大致數量，大約，左右。
[類] 見通し
△わたしには見当もつかない／我實在是摸不著頭緒。

げんに［現に］ [二][6]

[副] 做為不可忽略的事實，實際上，親眼。
[類] 実際に
△現にこの目で見た／我親眼看到了。

げんば［現場］ [二][6]

[名]（事故等的）現場；（工程等的）現場，工地。
△現場のようすから見ると、作業は順調のようです／從工地的情況來看，施工進行得很順利。

けんびきょう［顕微鏡］ [二][6]

[名] 顯微鏡。
△顕微鏡で細菌を検査した／我用顯微鏡觀察了細菌。

けんぽう［憲法］ [二][3][6]

[名] 憲法。
[類] 法律
△両国の憲法を比較してみた／我試著比較了兩國間憲法的差異。

けんめい［懸命］ [二][6]

[形動] 拼命，奮不顧身，竭盡全力。
[類] 精一杯
△懸命な救出作業をする／拼命地進行搶救工作。

けんり［権利］ [二][3][6]

[名] 權利。
[反] 義務　[類] 権
△勉強することは、義務というより権利だと私は思います／唸書這件事，與其說是義務，我認為它更是一種權利。

げんり［原理］ [二][3][6]

[名] 原理；原則。
[類] 基本法則
△勉強するにつれて、化学の原理がわかってきた／隨著不斷地學習，便越來越能了解化學的原理了。

げんりょう［原料］ [二][6]

[名] 原料。
[類] 材料
△原料は、アメリカから輸入しています／原料是從美國進口的。

こ コ

こ［湖］ [二][3][6]

[接尾] 湖。
[類] 湖（みずうみ）

こ［小］ [二][3][6]

[接頭] 表示小，少的意思；差不多，左右；表示稍微，不大的樣子。

こい［濃い］ [二][3][6]

[形] 色或味濃深；濃稠，密。

[反] 薄い　[類] 濃厚

△濃(こ)い化粧(けしょう)をする／化著濃妝。

こい［恋］ [二][3][6]

[名・自他サ] 戀，戀愛；眷戀。

[類] 恋愛

△二人(ふたり)は、出会(であ)ったとたんに恋(こい)に落(お)ちた／兩人相遇便墜入了愛河。

こいしい［恋しい］ [二][3][6]

[形] 思慕的，眷戀的，懷戀的。

[類] 懐かしい

△故郷(こきょう)が恋(こい)しくてしようがない／想念家鄉想念得不得了。

こいびと［恋人］ [二][3][6]

[名] 情人，意中人。

[類] ラバー

こう［校］ [二][6]

[名・漢造] 校對；訂正，校對；（軍銜）校；學校。

[類] 校正

こう［港］ [二][3][6]

[漢造] 港口。

[類] 港（みなと）

こう［高］ [二][6]

[名・漢造] 高；（離地面）高處，高度；（地位、素質、年齡、價格等）高；（表尊敬對方）高；（人品、心地）高；高傲。

[類] 高さ

ごう［号］ [二][6]

[名・漢造]（學者、文人、畫家等的）別名，雅號；（雜誌刊物等的）期號；（大聲哭泣或喊叫）號；號令，信號；名字，名號。

[類] 雅号

ごういん［強引］ [二][3][6]

[形動] 強行，強制，強勢。

[類] 無理やり

△彼(かれ)にしては、ずいぶん強引(ごういん)なやりかたでした／就他來講，已經算是很強勢的作法了。

こういん［工員］ [二][6]

[名] 工廠的工人，（產業）工人。

[類] 労働者

△社長(しゃちょう)も社長(しゃちょう)なら、工員(こういん)も工員(こういん)だ／社長有社長的不是，員工也有員工的不對。

こういん［行員］ [二][6]

[名] 銀行職員。

こううん［幸運］ [二][6]

[名・形動] 幸運，僥倖。

[反] 不運　[類] 幸せ

△この事故(じこ)で助(たす)かるとは、幸運(こううん)というものだ／能在這場事故裡得救，算是幸運的了。

こうえん［講演］　㋥36

（名・自サ）演説，講演。

㊣ 演説

△誰に講演を頼むか、私には決めかねる／我無法作主要拜託誰來演講。

こうか［効果］　㋥36

（名）効果，成效，成績；（劇）効果。

㊣ 効き目

△努力にもかかわらず、ぜんぜん効果が上がらない／雖然努力了，效果還是完全未見提升。

こうか［硬貨］　㋥6

（名）硬幣，金屬貨幣。

㊣ コイン

△財布の中に硬貨がたくさん入っている／我的錢包裝了許多硬幣。

こうか［高価］　㋥6

（名・形動）高價錢。

㊙ 安価

△宝石は、高価であればあるほど、買いたくなる／寶石越昂貴，就越想買。

ごうか［豪華］　㋥36

（形動）奢華的，豪華的。

㊣ 贅沢

△おばさんたちのことだから、豪華な食事をしているでしょう／因為是阿姨她們，所以我想一定是在吃豪華料理吧！

こうがい［公害］　㋥6

（名）（因污水噪音等所造成的）公害。

△病人が増えたことから、公害のひどさがわかる／從病人增加這一現象來看，可見公害的嚴重程度。

ごうかく［合格］　㋥36

（名・自サ）及格；合格。

㊙ 落第　㊣ 及第

こうかん［交換］　㋥36

（名・他サ）交換，互換；電話接線；（經）交易，票據交換。

㊣ 取り替える

△試合の後で、選手はユニホームを交換した／比賽結束後，選手們交換了球衣。

こうきゅう［高級］　㋥36

（名・形動）（級別）高，高級；（等級程度）高。

㊣ 上等

△お金がないときに限って、彼女が高級レストランに行きたがる／偏偏就在沒錢的時候，女友就想去高級餐廳。

こうきょう［公共］　㋥6

（名）公共。

△公共の設備を大切にしましょう／一起來愛惜我們的公共設施吧！

こうくう［航空］　㋥36

（名）航空；「航空公司」的簡稱。

△航空会社に勤めたい／我想到航空公司上班。

こうけい [光景] (二)6

(名) 景象，情況，場面，樣子。

(類) 眺め

△思っていたとおりに美しい光景だった／和我預期的一樣，景象很優美。

こうげい [工芸] (二)6

(名) 工藝。

△工芸品はもとより、特産の食品も買うことができる／工藝品自不在話下，就連特産的食品也買的到。

ごうけい [合計] (二)36

(名・他サ) 共計，合計，總計。

(類) 総計

△消費税をぬきにして、合計2000円です／扣除消費稅，一共是2000日圓。

こうげき [攻撃] (二)36

(名・他サ) 攻擊，進攻；抨擊，指責，責難；（棒球）擊球。

(類) 攻める

△政府は、野党の攻撃に遭った／政府受到在野黨的抨擊。

こうけん [貢献] (二)6

(名・自サ) 貢獻。

(類) 役立つ

△ちょっと手伝ったにすぎなくて、大した貢献ではありません／這只能算是幫點小忙而已，並沒什麼大不了的貢獻。

こうこう [孝行] (二)6

(名・自サ・形動) 孝敬，孝順。

(類) 親孝行

△親孝行のために、田舎に帰ります／為了盡孝道，我決定回鄉下。

こうこく [広告] (二)36

(名・他サ) 廣告；作廣告，廣告宣傳。

(類) コマーシャル

△広告を出すとすれば、たくさんお金が必要になります／如果要拍廣告，就需要龐大的資金。

こうさ [交差] (二)6

(名・自他サ) 交叉。

(反) 平行　(類) 交わる

△道が交差しているところまで歩いた／我走到交叉路口。

こうさい [交際] (二)36

(名・自サ) 交際，交往，應酬。

(類) 付き合い

△私が交際したかぎりでは、みんなとても親切な方たちでした／就我和他們相處的感覺，大家都是很友善的人。

こうさてん [交差点] (二)36

(名) 交叉點；十字路口。

(類) 十字路

こうじ [工事] (二)36

(名・自サ) 工程，工事。

△工事の騒音をめぐって、近所から抗議されました／工廠因為施工所產生的噪音，而受到附近居民的抗議。

こうし［講師］ ⊜6

⊛（高等院校的）講師；演講者。
△講師も講師なら、学生も学生で、みんなやる気がない／不管是講師，還是學生，都實在太不像話了，大家都沒有幹勁。

こうしき［公式］ ⊜6

⊛·形動 正式；（數）公式。
⊝ 非公式
△数学の公式を覚えなければならない／數學的公式不背不行。

こうじつ［口実］ ⊜6

⊛ 藉口，口實。
⊛ 言い訳
△仕事を口実に、飲み会を断った／我拿工作當藉口，拒絕了喝酒的邀約。

こうしゃ［後者］ ⊜③6

⊛ 後來的人；（兩者中的）後者。
⊝ 前者
△私なら、二つのうち後者を選びます／如果是我，我會選兩者中的後者。

こうしゃ［校舎］ ⊜③6

⊛ 校舍。
△この学校は、校舎を拡張しつつあります／這間學校，正在擴建校區。

こうしゅう［公衆］ ⊜③6

⊛ 公眾，公共，一般人。
⊛ 大衆
△公衆トイレはどこですか／請問公廁在哪裡？

こうすい［香水］ ⊜6

⊛ 香水。
△パリというと、香水の匂いを思い出す／說到巴黎，就會想到香水的香味。

こうせい［公正］ ⊜6

⊛·形動 公正，公允，不偏。
⊛ 公平
△相手にも罰を与えたのは、公正というものだ／也給對方懲罰，這才叫公正。

こうせい［構成］ ⊜6

⊛·他サ 構成，組成，結構。
⊛ 仕組み
△物語の構成を考えてから小説を書く／先想好故事的架構之後，再寫小說。

こうせき［功績］ ⊜6

⊛ 功績。
⊛ 手柄
△彼の功績には、すばらしいものがある／他所立下的功績，有值得讚賞的地方。

こうせん［光線］ ⊜6

⊛ 光線。
⊛ 光
△皮膚に光線を当てて治療する方法がある／有種療法是用光線來照射皮膚。

こうそう［高層］ ⊜6

⊛ 高空，高氣層；高層。

こ

△高層ビルに上って、街を眺めた／我爬上高層大廈眺望街道。

こうぞう［構造］ [二][3][6]

[名] 構造，結構。

[類] 仕組み

△専門家の立場からいうと、この家の構造はよくない／從專家角度來看，這房子的結構不太好。

こうそく［高速］ [二][3][6]

[名] 高速。

[反] 低速 [類] 高速度

△高速道路の建設をめぐって、議論が行われています／圍繞著高速公路的建設一案，正進行討論。

こうたい［交替］ [二][3][6]

[名·自サ] 換班，輪流，替換，輪換。

[類] 交番

△担当者が交替したばかりなものだから、まだ慣れていないんです／負責人才交接不久，所以還不大習慣。

こうち［耕地］ [二][6]

[名] 耕地。

△このへんは、一面耕地です／這一帶都是田地。

こうちゃ［紅茶］ [二][3][6]

[名] 紅茶。

[類] ブラックティー

こうつうきかん［交通機関］ [二][6]

[名] 交通機關，交通設施。

△電車やバスをはじめ、すべての交通機関が止まってしまった／電車和公車以及所有的交通工具，全都停了下來。

こうてい［校庭］ [二][3][6]

[名] 學校的庭園，操場。

△珍しいことに、校庭で誰も遊んでいない／稀奇的是，沒有一個人在操場上。

こうてい［肯定］ [二][3][6]

[名·他サ] 肯定，承認。

[反] 否定 [類] 認める

△上司の言うことを全部肯定すればいいというものではない／贊同上司所說的一切，並不是就是對的。

こうど［高度］ [二][3][6]

[名·形動]（地）高度，海拔；（地平線到天體的）仰角；（事物的水平）高度，高級。

△この植物は、高度1000メートルのあたりにわたって分布しています／這一類的植物，分布區域廣達約1000公尺高。

ごうとう［強盗］ [二][6]

[名] 強盜；行搶。

[類] 泥棒

△昨日、強盗に入られました／昨天被強盜闖進來行搶了。

こうどう ［行動］ (二)36

（名・自サ）行動，行為。

（類）行い

△いつもの行動からして、父は今頃飲み屋にいるでしょう／就以往的行動模式來看，爸爸現在應該是在小酒店吧！

こうとう ［高等］ (二)36

（名・形動）高等，上等，高級。

（類）高級

△高等学校への進学をめぐって、両親と話し合っている／我跟父母討論高中升學的事情。

ごうどう ［合同］ (二)6

（名・自他サ）合併，聯合；（數）全等。

（類）合併

△二つの学校が合同で運動会をする／這兩所學校要聯合舉辦運動會。

こうば ［工場］ (二)36

（名）工廠，作坊。

（類）工場（こうじょう）

△3年間にわたって、町の工場で働いた／長達三年的時間，都在鎮上的工廠工作。

こうはい ［後輩］ (二)36

（名）晚輩，後生；後來的同事，（同一學校）後班生。

（反）先輩 （類）後進

△明日は、後輩もいっしょに来ることになっている／預定明天學弟也會一起前來。

こうひょう ［公表］ (二)6

（名・他サ）公布，發表，宣布。

（類）発表

△この事実は、決して公表するまい／這個真相，絕對不可對外公開。

こうふく ［幸福］ (二)36

（名・形動）沒有憂慮，沒有痛苦，非常滿足的理想狀態。

（類）幸せ

こうぶつ ［鉱物］ (二)6

（名）礦物。

（反）生物

△鉱物の成分を調べました／我調查了這礦物的成分。

こうへい ［公平］ (二)36

（名・形動）公平，公道。

（反）偏頗 （類）公正

△法のもとに、公平な裁判を受ける／法律之前，人人接受平等的審判。

こうほ ［候補］ (二)6

（名）候補，候補人；候選，候選人。

△相手候補は有力だが、私が勝てないわけでもない／對方的候補雖然強，但我也能贏得了他。

こうむ ［公務］ (二)6

（名）公務，國家及行政機關的事務。

△これは公務なので、休むことはできない／因為這是公務，所以沒辦法請假。

□ こうもく［項目］ [二][6]

[名] 文章項目，財物項目；（字典的）詞條，條目。

△どの項目(こうもく)について言(い)っているのですか／你說的是哪一個項目啊？

□ こうよう［紅葉］ [二][6]

[名·自サ] 紅葉；變成紅葉。

[類] もみじ

△今(いま)ごろ東北(とうほく)は、紅葉(こうよう)が美(うつく)しいにきまっている／現在東北一帶的楓葉，一定很漂亮。

□ ごうり［合理］ [二][6]

[名] 合理。

△先生(せんせい)の考(かんが)え方(かた)は、合理的(ごうりてき)というより冷酷(れいこく)です／老師的想法，與其說是合理，倒不如說是冷酷無情。

□ こうりゅう［交流］ [二][6]

[名·自サ] 交流，往來；交流電。

[反] 直流

△国際交流(こくさいこうりゅう)が盛(さか)んなだけあって、この大学(だいがく)には外国人(がいこくじん)が多(おお)い／這所大學有很多外國人，不愧是國際交流興盛的學校。

□ ごうりゅう［合流］ [二][6]

[名·自サ]（河流）匯合，合流；聯合，合併。

△今忙(いまいそが)しいので、7時(じ)ごろに飲(の)み会(かい)に合流(ごうりゅう)します／現在很忙，所以七點左右，我會到飲酒餐會跟你們會合。

□ こうりょ［考慮］ [二][3][6]

[名·他サ] 考慮。

[類] 考える

△福祉(ふくし)という点(てん)からいうと、国民(こくみん)の生活(せいかつ)をもっと考慮(こうりょ)すべきだ／從福利的角度來看的話，就必須再多加考慮到國民的生活。

□ こうりょく［効力］ [二][6]

[名] 效力，效果，效應。

[類] 効き目

△この薬(くすり)は、風邪(かぜ)のみならず、肩(かた)こりにも効力(こうりょく)がある／這劑藥不僅對感冒很有效，對肩膀酸痛也有用。

□ こえる［越える・超える］ [二][3][6]

[自下一] 越過；度過；超出，超過。

[類] 超過する

□ こえる［肥える］ [二][6]

[自下一] 肥，胖；土地肥沃；豐富；（識別力）提高，（鑑賞力）強。

[反] 痩せる　[類] 豊か

△このあたりの土地(とち)はとても肥(こ)えている／這附近的土地非常的肥沃。

□ ごえんりょなく［ご遠慮なく］ [二][6]

[敬] 請不用客氣。

□ コース［course］ [二][3][6]

[名] 路線，（前進的）路徑；跑道，路線；程序，軌道，步驟；課程。

[類] 進路

コーチ［coach］ [二][6]

[名·他サ] 教練，技術指導；教練員。

△チームが負(ま)けたのは、コーチのせいだ／球隊之所以會輸掉，都是教練的錯。

コート［coat］ [四][2]

[名] 外套，大衣；（西裝的）上衣。

[類] 外套

△コートを買(か)いました／買了外套。

コート［coat］ [二][6]

[名] 外套，大衣；西裝上衣。

[類] 外套

コード［cord］ [二][3][6]

[名]（電）軟線。

△テレビとビデオをコードでつないだ／我用電線把電視和錄放影機連接上了。

コーヒー［coffee］ [二][3][6]

[名] 咖啡。

コーラス［chorus］ [二][6]

[名] 合唱；合唱團；合唱曲。

[類] 合唱

△彼女(かのじょ)たちのコーラスは、すばらしいに相違(そうい)ない／她們的合唱，一定很棒。

こおり［氷］ [二][3][6]

[名] 冰。

[類] アイス

ゴール［goal］ [二][6]

[名]（體）決勝點，終點；球門；跑進決勝點，射進球門；奮鬥的目標。

[類] 決勝点

△ゴールまであと100メートルです／離終點還差100公尺。

ごかい［誤解］ [二][3][6]

[名·他サ] 誤解，誤會。

[類] 勘違い

△誤解(ごかい)を招(まね)くことなく、状況(じょうきょう)を説明(せつめい)しなければならない／為了不引起誤會，要先說明一下狀況才行。

ごがく［語学］ [二][3][6]

[名] 外語的學習，外語，外語課。

[類] 言語学

こがす［焦がす］ [二][6]

[他五] 弄糊，烤焦，燒焦；（心情）焦急，焦慮；用香薰。

△料理(りょうり)を焦(こ)がしたものだから、部屋(へや)の中(なか)が匂(にお)います／因為菜燒焦了，所以房間裡會有焦味。

こきゅう［呼吸］ [二][3][6]

[名·自他サ] 呼吸，吐納；（合作時）步調，拍子，節奏；竅門，訣竅。

[類] 息

△緊張(きんちょう)すればするほど、呼吸(こきゅう)が速(はや)くなった／越是緊張，呼吸就越是急促。

こきょう［故郷］ [二][3][6]

[名] 故鄉，家鄉，出生地。

[類] 郷里

△誰だって、故郷が懐かしいにきまっている／不論是誰，都會覺得故鄉很令人懷念。

ごく［極］ [二][6]

[副] 非常，最，極，至，頂。

[類] 極上

△この秘密は、極わずかな人しか知りません／這機密只有極少部分的人知道。

こく［国］ [二][6]

[漢造] 國；政府；國際，國有，國家等的簡稱；日本古代行政區劃。

[類] 国家

△日本から台湾への国際電話の掛けかたを教えてください／請教我怎麼從日本打國際電話到台灣。

こぐ［漕ぐ］ [二][3][6]

[他五] 划船，搖櫓，蕩槳；蹬（自行車），打（鞦韆）。

[類] 漕艇

△岸にそって船を漕いだ／沿著岸邊划船。

こくおう［国王］ [二][6]

[名] 國王，國君。

[類] 君主

△国王が亡くなられたとは、信じかねる話だ／國王去世了，真叫人無法置信。

こくご［国語］ [二][6]

[名] 一國的語言；本國語言；（學校的）國語（課），語文（課）。

[類] 共通語

こくせき［国籍］ [二][3][6]

[名]（法）國籍。

こくばん［黒板］ [二][3][6]

[名] 黑板。

こくふく［克服］ [二][6]

[名·他サ] 克服。

[類] 乗り越える

△病気を克服すれば、また働けないこともない／只要征服病魔，也不是說不能繼續工作。

こくみん［国民］ [二][6]

[名] 國民。

[類] 人民

△物価の上昇につれて、国民の生活は苦しくなりました／隨著物價的上揚，國民的生活越來越困苦。

こくもつ［穀物］ [二][3][6]

[名] 五穀，糧食。

[類] 穀類

△この土地では、穀物は育つまい／這樣的土地穀類是無法生長的。

こくりつ［国立］ [二][3][6]

[名] 國立。

△中学と高校は私立ですが、大学は国立を出ています／國中和高中雖然都是讀私立的，但我大學是畢業於國立的。

ごくろうさま［ご苦労様］ [二][6]

[名·形動]（表示感謝慰問）辛苦，受累，勞駕。

[類] ご苦労

△厳しく仕事をさせる一方、「ご苦労様」と言うことも忘れない／嚴厲地要下屬做事的同時，也不忘說聲：「辛苦了」。

こげる［焦げる］ [二][3][6]

[自下一] 烤焦，燒焦，焦，糊；曬褪色。

△変な匂いがしますが、何か焦げていませんか／這裡有怪味，是不是什麼東西燒焦了？

こごえる［凍える］ [二][6]

[自下一] 凍僵。

[類] 悴む

△北海道の冬は寒くて、凍えるほどだ／北海道的冬天冷得幾乎要凍僵了。

こころあたり［心当たり］ [二][3][6]

[名] 想像，（估計、猜想）得到；線索，苗頭。

[類] 見通し

△彼の行く先について、心当たりがないわけでもない／他現在人在哪裡，也不是說完全沒有頭緒。

こころえる［心得る］ [二][6]

[他下一] 懂得，領會，理解；有體驗；答應，應允記在心上的。

[類] 飲み込む

△仕事がうまくいったのは、彼女が全て心得ていたからにほかならない／工作之所以會順利，全都是因為她懂得要領的關係。

こし［腰］ [二][3][6]

[名·結尾] 腰；（衣服、裙子等的）腰身，腰部；（牆壁、隔扇等的）下半部；（做助數詞用）（刀）一把，（裙子）一件，（箭）一囊。

[類] 腰部

こしかけ［腰掛け］ [二][6]

[名] 凳子；暫時棲身之處，一時落腳處。

[類] 椅子

△その腰掛けに坐ってください／請坐到那把凳子上。

こしかける［腰掛ける］ [二][3][6]

[自下一] 坐下。

[類] 座る

△ソファーに腰掛けて話をしましょう／讓我們坐沙發上聊天吧！

ごじゅうおん［五十音］ [二][3][6]

[名] 五十音。

△五十音を覚えるにしたがって、日本語がおもしろくなった／隨著記了五十音，日語就變得更有趣了。

こしょう［胡椒］ [二][6]

[名] 胡椒。

[類] ペッパー

△胡椒を入れたら、くしゃみが出た／灑了胡椒後，打了個噴嚏。

こしらえる［拵える］ [二][3][6]

[他下一] 做，製造；捏造，虛構；化妝，打扮；籌措，填補。

[類] 作る

△遠足(えんそく)なので、みんなでおにぎりをこしらえた／因為遠足，所以大家一起做了飯糰。

こじん［個人］ [二][3][6]

[名] 個人。

[類] 私人

こす［越す・超す］ [二][3][6]

[自·他五] 越過，跨越，渡過；超越，勝於；過，度過；遷居，轉移。

[類] 過ごす

△熊(くま)たちは、冬眠(とうみん)して寒(さむ)い冬(ふゆ)を越(こ)します／熊靠著冬眠來過寒冬。

こする［擦る］ [二][6]

[他五] 擦，揉，搓；摩擦。

[類] 掠める

△汚(よご)れは、布(ぬの)で擦(こす)れば落(お)ちます／這污漬用布擦就會掉了。

こたい［固体］ [二][3][6]

[名] 固體。

[反] 液体　[類] 塊

△液体(えきたい)の温度(おんど)が下(さ)がると固体(こたい)になる／當液體的溫度下降時，就會結成固體。

ごちそう［ご馳走］ [二][三][3][6]

[名·他サ] 招待，款待；酒席，盛筵，吃喝。

[類] 料理

△うわあ、すごいご馳走(ちそう)ですね／哇！好豐盛的佳餚呀！

ごちそうさま［ご馳走様］ [二][6]

[連語] 承蒙您的款待了，謝謝。

△おいしいケーキをご馳走様(ちそうさま)でした／謝謝您招待如此美味的蛋糕。

こっか［国家］ [二][6]

[名] 國家。

[類] 国

△彼(かれ)は、国家(こっか)のためと言(い)いながら、自分(じぶん)のことばかり考(かんが)えている／他嘴邊雖掛著：「這都是為了國家」，但其實都只有想到自己的利益。

こっかい［国会］ [二][6]

[名] 國會，議會。

△この件(けん)は、国会(こっかい)で話(はな)し合(あ)うべきだ／這件事，應當在國會上討論才是。

こづかい［小遣い］ [二][3][6]

[名] 零用錢。

[類] 小遣い銭

△ちゃんと勉強(べんきょう)したら、お小遣(こづか)いをあげないこともないわよ／只要你好好讀書，也不是不給你零用錢的。

こっきょう［国境］ [二][6]

[名] 國境，邊境，邊界。

[類] 国境（くにざかい）

△国境(こっきょう)をめぐって、二(ふた)つの国(くに)に争(あらそ)いが起(お)きた／就邊境的問題，兩國間起了爭執。

コック［cook］ [二][6]

名 廚師。

類 料理人

△彼は、すばらしいコックであるとともに、有能な経営者です／他是位出色的廚師，同時也是位有能力的經營者。

こっせつ ［骨折］ ⚌6

名・自サ 骨折。

△骨折ではなく、ちょっと足をひねったにすぎません／不是骨折，只是稍微扭傷腳罷了！

こっそり ⚌36

副 悄悄地，偷偷地，暗暗地。

類 こそこそ

△両親には黙って、こっそり家を出た／沒告知父母，就偷偷從家裡溜出來。

こづつみ ［小包］ ⚌36

名 小包裹；包裹。

類 小包郵便物

こてん ［古典］ ⚌36

名 古書，古籍；古典作品。

△古典はもちろん、現代文学にも詳しいです／古典文學不用說，對現代文學也透徹瞭解。

ごと ［共］ ⚌36

接尾 （表示包含在内，加在一起的意思）一共，連同。

類 一緒

こと ［琴］ ⚌6

名 古琴，箏。

△彼女は、琴を弾くのが上手だ／她古箏彈得很好。

こと ［事］ ⚌⚊36

名 事情，事實；事務；大事件，事端；與 有關之事。

類 事柄

△課長も課長なら、部長も部長で、このことにだれも責任を持たない／不管是課長還是部長，都也真是的，誰都不願意承擔這件事的責任。

ごと ［毎］ ⚌36

接尾 每。

類 ～の度に

ことづける ［言付ける］ ⚌6

他下一 託帶口信，託付。

類 命令する

△社長はいなかったので、秘書に言付けておいた／社長不在，所以請秘書代替傳話。

ことなる ［異なる］ ⚌6

自五 不同，不一樣。

反 同じ 類 違う

△やり方は異なるにせよ、二人の方針は大体同じだ／即使做法不同，不過兩人的方針是大致相同的。

ことばづかい ［言葉遣い］ ⚌6

名 說法，措辭，表達。

類 言い振り

△言葉遣いからして、とても乱暴なや

つだと思う／從說話措辭來看，我認為他是個粗暴的傢伙。

ことわざ［諺］ (二6)

名 諺語，俗語，成語，常言。

類 諺語

△このことわざの意味をめぐっては、いろいろな説があります／就這個成語的意思，有許多不同的說法。

ことわる［断る］ (二36)

他五 預先通知，事前請示；謝絕，禁止；道歉，辯白，解釋；解雇，辭退。

反 受け入れる　類 拒む

こな［粉］ (二36)

名 粉，粉末，麵粉。

類 粉末

△この粉は、小麦粉ですか／這粉是太白粉嗎？

このみ［好み］ (二6)

名 愛好，喜歡，願意。

類 嗜好

△話によると、社長は食べ物の好みがうるさいようだ／聽說社長對吃很挑剔的樣子。

このむ［好む］ (二6)

他五 愛好，喜歡，願意；挑選，希望；流行，時尚。

反 嫌う　類 好く

△わが社の製品は、50年にわたる長い間、人々に好まれてきました／本公司產品，長達50年廣受人們的喜愛。

コピー［copy］ (二36)

名 抄本，謄本，副本；（廣告等的）文稿。

類 複写

ごぶさた［ご無沙汰］ (二6)

名・自サ 久疏問候，久未拜訪，久不奉函。

△ご無沙汰していますが、お元気ですか／好久不見，近來如何？

こぼす［溢す］ (二6)

他五 灑，漏，溢（液體），落（粉末）；發牢騷，抱怨。

類 漏らす

△辛さのあまり、つい愚痴をこぼしてしまいました／因為太難受了，而發起牢騷來了。

こぼれる［零れる］ (二6)

自下一 灑落，流出；溢出，漾出；（花）掉落。

類 溢れる

△悲しくて、なみだがこぼれてしまった／難過得眼淚掉了出來。

コミュニケーション ［communication］ (二6)

名 通訊，報導，信息；（語言、思想、精神上的）交流，溝通。

△仕事の際には、コミュニケーションを大切にしよう／工作時，要注重溝通唷。

ゴム［(荷)gom］ (二36)

名 樹膠，橡皮，橡膠。

[類] ラバー

こむ［込む］ [二][三][3][6]

[自五·他五·接尾] 擁擠，混雜；費事，精緻，複雜；表進入的意思；表深入或持續到極限。

[類] 混雑する

△朝の電車は、込んでいるらしい／早上的電車好像很擠。

こむぎ［小麦］ [二][6]

[名] 小麥。

[類] 小麦粉

△小麦粉とバターと砂糖だけで作ったお菓子です／這是只用了麵粉、奶油和砂糖製成的點心。

こや［小屋］ [二][6]

[名] 簡陋的小房，茅舍；（演劇、馬戲等的）棚子；畜舍。

[類] 小舎

△彼は、山の上の小さな小屋に住んでいます／他住在山上的小屋子裡。

こゆび［小指］ [二][6]

[名] 小指頭。

△小指に怪我をしました／我小指頭受了傷。

こらえる［堪える］ [二][6]

[他下一] 忍耐，忍受；忍住，抑制住；容忍，寬恕。

[類] 耐える

△この騒音はこらえられない／無法忍受這個噪音。

ごらく［娯楽］ [二][6]

[名] 娛樂，文娛。

[類] 楽しみ

△庶民からすれば、映画は重要な娯楽です／對一般老百姓來說，電影是很重要的娛樂。

ごらん［ご覧］ [二][6]

[名]（敬）看，觀覽；（親切的）請看；（接動詞連用形）試試看。

[類] 見る

△窓から見える景色がきれいだからご覧なさい／從窗戶眺望的景色實在太美了，您也來看看吧！

こる［凝る］ [二][6]

[自五] 凝固，凝集；（因血行不周、肌肉僵硬等）酸痛；狂熱，入迷；講究，精緻。

[反] 飽きる [類] 夢中する

△つりに凝っている／熱中於釣魚。

コレクション［collection］ [二][6]

[名] 蒐集，收藏；收藏品。

[類] 収集品

△私は、切手ばかりか、コインのコレクションもしています／不光是郵票，他也有收集錢幣。

これら [二][3][6]

[代] 這些。

△これらとともに、あちらの本も片付けましょう／那邊的書也跟這些一起收拾乾淨吧！

こ

ころがす［転がす］ 二6

[他五] 滾動，轉動；開動（車），推進；轉賣；弄倒，搬倒。

△これは、ボールを転(ころ)がすゲームです／這是滾大球競賽。

ころがる［転がる］ 二36

[自五] 滾動，轉動；倒下，躺下；擺著，放著，有。

[類] 転げる

△山(やま)の上(うえ)から、石(いし)が転(ころ)がってきた／有石頭從山上滾了下來。

ころす［殺す］ 二36

[他五] 殺死，致死；抑制，忍住，消除；埋沒；浪費，犧牲，典當；殺，（棒球）使出局。

[反] 生かす　[類] 殺害

△社長(しゃちょう)を批判(ひはん)すると、殺(ころ)されかねないよ／你要是批評社長，性命可就難保了唷！

ころぶ［転ぶ］ 二36

[自五] 跌倒，倒下；滾轉；趨勢發展，事態變化。

[類] 転倒する

△道(みち)で転(ころ)んで、ひざ小僧(こぞう)を怪我(けが)した／在路上跌了一跤，膝蓋受了傷。

こん［今］ 二6

[漢造] 現在；今天；今年。

[類] 現在

△私(わたし)が今日(こんにち)あるのは山田(やまだ)さんのお陰(かげ)です／我能有今天都是託山田先生的福。

こん［紺］ 二6

[名] 深藍，深青。

[類] 青

△会社(かいしゃ)へは、紺(こん)のスーツを着(き)ていきます／我穿深藍色的西裝去上班。

こんかい［今回］ 二6

[名] 這回，這次，此番。

[類] 今度

△今回(こんかい)の仕事(しごと)が終(お)わりしだい、国(くに)に帰(かえ)ります／這次的工作一完成，就回國去。

コンクール［concours］ 二6

[名] 競賽會，競演會，會演。

[類] コンテスト

△コンクールに出(で)るからには、毎日練習(まいにちれんしゅう)しなければだめですよ／既然要參加比賽，就得每天練習唷！

コンクリート［concrete］ 二36

[名·形動] 混凝土；具體的。

[類] コンクリ

△コンクリートで作(つく)っただけのことはあって、頑丈(がんじょう)な建物(たてもの)です／不愧是用水泥作成的，真是堅固的建築物啊！

こんご［今後］ 二36

[名] 今後，以後，將來。

[類] 以後

△今後(こんご)のことを考(かんが)える一方(いっぽう)、現在(げんざい)の生活(せいかつ)も楽(たの)しみたいです／在為今後作打算的同時，我也想好好享受現在的生活。

こんごう ［混合］ ⊜6

（名・自他サ）混合。

（類）混和

△二つの液体を混合すると危険です／將這兩種液體混和在一起的話，很危險。

こんざつ ［混雑］ ⊜36

（名・自サ）混亂，混雜，混染。

（類）混乱

△新しい道路を作らないことには、混雑は解消しない／如果不開一條新的馬路，就沒辦法解除這交通混亂的現象。

コンセント ［consent］ ⊜6

（名）電線插座。

△コンセントがないから、カセットを聞きようがない／沒有插座，所以無法聽錄音帶。

こんだて ［献立］ ⊜6

（名）菜單。

（類）メニュー

△夕飯の買い物の前に、献立を決めるものだ／買晚餐的食材前，就應該先決定好菜單。

こんなに ⊜6

（副）這樣，如此。

△こんなに夜遅く街をうろついてはいけない／不可在這麼晚了還在街上閒蕩。

こんなん ［困難］ ⊜36

（名・形動）困難，困境；窮困。

（類）難儀

△30年代から40年代にかけて、困難な日々が続いた／30年代到40年代這段時間，日子一直都很艱困的。

こんにち ［今日］ ⊜6

（名）今天，今日；現在，當今。

（類）本日

△このような車は、今日では見られない／這樣子的車，現在看不到了。

コンピューター ［computer］ ⊜6

（名）電腦，電子計算機。

△コンピューターを使えば、大量のデータを計算し得る／只要利用電腦就能計算大量的資料。

こんやく ［婚約］ ⊜6

（名・自サ）訂婚，婚約。

（類）エンゲージ

△婚約したので、嬉しくてたまらない／因為訂了婚，所以高興極了。

こんらん ［混乱］ ⊜36

（名・自サ）混亂。

（類）紛乱

△この古代国家は、政治の混乱のすえに滅亡した／這一古國，由於政治的混亂，結果滅亡了。

こ

MEMO

さサ

さ［差］ [二][6]

[名] 差別，區別，差異；差額，差數。

[類] 違い

△二(ふた)つの商品(しょうひん)の品質(ひんしつ)には、まったく差(さ)がない／這兩個商品的品質上，簡直沒什麼差異。

サークル［circle］ [二][3][6]

[名] 伙伴，小組；周圍，範圍。

[類] 団体

△合唱(がしょう)グループに加(くわ)えて、英会話(えいかいわ)のサークルにも入(はい)りました／除了合唱團之外，另外也參加了英語會話的小組。

サービス［service］ [二][3][6]

[名·自他サ] 售後服務；服務，接待，侍候；（商店）廉價出售，附帶贈品出售。

[類] 奉仕

△サービス次第(しだい)では、そのホテルに泊(と)まってもいいですよ／看看服務品質，好的話也可以住那個飯店。

さい［再］ [二][6]

[漢造] 再，又一次。

[類] 再び

△試合(しあい)を再開(さいかい)する／比賽再度開始。

さい［最］ [二][3][6]

[行動·漢造·接頭] 最。

[類] もっとも

さい［祭］ [二][3][6]

[漢造] 祭祀，祭禮；節日，節日的狂歡。

[類] 祭典

さい［際］ [二][3][6]

[名·漢造] 時候，時機，在…的狀況下；彼此之間，交接；會晤；邊際。

[類] 場合

△入場(にゅうじょう)の際(さい)には、切符(きっぷ)を提示(ていじ)してください／入場時，請出示門票。

ざいがく［在学］ [二][6]

[名·自サ] 在校學習，上學。

△大学(だいがく)の前(まえ)を通(とお)るにつけ、在学中(ざいがくちゅう)のことが懐(なつ)かしく感(かん)じられる／每當走過大學前，就會懷念起求學時的種種。

さいきん［最近］ [二][3][6]

[名] 最近，近來，新近；距離最近，最接近。

[類] 近頃

△最近(さいきん)は連絡(れんらく)がない／最近沒有聯絡。

さいご［最後］ [二][3][6]

[名] 最終，最末；（略）末班車。

[反] 最初　[類] 最終

△最後(さいご)の力(ちから)を振(ふ)り絞(しぼ)る／使盡最後吃奶的力量。

さいこう［最高］ [二][3][6]

[名·形動]（高度、位置、程度）最高，至高無上；頂，極，最。

[反] 最低　[類] ベスト

△最高(さいこう)に面白(おもしろ)い映画(えいが)だった／這電影有趣極了！

さいさん［再三］ [二][6]

[副] 屢次，再三。

[類] しばしば

△餃子の材料やら作り方やら、再三にわたって説明しました／不論是餃子的材料還是作法，都一而再再而三反覆說明過了。

ざいさん［財産］ [二][3][6]

[名] 財產；文化遺產。

[類] 資産

△財産という点からいうと、彼は結婚相手として悪くない／就財產這一點來看，把他當結婚對象其實也不錯。

さいじつ［祭日］ [二][3][6]

[名] 節日；日本神社祭祀日；宮中舉行重要祭祀活動日；祭靈日。

△祭日にもかかわらず、会社で仕事をした／儘管是假日，還要到公司上班。

さいしゅう［最終］ [二][6]

[名] 最後，最終，最末；（略）末班車。

[反] 最初　[類] 終わり

△最終的に、私が全部やることになった／到最後，所有的事都變成由我一人做了。

さいそく［催促］ [二][3][6]

[名·他サ] 催促，催討。

[類] 督促

△食事がなかなか来ないから、催促するしかない／因為餐點遲遲不來，所以只好催它快來。

さいちゅう［最中］ [二][3][6]

[名] 動作進行中，最頂點，活動中。

[類] 真っ盛り

△仕事の最中に、邪魔をするべきではない／他人在工作，不該去打擾。

さいてい［最低］ [二][3][6]

[名·形動] 最低，最差，最壞。

[反] 最高

△彼は最低の男です／他是很差勁的男人。

さいてん［採点］ [二][3][6]

[名·他サ] 評分數。

△テストを採点するにあたって、合格基準を決めましょう／在打考試分數之前，先決定一下及格標準吧！

さいなん［災難］ [二][3][6]

[名] 災難，災禍。

[類] 災い

△今回の失敗は、失敗というより災難だ／這次的失敗，與其說是失敗，倒不如說是災難。

さいのう［才能］ [二][3][6]

[名] 才能，才幹。

[類] 能力

△才能があれば成功するというものではない／並非有才能就能成功。

さいばん［裁判］ [二][3][6]

[名·他サ] 裁判，評斷，判斷；（法）審判，審理。

㊣ 裁き

△彼は、長い裁判のすえに無罪になった／他經過長期的訴訟，最後被判無罪。

□ さいほう［裁縫］ 〓6

名・自サ 裁縫，縫紉。

㊣ 針仕事

□ ざいもく［材木］ 〓36

名 木材，木料。

㊣ 木材

△家を作るための材木が置いてある／這裡放有蓋房子用的木材。

□ ざいりょう［材料］ 〓36

名 材料，原料；研究資料，數據。

㊣ 素材

△簡単ではないが、材料が手に入らないわけではない／雖說不是很容易，但也不是拿不到材料。

□ サイレン［siren］ 〓6

名 警笛，汽笛。

㊣ 警笛

△何か事件があったのね。サイレンが鳴っているもの／有什麼事發生吧。因為響笛在響！

□ さいわい［幸い］ 〓36

名・形動・副 幸運，幸福；幸虧，好在；對 有幫助，對 有利，起好影響。

㊣ 幸福

△幸いなことに、死傷者は出なかっ

た／慶幸的是，沒有人傷亡。

□ サイン［sign］ 〓36

名・自サ 簽名，署名，簽字；記號，暗號，信號，作記號。

㊣ 署名

△そんな書類に、サインするべきではない／不該簽下那種文件。

□ さか［坂］ 〓36

名 斜面，坡道；（比喻人生或工作的關鍵時刻）大關，陡坡。

㊣ 坂道

△坂を上ったところに、教会があります／上坡之後的地方有座教堂。

□ さかい［境］ 〓36

名 界線，疆界，交界；境界，境地；分界線，分水嶺。

㊣ 境界

△隣町との境に、川が流れています／有條河流過我們和鄰鎮間的交界。

□ さかさ［逆さ］ 〓36

名（「さかさま」的略語）逆，倒，顛倒，相反。

㊣ 反対

△袋を逆さにして、中身を全部出した／我將袋子倒翻過來，倒出裡面所有東西。

□ さかさま［逆様］ 〓36

名・形動 逆，倒，顛倒，相反。

㊣ 逆

△絵が逆様にかかっている／畫掛反了。

さ

さかのぼる［遡る］ [二6]

[自五] 溯，逆流而上；追溯，回溯。

[類] 遡源

△歴史を遡る／回溯歷史。

さかば［酒場］ [二6]

[名] 酒館，酒家，酒吧。

[類] バー

△酒場で酒を飲むにつけ、彼女のことを思い出す／每當在酒館喝酒，就會想起她。

さからう［逆らう］ [二6]

[自五] 逆，反方向；違背，違抗，抗拒，違拗。

[類] 抵抗する

△風に逆らって進む／逆風前進。

さかり［盛り］ [二6]

[名·接尾] 最旺盛時期，全盛狀態；壯年；（動物）發情；（接動詞連用形）表正在最盛的時候。

[類] 最盛期

△桜の花は、今が盛りだ／櫻花現在正值綻放時期。

さきおととい［一昨昨日］ [二6]

[名] 大前天，前三天。

[類] 一昨日（いっさくじつ）

△さきおとといから、夫と口を聞いていない／從大前天起，我就沒跟丈夫講過話。

さきほど［先程］ [二36]

[副] 剛才，方才。

[反] 後ほど [類] 先刻

△先程、先生から電話がありました／剛才老師有來過電話。

さぎょう［作業］ [二36]

[名·自サ] 工作，操作，作業，勞動。

[類] 仕事

△作業をやりかけたところなので、今は手が離せません／因為現在工作正做到一半，所以沒有辦法離開。

さく［昨］ [二6]

[漢造] 昨天；前一年，前一季；以前，過去。

[類] 昨日

さく［裂く］ [二6]

[他五] 撕開，切開；扯散；分出，擠出，勻出；破裂，分裂。

△小さな問題が、二人の間を裂いてしまった／為了一個問題，使得兩人之間產生了裂痕。

さくいん［索引］ [二6]

[名] 索引。

[類] 見出し

△この本の120ページから123ページにわたって、索引があります／這本書的第120頁到123頁，附有索引。

さくしゃ［作者］ [二36]

[名] 作者，作家。

[類] 著者

△この小説の作者は、60年代から70年代にわたってパリに住んでいた／這小說的作者，60到70年代之間，都住在巴黎。

さくじょ［削除］ 　　　　二6
（名・他サ）刪掉，刪除，勾消，抹掉。
（類）削り取る
△子どもに悪い影響を与える言葉は、削除することになっている／按規定要刪除對孩子有不好影響的詞彙。

さくせい［作成］ 　　　　二6
（名・他サ）寫，作，造成（表、件、計畫、文件等）；製作，擬制。
△彼が作成した椅子は丈夫だ／他做的椅子很耐用。

さくひん［作品］ 　　　　二36
（名）製成品；（藝術）作品，（特指文藝方面）創作。
（類）作物
△これは私にとって忘れがたい作品です／這對我而言，是件難以忘懷的作品。

さくもつ［作物］ 　　　　二6
（名）農作物；庄嫁。
（類）農作物
△北海道では、どんな作物が育ちますか／北海道產什麼樣的農作物？

さくら［桜］ 　　　　二36
（名）（植）櫻花，櫻花樹；櫻花色，淡紅色。
（類）桜花

さぐる［探る］ 　　　　二36
（他五）（用手脚等）探，摸；探聽，試探，偵查；探索，探求，探訪。
（類）探索
△事件の原因を探る／探究事件的原因。

さけ［酒］ 　　　　二36
（名）酒（的總稱），日本酒，清酒；喝酒，飲酒。
（類）清酒

さけぶ［叫ぶ］ 　　　　二36
（自五）喊叫，呼叫，大聲叫；呼喊，呼籲。
（類）喚く
△少年は、急に思い出したかのように叫んだ／少年好像突然想起了什麼事一般地大叫了一聲。

さける［避ける］ 　　　　二36
（他下一）躲避，避開，逃避；避免，忌諱。
（類）免れる
△問題を指摘しつつも、自分から行動することは避けている／儘管他指出了問題點，但還是盡量避免自己去做。

ささえる［支える］ 　　　　二36
（他下一）支撐；維持，支持；阻止，防止。
（類）支持する
△私は、資金において彼を支えようと思う／在資金方面，我想支援他。

さ

ささやく［囁く］ 二6

[自五] 低聲自語，小聲說話，耳語。

[類] 呟く

△陰では悪口をささやきつつも、本人には絶対言わない／儘管在背後說壞話，也絕不跟本人說。

ささる［刺さる］ 二6

[自五] 刺在…在，扎進，刺入。

△指にガラスの破片が刺さってしまった／手指被玻璃碎片給刺傷了。

さじ［匙］ 二36

[名] 匙子，小杓子。

[類] スプーン

△子どもが勉強しないので、もうさじを投げました／我小孩不想讀書，所以我已經死心了。

さしあげる［差し上げる］ 二三36

[他下一] 舉起，高舉；給，贈與，奉送。

[類] 与える

△差し上げた薬を、毎日お飲みになってください／開給您的藥，請每天服用。

ざしき［座敷］ 二36

[名] 日本式客廳；酒席，宴會，應酬；宴客的時間；接待客人。

[類] 客間

△座敷でゆっくりお茶を飲んだ／我在日式客廳，悠哉地喝茶。

さしつかえ［差し支え］ 二36

[名] 不方便，障礙，妨礙。

[類] 支障

△質問しても、差し支えはあるまい／就算你問我問題，也不會打擾到我。

さしひく［差し引く］ 二6

[他五] 扣除，減去；抵補，相抵（的餘額）；（潮水的）漲落，（體溫的）升降。

[類] 引き去る

△給与から税金が差し引かれるとか／聽說會從薪水裡扣除稅金。

さす 二36

[他五・助動・五型] 指，指示；使，叫，令，命令作…。

[類] 指さす

△物を食べさした／叫吃東西。

さす［刺す］ 二36

[他五] 刺，穿，扎；螫，咬，釘；縫綴，衲；捉住，黏捕。

[類] 突き刺す

△蜂に刺されてしまった／我被蜜蜂給螫到了。

さす［指す］ 二36

[他五] 指，指示；使，叫，令，命令做…。

△甲と乙というのは、契約者を指しています／這甲乙指的是簽約的雙方。

さすが［流石］ 二36

[形動・副] 真不愧是，果然名不虛傳；雖然…，不過還是；就連…也都，甚至。

類 確かに

△壊れた時計を簡単に直してしまうなんて、さすがプロですね／竟然一下子就修好壊掉的時鐘，不愧是專家啊！

ざせき ［座席］ 二6

名 座位，座席，乘坐，席位。

類 席

△劇場の座席で会いましょう／我們就在劇院的席位上見吧！

さそう ［誘う］ 二36

他五 約，邀請；勸誘，會同；誘惑，勾引；引誘，引起。

類 促す

△女性を誘うと、誤解されかねないですよ／去邀約女性有可能會招來誤解喔！

さつ ［札］ 二36

名・漢造 紙幣，鈔票；（寫有字的）木牌，紙片；信件；門票，車票。

類 紙幣

△財布にお札が1枚も入っていません／錢包裡，連一張紙鈔也沒有。

さつえい ［撮影］ 二36

名・他サ 攝影，拍照；拍電影。

類 写す

△この写真は、ハワイで撮影されたに違いない／這張照片，一定是在夏威夷拍的。

ざつおん ［雑音］ 二6

名 雑音，噪音。

△雑音の多い録音ですが、聞き取れないこともないです／雖說錄音裡有很多雑音，但也不是完全聽不到。

さっか ［作家］ 二36

名 作家，作者，文藝工作者；藝術家，藝術工作者。

類 ライター

△さすが、作家だけあって、文章がうまい／不愧是作家，文章寫得真好。

さっき ［先］ 二三36

副 剛才，方才。

類 先ほど

△さっきここにいたのは、誰だい／剛才在這裡的是誰？

さっきょく ［作曲］ 二6

名・他サ 作曲，譜曲，配曲。

△彼女が作曲したにしては、暗い曲ですね／就她所作的曲子而言，算是首陰鬱的歌曲。

さっさと 二36

副 （毫不猶豫、毫不耽擱時間地）趕緊地，痛快地，迅速地。

類 急いで

△さっさと仕事を片付ける／迅速地處理工作。

さっそく ［早速］ 二36

副 立刻，馬上，火速，趕緊。

類 直ちに

△手紙をもらったので、早速返事を書きました／我收到了信，所以馬上就回了封信。

ざっと [二][3][6]

[副] 粗略地，簡略地，大體上的；（估計）大概，大略；潑水狀。

[類] 一通り

△書類に、ざっと目を通しました／我大略地瀏覽過這份文件了。

さっぱり [二][3][6]

[副·自サ] 整潔，俐落，瀟灑；（個性）直爽，坦率；（感覺）爽快，病癒；（味道）清淡。

[類] すっきり

△シャワーを浴びてきたから、さっぱりしているわけだ／因為淋了浴，所以才感到那麼爽快。

さて [二][3][6]

[副·接·感] 一旦，果真；那麼，卻說，於是；（自言自語，表猶豫）到底，那可…。

[類] ところで

△さて、これからどこへ行きましょうか／那現在要到哪裡去？

さばく［砂漠］ [二][3][6]

[名] 沙漠。

△開発が進めば進むほど、砂漠が増える／愈開發沙漠就愈多。

さび［錆］ [二][6]

[名]（金屬表面因氧化而生的）鏽；（轉）惡果。

△錆の発生を防ぐにはどうすればいいですか／要如何預防生鏽呢？

さびる［錆びる］ [二][3][6]

[自上一] 生鏽，長鏽；（聲音）蒼老。

△鉄棒が赤く錆びてしまった／鐵棒生鏽變紅了。

ざぶとん［座布団］ [二][3][6]

[名]（鋪在席子上的）棉坐墊。

△座布団を敷いて坐った／我鋪了坐墊坐下來。

さべつ［差別］ [二][6]

[名·他サ] 區別，輕視。

△女性の給料が低いのは、差別にほかならない／女性的薪資低，不外乎是有男女差別待遇。

さほう［作法］ [二][6]

[名] 禮法，禮節，禮貌，規矩；（詩、小說等文藝作品的）作法。

[類] 仕来り

△食卓での作法を守る／遵守用餐的禮節。

さま［様］ [二][三][6]

[名·代·接尾] 樣子，景況，狀態；姿態，形狀；方面；（接在人名或表示人的名詞下）表示尊敬；（接在表心意的用語下）表鄭重或客氣的語氣。

[類] 状態

△山田様、どうぞお入りください／山

田先生，請進。

さまざま［様々］　　二36

（名・形動）種種，各式各樣的，形形色色的。

（類）色々

△失敗の原因については、様々な原因が考えられる／針對失敗，我想到了各種原因。

さます［冷ます］　　二36

（他五）冷卻，弄涼；（使熱情、興趣）降低，減低。

（類）冷やす

△熱いから、冷ましてから食べてください／很燙的！請吹涼後再享用。

さます［覚ます］　　二36

（他五）（從睡夢中）弄醒，喚醒；（從迷惑、錯誤中）清醒，醒酒；使清醒，使覺醒。

△赤ちゃんは、もう目を覚ましていますか／小嬰兒已經醒了嗎？

さまたげる［妨げる］　　二36

（他下一）阻礙，防礙，阻攔，阻撓。

（類）妨害する

△あなたが留学するのを妨げる理由はない／我沒有理由阻止你去留學。

さめる［覚める］　　二36

（自下一）（從睡夢中）醒，醒過來；（從迷惑、錯誤、沉醉中）醒悟，清醒。

（類）目覚める

△びっくりして、目が覚めた／嚇了一跳，都醒過來了。

さめる［冷める］　　二36

（自下一）（熱的東西）變冷，涼；（熱情、興趣等）降低，減退。

（類）冷える

△スープが冷めてしまった／湯冷掉了。

さゆう［左右］　　二36

（名・他サ）左右方；身邊，旁邊；左右其詞，支支吾吾；（年齡）大約，上下；掌握，支配，操縱。

（類）そば

△首相の左右には、大臣たちが立っています／首相的左右兩旁，站著大臣們。

さら［皿］　　二36

（名）碟子，盤子；盤形物；（助數詞用法）一碟，一盤，一道。

（類）盤

△お皿は、どれを使いましょうか／要用哪一個盤子？

さらいげつ［再来月］　　二三36

（名）下下個月。

（類）翌々月

△再来月国に帰るので、準備をしています／下下個月要回國，所以正在準備行李。

さらいしゅう［再来週］　　二三36

（名）下下週。

（類）翌々週

△再来週遊びに来るのは、伯父です／下下星期要來玩的是伯父。

さらいねん［再来年］ [二] [3][6]

[名] 後年。

[類] 明後年

△再来年は留学します／後年要去留學。

サラダ［salad］ [二] [6]

[名] 沙拉。

さらに［更に］ [二] [3][6]

[副] 更加，更進一步；並且，還；再，重新；（下接否定）一點也不，絲毫不。

[類] 一層

△今月から、更に値段を安くしました／這個月起，我又把價錢再調低了一些。

サラリーマン［salaried man］ [二] [6]

[名] 薪水階級，職員。

[類] 月給取り

さる［猿］ [二] [6]

[名] 猴子，猿猴。

[類] 猿猴（えんこう）

△猿を見に、動物園へ行った／為了看猴子，去了一趟動物園。

さる［去る］ [二] [6]

[自五・他五・連體] 離開；經過，結束；（空間、時間）距離；消除，去掉。

[反] 来る

△彼らは、黙って去っていきました／他們默默地離去了。

さわがしい［騒がしい］ [二] [6]

[形] 吵鬧的，吵雜的，喧鬧的；（社會輿論）議論紛紛的，動盪不安的。

[類] 喧しい

△小学校の教室は、騒がしいものです／小學的教室是個吵鬧的地方。

さわぎ［騒ぎ］ [二] [6]

[名] 吵鬧，吵嚷；混亂，鬧事；轟動一時（的事件），激動，振奮。

[類] 騒動

△学校で、何か騒ぎが起こったらしい／看來學校裡，好像起了什麼騒動的樣子。

さわぐ［騒ぐ］ [二][三] [3][6]

[自五] 吵鬧，吵嚷，亂哄哄；激動不安，慌張；騒動，鬧事；極力贊助，吹捧。

[反] 静まる

△教室で騒いでいるのは、誰なの／是誰在教室吵鬧的？

さわやか［爽やか］ [二] [3][6]

[形動]（心情、天氣）爽朗的，清爽的；（聲音、口齒）鮮明的，清楚的，巧妙的。

[類] 快い

△これは、とても爽やかな飲み物です／這是很清爽的飲料。

さわる［触る］ [二][三] [3][6]

[自五] 觸碰，摸；接觸，參與；觸怒，觸

犯。

類 接触する

△このボタンには、ぜったい触^{さわ}っては
いけない／絕對不可觸摸這個按紐。

さん［山］　　　　　　　　（二36）

漢造 山；寺院，寺院的山號。

類 山（やま）

さん［産］　　　　　　　　（二36）

名·漢造 生產，分娩；（某地方）出生，出
生地；（某地方的）產物，出產；財產；
（物質的）生產，製造。

さんか［参加］　　　　　　（二36）

名·自サ 參加，加入。

類 加入

△私^{わたし}たちが参加^{さんか}してみたかぎりでは、
そのパーティーはとてもよかった／就
我們參加過的感想，那個派對辦得很成
功。

さんかく［三角］　　　　　（二36）

名 三角形；（數）三角學。

類 三角形

さんぎょう［産業］　　　　（二36）

名 生產事業；生業。

△産業^{さんぎょう}が発達^{はったつ}している反面^{はんめん}、公害^{こうがい}が
深刻^{しんこく}です／產業雖然發達，但另一方面
公害問題卻相當嚴重。

ざんぎょう［残業］　　　　（二6）

名·自サ 加班。

類 超勤

△彼^{かれ}はデートだから、残業^{ざんぎょう}しっこない
／他要約會，所以不可能會加班的。

さんこう［参考］　　　　　（二36）

名·他サ 參考，借鑑。

類 参照

△合格^{ごうかく}した人^{ひと}の意見^{いけん}を参考^{さんこう}にすること
ですね／要參考及格的人的意見。

さんすう［算数］　　　　　（二6）

名 算數，初等數學；計算數量。

△うちの子^こは、算数^{さんすう}が得意^{とくい}な反面^{はんめん}、
国語^{こくご}は苦手^{にがて}です／我家小孩的算數很拿
手，但另一方面卻拿國文沒輒。

さんせい［賛成］　　　　　（二36）

名·自サ 贊成，同意。

反 反対　**類** 同意

△みなが賛成^{さんせい}するかどうかにかかわら
ず、私^{わたし}は反対^{はんたい}します／無論大家贊成與
否，我都反對。

さんせい［酸性］　　　　　（二6）

名 （化）酸性。

反 アルカリ性

△この液体^{えきたい}は酸性^{さんせい}だ／這液體是酸性
的。

さんそ［酸素］　　　　　　（二6）

名 （理）氧氣。

△山^{やま}の上^{うえ}は、苦^{くる}しいほど酸素^{さんそ}が薄^{うす}かっ
た／山上的氧氣，稀薄到令人難受。

さんち［産地］　　　　　　（二6）

名 產地；出生地。

さ

類 生産地

△この果物は、産地から直接輸送した／這水果，是從產地直接運送來的。

□ **サンプル ［sample］** 二 6

名・他サ 樣品，樣本。

類 見本

□ **さんりん ［山林］** 二 6

名 山上的樹林；山和樹林。

△山林の破壊にしたがって、自然の災害が増えている／隨著山中的森林受到了破壞，自然的災害也增加了許多。

し シ

□ **し ［市］** 二 6

名・漢造 （行政單位）市；鬧市，城市；市，交易。

△私は、静岡市内に住んでいます／我住在靜岡市區裡。

□ **し ［氏］** 二 6

代・接尾・漢造 （做代詞用）這位，他；（接人姓名表示敬稱）先生；氏，姓氏；家族，氏族。

類 姓

△田中氏は、大阪の出身だ／田中先生是大阪人。

□ **し ［紙］** 二 6

名・漢造 報紙的簡稱；紙；文件，刊物。

類 ペーパー

□ **し ［詩］** 二 3 6

名・漢造 詩，漢詩，詩歌。

類 漢詩

△私の趣味は、詩を書くことです／我的興趣是作詩。

□ **じ ［寺］** 二 3 6

漢造 寺。

類 寺（てら）

□ **しあい ［試合］** 二 三 3 6

名・他サ 比賽。

類 ゲーム

△試合はきっとおもしろいだろう／比賽一定很有趣吧！

□ **しあがる ［仕上がる］** 二 6

自五 做完，完成；做成的情形。

類 出来上がる

△作品が仕上がったら、展示場に運びます／作品一完成，就馬上送到展覽場。

□ **しあさって ［明明後日］** 二 3 6

名 大後天。

類 明明後日（みょうみょうごにち）

△明日はともかく、明後日としあさっては必ず来ます／明天先不提，後天和大後天一定會到。

□ **しあわせ ［幸せ］** 二 3 6

名・形動 運氣，機運；幸福，幸運。

反 不幸せ **類** 幸福

△結婚すれば幸せというものではない

でしょう／結婚並不能說就會幸福的吧！

シーズン [season] 　　二6
⑧ （盛行的）季節，時期。
⑳ 時期
△旅行シーズンにもかかわらず、観光客が少ない／儘管是觀光旺季，觀光客還是很少。

シーツ [sheet] 　　二6
⑧ 床單。
⑳ 敷布
△シーツをとりかえましょう／我來為您換被單。

じいん [寺院] 　　二6
⑧ 寺院。
⑳ 寺
△京都には、寺院やら庭やら、見るところがいろいろあります／在京都，有寺院啦、庭院啦，各式各樣可以參觀的地方。

ジーンズ [jeans] 　　二6
⑧ 混紡斜紋布；牛仔褲。
⑳ ジーパン
△新しいジーンズを買った／我買了條新牛仔褲。

しいんと 　　二6
副·自サ 安靜，肅靜，平靜，寂靜。
△場内はしいんと静まりかえった／會場內鴉雀無聲。

じえい [自衛] 　　二6
名·他サ 自衛。
△悪い商売に騙されないように、自衛しなければならない／為了避免被惡質的交易所騙，要好好自我保衛才行。

ジェットき [jet機] 　　二6
⑧ 噴氣式飛機，噴射機。
⑳ 飛行機

しおからい [塩辛い] 　　二6
形 鹹的。
⑳ しょっぱい
△塩辛いものは、あまり食べたくありません／我不大想吃鹹的東西。

しかい [司会] 　　二①0
名·自他サ 司儀，主持會議（的人）。
△パーティーの司会はだれだっけ／派對的司儀是哪位來著？

しかく [四角] 　　二36
⑧ 四角形，四方形，方形。
⑳ 四角形

しかくい [四角い] 　　二36
形 四角的，四方的。
△四角いスイカを作るのに成功しました／我成功地培育出四角形的西瓜了。

しかたがない [仕方がない] 　　二36
連語 沒有辦法；沒有用處，無濟於事，迫不得已；受不了，…得不得了；不像話。
⑳ 仕様がない

し

△彼は怠け者で仕方がないやつだ／他是個懶人真叫人束手無策。

じかに［直に］ [二][3][6]

[副] 直接地，親自地；貼身。

[類] 直接

△社長は偉い人だから、直に話せっこない／社長是位地位崇高的人，所以不可能直接跟他說話。

しかも [二][3][6]

[接] 而且，並且；而，但，卻；反而，竟然，儘管如此還…。

[類] その上

△私が聞いたかぎりでは、彼は頭がよくて、しかもハンサムだそうです／就我所聽到的，據說他不但頭腦好，而且還很英俊。

しかる［叱る］ [二][三][3][6]

[他五] 出聲責備，申斥。

[類] 怒鳴る

△子どもをああしかっては、かわいそうですよ／把小孩罵成那樣，就太可憐了。

じかんめ［時間目］ [二][6]

[接尾] 第…小時。

じかんわり［時間割］ [二][6]

[名] 時間表。

[類] 時間表

△授業は、時間割どおりに行われます／課程按照課程時間表進行。

しき［四季］ [二][6]

[名] 四季。

[類] 季節

△日本は、四季の変化がはっきりしています／日本四季的變化分明。

じき［時期］ [二][3][6]

[名] 時期，時候；期間；季節。

[類] 期間

△時期が来たら、あなたにも訳を説明します／等時候一到，我也會向你說明的。

しき［式］ [二][三][3][6]

[名·漢造] 儀式，典禮，（特指）婚禮；方式；樣式，類型，風格；做法；算式，公式。

[類] 儀式

△式の途中で、帰るわけにもいかない／典禮進行中，不能就這樣跑回去。

じき［直］ [二][3][6]

[名·副] 直接；（距離）很近，就在眼前；（時間）立即，馬上。

[類] すぐ

△みんな直に戻ってくると思います／我想大家應該會馬上回來的。

しきたり［仕来り］ [二][6]

[名] 慣例，常規，成規，老規矩。

[類] 慣わし

△しきたりを守る／遵守成規。

しきち［敷地］ [二][6]

（名）建築用地，地皮；房屋地基。

（類）土地

△隣の家の敷地内に、新しい建物が建った／隔壁鄰居的那塊地裡，蓋了一棟新的建築物。

しきゅう［支給］ （二）6

（名・他サ）支付，發給。

△残業手当は、ちゃんと支給されるということだ／聽說加班津貼會確實支付下來。

しきゅう［至急］ （二）6

（名・副）火速，緊急；急速，加速。

（類）大急ぎ

△至急電話してください／請趕快打通電話給我。

しきりに［頻りに］ （二）6

（副）頻繁地，再三地，屢次；不斷地，一直地；熱心，強烈。

（類）しばしば

△お客様が、しきりに催促の電話をかけてくる／客人再三地打電話過來催促。

しく［敷く］ （二）3 6

（自五・他五）撲上一層，（作接尾詞用）舖滿，遍佈，落滿鋪墊，鋪設；布置，發佈。

（反）被せる　（類）延べる

△どうぞ座布団を敷いてください／煩請鋪一下坐墊。

しくじる （二）6

（他五）失敗，失策；（俗）被解雇。

（類）失敗する

△試験をしくじる／考試失敗了。

しげき［刺激］ （二）6

（名・他サ）（物理的，生理的）刺激；（心理的）刺激，使興奮。

△刺激が欲しくて、怖い映画を見た／為了追求刺激，去看了恐怖片。

しげる［茂る］ （二）6

（自五）（草木）繁茂，茂密。

（反）枯れる　（類）繁茂

△桜の葉が茂る／櫻花樹的葉子很茂盛。

しげん［資源］ （二）6

（名）資源。

△この国は、資源は少ないながら、技術でがんばっています／這國家資源雖然不足，但很努力地開發技術。

じけん［事件］ （二）3 6

（名）事件，案件。

△連続して殺人事件が起きた／殺人事件接二連三地發生了。

じこく［時刻］ （二）3 6

（名）時刻，時候，時間。

（類）時点

△その時刻には、私はもう寝ていました／那個時候，我已經睡著了。

じさつ［自殺］ 〓6

名・自サ 自殺，尋死。
反 他殺 類 自害
△彼が自殺するわけがない／他不可能會自殺的。

じさん［持参］ 〓6

名・他サ 帶來（去），自備。
△当日は、お弁当を持参してください／當天請自行帶便當。

しじ［指示］ 〓6

名・他サ 指示，指點。
類 命令
△隊長の指示を聞かないで、勝手に行動してはいけない／不可以不聽從隊長的指示，隨意行動。

じじつ［事実］ 〓36

名 事實；（作副詞用）實際上。
類 真相
△私は、事実をそのまま話したにすぎません／我只不過是照事實講而已。

じしゃく［磁石］ 〓6

名 磁鐵；指南針。
類 磁気コンパス
△磁石で方角を調べた／我用指南針找了方位。

ししゃごにゅう ［四捨五入］ 〓6

名・他サ 四捨五入。
△小数点以下は、四捨五入します／小數點以下要四捨五入。

しじゅう［始終］ 〓36

名・副 開頭和結尾；自始至終；經常，不斷，總是。
類 いつも
△彼は、始終歌ばかり歌っている／他老是唱著歌。

じしゅう［自習］ 〓36

名・他サ 自習，自學。
類 自学
△彼は英語を自習した／他自習了英語。

ししゅつ［支出］ 〓36

名・他サ 開支，支出。
反 収入 類 支払い
△支出が増えたせいで、貯金が減った／都是支出變多，儲蓄才變少了。

じじょう［事情］ 〓6

名 狀況，內情，情形；（局外人所不知的）原因，緣故，理由。
類 理由
△私の事情を、先生に説明している最中です／我正在向老師說明我的情況。

しじん［詩人］ 〓6

名 詩人。
類 歌人
△彼は詩人ですが、時々小説も書きます／他雖然是個詩人，有時候也會寫寫小說。

□ じしん［自信］ [二][3][6]

[名] 自信，自信心。

△自信(じしん)を持(も)つことこそ、あなたに最(もっと)も必要(ひつよう)なことです／要對自己有自信，對你來講才是最需要的。

□ じしん［自身］ [二][6]

[名·接尾] 自己，本人；本身。

[類] 自分

△自分自身(じぶんじしん)のことも、よくわからない／我也不大懂我自己。

□ しずまる［静まる］ [二][6]

[自五] 變平靜；平靜，平息；減弱；平靜的（存在）。

[類] 落ち着く

△先生(せんせい)が大(おお)きな声(こえ)を出(だ)したものだから、みんなびっくりして静(しず)まった／因為老師突然大聲講話，所以大家都嚇得鴉雀無聲。

□ しずむ［沈む］ [二][3][6]

[自五] 沉沒，沈入；西沈，下山；消沈，落魄，氣餒；沈淪。

[反] 浮く　[類] 沈下する

△夕日(ゆうひ)が沈(しず)むのを、ずっと見(み)ていた／我一直看著夕陽西沈。

□ しせい［姿勢］ [二][3][6]

[名]（身體）姿勢；態度。

[類] 姿

△姿勢(しせい)を正(ただ)しくすればするほど、健康(けんこう)になりますよ／越矯正姿勢，身體就會越健康。

□ しぜん［自然］ [二][3][6]

[名·形動·副] 自然，天然；大自然，自然界；自然地。

[反] 人工　[類] 天然

△この国(くに)は、経済(けいざい)が遅(おく)れている反面(はんめん)、自然(しぜん)が豊(ゆた)かだ／這個國家經濟雖落後，但另一方面卻擁有豐富的自然資源。

□ しぜんかがく［自然科学］ [二][3][6]

[名] 自然科學。

△英語(えいご)や国語(こくご)に比(くら)べて、自然科学(しぜんかがく)のほうが得意(とくい)です／比起英語和國語，自然科學我比較拿手。

□ しそう［思想］ [二][3][6]

[名] 思想。

[類] 見解

△彼(かれ)は、文学思想(ぶんがくしそう)において業績(ぎょうせき)を上(あ)げた／他在文學思想上，取得了成就。

□ じそく［時速］ [二][6]

[名] 時速。

△制限時速(せいげんじそく)は、時速(じそく)100キロである／時速限制是時速100公里。

□ しそん［子孫］ [二][6]

[名] 子孫；後代。

[類] 後裔

△あの人(ひと)は、王家(おうけ)の子孫(しそん)だけのことはあって、とても堂々(どうどう)としている／那位不愧是王室的子孫，真是威風凜凜的。

□ した［舌］ [二][3][6]

[名] 舌頭；說話；舌狀物。

[類] べろ

△熱いものを食べて、舌を火傷した／我吃到熱食，燙到舌頭了。

したい［死体］ [二6]

[名] 屍體。

[反] 生体 [類] 死骸

△警察官が、死体を調べている／檢察官正在調查屍體。

じたい［事態］ [二6]

[名] 事態，情形，局勢。

[類] 成り行き

△事態は、回復しつつあります／情勢有漸漸好轉了。

しだい［次第］ [二36]

[名·接尾] 順序，次序；依序，依次；經過，緣由；任憑，取決於。

△条件次第では、契約しないこともないですよ／視條件而定，並不是不能簽約的呀！

したがう［従う］ [二36]

[自五] 跟隨；服從，遵從；按照；順著，沿著；隨著，伴隨。

[類] 服従

△先生が言えば、みんな従うにきまっています／只要老師一說話，大家就肯定會服從的。

したがき［下書き］ [二36]

[名·他サ] 試寫；草稿，底稿；打草稿；試畫，畫輪廓。

[反] 清書 [類] 草稿

△いい文章を書くには、下書きするよりほかない／想要寫好文章，就只有先打草稿了。

したがって［従って］ [二36]

[接續] 因此，從而，因而，所以。

[類] それゆえ

△この学校の進学率は高い、したがって志望者が多い／這所學校的升學率高，所以有很多人想進來唸。

したく［支度］ [二三36]

[名·自サ] 準備，預備；（外出的）衣服，打扮。

[類] 用意

△旅行の支度をしなければなりません／我得準備旅行事宜。

じたく［自宅］ [二6]

[名] 自己家，自己的住宅。

[類] 私宅

△映画に行くかわりに、自宅でテレビを見た／不去電影院，換成在家裡看電視。

したしい［親しい］ [二36]

[形] （血緣）近；親近，親密；熟悉，習慣；不稀奇。

[反] 疎い [類] 睦まじい

△その人は、知っているどころかとても親しい友人です／那個人豈止是認識，她可是我的摯友呢。

したまち［下町］ [二][6]

[名]（普通百姓居住的）小工商業區；（都市中）低窪地區。

[反] 山の手

△下町は賑やかなので好きです／庶民住宅區很熱鬧，所以我很喜歡。

じち［自治］ [二][6]

[名] 自治，地方自治。

[反] 官治

△私は、自治会の仕事を手伝っている／我在地方自治團體裡幫忙。

しつ［室］ [二][6]

[名·漢造] 房屋，房間；（文）夫人，妻室；家族；窖，洞；鞘。

[類] 部屋

△室内の情景を描いた絵画／描繪室內的畫。

しつ［質］ [二][6]

[名] 質量；品質，素質；質地，實質；抵押品；真誠，樸實。

[類] 性質

△この店の商品は、あの店に比べて質がいいです／這家店的商品，比那家店的品質好多了。

じつ［日］ [二][3][6]

[漢造] 太陽；日，一天，白天；每天。

[類] 一昼夜

じっかん［実感］ [二][6]

[名·他サ] 真實感，確實感覺到；真實的感情。

△まだ実感なんか湧きませんよ／還沒有真實感受呀！

しつぎょう［失業］ [二][6]

[名·自サ] 失業。

[類] 失職

△会社が倒産して失業する／公司倒閉而失業。

しっけ［湿気］ [二][3][6]

[名] 濕氣。

[類] 湿り

△暑さに加えて、湿気もひどくなってきた／除了熱之外，濕氣也越來越嚴重。

じっけん［実験］ [二][3][6]

[名·他サ] 實驗，實地試驗；經驗。

[類] 施行

△どんな実験をするにせよ、安全に気をつけてください／不管做哪種實驗，都請注意安全！

じつげん［実現］ [二][3][6]

[名·自他サ] 實現。

[類] 叶える

△あなたのことだから、きっと夢を実現させるでしょう／要是你的話，一定可以讓夢想成真吧！

しつこい [二][3][6]

[形]（色香味等）過於濃的，油膩；執拗，糾纏不休。

[類] くどい

△何度も電話かけてくるのは、しつこいというものだ／他一直跟我打電話，真是糾纏不清。

じっこう［実行］ [二][3][6]

[名·他サ] 實行，落實，施行。

[類] 実践

△資金が足りなくて、計画を実行するどころじゃない／資金不足，哪能實行計畫呀！

じっさい［実際］ [二][3][6]

[名·副] 實際；事實，真面目；確實，真的，實際上。

△やり方がわかったら、実際にやってみましょう／既然知道了作法，就來實際操作看看吧！

じっし［実施］ [二][3][6]

[名·他サ]（法律、計畫、制度的）實施，實行。

[類] 実行

△この制度を実施するとすれば、まずすべての人に知らせなければならない／假如要實施這個制度，就得先告知所有的人。

じっしゅう［実習］ [二][6]

[名·他サ] 實習。

△理論を勉強する一方で、実習も行います／我一邊研讀理論，也一邊從事實習。

じっせき［実績］ [二][6]

[名] 實績，實際成績。

[類] 成績

△社員として採用するにあたって、今までの実績を調べた／在採用員工時，要調查當事人至今的成果表現。

じっと [二][3][6]

[副·自サ] 保持穩定，一動不動；凝神，聚精會神；一聲不響地忍住；無所做為，呆住。

[類] つくづく

△相手の顔をじっと見つめる／凝神注視對方的臉。

しつど［湿度］ [二][6]

[名] 濕度。

△湿度が高くなるにしたがって、いらいらしてくる／溼度越高，就越令人感到不耐煩。

じつに［実に］ [二][3][6]

[副] 確實，實在，的確；（驚訝或感慨時）實在是，非常，很。

[類] 本当に

△医者にとって、これは実に珍しい病気です／對醫生來說，這真是個罕見的疾病。

じつは［実は］ [二][3][6]

[副] 說真的，老實說，事實是，說實在的。

[類] 打ち明けて言うと

△実は私が企てた事なのです／老實說這是我一手策劃的事。

しっぱい［失敗］ [二][三][3][6]

[名·自サ] 失敗。

[類] 過誤

△方法(ほうほう)がわからず、失敗(しっぱい)しました／不知道方法以致失敗。

しっぴつ［執筆］ [二][6]

[名·他サ] 執筆，書寫，撰稿。

[類] 書く

△若(わか)い女性(じょせい)向(む)きの小説(しょうせつ)を執筆(しっぴつ)しています／我在寫給年輕女子看的小說。

じつぶつ［実物］ [二][6]

[名] 實物，實在的東西，原物；（經）現貨。

[類] 現物

△先生(せんせい)は、実物(じつぶつ)を見(み)たことがあるかのように話(はな)します／老師有如見過實物一般敘述著。

しっぽ［尻尾］ [二][6]

[名] 尾巴；末端，末尾；尾狀物。

[類] 尾

△犬(いぬ)のしっぽを触(さわ)ったら、ほえられた／摸了狗尾巴，結果被吠了一下。

しつぼう［失望］ [二][6]

[名·他サ] 失望。

[類] がっかり

△この話(はなし)を聞(き)いたら、父(ちち)は失望(しつぼう)するに相違(そうい)ない／如果聽到這件事，父親一定會很失望的。

じつよう［実用］ [二][3][6]

[名·他サ] 實用。

△この服(ふく)は、実用的(じつようてき)である反面(はんめん)、あまり美(うつく)しくない／這件衣服很實用，但卻不怎麼好看。

じつりょく［実力］ [二][3][6]

[名] 實力，實際能力。

△彼女(かのじょ)は、実力(じつりょく)があるばかりか、やる気(き)もあります／她不只有實力，也很有幹勁。

じつれい［実例］ [二][6]

[名] 實例。

[類] 事例

△説明(せつめい)するかわりに、実例(じつれい)を見(み)せましょう／讓我來示範實例，取代說明吧！

し

しつれん［失恋］ [二][6]

[名·自サ] 失戀。

△彼(かれ)は、失恋(しつれん)したばかりか、会社(かいしゃ)も首(くび)になってしまいました／他不僅失戀，連工作也用丟了。

してい［指定］ [二][6]

[名·他サ] 指定。

△待(ま)ち合(あ)わせの場所(ばしょ)を指定(してい)してください／請指定集合的地點。

してつ［私鉄］ [二][3][6]

[名] 私營鐵路。

[類] 私営鉄道

△私鉄(してつ)に乗(の)って、職場(しょくば)に通(かよ)っている／我都搭乘私營鐵路去上班。

してん［支店］ [二][6]

[名] 分店。

[反] 本店　[類] 分店

△新(あたら)しい支店(してん)を作(つく)るとすれば、どこがいいでしょう／如果要開新的分店，開在哪裡好呢？

しどう［指導］ [二][3][6]

[名·他サ] 指導；領導，教導。

[類] 導き

△彼(かれ)の指導(しどう)を受(う)ければ上手(じょうず)になるというものではないと思(おも)います／我認為，並非接受他的指導就會變厲害。

じどう［児童］ [二][6]

[名] 兒童。

[類] 子供

△児童用(じどうよう)のプールは、とても浅(あさ)い／兒童游泳池很淺。

じどう［自動］ [二][3][6]

[名] 自動（不單獨使用）。

△入口(いりぐち)は、自動(じどう)ドアになっています／入口是自動門。

しな［品］ [二][3][6]

[名·接尾] 物品，東西；商品，貨物；（物品的）質量，品質；品種，種類；情況，情形。

[類] 品物

△これは、お礼(れい)の品(しな)です／這是作為答謝的一點小禮物。

しなもの［品物］ [二][三][3][6]

[名] 物品，東西，貨物。

[類] 物品

△あのお店(みせ)の品物(しなもの)は、とてもいい／那家店的貨品非常好。

しなやか [二][6]

[形動] 柔軟，和軟；巍巍顫顫，有彈性；優美，柔和，溫柔。

[反] 強い　[類] 柔軟

△しなやかな動作(どうさ)／柔美的動作。

しはい［支配］ [二][6]

[名·他サ] 指使，支配；統治，控制，管轄；決定，左右。

[類] 統治

△こうして、王(おう)による支配(しはい)が終(お)わった／就這樣，國王統治時期結束了。

しばい［芝居］ [二][3][6]

[名] 戲劇；假裝，花招；劇場。

[類] 劇

△その芝居(しばい)は、面白(おもしろ)くてたまらなかったよ／那場演出實在是有趣極了。

しばしば [二][6]

[副] 常常，每每，屢次，再三。

[類] 度々

△孫(まご)たちが、しばしば遊(あそ)びに来(き)てくれます／孫子們經常會來這裡玩。

しばふ［芝生］ [二][3][6]

[名] 草皮，草地。

△庭(にわ)に、芝生(しばふ)なんかあるといいですね／如果院子裡有草坪之類的東西那該有

多好。

しはらい［支払い］ 〓6

(名・他サ) 付款，支付（金錢）。

(反) 受け取り　(類) 払い出し

△請求書をいただき次第、支払いをします／收到帳單之後，我就付款。

しはらう［支払う］ 〓6

(他五) 支付，付款。

△請求書が来たので、支払うほかない／繳款通知單寄來了，所以只好乖乖付款。

しばる［縛る］ 〓36

(他五) 綁，捆，縛；拘束，限制；逮捕。

(類) 結ぶ

△ひもをきつく縛ってあったものだから、靴がすぐ脱げない／因為鞋帶綁太緊了，所以沒辦法馬上脫掉鞋子。

じばん［地盤］ 〓6

(名) 地基，地面；地盤，勢力範圍。

(類) 土台

しびれる［痺れる］ 〓6

(自下一) 麻木；（俗）因強烈刺激而興奮。

(類) 麻痺する

△足が痺れたものだから、立てませんでした／因為腳麻所以沒辦法站起來。

しへい［紙幣］ 〓6

(名) 紙幣。

△紙幣が不足ぎみです／紙鈔似乎不夠。

しぼう［死亡］ 〓6

(名・他サ) 死亡。

(類) 死去

△私の見たかぎり、死亡者は一人もいませんでした／就我所見，沒有任何人死亡。

しぼむ［凋む］ 〓6

(自五) 枯萎，凋謝；扁掉。

(類) 枯れる

△花は、凋んでしまったのやら、開き始めたのやら、いろいろです／花會凋謝啦、綻放啦，有多種面貌。

しぼる［絞る］ 〓36

(他五) 扭，擠；引人（流淚）；拼命發出（高聲），絞盡（腦汁）；剝削，勒索；拉開（幕）。

(類) 捻る

△ぞうきんをしっかり絞りましょう／抹布要用力扭乾。

しほん［資本］ 〓6

(名) 資本。

(類) 元手

△資本に関しては、問題ないと思います／關於資本，我認為沒什麼問題。

しま［縞］ 〓6

(名) （布的）條紋，格紋，條紋布；條紋花樣。

(類) ストライプ

しま［島］ 〓〓36

(名) 島嶼。

し

△島に行くためには、船に乗らなければなりません／要去小島,就得搭船。

しまい [仕舞い] （二）6

名 終了,末尾;停止,休止;閉店;賣光;化妝,打扮。

類 最後

△彼は話を聞いていて、仕舞いに怒りだした／他聽過事情的來龍去脈後,最後生起氣來了。

しまい [姉妹] （二）6

名 姉妹。

△隣の家には、美しい姉妹がいる／隔壁住著一對美麗的姉妹花。

しまう [仕舞う] （二）36

自五・他五・補動 結束,完了,收拾;收拾起來;關閉;表不能恢復原狀。

類 片付ける

△通帳は金庫にしまっている／存摺收在金庫裡。

しまった （二）36

連語・感 糟糕,完了。

△しまった、財布を家に忘れた／糟了!我把錢包忘在家裡了。

じまん [自慢] （二）36

名・他サ 自滿,自誇,自大,驕傲。

類 誇る

△彼の自慢の息子だけあって、とても優秀です／果然是他引以為傲的兒子,非常的優秀。

じみ [地味] （二）36

形動 素氣,樸素,不華美;保守。

反 派手　類 素朴

△この服は地味ながら、とてもセンスがいい／儘管這件衣服樸素了點,但卻很有品味。

しみじみ （二）6

副 痛切,深切地;親密,懇切;仔細,認真的。

類 つくづく

△しみじみと、昔のことを思い出した／我一一想起了以前的種種。

しみん [市民] （二）6

名 市民。

類 住民

△市民として、義務を果たします／作為國民,要盡義務。

じむ [事務] （二）36

名 事務（多為處理文件、行政等庶務工作）。

類 庶務

△会社で、事務の仕事をしています／我在公司做行政的工作。

しめい [氏名] （二）36

名 姓與名,姓名。

類 名前

しめきり [締め切り] （二）6

名 （時間、期限等）截止,屆滿;封死,封閉;截斷,斷流。

△締め切りが近づいているにもかかわらず、ぜんぜんやる気がしない／儘管截止時間迫在眉梢，也是一點幹勁都沒有。

しめきる［締切る］ [二][6]

[他五]（期限）屆滿，截止，結束。

△申し込みは5時で締め切られるとか／聽說報名是到五點。

しめす［示す］ [二][3][6]

[他五] 出示，拿出來給對方看；表示，表明；指示，指點，開導；呈現，顯示。

[類] 指し示す

△実例によって、やりかたを示す／以實際的例子來示範做法。

しめた［占めた］ [二][3][6]

[連語·感]（俗）太好了，好極了，正中下懷。

[類] しめしめ

△しめた、これでたくさん儲けられるぞ／太好了，這樣就可以賺很多錢了。

しめる［湿る］ [二][3][6]

[自五] 濕，受潮，濡濕；（火）熄滅，（勢頭）漸消。

[類] 濡れる

△さっき干したばかりだから、洗濯物が湿っているわけだ／因為衣服才剛曬的，所以還是濕的。

しめる［占める］ [二][6]

[他下一] 占有，佔據，佔領；（只用於特殊形）表得到（重要的位置）。

[類] 占有する

△公園は町の中心部を占めている／公園據於小鎮的中心。

じめん［地面］ [二][3][6]

[名] 地面，地表；土地，地皮，地段。

[類] 地表

△子どもが、チョークで地面に絵を描いている／小朋友拿粉筆在地上畫畫。

しも［下］ [二][6]

[名] 下，下邊；下游；身分低下的人，下人；下半身；後邊。

[反] 上 [類] 下方

△川下のほうに歩いていった／我往河的下游方向走去。

しも［霜］ [二][6]

[名] 霜；白髮。

△昨日は霜がおりるほどで、寒くてならなかった／昨天好像下霜般地，冷得叫人難以忍受。

しゃ［社］ [二][6]

[名·漢造] 公司，報社（的簡稱）；神社；（中國的）土地神；團體，結社；社會。

[類] 会社

しゃ［者］ [二][3][6]

[漢造] 者，人；（特定的）事物，場所；強調語氣。

しゃ［車］ [二][6]

[名·接尾·漢造] 車；（助數詞用法）（數貨車等的）車，輛，車廂。

類 車（くるま）

ジャーナリスト
[journalist] 二6

名 新聞工作者；（報紙、雜誌等的）記者，編輯，通訊員。

類 記者

△あの人は、優秀なジャーナリストだけに、すばらしい記事を書く／那個人不愧是個優秀的記者，報導寫得非常出色。

しゃかいかがく
[社会科学] 二36

名 社會科學。

△社会科学とともに、自然科学も学ぶことができる／在學習社會科學的同時，也能學到自然科學。

しゃがむ 二36

自五 蹲下。

類 屈む

△疲れたので、道端にしゃがんで休んだ／因為累了，所以在路邊蹲下來休息。

じゃぐち［蛇口］ 二6

名 水龍頭。

△蛇口をひねると、水が勢いよく出てきた／一轉動水龍頭，水就嘩啦嘩啦地流了出來。

じゃくてん［弱点］ 二6

名 弱點，痛處；缺點。

類 弱み

△相手の弱点を知れば勝てるというものではない／知道對方的弱點並非就可以獲勝！

しゃこ［車庫］ 二6

名 車庫。

△車を車庫に入れた／將車停進了車庫裡。

しゃしょう［車掌］ 二36

名 車掌，列車員。

類 乗務員

△車掌が来たので、切符を見せなければならない／車掌來了，得讓他看票根才行。

しゃせい［写生］ 二6

名・他サ 寫生，速寫；短篇作品，散記。

類 スケッチ

△山に、写生に行きました／我去山裡寫生。

しゃせつ［社説］ 二36

名 社論。

△今日の新聞の社説は、教育問題を取り上げている／今天報紙的社會評論裡，談到了教育問題。

しゃっきん［借金］ 二36

名・自サ 借款，欠款，舉債。

類 借財

△借金は、ふくらむ一方ですよ／借款越來越多了。

しゃっくり [二][6]

[名·自サ] 打嗝。

シャッター［shutter］ [二][6]

[名] 鐵捲門；照相機快門。

△シャッターを押していただけますか／可以請你幫我按下快門嗎？

しゃぶる [二][6]

[他五]（放入口中）含，吸吮。

[類] 舐る

△赤ちゃんは、指もしゃぶれば、玩具もしゃぶる／小嬰兒會吸手指頭，也會用嘴含玩具。

しゃりん［車輪］ [二][6]

[名] 車輪；（演員）拼命，努力表現；拼命於，盡力於。

△自転車の車輪が汚れたので、布で拭いた／因為腳踏車的輪胎髒了，所以拿了塊布來擦。

しゃれ［洒落］ [二][6]

[名] 俏皮話，雙關語；（服裝）亮麗，華麗，好打扮。

[類] 駄洒落

△会社の上司は、つまらないしゃれを言うのが好きだ／公司的上司，很喜歡說些無聊的笑話。

シャワー［shower］ [二][6]

[名] 驟雨；淋浴；（為新娘舉行的）送禮會。

じゃんけん［じゃん拳］ [二][6]

[名] 猜拳，划拳。

[類] じゃんけんぽん

△じゃんけんによって、順番を決めよう／我們就用猜拳來決定順序吧！

しゅ［手］ [二][6]

[漢造] 手；親手；專家；手持；有技藝或資格的人。

[類] 手（て）

しゅ［酒］ [二][6]

[漢造] 酒。

[類] 酒（さけ）

しゅう［州］ [二][6]

[漢造] 大陸，州。

しゅう［週］ [二][3][6]

[名·漢造] 星期。

しゅう［集］ [二][6]

[名·漢造]（詩歌等的）集；聚集。

じゅう［重］ [二][3][6]

[名·漢造]（文）重大；層疊食盒；沉，重；穩重；巨大；重要，尊貴；誠懇。

じゅう［重］ [二][6]

[接尾]（助數詞用法）層，重。

△この容器には二重のふたが付いている／這容器附有兩層的蓋子。

じゅう［銃］ [二][6]

[名·漢造] 槍，槍形物；有槍作用的物品。

[類] 銃器

△その銃は、本物ですか／那把槍是真的嗎？

じゅう［中］ [二][3][6]

[名·結尾]（舊）期間；表示整個期間或區域。

△それを今日中にやらないと間に合わないです／那個今天不做的話就來不及了。

しゅうい［周囲］ [二][6]

[名] 周圍，四周；周圍的人，環境。

[類] 周辺

△彼は、周囲の人々に愛されている／他被大家所喜愛。

しゅうかい［集会］ [二][6]

[名·自サ] 集會。

[類] 集まり

△いずれにせよ、集会には出席しなければなりません／無論如何，務必都要出席集會。

しゅうかく［収穫］ [二][6]

[名·他サ] 收獲（農作物）；成果，收穫；獵獲物。

[類] 取り入れ

△収穫量に応じて、値段を決めた／按照收成量，來決定了價格。

じゅうきょ［住居］ [二][6]

[名] 住所，住宅。

[類] 住処

△まだ住居が決まらないので、ホテルに泊まっている／由於還沒決定好住的地方，所以就先住在飯店裡。

しゅうきょう［宗教］ [二][3][6]

[名] 宗教。

△この国の人々は、どんな宗教を信仰していますか／這個國家的人，信仰的是什麼宗教？

しゅうきん［集金］ [二][6]

[名·自他サ]（水電、瓦斯等）收款，催收的錢。

[類] 取り立てる

△毎月月末に集金に来ます／每個月的月底，我會來收錢。

しゅうごう［集合］ [二][6]

[名·自他サ] 集合；群體，集群；（數）集合。

[反] 解散 [類] 集う

△朝８時に集合してください／請在早上八點集合。

じゅうし［重視］ [二][6]

[名·他サ] 重視，認為重要。

[反] 軽視 [類] 重要視

△能力に加えて、人柄も重視されます／除了能力之外，也重視人品。

しゅうじ［習字］ [二][6]

[名] 習字，練毛筆字。

△あの子は、習字を習っているだけのことはあって、字がうまい／那孩子不愧是學過書法，字寫得還真是漂亮！

じゅうしょ［住所］ [二][三][3][6]

[名] 住所，住址。

[類] 居所

△私の住所をあげますから、手紙をください／給你我的地址，請寫信給我。

しゅうしょく［就職］ [二][3][6]

[名·自サ] 就職，就業，找到工作。

△就職したからには、一生懸命働きたい／既然找到了工作，我就想要努力去做。

ジュース［juice］ [二][3][6]

[名] 果汁，汁液，糖汁，肉汁。

[類] 果汁

しゅうせい［修正］ [二][6]

[名·他サ] 修改，修正，改正。

[類] 直す

△レポートを修正の上、提出してください／請修改過報告後再交出來。

しゅうぜん［修繕］ [二][6]

[名·他サ] 修繕，修理。

[類] 修理

△古い家だが、修繕すれば住めないこともない／雖說是老舊的房子，但修補後，也不是不能住的。

じゅうたい［渋滞］ [二][6]

[名·自サ] 停滯不前，進展不順利，不流通。

△道が渋滞しているので、電車で行くしかありません／因為路上塞車，所以只好搭電車去。

じゅうたい［重体］ [二][6]

[名] 病危，病篤。

[類] 瀕死

△重体に陥る／病情危急。

じゅうだい［重大］ [二][3][6]

[形動] 重要的，嚴重的，重大的。

[類] 重要

△最近は、重大な問題が増える一方だ／近來，重大案件不斷地增加。

じゅうたく［住宅］ [二][6]

[名] 住宅。

[類] 住居

△このへんの住宅は、家族向きだ／這一帶的住宅，適合全家居住。

しゅうだん［集団］ [二][6]

[名] 集體，集團。

[類] 集まり

△私は集団行動が苦手だ／我不大習慣集體行動。

じゅうたん［絨毯］ [二][6]

[名] 地毯。

[類] カーペット

△居間にじゅうたんを敷こうと思います／我打算在客廳鋪塊地毯。

しゅうちゅう［集中］ [二][6]

[名·自他サ] 集中；作品集。

△集中力にかけては、彼にかなう者はいない／就集中力這一點，沒有人可以贏過他。

しゅうてん［終点］ [二][3][6]

[名] 終點。

し

[反] 起点

△終点までいくつ駅がありますか／到終點一共有幾站？

じゅうてん［重点］ [二][3][6]

[名] 重點；（物）作用點。

[類] ポイント

△この研修は、英会話に重点が置かれている／這門研修的重點，是擺在英語會話上。

しゅうにゅう［収入］ [二][3][6]

[名] 收入，所得。

[反] 支出　[類] 所得

△彼は収入がないにもかかわらず、ぜいたくな生活をしている／儘管他沒收入，還是過著奢侈的生活。

しゅうにん［就任］ [二][6]

[名·自サ] 就職，就任。

[類] 就職

△彼の理事長への就任をめぐって、問題が起こった／因為他就任理事長，而產生了一些問題。

じゅうぶん［十分］ [二][三][3][6]

[副·形動] 十分，充分，足夠。

[反] 不十分　[類] 存分

△昨日は、十分お休みになりましたか／昨晚有好好休息了嗎?

しゅうへん［周辺］ [二][6]

[名] 周邊，四周，外圍。

[類] 周り

△駅の周辺というと、にぎやかなイメージがあります／說到車站周邊，讓人就有熱鬧的印象。

じゅうみん［住民］ [二][6]

[名] 居民。

[類] 住人

△ビルの建設を計画する一方、近所の住 民の意見も聞かなければならない／在一心策劃蓋大廈的同時，也得聽聽附近居民的意見才行。

じゅうやく［重役］ [二][6]

[名] 擔任重要職務的人；重要職位，重任者；（公司的）董事與監事的通稱。

[類] 大役

△彼はおそらく、重役になれるまい／他恐怕無法成為公司的要員吧！

じゅうよう［重要］ [二][3][6]

[名·形動] 重要，要緊。

[類] 大事

△彼は若いながら、なかなか重要な仕事をしています／雖說他很年輕，卻從事相當重要的工作。

しゅうり［修理］ [二][3][6]

[名·他サ] 修理，修繕。

[類] 修繕

△この家は修理が必要だ／這個房子需要進行修繕。

しゅうりょう［終了］ [二][3][6]

[名·自他サ] 終了，完了，結束；作完；期

満，屆滿。

反 開始　類 終わる

△パーティーは終了<ruby>した<rt>しゅうりょう</rt></ruby>ものの、まだ<ruby>後片付<rt>あとかたづ</rt></ruby>けが<ruby>残<rt>のこ</rt></ruby>っている／雖然派對結束了，但卻還沒有整理。

じゅうりょう［重量］　二 6

名 重量，分量；沈重，有份量。

類 目方

△<ruby>持<rt>も</rt></ruby>って<ruby>行<rt>い</rt></ruby>く<ruby>荷物<rt>にもつ</rt></ruby>には、<ruby>重量制限<rt>じゅうりょうせいげん</rt></ruby>があります／攜帶過去的行李有重量限制。

じゅうりょく［重力］　二 6

名 （理）重力。

△りんごが<ruby>木<rt>き</rt></ruby>から<ruby>落<rt>お</rt></ruby>ちるのは、<ruby>重力<rt>じゅうりょく</rt></ruby>があるからです／蘋果之所以會從樹上掉下來，是因為有重力的關係。

しゅぎ［主義］　二 6

名 主義，信條；作風，行動方針。

類 主張

△<ruby>自分<rt>じぶん</rt></ruby>の<ruby>主義<rt>しゅぎ</rt></ruby>を<ruby>変<rt>か</rt></ruby>えるわけにはいかない／我不可能改變自己的主張。

じゅくご［熟語］　二 6

名 成語，慣用語；（由兩個以上單詞組成）複合詞；（由兩個以上漢字構成的）漢語詞。

類 慣用語

△「<ruby>山<rt>やま</rt></ruby>」という<ruby>字<rt>じ</rt></ruby>を<ruby>使<rt>つか</rt></ruby>って、<ruby>熟語<rt>じゅくご</rt></ruby>を<ruby>作<rt>つく</rt></ruby>ってみましょう／請試著用「山」這個字，來造句成語。

しゅくじつ［祝日］　二 36

名 （政府規定的）節日。

類 記念日

△<ruby>国民<rt>こくみん</rt></ruby>の<ruby>祝日<rt>しゅくじつ</rt></ruby>／國定假日。

しゅくしょう［縮小］　二 6

名・他サ 縮小。

反 拡大

△<ruby>経営<rt>けいえい</rt></ruby>を<ruby>縮小<rt>しゅくしょう</rt></ruby>しないことには、<ruby>会社<rt>かいしゃ</rt></ruby>がつぶれてしまう／如不縮小經營範圍，公司就會倒閉。

しゅくはく［宿泊］　二 6

名・自サ 投宿，住宿。

類 泊まる

△<ruby>京都<rt>きょうと</rt></ruby>で<ruby>宿泊<rt>しゅくはく</rt></ruby>するとしたら、<ruby>日本旅館<rt>にほんりょかん</rt></ruby>に<ruby>泊<rt>と</rt></ruby>まりたいです／如果要在京都投宿，我想住日式飯店。

じゅけん［受験］　二 36

名・他サ 參加考試，應試，投考。

△<ruby>試験<rt>しけん</rt></ruby>が<ruby>難<rt>むずか</rt></ruby>しいかどうかにかかわらず、<ruby>私<rt>わたし</rt></ruby>は<ruby>受験<rt>じゅけん</rt></ruby>します／無論考試困難與否，我都要去考。

しゅご［主語］　二 36

名 主語；（邏）主詞。

反 述語

△<ruby>日本語<rt>にほんご</rt></ruby>は、<ruby>主語<rt>しゅご</rt></ruby>を<ruby>省略<rt>しょうりゃく</rt></ruby>することが<ruby>多<rt>おお</rt></ruby>い／日語常常省略掉主語。

しゅじゅつ［手術］　二 36

名・他サ 手術。

類 オペ

し

△病気がわかった上は、きちんと手術して治します／既然知道生病了，就要好好進行手術治療。

しゅしょう［首相］ [二][6]

[名] 首相，内閣總理大臣。

[類] 内閣総理大臣

△首相に対して、意見を提出した／我向首相提出了意見。

しゅじん［主人］ [二][3][6]

[名] 家長，一家之主；丈夫，外子；主人；東家，老闆，店主。

[類] 家主

△主人は出張しております／外子出差了。

しゅだん［手段］ [二][3][6]

[名] 手段，方法，辦法。

[類] 方法

△よく考えれば、手段がないというものでもありません／仔細想想的話，也不是說沒有方法的。

しゅちょう［主張］ [二][3][6]

[名・他サ] 主張，主見，論點。

△あなたの主張は、理解しかねます／我實在是難以理解你的主張。

しゅっきん［出勤］ [二][6]

[名・自サ] 上班，出勤。

[反] 退勤

△君の朝のようすからして、今日は出勤は無理だと思ったよ／從你早上的樣子來看，我以為你今天沒辦法去上班了。

じゅつご［述語］ [二][3][6]

[名] 謂語。

[反] 主語 [類] 賓辞

△この文の述語はどれだかわかりますか／你能分辨這個句子的謂語是哪個嗎？

しゅつじょう［出場］ [二][6]

[名・自サ] （參加比賽）上場，入場；出站，走出場。

[反] 欠場

△歌がうまくさえあれば、コンクールに出場できる／只要歌唱得好，就可以參加比賽。

しゅっしん［出身］ [二][6]

[名] 出生（地），籍貫；出身；畢業於…。

△東京出身といっても、育ったのは大阪です／雖然我出生於東京，但卻是生長於大阪。

しゅっせき［出席］ [二][三][3][6]

[名・自サ] 出席。

[反] 欠席

△そのパーティーに出席することは難しい／要出席那個派對是很困難的。

しゅっちょう［出張］ [二][6]

[名・自サ] 因公前往，出差。

△私のかわりに、出張に行ってもらえ

ませんか／你可不可以代我去出公差？

しゅっぱつ［出発］ [二][三][3][6]

[名·自サ] 出發，動身，啓程；開頭，開始做。

[反] 帰着 [類] 発程

△なにがあっても、明日（あした）は出発（しゅっぱつ）します／無論如何，明天都要出發。

しゅっぱん［出版］ [二][3][6]

[名·他サ] 出版。

[類] 発行

△本（ほん）を出版（しゅっぱん）するかわりに、インターネットで発表（はっぴょう）した／取代出版書籍，我在網路上發表文章。

しゅと［首都］ [二][6]

[名] 首都。

[類] 首府

△フランスの首都（しゅと）／法國的首都。

しゅふ［主婦］ [二][6]

[名] 主婦，女主人。

△主婦（しゅふ）向（む）きの仕事（しごと）はありませんか／請問有沒有適合主婦做的工作？

じゅみょう［寿命］ [二][6]

[名] 壽命；（物）耐用期限。

[類] 命数

△平均寿命（へいきんじゅみょう）が大（おお）きく伸（の）びた／平均壽命大幅地上升。

しゅやく［主役］ [二][6]

[名]（戲劇）主角；（事件或工作的）中心人物。

[反] 脇役 [類] 主人公

△主役（しゅやく）も主役（しゅやく）なら、脇役（わきやく）も脇役（わきやく）で、みんなへたくそだ／不論是主角還是配角實在都不像樣，全都演得很糟。

しゅよう［主要］ [二][6]

[名·形動] 主要的。

△世界（せかい）の主要（しゅよう）な都市（とし）の名前（なまえ）を覚（おぼ）えました／我記下了世界主要都市的名字。

じゅよう［需要］ [二][6]

[名] 需要，要求；需求。

[反] 供給 [類] 求め

△まず需要（じゅよう）のある商品（しょうひん）が何（なに）かを調（しら）べることだ／首先要做的，應該是先查出哪些是需要的商品。

しゅるい［種類］ [二][3][6]

[名] 種類。

[類] ジャンル

△病気（びょうき）の種類（しゅるい）に応（おう）じて、飲（の）む薬（くすり）が違（ちが）うのは当然（とうぜん）だ／依不同的疾病類型，服用的藥物當然也有所不同。

じゅわき［受話器］ [二][6]

[名] 聽筒。

[反] 送話器 [類] レシーバー

△電話（でんわ）が鳴（な）ったので、急（いそ）いで受話器（じゅわき）を取（と）った／電話響了，於是急忙接起了聽筒。

じゅん［順］ [二][3][6]

[名·漢造] 順序，次序；輪班，輪到；正當，必然，理所當然；順利。

類 順番

△順に呼びますから、そこに並んでください／我會依序叫名，所以請到那邊排隊。

□ しゅんかん ［瞬間］　二36

名 瞬間，刹那間，刹那；當時，…的同時。

類 一瞬

△振り返った瞬間、誰かに殴られた／就在我回頭的那一刹那，不知道被誰打了一拳。

□ じゅんかん ［循環］　二6

名・自サ 循環。

△運動をして、血液の循環をよくする／多運動來促進血液循環。

□ じゅんさ ［巡査］　二6

名 警察，警官。

類 警察官

□ じゅんじゅん ［順々］　二36

副 按順序，依次；一點點，漸漸地，逐漸。

類 順次

△順々に部屋の中に入ってください／請依序進入房內。

□ じゅんじょ ［順序］　二36

名 順序，次序，先後；手續，過程，經過。

類 順番

△順序を守らないわけにはいかない／不能不遵守順序。

□ じゅんじょう ［純情］　二6

名・形動 純真，天真。

類 純朴

△彼は、女性に声をかけられると真っ赤になるほど純情だ／他純情到只要女生跟他說話，就會滿臉通紅。

□ じゅんすい ［純粋］　二6

名・形動 純粹的，道地；純真，純潔，無雜念的。

反 不純

△これは、純粋な水ですか／這是純淨的水嗎？

□ じゅんちょう ［順調］　二36

名・形動 順利，順暢；（天氣、病情等）良好。

反 不順　類 快調

△仕事が順調だったのは、1年きりだった／只有一年工作上比較順利。

□ じゅんばん ［順番］　二36

名 輪班（的次序），輪流，依次交替。

類 順序

△順番があるのもかまわず、彼は割り込んできた／他不管排隊的先後順序，就這樣插隊進來了。

□ しょ ［初］　二6

漢造 初，始；首次，最初。

類 初め

□ しょ ［所］　二36

漢造 處所，地點；特定地點，機關；（動作的）內容；表示被動。

[類] 場所

しょ［諸］ [二][6]

[漢造] 諸。

じょ［助］ [二][6]

[漢造] 幫助；協助。

[類] 助け

じょ［女］ [二][6]

[名·漢造]（文）女兒；女人，婦女；加在女詩人等雅號下的詞。

[類] 女性

しよう［使用］ [二][3][6]

[名·他サ] 使用，利用，用（人）。

[類] 利用

△トイレが使用中(しようちゅう)だと思(おも)ったら、なんと誰(だれ)も入(はい)っていなかった／我本以為廁所有人，想不到裡面沒有人。

しょう［勝］ [二][6]

[漢造] 勝利；名勝。

[反] 敗 [類] 勝利

しょう［商］ [二][6]

[名·漢造] 商，商業；商人；（數）商；商量。

[類] 商い

しょう［小］ [二][3][6]

[名] 小（型），（尺寸，體積）小的；小月；謙稱。

[反] 大 [類] 小さい

△大小(だいしょう)二(ふた)つの種類(しゅるい)があります／有大小兩種。

しょう［省］ [二][6]

[名·漢造] 省掉；（中國行政區的）省；（日本內閣的）省，部。

しょう［章］ [二][6]

[名]（文章，樂章的）章節；紀念章，徽章。

△第1章(だいいっしょう)の内容(ないよう)には、感動(かんどう)させられるものがある／第一章的內容，有令人感動的地方。

しょう［賞］ [二][3][6]

[名·漢造] 獎賞，獎品，獎金；欣賞。

[反] 罰 [類] 賞品

△コンクールというと、賞(しょう)を取(と)った時(とき)のことを思(おも)い出(だ)します／說到比賽，就會想起過去的得獎經驗。

じょう［上］ [二][3][6]

[名·漢造] 上等；（書籍的）上卷；上部，上面；上好的，上等的。

[反] 下

△私(わたし)の成績(せいせき)は、中(ちゅう)の上(じょう)です／我的成績，是在中上程度。

じょう［場］ [二][3][6]

[名·漢造] 場，場所；場面。

[類] 場所

じょう［状］ [二][3][6]

[名·漢造]（文）書面，信件；情形，情況，狀況。

[類] 書状

□ じょう［畳］ [二][3][6]

[接尾·漢造]（助數詞用法）（計算草蓆、席墊）塊，疊；重疊。

□ しょうか［消化］ [二][6]

[名·他サ] 消化（食物）；掌握，理解，記牢（知識等）；容納，吸收，處理。

[類] 吸収

△麺類(めんるい)は、肉(にく)に比(くら)べて消化(しょうか)がいいです／麵類比肉類更容易消化。

□ しょうがい［障害］ [二][6]

[名] 障礙，妨礙；（醫）損害，毛病；（障礙賽中的）欄，障礙物。

[類] 邪魔

△障害(しょうがい)を乗(の)り越(こ)える／突破障礙。

□ しょうがくきん［奨学金］ [二][3][6]

[名] 獎學金，助學金。

△奨学金(しょうがくきん)をもらってからでないと、本(ほん)が買(か)えない／如果還沒拿到獎學金，就沒辦法買書。

□ しょうがくせい［小学生］ [二][3][6]

[名] 小學生。

□ しょうぎ［将棋］ [二][6]

[名] 日本象棋，將棋。

△退職(たいしょく)したのを契機(けいき)に、将棋(しょうぎ)を習(なら)い始(はじ)めた／自從我退休後，就開始學習下日本象棋。

□ じょうき［蒸気］ [二][6]

[名] 蒸汽。

△やかんから蒸気(じょうき)が出(で)ている／茶壺冒出了蒸氣。

□ じょうぎ［定規］ [二][6]

[名]（木工、石工使用的）尺，規尺；（轉）尺度，標準。

[類] 基準

□ じょうきゃく［乗客］ [二][6]

[名] 乘客，旅客。

△事故(じこ)が起(お)こったが、乗客(じょうきゃく)は全員無事(ぜんいんぶじ)だった／雖然發生了事故，但是幸好乘客全都平安無事。

□ じょうきゅう［上級］ [二][3][6]

[名]（層次、水平高的）上級，高級。

△試験(しけん)にパスして、上級(じょうきゅう)クラスに入(はい)れた／我通過考試，晉級到了高級班。

□ しょうぎょう［商業］ [二][3][6]

[名] 商業。

[類] 商売

△このへんは、商業地域(しょうぎょうちいき)だけあって、とてもにぎやかだ／這附近不愧是商業區，非常的熱鬧。

□ じょうきょう［上京］ [二][3][6]

[名·自サ] 進京，到東京去。

△彼(かれ)は上京(じょうきょう)して絵(え)を習(なら)っている／他到東京去學畫。

□ じょうきょう［状況］ [二][3][6]

[名] 狀況，情況。

[類] 状況

△責任者(せきにんしゃ)として、状況(じょうきょう)を説明(せつめい)してください／身為負責人，請您說明一下現今

的狀況。

しょうきょくてき [消極的] [二][3][6]

[形動] 消極的。

[反] 積極的

しょうきん [賞金] [二][6]

[名] 賞金；獎金。

じょうげ [上下] [二][3][6]

[名·自他サ] (身分、地位的) 高低，上下，低賤。

△社員はみな若いから、上下関係を気にすることはないですよ／員工大家都很年輕，不太在意上司下屬之分啦。

じょうけん [条件] [二][3][6]

[名] 條件；條文，條款。

[類] 制約

△相談の上で、条件を決めましょう／協商之後，再來決定條件吧。

しょうご [正午] [二][3][6]

[名] 正午。

[類] 昼

△正午になったのをきっかけに、席を立った／趁著中午，離開了座位。

しょうじ [障子] [二][3][6]

[名] 日本式紙拉門，隔扇。

△猫が障子を破いてしまった／貓抓破了拉門。

じょうしき [常識] [二][3][6]

[名] 常識。

[類] コモンセンス

△常識からすれば、そんなことはできません／從常識來看，那是不能發生的事。

しょうじき [正直] [二][3][6]

[名·形動] 正直，老實，率直。

[反] 不正直

△正直でありさえすればいいというものでもない／並不是說只要為人正直就可以。

しょうしゃ [商社] [二][6]

[名] 商社，貿易商行，貿易公司。

△商社は、給料がいい反面、仕事がきつい／貿易公司薪資雖高，但另一面工作卻很吃力。

じょうしゃ [乗車] [二][3][6]

[名·自サ] 乘車，上車；乘坐的車。

[反] 下車

△乗車するときに、料金を払ってください／上車時請付費。

じょうしゃけん [乗車券] [二][6]

[名] 車票。

[類] 乗車切符

△乗車券を拝見します／請給我看您的車票。

じょうじゅん [上旬] [二][3][6]

[名] 上旬。

[反] 下旬　[類] 初旬

△来月上旬に、日本へ行きます／下個月的上旬，我要去日本。

しょうじょ ［少女］ ＝36

名 少女，小姑娘。

類 乙女

△少女は走りかけて、ちょっと立ち止まりました／少女跑到一半，就停了一下。

しょうしょう ［少々］ ＝36

名・副 少許，一點，稍稍，片刻。

類 ちょっと

△この機械は、少々古いといってもまだ使えます／這機器，雖説有些老舊，但還是可以用。

しょうじょう ［症状］ ＝36

名 （傷病的）症状。

△この薬は、症状を治す一方で、体力もつけてくれます／這藥除了治療病痛之外，也可以補充體力。

しょうじる ［生じる］ ＝6

自他サ 生，長；出生，產生；發生；出現。

類 発生する

△危険な事態が生じた／發生了危險的狀況。

しょうすう ［小数］ ＝6

名 很小的數目；（數）小數。

△小数点以下は、四捨五入します／小數點以下，要四捨五入。

しょうすう ［少数］ ＝36

名 少數。

反 多数

じょうたい ［状態］ ＝36

名 狀態，情況。

類 状況

△彼は、そのことを知り得る状態にありました／他現在已經能得知那件事了。

じょうたつ ［上達］ ＝36

名・自他サ （學術、技藝等）進步，長進；上呈，向上傳達。

類 進歩

△英語が上達するにしたがって、仕事が楽しくなった／隨著英語的進步，工作也變得更有趣了。

じょうだん ［冗談］ ＝36

名 戲言，笑話，詼諧，玩笑。

類 ジョーク

△その冗談は彼女に通じなかった／她沒聽懂那個玩笑。

しょうち ［承知］ ＝三36

名・他サ 同意，贊成，答應；知道；許可，允許。

類 承諾

△彼がこんな条件で承知するはずがありません／他不可能接受這樣的條件。

しょうてん ［商店］ ＝6

名 商店。

類 店（みせ）

△彼は、小さな商店を経営している／他經營一家小商店。

しょうてん ［焦点］ 　二6
（名）焦點；（問題的）中心，目標。
（類）中心
△この議題こそ、会議の焦点にほかならない／這個議題，無非正是這個會議的焦點。

じょうとう ［上等］ 　二36
（名・形動）上等，優質；很好，令人滿意。
（反）下等
△デザインはともかくとして、生地は上等です／姑且不論設計如何，這布料可是上等貨。

しょうどく ［消毒］ 　二36
（名・他サ）消毒，殺菌。
（類）殺菌
△消毒すれば大丈夫というものでもない／並非消毒後，就沒有問題了。

しょうとつ ［衝突］ 　二36
（名・自サ）撞，衝撞，碰上；矛盾，不一致；衝突。
（類）ぶつける
△車は、走り出したとたんに壁に衝突しました／車子才剛發動，就撞上了牆壁。

しょうにん ［商人］ 　二6
（名）商人。
（類）商売人

△彼は、商人向きの性格をしている／他的個性適合當商人。

しょうにん ［承認］ 　二6
（名・他サ）批准，認可，通過；同意；承認。
（類）認める
△社長が承認した以上は、誰も反対できないよ／既然社長已批准了，任誰也沒辦法反對啊！

しょうねん ［少年］ 　二36
（名）少年。
△もう一度少年の頃に戻りたい／我想再次回到年少時期。

しょうはい ［勝敗］ 　二6
（名）勝負，勝敗。
（類）勝負
△勝敗なんか、気にするものか／我哪會去在意輸贏呀！

しょうばい ［商売］ 　二36
（名・自サ）經商，買賣，生意；職業，行業。
（類）商い
△商売がうまくいかないからといって、酒ばかり飲んでいてはだめですよ／不能說因為經商不順，就老酗酒呀！

じょうはつ ［蒸発］ 　二6
（名・自サ）蒸發，汽化；（俗）失蹤，出走，去向不明，逃之夭夭。
△加熱して、水を蒸発させます／加熱水使它蒸發。

し

□ しょうひ［消費］ 二 3 6

[名·他サ] 消費，耗費。

[類] 消耗

△ガソリンの消費量(しょうひりょう)が、増加(ぞうか)ぎみです／汽油的消耗量，有增加的趨勢。

□ しょうひん［商品］ 二 3 6

[名]（經）商品，貨品。

[類] 売品

□ しょうひん［賞品］ 二 6

[名] 獎品。

△一等(いっとう)の賞品(しょうひん)は何(なん)ですか／頭獎的獎品是什麼？

□ じょうひん［上品］ 二 3 6

[名·形動] 高級品，上等貨；莊重，高雅，優雅。

[反] 下品 [類] 優雅

△あの人(ひと)は、とても上品(じょうひん)な人(ひと)ですね／那個人真是個端莊高雅的人呀！

□ しょうぶ［勝負］ 二 3 6

[名·自サ] 勝敗，輸贏；比賽，競賽。

[類] 勝敗

△勝負(しょうぶ)するにあたって、ルールを確認(かくにん)しておこう／比賽時，先確認規則！

□ しょうべん［小便］ 二 3 6

[名·自サ] 小便，尿；（俗）終止合同，食言，毀約。

[反] 大便 [類] 尿

△ここで立(た)ち小便(しょうべん)をしてはいけません／禁止在這裡隨地小便。

□ しょうぼう［消防］ 二 6

[名] 消防；消防隊員，消防車。

△連絡(れんらく)すると、すぐに消防車(しょうぼうしゃ)がやってきた／我才通報不久，消防車就馬上來了。

□ じょうほう［情報］ 二 6

[名] 情報，信息。

[類] インフォメーション

△IT業界(ぎょうかい)について、何(なに)か新(あたら)しい情報(じょうほう)はありますか／關於IT產業，你有什麼新的情報？

□ しょうぼうしょ［消防署］ 二 6

[名] 消防局，消防署。

□ しょうみ［正味］ 二 6

[名] 實質，內容，淨剩部分；淨重；實數；實價，不折不扣的價格，批發價。

△昼休(ひるやす)みを除(のぞ)いて、正味(しょうみ)8時間(じかん)働(はたら)いた／扣掉午休時間，實際工作了八個小時。

□ しょうめい［照明］ 二 6

[名·他サ] 照明，照亮，光亮，燈光；舞台燈光。

△商品(しょうひん)がよく見(み)えるように、照明(しょうめい)を明(あか)るくしました／為了讓商品可以看得更清楚，把燈光弄亮。

□ しょうめい［証明］ 二 3 6

[名·他サ] 證明。

△身(み)の潔白(けっぱく)を証明(しょうめい)する／證明是清白之身。

□ しょうめん［正面］ [二][3][6]

[名] 正面；對面；直接，面對面。

[反] 背面　[類] 前方

△ビルの正面玄関に立っている人は誰ですか／站在大樓正門前的是哪位是誰？

□ しょうもう［消耗］ [二][6]

[名・自他サ] 消費，消耗；（體力）耗盡，疲勞；磨損。

△ボクサーは、体力を消耗しているくせに、まだ戦おうとしている／拳擊手明明已耗盡了體力，卻還是想奮鬥下去。

□ しょうらい［将来］ [二][三][3][6]

[名・副・他サ] 將來，未來，前途；（從外國）傳入；帶來，拿來；招致，引起。

[類] 未来

△将来は、立派な人におなりになるだろう／將來您會成為了不起的人吧！

□ しょうりゃく［省略］ [二][3][6]

[名・副・他サ] 省略，從略。

[類] 省く

△来賓向けの挨拶は、省略した／我們省掉了跟來賓的致詞。

□ じょおう［女王］ [二][6]

[名] 女王，王后；皇女，王女。

△あんな女王様のような態度をとるべきではない／妳不該擺出那種像女王般的態度。

□ しょきゅう［初級］ [二][3][6]

[名] 初級。

[類] 初等

△初級を終わってからでなければ、中級に進めない／如果沒上完初級，就沒辦法進階到中級。

□ じょきょうじゅ［助教授］ [二][6]

[名]（大學的）副教授。

△彼は助教授のくせに、教授になったと嘘をついた／他明明就只是副教授，卻謊稱自己已當上了教授。

□ しょく［職］ [二][6]

[名・漢造] 職業，工作；職務；手藝，技能；官署名。

[類] 職務

△職に貴賤なし／職業不分貴賤。

□ しょく［色］ [二][6]

[漢造] 顏色；臉色，容貌；色情；景象。

[類] 色彩

□ しょくぎょう［職業］ [二][3][6]

[名] 職業。

[類] 仕事

△用紙に名前と職業を書いた上で、持ってきてください／請在紙上寫下姓名和職業，然後再拿到這裡來。

□ しょくじ［食事］ [二][三][3][6]

[名・自サ] 飯，餐，飲食，食物，吃飯，進餐。

[類] ご飯

△食事(しょくじ)をするために、レストランへ行(い)った／為了吃飯，去了餐廳。

□ しょくたく［食卓］ [二][6]

[名] 餐桌。

[類] 食台

△早(はや)く食卓(しょくたく)についてください／快點來餐桌旁坐下。

□ しょくどう［食堂］ [二][3][6]

[名] 飯廳，食堂，餐廳，飯館。

[類] ダイニング

△そこは食堂(しょくどう)です／那邊是餐廳。

□ しょくにん［職人］ [二][6]

[名] 工匠。

[類] 匠

△職人(しょくにん)たちは、親方(おやかた)のもとで修行(しゅぎょう)をします／工匠們在師傅的身邊修行。

□ しょくば［職場］ [二][6]

[名] 工作崗位，工作單位。

△働(はたら)くからには、職場(しょくば)の雰囲気(ふんいき)を大切(たいせつ)にしようと思(おも)います／既然要工作，我認為就得注重職場的氣氛。

□ しょくひん［食品］ [二][6]

[名] 食品。

[類] 飲食品

△油(あぶら)っぽい食品(しょくひん)はきらいです／我不喜歡油膩膩的食品。

□ しょくぶつ［植物］ [二][3][6]

[名] 植物。

[類] 草木

△壁(かべ)にそって植物(しょくぶつ)を植(う)えた／我沿著牆壁種了些植物。

□ しょくもつ［食物］ [二][6]

[名] 食物。

[類] 食べ物

△私(わたし)は、食物(しょくもつ)アレルギーがあります／我對食物會過敏。

□ しょくよく［食欲］ [二][3][6]

[名] 食慾。

△食欲(しょくよく)がないときは、少(すこ)しお酒(さけ)を飲(の)むといいです／沒食慾時，喝點酒是不錯的。

□ しょくりょう［食料］ [二][3][6]

[名] 食品，食物；食費。

[類] 食べ物

△1ヶ月分(いっかげつぶん)の食料(しょくりょう)を準備(じゅんび)した／我準備了一個月份的食物。

□ しょくりょう［食糧］ [二][3][6]

[名] 食糧，糧食。

[類] 食物

□ しょさい［書斎］ [二][3][6]

[名]（個人家中的）書房，書齋。

[類] 書室

△先生(せんせい)は、書斎(しょさい)で本(ほん)を読(よ)んでいます／老師正在書房看書。

□ じょし［女子］ [二][3][6]

[名] 女孩子，女子，女人。

[類] 女性

△これから、女子(じょし)バレーボールの試合(しあい)

が始まります／女子排球比賽現在開始
進行。

___ じょしゅ ［助手］　　　二6

(名) 助手，幫手；（大學）助教。
△研究室の助手をしています／我在
當研究室的助手。

___ しょじゅん ［初旬］　　　二6

(名) 初旬，上旬。
(類) 上旬
△4月の初旬に、アメリカへ出張に行
きます／四月初我要到美國出差。

___ じょじょに ［徐々に］　　　二6

(副) 徐徐地，慢慢地，一點點；逐漸，漸
漸。
(類) 少しずつ
△彼女は、薬による治療で徐々によく
なってきました／她因藥物治療，而病
情漸漸好轉。

___ じょせい ［女性］　　　二3 6

(名)（文）女性，婦女；（語法）陰性。
(反) 男性　(類) 婦女
△私は、あんな女性と結婚したいです
／我想和那樣的女性結婚。

___ しょせき ［書籍］　　　二6

(名) 書籍。
(類) 図書
△書籍を販売する会社に勤めている／
我在書籍銷售公司上班。

___ しょっき ［食器］　　　二3 6

(名) 餐具。
△結婚したのを契機にして、新しい食
器を買った／趁新婚時，買了新的餐
具。

___ ショップ ［shop］　　　二6

(接尾)（一般不單獨使用）店舗，商店。
(類) 商店
△恵比寿から代官山にかけては、おし
ゃれなショップが多いです／從惠比壽
到代官山這一帶，有許多時髦的商店。

___ しょてん ［書店］　　　二6

(名) 書店；出版社，書局。
(類) 本屋
△図書券は、書店で買うことができま
す／圖書券可以在書店買到。

___ しょどう ［書道］　　　二6

(名) 書法。
△書道に加えて、華道も習っている／
學習書法之外，也有學插花。

___ しょほ ［初歩］　　　二6

(名) 初學，初步，入門。
(類) 初学
△初歩から勉強すれば必ずできるとい
うものでもない／並非從基礎學習起就
一定能融會貫通。

___ しょめい ［署名］　　　二3 6

(名・自サ) 署名，簽名；簽的名字。
(類) サイン
△住所を書くとともに、ここに署名し

し

191

てください／在寫下地址的同時，請在這裡簽下大名。

しょもつ［書物］ ⊜ 6
名（文）書，書籍，圖書。
類 書籍

じょゆう［女優］ ⊜ 6
名 女演員。
反 男優　類 女役者
△その女優は、監督の命令どおりに演技した／那個女演員依導演的指示演戲。

しょり［処理］ ⊜ 6
名・他サ 處理，處置，辦理。
類 処分
△今ちょうどデータの処理をやりかけたところです／現在正好處理資料到一半。

しょるい［書類］ ⊜ 6
名 文書，公文，文件。
類 文書
△書類はできたものの、まだ部長のサインをもらっていない／雖然文件都準備好了，但還沒得到部長的簽名。

しらが［白髪］ ⊜ 6
名 白頭髮。
△苦労が多くて、白髪が増えた／由於辛勞過度，白髮變多了。

しらせ［知らせ］ ⊜ 3 6
名 通知；預兆，前兆。
類 通知

しらせる［知らせる］ ⊜ 三 3 6
他下一 通知，告知，使…得知。
類 告げる
△このニュースを彼に知らせてはいけない／這個消息不可以讓他知道。

しり［尻］ ⊜ 6
名 屁股，臀部；（移動物體的）後方，後面；末尾，最後；（長物的）末端。
類 臀部
△ずっと坐っていたら、おしりが痛くなった／一直坐著，屁股就痛了起來。

しりあい［知り合い］ ⊜ 3 6
名 熟人，朋友。
類 知人
△鈴木さんは、佐藤さんと知り合いだということです／據說鈴木先生和佐藤先生似乎是熟人。

シリーズ［series］ ⊜ 6
名（書籍等的）彙編，叢書，套；（影片、電影等）系列；（棒球）聯賽。
△このシリーズは、以前の番組をもとに改編したものだ／這一系列的影片是從以前的節目改編而成的。

しりつ［私立］ ⊜ 3 6
名 私立，私營。
△私立大学というと、授業料が高そうな気がします／說到私立大學，就有種學費似乎很貴的感覺。

192

しりょう［資料］ 二36

名 資料，材料。

類 データ

△資料をもらわないことには、詳細がわからない／要是不拿資料的話，就沒辦法知道詳細的情況。

しる［汁］ 二36

名 汁液，漿；湯；味噌湯。

類 つゆ

△お母さんの作る味噌汁がいちばん好きです／我最喜歡媽媽煮的味噌湯了。

しるし［印］ 二36

名 記號，符號；象徵（物），標記；徽章；（心意的）表示，紀念（品）；商標。

類 目印

△間違えないように、印をつけた／為了避免搞錯而貼上了標籤。

しろ［城］ 二6

名 城，城堡；（自己的）權力範圍，勢力範圍。

△お城には、美しいお姫様が住んでいます／城堡裡，住著美麗的公主。

しろ［白］ 二36

名 白，皎白，白色；（圍棋）白棋；白色的東西，（比賽時紅白兩隊的）白隊；無罪，清白。

反 黑 類 白色

しろうと［素人］ 二36

名 外行，門外漢；業餘愛好者，非專業人員；良家婦女。

反 玄人 類 初心者

△素人のくせに、口を出さないでください／明明就是外行人，請不要插嘴。

しわ 二36

名 （皮膚的）皺紋；（紙或布的）縐折，摺子。

△苦労すればするほど、しわが増えるそうです／聽說越操勞皺紋就會越多。

しん［新］ 二6

名・漢造 新；剛收穫的；新曆。

類 新しい

しん［芯］ 二6

名 蕊；核；枝條的頂芽。

類 中央

△シャープペンシルの芯を買ってきてください／請幫我買筆芯回來。

しんがく［進学］ 二6

名・自サ 升學；進修學問。

△学費がなくて、高校進学でさえ難しかった／籌不出學費，連上高中都是問題。

しんかんせん［新幹線］ 二6

名 （國營鐵路的）新幹線。

しんくう［真空］ 二6

名 真空；（作用、勢力達不到的）空白，真空狀態。

△この箱の中は、真空状態になっているということだ／據說這箱子，是呈現

し

真空狀態的。

しんけい［神経］ [二36]

[名] 神經；察覺力，感覺，神經作用。

[類] 感覚

△彼(かれ)は神経(しんけい)が太(ふと)くて、いつも堂々(どうどう)としている／他的神經大條，總是擺出一付大無畏的姿態。

しんけん［真剣］ [二36]

[名·形動] 真刀，真劍；認真，正經。

[類] 本気

△私(わたし)は真剣(しんけん)です／我是認真的。

しんこう［信仰］ [二6]

[名·他サ] 信仰，信奉。

[類] 信教

△彼(かれ)は、仏教(ぶっきょう)を信仰(しんこう)している／他信奉佛教。

しんごう［信号］ [二6]

[名·自サ] 信號，暗號；（十字路口、鐵路岔口的）紅綠燈，信號器。

[類] 合図

じんこう［人工］ [二6]

[名] 人工，人造。

[反] 自然　[類] 人造

△人工的(じんこうてき)な骨(ほね)を作(つく)る研究(けんきゅう)をしている／我在研究人造骨頭的製作方法。

しんこく［深刻］ [二6]

[形動] 嚴重的，重大的，莊重的；意味深長的，發人省思的，尖銳的。

[類] 大変

△状況はかなり深刻(しんこく)だとか／聽說情況相當的嚴重。

しんさつ［診察］ [二36]

[名·他サ]（醫）診察，診斷。

[類] 検診

△先生(せんせい)は今診察中(いましんさつちゅう)です／醫師正在診斷病情。

じんじ［人事］ [二6]

[名] 人事，人力能做的事；人事（工作）；世間的事，人情世故。

[類] 人選

△部長(ぶちょう)の人事(じんじ)が決(き)まりかけたときに、社長(しゃちょう)が反対(はんたい)した／就要決定部長的去留時，受到了社長的反對。

じんしゅ［人種］ [二6]

[名] 人種，種族；（某）一類人；（俗）（生活環境、愛好等不同的）階層。

[類] 種族

△人種(じんしゅ)からいうと、私(わたし)はアジア系(けい)です／從人種來講，我是屬於亞洲人。

しんじゅう［心中］ [二6]

[名·自サ]（古）守信義；（相愛男女因不能在一起而感到悲哀）一同自殺，殉情；（轉）兩人以上同時自殺。

[類] 情死

△無理心中(むりしんじゅう)／殉情。

しんじる・しんずる［信じる・信ずる］ [二36]

[他上一] 信，相信；確信，深信；信賴，可靠；信仰。

類 信用する

△これだけ説明されたら、信じざるを
えない／聽你這一番解說，我不得不相
信你了。

しんしん［心身］ 二 6

名 身和心；精神和肉體。

△この薬は、心身の疲労に効きます／
這藥對身心上的疲累都很有效。

しんせい［申請］ 二 6

名・他サ 申請，聲請。

類 申し出る

△証明書を申請するたびに、用紙に書
かなければなりません／每次申請證明
書時，都要填寫申請單。

じんせい［人生］ 二 3 6

名 人的一生；生涯，人的生活。

類 生涯

△病気になったのをきっかけに、人生
を振り返った／趁著生了一場大病為契
機，回顧了自己過去的人生。

しんせき［親戚］ 二 3 6

名 親戚，親屬。

類 親類

△親戚に挨拶に行かないわけにもいか
ない／不能不去向親戚寒暄問好。

しんせん［新鮮］ 二 3 6

名・形動 （食物）新鮮；清新乾淨；新穎，
全新。

類 フレッシュ

△刺身といえば、やはり新鮮さが重要
です／說到生魚片，還是新鮮度最重
要。

しんぞう［心臓］ 二 3 6

名 心臟；厚臉皮，勇氣。

△びっくりして、心臓が止まりそうだ
った／我嚇到心臟差點停了下來。

じんぞう［人造］ 二 6

名 人造，人工合成。

△この服は、人造繊維で作られている
／這套衣服，是由人造纖維製成的。

しんだい［寝台］ 二 6

名 床，床鋪，（火車）臥鋪。

類 ベッド

△寝台特急で旅行に行った／我搭了特
快臥舖火車去旅行。

しんたい［身体］ 二 6

名 身體，人體。

類 体躯

△1年に1回、身体検査を受ける／一
年接受一次身體的健康檢查。

しんだん［診断］ 二 6

名・他サ （醫）診斷；判斷。

△月曜から水曜にかけて、健康診断が
行われます／禮拜一到禮拜三要實施健
康檢查。

しんちょう［慎重］ 二 3 6

名・形動 慎重，穩重，小心謹慎。

反 軽率

し

△社長を説得するにあたって、慎重に言葉を選んだ／說服社長時，用字遣詞要非常的慎重。

□ しんちょう［身長］ [二][3][6]

[名] 身高。

[類] 背丈

△あなたの身長は、バスケットボール向きですね／你的身高還真是適合打籃球呀！

□ しんにゅう［侵入］ [二][6]

[名·自サ] 浸入，侵略；（非法）闖入。

△犯人は、窓から侵入したに相違ありません／犯人肯定是從窗戶闖入的。

□ しんぱん［審判］ [二][6]

[名·他サ] 審判，審理，判決；（體育比賽等的）裁判；（上帝的）審判。

△審判は、公平でなければならない／審判時得要公正才行。

□ じんぶつ［人物］ [二][6]

[名] 人物；人品，為人；人材；人物（繪畫的），人物（畫）。

[類] 人間

△会いたくない人物に限って、向こうから訪ねてくる／偏偏就是不想見面的人，會前來拜訪。

□ じんぶんかがく［人文科学］ [二][3][6]

[名] 人文科學，文化科學（哲學、語言學、文藝學、歷史學領域）。

[類] 文学化学

△文学や芸術は人文科学に含まれます／文學和藝術，都包含在人文科學裡面。

□ しんぽ［進歩］ [二][3][6]

[名·自サ] 進步。

[反] 退歩 [類] 向上

△科学の進歩のおかげで、生活が便利になった／因為科學進步的關係，生活變方便多了。

□ じんめい［人命］ [二][6]

[名] 人命。

[類] 命

△事故で多くの人命が失われた／因為意外事故，而奪走了多條人命。

□ しんや［深夜］ [二][6]

[名] 深夜。

[類] 夜更け

△深夜どころか、翌朝まで仕事をしました／豈止到深夜，我是工作到隔天早上。

□ しんゆう［親友］ [二][6]

[名] 知心朋友。

△親友の忠告もかまわず、会社を辞めてしまった／不顧好友的勸告，辭去了公司職務。

□ しんよう［信用］ [二][3][6]

[名·他サ] 堅信，確信；信任，相信；信用，信譽；信用交易，非現款交易。

[類] 信任

△信用(しんよう)するかどうかはともかくとして、話(はなし)だけは聞(き)いてみよう／不管你相不相信，至少先聽他怎麼說吧！

□ しんらい［信頼］ [二][6]

[名·他サ] 信賴，相信。

△私(わたし)の知(し)るかぎりでは、彼(かれ)は最(もっと)も信頼(しんらい)できる人間(にんげん)です／他是我所認識裡面最值得信賴的人。

□ しんり［心理］ [二][3][6]

[名] 心理。

△失恋(しつれん)したのを契機(けいき)にして、心理学(しんりがく)の勉強(べんきょう)を始(はじ)めた／自從失戀以後，就開始研究起心理學。

□ しんりん［森林］ [二][6]

[名] 森林。

△朝早(あさはや)く、森林(しんりん)を散歩(さんぽ)するのは気持(きも)ちがいい／一大早到森林散步，是件很舒服的事。

□ しんるい［親類］ [二][3][6]

[名] 親戚，親屬；同類，類似。

[類] 親戚

△親類(しんるい)だから信用(しんよう)できるというものでもないでしょう／並非因為是親戚就可以信任吧！

□ じんるい［人類］ [二][6]

[名] 人類。

[類] 人間

△人類(じんるい)の発展(はってん)のために、研究(けんきゅう)を続(つづ)けます／為了人類今後的發展，我要繼續研究下去。

□ しんろ［進路］ [二][6]

[名] 前進的道路。

[反] 退路

△卒業(そつぎょう)というと、進路(しんろ)のことが気(き)になります／說到畢業，就會在意將來的出路。

□ しんわ［神話］ [二][6]

[名] 神話。

△おもしろいことに、この話(はなし)は日本(にほん)の神話(しんわ)によく似(に)ている／有趣的是，這個故事和日本神話很像。

すス

す［酢］ 二36

[名] 醋。

△そんなに酢をたくさん入れるものではない／不應該加那麼多醋。

す［巣］ 二6

[名] 巣，窩，穴；賊窩，老巢；家庭；蜘蛛網。

[類] 棲家

△鳥の雛が成長して、巣から飛び立っていった／幼鳥長大後，就飛離了鳥巢。

ず［図］ 二6

[名] 圖，圖表；地圖；設計圖；圖畫。

[類] 図形

△図を見ながら説明します／邊看圖，邊解說。

すいえい［水泳］ 三2

[名] 游泳。

[類] スイミング

△テニスより、水泳の方が好きです／喜歡游泳勝過打網球。

すいさん［水産］ 二6

[名] 水產（品），漁業。

△わが社では、水産品の販売をしています／我們公司在銷售漁業產品。

すいじ［炊事］ 二6

[名·自サ] 烹調，煮飯。

[類] 煮炊き

△彼は、掃除ばかりでなく、炊事も手伝ってくれる／他不光只是打掃，也幫我煮飯。

すいじゅん［水準］ 二6

[名] 水準，水平面；水平器；（地位、質量、價值等的）水平；（標示）高度。

[類] レベル

△選手の水準に応じて、トレーニングをやらせる／依選手的個人水準，讓他們做適當的訓練。

すいじょうき［水蒸気］ 二6

[名] 水蒸氣；霧氣，水霧。

[類] 蒸気

△ここから水蒸気が出ているので、触ると危ないよ／因為水蒸氣會從這裡跑出來，所以很危險別碰唷！

すいせん［推薦］ 二36

[名·他サ] 推薦，舉薦，介紹。

[類] 推挙

△あなたの推薦があったからこそ、採用されたのです／因為有你的推薦，我才能被錄用。

すいそ［水素］ 二6

[名] 氫。

△水素と酸素を化合させて水を作ってみましょう／試著將氫和氧結合在一起，來製水。

すいちょく［垂直］ 二36

[名·形動]（數）垂直；（與地心）垂直。

[反] 水平

△点Cから、直線ABに対して垂直な線を引いてください／請從點C畫出一條垂直於直線AB的線。

□ スイッチ［switch］ [二][3][6]

[名·他サ] 開關；接通電路；（喻）轉換（為另一種事物或方法）。

[類] 点滅器

△ラジオのスイッチを切る／關掉收音機的開關。

□ すいてい［推定］ [二][6]

[名·他サ] 推斷，判定；（法）（無反證之前的）推定，假定。

[類] 推し量る

△写真に基づいて、年齢を推定しました／根據照片來判斷年齡。

□ すいてき［水滴］ [二][6]

[名]（文）水滴；（注水研墨用的）硯水壺。

[類] しずく

□ すいとう［水筒］ [二][6]

[名]（旅行用）水筒，水壺。

□ すいどう［水道］ [三][2]

[名] 自來水管。

[類] 上水道

△水道の水が飲めるかどうか知りません／不知道自來水管的水是否可以飲用？

□ ずいひつ［随筆］ [二][6]

[名] 隨筆，漫畫，小品文，散文，雜文。

[類] エッセー

□ ずいぶん [三][2]

[副] 相當地，很，非常。

[類] 相当

△彼は、「ずいぶん立派な家ですね。」と言った／他說：「真是豪華的房子」。

□ ずいぶん［随分］ [二][3][6]

[副·形動]（事物的程度）非常，很，頗；（俗）（責備人）心壞。

[類] 相当

△体調がずいぶん良くなった／身體的狀況非常良好。

□ すいぶん［水分］ [二][3][6]

[名] 物體中的含水量；（蔬菜水果中的）液體，含水量，汁。

[類] 水気

△果物を食べると、ビタミンばかりでなく水分も摂取できる／吃水果後，不光是維他命，也可以攝取到水分。

□ すいへい［水平］ [二][3][6]

[名·形動] 水平；平衡，穩定，不升也不降。

[反] 垂直 [類] 横

△飛行機は、間もなく水平飛行に入ります／飛機即將進入水平飛行模式。

すいへいせん ［水平線］ 二 6

名 水平線；地平線。

△水平線の向こうから、太陽が昇ってきた／太陽從水平線的彼方升起。

すいみん ［睡眠］ 二 3 6

名・自サ 睡眠，休眠，停止活動。

類 眠り

△健康のためには、睡眠を8時間以上とることだ／要健康就要睡8個小時以上。

すいめん ［水面］ 二 6

名 水面。

△池の水面を蛙が泳いでいる／有隻青蛙在池子的水面上游泳。

すいようび ［水曜日］ 四 2

名 星期三。

類 水曜

△水曜日にも授業があります／星期三也有課。

すう ［吸う］ 四 2

他五 吸，抽；啜；吸收。

反 吐く　類 吸い込む

△父は煙草を吸っています／爸爸正在抽煙。

すう ［数］ 二 3 6

名・接頭 數，數目，數量；定數，天命；（數學中泛指的）數；數量。

類 数（かず）

△展覧会の来場者数は、少なかった／展覽會的到場人數很少。

すうがく ［数学］ 三 2

名 數學。

類 算数

△友だちに、数学の問題の答えを教えてやりました／我告訴朋友數學問題的答案了。

すうじ ［数字］ 二 3 6

名 數字；各個數字。

類 アラビア数字

ずうずうしい ［図々しい］ 二 6

形 厚顏，厚皮臉，無恥。

類 厚かましい

△彼の図々しさにはあきれた／對他的厚顏無恥，感到錯愕。

スーツ ［suit］ 二 6

名 西裝；女裝。

類 洋服

スーツケース ［suitcase］ 三 2

名 手提旅行箱。

類 トランク

△親切な男性に、スーツケースを持っていただきました／有位親切的男士，幫我拿了旅行箱。

スーパー ［supermarket］ 二 6

名 超級市場。

類 スーパーマーケット

スープ ［soup］ 二 3 6

[名] 西餐的湯。

[類] ソップ

すえ［末］ [二][6]

[名] 結尾，末了；末端，盡頭；將來，未來，前途；不重要的，瑣事；（排行）最小。

[類] 末端

△来月末に日本へ行きます／下個月底我要去日本。

すえっこ［末っ子］ [二][6]

[名] 最小的孩子。

[類] すえこ

△彼は末っ子だけあって、甘えん坊だね／他果真是老么，真是愛撒嬌呀！

スカート［skirt］ [四][2]

[名] 裙子。

△そのきれいなスカートは、いくらでしたか／那件漂亮的裙子是多少錢？

スカーフ［scarf］ [二][6]

[名] 圍巾，披肩；領結。

[類] 襟巻き

△寒いので、スカーフをしていきましょう／因為天寒，所以圍上圍巾後再出去吧！

すがた［姿］ [二][3][6]

[名·接尾] 身姿，身段；裝束，風采；形跡，身影；面貌，狀態；姿勢，形象。

[類] 格好

△寝間着姿では、外に出られない／我實在沒辦法穿睡衣出門。

ずかん［図鑑］ [二][6]

[名] 圖鑑。

△子どもたちは、図鑑を見て動物について調べたということです／聽說小孩子們看圖鑑來查閱了動物。

すぎ［過ぎ］ [四][2]

[接尾] 超過…，過了…。

△夜10時過ぎに、電話をかけないでください／過了晚上十點，請別打電話過來。

すき［隙］ [二][6]

[名] 空隙，縫；空暇，功夫，餘地；漏洞，可乘之機。

[類] 隙間

△敵に隙を見せるわけにはいかない／絕不能讓敵人看出破綻。

すき［好き］ [四][2]

[形動] 喜好；好色；愛，產生感情。

[反] 嫌い

△どれが一番好きですか／最喜歡哪一個？

すぎ［杉］ [二][6]

[名] 杉樹，杉木。

△道に沿って杉の並木が続いている／沿著道路兩旁，一棵棵的杉樹並排著。

スキー［ski］ [二][3][6]

[名] 滑雪；滑雪橇，滑雪板。

すききらい［好き嫌い］ 〓6

（名）好惡，喜好和厭惡；挑肥揀瘦，挑剔。

（類）選り好み

△好き嫌いの激しい人だ／他是個人好惡極端分明的人。

すきずき［好き好き］ 〓6

（名・副・自サ）（各人）喜好不同，不同的喜好。

（類）いろいろ

△メールと電話とどちらを使うかは、好き好きです／喜歡用簡訊或電話，每個人喜好都不同。

すきとおる［透き通る］ 〓6

（自五）通明，透亮，透過去；清澈；清脆（的聲音）。

（類）透ける

△この魚は透き通っていますね／這條魚的色澤真透亮。

すきま［隙間］ 〓6

（名）空隙，隙縫；空閒，閒暇。

（類）隙

△隙間から客間をのぞくものではありません／不可以從縫隙去偷看客廳。

すぎる 〓2

（接尾）過於…。

（類）過度

△こんなすばらしい部屋は、私には立派すぎます／這麼棒的房間，對我來說太過豪華了。

すぎる［過ぎる］ 〓2

（自上一）超過；過於；經過。

（類）経過する

△5時を過ぎたので、もううちに帰ります／已經五點多了，我要回家了。

すく 〓2

（自五）飢餓。

（類）空腹

△おなかもすいたし、のどもかわきました／肚子也餓了，口也渴了。

すく 〓2

（自五）空閒，空蕩。

（類）減る

△あのレストランはおいしくないので、いつもすいている／那家餐廳不好吃，所以人都很少。

すくう［救う］ 〓36

（他五）拯救，搭救，救援，解救；救濟，賑災；挽救。

△政府の援助なくして、災害に遭った人々を救うことはできない／要是沒有政府的援助，就沒有辦法幫助那些受災的人們。

スクール［school］ 〓6

（名・造）學校；學派；花式滑冰規定動作。

（類）学校

△英会話スクールで勉強したにしては、英語がへただね／以他曾在英文會話課補習過這點來看，英文還真差呀！

すくない［少ない］ 三2

[形] 少，不多。

[反] 多い　[類] 僅か

△本当に面白い映画は、少ないのだ／有趣的電影真的很少！

すくなくとも［少なくとも］ 二36

[副] 至少，對低，最低限度。

[類] せめて

△休暇を取るとしたら、少なくとも三日前に言わなければなりません／如果要請假，至少要在三天前說才行。

すぐに 四2

[副] 馬上，立刻；容易，輕易；（距離）很近。

[類] 直ちに

△すぐにそこに行きます／我立刻到那邊去。

すぐれる［優れる］ 二36

[自下一]（才能、價値等）出色，優越，傑出，精湛；（身體、精神、天氣）好，爽朗，舒暢。

[反] 劣る　[類] 優る

△彼女は美人であるとともに、スタイルも優れている／她人既美，身材又好。

ずけい［図形］ 二6

[名] 圖形，圖樣；（數）圖形。

[類] 図

△コンピュータでいろいろな図形を描いてみた／我試著用電腦畫各式各樣的圖形。

スケート［skate］ 二36

[名] 冰鞋，冰刀；溜冰，滑冰。

[類] アイススケート

△学生時代にスケート部だったから、スケートが上手なわけだ／學生時期是溜冰社，怪不得溜冰那麼拿手。

スケジュール［schedule］ 二36

[名] 日程表，行程表。

[類] 予定表

△このスケジュールは理論的には可能ですが、やっぱり難しい／這行程，理論上雖可行，但卻還是很難做到。

すごい 三2

[形] 可怕，很棒；非常。

[類] 甚だしい

△上手に英語が話せるようになったら、すごいなあ／如果英文能講得好，應該很棒吧！

すごい［凄い］ 二36

[形] 可怕的，令人害怕的；意外的好，好的令人吃驚，了不起；（俗）非常，厲害。

[類] 甚だしい

△すごい嵐になってしまいました／它轉變成猛烈的暴風雨了。

すこし［少し］ 四2

[副] 一下子；少量，稍微，一點。

反 たくさん　類 ちょっと
△リンゴだけ少し食べました／只吃了一些蘋果。

___ すこしも［少しも］　　二36
副（下接否定）一點也不，絲毫也不。
類 ちっとも
△お金なんか、少しも興味ないです／金錢這東西，我一點都不感興趣。

___ すごす［過ごす］　　二36
他五・接尾　度（日子、時間），過生活；過渡過量；放過，不管。
類 暮らす
△たとえ外国に住んでいても、お正月は日本で過ごしたいです／就算是住在外國，新年還是想在日本過。

___ すじ［筋］　　二36
名・接尾　筋；血管；線，條；紋絡，條紋；素質，血統；條理，道理。
類 筋肉
△読んだ人の話によると、その小説の筋は複雑らしい／據看過的人說，那本小說的情節好像很複雜。

___ すず［鈴］　　二6
名 鈴鐺，鈴。
類 鈴（りん）
△猫の首に大きな鈴がついている／貓咪的脖子上，繫著很大的鈴鐺。

___ すずしい［涼しい］　　四2
形 涼爽，涼爽；明亮，清澈，清爽。

類 爽やか
△家の中で、どこが一番涼しいですか／家中哪裡最涼爽？

___ すすむ［進む］　　二36
自五・接尾　進，前進；進步，先進；進展；升級，進級；升入，進入，到達；繼續　下去。
類 前進する
△行列はゆっくりと寺へ向かって進んだ／隊伍緩慢地往寺廟前進。

___ すずむ［涼む］　　二6
自五 乘涼，納涼。
△ちょっと外に出て涼んできます／我到外面去乘涼一下。

___ すすめる［進める］　　二36
他下一　使向前推進，使前進；推進，發展，開展；進行，舉行；提升，晉級；增進，使旺盛。
類 前進させる
△企業向けの宣伝を進めています／我在推廣以企業為對象的宣傳。

___ すすめる［薦める］　　二36
他下一　勸告，勸告，勸誘；勸，敬（煙、酒、茶、座等）。
類 推薦する
△彼はA大学の出身だから、A大学を薦めるわけだ／他是從A大學畢業的，難怪會推薦A大學。

___ スター［star］　　二6

（名） 星狀物，星；（影劇）明星，名演員，主角。

（類） 星

□ スタート ［start］ （二）6

（名·自サ） 起動，出發，開端；開始（新事業等）。

（類） 出発

△１年のスタートにあたって、今年の計画を述べてください／在這一年之初，請說說你今年度的計畫。

□ スタイル ［style］ （二）36

（名） 文體；（服裝、美術、工藝、建築等）樣式；風格，姿態，體態。

（類） 体つき

△どうして、スタイルなんか気にするの／為什麼要在意身材呢？

□ スタンド ［stand］ （二）6

（接尾·名） 站立；台，托，架；檯燈，桌燈；看台，觀眾席；（攤販式的）小酒吧。

（類） 観覧席

△スタンドで大声で応援した／我在球場的看台上，大聲替他們加油。

□ スチュアーデス ［stewardess］ （二）6

（名） 民航機上的女服務員；（客輪的）女服務員。

（反） スチュワード （類） エアホステス

□ ずつう ［頭痛］ （二）6

（名） 頭痛。

（類） 頭痛（とうつう）

△昨日から今日にかけて、頭痛がひどい／從昨天開始，頭就一直很痛。

□ すっかり （三）2

（副） 完全；全部。

（類） ことごとく

△部屋はすっかり片付けてしまいました／房間全部整理好了。

□ すっきり （二）6

（副·自サ） 舒暢，暢快，輕鬆；流暢，通暢；乾淨整潔，俐落。

（類） さっぱり

△片付けたら、なんとすっきりしたことか／整理過後，是多麼乾淨清爽呀！

□ すっと （二）6

（副·自サ） 動作迅速地，飛快，輕快；（心中）輕鬆，痛快，輕鬆。

△言いたいことを全部言って、胸がすっとしました／把想講的話都講出來以後，心裡就爽快多了。

□ ずっと （三）2

（副） 更；一直。

（類） 終始

△ずっとほしかったギターをもらった／收到夢寐以求的吉他。

□ すっぱい ［酸っぱい］ （二）36

（形） 酸。

（類） 酸い

す

△梅干しは酸っぱい／酸梅很酸。

ステージ［stage］ [二][3][6]

[名] 舞台，講台；階段，等級，步驟。

[類] 舞台

△歌手がステージに出てきたとたんに、みんな拍手を始めた／歌手才剛走出舞台，大家就拍起手來了。

すてき［素敵］ [二][3][6]

[形動] 絕妙的，極好的，極漂亮；很多。

[類] 立派

△あの素敵な人に、声をかけられるものなら、かけてみろよ／你要是有膽跟那位美女講話，你就試看看啊！

すでに［既に］ [二][3][6]

[副] 已經，業已；即將，正值，恰好。

[反] 未だ　[類] とっくに

△田中さんに電話したところ、彼はすでに出かけていた／打電話給田中先生，才發現他早就出門了。

すてる［捨てる］ [三][2]

[他下一] 丟掉，拋棄；放棄。

[反] 拾う　[類] 放る

△いらないものは、捨ててしまってください／不要的東西，請全部丟掉！

ステレオ［stereo］ [三][2]

[名] 音響。

[類] レコード

△彼にステレオをあげたら、とても喜んだ／送他音響，他就非常高興。

ストーブ［stove］ [四][2]

[名] 火爐，暖爐。

[類] 暖房

△もうストーブを点けました／已經開暖爐了。

ストーブ［stove］ [二][3][6]

[名] 火爐，暖爐。

[類] 暖房

ストッキング［stocking］ [二][6]

[名] 長筒襪。

△ストッキングをはいて出かけた／我穿上絲襪便出門去了。

ストップ［stop］ [二][3][6]

[名·自他サ] 停止，中止；停止信號；（口令）站住，不得前進，止住；停車站。

[類] 停止

△販売は、減少しているというより、ほとんどストップしています／銷售與其說是減少，倒不如說是幾乎停擺了。

すな［砂］ [三][2]

[名] 沙。

[類] 砂子

△雪がさらさらして、砂のようだ／沙沙的雪，像沙子一般。

すなお［素直］ [二][3][6]

[形動] 純真，天真的，誠摯的，坦率的；大方，工整，不矯飾的；（沒有毛病）完美的，無暇的。

[類] 大人しい

△素直に謝らないと、けんかになるおそれがある／你如果不趕快道歉，又有可能會起爭執。

すなわち［即ち］ 二3 6

[接] 即，換言之；即是，正是；則，彼時；乃，於是。

[類] つまり

△1ポンド，すなわち100ペンス／一磅也就是100便士。

ずのう［頭脳］ 二6

[名] 頭腦，判斷力，智力；（團體的）決策部門，首腦機構，領導人。

[類] 知力

△頭脳は優秀ながら、性格に問題がある／頭腦雖優秀，但個性上卻有問題。

すばらしい 三2

[形] 出色，很好。

[類] 立派

△すばらしい映画ですから、見てみてください／因為是很棒的電影，不妨看看。

スピーカー［speaker］ 二6

[名] 談話者，發言人；揚聲器；喇叭；散播流言的人。

[類] 拡声器

△スピーカーから音楽が流れてきます／從廣播器裡聽得到音樂聲。

スピーチ［speech］ 二6

[名·自サ]（正式場合的）簡短演說，致詞，講話。

[類] 演説

△開会にあたって、スピーチをお願いします／開會的時候，致詞就拜託你了。

スピード［speed］ 二3 6

[名] 速度；快速，迅速。

[類] 速度

△スピードを出せるものなら、出してみろよ／能開快車的話，你就開看看啊！

ずひょう［図表］ 二6

[名] 圖表。

スプーン［spoon］ 四2

[名] 湯匙。

[類] 匙

△スプーンを10本ぐらい持ってきてください／請拿十根左右的湯匙來。

すべて［全て］ 二3 6

[名·副] 全部，一切，通通；總計，共計。

[類] 一切

△すべての仕事を今日中には、やりきれません／我無法在今天內做完所有工作。

すべる 三2

[自下一] 滑（倒）；滑動。

[類] スリップする

△この道は、雨の日はすべるらしい／

す

這條路，下雨天好像很滑。

□ スポーツ［sports］ [四][2]

[名] 運動；運動比賽；遊戲。

[類] 運動

△私が下手なのは、スポーツです／我不擅長的就是運動。

□ ズボン［（法）jupon］ [四][2]

[名] 西裝褲。

[類] パンツ

△ズボンを短くしました／將褲子裁短了。

□ スマート［smart］ [二][3][6]

[形動] 瀟灑，時髦，漂亮。

△前よりスマートになりましたね／妳比之前更加苗條了耶！

□ すまい［住まい］ [二][3][6]

[名] 居住；住處，寓所；地址。

[類] 住処

△電話番号どころか、住まいもまだ決まっていません／別說是電話號碼，就連住的地方都還沒決定。

□ すませる［済ませる］ [二][3][6]

[他五・接尾] 弄完，辦完；償還，還清；將就，湊合。

[類] 終える

△もう手続きを済ませたから、ほっとしているわけだ／因為手續都辦完了，怪不得這麼輕鬆。

□ すまない [二][6]

[連語] 對不起，抱歉；（做寒暄語）對不起，勞駕；不算完，不能了。

[類] 申し訳ない

□ すみ［隅］ [三][2]

[名] 角落。

△部屋の隅まで掃除してさしあげた／連房間的角落都幫你打掃好了。

□ ずみ［済み］ [二][6]

[名] 完了，完結；付清，付訖。

[類] 隅っこ

△検査済みのラベルが張ってあった／已檢查完畢有貼上標籤。

□ すみ［墨］ [二][6]

[名] 墨；墨汁，墨水；墨狀物；（章魚、烏賊體內的）墨狀物。

△習字の練習をするので、墨をすります／為了練習寫毛筆字而磨墨。

□ すみません [四][2]

[寒暄]（道歉用語）對不起，抱歉；謝謝。

△すみません。100円だけ貸してください／對不起，只要借我100日圓就好。

□ すむ［済む］ [三][2]

[自五] 結束；了結；湊合。

[類] 終わる

△仕事が済むと、彼はいつも飲みに行く／工作一結束，他總會去喝一杯。

□ すむ［済む］ [二][3][6]

[自五]（事情）結束，終了；夠用，過得

去；（問題）解決，（事情）了結。

[類] 終わる

△仕事はもう全部済みました／工作已經全部做完了。

□ すむ［住む］ [四] 2

[自五] 住，居住；（動物）棲息，生存。

[類] 居住する

△留学生たちは、ここに住んでいます／留學生們住在這裡。

□ すむ［澄む］ [二] 6

[自五] 清澈；澄清；晶瑩，光亮；（聲音）清脆悅耳；清靜，寧靜。

[反] 汚れる [類] 清澄

△川の水は澄んでいて、底までよく見える／由於河水非常清澈，河底清晰可見。

□ すもう［相撲］ [二] 6

[名] 相撲。

[類] 角技

△相撲の力士は、体が大きいですね／相撲的力士，塊頭都很大。

□ スライド［slide］ [二] 6

[名·自サ] 滑動；幻燈機，放映裝置；（棒球）滑進（壘）；按物價指數調整工資。

[類] 幻灯

△スライドを使って、美術品の説明をする／我利用幻燈片，來解說美術品。

□ ずらす [二] 3 6

[他五] 挪開，錯開，差開。

△この文字を右にずらすには、どうしたらいいですか／請問要怎樣把這個字挪到右邊？

□ ずらり [二] 6

[副]（高矮胖瘦適中）身材曲條；順利的，無阻礙的。

[類] ずらっと

△工場の中に、輸出向けの商品がずらりと並んでいます／工廠內擺著一排排要出口的商品。

□ すり [三] 2

[名] 扒手。

[類] 泥棒

△すりに財布を盗まれたようです／錢包好像被扒手扒走了。

□ スリッパ［slipper］ [四] 2

[名] 拖鞋。

△家の中では、スリッパをはきます／在家裡穿拖鞋。

□ する [四] 2

[他サ] 做，進行；充當（某職）。

[類] やる

△仕事をしているから、忙しいです／在工作所以很忙。

□ する［刷る］ [二] 6

[他五] 印刷。

[類] 印刷する

△招待のはがきを100枚刷りました／我印了100張邀請用的明信片。

□ ずるい　[二] 3 6

[形] 狡猾，奸詐，耍滑頭，花言巧語。

[類] 狡い

△勝負するときには、絶対ずるいことをしないことだ／決勝負時，千萬不可以耍詐。

□ すると　[三] 2

[接] 於是；這樣一來。

[類] そうすると

△すると、あなたは明日学校に行かなければならないのですか／這樣一來，你明天不就得去學校了嗎？

□ すると　[二] 3 6

[接]（表示繼一事物後，又發生另一事物）於是；（根據已知情況進行推測）那麼說來。

[類] その後

△すると突然まっ暗になった／於是突然間暗了下來。

□ するどい［鋭い］　[二] 6

[形] 尖的；（刀子）鋒利的；（視線）尖銳的；激烈，強烈；（頭腦）敏銳，聰明。

[反] 鈍い　[類] 犀利

△彼の見方はとても鋭い／他見解真是一針見血。

□ すれちがう［擦れ違う］　[二] 6

[自五] 交錯，錯過去；不一致，不吻合，互相分歧；錯車。

△彼女は濃いお化粧をしているから、擦れ違っても気がつかなかったわけだ／她畫著濃妝，難怪算擦身而過，也沒發現到是她。

□ ずれる　[二] 6

[自下一]（從原來或正確的位置）錯位，移動；離題，背離（主題、正路等）。

[類] 外れる

△紙がずれているので、うまく印刷できない／因為紙張歪了，所以沒印好。

□ すわる［座る］　[四] 2

[自五] 坐，跪坐；居於某地。

[反] 立つ

△どの椅子に座りますか／你要坐哪張椅子？

□ すんぽう［寸法］　[二] 6

[名] 長短，尺寸；（預定的）計畫，順序，步驟；情況。

[類] 長さ

△定規によって、寸法を測る／用尺來量尺寸。

せセ

□ せ［背］　[四] 2

[名] 身高，身材；背後，背脊；後方，背標　。

[反] 腹　[類] 背中

△先生は、背が低いです／老師的個子

很矮。

せい [二][3][6]

[名] 原因，緣故，由於；歸咎。

[類] 原因

△自分の失敗を、他人のせいにするべきではありません／不應該將自己的失敗，歸咎於他人。

せい［姓］ [二][6]

[名·漢造] 姓氏；族，血族；（日本古代的）氏族姓，稱號。

[類] 名字

△先生は、学生の姓のみならず、名前まで全部覚えている／老師不只記住了學生的姓，連名字也全都背起來了。

せい［性］ [二][3][6]

[名·漢造] 性別；性慾；性格，本性；（事物的）性質，屬性。

[類] 性別

△近頃は、女性の社会進出が著しい／最近，女性就業的現象很顯著。

せい［性］ [二][6]

[名·漢造] 性別；幸運；本性；（事物的）性質，屬性；（語法上的）性。

[類] 性別

せい［正］ [二][6]

[名·漢造] 正直；（數）正號；正確，正當；更正，糾正；主要的，正的。

[反] 負　[類] プラス

△正の数と負の数について勉強しましょう／我們一起來學正負數吧！

せい［生］ [二][6]

[名·漢造] 生命，生活；生業，營生；出生，生長；活著，生存。

[反] 死

△教授と、生と死について語り合った／我和教授一起談論了有關生與死的問題。

せい［製］ [三][2]

[接尾] …製。

△先生がくださった時計は、スイス製だった／老師送我的手錶，是瑞士製的。

ぜい［税］ [二][6]

[名·漢造] 稅，稅金。

[類] 稅金

△税金が高すぎるので、文句を言わないではいられない／稅實在是太高了，所以令人忍不住抱怨幾句。

せいかく［性格］ [二][3][6]

[名]（人的）性格，性情；（事物的）性質，特性。

△それぞれの性格に応じて、適した職場を与える／依各人的個性，給予適合的工作環境。

せいかく［正確］ [二][6]

[名·形動] 正確，準確。

[類] 正しい

△事実を正確に記録する／事實正確記錄下來。

□ せいかつ［生活］ [三][2]

[名·自サ] 生活；生計。

[類] 暮らし

△どんなところでも生活できます／我不管在哪裡都可以生活。

□ ぜいかん［税関］ [二][3][6]

[名] 海關。

△税関で申告するものはありますか／你有東西要在海關申報嗎？

□ せいき［世紀］ [二][6]

[名] 世紀，百代；時代，年代；百年一現，絶世。

[類] 時代

△20世紀初頭の日本について研究しています／我正針對20世紀初的日本進行研究。

□ せいきゅう［請求］ [二][3][6]

[名·他サ] 請求，要求，索取。

[類] 求める

△かかった費用を、会社に請求しようではないか／支出的費用，就跟公司申請吧！

□ ぜいきん［税金］ [二][3][6]

[名] 税金，税款。

[類] 税

△税金の負担が重過ぎる／税金的負擔，實在是太重了。

□ せいけつ［清潔］ [二][3][6]

[名·形動] 乾淨的，清潔的；廉潔；純潔。

[反] 不潔

△ホテルの部屋はとても清潔だった／飯店的房間，非常的乾淨。

□ せいげん［制限］ [二][3][6]

[名·他サ] 限制，限度，極限。

[類] 制約

△太りすぎたので、食べ物について制限を受けた／因為太胖，所以受到了飲食的控制。

□ せいこう［成功］ [二][3][6]

[名·自サ] 成功，成就，勝利；功成名就，成功立業。

[反] 失敗 [類] 達成

△まるで成功したかのような大騒ぎだった／簡直像是成功了一般狂歡大鬧。

□ せいさく［制作］ [二][6]

[名·他サ] 創作（藝術品等），製作；作品。

[類] 創作

△この映画は、実際にあった話をもとにして制作された／這部電影，是以真實故事改編而成的。

□ せいさく［製作］ [二][6]

[名·他サ]（物品等）製造，製作，生產。

[類] 制作

△私はデザインしただけで、商品の製作は他の人が担当した／我只是負責設計，至於商品製作部份是其他人負責的。

せいさん［生産］ [二][3][6]

[名·他サ] 生產，製造；創作（藝術品等）；生業，生計。

[反] 消費　[類] 産出

△わが社は、家具の生産をする一方で、販売も行なっています／我們公司除了生產家具之外，也有販賣家具。

せいじ［政治］ [二][2]

[名] 政治。

[類] まつりごと

△政治のむずかしさについて話しました／談及了政治的難處。

せいしき［正式］ [二][6]

[名 形動] 正式的，正規的。

[類] 本式

△ここに名前を書かないかぎり、正式なメンバーになれません／不在這裡寫下姓名，就沒有辦法成為正式的會員。

せいしつ［性質］ [二][3][6]

[名] 性格，性情；（事物）性質，特性。

[類] たち

△磁石のプラスとマイナスは引っ張り合う性質があります／磁鐵的正極和負極，具有相吸的特性。

せいしょ［清書］ [二][6]

[名·他サ] 謄寫清楚，抄寫清楚。

[類] 浄写

△この手紙を清書してください／請重新謄寫這封信。

せいしょうねん［青少年］ [二][6]

[名] 青少年。

[類] 青年

△青少年向きの映画を作るつもりだ／我打算拍一部適合青少年觀賞的電影。

せいじん［成人］ [二][6]

[名·自サ] 成年人；成長，（長大）成人。

△成人するまで、煙草を吸ってはいけません／到長大成人之前，不可以抽煙。

せいしん［精神］ [二][6]

[名]（人的）精神，心；心神，精力，意志；思想，心意；（事物的）根本精神。

[類] スピリット

△苦しみに耐えられたことから、彼女の精神的強さを知りました／就吃苦耐勞這一點來看，可得知她的意志力很強。

せいすう［整数］ [二][6]

[名]（數）整數。

せいぜい［精々］ [二][6]

[副] 盡量，盡可能；最大限度，充其量。

[類] 精一杯

△遅くても精々２、３日で届くだろう／最晚頂多兩、三天送到吧！

せいせき［成績］ [二][3][6]

[名] 成績，效果，成果。

[類] 効果

△私はともかく、他の学生はみんな成績がいいです／先不提我，其他的學生大家成績都很好。

せいそう［清掃］ 二6

(名・他サ) 清掃，打掃。

(類) 掃除

△罰に、1週間トイレの清掃をしなさい／罰你掃一個禮拜的廁所，當作處罰。

せいぞう［製造］ 二36

(名・他サ) 製造，加工。

(類) 造る

△わが社では、一般向けの製品も製造しています／我們公司，也有製造給一般大眾用的商品。

せいぞん［生存］ 二6

(名・自サ) 生存。

(類) 生きる

△その環境では、生物は生存し得ない／在那種環境下，生物是無法生存的。

ぜいたく［贅沢］ 二36

(名・形動) 奢侈，奢華，浪費，鋪張；過份要求，奢望。

(類) 奢侈

△生活が豊かなせいか、最近の子どもは贅沢です／不知道是不是因為生活富裕的關係，最近的小孩都很浪費。

せいちょう［成長］ 二36

(名・自サ) （經濟、生產）成長，增長，發

展；（人、動物）生長，發育。

(類) 生い立ち

△子どもの成長が、楽しみでなりません／孩子們的成長，真叫人期待。

せいちょう［生長］ 二6

(名・自サ) （植物、草木等）生長，發育。

△植物が生長する過程には興味深いものがある／植物的成長，確實有耐人尋味的過程。

せいど［制度］ 二6

(名) 制度；規定。

(類) 制

△制度は作ったものの、まだ問題点が多い／雖說訂出了制度，但還是存留著許多問題點。

せいと［生徒］ 四2

(名) （中小學）學生。

(類) 学生

△教室に、先生と生徒がいます／教室裡有老師和學生。

せいとう［政党］ 二6

(名) 政黨。

(類) 党派

△この政党は、支持するまいと決めた／我決定不支持這個政黨了。

せいねん［青年］ 二36

(名) 青年，年輕人。

(類) 若者

△彼は、なかなか感じのよい青年だ／

他是個令人覺得相當年輕有為的青年。

せいねんがっぴ ［生年月日］　⼆36

名 出生年月日，生日。
△書類には、生年月日を書くことになっていた／按規定文件上要填寫出生年月日。

せいのう ［性能］　⼆6

名 性能，機能，效能。

せいび ［整備］　⼆6

名・自他サ 配備，整備；整理，修配；擴充，加強；組裝；保養。
類 用意
△自動車の整備ばかりか、洗車までしてくれた／不但幫我保養汽車，就連車子也幫我洗好了。

せいひん ［製品］　⼆36

名 製品，產品。
類 商品
△この材料では、製品の品質は保証しかねます／如果是這種材料的話，恐難以保證產品的品質。

せいふ ［政府］　⼆36

名 政府；內閣，中央政府。
類 政庁
△政府も政府なら、国民も国民だ／政府有政府的問題，國民也有國民的不對。

せいぶつ ［生物］　⼆6

名 生物。
類 生類
△湖の中には、どんな生物がいますか／湖裡有什麼生物？

せいぶん ［成分］　⼆6

名 （物質）成分，元素；（句子）成分；（數）成分。
類 要素
△成分のわからない薬には、手を出しかねる／我無法出手去碰成分不明的藥品。

せいべつ ［性別］　⼆6

名 性別。
△名前と住所のほかに、性別も書いてください／除了姓名和地址以外，也請寫上性別。

せいほうけい ［正方形］　⼆6

名 正方形。
類 四角形
△正方形の紙を用意してください／請準備正方形的紙張。

せいめい ［生命］　⼆6

名 生命，壽命；重要的東西，關鍵，命根子。
類 命
△私は、何度も生命の危機を経験している／我經歷過好幾次攸關生命的關鍵時刻。

せ

□ せいもん［正門］ [二][6]

[名] 大門，正門。

[類] 表門

△学校の正門の前で待っています／我在學校正門等你。

□ せいよう［西洋］ [三][2]

[名] 西洋，歐美。

[反] 東洋 [類] 欧米

△彼は、西洋文化を研究しているらしいです／他好像在研究西洋文化。

□ せいり［整理］ [二][3][6]

[名·他サ] 整理，收拾，整頓；清理，處理；捨棄，淘汰，裁減。

[類] 整頓

△今、整理をしかけたところなので、まだ片付いていません／現在才整理到一半，還沒開始收拾。

□ せいりつ［成立］ [二][3][6]

[名·自サ] 產生，完成，實現；成立，組成；達成。

[類] 出来上がる

△新しい法律が成立したとか／聽說新的法條出來了。

□ せいれき［西暦］ [二][6]

[名] 西曆，西元。

[類] 西紀

△昭和55年は、西暦では1980年です／昭和55年，是西元的1980年。

□ セーター［sweater］ [四][2]

[名] 毛衣。

△どんなセーターが、好きですか／你喜歡什麼樣的毛衣？

□ せおう［背負う］ [二][6]

[他五] 背；擔負，承擔，肩負。

[類] 担ぐ

△この重い荷物を、背負えるものなら背負ってみろよ／你要能背這個沈重的行李，你就背看看啊！

□ せかい［世界］ [三][2]

[名] 世界；天地。

[類] ワールド

△世界を知るために、たくさん旅行をした／為了認識世界，常去旅行。

□ せき［隻］ [二][6]

[接尾]（助數詞用法）計算船，箭，鳥的單位。

△駆逐艦２隻／兩艘驅逐艦。

□ せき［席］ [三][2]

[名] 座位；職位。

[類] 座席

△席につけ／回位子坐好！

□ せき［席］ [二][3][6]

[名·漢造] 席，坐墊；席位，坐位；聚會場所，宴席；茶社，曲藝場；竹席，草席。

[類] 座席

□ せきたん［石炭］ [二][6]

[名] 煤炭。

類 炭

△このストーブは、石炭を燃焼します／這暖爐可燃燒煤炭。

せきどう［赤道］　　　　　二6

名 赤道。

△赤道直下の国は、とても暑い／赤道正下方的國家，非常的炎熱。

せきにん［責任］　　　　　二36

名 責任，職責。

類 責務

△責任者のくせに、逃げるつもりですか／明明你就是負責人，還想要逃跑嗎？

せきゆ［石油］　　　　　　二36

名 石油。

類 ガソリン

△石油が値上がりしそうだ／油價好像要上漲了。

せけん［世間］　　　　　　二36

名 世上，社會上；世人；社會輿論；（交際活動的）範圍。

類 世の中

△世間の人に恥ずかしいようなことをするものではない／不要對別人做出一些可恥的事來。

せつ［説］　　　　　　　　二6

名·漢造 意見，論點；學說；述說 。

類 学説

△このことについては、いろいろな説がある／針對這件事，有很多不同的見解。

せっかく［折角］　　　　　二36

名·副 特意地；好不容易；盡力，努力，拼命的。

類 わざわざ

△せっかく来たのに、先生に会えなくてどんなに残念だったことか／特地來卻沒見到老師，真是可惜呀！

せっきょくてき［積極的］　二36

形動 積極的。

反 消極的　類 前向き

△とにかく積極的に仕事をすることですね／總而言之，就是要積極地工作是吧。

せっきん［接近］　　　　　二6

名·自サ 接近，靠近；親密，親近，密切。

類 近づく

△台風が接近していて、旅行どころではない／颱風來了，哪能去旅行呀！

せっけい［設計］　　　　　二6

名·他サ （機械、建築、工程的）設計；計畫，規則。

類 企てる

△いい家を建てたければ、彼に設計させることです／如果你想蓋個好房子，就應該要讓他來設計。

せ

□ せっけん［石鹸］ [四][2]

[名] 香皂，肥皂。

[類] ソープ

△石鹸をつけて、体を洗いました／抹香皂洗身體。

□ せっする［接する］ [二][6]

[自他サ] 接觸；連接，靠近；接待，應酬；連結，接上；遇上，碰上。

[類] 応対する

△お年寄りには、優しく接するものだ／對上了年紀的人，應當要友善對待。

□ せっせと [二][6]

[副] 拼命地，不停的，一個勁兒地，孜孜不倦的。

[類] こつこつ

△早く帰りたいので、せっせと仕事をした／我想趕快回家所以才拼命工作。

□ せつぞく［接続］ [二][3][6]

[名·自他サ] 連續，連接；（交通工具）連軌，接運。

[類] 繋がる

△コンピューターの接続を間違えたに違いありません／一定是電腦的連線出了問題。

□ ぜったい［絶対］ [二][3][6]

[名·副] 絕對，無與倫比；堅絕，斷然，一定。

[反] 相対　[類] 絶対的

△この本、読んでごらん、絶対に面白いよ／建議你看這本書，一定很有趣喔。

□ セット［set］ [二][6]

[名·他サ] 一組，一套；舞台裝置，布景；（網球等）盤，局；組裝，裝配；梳整頭髮。

[類] 揃い

△この茶碗を一セットください／請給我一組這種碗。

□ せつび［設備］ [二][3][6]

[名·他サ] 設備，裝設，裝設。

[類] 施設

△古い設備だらけだから、機械を買い替えなければなりません／淨是些老舊的設備，所以得買新的機器來替換了。

□ せつめい［説明］ [三][2]

[名·自他サ] 說明，解釋。

[類] 解説

△後で説明をするつもりです／我打算稍後再說明。

□ ぜつめつ［絶滅］ [二][6]

[名·自他サ] 滅絕，消滅，根除。

[類] 滅びる

△保護しないことには、この動物は絶滅してしまいます／如果不加以保護，這動物就會絕種。

□ せつやく［節約］ [二][3][6]

[名·他サ] 節約，節省。

[反] 乱費　[類] 倹約

△節約しているのに、お金がなくなる

一方だ／我已經很省了，但是錢卻越來越少。

せともの［瀬戸物］ 二 3 6

[名] 陶瓷品。

[類] 陶磁器

せなか［背中］ 三 2

[名] 背部，背面。

[類] 背

△背中も痛いし、足も疲れました／背也痛，腳也酸了。

ぜひ 三 2

[名·副] 務必；好與壞。

[類] どうしても

△あなたの作品をぜひ読ませてください／請務必讓我拜讀您的作品。

ぜひとも［是非とも］ 二 6

[副]（是非的強調說法）一定，無論如何，務必。

[類] ぜひぜひ

△今日は是非ともおごらせてください／今天無論如何，請務必讓我請客。

せびろ［背広］ 四 2

[名]（男子穿的）西裝。

[類] スーツ

△この背広は、どうですか／這件西裝如何？

せまい［狭い］ 四 2

[形] 狹窄，狹小，狹隘。

[反] 広い　[類] 狭小

△そちらの道は狭いです／那邊的路很窄。

せまる［迫る］ 二 6

[自五·他五] 強迫，逼迫；臨近，迫近；變狹窄，縮短；陷於困境，窘困。

[類] 押し付ける

△彼女に結婚しろと迫られた／她強迫我要結婚。

ゼミ［seminar］ 二 6

[名]（跟著大學裡教授的指導）課堂討論；研究小組，研究班。

[類] ゼミナール

△今日はゼミで、論文の発表をする／今天要在課堂討論上發表論文。

せめて 二 6

[副]（雖然不夠滿意，但）那怕是，至少也，最少。

[類] 少なくとも

△せめて今日だけは雨が降りませんように／希望至少今天不要下雨。

せめる［攻める］ 二 3 6

[他下一] 攻，攻打。

[類] 攻撃する

△城を攻める／攻打城堡。

せめる［責める］ 二 6

[他下一] 責備，責問；苛責，折磨，摧殘；嚴加催討；馴服馬匹。

[類] 咎める

△そんなに自分を責めるべきではない

／你不應該那麼的自責。

セメント［cement］ [二]6

[名] 水泥。

[類] セメン

△今セメントを流し込んだところです／現在正在注入水泥。

せりふ [二]6

[名] 台詞，念白；（貶）使人不快的說法，說辭。

△せりふは全部覚えたものの、演技がうまくできない／雖然台詞都背起來了，但還是無法將角色表演的很好。

ゼロ［（法）zero］ [四]2

[名]（數）零；沒有。

[類] 零

△ゼロから始めて、ここまでがんばった／從零開始努力到現在。

ゼロ［zero］ [二]36

[名] 零。

[類] 零

△服装のセンスはゼロ／穿衣服一點品味都沒有。

せろん［世論］ [二]6

[名] 世間一般人的意見，民意，輿論。

[類] 輿論

△世論には、無視できないものがある／輿論這東西，確實有不可忽視的一面。

せわ［世話］ [三]2

[名·他サ] 照顧，照料。

△子どもの世話をするために、仕事をやめた／為了照顧小孩，辭去了工作。

せわ［世話］ [二]36

[名·他サ] 援助，幫助；介紹，推薦；照顧，照料；俗語，常言。

[類] 面倒見

△ありがたいことに、母が子どもたちの世話をしてくれます／慶幸的是，媽媽會幫我照顧小孩。

せん［千］ [四]2

[名]（一）千；形容數量之多。

△五つで1000円です／五個共一千日圓。

せん［線］ [三]2

[名] 線。

[類] ライン

△先生は、間違っている言葉を線で消すように言いました／老師說錯誤的字彙要劃線去掉。

せん［戦］ [二]6

[漢造] 戰鬥，戰爭；決勝負，體育比賽；發抖。

[類] 戦い

せん［栓］ [二]6

[名] 栓，塞子；閥門，龍頭，開關；阻塞物。

[類] 詰め

△ワインの栓を抜いてください／請拔

開葡萄酒的栓子。

せん ［船］　　二6

漢造 船。

類 船（ふね）
△汽船で行く／坐汽船去。

ぜん ［前］　　二36

漢造 前方，前面；（時間）早；預先；兩者之中次序在前；（同現在的相比較）以前或過去的一方；過去，從前。

類 先端

ぜん ［善］　　二6

名・漢造 好事，善行；善良；優秀，卓越；妥善，擅長；關係良好。

反 悪
△君は、善悪の区別もつかないのかい。／你連善惡都無法分辨嗎？

ぜん ［全］　　二6

漢造 全部，完全；在一定的範圍内無一例外，整個；完整無缺；一切因素具備，純。

類 すっかり

ぜんいん ［全員］　　二6

名 全體人員。

類 総員
△全員集まってからでないと、話ができません／大家沒全到齊的話，就沒辦法開始討論。

せんきょ ［選挙］　　二36

名・他サ 選舉，推選。

類 投票

△選挙の際には、応援をよろしくお願いします／選舉的時候，就請拜託您的支持了。

せんげつ ［先月］　　四2

名 上個月。

類 前月
△先月の旅行は、いかがでしたか／上個月的旅行好玩嗎？

ぜんご ［前後］　　二6

名・自サ・接尾 （空間與時間）前和後，前後；相繼，先後；前因後果。
△要人の車の前後には、パトカーがついている／重要人物的座車前後，都有警車跟隨著。

せんこう ［専攻］　　二6

名・他サ 專門研究，專修，專門。

類 専修
△彼の専攻はなんだっけ／他是專攻什麼來著？

ぜんこく ［全国］　　二36

名 全國。

反 地方　類 全土
△このラーメン屋は、全国でいちばんおいしいと言われている／這家拉麵店，號稱全國第一美味。

せんざい ［洗剤］　　二6

名 洗滌劑，洗衣粉。

類 洗浄剤
△洗剤なんか使わなくても、きれいに

せ

落ちます／就算不用什麼洗衣精，也能將污垢去除得乾乾淨淨。

せんじつ［先日］ [二][3][6]

[名] 前天；前些日子。

[類] 過日

△先日、駅で偶然田中さんに会った／前些日子，偶然在車站遇到了田中小姐。

ぜんしゃ［前者］ [二][3][6]

[名] 前者。

[反] 後者

△製品Aと製品Bでは、前者のほうが優れている／拿產品A和B來比較的話，前者比較好。

せんしゅ［選手］ [二][3][6]

[名] 選拔出來的人；選手，運動員。

[類] アスリート

△有名な野球選手／有名的棒球選手。

せんしゅう［先週］ [四][2]

[名] 上個星期，上週。

[類] 前週

△先週は、どこへ行きましたか／上個星期你去了哪裡？

ぜんしゅう［全集］ [二][6]

[名] 全集。

△この全集には、読むべきものがある／這套全集確實值得一讀。

ぜんしん［前進］ [二][6]

[名·他サ] 前進。

[反] 後退　[類] 進む

△困難があっても、前進するほかはない／即使遇到困難，也只有往前走了。

ぜんしん［全身］ [二][6]

[名] 全身。

[類] 総身

△疲れたので、全身をマッサージしてもらった／因為很疲憊，所以請人替我全身按摩過一次。

せんす［扇子］ [二][6]

[名] 扇子。

[類] おうぎ

△暑いので、ずっと扇子で扇いでいた／因為很熱，所以一直用扇子搧風。

せんすい［潜水］ [二][6]

[名·自サ] 潛水。

△潜水して船底を修理する／潛到水裡修理船底。

せんせい［先生］ [四][2]

[名] 老師，師傅；醫生，大夫；（對高職位者的敬稱）；關愛。

[類] 教師

△先生の家に行った時、皆で歌を歌いました／去老師家時，大家一同唱了歌。

せんせい［専制］ [二][6]

[名] 專制，獨裁；獨斷，專斷獨行。

△この国では、専制君主の時代が長く続いた／這個國家，持續了很長的君主

專制時期。

☐ ぜんぜん [三][2]

[副] 完全不…，一點也不…（接否定）。

[類] 少しも

△ぜんぜん勉強(べんきょう)したくないのです／我一點也不想唸書。

☐ せんせんげつ［先々月］ [二][3][6]

[接頭] 上上個月，前兩個月。

△彼女(かのじょ)とは、先々月(せんせんげつ)会(あ)ったきりです／我自從前兩個月遇到她後，就沒碰過面了。

☐ せんせんしゅう［先々週］ [二][6]

[接頭] 上上週。

△先々週(せんせんしゅう)は風邪(かぜ)を引(ひ)いて、勉強(べんきょう)どころではなかった／上上禮拜感冒，哪裡還能讀書呀！

☐ せんぞ［先祖］ [二][6]

[名] 始祖；祖先，先人。

[反] 子孫　[類] 祖先

△誰(だれ)でも、自分(じぶん)の先祖(せんぞ)のことが知(し)りたくてならないものだ／不論是誰，都會很想知道自己祖先的事。

☐ せんそう［戦争］ [三][2]

[名·自サ] 戰爭。

[類] 戦役

△いつの時代(じだい)でも、戦争(せんそう)はなくならない／不管是哪個時代，戰爭都不會消失的。

☐ せんそう［戦争］ [二][3][6]

[名·自サ] 戰爭，戰事；競爭，混亂（狀態）。

[類] 戦役

△このままでは、戦争(せんそう)になりかねない／照這樣下去，有可能會打戰。

☐ センター［center］ [二][6]

[名] 中心機構；中心地，中心區；（棒球）中場。

[類] 中央

△私(わたし)は、大学入試(だいがくにゅうし)センターで働(はたら)いています／我在大學的大考中心上班。

☐ ぜんたい［全体］ [二][3][6]

[名·副] 全身，整個身體；全體，總體；根本，本來；究竟，到底。

[類] 全身

△工場全体(こうじょうぜんたい)で、何平方(なんへいほう)メートルありますか／工廠全部共有多少平方公尺？

☐ せんたく［洗濯］ [四][2]

[名·他サ] 洗衣服，清洗，洗滌。

[類] 洗う

△洗濯(せんたく)から掃除(そうじ)まで、全部(ぜんぶ)やりました／從清洗到打掃全部包辦。

☐ せんたく［選択］ [二][3][6]

[名·他サ] 選擇，挑選。

[類] 選び出す

△この中(なか)から一(ひと)つ選択(せんたく)するとすれば、私(わたし)は赤(あか)いのを選(えら)びます／如果要我從中選一，我會選紅色的。

□ せんたん［先端］ [二][6]

[名] 頂端，尖端；時代的尖端，時髦，流行，前衛。

[類] 先駆

△あなたは、先端的（せんたんてき）な研究（けんきゅう）をしていますね／你從事的事走在時代尖端的研究呢！

□ センチ［centimeter］ [二][3][6]

[名] 厘米，公分。

[類] センチメートル

□ せんでん［宣伝］ [二][3][6]

[名・自他サ] 宣傳，廣告；吹噓，鼓吹，誇大其詞。

△あなたの会社（かいしゃ）を宣伝（せんでん）するかわりに、うちの商品（しょうひん）を買（か）ってください／我幫貴公司宣傳，相對地，請購買我們的商品。

□ せんとう［先頭］ [二][6]

[名] 前頭，排頭，最前列。

[類] 真っ先

△社長（しゃちょう）が、先頭（せんとう）に立（た）ってがんばるべきだ／社長應當走在最前面帶頭努力才是。

□ せんぱい［先輩］ [三][2]

[名] 學姐，學長；老前輩。

[反] 後輩

△先輩（せんぱい）は、フランスに留学（りゅうがく）に行（い）かれた／學長去法國留學了。

□ ぜんぱん［全般］ [二][6]

[名] 全面，全盤，通盤。

[類] 総体

△全般（ぜんぱん）からいうと、A社（しゃ）の製品（せいひん）が優（すぐ）れている／從全體上來講，A公司的產品比較優秀。

□ ぜんぶ［全部］ [四][2]

[名] 全部，總共。

[反] 一部　[類] すべて

△全部（ぜんぶ）で、いくつですか／全部一共有幾個？

□ せんぷうき［扇風機］ [二][3][6]

[名] 風扇，電扇。

□ せんめん［洗面］ [二][6]

[名・他サ] 洗臉。

[類] 洗顔

△洗面所（せんめんじょ）は洗面（せんめん）の設備（せつび）をした場所（ばじょ）である／所謂的化妝室是指有設置洗臉器具的地方。

□ せんもん［専門］ [三][2]

[名] 攻讀科系。

[類] 専攻

△来週（らいしゅう）までに、専門（せんもん）を決（き）めろよ／下星期前，要決定攻讀的科系唷。

□ ぜんりょく［全力］ [二][3][6]

[名] 全部力量，全力；（機器等）最大出力，全力。

[類] 総力

△日本代表選手（にほんだいひょうせんしゅ）として、全力（ぜんりょく）でがんばります／身為日本選手代表，我會全

力以赴。

せんろ［線路］ 二36

[名]（火車、電車、公車等）線路；（火車、有軌電車的）軌道。

△線路を渡ったところに、おいしいレストランがあります／過了鐵軌的地方，有家好吃的餐館。

そソ

そい［沿い］ 二6

[造語] 順，延。

△川沿いに歩く／沿著河川走路。

ぞう［象］ 二6

[名] 大象。

△動物園には、象やら虎やら、たくさんの動物がいます／動物園裡有大象啦、老虎啦，有很多動物。

そう［総］ 二6

[漢造] 總括；總覽；總，全體；（舊地方名）上總國，下總國；全部。

[類] 全体

そうい［相違］ 二36

[名·自サ] 不同，懸殊，互不相符。

[類] 差異

△両者の相違について説明してください／請解說兩者的差異。

そういえば［そう言えば］ 二6

[接續] 這麼說來，這樣一說。

△そう言えば、最近山田さんを見ませんね／這樣說來，最近都沒見到山田小姐呢。

そうおん［騒音］ 二6

[名] 噪音；吵雜的聲音，吵鬧聲。

△眠ることさえできないほど、ひどい騒音だった／那噪音嚴重到睡都睡不著的地步！

ぞうか［増加］ 二36

[名·自他サ] 增加，增多，增進。

[反] 減少　[類] 増える

△人口は、増加する一方だそうです／聽說人口不斷地在增加。

ぞうきん［雑巾］ 二6

[名] 抹布。

△水をこぼしてしまいましたが、雑巾はありますか／水灑出來了，請問有抹布嗎？

ぞうげん［増減］ 二6

[名·自他サ] 增減，增加。

△最近の在庫の増減を調べてください／請查一下最近庫存量的增減。

そうこ［倉庫］ 二6

[名] 倉庫，貨棧。

[類] 倉

△倉庫には、どんな商品が入っていますか／倉庫裡儲存有哪些商品呢？

そうご［相互］ 二6

[名] 相互，彼此；輪流；交替，交互。

そ

類 代わる代わる
△交換留学が盛んになるに伴って、相互の理解が深まった／伴隨著交換留學的盛行，兩國對彼此的文化也更加了解。

そうさ ［操作］ 二6

名・他サ 操作（機器等），駕駛；（設法）安排，（背後）操縱。

類 操る
△パソコンの操作にかけては、誰にも負けない／就電腦操作這一點，我絕不輸給任何人。

そうさく ［創作］ 二6

名・他サ （文學作品）創作；捏造（謊言）；創新，創造。

類 作る
△彼の創作には、驚くべきものがある／他的創作，有令人嘆為觀止之處。

そうじ ［掃除］ 四2

名・他サ 打掃，清掃；清除（毒害）。

類 清掃
△私は、部屋を掃除します／我打掃房間。

そうしき ［葬式］ 二6

名 葬禮。

類 葬儀
△葬式で、悲しみのあまり、わあわあ泣いてしまった／喪禮時，由於過於傷心而哇哇大哭了起來。

そうして・そして 四2

接續 然後，而且；於是；以及。

類 以って
△ハワイに行きたいです。そして、泳ぎたいです／我想去夏威夷，然後我想游泳。

ぞうせん ［造船］ 二6

名・自サ 造船。
△造船会社に勤めています／我在造船公司上班。

そうぞう ［想像］ 二36

名・他サ 想像。

類 イマジネーション
△そんなひどい状況は、想像し得ない／那種慘狀，真叫人無法想像。

そうぞうしい ［騒々しい］ 二36

形 吵鬧的，喧囂的，宣嚷的；（社會上）動盪不安的。

類 騒がしい
△隣の部屋が、騒々しくてしようがない／隔壁的房間，實在是吵到不行。

そうぞく ［相続］ 二6

名・他サ 承繼（財產等）。

類 受け継ぐ
△相続に関して、兄弟で話し合った／兄弟姊妹一起商量了繼承的相關事宜。

ぞうだい ［増大］ 二6

名・自他サ 增多，增大。

類 増える

△<ruby>費<rt>ひ</rt></ruby><ruby>用<rt>よう</rt></ruby>は、<ruby>増<rt>ぞう</rt></ruby><ruby>大<rt>だい</rt></ruby>するにきまっています／費用肯定是會增加的。

そうだん ［相談］ 〓2

（名・自他サ）商量，商談。

（類）話し合い

△なんでも<ruby>相談<rt>そうだん</rt></ruby>してください／什麼都可以找我商量。

そうち ［装置］ 〓36

（名・他サ）裝置，配備，安裝；舞台裝置。

（類）装備

△<ruby>半導体製造装置<rt>はんどうたいせいぞうそうち</rt></ruby>を<ruby>開発<rt>かいはつ</rt></ruby>した／研發了半導體的配備。

そうっと 〓6

（副）悄悄地（同「そっと」）。

（類）こそり

△<ruby>障子<rt>しょうじ</rt></ruby>をそうっと<ruby>閉<rt>し</rt></ruby>める／悄悄地關上拉門。

そうとう ［相当］ 〓36

（名・自サ・形動）相當，適合，相稱；相當於，相等於；值得，應該；過得去，相當好；很，頗。

（類）かなり

△この<ruby>問題<rt>もんだい</rt></ruby>は、<ruby>学生<rt>がくせい</rt></ruby>たちにとって<ruby>相当<rt>そうとう</rt></ruby><ruby>難<rt>むずか</rt></ruby>しかったようです／這個問題對學生們來說，似乎是很困難。

そうべつ ［送別］ 〓6

（名・自サ）送行，送別。

（類）見送る

△<ruby>田中<rt>たなか</rt></ruby>さんの<ruby>送別会<rt>そうべつかい</rt></ruby>のとき、<ruby>悲<rt>かな</rt></ruby>しくて

ならなかった／在歡送田中先生的餞別會上，我傷心不已。

ぞうり ［草履］ 〓6

（名）草履，草鞋。

そうりだいじん ［総理大臣］ 〓6

（名）總理大臣，首相。

（類）内閣総理大臣

△<ruby>総理大臣<rt>そうりだいじん</rt></ruby>やら、<ruby>有名<rt>ゆうめい</rt></ruby>スターやら、いろいろな<ruby>人<rt>ひと</rt></ruby>が<ruby>来<rt>き</rt></ruby>ています／又是內閣大臣，又是明星，來了各式各樣的人。

そうりょう ［送料］ 〓6

（名）郵費，運費。

（類）送り賃

△<ruby>送料<rt>そうりょう</rt></ruby>が1000<ruby>円<rt>えん</rt></ruby><ruby>以下<rt>いか</rt></ruby>になるように、<ruby>工夫<rt>くふう</rt></ruby>してください／請設法將運費壓到1000日圓以下。

そく ［足］ 〓36

（接尾・漢造）（助數詞用法）雙；足；走；足夠；添，補。

ぞくする ［属する］ 〓6

（自サ）屬於，歸於，從屬於；隸屬，附屬。

（類）所属する

△<ruby>彼<rt>かれ</rt></ruby>は、<ruby>演劇部<rt>えんげきぶ</rt></ruby>のみならず、<ruby>美術部<rt>びじゅつぶ</rt></ruby>にもコーラス<ruby>部<rt>ぶ</rt></ruby>にも<ruby>属<rt>ぞく</rt></ruby>している／他不但是戲劇社，同時也隸屬於美術社和合唱團。

ぞくぞく ［続々］ 〓6

（副）連續，紛紛，連續不斷地。

そ

[類] 次々に

△新しいスターが、続々と出てくる／新人接二連三地出現。

□ そくたつ［速達］ 二 3 6

[名·自他サ] 快速信件，快遞。

[類] 速達郵便

△速達で出せば、間に合わないこともないだろう／寄快遞的話，就不會趕不上吧！

□ そくてい［測定］ 二 6

[名·他サ] 測定，測量。

△身体検査で、体重を測定した／我在健康檢查時，量了體重。

□ そくど［速度］ 二 6

[名] 速度。

[類] スピード

△狭い道で、車の速度を上げるものではない／不應該在狹窄的車道上開快車。

□ そくりょう［測量］ 二 6

[名·他サ] 測量，測繪。

[類] 測る

△家を建てるのに先立ち、土地を測量した／在蓋房屋之前，先測量了土地的大小。

□ そくりょく［速力］ 二 6

[名] 速率，速度。

[類] スピード

△速力を上げる／加快速度。

□ そこ 四 2

[代] 那裡，那邊；那時；那一點。

[類] そちら

△そこはどんな所ですか／那是個什麼樣的地方？

□ そこ［底］ 二 3 6

[名] 底，底子；最低處，限度；底層，深處；邊際，極限。

[類] 底部

△海の底までもぐったら、きれいな魚がいた／我潛到海底，看見了美麗的魚兒。

□ そこで 二 3 6

[接續] 因此，所以；（轉換話題時）那麼，下面，於是。

[類] それで

△そこで、私は思い切って意見を言いました／於是，我就直接了當地說出了我的看法。

□ そしき［組織］ 二 3 6

[名·他サ] 組織，組成；構造，構成；（生）組織；系統，體系。

[類] 体系

△一つの組織に入る上は、真面目に努力をするべきです／既然加入組織，就得認真努力才行。

□ そしつ［素質］ 二 6

[名] 素質，本質，天分，天資。

[類] 生まれつき

△彼には、音楽の素質があるに違いな

い／他一定有音樂的天資。

そせん［祖先］ [二][6]

[名] 祖先。

[類] 先祖

△日本人の祖先はどこから来たか研究している／我在研究日本人的祖先來自於何方。

そそぐ［注ぐ］ [二][6]

[自五·他五]（水不斷地）注入，流入；（雨、雪等）落下；（把液體等）注入，倒入；澆，灑。

[類] 注ぐ

△カップにコーヒーを注ぎました／我將咖啡倒進了杯中。

そそっかしい [二][6]

[形] 冒失的，輕率的，毛手毛腳的，粗心大意的。

[類] 軽率

△そそっかしいことに、彼はまた財布を家に忘れてきた／冒失的是，他又將錢包忘在家裡了。

そだつ［育つ］ [二][3][6]

[自五] 成長，長大，發育。

[類] 成長する

△子どもたちは、元気に育っています／孩子們健康地成長著。

そだてる［育てる］ [三][2]

[他下一] 撫育，培植；培養。

[類] 養育する

△蘭は育てにくいです／蘭花很難培植。

そちら [四][2]

[代] 那兒，那裡；那位，那個；府上，貴處。

[類] そなた

△そちらは、どなたですか／那位是什麼人物？

そつぎょう［卒業］ [三][2]

[名·他サ] 畢業。

[反] 入学 [類] 修了

△いつか卒業できるでしょう／總有一天會畢業的。

そっくり [二][3][6]

[形動·副] 全部，完全，原封不動；一模一樣，極其相似。

[類] そのまま

△彼ら親子は、似ているというより、もうそっくりなんですよ／他們母子，與其說是像，倒不如說是長得一模一樣了。

そっちょく［率直］ [二][3][6]

[形動] 坦率，直率。

[類] 端的

△社長に、率直に意見を言いたくてならない／我想跟社長坦率地說出意見想得不得了。

そっと [二][3][6]

[副] 悄悄地，安靜的；輕輕的；偷偷地；

照原樣不動的。

類 静かに

△しばらくそっと見守ることにしました／我決定暫時先在靜悄悄地看守著他。

そで［袖］ （二 3 6）

名 衣袖；（桌子）兩側抽屜，（大門）兩側的廳房，舞台的兩側，飛機（兩翼）。

類 スリーブ

△半袖と長袖と、どちらがいいですか／要長袖還是短袖？

そと［外］ （四 2）

名 外面，外邊；自家以外；戶外。

反 内　類 外側

△窓から外を見ながら、考えた／望著窗外想事情。

そなえる［備える］ （二 3 6）

他下一 準備，防備；配置，裝置；天生具備。

類 支度する

△災害に対して、備えなければならない／要預防災害。

その （四 2）

連語 那…，那個…。

類 該当

△その家には、だれか住んでいます／好像有人住在那棟房子裡。

そのうえ［その上］ （二 3 6）

接 又，而且，加之，兼之。

類 それに

そのうち［その内］ （二 3 6）

副・連語 最近，過幾天，不久；其中。

類 近いうち

そのころ （二 6）

接 當時，那時。

類 当時

△そのころあなたはどこにいましたか／那時你人在什麼地方？

そのため （二 6）

接 （表原因）正是因為這樣 。

類 それゆえ

△彼は寝坊して、そのために遅刻したに相違ない／他肯定是因為睡懶覺才遲到的。

そのまま （二 6）

副 照樣的，按照原樣；（不經過一般順序、步驟）就那樣，馬上，立刻；非常相像。

類 そっくり

△その本は、そのままにしておいてください／請就那樣將那本書放下。

そば （四 2）

名 旁邊，側邊；附近。

類 傍ら

△私のそばにいてください／請留在我身邊。

そば［蕎麦］ （二 3 6）

（名）蕎麥；蕎麥麵。

そふ［祖父］ 三2

（名）爺爺，外公。

（反）祖母 （類）お祖父さん

△祖父はずっとその会社で働いてきました／祖父一直在那家公司工作到現在。

ソファー［sofa］ 二6

（名）沙發。

そぼ［祖母］ 三2

（名）奶奶，外婆。

△祖母は、いつもお菓子をくれる／奶奶常給我糖果。

そぼく［素朴］ 二6

（名・形動）樸素，純樸，質樸；（思想感情等）素樸單純，純樸。

（類）純朴

そまつ［粗末］ 二36

（名・形動）粗糙，不精緻；疏忽，簡慢；糟蹋。

（反）精密 （類）粗雑

△食べ物を粗末にするなど、私には考えられない／我沒有辦法想像浪費食物這種事。

そら［空］ 四2

（名）天空，空中；天氣；（遠離的）地方，（旅行的）途中。

（類）天空

△空はまだ明るいです／天色還很亮。

そる［剃る］ 二36

（他五）剃（頭），刮（臉）。

（類）剃り落とす

△ひげを剃ってからでかけます／我刮了鬍子之後便出門。

それ 四2

（代）那，那個；那時，那裡；那樣。

（類）そのこと

△これが終わったあとで、それをやります／做完這個之後再做那個。

それから 四2

（接續）之後，然後；其次，還有；（催促對方談話時）後來怎樣。

（類）そして

△雑誌を買いました。それから、辞書も買いました／買了雜誌，然後也買了字典。

それぞれ 二36

（副）每個（人），分別，各自。

（類）おのおの

△同じテーマをもとに、それぞれの作家が小説を書いた／各個不同的作家都在同一個主題下寫了小說。

それで 三2

（接）因此；後來。

（類）それゆえ

△それで、いつまでに終わりますか／那麼，什麼時候結束呢？

そ

それでは 四2

（接續）如果那樣，要是這樣的話；那麼，那麼說。

（類）それなら

△それでは、もっと大きいのはいかがですか／那麼，再大一點的如何？

それでも 二36

（接續）儘管如此，雖然如此，即使這樣。

（類）関係なく

△それでも、やっぱりこの仕事は私がやらざるをえないのです／雖然如此，這工作果然還是要我來做才行。

それと 二6

（接續）還是，或著。

それとも 二36

（接）或著，還是。

（類）もしくは

△女か、それとも男か／是女的還是男的。

それなのに 二6

（接續）雖然那樣，儘管如此。

△一生懸命がんばりました。それなのに、どうして失敗したのでしょう／我拼命努力過了。但是，為什麼到頭來還是失敗了呢？

それなら 二36

（接續）要是那樣，那樣的話，如果那樣。

（類）それでは

△それなら、私が手伝ってあげましょう／那麼，我來助你一臂之力吧！

それに 二2

（接）而且，再者。

（類）その上

△その映画は面白いし、それに歴史の勉強にもなる／這電影不僅有趣，又能從中學到歷史。

それはいけませんね 二2

（寒暄）那可不行。

△それはいけませんね。薬を飲んでみたらどうですか／那可不行啊！是不是吃個藥比較好？

それはいけませんね 二6

（感）（表示同情）那可不好，那就糟啦。

△病気は、悪くなる一方なんですか。それはいけませんね／病情持續惡化是嗎？那可不好了。

それほど 二2

（副）那麼地。

（類）そんなに

△映画が、それほど面白くなくてもかまいません／電影不怎麼有趣也沒關係。

それる［逸れる］ 二6

（自下一）偏離正軌，歪向一旁；不合調，走調；走向一邊，轉過去。

（類）外れる

△ピストルの弾が、目標から逸れました／手槍的子彈，偏離了目標。

232

そろう［揃う］ [二][3][6]

[自五]（成套的東西）備齊；成套；一致，（全部）一樣，整齊；（人）到齊，齊聚。

[類] 整う

△クラス全員(ぜんいん)が揃(そろ)いっこありませんよ／不可能全班都到齊的啦！

そろえる［揃える］ [二][3][6]

[他下一] 使…備齊；使…一致；湊齊，弄齊，使成對。

[類] 整える

△必要(ひつよう)なものを揃(そろ)えてからでなければ、出発(しゅっぱつ)できません／如果沒有準備齊必需品，就沒有辦法出發。

そろそろ [三][2]

[副] 快要；緩慢。

[類] そろり

△そろそろ2時(じ)でございます／快要兩點了。

そろばん [二][6]

[名] 算盤，珠算。

△子(こ)どもの頃(ころ)、そろばんを習(なら)っていた／小時候有學過珠算。

そん［損］ [二][3][6]

[名・自サ・形動・漢造] 虧損，賠錢；吃虧，不划算；減少；損失。

[反] 得　[類] 不利益

△その株(かぶ)を買(か)っても、損(そん)はするまい／即使買那個股票，也不會有什麼損失吧！

そんがい［損害］ [二][6]

[名・他サ] 損失，損害，損耗。

[類] 損失

△損害(そんがい)を受(う)けたのに、黙(だま)っているわけにはいかない／既然遭受了損害，就不可能這樣悶不吭聲。

そんざい［存在］ [二][3][6]

[名・自サ] 存在，有；人物，存在的事物；存在的理由，存在的意義。

[類] 存する

△宇宙人(うちゅうじん)は、存在(そんざい)し得(う)ると思(おも)いますか／你認為外星人有存在的可能嗎？

そんしつ［損失］ [二][6]

[名・自サ] 損害，損失。

[反] 利益　[類] 欠損

△火災(かさい)は会社(かいしゃ)に2千万円(せんまんえん)の損失(そんしつ)をもたらした／火災造成公司兩千萬元的損失。

ぞんずる［存ずる］ [二][3][6]

[自他サ] 有，存，生存；在於。

[類] 承知する

△ご存(ぞん)じの通(とお)り／如您所知的。

そんぞく［存続］ [二][6]

[名・自他サ] 繼續存在，永存，長存。

[類] 続ける

△鉄道路線(てつどうろせん)を存続(そんぞく)させる／讓火車軌道永遠保存。

そんちょう［尊重］ [二][6]

[名・他サ] 尊重，重視。

類 尊ぶ

△彼らの意見も、尊重しようじゃないか／我們也要尊重他們的意見吧！

□ そんとく ［損得］ 二6

名 損益，得失，利害。

類 損益

△損得抜きの商売／不計得失的生意。

□ そんなに 三2

連體 那麼。

類 それほどに

△そんなに見たいなら、見せてさしあげますよ／那麼想看的話，就給你看吧！

たタ

□ た ［他］ 二36

名・漢造 其他，他人，別處，別的事物；他心二意；另外。

類 ほか

△何をするにせよ、他の人のことも考えなければなりません／不管做任何事，都不能不考慮到他人的感受。

□ た ［田］ 二36

名 田地；水稻，水田。

反 畑 類 田んぼ

△家族みんなで田に出て働いている／家裡所有人都到田中工作去了。

□ たい ［対］ 二36

名・漢造 對比，對方；同等，對等；相

對，相向；（比賽）比；面對。

△1対1で引き分けです／一比一平手。

□ だい ［代］ 三2

接尾 （年齢範圍）…多歲。

類 世代

△この服は、30代とか40代とかの人のために作られました／這件衣服是為三、四十多歲的人做的。

□ だい ［代］ 二36

名・漢造 代，輩；一生，一世；費用；時代，時期；年齡的範圍；代價，應償付的錢。

類 世代

□ だい ［台］ 四2

接尾 …台，…輛，…架。

△ドイツの自動車を2台買いました／買了兩台德國車。

□ だい ［大］ 二36

名・漢造 （事物、體積）大的；量多的；優越，好；宏大，大量；宏偉，超群。

反 小

△ジュースには大と小がありますが、どちらにしますか／果汁有大有小，你要哪一個？

□ だい ［第］ 二36

漢造 順序；冠於數詞前表示次第；考試及格，錄取；住宅，宅邸。

類 屋敷

だい［題］ [二36]

[名・自サ・漢造] 題，題目，標題；問題；題字，題辭；問題；品評。

[類] タイトル

たいいく［体育］ [二6]

[名] 體育；體育課。

△体育の授業で一番だったとしても、スポーツ選手になれるわけではない／就算體育成績拿第一，並不代表就能當上運動選手。

だいいち［第一］ [二36]

[名・副] 第一，第一位，首先；首屈一指的，首要，最重要。

[類] まず

△早寝早きします。健康第一だもの／人家要早睡早起，因為保持身體健康是第一嘛！

たいいん［退院］ [三2]

[名・自サ] 出院。

[反] 入院

△彼が退院するのはいつだい／他什麼時候出院的？

たいおん［体温］ [二6]

[名] 體溫。

△体温が上がるにつれて、気分が悪くなってきた／隨著體溫的上升，身體就越來越不舒服。

たいかい［大会］ [二6]

[名] 大會；全體會議。

△大会に出たければ、がんばって練習することだ／如想要出賽，就得好好練習。

だいがく［大学］ [四2]

[名] 大學。

△大学の先生という仕事は、大変です／大學老師的工作相當辛苦。

だいがくいん［大学院］ [二6]

[名] 大學研究院。

だいがくせい［大学生］ [三2]

[名] 大學生。

△鈴木さんの息子は、大学生だと思う／我想鈴木先生的兒子，應該是大學生了。

だいきん［代金］ [二36]

[名] 貸款，借款。

[類] 代価

△店の人によれば、代金は後で払えばいいそうだ／店裡的人說，也可以借款之後再付。

たいきん［大金］ [二6]

[名] 巨額金錢，巨款。

△株で大金をもうける／在股票上賺了大錢。

だいく［大工］ [二6]

[名] 木匠，木工。

[類] 匠

△大工が家を建てている／木工正在蓋

房子。

□ たいくつ［退屈］ [二][3][6]

[名·自サ·形動] 無聊，鬱悶，寂，厭倦。

[類] 徒然

△やることがなくて、どんなに退屈したことか／無事可做，是多麼的無聊啊！

□ たいけい［体系］ [二][6]

[名] 體系，系統。

[類] システム

△私の理論は、学問として体系化し得る／我的理論，可作為一門有系統的學問。

□ たいこ［太鼓］ [二][6]

[名]（大）鼓。

[類] ドラム

△太鼓をたたくのは、体力が要る／打鼓需要體力。

□ たいざい［滞在］ [二][3][6]

[名·自サ] 旅居，逗留，停留。

[類] 逗留

△日本に長く滞在しただけに、日本語がとてもお上手ですね／不愧是長期居留在日本，日語講得真好。

□ たいさく［対策］ [二][3][6]

[名] 對策，應付方法。

[類] 方策

△犯罪の増加に伴って、対策をとる必要がある／隨著犯罪的增加，有必要開始採取對策了。

□ たいし［大使］ [二][6]

[名] 大使。

△彼は在フランス大使に任命された／他被任命為駐法的大使。

□ だいじ［大事］ [三][2]

[形動] 保重；重要。

[類] 大切

△健康の大事さを知りました／領悟到健康的重要性。

□ たいしかん［大使館］ [四][2]

[名] 大使館。

△来週大使館へ行きます／下週到大使館去。

□ たいした［大した］ [二][3][6]

[連體] 非常的，了不起的；（下接否定詞）沒什麼了不起，不怎麼樣。

[類] 偉い

△ジャズピアノにかけては、彼は大したものですよ／他在爵士鋼琴這方面，還真是了不得啊。

□ たいして［大して］ [二][3][6]

[副]（一般下接否定語）並不太 ，並不怎麼。

[類] それほど

△この本は大して面白くない／這本書不怎麼有趣。

□ たいじゅう［体重］ [二][3][6]

[名] 體重。

△たくさん食べていたら、体重は減りっこないですよ／如果吃太多東西，體重是絕對不可能會下降的。

たいしょう［対照］ 二6

名・他サ 對照，對比。

類 見比べる

△日中対照の辞典がほしいです／我想要一本中日對照的辭典。

たいしょう［対象］ 二6

名 對象。

類 目当て

△番組の対象として、４０歳ぐらいを考えています／節目的收視對象，我預設為40歲左右的年齡層。

だいしょう［大小］ 二6

名（尺寸）大小；大和小。

△大小さまざまな家が並んでいます／各種大小的房屋並排在一起。

だいじょうぶ［大丈夫］ 四2

形動 牢固，可靠；安全，放心；沒問題，沒關係。

類 平気

△ちょっと熱がありますが、大丈夫です／有點發燒，但沒關係。

だいじん［大臣］ 二36

名（政府）部長，大臣。

類 国務大臣

△大臣のくせに、真面目に仕事をしていない／明明是大臣卻沒有認真在工作。

だいすき［大好き］ 四2

形動 非常喜歡，最喜好。

△私は、お酒も大好きです／我也很喜歡酒。

たいする［対する］ 二36

自サ 面對，面向；對於，關於；對立，相對，對比；對待，招待。

類 対応する

△自分の部下に対しては、厳しくなりがちだ／對自己的部下，總是比較嚴格。

たいせい［体制］ 二6

名 體制，結構；（統治者行使權力的）方式。

△社長が交替して、新しい体制で出発する／社長交棒後，公司以新的體制重新出發。

たいせき［体積］ 二6

名（數）體積，容積。

△この容器の体積は２立方メートルある／這容器的體積有二立方公尺。

たいせつ［大切］ 四2

形動 重要，重視；心愛，珍惜。

類 大事

△私の大切なものは、あれではありません／我所珍惜的不是那個。

たいせん［大戦］ 二6

名・自サ 大戰，大規模戰爭；世界大戰。

た

△伯父は大戦のときに戦死した／伯父在大戰中戰死了。

□ たいそう 二 3 6

[形動·副] 很，甚，非常，了不起；過份，過甚，誇張。

[類] 大変

△たいそうな暑さ／酷熱異常。

□ たいそう［大層］ 二 3 6

[形動·副] 很，非常，了不起；過份的，誇張的。

[類] 大変

△コーチによれば、選手たちは練習で大層がんばったということだ／據教練所言，選手們已經非常努力練習了。

□ たいそう［体操］ 二 3 6

[名] 體操；體育課。

△毎朝公園で体操をしている／每天早上在公園裡做體操。

□ だいたい 三 2

[副] 大部分；大致；大概。

[類] おおよそ

△練習して、この曲はだいたい弾けるようになった／練習以後，大致會彈這首曲子了。

□ たいてい［大抵］ 四 2

[副] 大體，差不多；（下接推量）大概，多半；（接否定）一般，普通。

[類] 大概

△夜はたいてい、テレビを見ながらご飯を食べます／晚上大致上都邊看電視邊吃飯。

□ たいど［態度］ 二 3 6

[名] 態度，表現；舉止，神情，作風。

[類] 素振り

△君の態度には、先生でさえ怒っていたよ／對於你的態度，就算是老師也會生氣喔。

□ だいとうりょう［大統領］ 二 6

[名] 總統。

△大統領とお会いした上で、詳しくお話しします／與總統會面之後，我再詳細說明。

□ だいどころ［台所］ 四 2

[名] 廚房；家庭的經濟狀況。

[類] 勝手

△台所で料理を作ります／在廚房做料理。

□ たいはん［大半］ 二 6

[名] 大半，多半，大部分。

[類] 大部分

△大半の人が、このニュースを知らないに違いない／大部分的人，肯定不知道這個消息。

□ だいひょう［代表］ 二 3 6

[名·他サ] 代表。

△パーティーを始めるにあたって、皆を代表して乾杯の音頭をとった／派對要開始時，我帶頭向大家乾杯。

だいぶ 三2

[副] 相當地，非常。

[類] 相当

△だいぶ元気になりましたから、もう薬を飲まなくてもいいです／已經好很多了，所以不吃藥也沒關係的。

だいぶ［大分］ 二36

[副] 很，頗，相當。

[類] 大分

△今日はだいぶ寒い／今天非常寒冷。

タイプ［type］ 三2

[名] 款式；類型；打字。

[類] 型式

△私はこのタイプのパソコンにします／我要這種款式的電腦。

タイプ［type］ 二36

[名・他サ] 型，形式，類型；典型，榜樣，樣本，標本；（印）鉛字，活字；打字。

[類] 型式

△古いタイプの機械／老式的機器。

たいふう［台風］ 三2

[名] 颱風。

△台風が来て、風が吹きはじめた／颱風來了，開始刮起風了。

だいぶぶん［大部分］ 二36

[名・副] 大部分，多半。

[類] 大半

△私は行かない。だって、大部分の人は行かないもの／我不去。因為大部分的人都不去呀。

タイプライター［typewriter］ 二36

[名] 打字機。

[類] 印字機

△昔は、みんなタイプライターを使っていたとか／聽說大家以前是用打字機。

たいへん［大変］ 四2

[形動・副] 重大，不得了；非常。

[類] 重大

△病気になって、たいへんだった／生了病很難受。

たいほ［逮捕］ 二6

[名・他サ] 逮捕，拘捕，捉拿。

[類] 捕らえる

△犯人が逮捕されないかぎり、私たちは安心できない／只要一天沒抓到犯人，我們就無安寧的一天。

たいぼく［大木］ 二6

[名] 大樹，巨樹。

[類] 巨木

△雨が降ってきたので、大木の下に逃げ込んだ／由於下起了雨來，所以我跑到大樹下躲雨。

だいめい［題名］ 二6

[名]（圖書、詩文、戲劇、電影等的）標題，題名。

[類] 題号

△その歌の題名を知っていますか／你知道那條歌的歌名嗎？

□ だいめいし［代名詞］ [二][3][6]

[名] 代名詞，代詞；（以某詞指某物、某事）代名詞。

△動詞やら代名詞やら、文法は難しい／動詞啦、代名詞啦，文法還真是難。

□ タイヤ［tire］ [二][6]

[名] 輪胎。

△タイヤがパンクしたので、取り替えました／因為爆胎所以換了輪胎。

□ ダイヤ［diagram］ [二][6]

[名] 列車時刻表；圖表，圖解。

[類] ダイヤグラム

□ ダイヤモンド［diamond］ [二][6]

[名] 鑽石。

[類] ダイヤ

△このダイヤモンドは高いに違いない／這顆鑽石一定很昂貴。

□ ダイヤル［dial］ [二][6]

[名·自他サ]（鐘表的）表盤；（收音機、儀表等的）刻度盤；電話機的撥號盤；撥電話號碼。

△110番にダイヤルする／撥打110號。

□ たいよう［太陽］ [二][3][6]

[名] 太陽。

[反] 太陰　[類] 天日

△太陽が高くなるにつれて、暑くなった／隨著太陽升起，天氣變得更熱了。

□ たいら［平ら］ [二][3][6]

[名·形動] 平，平坦；（山區的）平原，平地；（非正坐的）隨意坐，盤腿作；平靜，坦然。

[類] 平らか

△道が平らでさえあれば、どこまでも走っていけます／只要道路平坦，不管到什麼地方我都可以跑。

□ だいり［代理］ [二][6]

[名·他サ] 代理，代替；代理人，代表。

[類] 代わり

△社長の代理にしては、頼りない人ですね／以做為社長的代理人來看，這人還真是不可靠啊！

□ たいりく［大陸］ [二][6]

[名] 大陸，大洲；（日本指）中國；（英國指）歐洲大陸。

△その当時、ヨーロッパ大陸では疫病が流行した／在當時，歐洲大陸那裡流行傳染病。

□ たいりつ［対立］ [二][6]

[名·他サ] 對立，對峙。

[反] 協力　[類] 対抗

△あの二人は仲が悪くて、何度対立したことか／那兩人感情很差，不知道針鋒相對過幾次了。

□ たうえ［田植え］ [二][6]

[名·他サ]（農）插秧。

[類] 植えつける

△農家は、田植えやら草取りやらで、

いつも忙しい／農民要種田又要拔草，總是很忙碌。

たえず［絶えず］ [二][3][6]

[副] 不斷地，經常地，不停地，連續。

[類] いつも

△絶えず勉強しないことには、新しい技術に追いつけない／如不持續學習，就沒有辦法趕上最新技術。

だえん［楕円］ [二][6]

[名] 橢圓。

[類] 長円

△楕円形のテーブルを囲んで会議をした／大家圍著橢圓桌舉行會議。

たおす［倒す］ [二][3][6]

[他五] 倒，放倒，推倒，翻倒；推翻，打倒；毀壞，拆毀；打敗，擊敗；殺死，擊斃；賴帳，不還債。

[類] 打倒する

△木を倒す／砍倒樹木。

タオル［towel］ [二][3][6]

[名] 毛巾；毛巾布。

たおれる［倒れる］ [三][2]

[自下一] 倒下；垮台；死亡。

[類] 横転する

△倒れにくい建物を作りました／蓋了一棟不容易倒塌的建築物。

だが [二][3][6]

[接] 但是，可是，然而。

[類] けれど

△失敗した。だがいい経験だった／失敗了。但是很好的經驗。

たがい［互い］ [二][3][6]

[名·形動] 互相，彼此；雙方；彼此相同。

[類] 双方

△けんかばかりしていても、互いに嫌っているわけでもない／就算老是吵架，但也並不代表彼此互相討厭。

たかい［高い］ [四][2]

[形] 高的；高；高尚；（價錢）貴。

[反] 安い　[類] 高価

△肉は、高い方がおいしいです／肉類的話，貴一點的比較好吃。

たかめる［高める］ [二][6]

[他下一] 提高，抬高，加高。

[反] 低める

△発電所の安全性を高めるべきだ／有必要加強發電廠的安全性。

たがやす［耕す］ [二][6]

[他五] 耕作，耕田。

[類] 耕作

△我が家は畑を耕して生活しています／我家靠耕田過生活。

だから [三][2]

[接續] 所以；因此。

[類] ですから

△明日はテストです。だから、今準備しているところです／明天考試。所以，現在正在準備。

たから［宝］ [二][3][6]

[名] 財寶，珍寶；寶貝，金錢。

[類] 宝物

△親からすれば、子どもはみんな宝です／對父母而言，小孩個個都是寶貝。

たき［滝］ [二][3][6]

[名] 瀑布。

[類] 瀑布

△このへんには、小川やら滝やら、自然の風景が広がっています／這一帶，有小河川啦、瀑布啦，一片自然景觀。

たく［炊く］ [二][3][6]

[他五] 點火，燒著；燃燒；煮飯，燒菜。

[類] 炊事

△ご飯は炊いてあったっけ／我煮飯了嗎？

たく［宅］ [二][6]

[名·漢造] 住所，自己家，宅邸；（加接頭詞「お」成為敬稱）尊處。

[類] 住居

△明るいうちに、田中さん宅に集まってください／請趁天還是亮的時候，到田中小姐家集合。

だく［抱く］ [二][3][6]

[他五] 抱；孵卵；心懷，懷抱。

[類] 抱える

△赤ちゃんを抱いている人は誰ですか／那位抱著小嬰兒的是誰？

たくさん [四][2]

[副·形動] 很多，大量；足夠，不再需要。

[反] 少し [類] いっぱい

△雪がたくさん降ります／下了很多雪。

タクシー［taxi］ [四][2]

[名] 計程車。

△渋谷で、タクシーに乗ってください／請在澀谷搭計程車。

たくわえる［貯える］ [二][6]

[他下一] 儲蓄，積蓄；保存，儲備；留，留存。

[類] 貯める

△給料が安くて、お金を貯えるどころではない／薪水太少了，哪能存錢啊！

たけ［竹］ [二][3][6]

[名] 竹子。

△この箱は、竹でできている／這個箱子是用竹子做的。

だけど [二][6]

[接續] 然而，可是，但是。

[類] しかし

△だけど、その考えはおかしいと思います／可是，我覺得那想法很奇怪。

たしか［確か］ [三][2]

[副] 確實，可靠；大概；（過去的事不太記得）大概，也許。

[類] 間違いなく

△確か、彼もそんな話をしていました／他確實也說了那樣的話。

たしか［確か］ [二][3][6]

[副]（過去的事不太記得）大概，也許。

[類] 間違いなく

△このセーターはたしか1000円でした／這件毛衣大概是花一千日圓。

たしか [二][3][6]

[形動·副] 確實，確切；正確，準確；可靠，信得過，保險。

[類] 確実

△彼が生きていることはたしかだ／他確實活著。

たしかめる［確かめる］ [二][3][6]

[他下一] 查明，確認，弄清。

[類] 確認する

△彼に説明してもらって、事実を確かめることができました／因為有他的說明，所以真相才能大白。

たしょう［多少］ [二][3][6]

[名·副] 多少，多寡；一點，稍微。

[類] 若干

△金額の多少を問わず、私はお金を貸さない／不論金額多少，我都不會借錢給你的。

だす [三][2]

[接尾] 開始…

△うちに着くと、雨が降りだした。／一到家，便開始下起雨來了。

だす［出す］ [四][2]

[他五] 拿出，取出；伸出，探出；寄。

[反] 受ける [類] 差し出す

△夏の服が出してあります／夏季的衣服已經拿出來了。

たす[足す] [三][2]

[他五] 補足；增加。

[類] 付け加える

△数字を足していくと、全部で100になる／數字加起來，總共是一百。

たすかる［助かる］ [二][3][6]

[自五] 得救，脫險；有幫助，輕鬆；節省（時間，費用，麻煩等）。

[類]

△乗客は全員助かりました／乘客全都得救了。

たすける［助ける］ [二][3][6]

[他下一] 幫助，援助；救，救助；輔佐；救濟，資助。

[類] 救助する

△おぼれかかった人を助ける／救起了差點溺水的人。

たずねる［尋ねる］ [三][2]

[他下一] 問，打聽；尋問。

[類] 質問する

△彼に尋ねたけれど、わからなかったのです／去請教過他了，但他不知道。

たずねる［訪ねる］ [三][2]

[他下一] 拜訪，訪問。

[類] 訪問する

△最近は、先生を訪ねることが少なくなりました／最近比較少去拜訪老師。

た

ただいま [三][2]

[副] 馬上，剛才；我回來了。

[類] 現在

△ただいまお茶(ちゃ)をお出(だ)しいたします／我馬上就端茶過來。

ただ [二][3][6]

[名·副·接] 免費；普通，平凡；只是，僅僅；（對前面的話做出否定）但是，不過。

[類] 無料

△ただでもらっていいんですか／可以免費索取嗎？

たたかい［戦い］ [二][6]

[名] 戰鬥，戰鬥；鬥爭；競賽，比賽。

[類] 競争

△こうして、両(りょう)チームの戦(たたか)いは開始(かいし)された／就這樣，兩隊的競爭開始了。

たたかう［戦う］ [二][3][6]

[自五]（進行）作戰，戰爭；鬥爭；競賽。

[類] 競争する

△勝敗(しょうはい)はともかく、私(わたし)は最後(さいご)まで戦(たたか)います／姑且不論勝敗，我會奮戰到底。

たたく［叩く］ [二][3][6]

[他五] 敲，叩；打；詢問，徵求；拍，鼓掌；攻擊，駁斥；花完，用光。

[類] 打つ

△太鼓(たいこ)をたたく／敲打大鼓。

ただし［但し］ [二][3][6]

[接續] 但是，可是。

[類] しかし

△料金(りょうきん)は１万円(まんえん)です。ただし手数料(てすうりょう)が100円(えん)かかります／費用為一萬日圓。但是，手續費要100日圓。

ただしい［正しい］ [三][2]

[形] 正確；端正。

[類] 正確

△私(わたし)の意見(いけん)が正(ただ)しいかどうか、教(おし)えてください／請告訴我，我的意見是否正確。

ただちに［直ちに］ [二][3][6]

[副] 立即，立刻；直接，親自。

[類] すぐ

△電話(でんわ)をもらいしだい、直(ただ)ちにうかがいます／只要你一通電話過來，我就會立刻趕過去。

たたみ［畳］ [三][2]

[名] 榻榻米。

△このうちは、畳(たたみ)の匂(にお)いがします／這屋子散發著榻榻米的味道。

たたむ［畳む］ [二][3][6]

[他五] 疊，折；關，闔上；關閉，結束；藏在心裡。

△布団(ふとん)を畳(たた)む／折棉被。

たち［達］ [四][2]

[接尾]（表示人的複數）…們，…等。

[類] 等（ら）

△子(こ)どもたちは、いつ帰(かえ)ってきますか

／孩子們什時候會回來？

□ たちあがる［立ち上がる］ 二36

(自五) 站起，起來；升起，冒起；重振，恢復；著手，開始行動。

(類) 起立する

△急に立ち上がったものだから、コーヒーをこぼしてしまった／因為突然站了起來，所以弄翻了咖啡。

□ たちどまる［立ち止まる］ 二6

(自五) 站住，停步，停下。

△立ち止まることなく、未来に向かって歩いていこう／不要停下來，向未來邁進吧！

□ たちば［立場］ 二36

(名) 立腳點，站立的場所；處境；立場，觀點。

(類) 観点

△お互い立場は違うにしても、助け合うことはできます／即使彼此立場不同，也還是可以互相幫忙。

□ たちまち 二36

(副) 轉眼間，一瞬間，很快，立刻；忽然，突然。

(類) 即刻

△初心者向けのパソコンは、たちまち売れてしまった／以電腦初學者為對象的電腦才上市，轉眼就銷售一空。

□ たつ［建つ］ 二36

(自五) 蓋，建。

(類) 建設する

△新居が建つ／蓋新屋。

□ たつ［絶つ］ 二6

(他五) 切，斷；絕，斷絕；斷絕，消滅；斷，切斷。

(類) 切断する

△登山に行った男性が消息を絶っているということです／聽說那位登山的男性已音信全無了。

□ たつ［発つ］ 二6

(自五) 立，站；冒，升；離開；出發；奮起；飛，飛走。

(類) 出発する

△9時の列車で発つ／坐九點的火車離開。

□ たつ［立つ］ 四2

(自五) 站立；冒，升；出發。

(類) 立ち上がる

△父は、立ったり座ったりしている／爸爸時而站著時而坐著。

□ たっする［達する］ 二6

(他サ・自サ) 到達；精通，通過；完成，達成；實現；下達（指示、通知等）。

(類) 及ぶ

△売上げが1億円に達した／營業額高達了一億日圓。

□ だっせん［脱線］ 二6

(名・他サ)（火車、電車等）脫軌，出軌；（言語、行動）脫離常規，偏離本題。

た

類 外れる
△列車が脱線して、けが人が出た／因火車出軌而有人受傷。

□ たった　（二）36
副 僅，只。
類 僅か
△たった1000円でも、子どもにとっては大金です／就算是一千日元，對孩子們來說可是個大數目。

□ だって　（二）36
接助 可是，但是，因為；即使是，就算是。
類 なぜなら
△行きませんでした。だって、雨が降っていたんだもの／我那時沒去。因為，當時在下雨嘛。

□ たっぷり　（二）6
副・自サ 足夠，充份，多；寬綽，綽綽有餘；（接名詞後）充滿（某表情、語氣等）。
類 十分
△食事をたっぷり食べても、必ず太るというわけではない／吃很多，不代表一定會胖。

□ たて［縦］　（二）36
名 豎，縱；長。
反 横
△縦3センチ、横2センチの写真を用意してください／請準備高三公分，寬兩公分的照片。

□ たてもの［建物］　（四）2
名 建築物，房屋。
類 建築物
△どれが、大学の建物ですか／哪一棟是大學的建築物？

□ たてる［立てる］　（三）2
他下一 立起；訂立。
△自分で勉強の計画を立てることになっています／要我自己訂定讀書計畫。

□ たてる［建てる］　（三）2
他下一 建造，蓋。
類 建築する
△こんな家を建てたいと思います／我想蓋這樣的房子。

□ だとう［妥当］　（二）36
名・形動・自サ 妥當，穩當，妥善。
類 適当
△予算に応じて、妥当な商品を買います／購買合於預算的商品。

□ たとえ　（二）36
副 縱然，即使，那怕。
類 比喩
△たとえお金があっても、株は買いません／就算有錢，我也不會買股票。

□ たとえば［例えば］　（三）2
副 例如。
△例えば、こんなふうにしたらどうですか／例如像這樣擺可以嗎？

□ たとえる［例える］　（二）6

[他下一] 比喻，比方。

[類] 擬える

△この物語は、例えようがないほど面白い／這個故事，有趣到無法形容。

たな［棚］ [三][2]

[名] 架子，棚架。

△棚を作って、本を置けるようにした／作了架子，以便放書。

たな［棚］ [二][3][6]

[名]（放置東西的）隔板，架子；（葡萄等的）棚，架；大陸架。

たに［谷］ [二][3][6]

[名] 山谷，山澗，山洞。

△深い谷が続いている／深谷綿延不斷。

たにん［他人］ [二][3][6]

[名] 別人，他人；（無血緣的）陌生人，外人；局外人。

[反] 自己 [類] 余人

△他人のことなど、考えている暇はない／我沒那閒暇時間去管別人的事。

たね［種］ [二][3][6]

[名]（植物的）種子，果核；（動物的）品種；原因，起因；素材，原料。

[類] 種子

△庭に花の種をまきました／我在庭院裡灑下了花的種子。

たのしい［楽しい］ [四][2]

[形] 快樂，愉快，高興。

[反] 苦しい [類] 喜ばしい

△みんなで楽しく遊びました／和大家玩得很愉快。

たのしみ［楽しみ］ [三][2]

[名] 期待，快樂。

[反] 苦しみ [類] 慰み

△みんなに会えることを楽しみにしています／我很期待與大家見面！

たのみ［頼み］ [二][6]

[名] 懇求，請求，拜託；信賴，依靠。

[類] 願い

△父は、私の頼みを聞いてくれっこない／父親是不可能聽我的要求的。

たのむ［頼む］ [四][2]

[他五] 請求，要求；委託，託付；依靠；點（菜等）。

[類] 依頼する

△コーヒーを頼んだあとで、紅茶が飲みたくなった／點了咖啡後卻想喝紅茶。

たのもしい［頼もしい］ [二][3][6]

[形] 靠得住的；前途有為的，有出息的。

[類] 立派

△息子さんは、しっかりしていて頼もしいですね／貴公子真是穩重可靠啊。

たば［束］ [二][3][6]

[名] 把，捆。

[類] 括り

△花束をたくさんもらいました／我收

到了很多花束。

たばこ［煙草］ [四][2]

[名] 香煙；煙草。

△彼女がきらいなのは、煙草を吸う人です／她討厭的是抽煙的人。

たび［足袋］ [二][6]

[名] 日式白布襪。

△着物を着て、足袋をはいた／我穿上了和服與日式白布襪。

たび［度］ [二][3][6]

[名·接尾] 次，回，度；（反覆）每當，每次；（接數詞後）回，次。

[類] 都度

△彼に会うたびに、昔のことを思い出す／每次見到他，就會想起種種的往事。

たび［旅］ [二][6]

[名·他サ] 旅行，遠行。

[類] 旅行

△旅が趣味だと言うだけあって、あの人は外国に詳しい／不愧是以旅遊為興趣，那個人對外國真清楚。

たびたび［度々］ [二][3][6]

[副] 屢次，常常，再三。

[反] 偶に　[類] しばしば

△彼には、電車の中で度々会います／我常常在電車裡碰到他。

たぶん［多分］ [四][2]

[副] 大概，或許；恐怕。

[類] 恐らく

△たぶん、どこへも遊びに行かないでしょう／大概不會去任何地方玩了吧！

たべもの［食べ物］ [四][2]

[名] 食物，吃的東西。

[反] 飲み物　[類] 食い物

△私の好きな食べ物は、バナナです／我喜歡的食物是香蕉。

たべる［食べる］ [四][2]

[他下一] 吃，喝；生活。

[反] 飲む　[類] 食う

△ご飯をあまり食べたくないです／不太想吃飯。

たま［玉］ [二][3][6]

[名] 玉，寶石，珍珠；球，珠；眼鏡鏡片；燈泡；子彈。

△パチンコの玉が落ちていた／柏青哥的彈珠掉在地上。

たま［偶］ [二][3][6]

[名] 偶爾，偶然；難得，少有。

[類] めったに

△偶に一緒に食事をするが、親友というわけではない／雖然說偶爾會一起吃頓飯，但並不代表就是摯友。

たま［弾］ [二][6]

[名] 子彈。

△拳銃の弾に当たって怪我をした／中了手槍的子彈而受了傷。

たまご［卵］ [四][2]

[名] 蛋，卵；鴨蛋，雞蛋；未成熟者，幼雛。

[類] 卵（らん）

△卵をあまり食べないでください／蛋請不要吃太多。

だます［騙す］ [二][3][6]

[副] 騙，欺騙，誆騙，矇騙；哄。

[類] 欺く

△人を騙して金を盗る／騙取他人錢財。

たまたま［偶々］ [二][3][6]

[副] 偶然，碰巧，無意間；偶爾，有時。

[類] 偶然に

△たまたま駅で旧友にあった／無意間在車站碰見老友。

たまに [三][2]

[副] 偶爾。

[反] 度々 [類] 希に

△たまに祖父の家に行かなければならない／偶爾得去祖父家才行。

たまに［偶に］ [二][3][6]

[副] 偶而，難得。

[類] 希に

△小説家ですが、偶に子供向けの童話も書きます／雖說是小說家，但偶爾也會寫小孩子看的童話故事。

たまらない［堪らない］ [二][3][6]

[形·連語] 難堪，忍受不了；難以形容，的不得了；按耐不住。

[類] 堪えない

△外国に行きたくてたまらないです／我想出國想到不行。

だまる［黙る］ [二][3][6]

[自五] 沉默，不說話；不理，不聞不問。

[反] 喋る [類] 沈黙する

△正しい理論を言われたら、私は黙るほかない／對你這義正辭嚴的一番話，我只能無言以對。

たまる［溜まる］ [二][3][6]

[自五] 事情積壓；積存，囤積，停滯。

[類] 集まる

△最近、ストレスが溜まっている／最近累積了不少壓力。

ダム［dam］ [二][6]

[名] 水壩，水庫，攔河壩，堰堤。

[類] 堰堤

△ダムの建設が、始まりつつある／正要著手建造水壩。

ため [三][2]

[名]（表目的）為了；（表原因）因為。

[類] 原因

△あなたのために買ってきたのに、食べないの／這是特地為你買的，你不吃嗎？

ためいき［ため息］ [二][3][6]

[名] 嘆氣，長吁短嘆。

[類] 吐息

△ため息など、つかないでください／

た

請不要嘆氣啦！

ためし［試し］ [二6]

[名] 嘗試，試驗；驗算。

[類] 試み

△試しに使ってみた上で、買うかどうか決めます／試用過後，再決定要不要買。

ためす［試す］ [二36]

[他五] 試，試驗，試試。

[類] 試みる

△体力の限界を試す／考驗體能的極限。

ためらう［躊躇う］ [二6]

[自五] 猶豫，躊躇，遲疑，踟躕不前。

[類] 躊躇する

△ちょっと躊躇ったばかりに、シュートを失敗してしまった／就因為猶豫了一下，結果球沒投進。

ためる［溜める］ [二36]

[他下一] 積，存，蓄；積壓，停滯。

[類] 集積

△記念切手を溜めています／我在收集紀念郵票。

たより［便り］ [二6]

[名] 音信，消息，信。

[類] 手紙

△息子さんから、便りはありますか／有收到貴公子寄來的信嗎？

たよる［頼る］ [二36]

[自他五] 依靠，依賴，仰仗；拄著；投靠，找門路。

[類] 依存する

△あなたなら、誰にも頼ることなく仕事をやっていくでしょう／如果是你的話，工作不靠任何人也能進行吧！

だらけ [二6]

[接尾]（接名詞後）滿，淨，全；多，很多。

△間違いだらけ／錯誤連篇。

だらしない [二36]

[形] 散慢的，邋遢的，不檢點的；不爭氣的，沒出息的，沒志氣。

[類] ルーズ

△あの人は服装がだらしないから嫌いです／那個人的穿著邋遢，所以我不喜歡他。

たりる［足りる］ [三2]

[自上一] 足夠；可湊合。

[類] 十分

△1万円あれば、足りるはずだ／如果有一萬日圓，應該是夠的。

たる［足る］ [二36]

[自五] 足夠，充足；值得，滿足。

[類] 値する

△彼は、信じるに足る人だ／他是個值得信賴的人。

だれ［誰］ [四2]

[代] 誰，哪位。

類 どなた
△誰か来ましたか／有誰來過嗎？

☐ **だれか [誰か]** 二 6

代 誰，某人。

☐ **たん [短]** 二 6

名・漢造 短；不足，缺點。

反 長 類 欠点

☐ **だん [団]** 二 6

漢造 團，圓團；會合在一起；集團，團體。

類 団体

☐ **だん [段]** 二 6

名・形名 層，格，節；（印刷品的）排，段；樓梯；文章的段落 。

類 階段
△入口が段になっているので、気をつけてください／入口處有階梯，請小心。

☐ **たんい [単位]** 二 3 6

名 學分；單位。

類 習得単位
△卒業するのに必要な単位はとりました／我修完畢業所需的學分了。

☐ **だんかい [段階]** 二 6

名 梯子，台階，樓梯；階段，時期，步驟；等級，級別。

類 等級
△プロジェクトは、新しい段階に入りつつあります／企劃正一步步朝新的階段發展。

☐ **たんき [短期]** 二 6

名 短期。

反 長期 類 短時間
△短期的なプランを作る一方で、長期的な計画も考えるべきだ／在做短期企畫的同時，也應該要考慮到長期的計畫。

☐ **たんご [単語]** 二 3 6

名 單詞。

△英語を勉強するにつれて、単語が増えてきた／隨著英語的學習愈久，單字的量也愈多了。

☐ **たんこう [炭鉱]** 二 6

名 煤礦，煤井。
△この村は、昔炭鉱で栄えました／這個村子，過去因為產煤而繁榮。

☐ **だんし [男子]** 二 6

名 男子，男孩，男人，男子漢。

反 女子 類 男児
△子どもたちが、男子と女子に分かれて並んでいる／小孩子們分男女兩列排隊。

☐ **たんじゅん [単純]** 二 6

名・形動 單純，簡單；無條件。

反 複雑 類 純粋
△単純な物語ながら、深い意味が含まれているのです／雖然是個單純的故事，但卻蘊含深遠的意義。

た

□ たんしょ ［短所］　　　（二）6

（名）缺點，短處。

（反）長所　（類）欠点

△彼には短所はあるにしても、長所も見てあげましょう／就算他有缺點，但也請看看他的優點吧。

□ たんじょう ［誕生］　　　（二）36

（名・自サ）誕生，出生；成立，創立，創辦。

（類）出生

△子どもが誕生したのを契機に、煙草をやめた／趁孩子出生戒了煙。

□ たんじょうび ［誕生日］　　（四）2

（名）生日。

（類）バースデー

△今日は、どなたの誕生日ですか／今天是哪位生日？

□ たんす　　　　　　　　　　（二）36

（名）衣櫥，衣櫃，五斗櫃。

△服をたたんで、たんすにしまった／折完衣服後收入衣櫃裡。

□ ダンス ［dance］　　　　　（二）36

（名・自サ）跳舞，交際舞。

（類）踊り

△ダンスなんか、習いたくありません／我才不想學什麼舞蹈呢！

□ たんすい ［淡水］　　　　　（二）6

（名）淡水。

（類）真水

△この魚は、淡水でなければ生きられません／這魚類只能在淡水區域生存。

□ だんすい ［断水］　　　　　（二）6

（名・他サ・自サ）斷水，停水。

△私の住んでいる地域で、三日間にわたって断水がありました／我住的地區，曾停水長達三天過。

□ たんすう ［単数］　　　　　（二）6

（名）（數）單數，（語）單數。

（反）複数

△3人称単数の動詞にはsをつけます／在第三人稱單數動詞後面要加上S。

□ だんせい ［男性］　　　　　（二）2

（名）男性。

（反）女性　（類）男

△そこにいる男性が、私たちの先生です／那裡的那位男性，是我們的老師。

□ だんたい ［団体］　　　　　（二）36

（名）團體，集體。

（類）集団

△レストランに団体で予約を入れた／我用團體的名義預約了餐廳。

□ だんだん ［段々］　　　　　（四）2

（副）漸漸地。

（類）次第に

△音がだんだん大きくなりました／聲音逐漸變大了。

□ だんち ［団地］　　　　　　（二）36

（名）（為發展產業而成片劃出的）工業區；

（有計畫的集中建立住房的）住宅區。

△私は大きな団地に住んでいます／我住在很大的住宅區裡。

だんてい［断定］ 二6

[名·他サ] 斷定，判斷。

[類] 言い切る

△その男が犯人だとは、断定しかねます／很難判定那個男人就是兇手。

たんとう［担当］ 二6

[名·他サ] 擔任，擔當，擔負。

[類] 受け持ち

△この件は、来週から私が担当することになっている／這個案子，預定下週起由我來負責。

たんなる［単なる］ 二6

[連體] 僅僅，只不過。

[類] ただの

△私など、単なるアルバイトに過ぎません／像我只不過就是個打工的而已。

たんに［単に］ 二3 6

[副] 單，只，僅。

[類] 唯

△私がテニスをしたことがないのは、単に機会がないだけです／我之所以沒打過網球，純粹是因為沒有機會而已。

たんぺん［短編］ 二6

[名] 短篇，短篇小說。

[反] 長編

△彼女の短編を読むにつけ、この人は天才だなあと思う／每次閱讀她所寫的短篇小說，就會覺得這個人真是個天才。

だんぼう［暖房］ 三2

[名] 暖氣。

[反] 冷房　[類] ヒート

△暖かいから、暖房をつけなくてもいいです／很溫暖的，所以不開冷氣也無所謂。

ちチ

ち［血］ 三2

[名] 血；血緣。

[反] 肉　[類] 血液

△傷口から血が流れつづけている／血一直從傷口流出來。

ち［地］ 二6

[名] 大地，地球，地面；土壤，土地；地表；場所；立場，地位。

[類] 地面

△この地に再び来ることはないだろう／我想我再也不會再到這裡來了。

ちい［地位］ 二6

[名] 地位，職位，身份，級別。

[類] 身分

△地位に応じて、ふさわしい態度をとらなければならない／應當要根據自己的地位，來取適當的態度。

ちいき［地域］ 二 6

[名] 地域，地區。

[類] 地方

△この地域が発展するように祈っています／祈禱這地區能順利發展。

ちいさい［小さい］ 四 2

[形] 小的；微少，輕微；幼小的；瑣碎，繁雜。

[反] 大きい [類] 細かい

△小さいのがほしいです／我想要小的。

ちいさな［小さな］ 三 2

[連體] 小的；年齡幼小。

△あの人は、いつも小さなプレゼントをくださる／那個人常送我小禮物。

チーズ［cheese］ 二 3 6

[名] 起司，乳酪。

チーム［team］ 二 3 6

[名] 組，團隊；（體育）隊。

[類] 組（くみ）

△チームに入るに際して、自己紹介をしてください／在加入團隊時，請先自我介紹。

ちえ［知恵］ 二 3 6

[名] 智慧，智能；腦筋，主意。

[類] 知性

△犯罪防止の方法を考えている最中ですが、何かいい知恵はありませんか／我正在思考防範犯罪的方法，你有沒有什麼好主意？

ちか［地下］ 二 3 6

[名] 地下；陰間；（政府或組織）地下，秘密（組織）。

[反] 地上 [類] 地中

△ワインは、地下に貯蔵してあります／葡萄酒儲藏在地下室。

ちがい［違い］ 二 6

[名] 不同，差別，區別；差錯，錯誤。

[反] 同じ [類] 歪み（ひずみ）

△値段に違いがあるにしても、価値は同じです／就算價錢有差，它們倆的價值還是一樣的。

ちかい［近い］ 四 2

[形]（距離、時間）近，接近；（血統、關係）親密；相似。

[反] 遠い [類] 最寄（もより）

△学校は、遠いですか？近いですか／學校是遠？還是近？

ちがいない［違いない］ 二 6

[形] 一定是，肯定，沒錯，的確是。

[類] 確かに

△この事件は、彼女にとってショックだったに違いない／這事件對她而言，一定很震驚。

ちがう［違う］ 四 2

[自五] 不同；錯誤；違反，不符。

[反] 同じ [類] 違える

△東京の言葉と大阪の言葉は、少し違

います／東京和大阪的用語有點不同。

ちかう［誓う］ [二][6]

[他五] 發誓，起誓，宣誓。

[類] 約する

△正月になるたびに、今年はがんばるぞと誓う／一到元旦，我就會許諾今年要更加努力。

ちかく［近く］ [四][2]

[名] 附近，近旁；（時間上）近期，靠近；將近。

△家の近くで、自転車を降りる／在家附近停下腳踏車。

ちかごろ［近頃］ [二][3][6]

[名·副] 最近，近來，這些日子來；萬分，非常。

[類] 今頃

△近頃、映画さえ見ない／最近，連電影都不看。

ちかすい［地下水］ [二][6]

[名] 地下水。

△地下水が漏れて、ぬれていますね／地下水溢出，地板都濕濕的。

ちかぢか［近々］ [二][6]

[副] 不久，近日，過幾天；靠的很近。

[類] 間もなく

△近々、総理大臣を訪ねることになっています／再過幾天，我預定前去拜訪內閣總理大臣。

ちかづく［近づく］ [二][3][6]

[自五] 臨近，靠近；接近，交往；幾乎，近似。

[反] 遠のく [類] 近寄る

△彼は、政界の大物に近づきたくてならないのだ／他非常想接近政界的大人物。

ちかづける［近付ける］ [二][6]

[他五] 使…接近，使…靠近。

[類] 寄せる

△この薬品は、火を近づけると引火するので、注意してください／這藥只要接近火就會燃起來，所以要小心。

ちかてつ［地下鉄］ [四][2]

[名] 地下鐵。

[類] 電車

△それは、地下鉄の駅です／那是地下鐵的車站。

ちかよる［近寄る］ [二][3][6]

[自五] 走進，靠近，接近。

[反] 遠のく [類] 近づく

△あんなに危ない場所には、近寄れっこない／那麼危險的地方不可能靠近的。

ちから［力］ [三][2]

[名] 力氣；能力。

[反] 知力 [類] エネルギー

△この会社では、力を出しにくい／在這公司難以發揮實力。

ちからづよい［力強い］ [二][6]

[形] 強而有力的；有信心的，有依仗的。

[類] 安心

△この絵は構成がすばらしいとともに、色も力強いです／這幅畫整體構造實在是出色，同時用色也充滿張力。

ちきゅう［地球］ [二][3][6]

[類] 世界

[名] 地球。

ちぎる [二][6]

[他五·接尾] 撕碎（成小段）；摘取，揪下；（接動詞連用形後加強語氣）非常，極力。

[類] 小さく千切る

△紙をちぎってゴミ箱に捨てる／將紙張撕碎丟進垃圾桶。

ちく［地区］ [二][6]

[名] 地區。

ちこく［遅刻］ [二][3][6]

[名·自サ] 遲到，晚到。

[類] 遅れる

△電話がかかってきたせいで、会社に遅刻した／都是因為有人打電話來，所以上班遲到了。

ちじ［知事］ [二][6]

[名] 日本都、道、府、縣的首長。

△将来は、東京都知事になりたいです／我將來想當東京都的首長。

ちしき［知識］ [二][3][6]

[名] 知識。

[類] 学識

△知識が増えるに伴って、いろいろなことが理解できるようになりました／隨著知識的增長，能夠理解的事情也愈來愈多。

ちしつ［地質］ [二][6]

[名]（地）地質。

[類] 地盤

△この辺の地質はたいへん複雑です／這地帶的地質非常的錯綜複雜。

ちじん［知人］ [二][6]

[名] 熟人，認識的人。

[類] 知り合い

△知人を訪ねて京都に行ったついでに、観光をしました／前往京都拜訪友人的同時，也順便觀光了一下。

ちず［地図］ [四][2]

[名] 地圖。

[類] 地理

△地図を見ながら、散歩をしました／邊看地圖邊散步。

ちたい［地帯］ [二][3][6]

[名] 地帶，地區。

△このあたりは、工業地帯になりつつあります／這一帶正在漸漸轉型為工業地帶。

ちち［父］ [四][2]

[名] 家父，爸爸，父親。

反 母　類 父親
△それは父のです／那是爸爸的。

ちちおや [父親]　二6

名 父親。
△まだ若いせいか、父親としての自覚がない／不知道是不是還年輕的關係，他本人還沒有身為父親的自覺。

ちぢむ [縮む]　二6

自五 縮，縮小，抽縮；起皺紋，出摺；畏縮，退縮，惶恐；縮回去，縮進去。
反 伸びる　類 短縮
△これは洗っても縮まない／這個洗了也不曾縮小的。

ちぢめる [縮める]　二36

他下一 縮小，縮短，縮減；縮回，捲縮，起皺紋。
類 圧縮
△この亀はいきなり首を縮めます／這隻烏龜突然縮回脖子。

ちぢれる [縮れる]　二6

自下一 捲曲；起皺，出摺。
類 皺が寄る
△彼女は髪が縮れている／她的頭髮是捲曲的。

ちっとも　三2

副 一點也不…。
類 少しも
△お菓子ばかり食べて、ちっとも野菜を食べない／光吃甜點，青菜一點也不吃。

チップ [chip]　二6

名 （削木所留下的）片削；（做賭注用的）籌碼；洋芋片。

ちてん [地点]　二6

名 地點。
類 場所
△現在いる地点について報告してください／請你報告一下你現在的所在地。

ちのう [知能]　二6

名 智能，智力，智慧。
△知能指数を測るテストを受けた／我接受了測量智力程度的測驗。

ちへいせん [地平線]　二6

名 （地）地平線。
△はるか遠くに、地平線が望める／在遙遠的那一方，可以看到地平線。

ちほう [地方]　二36

名 地方，地區；（相對首都與大城市而言的）地方，外地。
反 都会　類 田舎
△私は東北地方の出身です／我的籍貫是東北地區。

ちめい [地名]　二6

名 地名。
△地名の変更に伴って、表示も変えなければならない／隨著地名的變更，也就有必要改變道路指標。

ち

ちゃ［茶］ (二36)

名·漢造 茶樹；茶葉；茶水；（日本的）
茶道；茶色；茶。

類 番茶

ちゃいろ［茶色］ (四2)

名 茶色。

類 褐色（かっしょく）
△茶色のセーターを着ている人は、ど
なたですか／穿著茶色毛衣的人是哪
位？

ちゃいろい［茶色い］ (二36)

名 茶色的。

ちゃく［着］ (二36)

名·接尾·漢造 到達，抵達；（計算衣服的
單位）套；（記數順序或到達順序）
著，名；穿衣；黏貼；沉著；著手。

類 着陸

ちゃくちゃく［着々］ (二6)

副 逐步地，一步步地。

類 どんどん
△嬉しいことに、仕事は着々と進めら
れました／令人高興的是，工作逐步進
行得相當順利。

ちゃわん［茶碗］ (四2)

名 茶杯，飯碗。

類 茶器（ちゃき）
△どれがあなたの茶碗ですか／哪一個
是你的茶杯？

ちゃん (三2)

接尾 （表親暱稱謂）小…。

類 様
△まいちゃんは、何にする／小舞，你
要什麼？

チャンス［chance］ (二36)

名 機會，時機，良機。

類 タイミング
△チャンスが来た以上、挑戦してみた
ほうがいい／既然機會送上門來，就該
挑戰看看才是。

ちゃんと (二36)

副 端正地，規矩地；按期，如期；整
潔，整齊；完全，老早；的確，確鑿。

類 きちんと
△目上の人には、ちゃんと挨拶するも
のだ／對長輩應當要確實問好。

ちゅう［中］ (四2)

接尾 …期間，正在…當中；在…之中，
在…裡邊。
△仕事中にしろ、電話ぐらい取りなさ
いよ／即使在工作，至少也接一下電話
呀！

ちゅう［中］ (二36)

名·接尾·漢造 中央，當中；中間；中等；
之中；正在…當中。
△夏休みの宿題を今週中に終わらせ
ましょう／在這一週內趕完暑假功課
吧！

ちゅう［注］ (二6)

258

[名·漢造] 註解，注釋；注入；注目；註釋。

[類] 注釈

△難しい言葉に、注をつけた／我在較難的單字上加上了註解。

ちゅうい [注意] 三2

[名·自サ] 注意，小心。

[類] 用心

△車にご注意ください／請注意車輛！

ちゅうおう [中央] 二36

[名] 中心，正中；中心，中樞；中央，首都。

[類] 真ん中

△部屋の中央に花を飾った／我在房間的中間擺飾了花。

ちゅうがく [中学] 二36

[名] 中學，初中。

ちゅうがっこう [中学校] 三2

[名] 中學。

△私は、中学校でテニスの試合に出たことがあります／我在中學曾參加過網球比賽。

ちゅうかん [中間] 二36

[名] 中間，兩者之間；（事物進行的）中途，半路。

△駅と家の中間あたりで、友だちに会った／我在車站到家的中間這一段路上，遇見了朋友。

ちゅうこ [中古] 二6

[名]（歷史）中古（日本一般是指平安時代，或包含鎌倉時代）；半新不舊。

[反] 新品 [類] 古物（ふるもの）

△お金がないので、中古を買うしかない／因為沒錢，所以只好買中古貨。

ちゅうし [中止] 二36

[名·他サ] 中止，停止，中斷。

[反] 継続 [類] 中断

△パーティーは中止したきりで、その後やっていない／自從派對中止後，就沒有再舉辦過。

ちゅうしゃ [注射] 三2

[名·他サ] 打針。

△お医者さんに、注射していただきました／醫生幫我打了針。

ちゅうしゃ [駐車] 二36

[名·自サ] 停車。

△家の前に駐車するよりほかない／只好把車停在家的前面了。

ちゅうしゃじょう [駐車場] 三2

[名] 停車場。

△駐車場に行くと、車がなかった／一到停車場，發現車子不見了。

ちゅうじゅん [中旬] 二36

[名]（一個月中的）中旬。

[類] 中頃

△彼が帰ってくるのは6月の中旬にしても、7月までは忙しいだろう／就算

他回來是6月的中旬，但應該也會忙到7月吧。

ちゅうしょう ［抽象］　⚊6

名·他サ 抽象。

反 具体　類 概念
△彼は抽象的な話が得意で、哲学科出身だけのことはある／他擅長述說抽象的事物，不愧是哲學系的。

ちゅうしょく ［昼食］　⚊6

名 午飯，午餐，中飯，中餐。

類 昼飯
△みんなと昼食を食べられるのは、嬉しい／能和大家一同共用午餐，令人非常的高興。

ちゅうしん ［中心］　⚊36

名 中心，當中；中心，重點，焦點；中心地，中心人物。

反 隅　類 真ん中
△Aを中心とする円を描きなさい／請以A為中心畫一個圓圈。

ちゅうせい ［中世］　⚊6

名 （歷史）中世，古代與近代之間（在日本指鎌倉、室町時代）。
△この村では、中世に戻ったかのような生活をしています／這個村落中，過著如同回到中世世紀般的生活。

ちゅうせい ［中性］　⚊6

名 （化學）非鹼非酸，中性；（特徵）不男不女，中性；（語法）中性詞。

△酸性でもアルカリ性でもなく、中性です／不是酸性也不是鹼性，它是中性。

ちゅうと ［中途］　⚊6

名 中途，半路。

類 途中（とちゅう）
△仕事をやりかけているので、中途でやめることはできない／因為工作到一半，所以不能中途不做。

ちゅうねん ［中年］　⚊6

名 中年。

類 壮年（そうねん）
△もう中年だから、あまり無理はできない／已經是中年人了，不能太過勉強。

ちゅうもく ［注目］　⚊36

名·自他サ 注目，注視。

類 注意
△とても才能のある人なので、注目せざるをえない／他很有才能，因此無法不被注目。

ちゅうもん ［注文］　⚊36

名·他サ 點餐，訂貨，訂購；希望，要求，願望。

類 頼む
△さんざん迷ったあげく、カレーライスを注文しました／再三地猶豫之後，最後竟點了個咖哩飯。

ちょう ［庁］　⚊6

類 役所

（漢造）官署；行政機關的外局。

___ ちょう [兆]　　　　　　　二6

名·漢造 苗頭，預兆，徵兆；（數）兆；多數。

類 吉兆（きっちょう）

___ ちょう [町]　　　　　　二36

名·漢造 （市街區劃單位）街，巷；鎮，街；（距離單位）町。

類 市井（しせい）

___ ちょう [長]　　　　　　　二6

名·漢造 長，首領；年長的人，長輩；長處，優點；長（的東西）；長人；長遠。

類 長官（ちょうかん）

___ ちょう [帳]　　　　　　　二6

漢造 帳幕；帳本。

___ ちょうか [超過]　　　　　二6

名·自サ 超過。

類 超える
△時間を超過すると、お金を取られる／一超過時間，就要罰錢。

___ ちょうき [長期]　　　　　二6

名 長期，長時間。
△長期短期を問わず、働けるところを探しています／不管是長期還是短期都好，我在找能工作的地方。

___ ちょうこく [彫刻]　　　　二6

名·他サ 雕刻。

類 彫る
△彼は、絵も描けば、彫刻も作る／他既會畫畫，也會雕刻。

___ ちょうさ [調査]　　　　　二36

名·他サ 調查。

類 調べる
△人口の変動について、調査することになっている／按規定要針對人口的變動進行調查。

___ ちょうし [調子]　　　　　二36

名 （音樂）調子，音調；語調，聲調，口氣；格調，風格；情況，狀況。

類 具合
△年のせいか、からだの調子が悪い／不知道是不是上了年紀的關係，身體健康亮起紅燈了。

___ ちょうしょ [長所]　　　　二36

名 長處，優點。

反 短所　類 特長
△だれにでも、長所があるものだ／不論是誰，都會有優點的。

___ ちょうじょ [長女]　　　　二36

名 長女，大女兒。

類 娘

___ ちょうじょう [頂上]　　　二36

名 山頂，峰頂；極點，頂點。

反 麓（ふもと）　類 頂
△山の頂上まで行ってみましょう／一

ち

起爬上山頂看看吧！

ちょうせい ［調整］ 二 6

（名・他サ）調整，調節。

類 調える

△パソコンの調整にかけては、自信が
あります／我對修理電腦這方面相當有
自信。

ちょうせつ ［調節］ 二 6

（名・他サ）調節，調整。

類 調節

△時計の電池を換えたついでに、ねじ
も調節しましょう／換了時鐘的電池之
後，也順便調一下螺絲吧!

ちょうだい ［頂戴］ 二 3 6

（名・他サ）（「もらう、食べる」的謙虛說
法）領受，得到，吃；（女性、兒童請
求別人做事）請。

類 貰う

△すばらしいプレゼントを頂戴しまし
た／我收到了很棒的禮物。

ちょうたん ［長短］ 二 6

（名）長和短；長度；優缺點，長處和短
處；多和不足。

類 良し悪し

△二つの音の長短を調べてください／
請查一下這兩個音的長短。

ちょうてん ［頂点］ 二 6

（名）（數）頂點；頂峰，最高處；極點，
絕頂。

類 最高

△技術面からいうと、彼は世界の頂点
に立っています／從技術面來看，他正
處在世界的最高峰。

ちょうど ［丁度］ 四 2

（副）剛好，正好；正，整；剛剛。

類 ぴったり

△ちょうどテレビを見ていたとき、誰
かが来た／正在看電視時，剛好有人來
了。

ちょうなん ［長男］ 二 3 6

（名）長子，大兒子。

類 息子

ちょうほうけい ［長方形］ 二 6

（名）長方形，矩形。

△長方形のテーブルがほしいと思う／
我想我要一張長方形的桌子。

ちょうみりょう ［調味料］ 二 6

（名）調味料，佐料。

類 香辛料

△調味料など、ぜんぜん入れていませ
んよ／這完全添加調味料呢！

ちょうめ ［丁目］ 二 3 6

（接尾）（街巷區劃單位）段，巷，條。

△銀座 4 丁目に住んでいる／我住在銀
座四段。

チョーク ［chalk］ 二 3 6

（名）粉筆。

□ ちょきん［貯金］ [二][3][6]

[名·自他サ] 存款，儲蓄。

[類] 蓄える

△毎月決まった額を貯金する／每個月都定額存錢。

□ ちょくご［直後］ [二][6]

[名·副]（時間，距離）緊接著，剛…之後，…之後不久。

△運動はできません。退院した直後だもの／人家不能運動，因為才剛出院嘛！

□ ちょくせつ［直接］ [二][3][6]

[名·副·自サ] 直接。

[反] 間接　[類] 直に

△関係者が直接話し合ったことから、事件の真相がはっきりした／我直接問過相關的人，因此，案件真相大白了。

□ ちょくせん［直線］ [二][3][6]

[名] 直線。

[類] 真っ直

△直線によって、二つの点を結ぶ／用直線將兩點連接起來。

□ ちょくぜん［直前］ [二][6]

[名] 即將 之前，眼看就要 的時候；（時間，距離）之前，跟前，眼前。

[類] 寸前（すんぜん）

△テストの直前にしても、ぜんぜん休まないのは体に悪いと思います／就算是考試前夕，我還是認為完全不休息對身體是不好的。

□ ちょくつう［直通］ [二][6]

[名·自サ] 直達（中途不停）；直通。

△ホテルから日本へ直通電話がかけられる／從飯店可以直撥電話到日本。

□ ちょくりゅう［直流］ [二][6]

[名·自サ] 直流電；（河水）直流，沒有彎曲的河流；嫡系。

△いつも同じ方向に同じ大きさの電流が流れるのが直流です／都以相同的強度，朝相同方向流的電流，稱為直流。

□ ちょしゃ［著者］ [二][3][6]

[名] 作者。

[類] 作家

△本の著者として、内容について話してください／請以本書作者的身份，談一下這本書的內容。

□ ちょちく［貯蓄］ [二][6]

[名·他サ] 儲蓄。

[類] 蓄積（ちくせき）

△余ったお金は、貯蓄にまわそう／剩餘的錢，就存下來吧！

□ ちょっかく［直角］ [二][3][6]

（名・形動）（數）直角。

△この針金は、直角に曲がっている／這銅線彎成了直角。

□ ちょっけい［直径］ [二][3][6]

[名]（數）直徑。

[類] 半径

△このタイヤは直径何(ちょっけいなん)センチぐらいですか／這輪胎的直徑大約是多少公分呢？

ちょっと [四] 2

[副] 稍微，一點；一下子，暫且；（下接否定）不太…。

[類] 少し

△ちょっとしかありませんよ／只有一點點而已。

ちらかす［散らかす］ [二] 6

[他五] 弄得亂七八糟；到處亂放，亂扔。

[反] 整える　[類] 乱す

△部屋(へや)を散(ち)らかしたきりで、片付(かたづ)けてくれません／他將房間弄得亂七八糟後，就沒幫我整理。

ちらかる［散らかる］ [二] 6

[自五] 凌亂，亂七八糟，到處都是。

[反] 集まる　[類] 散る

△部屋(へや)が散(ち)らかっていたので、片付(かたづ)けざるをえなかった／因為房間內很凌亂，所以不得不整理。

ちらす［散す］ [二] 6

[他五·接尾] 把…分散開，驅散；吹散，灑散；散佈，傳播；消腫。

△ご飯(はん)の上(うえ)に、ごまやのりが散(ち)らしてあります／白米飯上，灑著芝麻和海苔。

ちり［地理］ [三] 2

[名] 地理。

[類] 地図

△私(わたし)は、日本(にほん)の地理(ちり)とか歴史(れきし)とかについてあまり知(し)りません／我對日本地理或歷史不甚了解。

ちりがみ［ちり紙］ [二] 36

[名] 衛生紙；粗草紙。

△鼻(はな)をかみたいので、ちり紙(がみ)をください／我想擤鼻涕，請給我張衛生紙。

ちる［散る］ [二] 36

[自五] 凋謝，散漫，落；離散，分散；遍佈；消腫；渙散。

[反] 集まる　[類] 分散

△桜(さくら)が散(ち)って、このへんは花(はな)びらだらけです／櫻花飄落，這一帶便落滿了花瓣。

つッ

つい［遂］ [二] 36

[副]（表時間與距離）相隔不遠，就在眼前；不知不覺，無意中；不由得，不禁得…。

[類] うっかり

△ついうっかりして傘(かさ)を間違(まちが)えてしまった／不小心拿錯了傘。

ついか［追加］ [二] 36

[名·他サ] 追加，添付，補上。

[類] 追補

△定食(ていしょく)を食(た)べた上(うえ)に、ラーメンを追加(ついか)した／吃了簡餐外，又追加了一碗拉麵。

ついたち［一日］ [四2]

[名] 初一，（每月）一日，朔日。

[類] 月初め

△一日（ついたち）から三日（みっか）まで、旅行（りょこう）に行（い）きます／初一到初三要去旅行。

ついで [二36]

[名] 順便，就便；順序，次序。

△出（で）かけるなら、ついでに卵（たまご）を買（か）ってきて／你如果要出門，就順便幫我買蛋回來吧。

ついに［遂に］ [二36]

[副] 終於；直到最後。

[類] とうとう

△橋（はし）の建設（けんせつ）はついに完成（かんせい）した／造橋終於完成了。

つう［通］ [二6]

[名·形動·接尾·漢造] 精通，内行，專家；通曉人情世故，通情達理；暢通；（助數詞）封，件，紙；穿過；往返；告知；貫徹始終。

[類] 物知り

△彼（かれ）は日本通（にほんつう）だ／他是個日本通。

つうか［通貨］ [二6]

[名] 通貨，（法定）貨幣。

[類] 貨幣

△この国（くに）の通貨（つうか）は、ユーロです／這個國家的貨幣是歐元。

つうか［通過］ [二36]

[名·自サ] 通過，經過；（電車等）駛過；（議案、考試等）通過，過關，合格。

[類] 通り過ぎる

△特急電車（とっきゅうでんしゃ）が通過（つうか）します／特快車即將過站。

つうがく［通学］ [二36]

[名·自サ] 上學。

[類] 通う

△通学（つうがく）のたびに、この道（みち）を通（とお）ります／每次要去上學時，都會走這條路。

つうきん［通勤］ [二36]

[名·自サ] 通勤，上下班。

[類] 通う

△会社（かいしゃ）まで、バスと電車（でんしゃ）で通勤（つうきん）するほかない／上班只能搭公車和電車。

つうこう［通行］ [二36]

[名·自リ] 通行，交通，往來；廣泛使用，一般通用。

[類] 往来

△この道（みち）は、今日（きょう）は通行（つうこう）できないことになっています／這條路今天是無法通行的。

つうじる［通じる］ [二6]

[自上一·他上一] 通；通到，通往；通曉，精通；明白，理解；使…通；在整個期間内。

[類] 通用する

△日本（にほん）では、英語（えいご）が通（つう）じますか／在日本英語能通嗎？

つうしん［通信］ [二6]

[名·自サ] 通信，通音信；通訊，聯絡；報

導消息的稿件，通訊稿。

[類] 連絡

△何か通信の方法があるに相違ありません／一定會有聯絡方法的。

□ つうち［通知］ [二][3][6]

[名·他サ] 通知，告知。

[類] 知らせ

△事件が起きたら、通知が来るはずだ／一旦發生案件，應該馬上就會有通知。

□ つうちょう［通帳］ [二][6]

[名]（存款、賒帳等的）折子，帳簿。

[類] 通い帳

△通帳と印鑑を持ってきてください／請帶存摺和印章過來。

□ つうやく［通訳］ [二][3][6]

[名·他サ] 口頭翻譯，口譯；翻譯者，譯員。

[類] 通弁（つうべん）

△あの人はしゃべるのが速いので、通訳しきれなかった／因為那個人講很快，所以沒辦法全部翻譯出來。

□ つうよう［通用］ [二][6]

[名·自サ] 通用，通行；兼用，兩用；（在一定期間内）通用，有效；通常使用。

△プロの世界では、私の力など通用しない／在專業的領域裡，像我這種能力是派不上用場的。

□ つうろ［通路］ [二][6]

[名]（人們通行的）通路，人行道；（出入通行的）空間，通道。

[類] 通り道

△通路を通って隣のビルまで行く／過馬路到隔壁的大樓去。

□ つかい［使い］ [二][3][6]

[名] 使用；派去的人；派人出去（買東西、辦事），跑腿；（迷）（神仙的）侍者；（前接某些名詞）使用的方法，使用的人。

[類] 召使い

△母親の使いで出かける／出門幫媽媽辦事。

□ つかう［使う］ [四][2]

[他五] 使用；雇傭；花費，消費。

[類] 使用する

△どうぞ、その辞書を使ってください／請用那本辭典。

□ つかまえる［捕まえる］ [三][2]

[他下一] 逮捕，抓；握住。

[類] 捕らえる

△彼が泥棒ならば、捕まえなければならない／如果他是小偷，就非逮捕不可。

□ つかまる［捕まる］ [二][3][6]

[自五] 抓住，被捉住，逮捕；抓緊，揪住。

[類] 捕らえられる

△彼は、悪いことをたくさんしたあげく、とうとう警察に捕まった／他做了

許多壞事，最後終於被警察抓到了。

つかむ［掴む］ [二]36

[他五] 抓，抓住，揪住，握住；掌握到，瞭解到。

[類] 握る

△誰にも頼らないで、自分で成功を掴むほかない／只能不依賴任何人，靠自己去掌握成功。

つかれ［疲れ］ [二]6

[名] 疲勞，疲乏，疲倦。

[類] 疲労

△マッサージをすればするほど、疲れが取れます／按摩越久就越能解除疲勞。

つかれる［疲れる］ [四]2

[自下一] 疲倦，疲勞；（變）陳舊，（性能）減低。

[類] くたびれる

△練習で疲れました／因為練習而感到疲勞。

つき［月］ [三]2

[名] 月亮；一個月。

[反] 日 [類] 新月

△今日は、月がきれいです／今天的月亮很漂亮。

つぎ［次］ [四]2

[名] 下次，下回，接下來；（席位、等級等）第二。

[類] 今度

△次のテストは、大丈夫でしょう／下次的考試應該沒問題吧！

つき［付き］ [二]6

[接尾]（前接某些名詞）樣子，樣態；跟隨，附屬；附帶。

[類] 格好

つきあい［付き合い］ [二]6

[名·自サ] 交際，交往，打交道；應酬，作陪。

[類] 交際

△君こそ、最近付き合いが悪いじゃないか／你最近才是很難打交道呢！

つきあう［付き合う］ [二]36

[自五] 交際，往來；陪伴，奉陪，應酬。

[類] 交際する

△隣近所と親しく付き合う／敦親睦鄰。

つきあたり［突き当たり］ [二]6

[名]（つきあたる名詞形）衝突，撞上；（道路的）盡頭。

[類] 行き止まり

つきあたる［突き当たる］ [二]36

[自五] 撞上，碰上；走到道路的盡頭；（轉）遇上，碰到（問題）。

[類] 衝突する

△突き当たって左に曲がる／在盡頭左轉。

つぎつぎ［次々］ [二]36

[副] 一個接一個，接二連三地，絡繹不絕

的，紛紛；按著順序，依次。

[類] 続いて

△そんなに次々問題が起こるわけはない／不可能會這麼接二連三地發生問題的。

つきひ［月日］ [二][3][6]

[名] 日與月；歲月，時光；日月，日期。

[類] 時日

△この音楽を聞くにつけて、楽しかった月日を思い出します／每當聽到這音樂，就會想起過去美好的時光。

つく [三][2]

[自五] 點上，（火）點著。

[反] 消える　[類] 点る

△あの家は、夜も電気がついたままだ／那戶人家，夜裡燈也照樣點著。

つく［就く］ [二][3][6]

[自五] 就位；登上；就職；跟 學習；起程。

[類] 即位する

△王座に就く／登上王位。

つく［着く］ [四][2]

[自五] 到，到達，抵達；寄到；達到。

[類] 到着する

△駅に着きました／抵達車站了。

つぐ［次ぐ］ [二][6]

[自五] 緊接著，繼…之後；次於，並於。

[類] 第二

△彼の実力は、世界チャンピオンに次ぐほどだ／他的實力，幾乎好到僅次於世界冠軍的程度。

つぐ［注ぐ］ [二][6]

[他五] 注入，斟，倒入（茶、酒等）。

[類] 酌む

△ついでに、もう 1 杯お酒を注いでください／請順便再幫我倒一杯酒。

つく［突く］ [二][3][6]

[他五] 扎，刺，戳；撞，頂；支撐；冒著，不顧；沖，撲（鼻）；攻擊，打中。

[類] 打つ

△試合で、相手は私の弱点を突いてきた／對方在比賽中攻擊了我的弱點。

つく［付く］ [二][3][6]

[自五] 附著，沾上；長，添增；跟隨；隨從，聽隨；偏坦；設有；連接著。

[類] 接着する

△飯粒が付く／沾到飯粒。

つくえ［机］ [四][2]

[名] 桌子，書桌。

[類] 書机

△机の大きさは、どのぐらいですか／桌子大約有多大？

つくる［作る］ [四][2]

[他五] 做，製造；創造；寫，創作。

[類] 製作する

△晩ご飯は、作ってあります／晚餐已做好了。

つけくわえる ［付け加える］ 〔二〕6

〔他下一〕 添加，附帶。

類 補足する
△説明を付け加える／附帶說明。

つける ［点ける］ 〔四〕2

〔他下一〕 點（火），點燃；扭開（開關），打開。

反 消す　類 点す
△暗いから、電気をつけました／因為很暗，所以打開了電燈。

つける 〔三〕2

〔他下一〕 打開（家電類）；點燃。

反 消す　類 点す
△クーラーをつけるより、窓を開けるほうがいいでしょう／與其開冷氣，不如打開窗戶來得好吧！

つける ［着ける］ 〔二〕36

〔他下一〕 佩帶，穿上；（開車、船）開到（某處）；就定位；（身體的某部位去）碰。

類 着用する

つける ［漬ける］ 〔三〕2

〔他下一〕 浸泡；醃。

類 浸す
△母は、果物を酒に漬けるように言った／媽媽說要把水果醃在酒裡。

つごう ［都合］ 〔四〕〔三〕2

名 情況，方便度。

類 勝手

△都合がいいときに、来ていただきたいです／時間方便的時候，希望能來一下。

つたえる ［伝える］ 〔三〕2

〔他下一〕 傳達，轉告；傳導。

類 知らせる
△私が忙しいということを、彼に伝えてください／請轉告他我很忙。

つたわる ［伝わる］ 〔二〕6

〔自五〕 流傳；傳說，傳播；（理）傳導；沿著，順著；傳入。

類 流行
△うわさが伝わる／謠言流傳。

つち ［土］ 〔一〕30

名 土地，大地；土壤，土質；地面，地表；地面土，泥土。

類 泥
△子どもたちが土を掘って遊んでいる／小朋友們在挖土玩。

つづき ［続き］ 〔二〕6

名 接續，繼續；接續部分，下文；接連不斷。
△読めば読むほど、続きが読みたくなります。
越看下去，就越想繼續看下面的發展。

つづく ［続く］ 〔三〕2

〔自五〕 繼續；接連；跟著。
△雨は来週も続くらしい／雨好像會持續到下週。

269

つづく［続く］ [二36]

[自五] 續續，延續，連續；接連發生，接連不斷；隨後發生，接著；連著，通到，與 接連；接得上，夠用；後繼，跟上；次於，居次位。

[反] 絶える [類] 繋がる

△晴天(せいてん)が続(つづ)く／持續著幾天的晴天。

つづける［続ける］ [三2]

[他下一] 持續，繼續；接著。

△一度(いちど)始(はじ)めたら、最後(さいご)まで続(つづ)けろよ／既然開始了，就要堅持到底喔。

つづける［続ける］ [二36]

[他下一] 繼續，接連不斷；連上，連接起來；（停了之後又）繼續起來。

[反] やめる [類] 並べる

△上手(じょうず)になるには、練習(れんしゅう)し続(つづ)けるほかはない／技巧要好，就只能不斷地練習。

つっこむ［突っ込む］ [二6]

[他五·自五] 衝入，闖入；深入；塞進，插入；沒入；深入追究。

[類] 入れる

△事故(じこ)で、車(くるま)がコンビニに突(つ)っ込(こ)んだ／由於事故，車子撞進了超商。

つつみ［包み］ [二36]

[名] 包袱，包裹。

[類] 荷物

△プレゼントの包(つつ)みを開(あ)けてみた／我打開了禮物的包裝。

つつむ［包む］ [三2]

[他五] 包起來；包圍；隱藏。

必要(ひつよう)なものを全部(ぜんぶ)包(つつ)んでおく／把要用的東西全包起來。

つつむ［包む］ [二36]

[他五] 包裹，打包，包上；蒙蔽，遮蔽，籠罩；藏在心中，隱瞞；包圍。

[類] 覆う（おおう）

△プレゼント用(よう)に包(つつ)んでください／請包裝成送禮用的。

つとめ［勤め］ [二36]

[名] 工作，職務，差事。

[類] 勤務

△勤(つと)めが辛(つら)くてやめたくなる／工作太勞累了所以有想辭職的念頭。

つとめ［務め］ [二36]

[名] 本分，義務，責任。

[類] 役目、義務

△私(わたし)のやるべき務(つと)めですから、たいへんではありません／這是我應盡的本分，所以一點都不辛苦。

つとめる［勤める］ [四2]

[自下一] 工作，任職；擔任（某職務），扮演（某角色）；努力，下功夫。

[類] 出勤

△会社(かいしゃ)に勤(つと)めています／在公司上班。

つとめる［勤める］ [二36]

[他下一] 工作，在…任職；擔任（某職務），扮演（某角色）；努力，盡力；服務，效勞。

類 奉公

△どこに勤めているんだっけ／你是在哪裡上班來著？

つとめる ［努める］ 二36

他下一 努力，為 奮鬥，盡力；勉強忍住。

反 怠る（おこたる） 類 励む

△看護に努める／盡心看護病患。

つとめる ［務める］ 二6

他下一 任職，工作；擔任（職務）；扮演（角色）。

類 職務

△主役を務める／扮演主角。

つな ［綱］ 二6

名 粗繩，繩索，纜繩；命脈，依靠，保障。

類 ロープ

△船に綱をつけてみんなで引っ張った／將繩子套到船上大家一起拉。

つながり ［繋がり］ 二6

名 相連，相關；系列；關係，聯繫。

類 関係

△友だちとのつながりは大切にするものだ／要好好地珍惜與朋友間的聯繫。

つながる ［繋がる］ 二36

自五 相連，連接，聯繫；（人）排隊，排列；有（血緣、親屬）關係，牽連。

類 結び付く

△電話がようやく繋がった／電話終於通了。

つなぐ ［繋ぐ］ 二36

他五 拴結，繫；連起，接上；延續，維繫（生命等）。

類 接続

△テレビとビデオを繋いで録画した／我將電視和錄影機接上來錄影。

つなげる ［繋げる］ 二6

他五 連接，維繫。

△インターネットは、世界の人々を繋げる／網路將這世上的人接繫了起來。

つねに ［常に］ 二6

副 時常，經常，總是。

類 何時も

△社長が常にオフィスにいるとは、言いきれない／無法斷定社長平時都會在辦公室裡。

つばさ ［翼］ 二6

名 翼，翅膀；（飛機）機翼；（風車）翼板；使者，使節。

類 羽翼（うよく）

△白鳥が大きな翼を広げている／白鳥展開地那寬大的翅膀。

つぶ ［粒］ 二36

名・接尾 （穀物的）穀粒；粒，丸，珠；（數小而圓的東西）粒，滴，丸。

類 小粒（こつぶ）

△大粒の雨が降ってきた／下起了大滴的雨。

う

□ つぶす［潰す］ [二][3][6]

[他五] 毀壞，弄碎；熔毀，熔化；消磨，消耗；宰殺；堵死，填滿。

[類] 壊す

△会社を潰さないように、一生懸命がんばっている／為了不讓公司倒閉而拼命努力。

□ つぶれる［潰れる］ [二][3][6]

[自下一] 壓壞，壓碎；坍塌，倒塌；倒產，破產；磨損，磨鈍；（耳）聾，（眼）瞎。

[類] 破産

△あの会社が、潰れるわけがない／那間公司，不可能會倒閉的。

□ つま［妻］ [三][2]

[名] 妻子，太太（自稱）。

[反] 夫 [類] 婦人

△私が会社をやめたいということを、妻は知りません／妻子不知道我想離職的事。

□ つまずく［躓く］ [二][6]

[自五] 跌倒，絆倒；（中途遇障礙而）失敗，受挫。

[類] 転ぶ

△石に躓いて転んだ／絆到石頭而跌了一跤。

□ つまらない [四][2]

[形] 無趣，沒意思；不值錢；無用，無意義。

[反] 面白い [類] くだらない

△その映画は、どうですか?つまらないでしょうか／那部電影怎麼樣？無趣嗎？

□ つまり [二][3][6]

[名·副] 阻塞，困窘；到頭，盡頭；總之，說到底；也就是說，即 。

[類] すなわち

△彼は私の父の兄の息子、つまりいとこに当たります／他是我爸爸的哥哥的兒子，也就是我的堂哥。

□ つまる［詰まる］ [二][6]

[自五] 擠滿，塞滿；堵塞，不通；窘困，窘迫；縮短，緊小；停頓，擱淺。

[類] 縮む

△食べ物がのどに詰まって、せきが出た／因食物卡在喉嚨裡而咳嗽。

□ つみ［罪］ [二][3][6]

[名·形動] （法律上的）犯罪；（宗教上的）罪惡，罪孽；（道德上的）罪責，罪過。

[類] 罪悪

△そんなことをしたら、罪になりかねない／如果你做了那種事，很可能會變成犯罪。

□ つむ［積む］ [二][3][6]

[自五·他五] 累積，堆積；裝載；積蓄，積累。

[反] 崩す [類] 盛る

△荷物をトラックに積んだ／我將貨物裝到卡車上。

□ つめ［爪］ 二 3 6

[名]（人的）指甲，腳指甲；（動物的）爪；指尖；（用具的）鉤子。　。

[類] 指甲（しこう）

△爪切りで爪を切った／用指甲刀剪了指甲。

□ つめたい［冷たい］ 四 2

[形] 冷，涼；冷淡，不熱情。

[反] 熱い　[類] 冷気（れいき）

△冷蔵庫で、水を冷たくします／[形・接尾]將水放進冰箱冷卻。

□ つめる［詰める］ 二 3 6

[他下一・自下一] 守候，值勤；不停的工作，緊張；塞進，裝入；緊挨著，緊靠著。

[類] 押し込む

△スーツケースに服や本を詰めた／我將衣服和書塞進行李箱。

□ つもり 三 2

[名] 打算；當作。

[類] 意図

△父には、そう説明するつもりです／打算跟父親那樣説明。

□ つもる［積もる］ 二 6

[自五・他五] 積，堆積；累積；估計；計算；推測。

[類] 重なる

△雪が積もる／積雪。

□ つや［艶］ 二 6

[名] 光澤，潤澤；興趣，精彩；豔事，風流事。

[類] 光沢

△靴は、磨けば磨くほど艶が出ます／鞋子越擦越有光澤。

□ つゆ［梅雨］ 二 6

[名] 梅雨；梅雨季。

[類] 雨季

□ つよい［強い］ 四 2

[形] 強悍，有力；強壯，結實；堅強，堅決。

△彼女は、強い人です／她是個堅強的人。

□ つよき［強気］ 二 6

[名・形動]（態度）強硬，（意志）堅決；（行情）看漲。

[類] 逞しい（たくましい）

△ゲームに負けているくせに、あの選手は強気ですね／明明就輸了比賽，那選手還真是強硬呢。

□ つらい［辛い］ 二 3 6

[形・接尾] 痛苦的，難受的，吃不消；刻薄的，殘酷的；難　，不便　。

[反] 楽しい　[類] 苦しい

△勉強が辛くてたまらない／書唸得痛苦不堪。

□ つり［釣り］ 二 3 6

[名] 釣，釣魚；找錢，找的錢。

[類] 一本釣り（いっぽんづり）

△主人のことだから、また釣りに行っ

つ

ているのだと思います／我家那口子的話，我想一定是又跑去釣魚了吧！

つりあう［釣り合う］ 二6

[自五] 平衡，均衡；勻稱，相稱。

[類] 似合う

△あの二人は釣り合わないから、結婚しないだろう／那兩人不相配，應該不會結婚吧！

つる［吊る］ 二6

[他五] 吊，懸掛，佩帶。

[類] 下げる

△クレーンで吊って、ピアノを２階に運んだ／用起重機吊起鋼琴搬到二樓去。

つる［釣る］ 三2

[他五] 釣魚；引誘。

[類] 釣り上げる

△ここで魚を釣るな／不要在這裡釣魚。

つるす［吊るす］ 二6

[他五] 懸起，吊起，掛著。

[反] 上げる　[類] 下げる

△スーツは、そこに吊るしてあります／西裝掛在那邊。

つれ［連れ］ 二6

[名·接尾] 同伴，伙伴；（能劇，狂言的）配角。

[類] 仲間

△連れがもうじき来ます／我同伴馬上就到。

つれる［連れる］ 三2

[他下一] 帶領，帶著。

[類] 伴う

△子どもを幼稚園に連れて行ってもらいました／請他幫我帶小孩去幼稚園了。

てテ

て [手] [四2]

[名] 手，手掌；胳膊；人手。

[反] 足 [類] 上肢（じょうし）

△ お母(かあ)さんの手(て)は、温(あたた)かくて優(やさ)しいです／媽媽的手又溫暖又溫柔。

で [二6]

[接續] 那麼；（表示原因）所以。

であい [出会い] [二6]

[名] 相遇，不期而遇，會合；幽會；河流會合處。

[類] 巡り会い

△ 我々(われわれ)は、人(ひと)との出会(であ)いをもっと大切(たいせつ)にするべきだ／我們應該要珍惜人與人之間相遇的緣分。

であう [出会う] [二6]

[自五] 遇見，碰見，偶遇；約會，幽會；（顏色等）協調，相稱。

[類] 落ち合う

△ 二人(ふたり)は、最初(さいしょ)どこで出会(であ)ったのですか／兩人最初是在哪裡相遇的？

てあらい [手洗い] [二36]

[名] 洗手；洗手盆，洗手用的水；洗手間。

[類] 便所

△ ちょっとお手洗(てあら)いに行(い)ってきます／我去一下洗手間。

てい [低] [二6]

[名·漢造] （位置）低；（程度、價格）低；變低。

[反] 高 [類] 低位

ていあん [提案] [二6]

[名·他サ] 提案，建議。

[類] 発案

△ この計画(けいかく)を、会議(かいぎ)で提案(ていあん)しようじゃないか／就在會議中提出這企畫吧！

ていいん [定員] [二36]

[名] （機關，團體的）編制的名額；（車輛的）定員，規定的人數。

△ このエレベーターの定員(ていいん)は10人(にん)です／這電梯的限乘人數是10人。

ていか [定価] [二36]

[名] 定價。

[類] 値段

△ 定価(ていか)から10(じゅっ)パーセント引(ひ)きます／從定價裡扣除10%。

ていか [低下] [二6]

[名·自サ] 降低，低落；（力量、技術等）下降。

[類] 落ちる

△ 生徒(せいと)の学力(がくりょく)が低下(ていか)している／學生的學力（學習能力）下降。

ていき [定期] [二36]

[名] 定期，一定的期間。

△ 定期(ていき)の予防接種(よぼうせっしゅ)にかかる費用(ひよう)は市(し)が負担(ふたん)します／定期預防注射的費用，由

て

市府負擔。

ていきけん [定期券] 二36

[名] 定期車票；月票。

[類] 周遊券

△ 電車の定期券を買いました／我買了電車的月票。

ていきゅうび [定休日] 二6

[名] （商店、機關等）定期公休日。

[類] 休暇

定休日は店に電話して聞いてください／請你打電話到店裡，打聽有關定期公休日的時間。

ていこう [抵抗] 二36

[名·自サ] 抵抗，抗拒，反抗；（物理）電阻，阻力；（產生）抗拒心理，不願接受。

[類] 手向かう

△ 社長に対して抵抗しても、無駄だよ／即使反抗社長，也無濟於事。

ていし [停止] 二6

[名·他サ·自サ] 禁止，停止；停住，停下；（事物、動作等）停頓。

[類] 止まる

△ 車が停止するかしないかのうちに、彼はドアを開けて飛び出した／車子才剛一停下來，他就打開門衝了出來。

ていしゃ [停車] 二36

[名·他サ·自サ] 停車，剎車。

△ 急行は、この駅に停車するっけ／快車有停這站嗎？

ていしゅつ [提出] 二36

[名·他サ] 提出，交出，提供。

[類] 持ち出す

△ テストを受けるかわりに、レポートを提出した／以交報告來代替考試。

ていでん [停電] 二6

[名·自サ] 停電，停止供電。

[類] 故障

△ 停電というと、ろうそくの火を思い出す／一說到停電，就會想到燭光。

ていど [程度] 二36

[名·接尾] （高低大小）程度，水平；（適當的）程度，適度，限度。

[類] 具合

△ どの程度お金を持っていったらいいですか／我大概帶多少錢比較好呢？

ていねい [丁寧] 三2

[名·形動] 客氣；仔細。

[類] 謙遜

△ 先生の説明は、彼の説明より丁寧です／老師比他說明得更仔細。

でいり [出入り] 二36

[名·自サ] 出入，進出；（因有買賣關係而）常往來；收支；（數量的）出入；糾紛，爭吵。

[類] 出没（しゅつぼつ）

△ 研究会に出入りしているが、正式な会員というわけではない／雖有在研

討會走動，但我不是正式的會員。

でいりぐち [出入り口] [二6]

[名] 出入口。

[類] 玄関

△ 出入り口はどこにありますか／請問出入口在哪裡？

ていりゅうじょ [停留所] [二36]

[名] 公車站；電車站。

[類] 駅

ていれ [手入れ] [二36]

[名·他サ] 收拾，修整；檢舉，搜捕。

[類] 修繕（しゅっぜん）

△ 靴は、手入れすればするほど、長持ちします／鞋子越保養就可以越耐久。

デート [date] [二6]

[名·自サ] 日期，年月日；約會，幽會。

テープ [tape] [四2]

[名] 膠布；錄音帶，卡帶

△ きれいにテープを貼りました 整齊地貼上膠布。

テープ [tape] [二6]

[名] 窄帶，線帶，布帶；（體）終點線；卷尺。

[類] 紐

テーブル [table] [四2]

[名] 桌子；餐桌，飯桌；表格，目錄。

[類] 食卓

△ 隣のテーブルが静かになった／隔壁桌變安靜了。

テープレコーダー [tape] [recorder] [四2]

[名] 磁帶錄音機。

△ ラジオもテープレコーダーもあります／既有收音機，也有錄音機。

テーマ [theme] [二36]

[名] （作品的）中心思想，主題；（論文、演說的）題目，課題。

[類] 主題（しゅだい）

△ 論文のテーマについて、説明してください／請說明一下這篇論文的主題。

でかける [出かける] [四2]

[自下一] 出去，出門；要出去，剛要走；到…去。

[類] 行く

△ 出かけますか？家にいますか／要出門？還是要待在家裡？

てがみ [手紙] [四2]

[名] 信，書信，函。

[類] 郵便

△ どこから来た手紙ですか／誰寄來的信？

てき [敵] [二36]

[名·漢造] 敵人，仇敵；（競爭的）對手；障礙，大敵；敵對，敵方。

[反] 味方 [類] 仇（あだ）

△ 彼女は私を、敵でもあるかのような

目で見た／她用像是注視敵人般的眼神看著我。

□ てき [的] 　　　　　（二）36

(接尾・形動型) （前接名詞）關於，對於；有如 一般，似乎；表示狀態或性質；上的；（俗）（接在一部分的人名或職業名下，表示親近）這個傢伙。

□ できあがり [出来上がり] （二）36

(名) 做好，做完；完成的結果（手藝，質量）。
△ 出来上がりまで、どのぐらいかかりますか／到完成大概需要多少時間？

□ できあがる [出来上がる] （二）6

(自五) 完成，做好；天性，生來就…。
(類) できる
△ 作品は、もう出来上がっているにきまっている／作品一定已經完成了。

□ てきかく [的確] 　　　　（二）6

(形動) 正確，準確，恰當。
(類) 正確
△ 上司が的確に指示してくれたおかげで、すべてうまくいきました／多虧上司準確的給予指示，所以一切都進行的很順利。

□ できごと [出来事] 　　　（二）36

(名) （偶發的）事件，變故。
(類) 事故
△ その日は大したできごともなかった／那天也沒發生什麼大事故。

□ テキスト [text] 　　　　（二）2

(名) 教科書。
(類) 教科書
△ 読みにくいテキストですね／真是一本難以閱讀的教科書呢！

□ てきする [適する] 　　　（二）36

(自サ) （天氣、飲食、水土等）適宜，適合；適當，適宜於（某情況）；具有做某事的資格與能力。
(類) 適当
△ 自分に適した仕事を見つけたい／我想找適合自己的工作。

□ てきせつ [適切] 　　　　（二）36

(名・形動) 適當，恰當，妥切。
(類) 妥当（だとう）
△ アドバイスするにしても、もっと適切な言葉があるでしょう／即使要給建議，也應該有更恰當的用詞吧？

□ てきど [適度] 　　　　　（二）6

(名・形動) 適度，適當的程度。
△ 医者の指導のもとで、適度な運動をしている／我在醫生的指導之下，從事適當的運動。

□ てきとう [適当] 　　　　（二）2

(名・形動・自サ) 適當；適度；隨便。
(類) 相応
△ 適当にやっておくから、大丈夫／我會妥當處理的，沒關係！

□ てきよう [適用] 　　　　（二）6

(名・他サ) 適用，應用。

(類) 応用

△ 全国に適用するのに先立ち、まず東京で適用してみた／在運用於全國各地前，先在東京用看看。

できる　　四三2

(自上一) 能，可以，辦得到；做好，做完；做出，形成。

(類) 出来上がる

△ ここでも、どこでもできます／無論這裡或任何地方，都可以做到。

できるだけ　　三2

(副) 盡可能地。

(類) 精一杯

△ できるだけお手伝いしたいです／我會盡力幫忙的。

できれば　　二6

(連語) 可以的話，可能的話。

△ できればその仕事はしたくない／可能的話我不想做那個工作。

でぐち [出口]　　四2

(名) 出口，流水的出口。

(反) 入り口　(類) 出入り口

もう出口まで来ました／已經來到出口了。

てくび [手首]　　二6

(名) 手腕。

(類) 手

△ 手首を怪我した以上、試合には出ら

れません／既然我的手腕受傷，就沒辦法出場比賽。

でございます　　三2

(自・特殊型) 「です」鄭重說法。

(類) である

△ 店員は、「こちらはたいへん高級なワインでございます。」と言いました／店員說：「這是非常高級的葡萄酒」。

でこぼこ [凸凹]　　二6

(名・自サ) 凹凸不平，坑坑窪窪；不平衡，不均勻。

(反) 平ら　(類) ぼつぼつ

△ でこぼこだらけの道を運転した／我開在凹凸不平的道路上。

てごろ [手頃]　　二6

(名・形動) （大小輕重）合手，合適，相當；適合（自己的經濟能力、身份）。

(類) 適当

△ 値段が手頃なせいか、この商品はよく売れます／大概是價錢平易近人的緣故，這個商品賣得相當好。

でし [弟子]　　二6

(名) 弟子，徒弟，門生，學徒。

(反) 師匠（ししょう）　(類) 教え子

△ 弟子のくせに、先生に逆らうのか／明明就只是個學徒，難道你要頂撞老師嗎？

てじな [手品]　　二6

（名）戲法，魔術；騙術，奸計。

（類）魔法

△ 手品を見せてあげましょう／讓你們看看魔術大開眼界。

てしまう （三 2）

（連）強調某一狀態或動作；懊悔。

△ 先生に会わずに帰ってしまったの／沒見到老師就回來了嗎？

ですから （二 3 6）

（接續）所以。

（類）だから

△ 9 時に出社いたします。ですから 9 時以降なら何時でも結構です／我九點進公司。所以九點以後任何時間都可以。

テスト [test] （四 2）

（名）考試，試驗，檢查。

（類）試験

△ テストは、いつからですか／考試什麼時候開始？

でたらめ （二 3 6）

（名・形動）荒唐，胡扯，胡說八道，信口開河。

（類）寝言

△ あいつなら、そのようなでたらめも言いかねない／如果是那傢伙，就有可能會說出那種荒唐的話。

てちょう [手帳] （二 3 6）

（名）筆記本，雜記本。

（類）ノート

母子手帳／母子健康手冊。

てつ [鉄] （二 3 6）

（名）鐵。

（類）金物

△ 「鉄は熱いうちに打て」とよく言います／常言道：「打鐵要趁熱。」

てつがく [哲学] （二 3 6）

（名）哲學；人生觀，世界觀。

（類）医学

△ 哲学の本は読みません。難しすぎるもの／人家不看哲學的書，因為實在是太難了嘛。

てっきょう [鉄橋] （二 3 6）

（名）鐵橋，鐵路橋。

（類）橋

△ 列車は鉄橋を渡っていった／列車通過了鐵橋。

てっきり （二 6）

（副）一定，必然；果然。

（類）確かに

△ 今日はてっきり晴れると思ったのに／我以為今天一定會是個大晴天的。

てっこう [鉄鋼] （二 6）

（名）鋼鐵。

てっする [徹する] （二 6）

（自サ）貫徹，貫穿；通宵，徹夜；徹底，貫徹始終。

類 貫く
△ 夜を徹して語り合う／徹夜交談。

てつだい [手伝い] 二6

名・他サ 幫忙，幫助；幫手，幫忙者；家庭助理，女佣人。

類 助け合い

△ 手伝いさえしないで、寝てばかりいる／連忙都不幫，就只會睡。

てつだう [手伝う] 三2

他五 幫忙，幫助。

類 助ける

△ いつでも、手伝ってあげます／我隨時都樂於幫你的忙。

てつづき [手続き] 二36

名 手續，程序。

類 手順

△ 手続きさえすれば、誰でも入学できます／只要辦好手續，任誰都可以入學。

てってい [徹底] 二36

名・自サ 徹底；傳遍，普遍，落實。

類 貫く

てつどう [鉄道] 二36

名 鐵道，鐵路。

類 高架（こうか）

△ この村には、鉄道の駅はありますか／這村子裡，有火車的車站嗎？

てっぽう [鉄砲] 二6

名 槍，步槍。

類 銃

△ 鉄砲を持って、狩りに行った／我持著手槍前去打獵。

てつや [徹夜] 二36

名・自サ 通宵，熬夜。

類 夜通し

△ 仕事を引き受けた以上、徹夜をしても完成します／既然接下了工作，就算熬夜也要將它完成。

テニスコート [tennis court] 三2

名 網球場。

類 野球場

△ みんな、テニスコートまで走れ／大家一起跑到網球場吧！

てぬぐい [手ぬぐい] 二36

名 布手巾。

類 タオル

△ 汗を手ぬぐいで拭いた／用手帕擦了汗。

では 四2

感 那麼，這麼說，要是那樣。

類 それなら

△ では、どこかへ一緒に出かけましょう／那麼，我們一起上哪兒去吧？

デパート [department] 四2

名 百貨公司。

類 店

△ デパートに行きます／去百貨公司。

□ てぶくろ [手袋]　[三][2]

[名] 手套。

[類] 足袋（たび）

△ 彼女は、新しい手袋を買ったそうだ／聽說她買了新手套。

□ てま [手間]　[二][6]

[名] （工作所需的）勞力、時間與功夫；（手藝人的）計件工作，工錢。

[類] 労力

△ この仕事には手間がかかるにしても、三日もかかるのはおかしいよ／就算這工作需要花較多時間，但是竟然要花上3天實在太可疑了。

□ てまえ [手前]　[二][3][6]

[名·代] （自己的近處）眼前；這邊，靠自己的這一方；本領，本事；（自謙稱呼）我。

[類] こちら側

△ 手前にいるのが母で、後ろは兄です／在我前面的是媽媽，後面的是哥哥。

□ でむかえ [出迎え]　[二][6]

[名] 迎接；迎接的人。

[類] 迎える

△ 電話さえしてくれれば、出迎えに行きます／只要你給我一通電話，我就出去迎接你。

□ でむかえる [出迎える]　[二][6]

[他下一] 迎接。

△ 客を駅で出迎える／在火車站迎接客人。

□ でも　[四][2]

[接續] 可是，但是，不過。

[類] それでも

△ でも、もう食べたくありません／可是我已經不想吃了。

□ デモ [demonstration]　[二][6]

[名] 抗議行動。

[類] 抗議

△ 彼らもデモに参加したということです／聽說他們也參加了示威遊行。

□ てら [寺]　[三][2]

[名] 寺廟。

[類] 寺院（じいん）

△ 京都は、寺がたくさんあります／京都有很多的寺廟。

□ てらす [照らす]　[二][6]

[他五] 照耀，曬，晴天。

[類] 照明

△ 足元を照らすライトを取り付けましょう／安裝照亮腳邊的照明用燈吧！

□ でる [出る]　[四][2]

[自下一] 出來，出去，離開；露出，突出；出沒，顯現。

[類] 現れる

△ 7時に家を出る／7點離開家。

□ てる [照る]　[二][3][6]

[自五] 照耀，曬，晴天。

[反] 降る　[類] 光る

△ 今日(きょう)は太陽(たいよう)が照(て)って暑(あつ)いね／今天太陽高照真是熱啊！

テレビ [television]　[四][2]

[名] 電視。

[類] 放送

△ 夜(よる)は、テレビを見(み)ます／晚上看電視。

てん [店]　[二][3][6]

[名] 店家，店。

[類] 〈酒・魚〉屋

△ 小(ちい)さな売店(ばいてん)／小小的賣店。

てん [点]　[三][2]

[名] 點；方面；（得）分。

[類] ポイント

△ その点(てん)について、説明(せつめい)してあげよう／關於那一點，我來為你說明吧！

てんいん [店員]　[三][2]

[名] 店員。

[反] 店主（たなぬし）　[類] 売り子

△ 店員(てんいん)がだれもいないはずがない／不可能沒有店員在。

てんかい [展開]　[二][6]

[名・他サ・自サ] 開展，打開；展現；進展；（隊形）散開。

[類] 展示（てんじ）

△ 話(はなし)は、予測(よそく)どおりに展開(てんかい)した／事情就如預期一般地發展下去。

てんき [天気]　[四][2]

[名] 天氣；晴天，好天氣；（人的）心情。

[類] 天候

△ 今日(きょう)は、天気(てんき)がいいです／今天天氣真好。

でんき [伝記]　[二][6]

[名] 傳，傳記。

[類] 履歴

でんき [電気]　[四][2]

[名] 電力；電燈；電器。

[類] 電流

△ 電気(でんき)をつけないでください／請不要開燈。

でんきゅう [電球]　[二][3][6]

[名] 電燈泡。

△ 電球(でんきゅう)が切(き)れてしまった／電燈泡壞了。

てんきよほう [天気予報]　[三][2]

[名] 天氣預報。

[類] お天気

△ 天気予報(てんきよほう)ではああ言(い)っているが、信用(しんよう)できない／雖然天氣預報那樣說，但不能相信。

てんけい [典型]　[二][6]

[名] 典型，模範。

[類] 手本

△ 日本(にほん)においては、こうした犯罪(はんざい)は典型的(てんけいてき)です／在日本，這是種很典型的

て

犯罪。

□ てんこう [天候] 二36

名 天氣，天候。

類 気候

△ 北海道から東北にかけて、天候が不安定になります／北海道到東北地區，接下來的天氣，會變得很不穩定。

□ でんし [電子] 二6

名 （理）電子。

△ 電子辞書を買おうと思います／我打算買台電子辭典。

□ でんしゃ [電車] 四2

名 電車。

類 地下鉄

△ 新宿から上野まで、電車に乗りました／從新宿搭電車到上野。

□ てんじょう [天井] 二36

名 天花板；物體裡面的最高的地方；（經）頂點（物價上漲的）。

類 屋根

□ てんすう [点数] 二36

名 （評分的）分數；（比賽的）得分；（物品的）件數。

類 ポイント

□ でんせん [伝染] 二6

名・自サ （病菌的）傳染；（惡習的）傳染，感染。

類 感染る（うつる）

△ 病気が、国中に伝染するおそれがある／這疾病恐怕會散佈到全國各地。

□ でんせん [電線] 二6

名 電線，電纜。

類 金属線

△ 電線に雀がたくさん止まっている／電線上停著許多麻雀。

□ でんち [電池] 二6

名 （理）電池。

□ でんちゅう [電柱] 二6

名 電線桿。

類 燃料電池

△ 電柱に車がぶつかった／車子撞上了電線桿。

□ てんてん [転々] 二6

副・自サ 轉來轉去，輾轉，不斷移動；滾轉貌，嘰哩咕嚕。

類 あちこち

△ 今までにいろいろな仕事を転々とした／到現在為止換過許多工作。

□ てんてん [点々] 二6

副 點點，分散在；（液體）點點地，滴滴地往下落。

類 各地

△ 広い草原に、羊が点々と散らばっている／廣大的草原上，羊兒們零星散佈各地。

□ テント [tent] 二6

[名] 帳篷。

[類] 幕

□ でんとう [伝統] 二 3 6

[名] 傳統。

△ 日本の伝統からすれば、この行事には深い意味があるのです／就日本的傳統來看，這個活動有很深遠的意義。

□ でんとう [電灯] 三 2

[名] 電燈。

[類] 明かり

△ 明るいから、電灯をつけなくてもかまわない／天還很亮，不開電燈也沒關係。

□ てんねん [天然] 二 6

[名] 天然，自然。

[類] 自然

△ このお菓子はおいしいですね。さすが天然の材料だけを使っているだけのことはあります／這糕點實在好吃，不愧是只採用天然的材料。

□ てんのう [天皇] 二 6

[名] 日本天皇。

[反] 皇后 [類] 皇帝

△ 天皇ご夫妻は今ヨーロッパご訪問中です／天皇夫婦現在正在造訪歐洲。

□ でんぱ [電波] 二 6

[名] （理）電波。

[類] 電磁（でんじ）

△ そこまで電波が届くでしょうか／電波有辦法傳到那麼遠的地方嗎？

□ テンポ [tempo] 二 6

[名] （樂曲的）速度，拍子；（局勢、對話或動作的）速度。

[類] リズム

△ 東京の生活はテンポが速すぎる／東京的生活步調太過急促。

□ でんぽう [電報] 二 3 6

[名·自サ] 電報，打電報。

[類] 電信

△ 私が結婚したとき、彼はお祝いの電報をくれた／我結婚的時候，他打了電報祝福我。

□ てんらんかい [展覧会] 二 3 6

[名] 展覽會展示會旗。

[類] 催し物

△ 展覧会とか音楽会とかに、よく行きます／展覽會啦、音樂會啦，我都常去參加。

□ でんりゅう [電流] 二 6

[名] （理）電流。

[類] 電気量

△ 回路に電流を流してみた／我打開電源讓電流流通電路看看。

□ でんりょく [電力] 二 6

[名] 電力。

[類] 電圧

△ 電力不足につき、しばらく停電します／基於電力不足，要暫時停電。

でんわ [電話] [四 2]

[名・自サ] 電話。

[類] 通話

△ だれか、電話で話しています／不知道是誰在講電話。

とト

と [戸] [四 2]

[名] 門；大門；窗戶。

[類] 扉（とびら）

△ 戸が開けてあります／窗戶開著。

と [都] [二 3 6]

[名・漢造] 首都；「都道府縣」之一的行政單位，都市；東京都。

[類] 首都

△ 都の規則で、ごみを分別しなければならない／依東京都規定，要做垃圾分類才行。

ど [度] [四 2]

[名・接尾] 次；度（溫度、眼睛近、遠視的度數等單位）。

[類] 回数

△ 1年に一度、旅行をします／一年旅行一次。

ど [度] [二 6]

[名・漢造] 尺度；程度；溫度；次數，回數；規則，規定；氣量，氣度。

[類] 温度

△ 明日の気温は、今日より5度ぐらい高いでしょう／明天的天氣大概會比今天高個五度。

ドア [door] [四 2]

[名]（西式的）門；（任何出入口的）門。

[類] 門（もん）

△ ドアを開けて、外に出ます／打開門到外頭去。

とい [問い] [二 3 6]

[名] 問，詢問，提問；問題。

[反] 答え [類] 質問

△ 先生の問いに、答えないわけにはいかない／不能不回答老師的問題。

といあわせ [問い合わせ] [二 6]

[名] 詢問，打聽，查詢。

[類] お尋ね

△ 内容をお問い合わせの上、お申し込みください／請詢問過內容之後再報名。

トイレ [toilet] [四 2]

[名] 廁所，洗手間，盥洗室。

[類] お手洗い

△ トイレに行ってから、テレビを見ます／先上完洗手間後再去看電視。

どう [四 2]

[副] 怎麼，如何。

[類] いかが

△ まだ、どうするか決めていません／

還沒有決定要怎麼做。

とう [党] （二）6

名·漢造 鄉里；黨羽，同夥；黨，政黨。

類 党派（とうは）

△ どの党を支持していますか／你支持哪一黨？

とう [塔] （二）6

名·漢造 塔。

類 タワー

△ 塔に上ると、町の全景が見える／爬到塔上可以看到街道的全景。

とう [島] （二）6

名 島嶼。

類 諸島（しょとう）

△ バリ島に着きしだい、電話をします／一到了峇里島，我就馬上打電話。

とう [等] （二）36

接尾 等等；（助數詞用法，計算階級或順位的單位）等（級）。

類 など

とう [頭] （二）36

接尾 （助數詞用法，計算牛、馬等的單位）頭。

類 匹

どう [同] （二）6

名 同樣，同等；（和上面的）相同。

類 同じ

どう [銅] （二）6

名 銅。

類 金

△ この像は銅でできていると思ったら、なんと木でできていた／本以為這座雕像是銅製的，誰知竟然是木製的！

とうあん [答案] （二）36

名 試卷，卷子。

類 答え

△ 答案を出したとたんに、間違いに気がついた／一將答案卷交出去，馬上就發現了錯誤。

どういたしまして （四）2

寒暄 沒關係，不用客氣，不敢當，算不了什麼。

類 いいえ

△ どういたしまして。私はなにもしていませんよ／不用客氣。我什麼也沒做。

とういつ [統一] （二）36

名·他サ 統一，一致，一律。

類 纏める

△ 字体の統一さえしてあれば、文体はどうでもいいです／要字體統一就好，什麼文體都行。

どういつ [同一] （二）36

名·形動 同樣，相同；相等，同等。

類 同様

△ これとそれは、全く同一の商品です

／這個和那個是完全一樣的商品。

どうか [二][3][6]

[副]（請求他人時）請；設法，想辦法；（情況）和平時不一樣，不正常；（表示不確定的疑問，多用かどうか）是…還是怎麼樣。

[類] 何分（なにぶん）

△ 頼むからどうか見逃してくれ／拜託啦！請放我一馬。

どうかく [同格] [二][6]

[名] 同級，同等資格，等級相同；同級的（品牌）；（語法）同格語。

[類] 同一

△ 私と彼の地位は、ほぼ同格です／我跟他的地位是差不多等級的。

どうぐ [道具] [三][2]

[名] 工具；手段。

[類] 器具

△ 道具を集めて、いつでも使えるようにした／收集了道具，以便隨時可以使用。

とうげ [峠] [二][3][6]

（名・日造漢字）山頂，山巔；頂部，危險期，關頭。

[類] 坂

△ 彼の病気は、もう峠を越えました／他病情已經度過了危險期。

とうけい [統計] [二][3][6]

[名·他サ] 統計。

[類] 総計

△ 統計から見ると、子どもの数は急速に減っています／從統計數字來看，兒童人口正快速減少中。

どうさ [動作] [二][3][6]

[名·自サ] 動作。

[類] 挙止（きょし）

△ 私の動作には特徴があると言われます／別人說我的動作很有特色。

とうざい [東西] [二][6]

[名]（方向）東和西；（國家）東方和西方；方向；事理，道理。

[反] 南北 [類] 東洋と西洋

△ 古今東西の演劇資料を集めた／我蒐集了古今中外的戲劇資料。

とうじ [当時] [二][3][6]

[名·副] 現在，目前；當時，那時。

[類] その時

△ 当時はまだ新幹線がなかったとか／聽說當時好像還沒有新幹線。

どうし [動詞] [二][3][6]

[名] 動詞。

[類] 名詞

△ 動詞を規則どおりに活用させる／依規則來變化活用動詞。

どうじ [同時] [二][3][6]

[名·副·接] 同時，時間相同；同時代；同時，立刻；也，又，並且。

[類] 同年

△ 同時にたくさんのことはできない／無法在同時處理很多事情。

とうじつ [当日]　二6

(名・副) 當天，當日，那一天。
△ たとえ当日雨が降っても、試合は行われます／就算當天下雨，比賽也還是照常進行。

どうして　四2

(副) 為什麼，何故；如何，怎麼樣。
(類) なぜ
△ どうしてお兄さんとけんかしますか／為什麼跟哥哥吵架？

どうしても　二36

(副) (後接否定) 怎麼也，無論怎樣也；務必，一定，無論如何也要。
(類) 断じて

とうしょ [投書]　二6

(名・他サ・自サ) 投書，信訪，匿名投書；(向報紙、雜誌) 投稿。
(類) 寄稿
△ 公害問題について、投書しようではないか／我們來投稿有關公害問題的文章吧！

とうじょう [登場]　二6

(名・自サ) (劇) 出場，登台，上場演出；(新的作品、人物、產品) 登場，出現。
(反) 退場　(類) デビュー
△ 主人公が登場するかしないかのう

ちに、話の結末がわかってしまった／主角才一登場，我就知道這齣戲的結局了。

どうせ　二36

(副) (表示沒有選擇餘地) 反正，總歸就是，無論如何。
(類) やっても
△ どうせ私は下っ端ですよ／反正我只不過是個小員工而已。

どうぞ　四2

(副) (表勸誘、請求、委託) 請；(表承認、同意) 可以，請。
(類) どうか
△ どうぞ、そこに座ってください／請坐在那邊。

どうぞよろしく　四2

(寒暄) 請多指教。
(類) 指導
△ 私が山田で、こちらが鈴木さんです。どうぞよろしく／我是山田，這位是鈴木先生。請多指教。

とうだい [灯台]　二6

(名) 燈塔。
△ 船は、灯台の光を頼りにしている／船隻倚賴著燈塔的光線。

とうちゃく [到着]　二36

(名・自サ) 到達，抵達。
(類) 着く
△ スターが到着するかしないかのうち

と

に、ファンが大騒ぎを始めた／明星才一到場，粉絲們便喧嘩了起來。

とうとう [三2]

[副] 終於，最後。

[類] ついに

△ とうとう、国に帰ることになりました／終於決定要回國了。

どうとく [道徳] [二36]

[名] 道德。

[類] 倫理

△ 人々の道徳心が低下している／人們道德心正在下降中。

とうなん [盗難] [二6]

[名] 失竊，被盜。

[類] 盗む

△ 警察ですが、盗難について、質問させてください／我是警察，就失竊一案，請容我問幾個問題。

とうばん [当番] [二6]

[名·自サ] 值班（的人）。

[類] 受け持ち

△ 私は今日の掃除当番です／我是今天的打掃值日生。

とうひょう [投票] [二6]

[名·自サ] 投票。

[類] 選挙

△ 雨が降らないうちに、投票に行きましょう／趁還沒下雨時，快投票去吧！

どうぶつ [動物] [四2]

[名] （生物兩大類之一的）動物；（人類以外的）動物 。

[反] 植物 [類] 畜生

△ 動物はあまり好きじゃありません／不是很喜歡動物。

どうぶつえん [動物園] [三2]

[名] 動物園。

[類] 植物園

△ 動物園の動物に食べ物をやってはいけません／不可以給動物園裡的動物吃東西。

とうぶん [等分] [二6]

[名·他サ] 等分，均分；相等的份量。

[類] さしあたり

△ 線にそって、等分に切ってください／請沿著線對等剪下來。

とうめい [透明] [二6]

[名·形動] 透明；純潔，單純。

[類] 透き通る

△ この薬は、透明なカプセルに入っています／這藥裝在透明的膠囊裡。

どうも [二36]

[副] （後接否定詞）怎麼也…；總覺得，似乎；實在是，真是。

[類] どうしても

△ 先日は、どうもありがとうございました／前日真是多謝關照。

どうも（ありがとう） [四2]

[副] 實在（謝謝），非常（謝謝）。

[類] 本当に

△ どうもありがとう。これが、ほしかったんです／非常謝謝您，我一直想要這個。

とうゆ [灯油] [二]6

[名] 燈油；煤油。

△ 我が家は、灯油のストーブを使っています／我家裡使用燈油型的暖爐。

とうよう [東洋] [二]36

[名] （地）亞洲；東洋，東方（亞洲東部和東南部的總稱）。

[反] 西洋　[類] 東海

△ 東洋文化には、西洋文化とは違う良さがある／東洋文化有著和西洋文化不一樣的優點。

どうよう [同様] [二]36

[形動] 同樣的，一樣的。

[類] 同類

△ 女性社員も、男性社員と同様に扱うべきだ／女職員應受和男職員一樣的平等待遇。

どうよう [童謡] [二]6

[名] 童謠；兒童詩歌。

[類] 歌謡

△ 子どもの頃というと、どんな童謡が懐かしいですか／講到小時候，會想念起哪首童謠呢？

どうりょう [同僚] [二]6

[名] 同事，同僚。

[類] 仲間

△ 同僚の忠告を無視するものではない／你不應當對同事的勸告聽而不聞。

どうろ [道路] [二]36

[名] 道路。

[類] 道

どうわ [童話] [二]6

[名] 童話。

[類] 昔話（むかしばなし）

△ 私は童話作家になりたいです／我想當個童話作家。

とお [十] [四]2

[名] （數）十；十個；十歲。

△ その子どもは、十になりました／那個孩子十歲了。

とおい [遠い] [四]2

[形] （距離）遠，遙遠；（關係）疏遠；（時間間隔）久遠。

[反] 近い　[類] 離れた

△ 遠い国へ行く前に、先生にあいさつをします／在前往遙遠的國度之前，先去向老師打聲招呼。

とおか [十日] [四]2

[名] 十天；十號，十日。

△ 十日に1回、母に電話をかけます／每十天打一通電話給媽媽。

とおく [遠く] [三]2

[名] 遠處；很遠。

△ あまり遠くまで行ってはいけません／不可以走到太遠的地方。

とおす [通す] [二36]

[他五・接尾] 穿通，貫穿；滲透，透過；連續，貫徹；（把客人）讓到裡邊；一直，連續，…到底。

[類] 導く

△ 彼は、自分の意見を最後まで通す人だ／他是個貫徹自己的主張的人。

とおり [通り] [三2]

[名] 道路，街道。

[類] 街（まち）

△ どの通りも、車でいっぱいだ／不管哪條路，車都很多。

とおり [二36]

[接尾] （助數詞用法，前接表示數目的詞）種類；套，組。

とおりかかる [通りかかる] [二6]

[自五] 碰巧路過。

[類] 通り過ぎる

△ 通りかかった船に救助される／被碰巧路過的船隻救了上來。

とおりすぎる [通り過ぎる] [二6]

[自上一] 走過，越過。

[類] 通過

△ 手を上げたのに、タクシーは通り過ぎてしまった／我明明招了手，計程車卻開了過去。

とおる [通る] [三2]

[自五] 經過；穿過；合格。

[類] 通行

△ 私は、あなたの家の前を通ることがあります／我有時會經過你家前面。

とかい [都会] [二36]

[名] 都會，城市，都市。

[反] 田舎　[類] 都市

△ 都会に出てきた頃は、寂しくて泣きたいくらいだった／剛開始來到大都市時，感覺寂寞得想哭。

とかす [溶かす] [二36]

[他五] 溶解，化開，溶入。

△ 薬を水に完全に溶かしてからでないと、飲んではいけません／如果藥沒有完全溶解於開水中，就不能飲用。

とがる [尖る] [二6]

[自五] 尖；發怒；神經過敏，神經緊張。

[類] 角張る（かくばる）

△ 教会の塔の先が尖っている／教堂的塔的頂端是尖的。

とき [三2]

[名] …時，時候。

[類] ごろ

△ そんなときは、この薬を飲んでください／那時請吃這個藥。

とき [時] [二36]

[名] 時間；（某個）時候；時期，時節，季節；情況，時候；時機，機會。

（類）偶に

△ 時には、仕事を休んでゆっくりした
ほうがいいと思う／我認為偶爾要放下
工作，好好休息才對。

□ ときどき （四）2

（副）有時，偶而；每個季節，一時一時。

（類）時に

△ 日本には、ときどき行きます／我偶
而會去日本。

□ どきどき （二）6

（副・自サ）（心臟）撲通撲通地跳，忐忑不
安。

（類）脈

□ とく [溶く] （二）36

（他五）溶解，化開，溶入。

（類）溶解

△ この薬は、お湯に溶いて飲んでく
ださい／這服藥請用熱開水沖泡後再服
用。

□ とく [解く] （二）36

（他五）解開；拆開（衣服）；消除，解除
（禁令、條約等）；解答。

（反）結ぶ （類）解除

△ 緊張して、問題を解くどころでは
なかった／緊張得要命，哪裡還能答題
啊！

□ どく [退く] （二）36

（自五）讓開，離開，躲開。

（類）離れる

△ 車が通るから、退かないと危ないよ
／車子要通行，不讓開是很危險唷！

□ とく [特] （二）6

（名・漢造）特，特別，與眾不同。

（類）特別

□ どく [毒] （二）36

（名・自サ・漢造）毒，毒藥；毒害，有害；惡
毒，毒辣。

（類）損なう

△ お酒を飲みすぎると体に毒ですよ／
飲酒過多對身體有害。

□ とくい [得意] （二）36

（名・形動）（店家的）主顧；得意，滿意；
自滿，得意洋洋；拿手。

（反）失意 （類）有頂天

□ とくしゅ [特殊] （二）36

（名・形動）特殊，特別。

（類）特別

△ 特殊な素材につき、扱いに気をつけ
てください／由於這是特殊的材質，所
以處理時請務必小心在意。

□ どくしょ [読書] （二）36

（名・自サ）讀書。

（類）閲読

△ 読書が好きだからといって、1日
中 読んでいたら体に悪いよ／即使說
是喜歡閱讀，但整天看書對身體是不好
的呀！

とくしょく [特色] [二][6]

[名] 特色，特徵，特點，特長。

[類] 特徴

△ 美しいかどうかはともかくとして、特色のある作品です／姑且先不論美或不美，這是個有特色的作品。

どくしん [独身] [二][6]

[名] 單身。

[類] 独り者

とくちょう [特徴] [二][3][6]

[名] 特徵，特點。

[類] 特色

△ 彼女は、特徴のある髪型をしている／她留著一個很有特色的髮型。

とくてい [特定] [二][6]

[名·他サ] 特定；明確指定，特別指定。

△ 殺人の状況を見ると、犯人を特定するのは難しそうだ／從兇殺的現場來看，要鎖定犯人似乎很困難。

どくとく [独特] [二][3][6]

[名·形動] 獨特。

[類] 独自

△ この絵は、色にしろ構成にしろ、独特です／這幅畫不論是用色或是架構，都非常獨特。

とくに [特に] [三][2]

[副] 特地，特別。

[類] 特別

△ 特に、手伝ってくれなくてもかまわない／不用特地來幫忙也沒關係。

とくばい [特売] [二][6]

[名·他サ] 特賣；（公家機關不經標投）賣給特定的人。

[類] 小売

△ 特売が始まると、買い物に行かないではいられない／一旦特賣活動開始，就不禁想去購物一下。

とくべつ [特別] [三][2]

[名·形動] 特別，特殊。

[反] 一般　[類] 無比（むひ）

△ 彼には、特別の練習をやらせています／讓他進行特殊的練習。

どくりつ [独立] [二][3][6]

[名·自サ] 孤立，單獨存在；自立，獨立，不受他人援助。

[反] 従属　[類] 自立

△ 両親から独立した以上は、仕事を探さなければならない／既然離開父母自力更生了，就得要找個工作才行。

とけい [時計] [四][2]

[名] 鐘錶，手錶。

[類] 砂時計

△ どの時計が、あなたのですか／哪支手錶是你的？

とけこむ [溶け込む] [二][6]

[自五] （理、化）融化，溶解，熔化；融合，融。

[類] 混ざる

△ だんだんクラスの雰囲気に溶け込んできた／越來越能融入班上的氣氛。

とける [溶ける] (二)36

(自下一) 溶解，融化。

(類) 溶解

△ この物質は、水に溶けません／這個物體不溶於水。

とける [解ける] (二)36

(自下一) 解開，鬆開（綁著的東西）；消，解消（怒氣等）；解除（職責、契約等）；解開（疑問等）。

(類) 氷解

△ 靴ひもが解ける／鞋帶鬆開。

どける [退ける] (二)36

(他下一) 移開。

(類) 下がらせる

△ ドアを開けるために、前にある荷物を退けるほかない／為了開門，不得不移開面前的東西。

どこ (四)2

(代) 何處，哪兒，哪裡。

(類) どこら

△ 英語の上手な学生は、どこですか／英語呱呱叫的學生在哪裡？

どこか (二)6

(連語) 哪裡是，豈止，非但。

とこのま [床の間] (二)6

(名) 壁龕。

△ 床の間に生け花を飾りました／我在壁龕擺設了鮮花來裝飾。

とこや [床屋] (三)2

(名) 理髮店；理髮師。

△ 床屋で髪を切ってもらいました／在理髮店剪了頭髮。

ところ (四)2

(名) （所在的）地方；（大致的）位置，部位；當地，鄉土。

△ どこか、おもしろいところへ行きませんか／要不要去好玩的地方？

どころ (二)6

(接尾) （前接動詞連用形）值得…的地方，應該…的地方；生產…的地方。

(類) 場所

△ 置き所がない／沒有擺放的地方。

ところが (二)36

(接・接助) 然而，可是，不過；一…，剛要。

(類) しかし

△ 新聞はかるく扱っていたようだ。ところが、これは大事件なんだ／新聞似乎只是輕描淡寫一下而已，不過，這可是一個大事件。

ところで (二)36

(接・接助) （用於轉變話題）可是，不過；即使，縱使，無論。

(類) さて

△ ところで、あなたは誰でしたっけ／

と

對了，你是哪位來著？

とところどころ [所々]　二36

[名] 處處，各處，到處都是。

[類] あちこち

△ 所々に間違いがあるにしても、大体よく書けています／雖說到處都有錯誤，但是整體上寫得不錯。

とざん [登山]　二6

[名·自サ] 登山；到山上寺廟修行。

[類] ハイキング

△ おじいちゃんは、元気なうちに登山に行きたいそうです／爺爺說想趁著身體還健康時去爬爬山。

とし [都市]　二36

[名] 都市，城市。

[反] 田舎　[類] 都会

とし [年]　三2

[名] 年齡；一年。

[類] 年度

△ 年も書かなければなりませんか／也得要寫年齡嗎？

としつき [年月]　二36

[名] 年和月，歲月，光陰；長期，長年累月；多年來。

[類] 月日

△ この年月、ずっとあなたのことを考えていました／這麼多年來，我一直掛念著你。

としょ [図書]　二36

[名] 圖書，書籍。

[類] 書物

△ 学校で図書係をしています／我在學校擔任圖書委員。

とじょう [途上]　二6

[名] （文）路上；中途。

[類] 途中

としょかん [図書館]　四2

[名] 圖書館。

[類] 書庫

△ 昨日行った図書館は、大きかったです／昨天去的圖書館很大。

としより [年寄り]　二36

[名] 老人；（史）重臣，家老；（史）村長；（史）女管家；（相撲）退休的力士，顧問。

[反] 若者　[類] 老人

とじる [閉じる]　二36

[自上一·他上一] 閉，關閉；結束。

[類] 閉める

△ ドアが自動的に閉じた／門自動關上。

としん [都心]　二36

[名] 市中心。

[類] 大都会

△ 都心は家賃が高いです／東京都中心地帶的房租很貴。

とだな [戸棚] [二][3][6]

[名] 壁櫥，櫃櫥。

[類] 棚

△ 戸棚からコップを出しました／我從壁櫥裡拿出了玻璃杯。

とたん [途端] [二][3][6]

[名·他サ·自サ] 正當…的時候；剛…的時候，一…就…。

[類] すぐ

△ 会社に入った途端に、すごく真面目になった／一進公司，就變得很認真。

とち [土地] [二][3][6]

[名] 土地，耕地；土壤，土質；某地區，當地；地面；地區。

[類] 大地

△ 土地を買った上で、建てる家を設計しましょう／等買了土地，再來設計房子吧。

とちゅう [途中] [三][2]

[名] 半路上，中途；半途。

[類] 半途

△ 途中で事故があったために、遅くなりました／因路上發生事故，所以遲到了。

どちら [四][2]

[代] （不定稱，表示方向、地點、事物、人等）哪裡，哪個，哪位。

[類] どこ

△ どちらでもいいです／哪一個都行。

とっきゅう [特急] [三][2]

[名] 火速；特急列車。

[類] 大急ぎ

△ 特急で行こうと思う／我想搭特急列車前往。

とっくに [二][3][6]

[他サ·自サ] 早就，好久以前。

△ 鈴木君は、とっくにうちに帰りました／鈴木先生早就回家了。

とつぜん [突然] [二][3][6]

[副] 突然，忽然。

[類] 突如

△ 突然頼まれても、引き受けかねます／你這樣突然找我幫忙，我很難答應。

どっち [三][2]

[代] 哪一個。

[類] どこ

△ どっちをさしあげましょうか／要送您哪一個呢？

どっと [二][6]

[副] （許多人）一齊（突然發聲），哄堂；（人、物）湧來，雲集；（突然）病重，病倒。

△ それを聞いて、みんなどっと笑った／聽了那句話後，大家哄堂大笑。

トップ [top] [二][6]

[名] 尖端；（接力賽）第一棒；領頭，率先；第一位，首位，首席。

[類] 一番

△ 成績がトップになれるものなら、なってみろよ／要是你能考第一名，你就考給我看看啊！

とても 四2

（副）很，非常；（下接否定）無論如何也…。

（類）誠に

△ そのドレス、とてもすてきですよ／那件禮服非常好看。

とどく [届く] 二36

（自五）及，達到；（送東西）到達；周到；達到（希望）。

（類）着く

△ お手紙が昨日届きました／信昨天收到了。

とどける [届ける] 二2

（他下一）送達；送交；報告。

（類）送達

△ 忘れ物を届けてくださって、ありがとう／謝謝您幫我把遺失物送回來。

ととのう [整う] 二36

（自五）齊備，完整；整齊端正，協調；（協議等）達成，談妥。

（反）乱れる （類）片付く

△ 準備が整いさえすれば、すぐに出発できる／只要全都準備好了，就可以馬上出發。

とどまる [留まる] 二6

（自五）停留，停頓；留下，停留；止於，限於。

（反）進む （類）停止

△ 隊長が来るまで、ここに留まることになっています／在隊長來到之前，要一直留在這裡待命。

どなた 四2

（代）哪位，誰。

△ どなたが走っていますか／誰在跑？

となり [隣] 四2

（名）鄰居，鄰家；隔壁，旁邊；鄰近，附近。

（類）誰

△ 隣に住んでいるのはどなたですか／誰住在隔壁？

どなる [怒鳴る] 二36

（自五）大聲喊叫，大聲申訴。

（類）叱る

△ そんなに怒鳴ることはないでしょう／不需要這麼大聲吼叫吧！

とにかく 二36

（副）總之，無論如何，反正。

（類）何しろ

△ とにかく、彼などと会いたくないんです／總而言之，就是不想跟他見面。

どの 四2

（連體）哪個，哪…。

（類）どんな

△ どの本がほしいですか／想要哪本書？

どの [殿]

接尾 （前接姓名或表示身分的名詞，用在正式的場合或信函）表示尊重。

類 様

とばす [飛ばす]

他五・接尾 使…飛，使飛起；（風等）吹起，吹跑；飛濺，濺起。

類 飛散させる

△ バイクをそんなに飛ばしたら危ないよ／摩托車飆那麼快是很危險的！

とびこむ [飛び込む]

自五 跳進；飛入；突然闖入；（主動）投入，加入。

類 入る

△ みんなの話によると、窓からボールが飛び込んできたのだそうだ／據大家所言，球好像是從窗戶飛進來的。

とびだす [飛出す]

自五 飛出，飛起來，起飛；跑出；（猛然）跳出；突然出現。

類 抜け出す

△ 角から子どもが飛び出してきたので、びっくりした／小朋友從轉角跑出來，嚇了我一跳。

とぶ [飛ぶ]

自五 飛，飛行，飛翔。

類 翔ける

△ 飛行機が空を飛びます／飛機在天上飛。

とぶ [跳ぶ]

自五 跳，跳起；跳過（順序、號碼等）。

類 跳ねる

△ 飛箱を跳ぶ／跳過跳箱。

とまる [止まる]

自五 停止；中斷；落在；堵塞。

反 動く 類 休止

△ バスが停留所に止まりました／巴士停靠在公車站。

とまる [止まる・留まる・停まる]

自五 停止，停住；止住，停頓；堵塞；（會飛的鳥、昆蟲靜止）停在；固定住，釘住；抓住；（眼睛）注意到；留在（耳邊）。

反 去る 類 駐留

△ 時計が止まる／時鐘停止。

とめる [止める]

他下一 關掉，使停止；釘住。

反 動かす 類 停止

△ その動きつづけている機械を止めてください／請關掉那台不停轉動的機械。

とめる [止める・留める・停める]

他下一 （把）停下；止住，憋住；阻止；關閉；禁止，阻擋；（用針、釘等）固定住；留下，留住；留心，留意；記住；止限於。

と

299

[類] 留意

△ タクシーを止める／攔住計程車。

□ とめる [泊める] 二36

[他下一] （讓 ）住，過夜；（讓旅客）投宿；（讓船隻）停泊。

[類] 宿す

△ ひと晩泊めてもらう／讓我投宿一晚。

□ とも [友] 二6

[名] 友人，朋友；良師益友。

[類] 友達

△ このおかずは、お酒の友にもいいですよ／這小菜也很適合當下酒菜呢。

□ ともかく 二6

[副·接] 暫且不論，姑且不談；總之，反正；不管怎樣。

[類] まずは

△ ともかく、今は忙しくてそれどころじゃないんだ／暫且先不談這個了，現在很忙，根本就不是做這種事情的時候。

□ ともだち [友達] 四2

[名] 朋友，友人。

[類] 仲良し

△ 明日、友達が来ます／明天朋友會來。

□ ともに [共に] 二6

[副] 共同，一起，都；隨著，隨同；全，都，均。

[類] 一緒

△ 家族と共に、合格を喜び合った／家人全都為我榜上有名而高興。

□ どようび [土曜日] 四2

[名] 星期六。

[類] 土曜

△ 土曜日はあまり忙しくないです／星期六不是很忙。

□ とら [虎] 二6

[名] 老虎。

[類] 獅子（しし）

△ 動物園には、虎が３匹いる／動物園裡有三隻老虎。

□ ドライブ [drive] 二6

[名·自サ] 兜風；開車遊玩。

[類] 遠足

□ とらえる [捕らえる] 二6

[他下一] 捕捉，逮捕；緊緊抓住；捕捉，掌握；令陷入…狀態。

[反] 釈放する [類] 逮捕

△ 犯人を捕らえられるものなら捕らえてみろよ／你要能抓到那犯人，你就抓抓看啊！

□ トラック [track] 二36

[名] （操場、運動場、賽馬場的）跑道；（體）競賽（賽跑、接力等）。

[類] 運動場

□ ドラマ [drama] 二6

（名）劇；戲劇；劇本；戲劇文學；（轉）戲劇性的事件。

（類）芝居

☐ トランプ [trump] （二）6

（名）撲克牌。

☐ とり [鳥] （四）2

（名）鳥，禽類的總稱；雞。

（類）鳥類

△ 鳥_{とり}には、大_{おお}きいのも小_{ちい}さいのもあります／鳥兒有大也有小。

☐ とりあげる [取り上げる] （二）6

（他下一）拿起，舉起；採納，受理；奪取，剝奪；沒收（財產），徵收（稅金）。

（類）奪う

△ 環境問題_{かんきょうもんだい}を取_とり上_あげて、みんなで話_{はな}し合_あいました／提出環境問題來和大家討論一下。

☐ とりいれる [取り入れる] （二）6

（他下一）收穫，收割；收進，拿入；採用，引進，採納。

（反）取り出す （類）取る

△ 新_{あたら}しい意見_{いけん}を取_とり入_いれなければ、改善_{かいぜん}は行_{おこな}えない／要是不採用新的意見，就無法改善。

☐ とりかえる [取り替える] （二）2

（他下一）交換；更換。

（類）入れ替える

△ 新_{あたら}しい商品_{しょうひん}と取_とり替_かえられます／可

以更換新產品。

☐ とりけす [取り消す] （二）3 6

（他五）取消，撤銷，作廢。

（類）打ち消す

△ 責任者_{せきにんしゃ}の協議_{きょうぎ}のすえ、許可証_{きょかしょう}を取_とり消_けすことにしました／和負責人進行協議，最後決定撤銷證照。

☐ とりだす [取り出す] （二）6

（他五）（用手從裡面）取出，拿出；（從許多東西中）挑出，抽出。

（反）取り入れる （類）抜き出す

△ 彼_{かれ}は、ポケットから財布_{さいふ}を取_とり出_だした／他從口袋裡取出錢包。

☐ とりにく [鳥肉] （四）2

（名）雞肉；鳥肉。

（類）豚肉

△ 主人_{しゅじん}は、鳥肉_{とりにく}が好_すきです／我先生喜歡吃雞肉。

☐ どりょく [努力] （二）3 6

（名・自サ）努力。

（類）奮励

△ 努力_{どりょく}が実_{みの}った／由於努力而取得成果。

☐ とる [採る] （二）3 6

（他五）採取，採用，錄取；採集；採光。

（類）採用

△ この企画_{きかく}を採_とることにした／已決定採用這個企畫案。

と

とる [撮る]　四2

他五 拍照，拍攝。

類 撮影

△ 皆様がたと一緒に、写真をとりたいと思います／我想跟大家一起拍照。

とる [取る]　四2

他五 拿取，執，握；採取，摘；（用手）操控，把持。

類 とりのける

△ あれを取ってきてください／請幫我拿那個來。

とる [捕る]　二36

他五 抓，捕捉，逮捕。

類 とらえる

△ 鼠を捕る／抓老鼠。

どれ　四2

代 哪個。

類 いずれ

△ どれか、好きなものを取ってください／喜歡哪個請拿走。

トレーニング [training]　二6

名·他サ 訓練，練習。

類 練習

△ 試合に出ると言ってしまった上は、がんばってトレーニングをしなければなりません／既然說要參加比賽，就得加把勁練習才行。

ドレス [dress]　二6

名 女西服，洋裝，女禮服。

類 洋服

△ 結婚式といえば、真っ白なウエディングドレスを思い浮かべる／一講到結婚典禮，腦中就會浮現純白的結婚禮服。

とれる [取れる]　二36

自下一 （附著物）脫落，掉下；需要，花費（時間等）；去掉，刪除；協調，均衡。

類 産する

△ ボタンが取れてしまいました／鈕釦掉了。

どろ [泥]　二36

名·造語 泥土；小偷。

類 土

△ 泥だらけになりつつも、懸命に救助を続けた／儘管滿身爛泥，也還是拼命地幫忙搶救。

どろぼう [泥棒]　三2

名 偷竊；小偷，竊賊。

類 賊

△ 泥棒を怖がって、鍵をたくさんつけた／因害怕遭小偷，所以上了許多道鎖。

トン [ton]　二6

名 （公制重量單位）噸，公噸，一千公斤；（容積單位）噸，（船的排水量）噸。

類 キログラム

とんでもない 二3 6

[連語・形] 出乎意料，不合情理；豈有此理，不可想像；（用在堅決的反駁或表示客套）哪裡的話。

[類] 大変

△ とんでもないところで彼に出会った／在意想不到的地方遇見了他。

どんどん 二6

[副] 接連不斷地，接二連三；咚咚敲鼓聲；（進展）順利地；（氣勢）旺盛。

[類] 着々

△ どんどん問題を解くことから、この子が頭がいいことがわかる／依照他能接二連三地解題來看，瞭解到這孩子頭腦相當好。

どんな 四2

[連語] 什麼樣的；不拘什麼樣的。

[類] どの

△ 家で使う石鹸は、どんな店で買いますか／家用的香皂要到什麼店買？

どんなに 二6

[副] 怎樣，多麼，如何；無論如何…也。

[類] どれほど

△ どんなにがんばっても、うまくいかないときがあるものだ／就是有些時候不管你再怎麼努力，事情還是不能順利發展。

トンネル [tunnel] 二3 6

[名] 隧道。

[類] 穴

△ トンネルを抜けたら、緑の山が広がっていた／穿越隧道後，綠色的山脈開展在眼前。

どんぶり 二6

[名] 海碗，大碗；大碗蓋飯。

[類] 茶碗

△ どんぶりにご飯を盛った／我盛飯到大碗公裡。

なナ

な [名] 二3 6

[名] 名字，姓名；名稱；名分；名譽，名聲；名義，藉口。

[類] 名前

△ その人の名はなんと言いますか／那個人的名字叫什麼？

ない 四2

[形] 沒，沒有；無，不在。

[反] 有る [類] 無し

△ あっ、お金がないわ／啊！沒錢。

ない [内] 二6

[漢造] 内，裡頭；家裡；内部；背地，暗中；宮中；國内；佛教内；内心；服用。

[反] 外 [類] 内側

ないか [内科] 二3 6

[名] （醫）内科。

（反）外科　（類）小児科
△ 内科のお医者様に見てもらいました／我去給內科的醫生看過。

ないせん [内線]　（二）6
（名）内線；（電話）内線分機。
（反）外線　（類）電線
△ 内線12番をお願いします／請轉接內線12號。

ナイフ [knife]　（四）2
（名）刀子，小刀，餐刀。
（類）刃物
△ その中に、ナイフが入っています／那裡面放了刀子。

ないよう [内容]　（二）36
（名）内容。
（類）中身
△ その本の内容は、子どもっぽすぎる／那本書的內容，感覺實在是太幼稚了。

ナイロン [nylon]　（二）36
（名）（紡）尼龍。
（類）生地
△ ナイロンの丈夫さが、女性のファッションを変えた／尼龍的耐用性，改變了女性的時尚。

なお [尚]　（二）36
（副・接）仍然，還，尚；更，還，再；猶如，如；尚且，而且，再者。
（類）いっそう

△ なお、会議の後で食事会がありますので、残ってください／還有，會議之後有餐會，請留下來參加。

なおす [直す]　（三）2
（他五）修理；改正；治療。
△ 自転車を直してやるから、持ってきなさい／我幫你修理腳踏車，去把它騎過來。

なおす [直す]　（二）36
（接尾）（前接動詞連用形）重做…。
（類）改める
△ 私は英語をやり直したい／我想從頭學英語。

なおる [治る]　（三）2
（自五）變好；改正；治癒。
（類）治癒
△ 風邪が治ったのに、今度はけがをしました／感冒才治好，這次卻換受傷了。

なおる [直る]　（三）2
（自五）修好；改正；治好。
（類）復元
△ この車は、土曜日までに直りますか／這輛車星期六以前能修好嗎？

なか [中]　（四）2
（名）裡面，内部；（事物）進行之中，當中；（許多事情之）中，其中。
（反）外　（類）内側
△ この中で、どれが一番きらいですか

／這裡面最不喜歡哪一個？

なか [仲] （二）３６
名 交情；（人和人之間的）聯繫。
類 間柄

ながい [永い] （二）３６
形 （時間）長，長久。
類 ひさしい
△ 末永くお幸せに／祝你永遠快樂。

ながい [長い] （四）２
形 （時間）長，長久，長遠。
反 短い　類 長々
△ 道は、どれぐらい長いですか／路約有多長？

ながす [流す] （二）３６
他五 使流動，沖走；使漂走；流（出）；放逐；使流產；傳播；洗掉（汙垢）；不放在心上。
類 流出
△ トイレの水を流す／沖廁所水。

なかなおり [仲直り] （二）６
名・自サ 和好，言歸於好。
△ あなたと仲直りした以上は、もう以前のことは言いません／既然跟你和好了，就不會再去提往事了。

なかなか （二）２
副 （後接否定）總是無法。
類 どうしても
△ なかなかさしあげる機会がありませ

ん／始終沒有送他的機會。

なかば [半ば] （二）６
名・副 一半，半數；中間，中央；半途；（大約）一半，一半（左右）。
類 最中
△ 私はもう50代半ばです／我已經五十五歲左右了。

ながびく [長引く] （二）６
自五 拖長，延長。
類 遅延する
△ 社長の話は、いつも長引きがちです／社長講話總是會拖得很長。

なかま [仲間] （二）３６
名 伙伴，同事，朋友；同類。
類 グループ
△ 仲間になるにあたって、みんなで酒を飲んだ／大家結交為同伴之際，一同喝了酒。

なかみ [中身] （二）３６
名 裝在容器裡的內容物，內容；刀身。
類 內容。
△ 何を食べるかは、財布の中身しだいです／要吃什麼，就要看錢包所剩而定。

ながめ [眺め] （二）６
名 眺望，瞭望；（眺望的）視野，景致，景色。
類 景色
△ この部屋は、眺めがいい上に清潔

な

です／這房子不僅視野好，屋內也很乾淨。

ながめる [眺める] 二 3 6

[他下一] 眺望；凝視，注意看；（商）觀望。

[類] 見渡す

△ 窓から、美しい景色を眺めていた／我從窗戶眺望美麗的景色。

なかゆび [中指] 二 6

[名] 中指。

[類] 指

△ 中指に怪我をしてしまった／我的中指受了傷。

なかよし [仲良し] 二 6

[名] 好朋友；友好，相好。

[類] 友達

△ 彼らは、みんな仲良しだとか／聽說他們好像感情很好。

ながら 三 2

[接助] 一邊…，同時…。

[類] つつ

△ 子どもが、泣きながら走ってきた／小孩邊哭邊跑過來。

ながれ [流れ] 二 6

[名] 水流，流動；河流，流水；潮流，趨勢；血統；派系，（藝術的）風格。

[類] 川

△ 月日の流れは速い／時間的流逝甚快。

ながれる [流れる] 二 3 6

[自下一] 流，流動；漂流；飄動；傳布；流逝；流浪；（壞的）傾向；流產；作罷；偏離目標；瀰漫，擴散；降落。

[類] 流出

△ 川が市中を流れる／河川流經市內。

なく [鳴く] 四 2

[自五] （鳥、獸、虫等）叫，鳴。

[類] 吠える

△ 猫が、おなかをすかせて鳴いています／貓因為肚子餓而不停喵喵地叫。

なく [泣く] 三 2

[自五] 哭泣。

[類] 号泣

△ 彼女は、「とても悲しいです。」と言って泣いた／她說：「真是難過啊」，便哭了起來。

なぐさめる [慰める] 二 6

[他下一] 安慰，慰問；使舒暢；慰勞，撫慰。

[類] 慰安

△ 私には、慰める言葉もありません／我找不到安慰的言語。

なくす [無くす] 三 2

[他五] 弄丟，搞丟。

[類] 失う

△ 財布をなくしたので、本が買えません／錢包弄丟了，所以無法買書。

なくなる [亡くなる] 三 2

[自五] 去世，死亡。

[類] 死ぬ

△ おじいちゃんがなくなって、みんな悲(かな)しがっている／爺爺過世了，大家都很哀傷。

□ なくなる [無くなる] 三2

[自五] 不見，遺失；用光了。

[類] 消え去る

△ きのうもらった本(ほん)が、なくなってしまった／昨天拿到的書不見了。

□ なぐる [殴る] 二6

[他五] 毆打，揍；草草了事。

[類] 打つ

△ 彼(かれ)が人(ひと)を殴(なぐ)るわけはない／他不可能會打人的。

□ なげる [投げる] 三2

[自下一] 丟，拋；放棄。

[類] 投じる

△ そのボールを投(な)げてもらえますか／可以請你把那個球丟過來嗎？

□ なさる 三2

[他五] 做（「なす」、「する」的敬語）。

[類] する

△ どうして、あんなことをなさったのですか／您為什麼會做那樣的事呢？

□ なし [無し] 二6

[名] 無，沒有。

[類] なにもない

△ 勉強(べんきょう)するにしろ、事業(じぎょう)をするにしろ、資金(しきんな)無しでは無理(むり)です／不論是讀書求學，或是開創事業，沒有資金都就是不可能的事。

□ なす [為す] 二6

[他五] （文）做，為。

[類] 行う

△ 無益(むえき)の事(こと)を為(な)す／做無義的事。

□ なぜ [何故] 三2

[副] 為什麼。

[類] どうして

△ なぜ留学(りゅうがく)することにしたのですか／為什麼決定去留學呢？

□ なぜなら（ば） [何故なら（ば）] 二36

[接續] 因為，原因是。

[類] だって

□ なぞ [謎] 二6

[名] 謎語；暗示，口風；神秘，詭異，莫名其妙。

[類] 疑問

△ 彼(かれ)にガールフレンドがいないのはなぞだ／他有沒有女朋友，還真是個謎。

□ なぞなぞ [謎々] 二36

[名] 謎語。

[類] 謎

△ そのなぞなぞは難(むずか)しくてわからない／這個腦筋急轉彎真是非常困難，完全想不出來。

なだらか　〓6

形動 平緩，坡度小，平滑；平穩，順利；順利，流暢。

反 険しい　類 緩い

△ なだらかな丘が続いている／緩坡的山丘連綿。

なつ [夏]　四2

名 夏天，夏季。

類 夏季

△ この森は、夏でも涼しい／這座森林即使是夏天也很涼快。

なつかしい [懐かしい]　二36

形 懷念的，思慕的，令人懷念的；眷戀，親近的。

類 恋しい

△ ふるさとは、涙が出るほどなつかしい／家鄉令我懷念到想哭。

なっとく [納得]　二36

名・他サ 理解，領會；同意，信服。

類 理解

△ 納得したからは、全面的に協力します／既然我同意了，就會全面協助你。

なつやすみ [夏休み]　四2

名 暑假。

類 休み

△ 夏休みに、旅行ができます／暑假可以去旅行。

なでる [撫でる]　二6

他下一 摸，撫摸；梳理（頭髮）；撫慰，安撫。

類 摩撫

△ 彼は、白髪だらけの髪をなでながらつぶやいた／他邊摸著滿頭白髮，邊喃喃自語。

など　四2

副助 （表示概括、列舉）等。

類 例

△ テレビや冷蔵庫などがほしいです／我想要電視和冰箱之類的東西。

なな・しち [七]　四2

名 （數）七，七個。

類 七つ

△ 7個で500円です／七個共五百日圓。

ななつ [七つ]　四2

名 （數）七個，七歲。

類 七

△ チョコレートを七つぐらい食べました／大約吃了七個巧克力。

ななめ [斜め]　二36

名・形動 斜，傾斜；不一般，不同往常。

類 傾斜

△ 絵が斜めになっていたので直した／因為畫歪了，所以將它弄正。

なに・なん [何]　四2

代 什麼；任何；表示驚訝。

類 どれ

△ 君たちは、何を勉強しているの／你

們在學什麼？

なにしろ [何しろ] 　二6

副 不管怎樣，總之，到底；因為，由於。

類 とにかく

△ 何しろ忙しくて、食事をする時間もないほどだ／總之就是很忙，忙到連吃飯的時間都沒有的程度。

なになに [何々] 　二6

代・感 什麼什麼，某某。

類 何

△ 何々をくださいと言うとき、英語でなんと言いますか／在要說請給我某東西的時候，用英文該怎麼說？

なにも 　二6

連語・副 （後面常接否定）什麼也，全都；並（不），（不）必。

類 どれも

△ 彼は肉類はなにも食べない／他所有的肉類都不吃。

なのか [七日] 　四2

名 七日，七天，七號。

類 九日

△ 木村さんは、七日にでかけます／木村先生七號出發。

なべ [鍋] 　二36

名 鍋子；火鍋；（俗）女傭人的通稱。

類 鍋物

なま [生] 　二36

名・形動 （食物沒有煮過、烤過）生的；直接的，不加修飾的；不熟練，不到火候。

類 未熟

△ この肉、生っぽいから、もう一度焼いて／這塊肉看起來還有點生，幫我再烤一次吧。

なまいき [生意気] 　二36

名・形動 驕傲，狂妄；自大，逞能，臭美，神氣活現。

類 小憎らしい

△ あいつがあまり生意気なので、腹を立てずにはいられない／那傢伙實在是太狂妄了，所以不得不生起氣來。

なまえ [名前] 　四2

名 （事物與人的）名字，名稱。

類 綽名

△ それには、名前は書いてありません／上面沒有寫名字。

なまける [怠ける] 　二36

自他下一 懶惰，怠惰。

反 励む　**類** 緩む

△ 仕事を怠ける／他不認真工作。

なみ [波] 　二36

名 波浪，波濤；波瀾，風波；聲波；電波；潮流，浪潮；起伏，波動。

類 波浪

△ サーフィンのときは、波は高ければ

高いほどいい／衝浪時，浪越高越好。

なみき [並木] （二）6

⊛名 街樹，路樹；並排的樹木。

⊛類 木

△ 銀杏並木が続いています／銀杏的
街道樹延續不斷。

なみだ [涙] （二）36

⊛名 涙，眼涙；哭泣；同情。

⊛類 落涙

なやむ [悩む] （二）36

⊛自五 煩惱，苦惱，憂愁；感到痛苦。

⊛類 苦悩

△ あんなひどい女のことで、悩むこと
はないですよ／用不著為了那種壞女人
煩惱啊！

ならう [習う] （四）2

⊛他五 學習，練習。

⊛類 学ぶ

△ 英語を習いに行く／去學英語。

ならす [鳴らす] （二）36

⊛他五 鳴，啼，叫；（使）出名；嘮叨；
放響屁。

⊛類 轟かせる(とどろかせる)

△ 鐘を鳴らす／敲鐘。

ならぶ [並ぶ] （四）2

⊛自五 並排，並列；同時存在。

⊛類 並列

△ 本が並んでいます／書本並排著。

ならべる [並べる] （四）2

⊛他下一 排列，陳列；擺，擺放，擺設；
列舉。

⊛類 羅列

△ 机や椅子を並べました／排了桌椅。

なる （四）2

⊛自五 成為，變成；當（上）。

⊛類 実現

△ いつか、花屋になりたいです／希望
有一天能開花店。

なる [成る] （二）36

⊛自五 成功，完成；組成，構成；允許，
能忍受。

⊛類 成立

△ 不用意な発言が紛糾のもととなる／
不小心的發言，成為糾紛的原因。

なる [生る] （二）36

⊛自五 （植物）結果；生，產出。

⊛類 実る

△ 今年はミカンがよく生るね／今年的
橘子結實纍纍。

なる [鳴る] （三）2

⊛自五 響，叫；聞名。

⊛類 鳴り響く

△ ベルが鳴りはじめたら、書くのを
やめてください／鈴聲一響起，就請停
筆。

なるべく （三）2

⊛副 儘量，儘可能。

類 できるだけ
△ なるべく明日（あした）までにやってください／請儘量在明天以前完成。

なるほど 三2
副 原來如此，果然。
類 あたりまえ
△ なるほど、この料理（りょうり）は塩（しお）を入（い）れなくてもいいんですね／原來如此，這道菜不加鹽也行呢！

なれる [慣れる] 三2
自下一 習慣；熟練。
類 馴染む
△ 毎朝（まいあさ）５時（じ）に起（お）きるということに、もう慣れました／已經習慣每天早上五點起床了。

なわ [縄] 二6
名 繩子，繩索。
類 綱
△ 漁村（ぎょそん）では、冬（ふゆ）の間（あいだ）みんなで縄（なわ）を作（つく）ります／在漁村裡，冬季大家會一起製繩。

なんきょく [南極] 二6
名 （地）南極；（理）南極（磁針指南的一端）。
反 北極 類 南極点
△ 南極（なんきょく）なんか、行（い）ってみたいですね／我想去看看南極之類的地方呀！

なんて 二6
副助 什麼的，…之類的話；說是…；

（輕視）叫什麼…來的；等等，之類；表示意外，輕視或不以為然。
類 なんと
△ 本気（ほんき）にするなんてばかね／你真笨耶！竟然當真了。

なんで [何で] 二6
副 為什麼，何故。
類 どうして
△ 何（なん）で、最近（さいきん）こんなに雨（あめ）がちなんだろう／為什麼最近這麼容易下雨呢？

なんでも [何でも] 二6
副 什麼都，不管什麼；不管怎樣，無論怎樣；據說是，多半是。
類 すべて
△ この仕事（しごと）については、何（なん）でも聞（き）いてください／關於這份工作，有任何問題就請發問。

なんとか [何とか] 二6
副 設法，想盡辦法；好不容易，勉強；（不明確的事情、模糊概念）什麼，某事。
類 どうやら
△ 誰（だれ）も助（たす）けてくれないので、自分（じぶん）で何（なん）とかするほかない／沒有人肯幫忙，所以只好自己想辦法了。

なんとなく [何となく] 二③6
副 （不知為何）總覺得，不由得；無意中。
類 どうも
△ 何（なん）となく、その日（ひ）はお酒（さけ）を飲（の）まずに

な

はいられなかった／不知道為什麼，總
覺得那一天不能不喝酒。

なんとも （二）6

副・連 真的，實在；（下接否定，表無
關緊要）沒關係，沒什麼；（下接否
定）怎麼也不。

類 どうとも
△ その件については、なんとも説明
しがたい／關於那件事，實在是難以說
明。

ナンバー [number] （二）6

名 數字，號碼；（汽車等的）牌照；
（雜誌等的）期，號；（爵士音樂等
的）曲目。

類 番号

なんびゃく [何百] （二）3 6

名 （數量）上百。

類 何万
△ 何百何千という人々がやってきた
／上千上百的人群來到。

なんべい [南米] （二）6

名 南美洲。

類 南アメリカ
△ 南米のダンスを習いたい／我想學南
美洲的舞蹈。

なんぼく [南北] （二）6

名 （方向）南與北；南北。

反 東西　類 南と北
△ 日本は南北に長い国です／日本是南

北細長的國家。

に二

に [二] （四）2

名 （數）二，兩個。

類 二つ
△ 2分ぐらい待ってください／請約等
兩分鐘。

にあう [似合う] （二）6

自五 合適，相稱，調和。

類 相応しい
△ 似合いさえすれば、どんな服でもい
いです／只要適合，哪種衣服都好。

にえる [煮える] （二）6

自下一 煮熟，煮爛；水燒開；固體融化
（成泥狀）；發怒，非常氣憤。

類 煮立つ
△ もう芋は煮えましたか／芋頭已經煮
熟了嗎？

におい [匂い] （二）2

名 味道；風貌，氣息。

類 香気
△ この花は、その花ほどいい匂いでは
ない／這朵花不像那朵花那麼香。

におう [匂う] （二）6

自五 散發香味，有香味；（顏色）鮮豔
美麗；隱約發出，使人感到似乎…。

類 薫じる

△ 何か匂いますが、何の匂いでしょうか／好像有什麼味道，到底是什麼味道呢？

にがい [苦い] [三] [2]

[形] 苦；痛苦；不愉快的。

[類] 苦味（にがみ）

△ 食べてみましたが、ちょっと苦かったです／試吃了一下，覺得有點苦。

にがす [逃がす] [二] [6]

[他五] 放掉，放跑；使跑掉，沒抓住；錯過，丟失。

[類] 放す

△ 犯人を追っていたのに、逃がしてしまった／我在追犯人，卻讓他跑了。

にがて [苦手] [二] [3] [6]

[名·形動] 棘手的人或事；不擅長的事物。

[類] 不得意

△ あいつはどうも苦手だ／我對那傢伙實在是很感冒。

にぎやか [賑やか] [四] [2]

[形動] 熱鬧，繁華；有說有笑，鬧哄哄。

[反] 静か [類] 繁華

△ 町はなぜこんなに賑やかなのですか／街上為什麼這麼熱鬧？

にぎる [握る] [二] [3] [6]

[他五] 握，抓；握飯團或壽司；掌握，抓住；（圍棋中決定誰先下）抓棋子。

[類] 掴む

△ 車のハンドルを握る／握住車子的駕駛盤。

にく [肉] [四] [2]

[名] 肉。

[類] 筋肉

△ 今日は、肉が食べたいです／今天想吃肉。

にくい [三] [2]

[接尾] 難以，不容易。

[類] 難しい

△ 食べにくければ、スプーンを使ってください／如果不方便吃，請用湯匙。

にくい [憎い] [二] [3] [6]

[形] 可憎，可惡；（說反話）漂亮，令人佩服。

[類] 憎らしい

△ 冷酷な犯人が憎い／憎恨冷酷無情的犯人。

にくむ [憎む] [二] [3] [6]

[他五] 憎恨，厭惡；嫉妒。

[反] 愛する [類] 嫉む（ねたむ）

△ 今でも彼を憎んでいますか／你現在還恨他嗎？

にくらしい [憎らしい] [二] [3] [6]

[形] 可憎的，討厭的，令人憎恨的。

[反] 可愛らしい [類] 嫌らしい

△ あの男が、憎らしくてたまりません／那男人真是可恨的不得了。

にげる [逃げる] [三2]

[自下一] 逃走，逃跑。

[反] 追う [類] 抜け出す

△ 警官が来たぞ。逃げろ／警察來了，快逃！

にこにこ [二36]

[副·自サ] 笑嘻嘻，笑容滿面。

[類] 莞爾（かんじ）

△ 嬉しくてにこにこした／高興得笑容滿面。

にごる [濁る] [二6]

[自五] 混濁，不清晰；（聲音）嘶啞；（顏色）不鮮明；（心靈）汚濁，起邪念。

[反] 澄む [類] 汚れる

△ 工場の排水で、川の水が濁ってしまうおそれがある／工廠排出的廢水，有可能讓河川變混濁。

にし [西] [四2]

[名] 西，西邊，西方。

[反] 東 [類] 西洋

△ ここから西に行くと、川があります／從這邊往西走，就有一條河。

にじ [虹] [二6]

[名] 虹，彩虹。

[類] 彩虹

△ 雨が止んだら虹が出た／雨停了之後，出現一道彩虹。

にち [日] [四2]

[名] 號，日，天（計算日數）。

[類] 月

△ 12月31日に、日本に帰ります／十二月三十一日回日本。

にち [日] [二6]

[名·漢造] 日本；星期天；日子，天，晝間；太陽。

[類] 日曜日

△ 何日ぐらい旅行に行きますか／你打算去旅行幾天左右？

にちじ [日時] [二6]

[名] （集會和出發的）日期時間。

[類] 日付と時刻

△ パーティーに行けるかどうかは、日時しだいです／是否能去參加派對，就要看時間的安排。

にちじょう [日常] [二36]

[名] 日常，平常。

[類] 普段

△ 日常生活に困らないにしても、貯金はあったほうがいいですよ／就算日常生活上沒有經濟問題，也還是要有儲蓄比較好。

にちや [日夜] [二6]

[名·副] 日夜；總是，經常不斷地。

[類] いつも

△ 彼は日夜勉強している／他日以繼夜地用功讀書。

にちようび [日曜日] [四2]

[名] 星期日。

△ 日光を浴びる／曬太陽。

（類） 日曜
△ 日曜日に、掃除をします／星期日大掃除。

にちようひん [日用品] （二6）

（名） 日用品。

（類） 品物

△ うちの店では、日用品ばかりでなく、高級品も扱っている／不單是日常用品，本店也另有出售高級商品。

について （三2）

（連語） 關於。

（類） に関して

△ みんなは、あなたが旅行について話すことを期待しています／大家很期待聽你說有關旅行的事。

にっか [日課] （二6）

（名） （規定好）每天要做的事情，每天習慣的活動；日課。

（類） 勤め

△ 散歩が日課になりつつある／散步快要變成我每天例行的功課了。

にっき [日記] （三2）

（名） 日記。

（類） 日誌

△ 日記は、もう書き終わった／日記已經寫好了。

にっこう [日光] （二36）

（名） 日光，陽光；日光市。

（類） 太陽

△ 日光を浴びる／曬太陽。

にっこり （二36）

（副・自サ） 微笑貌，莞爾，嫣然一笑，微微一笑。

（類） にこにこ

△ 彼女がにっこりしさえすれば、男性はみんな優しくなる／只要她嫣然一笑，每個男性都會變得很親切。

にっちゅう [日中] （二6）

（名） 白天，晝間（指上午十點到下午三、四點間）；日本與中國。

（類） 昼間

△ 雲のようすから見ると、日中は雨が降りそうです／從雲朵的樣子來看，白天好像會下雨的樣子。

にってい [日程] （二6）

（名） （旅行、會議的）日程；每天的計畫（安排）。

（類） 日どり

△ 旅行の日程がわかりしだい、連絡します／一得知旅行的行程之後，將馬上連絡您。

にぶい [鈍い] （二6）

（形） （刀劍等）鈍，不鋒利；（理解、反應）慢，遲鈍，動作緩慢；（光）朦朧，（聲音）渾濁。

（反） 鋭い　（類） 鈍感

△ 私は勘が鈍いので、クイズは苦手です／因為我的直覺很遲鈍，所以不擅於猜謎。

に

にほん [日本] [二] 3 6

[名] 日本。

[類] 日本国

△ 学校を通して、日本への留学を申請しました／透過學校，申請到日本留學。

にもつ [荷物] [四] 2

[名] 行李，貨物。

[類] 小包

△ 500グラムの荷物から20キロの荷物まで、送ることができます／五百公克到二十公斤的行李，皆可託運。

にゅういん [入院] [三] 2

[名] 住院。

[反] 退院 [類] 病気

△ 入院のとき、手伝ってあげよう／住院時我來幫你。

にゅうがく [入学] [三] 2

[名] 入學，上學。

[類] 進学

△ 入学のとき、なにをくれますか／入學的時候，你要送我什麼？

にゅうしゃ [入社] [二] 6

[名·自サ] 進公司工作，入社。

[反] 退社 [類] 社員

△ 出世は、入社してからの努力しだいです／是否能出人頭地，就要看進公司後的努力。

にゅうじょう [入場] [二] 6

[名·自サ] 入場。

[反] 退場 [類] 式場

△ 入場する人は、一列に並んでください／要進場的人，請排成一排。

ニュース [news] [四] 2

[名] 新聞，消息；新聞影片。

[類] 報道

△ このニュースをどう思いますか／你對這則新聞有什麼看法？

にょうぼう [女房] [二] 6

[名] （自己的）太太，老婆。

[類] つま

△ 女房と一緒になったときは、嬉しくて涙が出るくらいでした／跟老婆步入禮堂時，高興得眼淚都要掉了下來。

によると [三] 2

[連語] 根據，依據。

[類] 判断

△ 天気予報によると、7時ごろから雪が降りだすそうです／根據氣象報告說，七點左右將開始下雪。

にらむ [睨む] [二] 6

[他五] 瞪著眼看，怒目而視；盯著，注視，仔細觀察；估計，揣測，意料；盯上。

[類] 瞠目（どうもく）

△ 隣のおじさんは、私が通るたびに睨む／我每次經過隔壁的伯伯就會瞪我一眼。

にる [似る] [三] 2

[自上一] 相像，類似。

[類] 似ている

△ 私は、妹ほど母に似ていない／我不像妹妹那麼像媽媽。

□ にる [煮る] [二][3][6]

[自五] 煮，燉，熬。

[類] 料理

△ 醤油を入れて、もう少し煮ましょう／加醬油再煮一下吧！

□ にわ [庭] [四][2]

[名] 庭院，院子，院落。

[類] 花園

△ お父さんは、庭ですか？トイレですか／爸爸在庭院？還是在洗手間？

□ にわか [二][6]

[名·形動] 突然，驟然；立刻，馬上；一陣子，臨時，暫時。

[類] 雨

△ にわかに空が曇ってきた／天空頓時暗了下來。

□ にん [人] [四][2]

[接尾] …人。

[類] 個

△ 学生は50人以上います／學生有50人以上。

□ にんき [人気] [二][3][6]

[名] 聲望，受歡迎；（地方的）風俗，風氣。

[類] 人望

△ 人気を失ったかわりに、静かな生活が戻ってきた／雖失去了聲望，但卻換來以往平靜的生活。

□ にんぎょう [人形] [三][2]

[名] 洋娃娃，人偶。

[類] 木偶（でく）

△ 人形の髪が伸びるはずがない／洋娃娃的頭髮不可能變長。

□ にんげん [人間] [二][3][6]

[名] 人，人類；人品，為人；（文）人間，社會，世上。

[類] 人

△ 人間の歴史はおもしろい／人類的歷史很有趣。

ぬヌ

□ ぬう [縫う] [二][3][6]

[他五] 縫，縫補；刺繡；穿過，穿行；（醫）縫合（傷口）。

[類] 裁縫

△ 母親は、子どものために思いをこめて服を縫った／母親滿懷愛心地為孩子縫衣服。

□ ぬく [抜く] [二][3][6]

[自他五·接尾] 抽出，拔去；選出，摘引；消除，排除；省去，減少；超越。

[類] 抜粋

△ 浮き袋から空気を抜いた／我放掉救生圈裡的氣了。

ぬぐ [脱ぐ] [四][2]

[他五] 脱去，脱掉，摘掉。

[反] 着る [類] 脱衣

△ ここで靴を脱いでください／請在這裡脫鞋。

ぬける [抜ける] [二][6]

[自下一] 脫落，掉落；遺漏；脫；離，離開，消失，散掉；溜走，逃脫。

[類] 無くなる

△ スランプを抜けたら、明るい将来が見えた／低潮一過，就可以看到光明的未來。

ぬすむ [盗む] [三][2]

[他五] 偷盜，盜竊。

[類] 窃取

△ お金を盗まれました／我的錢被偷了。

ぬの [布] [二][3][6]

[名] 布匹；棉布；麻布。

[類] 織物

△ どんな布にせよ、丈夫なものならかまいません／不管是哪種布料，只要耐用就好。

ぬらす [濡らす] [二][3][6]

[他五] 浸濕，淋濕，沾濕。

[反] 乾かす [類] 潤す

△ この機械は、濡らすと壊れるおそれがある／這機器一碰水，就有可能故障。

ぬる [塗る] [三][2]

[他五] 塗抹，塗上。

[類] 擦る（なする）

△ 赤とか青とか、いろいろな色を塗りました／紅的啦、藍的啦，塗上了各種顏色。

ぬるい [温い] [二][3][6]

[形] 微溫，不冷不熱，不夠熱。

[類] 温かい

△ 風呂が温い／洗澡水不夠熱。

ぬれる [濡れる] [三][2]

[自下一] 淋濕，沾濕。

[反] 乾く [類] 湿る

△ 雨のために、濡れてしまいました／被雨淋濕了。

ねネ

ね [根] [二][3][6]

[名] （植物的）根；根底；根源，根據；天性，根本。

[類] 根っこ

△ この問題は根が深い／這個問題的根源很深遠。

ね [値] [二][6]

[名] 價錢，價格，價值。

[類] 値段

△ 値が上がらないうちに、マンションを買った／在房價還未上漲前買下了公寓。

ねがい [願い] [二6]

[名] 願望，心願；請求，請願；申請書，請願書。

[類] 願望

△ みんなの願いにもかかわらず、先生は来てくれなかった／不理會眾人的期望，老師還是沒來。

ねがう [願う] [二36]

[他五] 請求，請願，懇求；願望，希望；祈禱，許願。

[類] 念願

△ 二人の幸せを願わないではいられません／不得不為他兩人的幸福祈禱呀！

ネクタイ [necktie] [四2]

[名] 領帶。

[類] 蝶結び

△ どれがお父さんのネクタイですか／哪一條是爸爸的領帶？

ねじ [二6]

[名] 螺絲，螺釘。

[類] 釘

△ ねじが緩くなったので直してください／螺絲鬆了，請將它轉緊。

ねじる [捩る] [二36]

[他五] 扭，扭傷，扭轉；不斷翻來覆去的責備。

[類] 捻る

△ 足を捩ったばかりか、ひざの骨にひびまで入った／不僅扭傷了腳，連膝蓋骨也裂開了。

ねずみ [二6]

[名] 老鼠。

[類] ハムスター

△ こんなところに、ねずみなんかいませんよ／這種地方，才不會有老鼠那種東西啦。

ねだん [値段] [三2]

[名] 價錢。

[類] 物価

△ こちらは値段が高いので、そちらにします／這個價錢較高，我決定買那個。

ねつ [熱] [三2]

[名] 高溫；熱；發燒。

[類] 体温

△ 熱がある時は、休んだほうがいい／發燒時最好休息一下。

ネックレス [necklace] [二6]

[名] 項鍊。

[類] アクセサリー

ねっしん [熱心] [三2]

[名·形動] 專注，熱衷，熱心。

[反] 冷淡　[類] 夢中

△ 毎日10時になると、熱心に勉強しはじめる／每天一到十點，開始專心唸書。

ねっする [熱する] [二6]

[自サ·他サ] 加熱，變熱，發熱；熱中於，

興奮，激動。

[類] 沸かす

△ 鉄をよく熱してから加工します／將鐵徹底加熱過後再加工。

ねったい [熱帯] [二6]

[名] （地）熱帶。

[反] 寒帯 [類] 熱帯雨林

△ この国は、熱帯のわりには過ごしやすい／這國家雖處熱帶，但卻很舒適宜人。

ねっちゅう [熱中] [二6]

[名·自サ] 熱中，專心；熱中，酷愛，著迷於。

[類] 溺れる

△ 子どもは、ゲームに熱中しがちです／小孩子容易沈迷於電玩。

ねぼう [寝坊] [二36]

[名·自サ·形動] 貪睡，晚起（的人）。

[類] 朝寝坊

△ 最近疲れっぽくて、今日は寝坊してしまった／最近老覺得疲勞，今天還睡過了頭！

ねまき [寝間着] [二6]

[名] 睡衣。

[類] 寝衣

△ 寝間着のまま、うろうろするものではない／不要穿著睡衣到處走動。

ねむい [眠い] [三2]

[形] 睏的，想睡的。

[類] 眠け

△ お酒を飲んだら、眠くなりはじめた／喝了酒，便開始想睡覺了。

ねむる [眠る] [三2]

[自五] 睡覺；埋藏。

[反] 目覚める [類] 睡眠

△ 薬を使って、眠らせた／用藥讓他入睡。

ねらい [狙い] [二36]

[名] 目標，目的；瞄準，對準。

[類] 目当て

△ 学生に勉強させるのが、この課題の狙いにほかなりません／讓學生們上到一課，無非是這道題目的目的。

ねらう [狙う] [二6]

[他五] 看準，把…當做目標；把…弄到手；伺機而動。

[類] 目指す

△ 狙った以上、彼女を絶対ガールフレンドにします／既然看中了她，就絕對要讓她成為自己的女友。

ねる [寝る] [四2]

[自下一] 睡覺，就寢；躺，臥；臥病。

[反] 起きる [類] 横になる

△ 午後中、寝ていました／整個下午都在睡覺。

ねん [年] [四2]

[名] 年（也用於計算年數）。

[類] 平年

△ ３年勉強したあとで、仕事をします／學習了三年之後再開始工作。

ねんかん [年間] 〓6

(名・漢造) 一年間；（年號使用）期間，年間。

(類) 年代

△ 年間の収入は500万円です／一年中的收入是五百萬日圓。

ねんげつ [年月] 〓6

(名) 年月，光陰，時間。

(類) 歳月

△ 年月をかけた準備のあげく、失敗してしまいました／花費多年所做的準備，最後卻失敗了。

ねんじゅう [年中] 〓36

(名・副) 全年，整年；一年到頭，總是，始終。

(類) いつも

△ 京都には、季節を問わず、年中観光客がいっぱいいます／在京都，不論任何季節，全年都有很多觀光客聚集。

ねんせい [年生] 〓6

(接尾) 年級生。

(類) 一年生

ねんだい [年代] 〓6

(名) 年代；年齡層；時代。

(類) 時代

△ 若い年代の需要にこたえて、商品を開発する／回應年輕一代的需求來開發商品。

ねんど [年度] 〓36

(名) （工作或學業）年度。

(類) 年

△ 年度の終わりに、みんなで飲みに行きましょう／本年度結束時，大家一起去喝一杯吧。

ねんれい [年齢] 〓36

(名) 年齡，歲數。

(類) 年歳

△ 先生の年齢からして、たぶんこの歌手を知らないでしょう／從老師的歲數來推斷，他大概不知道這位歌手吧！

のノ

の [野] 〓36

(名・漢造) 原野；田地，田野；野生的。

(類) 原

△ 家にばかりいないで、野や山に遊びに行こう／不要一直窩在家裡，一起到原野或山裡玩耍吧！

のう [能] 〓6

(名・漢造) 能力，才能，本領；功效；（日本古典戲劇）能樂。

(類) 才能

△ 私は小説を書くしか能がない／我只有寫小說的才能。

のうか [農家] [二][6]

[名] 農民，農戶；農民的家。

[類] 百姓

のうぎょう [農業] [二][3][6]

[名] 農耕；農業。

[類] 農作

のうさんぶつ [農産物] [二][6]

[名] 農產品。

[類] 作物

△ このあたりの代表的農産物といえば、ぶどうです／說到這一帶的代表性農作物，就是葡萄。

のうそん [農村] [二][6]

[名] 農村，鄉村。

[類] 農園

△ 彼は、農村の人々の期待にこたえて、選挙に出馬した／他回應了農村裡的鄉親們的期待，站出來參選。

のうど [濃度] [二][6]

[名] 濃度。

[類] 濃い

のうみん [農民] [二][6]

[名] 農民。

[類] 百姓

△ 農民の生活は、天候に左右される／農民的生活受天氣左右。

のうやく [農薬] [二][6]

[名] 農藥。

[類] 薬

△ 虫の害がひどいので、農薬を使わずにはいられない／因為蟲害很嚴重，所以不得不使用農藥。

のうりつ [能率] [二][3][6]

[名] 效率。

[類] 効率

△ 能率が悪いにしても、この方法で作ったお菓子のほうがおいしいです／就算效率很差，但用這方法所作成的點心比較好吃。

のうりょく [能力] [二][3][6]

[名] 能力；（法）行為能力。

[類] 働き

△ 能力とは、試験を通じて測られるものだけではない／能力這東西，並不是只有透過考試才能被檢驗出來。

ノー [no] [二][6]

[名·感·造] 表否定；沒有，不；（表示禁止）不必要，禁止。

[類] いいえ

△ いやなのにもかかわらず、ノーと言えない／儘管是不喜歡的東西，也無法開口說不。

ノート [note] [四][2]

[名] 筆記本，備忘錄。

[類] 手帳

△ ノートやペンや辞書などを買いました／買了筆記本、筆和字典等等。

のき [軒] [二][6]

[名] 屋簷。

[類] 屋根

△ 雨が降ってきたので、家の軒下に逃げ込んだ／下起了雨，所以躲到了房屋的屋簷下。

のこぎり [鋸] [二][6]

[名] 鋸子。

[類] 機械鋸

のこす [残す] [二][3][6]

[他五] 留下，剩下；存留；遺留；（相撲頂住對方的進攻）開腳站穩。

[類] 余す

△ メモを残して帰る／留下紙條後離開。

のこらず [残らず] [二][3][6]

[副] 全部，通通，一個不剩。

[類] すべて

△ 知っていることを残らず話す／知道的事情全部講出。

のこり [残り] [二][6]

[名] 剩餘，殘留。

[類] あまり

△ お菓子の残りは、あなたにあげます／剩下來的甜點給你吃。

のこる [残る] [三][2]

[自五] 剩餘，剩下；留下。

[類] 余剰

△ みんなあまり食べなかったために、食べ物が残った／因為大家都不怎麼吃，所以食物剩了下來。

のせる [乗せる] [二][3][6]

[他下一] 放在高處，放到 ；裝載；使搭乘；使參加；騙人，誘拐；記載，刊登；合著音樂的拍子或節奏。

△ 子供を電車に乗せる／送孩子上電車。

のせる [載せる] [二][6]

[他下一] 放在…上，放在高處；裝載，裝運；裝載；納入，使參加；欺騙；刊登，刊載。

[類] 積む

△ 事件に関する記事を載せたところ、たいへんな反響がありました／刊登了案件的相關報導，結果得到熱烈的回應。

のぞく [除く] [二][3][6]

[他五] 消除，刪除，除外，剷除；除了…，…除外；殺死。

[類] 消す

△ 私を除いて、家族は全員乙女座です／除了我之外，我們家全都是處女座。

のぞく [覗く] [二][3][6]

[他五·自五] 露出（物體的一部份）；窺視，探視；往下看；晃一眼；窺探他人秘密。

[類] 窺う

△ 家の中を覗いているのは誰だ／是誰在那裡偷看屋內？

のぞみ [望み] [二36]

[名] 希望，願望，期望；抱負，志向；衆望。

[類] 希望

△ お礼は、あなたの望み次第で、なんでも差し上げます／回禮的話，看你想要什麼，我都會送給你。

のぞむ [望む] [二36]

[他五] 遠望，眺望；指望，希望；仰慕，景仰。

[類] 求める

△ あなたが望む結婚相手の条件は何ですか／你希望的結婚對象，條件為何？

のち [後] [二36]

[名] 後，之後；今後，未來；死後，身後。

[類] あと

ノック [knock] [二36]

[名·他サ] 敲打；（來訪者）敲門；（棒球中為了練習防守）打球。

[類] 打つ

のど [喉] [二36]

[名] 喉嚨，嗓子；嗓音，歌聲；要害，致命處。

[類] 咽喉（いんこう）

△ 風邪を引いてのどが痛い／因感冒而喉嚨痛。

のばす [伸ばす] [二36]

[他五] 伸展，擴展，放長；延緩（日期），推遲；發展，發揮；擴大，增加；稀釋；打倒。

[類] 伸長

△ 手を伸ばしたところ、木の枝に手が届きました／我一伸手，結果就碰到了樹枝。

のびる [伸びる] [二36]

[自上一] （長度等）變長，伸長；（皺摺等）伸展；擴展，到達；（勢力、才能等）擴大，增加，發展。

[類] 生長

△ 背が伸びる／長高了。

のべる [述べる] [二36]

[他下一] 敘述，陳述，說明，談論。

[類] 取る

△ この問題に対して、意見を述べてください／請針對這個問題，發表一下意見。

のぼり [上り] [二36]

[名] （「のぼる」的名詞形）登上，攀登；上坡（路）；上行列車（從地方往首都方向的列車）；進京。

[反] 下り　[類] 登り

のぼる [登る] [四2]

[自五] 登，上，攀登（山）。

[反] 降りる　[類] 登場

△ あなたが山に登るのは、なぜですか／你為什麼要爬山？

のみもの [飲み物] [四2]

[名] 飲料。

反 食べ物　類 飲料
△ なにか飲（の）み物（もの）が飲（の）みたいです／想喝點什麼飲料。

のむ [飲む]　　　　　　　四②

他五 喝，吞，嚥，吃（藥）。

類 喫する

△ 友達（ともだち）と一緒（いっしょ）に、お酒（さけ）を飲（の）んだ／和朋友一起喝了酒。

のりかえる [乗り換える]　　二②

他下一 轉乘，換車。

類 乗り替える

△ 新宿（しんじゅく）でJRにお乗（の）り換（か）えください／請在新宿轉搭JR線。

のりこし [乗り越し]　　二③⑥

名・自サ （車）坐過站。

△ 乗（の）り越（こ）しの方（かた）は精算（せいさん）してください／請坐過站的乘客補票。

のりもの [乗り物]　　　　二②

名 交通工具。

類 自動車

△ 乗（の）り物（もの）に乗（の）るより、歩（ある）くほうがいいです／走路比搭交通工具好。

のる [乗る]　　　　　　　四②

自五 騎乘，坐；登上；參與。

類 乗車

△ 自転車（じてんしゃ）に上手（じょうず）に乗（の）ります／熟練地騎腳踏車。

のる [載る]　　　　　　　二⑥

自五 登上，放上；乘，坐，騎；參與；上當，受騙；刊載，刊登。

類 積載

△ その記事（きじ）は、何（なん）ページに載（の）っていましたっけ／這個報導，記得是刊在第幾頁來著？

のろい [鈍い]　　　　　　二⑥

形 （行動）緩慢的，慢吞吞的；（頭腦）遲鈍的，笨的；對女人軟弱，唯命是從的人。

類 遅い

△ 亀（かめ）は、歩（ある）くのがとても鈍（のろ）い／烏龜走路非常緩慢。

のろのろ　　　　　　　　二③⑥

副・自サ 遲緩，慢吞吞地。

類 遅鈍

△ のろのろやっていると、間（ま）に合（あ）わないおそれがありますよ／你這樣慢吞吞的話，會趕不上的唷！

のんき [呑気]　　　　　　二③⑥

名・形動 悠閑，無憂無慮；不拘小節，不慌不忙；蠻不在乎，漫不經心。

類 気楽

△ 生（う）まれつき呑気（のんき）なせいか、あまり悩（なや）みはありません／不知是不是生來性格就無憂無慮的關係，幾乎沒什麼煩惱。

のんびり　　　　　　　　二③⑥

副・自サ 舒適，逍遙，悠然自得。

反 くよくよ　類 ゆったり

△ 平日（へいじつ）はともかく、週末（しゅうまつ）はのんびりし

の

たい／先不說平日是如何，我週末想悠哉地休息一下。

はハ

は [歯] 四2
- 名 牙齒。
- 類 歯牙
△ それを使って、歯を磨きます／用那個刷牙。

ば [場] 二36
- 名 場所，地方；座位；（戲劇）場次；場合。
- 類 所
△ その場では、お金を払わなかった／在當時我沒有付錢。

は [葉] 三2
- 名 葉子，樹葉。
- 類 葉っぱ
△ この木の葉は、あの木の葉より黄色いです／這樹葉，比那樹葉還要黃。

はあ 二6
- 感 （應答聲）是，唉；（驚訝聲）嘿；（疑問聲）啊？
- 類 握る

ばあい [場合] 二2
- 名 時候；狀況，情形。
- 類 局面
△ 彼が来ない場合は、電話をくれるは

ずだ／他不來的時候，應該會給我電話的。

パーセント [percent] 二36
- 名 百分率，百分之…。
- 類 百分率

パーティー [party] 四2
- 名 （社交性的）集會，晚會，宴會，舞會。
- 類 集まり
△ パーティーへは行きません／不去參加宴會。

パーティー [party] 二36
- 名 舞會，宴會，晚會；（爬山的）一行；黨派，政黨。
- 類 集まり

はい 四2
- 感 （回答）有，到；（表示同意）是的；（提醒注意）喂。
△ はい、だれかそこにいます／是的，有人在那邊。

はい [灰] 二36
- 名 灰。
- 類 木灰

はい [杯] 四2
- 接尾 …杯。
△ 水が1杯ほしいです／我想要一杯水。
- 類 さかずき

ばい [倍] [三][2]

[接尾] 倍，加倍。

ばい [倍] [二][3][6]

[名·漢造] 倍，加倍；（數助詞的用法）倍。

△ 今年(ことし)から、倍(ばい)の給料(きゅうりょう)をもらえるようになりました／今年起可以領到雙倍的薪資了。

はいいろ [灰色] [二][6]

[名] 灰色；（轉意為立場、觀點等）不鮮明；（轉）黯淡，乏味，鬱悶。

[類] 鼠色

ばいう [梅雨] [二][6]

[名] 梅雨。

[反] 乾期 [類] 雨季

△ 梅雨(ばいう)の季節(きせつ)にしては、雨(あめ)が少(すく)ないです／就梅雨季節來說，下這樣的雨量算是很少了。

バイオリン [violin] [二][3][6]

[名]（樂）小提琴。

[類] 琴

バイキング [Viking] [二][3][6]

[名]（史）北歐海盜；（食）自助式吃到飽。

[類] バイキング料理

はいく [俳句] [二][3][6]

[名] 俳句。

[類] 歌

△ この作家(さっか)の俳句(はいく)を読(よ)むにつけ、日本(にほん)へ行(い)きたくなります／每當唸起這位作家的徘句時，就會想去日本。

はいけん [拝見] [三][2]

[名·他サ] 看，拜讀。

△ 写真(しゃしん)を拝見(はいけん)したところです／剛看完您的照片。

はいけん [拝見] [二][6]

[名·他サ]（「みる」的自謙語）看，瞻仰。

[類] 見る

△ お手紙(てがみ)拝見(はいけん)しました／拜讀了您的信。

はいざら [灰皿] [四][2]

[名] 煙灰缸。

[類] 煙草盆

△ 灰皿(はいざら)はあそこです／煙灰缸在那裡。

はいしゃ [歯医者] [三][2]

[名] 牙醫。

[類] 歯科医

△ 歯(は)が痛(いた)いなら、歯医者(はいしゃ)に行(い)けよ／如果牙痛，就去看牙醫啊！

はいたつ [配達] [二][3][6]

[名·他サ] 送，投遞。

[類] 配る

△ 1日(にち)2回郵便(かいゆうびん)が配達(はいたつ)される／一天投遞兩次郵件。

ばいてん [売店] [二][6]

[名] （設在車站、劇場裡面的）小賣店。

バイバイ [bye-bye] [二][6]

[寒暄] 再見。

[類] さよなら

ばいばい [売買] [二][6]

[名·他サ] 買賣，交易。

[類] 売り買い

△ 株の売買によって、お金をもうけました／因為股票交易而賺了錢。

パイプ [pipe] [二][6]

[名] 管，導管；煙斗；煙嘴；管樂器。

[類] 筒

△ これは、石油を運ぶパイプラインです／這是輸送石油的輸油管。

はいゆう [俳優] [二][6]

[名] 演員。

[類] 役者

△ あの俳優をぬきにして、この芝居はできない／如果沒有那位演員，這部戲就拍不成。

はいる [入る] [四][2]

[自五] 進，進入，裝入；闖入。

[反] 出る　[類] 入（い）る

△ 鞄に何が入っていますか／皮包裡裝了什麼？

パイロット [pilot] [二][6]

[名] 領航員；飛行駕駛員；實驗性的。

[類] 運転手

△ 飛行機のパイロットを目指して、訓練を続けている／以飛機的飛行員為目標，持續地接受訓練。

はう [這う] [二][6]

[自五] 爬，爬行；（植物）攀纏，緊貼；（趴）下。

[類] 腹這う

△ 赤ちゃんが、一生懸命這ってきた／小嬰兒努力地爬到了這裡。

はえる [生える] [二][3][6]

[自下一] （草，木）等生長。

[類] 根ざす

△ 雑草が生えてきたので、全部抜いてもらえますか／雜草長出來了，可以幫我全部拔掉嗎？

はか [墓] [二][6]

[名] 墓地，墳墓。

[類] 墓場

△ 郊外に墓を買いました／在郊外買了墳墓。

ばか [馬鹿] [二][3][6]

[名·接頭] 愚蠢，糊塗；不合理，無價值；（以「になる」的形式）不中用；過度，非常；（罵）混蛋，混帳，傻瓜；過度。

[反] 利口　[類] 愚

はがき [四][2]

[名] 明信片；記事便條。

[反] 封書　[類] ポストカード

△ はがきには、なにも書(か)いてありません／明信片上什麼都沒寫。

はがす [剥がす] 二 6

[他五] 剝下。

[類] 取り除ける

△ ペンキを塗(ぬ)る前(まえ)に、古(ふる)い塗料(とりょう)を剥(は)がしましょう／在塗上油漆之前，先將舊的漆剝下來吧！

はかせ [博士] 二 3 6

[名] 博士；博學之人。

△ 彼(かれ)は工学博士(こうがくはかせ)になりました／他當上了工學博士。

ばからしい [馬鹿らしい] 二 3 6

[形] 愚蠢的，無聊的；划不來，不值得。

[反] 面白い [類] 馬鹿馬鹿しい

△ あなたにとっては馬鹿(ばか)らしくても、私(わたし)にとっては重要(じゅうよう)なんです／就算對你來講很愚蠢，但對我來說卻是很重要的。

はかり 二 6

[名] 秤，量，計量；份量；限度。

[類] 計器

△ はかりで重(おも)さを量(はか)ってみましょう／用體重機量量體重吧。

ばかり 三 2

[副助] 光，淨；左右；剛剛。

[反] たまに [類] いつも

△ そんなことばかり言(い)わないで、元気(げんき)を出(だ)して／別淨說那樣的話，打起精神來。

はかる [計る] 二 3 6

[他五] 計，秤，測量；計量；推測，揣測；徵詢，諮詢。

[類] 数える

△ 何分(なんぷん)ぐらいかかるか、時間(じかん)を計(はか)った／我量了大概要花多少時間。

はきけ [吐き気] 二 6

[名] 噁心，作嘔。

[類] むかつき

△ 上司(じょうし)のやり方(かた)が嫌(きら)いで、吐(は)き気(け)がするぐらいだ／上司的做事方法令人討厭到想作嘔的程度。

はきはき 二 6

[副・自サ] 活潑伶俐的樣子；乾脆，爽快；（動作）俐落。

[類] しっかり

△ 質問(しつもん)にはきはき答(こた)える／俐落地回答問題。

はく [掃く] 二 3 6

[他五] 掃，打掃；（拿刷子）輕塗。

[類] 掃除

△ 部屋(へや)を掃(は)く／打掃房屋。

はく [吐く] 二 6

[他五] 吐，吐出；說出，吐露出；冒出，噴出。

[類] 言う

△ 寒(さむ)くて、吐(は)く息(いき)が白(しろ)く見(み)える／天氣寒冷，吐出來的氣都是白的。

はく [泊] [二][3][6]

[名·漢造] 宿，過夜；停泊；（在外）過夜；清心寡欲。

[類] 宿泊

はく [履く] [四][三][2]

[他五] 穿（鞋，襪等）。

[類] 引っ掛ける

△ 靴を履いたまま、入らないでください／請勿穿著鞋進入。

はくしゅ [拍手] [二][3][6]

[名·自サ] 拍手，鼓掌。

[類] 拍掌

△ 拍手して賛意を表す／鼓掌表示贊成。

ばくだい [莫大] [二][6]

[名·形動] 莫大，無尚，龐大。

[反] 少ない [類] 多い

△ 貿易を通して、莫大な財産を築きました／透過貿易，累積了龐大的財富。

ばくはつ [爆発] [二][6]

[名·自サ] 爆炸，爆發。

[類] 炸裂

△ 長い間の我慢のあげく、とうとう気持ちが爆発してしまった／長久忍下來的怨氣，終於爆發了。

はくぶつかん [博物館] [二][6]

[名] 博物館，博物院。

はぐるま [歯車] [二][6]

[名] 齒輪。

[類] 平歯車

はげしい [激しい] [二][3][6]

[形] 激烈，劇烈；（程度上）很高，厲害；熱烈。

[反] 緩い [類] はなはだしい

△ 競争が激しい／競爭激烈。

バケツ [bucket] [二][6]

[名] 木桶。

[類] 桶

△ 掃除をするので、バケツに水を汲んできてください／要打掃了，請你用水桶裝水過來。

はこ [箱] [四][2]

[名] 盒子，箱子，匣子。

[類] ボックス

△ 箱を開けたり閉めたりする／將盒子開開關關。

はこぶ [運ぶ] [三][2]

[他五·自五] 運送，搬運；進行。

[類] 運搬

△ その商品は、店の人が運んでくださるのです／那個商品，店裡的人會幫我送過來。

はさまる [挟まる] [二][6]

[自五] 夾，（物體）夾在中間；夾在（對立雙方中間）。

[類] 嵌まる

△ 歯の間に食べ物が挟まってしまった

／食物塞在牙縫裡了。

はさみ [鋏] [二36]

[名] 剪刀；剪票鉗。

[類] 剪刀

はさむ [挟む] [二36]

[他五] 夾，夾住；隔；夾進，夾入；插。

[類] 摘む

△ ドアに手を挟んで、大声を出さないではいられないぐらい痛かった／門夾到手，痛得我禁不住放聲大叫。

はさん [破産] [二6]

[名·自サ] 破產。

[類] 潰れる

△ うちの会社は借金だらけで、結 局破産しました／我們公司欠了一屁股債，最後破產了。

はし [橋] [四2]

[名] 橋，橋樑。

[類] 橋梁

△ 橋の上にだれもいません／沒有人在橋上。

はし [端] [二36]

[名] 開端，開始；邊緣；零頭，片段；開始，盡頭。

[反] 中 [類] 縁

△ 道の端を歩いてください／請走路的兩旁。

はし [箸] [四2]

[名] 筷子，箸。

[類] お手元

△ 木で箸を作りました／用木頭做成筷子。

はしご [二6]

[名] 梯子；挨家挨戶。

[類] 梯子（ていし）

△ 屋根に上るので、はしごを貸してください／我要爬上屋頂，所以請借我梯子。

はじまり [始まり] [二6]

[名] （「はじまる」的名詞形）開始，開端；起源，緣起。

[反] 終わり [類] 起こり

はじまる [始まる] [四2]

[自五] 開始，開頭；發生，引起；起源，緣起。

[反] 終わる [類] 起きる

△ 授業が始まります／上課了。

はじめ [初め] [四2]

[名] 開始，起頭；起因。

[類] いとぐち

△ 初めは、何もわかりませんでした／一開始，什麼也不懂。

はじめて [初めて] [四2]

[副] 最初，初次，第一次。

[類] 第一

△ 林さんは、初めて北海道に行きました／林先生第一次去了北海道。

はじめまして [四][2]

[寒暄] 初次見面，你好。

△ はじめまして。私は山田商事の田中です／初次見面，我是山田商事的田中。

はじめる [始める] [四][三][2]

[他下一] 開始。

[反] 終わる　[類] 起こす

△ ベルが鳴るまで、テストを始めてはいけません／在鈴聲響起前，不能開始考試。

はじめる [始める] [二][3][6]

[他下一] 開始，開創，創辦；（前接動詞連用形）開始；犯（老毛病）。

[反] 終わる　[類] 起こす

△ 早朝から作業を始める／從早上開始作業。

ばしょ [場所] [二][3][6]

[名] 場所；現場；座位；地點，位置。

[類] 所

はしら [柱] [二][3][6]

[名·接尾] （建）柱子；支柱；（轉）靠山；（計算遺骨、神位的助數詞）尊，位，具。

[類] 支柱

はしる [走る] [四][2]

[自五] （人、動物）跑步，奔跑；（車、船等）行駛。

[反] 歩く　[類] 駆ける

△ 車が町を走ります／車子在街上奔馳。

バス [bus] [四][2]

[名] 巴士，公車。

[類] 自動車

△ あれは大学へ行くバスです／那是前往大學的巴士。

はず [三][2]

[形式名詞] 應該；會；確實。

[類] 訳（わけ）

△ 彼は、年末までに日本に來るはずです／他在年底前，應該會來日本。

パス [pass] [二][6]

[名·自サ] 免票，免費；定期票，月票；合格，通過。

[類] 切符

△ 試験にパスしないことには、資格はもらえない／要是不通過考試，就沒辦法取得資格。

はす [斜] [二][6]

[名] （方向）斜的，歪斜。

[類] 斜め

△ ねぎは斜に切ってください／請將蔥斜切。

はずかしい [恥ずかしい] [三][2]

[形] 丟臉；難為情。

[類] 決まりが悪い

△ 失敗しても、恥ずかしいと思うな／即使失敗了也不用覺得丟臉。

はずす [外す]

他五 摘下，解開，取下；錯過，錯開；落後，失掉；避開，躲過。

類 とりのける

△ 重大な話につき、あなたは席をはずしてください／由於是重要的事情，所以請你先離座一下。

パスポート [passport]

名 護照；身分證。

類 旅券

はずれる [外れる]

自下一 脫落，掉下；（希望）落空，不合（道理）；離開（某一範圍）。

反 当たる　類 離れる

△ 機械の部品が、外れるわけがない／機器的零件，是不可能會脫落的。

はた [旗]

名 旗，旗幟；（佛）幡。

類 幟

はだ [肌]

名 肌膚，皮膚；物體表面；氣質，風度；木紋。

類 皮膚

△ 肌が美しくて、まぶしいぐらいだ／肌膚美得炫目耀眼。

バター [butter]

名 奶油。

△ バターを入れたあとで、塩を入れます／放進奶油後再放鹽。

パターン [pattern]

名 形式，樣式，模型；紙樣；圖案，花樣。

類 型

△ 彼がお酒を飲んで歌い出すのは、いつものパターンです／喝了酒之後就會開始唱歌，是他的固定模式。

はだか [裸]

名 裸體；沒有外皮的東西；精光，身無分文；不存先入之見，不裝飾門面。

類 ヌード

△ 風呂に入るため裸になったら、電話が鳴って困った／脫光了衣服要洗澡時，電話卻剛好響起，真是傷腦筋。

はだぎ [肌着]

名 （貼身）襯衣，汗衫。

反 上着　類 下着

△ 肌着をたくさん買ってきた／我買了許多汗衫。

はたけ [畑]

名 田地，旱田；專業的領域。

反 田　類 耕地

はたして [果たして]

副 果然，果真。

反 図らずも　類 やはり

△ ベストセラーといっても、果たして面白いかどうかわかりませんよ／雖說是暢銷書，但不知是否果真那麼好看唷。

は

はたち [二十歳] [四]2

[名] 二十歳。

△ 二十歳(はたち)になったから、お酒(さけ)を飲(の)みます／因為滿二十歲了，所以喝酒。

はたらき [働き] [二]6

[名] 勞動，工作；作用，功效；功勞，功績；功能，機能。

[類] 才能

△ 計画(けいかく)がうまくいくかどうかは、君(きみ)たちの働(はたら)き次第(しだい)だ／計畫能不能順利地進行，就全看你們的工作成果了。

はたらく [働く] [四]2

[自五] 工作，勞動，做工。

[類] 立ち働く

△ 母(はは)は、1日中(にちじゅう)働(はたら)いています／媽媽工作一整天。

はち [八] [四]2

[名] （數）八，八個。

△ りんごが8個(こ)だけあります／只有八個蘋果。

はち [鉢] [二]6

[名] 缽盆；大碗；花盆；頭蓋骨。

[類] 応器

△ 鉢(はち)にラベンダーを植(う)えました／我在花盆中種了薰衣草。

はつ [発] [二]36

[名·接尾] （交通工具等）開出，出發；（信、電報等）發出；（助數詞用法）（計算子彈數量）發，顆。

[類] 出発する

△ 上野始発(うえのしはつ)の列車(れっしゃ)／上野開出的火車。

ばつ [罰] [二]6

[名·漢造] 懲罰，處罰。

[反] 賞 [類] 罰（ばち）

△ 遅刻(ちこく)した罰(ばつ)として、反省文(はんせいぶん)を書(か)きました／當作遲到的處罰，寫了反省書。

ばつ [二]6

[名] （表否定的）叉號。

△ 間違(まちが)った答(こた)えにはばつをつけた／在錯的答案上畫上了叉號。

はついく [発育] [二]6

[名·自サ] 發育，成長。

[類] 育つ

△ 発育(はついく)のよい子(こ)／發育良好的孩子。

はつおん [発音] [三]2

[名] 發音。

[類] 発声

△ 日本語(にほんご)の発音(はつおん)を直(なお)してもらっているところです／正在請他幫我矯正日語的發音。

はつおん [発音] [二]36

[名·他サ] 發音；發聲。

[類] 発声

△ 発音(はつおん)が下手(へた)だと、通(つう)じないおそれがあります／如果發音不好，就可能無法順利溝通。

はつか [二十日] [四]2

[名] 二十日，二十天。

△ 二十日には、国へ帰ります／二十號回國。

はっき [発揮] [二][6]

[名·他サ] 發揮，施展。

△ 今年は、自分の能力を発揮することなく終わってしまった／今年都沒好好發揮實力就結束了。

はっきり [二][2]

[副·自サ] 清楚；直接了當。

[類] 明らか

△ 君ははっきり言いすぎる／你說得太露骨了。

バック [back] [二][6]

[名·自サ] 後面，背後；背景；後退，倒車；金錢的後備，援助；靠山。

[反] 表 [類] 裏

△ 車をバックさせたところ、塀にぶつかってしまった／倒車，結果撞上了圍牆。

はっけん [発見] [二][3][6]

[名·他サ] 發現。

[類] 見つける

△ 博物館に行くと、子どもたちにとっていろいろな発見があります／孩子們去到博物館會有很多新發現。

はっこう [発行] [二][3][6]

[名·自サ] （圖書、報紙、紙幣等）發行；發放，發售

△ 新しい雑誌を発行したところ、とてもよく売れました／發行新雜誌，結果銷路很好。

はっしゃ [発射] [二][6]

[名·他サ] 發射（火箭、子彈等）。

[類] 討つ

△ ロケットが発射した／火箭發射了。

はっしゃ [発車] [二][3][6]

[名·自サ] 發車，開車。

[類] 出発

△ 定時に発車する／定時發車。

ばっする [罰する] [二][6]

[他サ] 處罰，處分，責罰；（法）定罪，判罪。

[類] 懲らしめる

△ あなたが罪を認めた以上、罰しなければなりません／既然你認了罪，就得接受懲罰。

はっそう [発想] [二][6]

[名·自他サ] 構想，主意；表達，表現；（音樂）表現。

△ 彼の発想をぬきにしては、この製品は完成しなかった／如果沒有他的構想，就沒有辦法做出這個產品。

はったつ [発達] [二][3][6]

[名·自サ] （身心）成熟，發達；擴展，進步；（機能）發達，發展。

△ 子どもの発達に応じて、玩具を与えよう／依小孩的成熟程度給玩具。

ばったり　[二] 3 6

[副] 物體突然倒下（跌落）貌；突然相遇貌；突然終止貌。

[類] 偶々

△ 友人たちにばったり会ったばかりに、飲みにいくことになってしまった／因為與朋友們不期而遇，所以就決定去喝酒了。

はってん [発展]　[二] 3 6

[名·自サ] 擴展，發展；活躍，活動。

[類] 発達

△ 驚いたことに、町はたいへん発展していました／令人驚訝的是，小鎮蓬勃發展起來了。

はつでん [発電]　[二] 6

[名·他サ] 發電。

△ この国では、風力による発電が行なわれています／這個國家，以風力來發電。

はつばい [発売]　[二] 6

[名·他サ] 賣，出售。

[類] 売り出す

△ 新商品発売の際には、大いに宣伝しましょう／銷售新商品時，我們來大力宣傳吧！

はっぴょう [発表]　[二] 3 6

[名·他サ] 發表，宣布，聲明；揭曉。

[類] 公表

△ こんなに面白い意見は、発表せずにはいられません／這麼有趣的意見，實在無法不提出來。

はつめい [発明]　[二] 3 6

[名·他サ] 發明。

[類] 発案

△ 社長は、新しい機械を発明するたびにお金をもうけています／每逢社長研發出新型機器，就會賺大錢。

はで [派手]　[二] 3 6

[名·形動] （服裝等）鮮艷的，華麗的；（為引人注目而動作）誇張，做作。

[反] 地味　[類] 艶やか

△ いくらパーティーでも、そんな派手な服を着ることはないでしょう／就算是派對，也不用穿得那麼華麗吧。

はな [花]　[四] 2

[名] 花。

[類] 蕾

△ ここにきれいな花があります／這裡有漂亮的花。

はな [鼻]　[四] 2

[名] 鼻子。

[類] 鼻柱

△ 漢字は、鼻ですか？花ですか／漢字是「鼻」？還是「花」？

はなし [話]　[四] 2

[名] 話，說話，講話；談話的內容。

[類] 言葉

△ どんな話をしますか／你要聊什麼話

題呢？

はなしあい [話し合い] 二6

[名] 商量，協談。

[類] 語らい

△ けんかにならないうちに、話し合いで解決した／在未釀造成打架事件之前，先透過溝通解決了問題。

はなしあう [話し合う] 二36

[自五] 對話，談話；商量，協商，談判。

[類] 相談

はなしかける [話しかける] 二36

[自下一] （主動）跟人說話，攀談；開始談，開始說。

[類] 話し始める

△ 英語で話しかける／用英語跟他人交談。

はなしちゅう [話し中] 二6

[名] 通話中。

[類] 通話中

△ 急ぎの用事で電話したときに限って、話し中である／偏偏在有急事打電話過去時，就是在通話中。

はなす [離す] 二36

[他五] 使…離開，使…分開；隔開，拉開距離。

[反] 合わせる [類] 分離

△ 子どもの手を握って、離さないでください／請握住小孩的手，不要放掉。

はなす [話す] 四2

[他五] 說，講；告訴（別人），敘述。

[類] 語る

△ 彼に何を話しましたか／你跟他講了什麼？

はなはだしい [甚だしい] 二6

[形] （不好的狀態）非常，很，甚。

[類] 激しい

△ あなたは甚だしい勘違いをしています／你誤會得非常深。

はなばなしい [華々しい] 二6

[形] 華麗，豪華；輝煌；壯烈。

[類] 立派

△ 華々しい結婚式／豪華的婚禮。

はなび [花火] 二6

[名] 煙火。

[類] 火花

△ 花火を見に行きたいわ。とてもきれいだもの／人家要去看煙火，因為真的是很漂亮嘛。

はなみ [花見] 三2

[名] 賞花。

[類] 風流

△ 花見は楽しかったかい／賞花有趣嗎？

はなやか [華やか] 二6

[形動] 華麗；輝煌；活躍；引人注目。

[類] 派手やか

△ 華やかな都会での生活／在繁華的都

市生活。

はなよめ [花嫁] （二）6

⊛ 新娘。

⊛ 婿　⊛ 嫁
△ きれいだなあ。さすが花嫁さんだけのことはある／好美唷！果然不愧是新娘子。

はなれる [離れる] （二）36

⊛ 離開，分開；離去；距離，相隔；脱離（關係），背離。

⊛ 合う　⊛ 別れる
△ 故郷を離れるに先立ち、みんなに挨拶をしました／在離開家郷之前，先和大家告別。

ばね （二）6

⊛ 彈簧，發條；（腰、腿的）彈力，彈跳力。

⊛ 弾き金
△ ベッドの中のばねはたいへん丈夫です／床鋪的彈簧實在是牢固啊。

はね [羽] （二）36

⊛ 羽毛；（鳥與昆蟲等的）翅膀；（機器等）翼，葉片；箭翎。

⊛ つばさ
△ 羽のついた帽子がほしい／我想要頂有羽毛的帽子。

はねる [跳ねる] （二）6

⊛ 跳，蹦起；飛濺；散開，散場；爆，裂開。

⊛ 跳ぶ
△ 子犬は、飛んだり跳ねたりして喜んでいる／小狗高興得又蹦又跳的。

はば [幅] （二）36

⊛ 寬度，幅面；幅度，範圍；勢力；伸縮空間。

⊛ 広狭
△ 道路の幅を広げる工事をしている／正在進行拓展道路的工程。

はは [母] （四）2

⊛ 媽媽，母親。

⊛ 父　⊛ お母さん
△ 母は、野菜がきらいです／媽媽不喜歡蔬菜。

ははおや [母親] （二）6

⊛ 母親。

⊛ 父親　⊛ 母
△ 息子が勉強しないので、母親として嘆かずにはいられない／因為兒子不讀書，所以身為母親的就不得不嘆起氣來。

はぶく [省く] （二）36

⊛ 省，省略，精簡，簡化；節省。

⊛ 略す
△ 大事な言葉を省いたばかりに、意味が通じなくなりました／正因為省略了關鍵的詞彙，所以意思才會不通。

はへん [破片] （二）6

⊛ 破片，碎片。

類 かけら
△ ガラスの破片が落ちていた／玻璃的碎片掉落在地上。

はみがき [歯磨き] 　　二36
名 刷牙；牙刷；牙膏，牙膏粉。

はめる [嵌める] 　　二36
他下一 嵌上，鑲上；使陷入，欺騙；擲入，使沈入。
反 外す 　類 挟む
△ 金属の枠にガラスを嵌めました／在金屬框裡，嵌上了玻璃。

ばめん [場面] 　　二36
名 場面，場所；情景，（戲劇、電影等）場景，鏡頭；市場的情況，行情。
類 光景
△ 最後の場面は感動したにせよ、映画自体は面白くなかった／就算最後一幕很動人，但電影本身還是很無趣。

はやい [早い] 　　四2
形 （時間等）迅速，早。
類 早々
△ 起きる時間が、早くなりました／起床的時間變早了。

はやい [速い] 　　四2
形 （速度等）快速。
類 素早い
△ この電車は速いですね／這電車的速度好快。

はら [原] 　　二6
名 平原，平地；荒原，荒地。
類 野
△ 野原でおべんとうを食べました／我在原野上吃了便當。

はら [腹] 　　二36
名 肚子；心思，内心活動；心情，情緒；心胸，度量；胎内，母體内。
反 背 　類 腹部
△ たとえ腹が立っても、黙ってがまんします／就算一肚子氣，也會默默地忍耐下來。

はらいこむ [払い込む] 　　二6
他五 繳納。
類 収める
△ 税金を払い込む／繳納稅金。

はらいもどす [払い戻す] 　　二6
他五 退還（多餘的錢），退費；（銀行）付還（存戶存款）。
類 払い渡す
△ 不良品だったので、抗議のすえ、料金を払い戻してもらいました／因為是瑕疵品，經過抗議之後，最後費用就退給我了。

はらう [払う] 　　二2
他五 付錢；除去；傾注。
類 支払う
△ 来週までに、お金を払わなくてはいけない／下星期前得付款。

は

□ バランス [balance] [二][3][6]

[名] 平衡，均衡，均等。

[類] 釣り合い

△ この食事(しょくじ)では、ビタミンが足(た)りないのみならず、栄養(えいよう)のバランスも悪(わる)い／這一餐不僅維他命不足，連營養都不均衡。

□ はり [針] [二][3][6]

[名] 縫衣針；針狀物；（動植物的）針，刺。

[類] ピン

△ 針(はり)と糸(いと)で雑巾(ぞうきん)を縫(ぬ)った／我用針和線縫補了抹布。

□ はりがね [針金] [二][3][6]

[名] 金屬絲，（鉛、銅、鋼）線；電線。

[類] 鉄線

△ 針金(はりがね)で玩具(おもちゃ)を作(つく)った／我用銅線做了玩具。

□ はりきる [張り切る] [二][3][6]

[自五] 拉緊；緊張，幹勁十足，精神百倍。

[類] 頑張る

△ 主役(しゅやく)をやるからには、はりきってやります／既然要當主角，就要打起精神好好做。

□ はる [春] [四][2]

[名] 春，春天。

[類] 春季

△ こっちは、まだ春(はる)が来(き)ません／這邊的春天還沒有來。

□ はる [貼る] [四][2]

[他五] 貼上，糊上，黏上。

△ 切手(きって)が貼(は)ってあります／有貼著郵票。

□ はる [張る] [二][3][6]

[自五·他五] 延伸，伸展；覆蓋；膨脹，負擔過重；展平，擴張；設置，布置。

[類] くっ付ける

△ 今朝(けさ)は寒(さむ)くて、池(いけ)に氷(こおり)が張(は)るほどだった／今早好冷，冷到池塘都結了一層薄冰。

□ はれる [晴れる] [四][2]

[自下一] （天氣）晴，（雲霧）消散；（雨、雪）放晴。

[反] 曇る　[類] 晴れ渡る

△ 晴(は)れたら、どこかへ遊(あそ)びに行(い)きましょう／要是天氣放晴，我們找個地方去玩吧。

□ はん [半] [四][2]

[接尾] …半，一半。

[類] 半ば

△ もう5時半(じはん)になりました／已經五點半了。

□ はん [反] [二][6]

[名·漢造] 反，反對；（哲）反對命題；犯規；反覆。

[類] 対立する

△ 隣家(りんか)と反目(はんもく)し合(あ)う／跟隔壁反目成仇。

□ パン [（葡）pão] 四2

名 麵包。

類 ブレッド

△ パンと卵を食べました／吃了麵包和蛋。

□ ばん [晩] 四2

名 晩，晩上。

反 昼 類 夜

△ あの晩は、とても疲れていました／那個晚上非常疲倦。

□ ばん [番] 四2

名・接尾・漢造 輪班；看守；（順序）第…號；（交替）順序。

類 順序

△ 3番の女性は、背が高くて、美しいです／三號的女性，身材高挑又漂亮。

□ ばん [番] 二36

名・接尾・漢造 輪班；看守，守衛；（表順序與號碼）第…號；（交替）順序。

類 順序

△ 次は誰の番ですか／下一個輪到誰了？

□ バン [van] 二6

名 大篷貨車。

類 自動車

□ はんい [範囲] 二36

名 範圍，界線。

類 域

△ 消費者の要望にこたえて、販売地域の範囲を広げた／為了回應消費者的期待，拓展了銷售區域的範圍。

□ はんえい [反映] 二6

名・自サ・他サ （光）反射；反映。

類 反影

△ この事件は、当時の状況を反映しているに相違ありません／這個事件，肯定是反映了當下的情勢。

□ ハンカチ [handkerchief] 四2

名 手帕。

類 手ぬぐい

△ だれもハンカチを持っていません／沒有人帶手帕。

□ パンク [puncture] 二6

名・自サ 爆胎；脹破，爆破。

類 駄目

△ 大きな音がしたことから、パンクしたのに気がつきました／因為聽到了巨響，所以發現原來是爆胎了。

□ ばんぐみ [番組] 三2

名 節目。

類 プログラム

△ 新しい番組が始まりました／新節目已經開始了。

□ はんけい [半径] 二6

名 半徑。

△ 彼は、行動半径が広い／他的行動範圍很廣。

は

□ はんこ 　　　　(二) 3 6

㊤ 印章，印鑑。

㊣ 判

△ ここにはんこを押してください／請在這裡蓋下印章。

□ はんこう [反抗] 　　　　(二) 6

㊤㊣ 反抗，違抗，反擊。

㊣ 手向かう

△ 彼は、親に対して反抗している／他反抗父母。

□ ばんごう [番号] 　　　　(四) 2

㊤ 號碼，號數。

㊣ 順

△ 番号を呼ぶ前に、入らないでください／叫到號碼前，請不要進來。

□ ばんごはん [晩ご飯] 　　　　(四) 2

㊤ 晩餐。

㊣ 晩飯

△ どこかへ行って、晩ご飯を食べましょう／找個地方去吃晚餐吧。

□ はんざい [犯罪] 　　　　(二) 3 6

㊤ 犯罪。

㊣ 犯行

△ 犯罪を通して、社会の傾向を研究する／透過犯罪來研究社會的動向。

□ ばんざい [万歳] 　　　　(二) 6

㊤㊨ 萬歲；（表示高興）太好了，好極了。

㊣ ばんせい

△ 万歳を三唱する／三呼萬歲。

□ ハンサム [handsome] 　　　　(二) 6

㊤㊥ 帥，英俊，美男子。

㊣ 美男

△ ハンサムでさえあれば、どんな男性でもいいそうです／聽說她只要對方英俊，怎樣的男人都行。

□ はんじ [判事] 　　　　(二) 6

㊤ 審判員，法官。

㊣ 裁判官

△ 将来は判事になりたいと思っている／我將來想當法官。

□ はんせい [反省] 　　　　(二) 3 6

㊤㊦ 反省，自省（思想與行為）；重新考慮。

㊣ 省みる

△ 彼は、反省のあまり、すっかり元気がなくなってしまった／他反省過了頭，以致於整個人都提不起勁。

□ はんたい [反対] 　　　　(二) 2

㊤㊣ 相反；反對。

㊙ 賛成　㊣ 否

△ あなたが社長に反対しちゃ、困りますよ／你要是跟社長作對，我會很頭痛的。

□ はんだん [判断] 　　　　(二) 3 6

㊤㊦ 判斷；推斷，推測；占卜。

㊣ 判じる

△ 上司の判断が間違っていると知り

つつ、意見を言わなかった／明明知道上司的判斷是錯的，但還是沒講出自己的意見。

ばんち [番地] [二][3][6]

[名] 門牌號；住址。

[類] アドレス

△ お宅は何番地ですか／您府上門牌號碼幾號？

パンツ [pants] [二][3][6]

[名]（男性與兒童的）褲子；西裝褲；長運動褲。

△ 子どものパンツと靴下を買いました／我買了小孩子的內褲和襪子。

バンド [band] [二][6]

[名] 帶狀物；皮帶，腰帶；樂團。

[類] ズボン

△ 太ったら、バンドがきつくなった／胖起來後皮帶變得很緊。

はんとう [半島] [二][6]

[名] 半島。

[類] 岬

△ 三浦半島に泳ぎに行った／我到三浦半島游了泳。

ハンドル [handle] [二][6]

[名]（門等）把手；（汽車、輪船）方向盤。

[類] 柄

△ 久しぶりにハンドルを握った／久違地握著了方向盤。

はんにん [犯人] [二][3][6]

[名] 犯人。

[類] 下手人

△ あいつが犯人とわかっているにもかかわらず、逮捕できない／儘管知道那傢伙就是犯人，還是沒辦法逮捕他。

はんばい [販売] [二][6]

[名·他サ] 販賣，出售。

[類] 売り出す

△ 商品の販売にかけては、彼の右に出る者はいない／在銷售商品上，沒有人可以跟他比。

はんぱつ [反発] [二][6]

[名·他サ·自サ] 回彈，排斥；拒絕，不接受；反攻，反抗。

[類] 否定する

△ 親に対して、反発を感じないではいられなかった／小孩很難不反抗父母。

はんぶん [半分] [四][2]

[名] 半，一半，二分之一。

[類] 半

△ 急いでやって、かかる時間を半分にします／加速進行，把花費的時間縮減成一半。

ばんめ [番目] [二][6]

[接尾]（助數詞用法，計算事物順序的單位）第。

[類] 番

△ 前から３番目の人／從前面算起第三個人。

ひヒ

ひ [火] 四三2
⊗ 火；火焰。

⊛ 火気

△ 火が静かに燃えています／火靜靜地燃燒著。

ひ [灯] 二6
⊗ 燈光，燈火。

⊛ 灯り

△ 山の上から見ると、街の灯がきれいだ／從山上往下眺望，街道上的燈火真是美啊。

ひ [日] 二2
⊗ 天，日子。

⊛ 日（にち）

△ その日、私は朝から走りつづけていた／那一天，我從早上開始就跑個不停。

ひ [非] 二36
漢造 非，不是。

ひ [費] 二36
漢造 消費，花費；費用。

⊛ ついやす

ひあたり [日当たり] 二36
⊗ 採光，向陽處。

⊛ 日向

△ 日当たりから見れば、この部屋は悪くない／就採光這一點來看，這房間還算不錯。

ピアノ [（義）piano] 二36
⊗ 鋼琴；（樂）微弱地，輕奏。

⊛ 琴

ビール [（荷）bier] 二6
⊗ 啤酒。

⊛ 酒

ひえる [冷える] 三2
自下一 變冷；變冷淡。

⊠ 温まる ⊛ 冷める

△ 夜は冷えるのに、毛布がないのですか／晚上會冷，沒有毛毯嗎？

ひがい [被害] 二36
⊗ 受害，損失。

⊛ 損害

△ 悲しいことに、被害は拡大している／令人感到難過的是，災情還在持續擴大中。

ひがえり [日帰り] 二6
名・自サ 當天回來。

△ 課長は、日帰りで出張に行ってきたということだ／聽說社長出差一天，當天就回來了。

ひかく [比較] 二36
名・他サ 比，比較。

⊛ 比べる

△ 周囲と比較してみて、自分の実力

がわかった／和周遭的人比較過之後，認清了自己的實力在哪裡。

ひかくてき [比較的] 二36

[副·形動] 比較地。

[類] 割りに

△ 会社(かいしゃ)が比較的(ひかくてき)うまくいっているところに、急(きゅう)に問題(もんだい)がおこった／在公司營運比從前上軌道時，突然發生了問題。

ひかげ [日陰] 二36

[名] 陰涼處，背陽處；埋沒人間；見不得人。

[類] 陰

△ 日陰(ひかげ)で休(やす)む／在陰涼處休息。

ひがし [東] 四2

[名] 東，東方，東邊。

[反] 西　[類] 東方

△ そちらは、東(ひがし)です／那邊是東邊。

ぴかぴか 二6

[副·自サ] 雪亮地；閃閃發亮的。

[類] きらきら

△ 机(つくえ)はほこりだらけでしたが、拭(ふ)いたらぴかぴかになりました／桌上滿是灰塵，但擦過後便很雪亮。

ひかり [光] 二36

[名] 光，光線；（前途）光明，有希望；光輝，威望，光榮。

[反] 闇　[類] 輝き

△ ろうそくの光(ひかり)が消(き)えかけています／蠟燭的燭光就快要熄滅了。

ひかる [光る] 二36

[自五] 發光，發亮；（才幹、人品、作品等）出類拔萃。

[類] 照る

△ 星(ほし)が光(ひか)る／星光閃耀。

ひき [匹] 四2

[接尾] （鳥、蟲、魚、獸）…匹，…頭，…條，…隻。

[類] 頭

△ ここには、犬(いぬ)が何匹(なんびき)いますか／這裡有幾隻狗？

ひき [匹] 二36

[接尾] （助數詞用法，計算動物、鳥、昆蟲的單位）頭，隻，尾；從前數錢用的單位（以十文或二十五文為一匹）；布匹的單位（以「二反」為一匹）。

[類] 頭

ひきうける [引き受ける] 二36

[他下一] 承擔，負責；照應，照料；應付，對付；繼承。

[類] 受け入れる

△ 仕事(しごと)についていろいろ説明(せつめい)を受(う)けたあげく、引(ひ)き受(う)けるのをやめた／聽了工作各方面的內容說明後，最後卻決定不接這份工作。

ひきかえす [引き返す] 二36

[自五] 返回，折回。

[類] 戻る

△ 橋(はし)が壊(こわ)れていたので、引(ひ)き返(かえ)さざる

をえなかった／因為橋壞了，所以不得不掉頭回去。

□ ひきざん [引き算] [二36]

[名] 減法。

[反] 足し算 [類] 減法

△ 子どもに引き算の練習をさせた／我叫小孩演練減法。

□ ひきだし [引き出し] [三2]

[名] 抽屜。

△ 引き出しの中には、鉛筆とかペンとかがあります／抽屜中有鉛筆跟筆等。

□ ひきだす [引き出す] [二6]

[他五] 抽出，拉出；引誘出，誘騙；（從銀行）提取，提出。

[類] 連れ出す

△ 部長は、部下のやる気を引き出すのが上手だ／部長對激發部下的工作幹勁，很有一套。

□ ひきとめる [引き止める] [二6]

[他下一] 留，挽留；制止，拉住。

△ 一生懸命引き止めたが、彼は会社を辞めてしまった／我努力挽留但他還是辭職了。

□ ひきょう [卑怯] [二36]

[名·形動] 怯懦，卑怯；卑鄙，無恥。

[類] 卑劣

△ 彼は卑怯な男だから、そんなこともしかねないね／因為他是個卑鄙的男人，所以有可能會做出那種事唷。

□ ひきわけ [引き分け] [二36]

[名] （比賽）平局，不分勝負。

[類] 相子

△ 試合は、引き分けに終わった／比賽以平手收局。

□ ひく [引く] [四2]

[他五] 拉，拖，曳；翻查；感染。

[類] もちだす

△ 辞書を引きながら、英語の本を読みました／邊看英文書邊查字典。

□ ひく [弾く] [四2]

[他五] 彈，彈奏，彈撥。

[類] 撥ねる

△ だれもピアノを弾きません／沒有人要彈鋼琴。

□ ひく [轢く] [二6]

[他五] （車）壓，軋（人等）。

[類] 轢き殺す

△ 人を轢きそうになって、びっくりした／差一點就壓傷了人，嚇死我了。

□ ひくい [低い] [四2]

[形] 低，矮的；卑微，低賤。

[反] 高い [類] 短い

△ 明日の気温は、低いでしょう／明天的氣溫應該很低吧！

□ ピクニック [picnic] [二6]

[名] 郊遊，野餐。

[類] 遠足

ひげ 〓2

⊛ 鬍鬚。

類 八時髭（はちじひげ）

△ 今日は休みだから、ひげをそらなくてもかまいません／今天休息，所以不刮鬍子也沒關係。

ひげき [悲劇] 〓6

⊛ 悲劇。

反 喜劇　類 悲しい

△ このような悲劇が二度と起こらないようにしよう／讓我們努力不要讓這樣的悲劇再度發生。

ひこう [飛行] 〓6

⊛·自サ 飛行，航空。

類 飛ぶ

△ 飛行時間は約5時間です／飛行時間約五個小時。

ひこうき [飛行機] 四〓2

⊛ 飛機。

類 航空機

△ あれは、飛行機ですね／那是飛機對不對！

ひこうじょう [飛行場] 〓2

⊛ 機場。

類 空港

△ もう一つ飛行場ができるそうだ／聽說要蓋另一座機場。

ひざ [膝] 〓36

⊛ 膝，膝蓋。

類 膝がしら

ひざし [日差し] 〓6

⊛ 陽光照射，光線。

△ まぶしいほど、日差しが強い／日光強到令人感到炫目刺眼。

ひさしぶり [久しぶり] 〓2

⊛·副 許久，隔了好久。

類 久々

△ 久しぶりに、卒業した学校に行ってみた／隔了許久才回畢業的母校看看。

ひじ [肘] 〓6

⊛ 肘，手肘。

びじゅつかん [美術館] 〓2

⊛ 美術館。

△ 美術館で絵葉書をもらいました／在美術館拿了明信片。

ひじょう [非常] 〓36

⊛·形動 非常，很，特別；緊急，緊迫。

類 特別

△ そのニュースを聞いて、彼は非常に喜んだに違いない／聽到那個消息，他一定會非常的高興。

ひじょうに [非常に] 〓2

⊛ 非常，很。

類 とても

△ 王さんは、非常に元気そうです／王先生看起來很有精神。

ひ

□ びじん [美人] [二] 36

[名] （文）美人，美女。

[反] 醜女　[類] 美女

□ ピストル [pistol] [二] 6

[名] 手槍。

[類] 銃

△ 銀行強盗（ぎんこうごうとう）は、ピストルを持（も）っていた／銀行搶匪當時持有手槍。

□ ひたい [額] [二] 6

[名] 前額，額頭；物體突出部分。

[類] 顔

△ うちの庭（にわ）は、猫（ねこ）の額（ひたい）のように狭（せま）い／我家的庭院，就像貓的額頭一般地狹小。

□ ビタミン [vitamin] [二] 6

[名] （醫）維他命，維生素。

△ 栄養（えいよう）からいうと、その食事（しょくじ）はビタミンが足（た）りません／就營養這一點來看，那一餐所含的維他命是不夠的。

□ ひだり [左] [四] 2

[名] 左，左邊；左手。

[反] 右　[類] 左手

△ 銀行（ぎんこう）の左（ひだり）に、高（たか）い建物（たてもの）があります／銀行的左邊，有一棟高大的建築物。

□ ぴたり [二] 6

[副] 突然停止；緊貼地，緊緊地；正好，正合適，正對。

[類] ぴったり

△ その占（うらな）い師（し）の占（うらな）いは、ぴたりと当（あ）たった／那位占卜師的占卜，完全命中。

□ ひっかかる [引っ掛かる] [二] 6

[自五] 掛起來，掛上，卡住；連累，牽累；受騙，上當；心裡不痛快。

[類] 囚われる

△ 凧が木（き）に引（ひ）っ掛（か）かってしまった／風箏纏到樹上去了。

□ ひっき [筆記] [二] 6

[名·他サ] 筆記；記筆記。

[反] 口述　[類] 筆写

△ 筆記試験（ひっきしけん）はともかく、実技（じつぎ）と面接（めんせつ）の点数（てんすう）はよかった／先不說筆試結果如何，術科和面試的成績都很不錯。

□ びっくり [三] 2

[副·自サ] 驚嚇，吃驚。

[類] 驚く

△ びっくりさせないでください／請不要嚇我。

□ びっくり [二] 36

[副·自サ] 吃驚，嚇一跳。

[類] 驚く

△ 田中（たなか）さんは美人（びじん）になって、本当（ほんとう）にびっくりするくらいでした／田中小姐變成大美人，叫人真是大吃一驚。

□ ひっくりかえす [引っくり返す] [二] 6

[他五] 推倒，弄倒，碰倒；顛倒過來；推翻，否決。

[類] 覆す

△ 箱を引っくり返して、中のものを調べた／把箱子翻出來，查看了裡面的東西。

ひっくりかえる [引っくり返る] [二][6]

[自五] 翻倒，顛倒，翻過來；逆轉，顛倒過來。

[類] 覆る

△ ニュースを聞いて、ショックのあまり引っくり返ってしまった／聽到這消息，由於太過吃驚，結果翻了一跤。

ひづけ [日付] [二][3][6]

[名] （報紙、新聞上的）日期。

[類] 日取り

△ 日付が変わらないうちに、この仕事を完成するつもりです／我打算在今天之內完成這份工作。

ひっこし [引っ越し] [二][3][6]

[名] 搬家，遷居。

[類] 転居

ひっこす [引っ越す] [三][2]

[自サ] 搬家，遷居。

[類] 引き移る

△ 大阪に引っ越すことにしました／決定搬到大阪。

ひっこむ [引っ込む] [二][6]

[自五·他五] 引退，隱居；縮進，縮入；拉入，拉進；拉攏。

[類] 退く

△ あなたは関係ないんだから、引っ込んでいてください／這跟你沒關係，請你走開！

ひっし [必死] [二][3][6]

[名·形動] 必死；拼命，殊死。

[類] 命懸け

△ 必死になりさえすれば、きっと合格できます／只要你肯拼命的話，一定會考上。

ひっしゃ [筆者] [二][3][6]

[名] 作者，筆者。

[類] 書き手

△ 筆者のことだから、面白い結末を用意してくれているだろう／如果是那位作者的話，一定會為我們準備個有趣的結局吧。

ひつじゅひん [必需品] [二][6]

[名] 必需品，日常必須用品。

△ いつも口紅は持っているわ。必需品だもの／我總是都帶著口紅呢！因為它是必需品嘛！

ぴったり [二][3][6]

[副·自サ] 緊緊地，嚴實地；恰好，正適合；說中，猜中。

[類] ちょうど

△ そのドレスは、あなたにぴったりですよ／這件禮服，真適合你穿啊！

ひっぱる [引っ張る] [二][3][6]

[他五] （用力）拉；拉上，拉緊；強

拉走；引誘；拖長；拖延；拉（電線等）；（棒球向左面或右面）打球。

[類] 引く

△ 人の耳を引っ張る／拉人的耳朵。

ひつよう [必要] 三2

[名·形動] 需要，必要。

[反] 不要 [類] 必需

△ 必要だったら、さしあげますよ／如果需要就送您。

ひてい [否定] 二6

[名·他サ] 否定，否認。

[反] 肯定 [類] 打ち消す

△ 方法に問題があったことは、否定しがたい／難以否認方法上出了問題。

ビデオ [video] 二6

[名] 影像，錄影；錄影機；錄影帶。

[類] レコード

ひと [一] 二6

[接頭] 一個；一回；稍微；以前。

△ ひと風呂浴びる／沖個澡。

ひと [人] 四2

[名] 人，人類；（社會上一般的）人；他人，旁人。

[類] 人間

△ あそこにも人がいます／那裡也有人。

ひどい 三2

[形] 殘酷；過分；非常。

[類] すごい

△ そんなひどいことを言うな／別說那麼過分的話。

ひどい [酷い] 二36

[形] 無情的，粗暴的，殘酷的，不講理的；激烈，凶猛，厲害。

[類] すごい

△ 頭に来たからといって、そんな酷いことを言わないでよ／就算你剛好氣到頭上來，也不要說那麼過份的話啊。

ひとこと [一言] 二36

[名] 一句話；三言兩語。

[類] 少し

△ 最近の社会に対して、ひとこと言わずにはいられない／我無法忍受不去對最近的社會，說幾句抱怨的話。

ひとごみ [人込み] 二6

[名] 人潮擁擠（的地方），人山人海。

[類] 込み合い

△ 人込みでは、すりに気をつけてください／在人群中，請小心扒手。

ひとさしゆび [人差し指] 二6

[名] 食指。

[類] 指

△ 彼女は、人差し指に指輪をしている／她的食指上帶著戒指。

ひとしい [等しい] 二36

[形] （性質、數量、狀態、條件等）相等的，一樣的；相似的。

（類）同じ

△ AプラスBはCプラスDに等しい／A加B等於C加D。

ひとすじ [一筋] （二）6

（名）一條，一根；（常用「一筋に」）一心一意，一個勁兒。

（類）一条

△ 一筋の道／一條道路。

ひとつ [一つ] （四）2

（名）（數）一；一個；一歳。

（類）一個

△ 石鹸を一つください／請給我一個香皂。

ひとつき [一月] （四）2

（名）一個月。

△ 一月の間、なにもしませんでした／一個月當中什麼都沒做。

ひととおり [一通り] （二）36

（副）大概，大略；（下接否定）普通，一般；一套；全部。

（類）一応

△ 看護婦として、一通りの勉強はしました／大略地學過了護士課程。

ひとどおり [人通り] （二）6

（名）人來人往，通行；來往行人。

（類）行き来

△ デパートに近づくにつれて、人通りが多くなった／離百貨公司越近，來往的人潮也越多。

ひとまず [一先ず] （二）36

（副）（不管怎樣）暫且，姑且。

（類）とりあえず

△ 細かいことはぬきにして、一先ず大体の計画を立てましょう／先跳過細部，暫且先做一個大概的計畫吧。

ひとみ [瞳] （二）6

（名）瞳孔，眼睛。

（類）目

△ 少年は、涼しげな瞳をしていた／這個少年他有著清澈的瞳孔。

ひとめ [人目] （二）36

（名）世人的眼光，眾目，眼目；旁人看見。

（類）傍目

△ 人目を避ける／避人耳目。

ひとやすみ [一休み] （二）36

（名・自サ）休息一會兒。

（類）休み

△ 疲れないうちに、一休みしましょうか／在疲勞之前，先休息一下吧！

ひとり [一人] （四）2

（名）一人；一個人；單獨一個人。

（類）一人（いちにん）

△ あなた一人だけですか／只有你一個人嗎？

ひとりごと [独り言] （二）6

（名）自言自語（的話）。

（類）独白

ひ

△ 彼はいつも独り言ばかり言っている／他時常自言自語。

ひとりでに [独りでに] [二][3][6]

[副] 自行地，自動地，自然而然也。

[類] 自ずから

△ 人形が独りでに動くわけがない／人偶不可能會自己動起來的。

ひとりひとり [一人一人] [二][3][6]

[名] 逐個地，依次的；人人，每個人，各自。

[類] 一人ずつ

△ 教師になったからには、生徒一人一人をしっかり育てたい／既然當了老師，就想把學生一個個都確實教好。

ビニール [vinyl] [二][3][6]

[名] （化）乙烯基；乙烯基樹脂；塑膠。

ひにく [皮肉] [二][6]

[名·形動] 皮和肉；挖苦，諷刺，冷嘲熱諷；令人啼笑皆非。

[類] 風刺

△ あいつは、会うたびに皮肉を言う／每次見到他，他就會說些諷刺的話。

ひにち [日にち] [二][6]

[名] 日子，時日；日期。

[類] 日

△ 会議の時間ばかりか、日にちも忘れてしまった／不僅是開會的時間，就連日期也都忘了。

ひねる [捻る] [二][6]

[他五] （用手）扭，擰；（俗）打敗，擊敗；別有風趣。

[類] 回す

△ 頭を捻って考えたが、答えはわかりません／絞盡腦汁想卻還是想不出答案。

ひのいり [日の入り] [二][6]

[名] 日暮時分，日落，黃昏。

[反] 日の出　[類] 夕日

△ 日の入りは何時ごろですか／黃昏大約是幾點？

ひので [日の出] [二][6]

[名] 日出（時分）。

[反] 日の入り　[類] 朝日

△ 明日は、山の上で日の出を見る予定です／明天計畫要到山上看日出。

ひはん [批判] [二][6]

[名·他サ] 批評，批判，評論。

[類] 批評

△ そんなことを言うと、批判されるおそれがある／你說那種話，有可能會被批評的。

ひび [皹] [二][6]

[名] （陶器、玻璃等）裂紋，裂痕；（人和人之間）發生裂痕；（身體、精神）發生毛病。

[類] 出来物

△ 茶碗にひびが入った／碗裂開了。

ひびき [響き] [二][6]

[名] 聲響，餘音；回音，迴響，震動；傳播振動；影響，波及。

[類] 影響

△ 音楽の響きがすばらしく、震えるくらいでした／音樂的迴響實在出色，有如全身就要震動般的感覺。

ひびく [響く] [二][3][6]

[自五] 響，發出聲音；發出回音，震響；傳播震動；波及；出名。

[類] 鳴り渡る

△ 銃声が響いた／槍聲響起。

ひひょう [批評] [二][3][6]

[名·他サ] 批評，批論。

[類] 批判

△ 先生の批評は、厳しくてしようがない／老師給的評論，實在有夠嚴厲。

ひふ [皮膚] [二][3][6]

[名] 皮膚。

[類] 肌

ひま [暇] [四][2]

[名·形動] 時間，功夫；空閒時間，暇餘。

[反] 忙しい [類] 手空き

△ 1時から2時まで暇です／一點到兩點有空。

ひみつ [秘密] [二][3][6]

[名·形動] 秘密，機密。

[反] 公開 [類] 内緒

びみょう [微妙] [二][6]

[形動] 微妙的。

[類] 玄妙

△ 社長の交代に伴って、会社の雰囲気も微妙に変わった／伴隨著社長的交接，公司裡的氣氛也變得很微妙。

ひも [紐] [二][3][6]

[名] （布、皮革等的）細繩，帶；（暗中操作的）條件；（妓女等的）情夫。

[類] 緒

ひゃく [百] [四][2]

[名] 一百；數目衆多；一百歲。

△ どちらの人が、100歳ですか／哪位已經一百歲了？

ひやす [冷やす] [二][3][6]

[他五] 使變涼，冰鎮；（喻）使冷靜。

[類] 冷やかす

△ ミルクを冷蔵庫で冷やしておく／把牛奶放在冰箱冷藏。

ひゃっかじてん [百科辞典] [二][6]

[名] 百科全書。

△ 百科辞典というだけあって、何でも載っている／到底是本百科全書，真的是裡面什麼都有。

ひよう [費用] [二][3][6]

[名] 費用，開銷。

[類] 経費

△ たとえ費用が高くてもかまいません／即使費用在怎麼貴也沒關係。

びよう [美容] 二6

[名] 美容。

[類] 理容

△ 肌(はだ)がきれいになったのは、化粧品(けしょうひん)の美容効果(びようこうか)にほかならない／肌膚會變好，全都是靠化妝品的美容成效。

ひょう [表] 二36

[名·漢造] 表，表格；奏章；表面，外表；表現；代表；表率。

△ 仕事(しごと)でよく表(ひょう)を作成(さくせい)します／工作上經常製作表格。

びょう [秒] 二36

[名·漢造] （時間單位）秒；（角度、經緯度的單位）秒。

びょう [病] 二36

[漢造] 病，患病；毛病，缺點。

[類] 病む

△ 彼(かれ)は難病(なんびょう)にかかった／他罹患了難治之症。

びょういん [病院] 四2

[名] 醫院。

[類] 医院

△ 子供(こども)は、病院(びょういん)がきらいです／小孩不喜歡醫院。

ひょうか [評価] 二36

[名·他サ] 定價，估價；評價。

[類] 批評

△ 部長(ぶちょう)の評価(ひょうか)なんて、気(き)にすることはありません／你用不著去在意部長給的評價。

びょうき [病気] 四2

[名] 生病，疾病；毛病，缺點。

[類] 病（やまい）

△ 病気(びょうき)で会社(かいしゃ)を休(やす)みました／因為生病，所以向公司請假。

ひょうげん [表現] 二36

[名·他サ] 表現，表達，表示。

[反] 理解 [類] 描写

△ 意味(いみ)は表現(ひょうげん)できたとしても、雰囲気(ふんいき)はうまく表現(ひょうげん)できません／就算有辦法將意思表達出來，氣氛還是無法傳達的很好。

ひょうご [標語] 二6

[名] 標語。

[類] スローガン

ひょうし [表紙] 二36

[名] 封面，封皮，書皮。

△ 本(ほん)の表紙(ひょうし)がとれてしまった／書皮掉了。

ひょうしき [標識] 二6

[名] 標誌，標記，記號，信號。

[類] 目印

△ この標識(ひょうしき)は、どんな意味(いみ)ですか／這個標誌代表著什麼意思？

ひょうじゅん [標準] 二36

[名] 標準，水準，基準。

[類] 基準

△ 日本(にほん)の標準的(ひょうじゅんてき)な教育(きょういく)について教(おし)えてください／請告訴我標準的日本教育是怎樣的教育。

ひょうじょう [表情] 二 3 6

[名] 面部表情。

[類] 顔つき

△ 彼(かれ)は、辛(つら)いことがあったわりには、表情(ひょうじょう)が明(あか)るい／他雖遇上了難受的事，但是表情卻很開朗。

びょうどう [平等] 二 3 6

[名·形動] 平等，同等。

[類] 公平

△ 人間(にんげん)はみな平等(びょうどう)であるべきだ／人人須平等。

ひょうばん [評判] 二 3 6

[名] （社會上的）評價，評論；名聲，名譽；受到注目，聞名；傳說，風聞。

[類] 噂

△ みんなの評判(ひょうばん)からすれば、彼(かれ)はすばらしい歌手(かしゅ)のようです／就大家的評價來看，他好像是位出色的歌手。

ひょうほん [標本] 二 6

[名] 標本；（統計）樣本；典型。

[類] 見本

ひょうめん [表面] 二 3 6

[名] 表面。

[類] 表

△ 布(ぬの)の表面全体(ひょうめんぜんたい)にわたる汚(よご)れが、どうしても落(お)ちなかった／染在布面上的整片污漬，怎麼也洗不掉。

ひょうろん [評論] 二 6

[名·他サ] 評論，批評。

[類] 批評

△ 評論家(ひょうろんか)として、一言意見(ひとこといけん)を述(の)べたいと思(おも)います／我想以評論家的身分，表達一下意見。

ビラ [bill] 二 6

[名] （宣傳、廣告用的）傳單。

[類] 広告

ひらがな [平仮名] 四 2

[名] 平假名。

△ 平仮名(ひらがな)は易(やさ)しいが、漢字(かんじ)は難(むずか)しい／平假名很容易，但是漢字很難。

ひらく [開く] 三 2

[自五·他五] 綻放；開，拉開。

[類] 開ける

△ ばらの花(はな)が開(ひら)きだした／玫瑰花綻放開來了。

ビル [building的省略說法] 三 2

[名] 高樓，大廈。

△ このビルは、あのビルより高(たか)いです／這棟大廈比那棟大廈高。

ひる [昼] 四 2

[名] 中午；白天，白晝；午飯。

[反] 夜 [類] 昼間

△ 昼(ひる)に、どこでご飯(はん)を食(た)べますか／中午要到哪裡吃飯？

ひるごはん [昼ご飯] [四][2]

[名] 午餐。

[類] 昼飯

△ 昼ご飯は食べましたか？まだですか／吃過午餐了嗎？還是還沒吃？

ビルディング [building] [二][3][6]

[名] 建築物。

△ ずいぶん高いビルディングが建ちましたね／真是蓋了棟高大建築物啊。

ひるね [昼寝] [二][3][6]

[名·自サ] 午睡。

△ 公園で昼寝をする／在公園午睡。

ひるま [昼間] [三][2]

[名] 白天，白晝。

[類] 昼

△ 彼は、昼間は忙しいと思います／我想他白天應該很忙吧！

ひるやすみ [昼休み] [三][2]

[名] 午休。

△ 昼休みなのに、仕事をしなければなりませんでした／午休卻得工作。

ひろい [広い] [四][2]

[形] （面積、空間）寬廣；（幅度）寬闊；（範圍）廣泛。

[反] 狭い [類] 広々

△ 公園は、どのぐらい広かったですか／公園大概有多大？

ひろう [拾う] [三][2]

[他五] 撿拾；叫車。

[反] 落とす [類] 拾い上げる

△ 公園でごみを拾わせられた／被叫去公園撿垃圾。

ひろがる [広がる] [二][3][6]

[自五] 開放，展開；（面積、規模、範圍）擴大，蔓延，傳播。

[反] 挟まる [類] 拡大

△ 悪い噂は、広がる一方だなあ／負面的傳聞，越傳越開了。

ひろげる [広げる] [二][3][6]

[他下一] 打開，展開；（面積、規模、範圍）擴張，發展。

[反] 挟める [類] 拡大

△ 犯人が見つからないので、捜査の範囲を広げるほかはない／因為抓不到犯人，所以只好擴大搜查範圍了。

ひろさ [広さ] [二][3][6]

[名] 寬度，幅度。

ひろば [広場] [二][3][6]

[名] 廣場；場所。

[類] 空き地

△ 集会は、広場で行われるに相違ない／集會一定是在廣場舉行的。

ひろびろ [広々] [二][6]

[副·自サ] 寬闊的，遼闊的。

△ この公園は広々としていて、子どもたちが走りまわれるほどです／這個公園非常寬闊，寬到小孩子可以到處跑的

程度。

□ ひろめる [広める] （二36）

㊀下一 擴大，傳播；普及，推廣；披露，宣揚。

㊣ 触れる
△ この知識を、多くの人に広めるべきです／這個知識，應該要推廣讓更多人知道。

□ ひん [品] （二6）

㊅・漢造 （東西的）品味，風度；辨別好壞；品質；種類。

㊣ 人柄
△ 彼の話し方は品がなくて、あきれるくらいでした／他講話沒風度到令人錯愕的程度。

□ ひん [賓] （二6）

㊅ 來賓。

□ ピン [pin] （二6）

㊅ 大頭針，別針；（機）拴，樞。
△ ピンで髪を留めた／我用髮夾夾住了頭髮。

□ びん [瓶] （二36）

㊅ 瓶，瓶子。

□ びん [便] （二6）

㊅・漢造 書信；郵寄，郵遞；（交通設施等）班機，班車；機會，方便。
△ 次の便で台湾に帰ります／我搭下一班飛機回台灣。

□ ピンク [pink] （二36）

㊅ 桃紅色，粉紅色；桃色，色情；
（植）石竹。

㊣ 赤

□ びんせん [便箋] （二36）

㊅ 信紙，便箋。

㊣ 用紙
△ 便箋と封筒を買ってきた／我買來了信紙和信封。

□ びんづめ [瓶詰] （二36）

㊅ 瓶裝；瓶裝罐頭。
△ 瓶詰めのビールをください／給我瓶裝的啤酒。

ふフ

□ ふ [不] （二36）

漢造 不；壞；醜；笨。

□ ぶ [無] （二6）

漢造 無，沒有，缺乏。

□ ぶ [分] （二6）

㊅・接尾 （優劣的）形勢，（有利的）程度；厚度；十分之一；百分之一。
△ 分が悪い試合と知りつつも、一生懸命戦いました／即使知道這是個沒有勝算的比賽，還是拼命地去奮鬥。

ぶ [部] [二] 3 6

[名·漢造] 部分；部門；部類；（團體組織上的機構名）部；（助數詞用法，計算書報等的單位）部，冊，份。

ファスナー [fastener] [二] 6

[名] （提包、皮包與衣服上的）拉鍊。

[類] ジッパー

△ このバッグにはファスナーがついています／這個皮包有附拉鍊。

ふあん [不安] [二] 3 6

[名·形動] 不安，不放心，擔心；不穩定。

[類] 心配

△ 不安のあまり、友だちに相談に行った／因為實在是放不下心，所以找朋友來聊聊。

フィルム [film] [四] 2

[名] 底片，膠片；影片；電影。

[類] カメラ

△ カメラにフィルムを入れました／將底片裝進相機。

ふう [風] [二] 3 6

[名·漢造] 樣子，態度；風度；習慣；情況；傾向；打扮；風；風教；風景；因風得病；諷刺。

△ 今風のスタイル／時尚的樣式。

ふうけい [風景] [二] 6

[名] 風景，景致；情景，光景，狀況；（美術）風景。

[類] 景色

△ すばらしい風景を見ると、写真に撮らずにはいられません／只要一看到優美的風景，就會忍不住拍起照來。

ふうせん [風船] [二] 6

[名] 氣球，氫氣球。

[類] 気球

△ 子どもが風船をほしがった／小孩想要氣球。

ふうぞく [風俗] [二] 6

[名] 風俗；服裝，打扮；社會道德。

[類] 民俗

ふうとう [封筒] [四] 2

[名] 信封，封套；文件袋。

[類] 袋

△ どちらの封筒に入れましたか／你放進了哪個信封？

ふうふ [夫婦] [二] 3 6

[名] 夫婦，夫妻。

[類] 夫妻

プール [pool] [四] 2

[名] 游泳池。

[類] 水泳場

△ 勉強する前に、プールで泳ぎます／唸書之前，先到游泳池游泳。

ふうん [不運] [二] 6

[名·形動] 運氣不好的，倒楣的，不幸的。

[類] 不幸せ

△ 不運を嘆かないではいられない／倒

楣到令人不由得嘆起氣來。

ふえ [笛] [二][3][6]

[名] 横笛；哨子。

[類] フルート

△ 笛(ふえ)による合図(あいず)で、ゲームを始(はじ)める／以笛聲作為信號開始了比賽。

ふえる [増える] [三][2]

[自下一] 增加，增多。

[類] 加わる

△ 結婚(けっこん)しない人(ひと)が増(ふ)えだした／不結婚的人多起來了。

フォーク [fork] [四][2]

[名] 叉子，餐叉。

[類] ナイフ

△ フォークやスプーンなどは、ありますか／有叉子或湯匙嗎？

ふか [不可] [二][6]

[名] 不可，不行；（成績評定等級）不及格。

[類] 駄目

△ 鉛筆(えんぴつ)で書(か)いた書類(しょるい)は不可(ふか)です／用鉛筆寫的文件是不行的。

ふかい [深い] [三][2]

[形] 深的；深刻；深刻。

[反] 浅い　[類] 奥深い

△ このプールは深(ふか)すぎて、危(あぶ)ない／這個游泳池太過深了，很危險！

ふかまる [深まる] [二][6]

[自五] 加深，變深。

△ 秋(あき)が深(ふか)まる／秋深。

ぶき [武器] [二][6]

[名] 武器，兵器；（有利的）手段，武器。

[類] 兵器

△ 中世(ちゅうせい)ヨーロッパの武器(ぶき)について調(しら)べている／我調查了有關中世代的歐洲武器。

ふきそく [不規則] [二][6]

[名·形動] 不規則，無規律；不整齊，凌亂。

[類] でたらめ

△ 生活(せいかつ)が不規則(ふきそく)になりがちだから、健康(けんこう)に気(き)をつけて／你的生活型態有不規律的傾向，要好好注意健康。

ふきゅう [普及] [二][3][6]

[名·自サ] 普及。

[類] 流通

△ 当時(とうじ)は、テレビが普及(ふきゅう)しかけた頃(ころ)でした／當時正是電視開始普及的時候。

ふきん [付近] [二][3][6]

[名] 附近，一帶。

[類] 辺り

△ 駅(えき)の付近(ふきん)はともかく、他(ほか)の場所(ばしょ)には全然店(ぜんぜんみせ)がない／姑且不論車站附近，別的地方完全沒商店。

ふく [吹く] [四][2]

[自五] （風）刮，吹；（緊縮著嘴唇）

吹，吹氣。

[類] 動く

△ 風が吹きます／風吹拂著。

□ ふく [吹く] 二36

[他五·自五] （風）刮，吹；（用嘴）吹；吹（笛等）；吹牛，說大話。

[類] 動く

△ 強い風が吹いてきましたね／吹起了強風呢。

□ ふく [副] 二6

[名·漢造] 副本，抄件；副；附加，附帶。

[類] 写し

□ ふく [服] 四2

[名] 衣服（數）。

[類] 着物

△ どの服を着て行きますか／你要穿哪件衣服去？

□ ふくざつ [複雑] 三2

[名·形動] 複雜。

[反] 簡単 [類] 繁雑

△ 日本語と英語と、どちらのほうが複雑だと思いますか／日語與英語，你覺得哪個比較複雜？

□ ふくし [副詞] 二36

[名] 副詞。

△ 副詞は動詞などを修飾します／副詞修飾動詞等詞類。

□ ふくしゃ [複写] 二6

[名·他サ] 複印，複制；抄寫，繕寫。

[類] コピー

△ 書類は一部しかないので、複写するほかはない／因為資料只有一份，所以只好拿去影印。

□ ふくしゅう [復習] 三2

[名·他サ] 複習。

[反] 予習 [類] 温習

△ 授業の後で、復習をしなくてはいけませんか／下課後一定得複習嗎？

□ ふくすう [複数] 二6

[名] 複數。

[反] 単数

△ 犯人は、複数いるのではないでしょうか／是不是有多個犯人呢？

□ ふくそう [服装] 二36

[名] 服裝，服飾。

[類] 身なり

△ 面接では、服装に気をつけるばかりでなく、言葉も丁寧にしましょう／面試時，不單要注意服裝儀容，講話也要恭恭敬敬的！

□ ふくむ [含む] 二36

[他五·自四] 含（在嘴裡）；帶有，包含；瞭解，知道；含蓄；懷（恨）；鼓起；（花）含苞。

[類] 包む

△ 税金を含むか含まないかにかかわらず、この値段はちょっと高すぎる／無論含稅與否，這價錢有點太貴了。

ふくめる [含める] [二][3][6]

[他下一] 包含，含括；囑咐，告知，指導。

[類] 入れる

△ 先生も含めて、クラス会の参加者は50名です／包含老師，參加班級會議的共有50位。

ふくらます [膨らます] [二][6]

[他五] （使）弄鼓，吹鼓。

△ 風船を膨らまして、子どもたちに配った／吹鼓氣球分給了小朋友們。

ふくらむ [膨らむ] [二][3][6]

[自五] 鼓起，膨脹；（因為不開心而）噘嘴。

[類] 膨れる

△ このままでは、赤字が膨らむおそれがあります／照這樣下去，赤字恐怕會越來越多。

ふくろ [袋] [二][3][6]

[名] 口袋；腰包；（俗）子宮的別名；水果的內皮；類似袋子的東西；不能通過。

[類] 封筒

ふけつ [不潔] [二][6]

[名・形動] 不乾淨，骯髒；（思想）不純潔。

[類] 汚い

△ 不潔にしていると病気になりますよ／不保持清潔會染上疾病唷。

ふける [更ける] [二][6]

[自下一] （秋）深；（夜）闌。

[類] 遅い

ふける [老ける] [二][6]

[自下一] 上年紀，老。

[類] 年取る

△ 彼女はなかなか老けない／她都不會老。

ふこう [不幸] [二][3][6]

[名] 不幸，倒楣；死亡，喪事。

[類] 不幸せ

ふごう [符号] [二][6]

[名] 符號，記號；（數）符號（正負的）。

[類] 印

ふさい [夫妻] [二][6]

[名] 夫妻。

[類] 夫婦

△ 田中夫妻はもちろん、息子さんたちも出席します／田中夫妻就不用說了，他們的小孩子也都會出席。

ふさがる [塞がる] [二][6]

[自五] 阻塞；關閉；佔用，佔滿。

[類] つまる

△ トイレは今塞がっているので、後で行きます／現在廁所擠滿了人，待會我再去。

ふさぐ [塞ぐ] 　　　□6

(他五・自五) 塞閉；阻塞，堵；佔用；不舒服，鬱悶。

(類) 閉じる

△ 大きな荷物で道を塞がないでください／請不要將龐大貨物堵在路上。

ふざける [巫山戯る] 　　　□6

(自下一) 開玩笑，戲謔；愚弄人，戲弄人；（男女）調情，調戲；（小孩）吵鬧。

(類) 騒ぐ

△ ちょっとふざけただけだから、怒らないで／只是開個小玩笑，別生氣。

ぶさた [無沙汰] 　　　□36

(名・自サ) 久未通信，久違，久疏問候。

(類) ご無沙汰

△ ご無沙汰して、申し訳ありません／久疏問候，真是抱歉。

ふし [節] 　　　□6

(名) （竹、葦的）節；關節，骨節；（線、繩的）繩結；曲調。

(類) 時

△ 竹にはたくさんの節がある／竹子上有許多枝節。

ぶし [武士] 　　　□6

(名) 武士。

(類) 武人

△ うちは武士の家系です／我是武士世家。

ぶじ [無事] 　　　□36

(名・形動) 平安無事，無變故；健康；最好，沒毛病；沒有過失。

(類) 安らか

△ 息子の無事を知ったとたんに、母親は気を失った／一得知兒子平安無事，母親便昏了過去。

ふしぎ [不思議] 　　　□36

(名・形動) 奇怪，難以想像，不可思議 。

(類) 神秘

△ ひどい事故だったので、助かったのが不思議なくらいです／因為是很嚴重的事故，所以能得救還真是令人覺得不可思議。

ぶしゅ [部首] 　　　□6

(名) （漢字的）部首。

△ この漢字の部首はわかりますか／你知道這漢字的部首嗎？

ふじゆう [不自由] 　　　□6

(名・形動・自サ) 不自由，不如意，不充裕；（手腳）不聽使喚；不方便。

(類) 不便

△ 学校生活が、不自由でしようがない／學校的生活令人感到極不自在。

ふじん [夫人] 　　　□6

(名) 夫人。

(類) 妻

△ 田中夫人は、とても美人です／田中夫人真是個美人啊。

ふじん [婦人] [二][3][6]

[名] 婦女，女子。

[類] 女

△ 婦人用トイレは２階です／女性用的廁所位於二樓。

ふすま [襖] [二][6]

[名] 隔扇，拉門。

[類] 建具

△ 襖をあける／拉開隔扇。

ふせい [不正] [二][6]

[名·形動] 不正當，不正派，非法；壞行為，壞事。

[類] 悪

△ 不正を見つけた際には、すぐに報告してください／找到違法的行為時，請馬上向我報告。

ふせぐ [防ぐ] [二][3][6]

[他五] 防禦，防守，防止；預防，防備。

[類] 抑える

△ 窓を二重にして寒さを防ぐ／安裝兩層的窗戶，以禦寒。

ふそく [不足] [二][3][6]

[名·形動·自サ] 不足，不夠，短缺；缺乏，不充分；不滿意，不平。

[反] 過剰　[類] 欠ける

△ 栄養が不足がちだから、もっと食べなさい／營養有不足的傾向，所以要多吃一點。

ふぞく [附属] [二][3][6]

[名·自サ] 附屬。

[類] 従属

△ 大学の附属中学に入った／我進了大學附屬的國中部。

ふた [蓋] [二][3][6]

[名] （瓶、箱、鍋等）的蓋子；（貝類的）蓋。

[反] 身　[類] 覆い

△ ふたを取ったら、いい匂いがした／打開蓋子後，聞到了香味。

ぶたい [舞台] [二][6]

[名] 舞台；大顯身手的地方。

[類] 壇

△ 舞台に立つからには、いい演技をしたい／既然要站上舞台，就想要展露出好的表演。

ふたご [双子] [二][6]

[名] 雙胞胎，孿生；雙。

[類] 双生児

△ 顔がそっくりなことから、双子であることを知った／因為長得很像，所以知道他倆是雙胞胎。

ふたたび [再び] [二][3][6]

[副] 再一次，又，重新。

[類] また

△ 先生に対して、再び質問した／向老師再次提問。

ふたつ [二つ] 四2

名 （數）二；兩個；兩歲；兩邊，雙方。

類 ふた

△ 消しゴムを二つ、買いました／買了兩個橡皮擦。

ぶたにく [豚肉] 四2

名 豬肉。

△ 豚肉はもうありません／已經沒有豬肉了。

ふたり [二人] 四2

名 兩個人，兩人；一對（夫妻等）。

類 二人（ににん）

△ 二人で、なにか食べに行きましょう／我們兩個人，一起去吃點什麼東西吧！

ふつう [普通] 二2

名・形動 普通，平凡。

反 特別 類 通常

△ 普通のサラリーマンになるつもりだ／我打算當一名平凡的上班族。

ふだん [普段] 二36

名・副 平常，平日。

類 日常

△ ふだんからよく勉強しているだけに、テストの時も慌てない／到底是平常就有在好好讀書，考試時也都不會慌。

ふち [縁] 二36

名 邊緣，框，檐，旁側。

類 縁（へり）

△ 机の縁に腰をぶつけた／我的腰撞倒了桌子的邊緣。

ぶつ [打つ] 二6

他五 （「うつ」的強調說法）打，敲。

類 たたく

△ 後頭部を強く打つ／重擊後腦杓。

ぶつ [物] 二6

名・漢造 大人物；物，東西；事物；選擇。

類 品

ふつう [普通] 二36

名・形動・副 一般，通常，普通。

反 特別 類 通常

△ 高級品ではなく、普通のがほしいです／我要的不是高級品，而是普通貨。

ふつう [不通] 二36

名 （聯絡、交通等）不通，斷絕；沒有音信。

△ 地下鉄が不通になっている／地下鐵現在不通。

ふつか [二日] 四2

名 二號，二日；兩天；第二天。

類 2日間

△ 来月の二日に、帰ってくるでしょう／下個月二號應該會回來吧？

ぶっか [物価] 　　　二6

(名) 物價，行市。

(類) 値段

△ 物価が上がったせいか、生活が苦しいです／或許是物價上漲的關係，生活很辛苦。

ぶつかる 　　　二36

(自五) 碰，撞；（偶然）遇上，碰上；衝突；直接談判；適逢，正當。

(類) 突き当たる

△ 車が電柱にぶつかる／車子撞上電線桿。

ぶつける 　　　二6

(他下一) 扔，投；碰，撞，（偶然）碰上，遇上；正當，恰逢；衝突，矛盾。

(類) 打ち付ける

△ 車をぶつけて、修理代を請求された／撞上了車，被對方要求求償修理費。

ぶっしつ [物質] 　　　二6

(名) 物質；（哲）物體，實體。

(反) 精神　(類) 物体

△ この物質は、温度の変化に伴って色が変わります／這物質的顏色，會隨著溫度的變化而有所改變。

ぶっそう [物騒] 　　　二6

(名・形動) 騷亂不安，不安定；危險。

(類) 不穏

△ 都会は、物騒でしようがないですね／都會裡騷然不安到不行。

ぶつぶつ 　　　二6

(名・副) 嘮叨，抱怨，嘟囔；煮沸貌；粒狀物，小疙瘩。

(類) 不満

△ 一度「やる。」と言った以上は、ぶつぶつ言わないでやりなさい／既然你曾答應要做，就不要在那裡抱怨快做。

ぶつり [物理] 　　　二36

(名) （文）事物的道理；物理（學）。

△ 物理の点が悪かったわりには、化学はまあまあだった／物理的成績不好，但比較起來化學是算好的了。

ふで [筆] 　　　二6

(名・接尾) 毛筆；（用毛筆）寫的字，畫的畫；（接數詞）表蘸筆次數。

(類) 毛筆

△ 書道を習うため、筆を買いました／為了學書法而去買了毛筆。

ふと 　　　二36

(副) 忽然，偶然，突然；立即，馬上。

(類) 不意

△ ふと見ると、庭に猫が来ていた／不經意地一看，庭院跑來了一隻貓。

ふとい [太い] 　　　四2

(形) 粗，肥胖。

(反) 細い　(類) 太め

△ 足が太くなりました／腿變胖了。

ふとい [太い] 　　　二36

(形) 粗的；肥胖；膽子大；無恥，不要

ふ

365

臉；聲音粗。

[反] 細い　[類] 太め

△ 太いのやら、細いのやら、さまざまな木が生えている／既有粗的也有細的，長出了各種樹木。

ぶどう　[三][2]

[名] 葡萄。

△ 隣のうちから、ぶどうをいただきました／隔壁的鄰居送我葡萄。

ふとう [不当]　[二][6]

[形動] 不正當，非法，無理。

[類] 不適当

△ 不当解雇／非自願解雇。

ふとる [太る]　[三][2]

[自五] 胖，肥胖。

[反] 細る　[類] 増加

△ ああ太っていると、苦しいでしょうね／胖成那樣，一定很難受吧！

ふとん [布団]　[三][2]

[名] 棉被。

[類] 寝具

△ 布団をしいて、いつでも寝られるようにした／鋪好棉被，以便隨時可以睡覺。

ふなびん [船便]　[二][3][6]

[名] 船運。

[類] 書簡

ふね [船]　[三][2]

[名] 船。

[類] 汽船

△ 飛行機は、船より速いです／飛機比船還快。

ぶひん [部品]　[二][6]

[名] （機械等）零件。

△ 修理のためには、部品が必要です／修理需要零件才行。

ふぶき [吹雪]　[二][6]

[名] 暴風雪。

[類] 雪

△ 吹雪は激しくなる一方だから、外に出ない方がいいですよ／暴風雪不斷地變強，不要外出較好。

ぶぶん [部分]　[二][3][6]

[名] 部分。

[反] 全体　[類] 局部

△ この部分は、とてもよく書けています／這一個部分，寫得真是非常地不錯啊。

ふへい [不平]　[二][6]

[名·形動] 不平，不滿意，牢騷。

[類] 不満

△ 不平があるなら、はっきり言うことだ／要是你有任何的不滿，就要說清楚。

ふべん [不便]　[三][2]

[形動] 不方便。

[反] 便利　[類] 不自由

△ この機械は、不便すぎます／這機械太不方便了。

ふぼ [父母]　　二6

名 父母，雙親。

類 親

△ 父母の要求にこたえて、授業時間を増やした／響應父母的要求，增加了上課時間。

ふまん [不滿]　　二36

名·形動 不滿足，不滿，不平。

反 滿足　**類** 不平

△ 不満げなようすだが、文句があれば私に言いなさい／看起來好像有不滿的樣子，有異議的話跟我說啊。

ふみきり [踏切]　　二36

名 （鐵路的）平交道，道口；（體）起跳，起跳點；（相撲）腳踩出圈外；（轉）決心。

ふむ [踏む]　　三2

他五 踩住，踩到。

類 踏まえる

△ 電車の中で、足を踏まれることはありますか／在電車裡有被踩過腳嗎？

ふもと [麓]　　二6

名 山腳。

反 頂

ふやす [増やす]　　二36

他五 繁殖；增加，添加。

反 減らす　**類** 加える

△ 人数を増やす／增加人數。

ふゆ [冬]　　四2

名 冬天，冬季。

類 冬季

△ 夏と冬と、どちらが好きですか／你喜歡夏天還是冬天？

フライパン [frypan]　　二6

名 平底鍋。

△ フライパンで、目玉焼きを作った／我用平底鍋煎了荷包蛋。

ブラウス [blouse]　　二36

名 （婦女穿的）寬大的罩衫，襯衫。

ぶらさげる [ぶら下げる]　　二6

他下一 佩帶，懸掛；手提，拎。

類 下げる

△ 腰に何をぶら下げているの／你腰那裡佩帶著什麼東西啊？

ブラシ [brush]　　二6

名 刷子。

類 刷毛

△ 洋服にブラシをかければかけるほど、きれいになります／多用刷子清西裝，就會越乾淨。

プラス [plus]　　二36

名·他サ （數）加號，正號；正數；有好處，利益；加（法）；陽性。

反 マイナス　**類** 加算

△ 働きに応じて、報酬をプラスしてあげよう／依工作情況，來增加報酬！

□ プラスチック [plastic; plastics] [二][3][6]

[名]（化）塑膠，塑料。

□ プラットホーム [platform] [二][3][6]

[名] 月台。

△ 新宿行きは、何番のプラットホームですか／前往新宿是幾號月台？

□ プラン [plan] [二][6]

[名] 計畫，方案；設計圖，平面圖；方式。

[類] 案

△ 旅行のプランを一生懸命考えた末に、旅行自体が中止になった／絞盡腦汁地策劃了旅行計畫，最後，去旅行的計畫中止不去了。

□ ふり [不利] [二][3][6]

[名·形動] 不利。

[反] 有利　[類] 不利益

△ その契約は、彼らにとって不利です／那份契約，對他們而言是不利的。

□ ぶり [振り] [二][3][6]

[造語]（強調時可說「っぷり」）樣子，狀態；（雅）樣式，風格；表示經過的時間；分量；形狀；體積。

[類] 身振り

□ フリー [free] [二][6]

[名·形動] 自由，無拘束，不受限制；免費；無所屬。

[反] 不自由　[類] 自由

△ 私は、会社を辞めてフリーになりました／我辭去工作後變自由了。

□ ふりがな [振り仮名] [二][3][6]

[名]（在漢字旁邊）標註假名。

[類] ルビ

△ 子どもでも読めるわ。振り仮名がついているもの／小孩子也看得懂的。因為有註假名嘛！

□ ふりむく [振り向く] [二][6]

[自五]（向後）回頭過去看；回顧，理睬。

[類] 顧みる

△ 後ろを振り向いてごらんなさい／請轉頭看一下後面。

□ ふりょう [不良] [二][6]

[名·形動] 壞，不良；（道德、品質）敗壞；流氓，小混混。

[反] 善良　[類] 悪行

△ 栄養不良／營養不良。

□ プリント [print] [二][3][6]

[名·他サ] 印刷（品）；油印（講義）；印花，印染。

[類] 印刷

△ 説明に先立ち、まずプリントを配ります／在說明之前，我先發印的講義。

□ ふる [降る] [四][2]

[自五] 落，下，降（雨、雪、霜等）。

[類] 降り注ぐ

△ 雪(ゆき)が降(ふ)って、寒(さむ)いです／下雪好冷。

ふる [振る] [二][3][6]

[他五] 揮，搖；撒，丟；（俗）放棄，犧牲（地位等）；謝絕，拒絕；派分；在漢字上註假名；（使方向）偏於；（經）開（票據、支票）；抬神轎。

[類] 振るう

△ ハンカチを振(ふ)る／揮著手帕。

ふる [古] [二][6]

[名·漢造] （常用「おふる」的形式）舊東西；舊，舊的。

[類] 昔

ふるい [古い] [四][2]

[形] 以往；老舊，年久，老式。

[反] 新しい　[類] きゅうしき

△ この家(いえ)は、とても古(ふる)いです／這棟房子相當老舊。

ふるえる [震える] [二][3][6]

[自下一] 顫抖，發抖，震動。

[類] 震動

△ 地震(じしん)で窓(まど)ガラスが震(ふる)える／窗戶玻璃因地震而震動。

ふるさと [故郷] [二][6]

[名] 老家，故鄉。

[類] ふるさと

△ わたしのふるさとは、熊本(くまもと)です／我的老家在熊本。

ふるまう [振舞う] [二][6]

[自五·他五] （在人面前的）行為，動作；請客，招待，款待。

△ 彼女(かのじょ)は、映画女優(えいがじょゆう)のように振(ふ)る舞(ま)った／她的舉止有如電影女星。

ブレーキ [brake] [二][6]

[名] 煞車；制止，控制，潑冷水。

[類] 制動

△ 何(なに)かが飛(と)び出(だ)してきたので、慌(あわ)ててブレーキを踏(ふ)んだ／突然有東西跑出來，我便緊急地踩了煞車。

プレゼント [present] [三][2]

[名] 禮物。

[類] 贈り物

△ 子(こ)どもたちは、プレゼントをもらって嬉(うれ)しがる／孩子們收到禮物，感到欣喜萬分。

ふれる [触れる] [二][3][6]

[他下一·自下一] 接觸，觸摸（身體）；涉及，提到；感觸到；抵觸，觸犯；通知。

[類] 触(さわ)る

△ 触(ふ)れることなく、箱(はこ)の中(なか)にあるものが何(なに)かを知(し)ることができます／用不著碰觸，我就可以知道箱子裡面裝的是什麼。

プロ [professional] [二][6]

[名] 職業選手，專家。

[反] アマ　[類] 玄人

△ プロからすれば、私(わたし)たちの野球(やきゅう)はとても下手(へた)に見(み)えるでしょう／我想從職業的角度來看，我們棒球一定打得很爛。

ふろ [風呂] [四2]

[名] 浴缸，澡盆；洗澡；洗澡熱水。

[類] バス

△ 風呂(ふろ)に入(はい)ったあとで、ビールを飲(の)みます／洗過澡後喝啤酒。

ブローチ [brooch] [二6]

[名] 胸針。

[類] アクセサリー

△ 感謝(かんしゃ)をこめて、ブローチを贈(おく)りました／以真摯的感謝之意，贈上別針。

プログラム [program] [二36]

[名] 節目（單），說明書；計畫（表），程序（表）；編制（電腦）程式。

[類] 番組

△ 売店(ばいてん)に行(い)くなら、ついでにプログラムを買(か)ってきてよ／如果你要去報攤的話，就順便幫我買個節目表吧。

ふろしき [風呂敷] [二36]

[名] 包巾。

[類] 荷物

△ 風呂敷(ふろしき)によって、荷物(にもつ)を包(つつ)む／用包袱巾包行李。

ふわふわ [二36]

[副·自サ] 輕飄飄地；浮躁，不沈著；軟綿綿的。

[類] 柔らかい

△ お酒(さけ)を飲(の)みすぎて、ふわふわした気分(きぶん)になってきた／喝太多酒，感覺變得飄飄然的。

ふん [分] [四2]

[名] （時間）…分；（角度）分。

△ 2時(じ)15分(ふん)ごろ、電話(でんわ)が鳴(な)りました／兩點十五分左右，電話響了。

ぶん [分] [二36]

[名·漢造] 部分；份；本分；地位；（事物的）程度；類，樣；分開；區分；分。

ぶん [文] [二36]

[名·漢造] 文學，文章；花紋；修飾外表，華麗；文字，字體；學問和藝術。

[類] 文章

△ 長(なが)い文(ぶん)は読(よ)みにくい／冗長的句子很難看下去。

ふんいき [雰囲気] [二36]

[名] 氣氛，空氣。

[類] 空気

△ 「いやだ。」とは言(い)いがたい雰囲気(ふんいき)だった／當時真是個令人難以說「不。」的氣氛。

ふんか [噴火] [二6]

[名·自サ] 噴火。

△ あの山(やま)が噴火(ふんか)したとしても、ここは被害(ひがい)に遭(あ)わないだろう／就算那座火山噴火，這裡也不會遭殃吧。

ぶんか [文化] 三 2

[名] 文化；文明。

[反] 自然 [類] 文明

△ 外国の文化について知りたがる／我想多了解外國的文化。

ぶんかい [分解] 二 6

[名・他サ・自サ] 拆開，拆卸；（化）分解；解剖；分析（事物）。

[類] 分離

△ 時計を分解したところ、元に戻らなくなってしまいました／分解了時鐘，結果沒辦法裝回去。

ぶんげい [文芸] 二 6

[名] 文藝，學術和藝術；（詩、小說、戲劇等）語言藝術。

△ 文芸雑誌を通じて、作品を発表した／透過文藝雜誌發表了作品。

ぶんけん [文献] 二 6

[名] 文獻，參考資料。

[類] 本

△ アメリカの文献によると、この薬は心臓病に効くそうだ／從美國的文獻來看，這藥物對心臟病有效。

ぶんしょう [文章] 二 3 6

[名] 文書，文件。

[類] 文(ふみ)

△ 文章を発表するかしないかのうちに、読者からの手紙が来ました／剛發表文章沒多久，就接到了從讀者的來信。

ふんすい [噴水] 二 6

[名] 噴水；（人工）噴泉。

△ 広場の真ん中に、噴水があります／廣場中間有座噴水池。

ぶんせき [分析] 二 6

[名・他サ] （化）分解，化驗；分析，解剖。

[反] 総合

△ データを分析したら、失業が増えるおそれがあることがわかった／分析過資料後，發現失業率有可能會上升。

ぶんたい [文体] 二 3 6

[名] （某時代特有的）文體；（某作家特有的）風格。

[類] 文章

ぶんたん [分担] 二 3 6

[名・他サ] 分擔。

[類] 受け持ち

△ 役割を分担する／分擔任務。

ぶんぷ [分布] 二 3 6

[名・自サ] 分布，散布。

△ この風習は、東京を中心に関東全体に分布しています／這種習慣，以東京為中心，散佈在關東各地。

ぶんぽう [文法] 三 2

[名] 文法。

△ 文法を説明してもらいたいです／想請你說明一下文法。

□ ぶんぼうぐ [文房具] [二][3][6]

[名] 文具，文房四寶。

[類] 文具

□ ぶんみゃく [文脈] [二][6]

[名] 文章的脈絡，上下文的一貫性，前後文的邏輯；（句子、文章的）表現手法。

△ 作品(さくひん)の文脈(ぶんみゃく)を通(つう)じて、作家(さっか)の思想(しそう)を知(し)る／藉由文章的文脈，探究作者的思想。

□ ぶんめい [文明] [二][3][6]

[名] 文明；物質文化。

[類] 文化

△ 古代文明(こだいぶんめい)の遺跡(いせき)を見(み)るのが好(す)きです／我喜歡探究古代文明的遺跡。

□ ぶんや [分野] [二][6]

[名] 範圍，領域，崗位，戰線。

△ その分野(ぶんや)については、詳(くわ)しくありません／我不大清楚這領域。

□ ぶんりょう [分量] [二][6]

[名] 分量，重量，數量。

△ 塩辛(しおから)いのは、醤油(しょうゆ)の分量(ぶんりょう)を間違(まちが)えたからに違(ちが)いない／會鹹肯定是因為加錯醬油份量的關係。

□ ぶんるい [分類] [二][3][6]

[名·他サ] 分類，分門別類。

[類] 類別

△ 方言(ほうげん)を分類(ぶんるい)するのに先立(さきだ)ち、まずいろいろな言葉(ことば)を集(あつ)めた／在分類方言前，首先先蒐集了各式各樣的字彙。

へ へ

□ へい [塀] [二][3][6]

[名] 圍牆，牆院，柵欄。

[類] 囲い

△ 塀(へい)の向(む)こうをのぞいてみたい／我想窺視一下圍牆的那一頭看看。

□ へいかい [閉会] [二][6]

[名·自サ·他サ] 閉幕，會議結束。

[反] 開会

△ もうシンポジウムは閉会(へいかい)したということです／聽說座談會已經結束了。

□ へいき [平気] [二][3][6]

[名·形動] 鎮定，冷靜；不在乎，不介意，無動於衷。

[類] 冷静

△ たとえ何(なに)を言(い)われても、私(わたし)は平気(へいき)だ／不管別人怎麼說，我都無所謂。

□ へいきん [平均] [二][3][6]

[名·自サ·他サ] 平均；（數）平均值；平衡，均衡。

[類] 均等

△ 集(あつ)めたデータをもとにして、平均(へいきん)を計算(けいさん)しました／把蒐集來的資料做為參考，計算出平均值。

□ へいこう [平行] [二][3][6]

[名·自サ] （數）平行；並行。

[類] 並列

△ この道(みち)は、大通(おおどお)りに平行(へいこう)に走(はし)っている／這條路和主幹道是平行的。

へいじつ [平日] [二] 3 6

[名] （星期日、節假日以外）平日；平常，平素。

[類] 週日

△ デパートは平日(へいじつ)でさえこんなに込(こ)んでいるのだから、日曜(にちよう)はすごいだろう／百貨公司連平日都那麼擁擠，禮拜日肯定就更多吧。

へいたい [兵隊] [二] 6

[名] 士兵，軍人；軍隊。

[類] 軍人

へいぼん [平凡] [二] 6

[名·形動] 平凡的。

[類] 普通

△ 平凡(へいぼん)な人生(じんせい)だからといって、つまらないとはかぎらない／雖說是平凡的人生，但是並不代表就無趣。

へいや [平野] [二] 3 6

[名] 平原。

[類] 平地

△ 関東平野(かんとうへいや)はたいへん広(ひろ)い／關東平原實在寬廣。

へいわ [平和] [二] 3 6

[名·形動] 和平，和睦。

[反] 戦争 [類] 太平

ページ [page] [四] 2

[名·接尾] 頁。

[類] 丁付け

△ どのページにも、絵(え)があります／每一頁都有圖畫。

へこむ [凹む] [二] 6

[自五] 凹下，潰下；屈服，認輸；虧空，赤字。

[反] 出る [類] 凹(くぼ)む

△ 表面(ひょうめん)が凹(へこ)んだことから、この箱(はこ)は安物(やすもの)だと知(し)った／從表面凹陷來看，知道這箱子是便宜貨。

へそ [臍] [二] 6

[名] 肚臍；物體中心突起部分。

△ おへそを出(だ)すファッションがはやっている／現在流行將肚臍外露的造型。

へた [下手] [四] 2

[名·形動] （技術等）不高明，笨拙；不小心。

[反] 上手 [類] 下（しも）

△ 私(わたし)は、歌(うた)が下手(へた)です／我不太會唱歌。

へだてる [隔てる] [二] 6

[他下一] 隔開，分開；（時間）相隔；遮檔；離間；不同，有差別。

[類] 挟む

△ 道(みち)を隔(へだ)てて向(む)こう側(がわ)は隣(となり)の国(くに)です／以這條道路為分界，另一邊是鄰國。

べつ [別] [二] 3 6

[名·自サ·漢造] 分別，區分；另外；除外，

例外；特別；分手，分別。
類 それぞれ

べっそう [別荘] 二6
名 別墅。
類 家（いえ）
△ 夏休みは、別荘で過ごします／暑假要在別墅度過。

ベッド [bed] 四2
名 床，床舖；花壇，苗床。
類 寝室
△ 本を読んでから、ベッドに入ります／看過書後上床睡覺。

べつに [別に] 三2
副 （後接否定）不特別。
類 特に
△ 別に教えてくれなくてもかまわないよ／不教我也沒關係。

べつべつ [別々] 二36
形動 各自，分別。
類 別
△ 支払いは別々にする／各付各的。

ベテラン [veteran] 二36
名 老手，内行。
類 大家
△ たとえベテランだったとしても、この機械を修理するのは難しいだろう／就算之前他是資深的老手，但要修理這台機器還是很難吧。

へや [部屋] 四2
名 房間；屋子；室。
類 間（ま）
△ この部屋は明るくて、静かです／這個房間既明亮又安靜。

へらす [減らす] 二36
他五 減，減少；削減，縮減；空（腹）。
反 増やす 類 削る
△ 体重を減らす／體重減輕。

ヘリコプター [helicopter] 二6
名 直昇機。
類 飛行機
△ 事件の取材で、ヘリコプターに乗りました／為了採訪案件的來龍去脈而搭上了直昇機。

ベル [bell] 二2
名 鈴聲。
類 鈴（りん）
△ どこかでベルが鳴っています／不知哪裡的鈴聲響了。

へる [減る] 二36
自五 減，減少；磨損；（肚子）餓。
反 増える 類 減じる
△ 収入が減る／收入減少。

へる [経る] 二6
自下一 （時間）經過；（空間）通過，路過，經由；（經驗、事物）經過。
類 通る

ベルト [belt] [二][3][6]

[名] 皮帶；（機）傳送帶；（地）地帶。

[類] 帯（おび）

へん [編] [二][6]

[名·漢造] 編，編輯；（詩的）卷，冊；書編（訂書的繩）；編排，編組。

へん [偏] [二][3][6]

[名·漢造] 漢字的（左）偏旁；偏，偏頗。

へん [変] [三][2]

[形動] 奇怪，怪異；意外。

[類] 妙

△ その服(ふく)は、あなたが思(おも)うほど変(へん)じゃないですよ／那件衣服，其實並沒有你想像中的那麼怪。

へん [辺] [四][2]

[名] 附近，一帶；程度，大致。

△ 鳥(とり)は、この辺(へん)へは来(き)ません／鳥是不會飛來這一帶的。

ペン [pen] [四][2]

[名] 筆，原子筆，鋼筆。

[類] 万年筆

△ あなたのペンは、これですか／你的筆是這一支嗎？

べん [便] [二][6]

[名·自サ·漢造] 便利，方便；大小便；信息，音信；郵遞；隨便，平常。

[類] 便利

△ この辺(あた)りは、交通(こうつう)の便(べん)がいい反面(はんめん)、空気(くうき)が悪(わる)い／這一地帶，交通雖便利，空氣卻不好。

へんか [変化] [二][3][6]

[名·自サ] 變化，改變；（語法）變形，活用。

[類] 変動

△ 街(まち)の変化(へんか)はとても激(はげ)しく、別(べつ)の場(ば)所(しょ)に来(き)たのかと思(おも)うぐらいです／城裡的變化，大到幾乎讓人以為來到別處似的。

ペンキ [pek] [二][6]

[名] 油漆。

△ ペンキが乾(かわ)いてからでなければ、座(すわ)れない／不等油漆乾就不能坐。

べんきょう [勉強] [四][2]

[名·他サ] 努力學習，唸書。

[類] 学習

△ この本(ほん)を使(つか)って勉強(べんきょう)します／利用這本書來學習。

へんこう [変更] [二][3][6]

[名·他サ] 變更，更改，改變。

[類] 変える

△ 予定(よてい)を変更(へんこう)することなく、すべての作業(さぎょう)を終(お)えた／一路上沒有更動原定計畫，就做完了所有的工作。

へんじ [返事] [三][2]

[名·自サ] 回答，回覆。

[類] 返答

△ 早(はや)く、返事(へんじ)しろよ／早點回覆我。

へんじ [返事] [二][3][6]

[名·自サ] 答應，回答；回信。

[類] 返答

△ 大(おお)きな声(こえ)で返事(へんじ)する／大聲回答。

へんしゅう [編集] [二][3][6]

[名·他サ] 編集；（電腦）編輯。

[類] まとめる

△ 今(いま)ちょうど、新(あたら)しい本(ほん)を編集(へんしゅう)している最中(さいちゅう)です／現在正好在編輯新書。

べんじょ [便所] [二][3][6]

[名] 廁所，便所。

[類] 洗面所

△ 便所(べんじょ)はどこでしょうか／廁所在哪裡？

ベンチ [bench] [二][6]

[名] 長椅，長凳；（棒球）教練、選手席。

[類] 椅子

△ とても疲(つか)れていたので、ベンチに坐(すわ)らないではいられませんでした／因為實在是很疲累，所以不得不坐在長凳上。

ペンチ [pinchers] [二][6]

[名] 鉗子。

△ ペンチで針金(はりがね)を切断(せつだん)する／我用鉗子剪斷了銅線。

べんとう [弁当] [二][3][6]

[名] 便當，飯盒。

[類] 昼弁当

べんり [便利] [四][2]

[形動] 方便，便利。

[反] 不便 [類] 好都合

△ どの店(みせ)が便利(べんり)で安(やす)いですか／哪一家店既方便又便宜？

ほホ

ほ [歩] [二][6]

[名·漢造] 步，步行；（距離單位）步；程度或階段；利率，百分之一；日本將旗的一個棋子（讀做「ふ」）。

ぽい [二][3][6]

[接尾·形型] （前接名詞、動詞連用形，構成形容詞）表示有某種成分或是某種傾向。

△ 彼(かれ)は男(おとこ)っぽい／他很有男子氣概。

ほう [方] [四][三][2]

[名]（用於並列或比較屬於哪一）部類，類型。

[類] 方面

△ この本(ほん)の方(ほう)が、面白(おもしろ)いですよ／這本書比較有趣。

ほう [法] [二][6]

[名·漢造] 法律；佛法；方法，作法；禮節；道理。

[類] 法律

△ 法(ほう)の改正(かいせい)に伴(ともな)って、必要(ひつよう)な書類(しょるい)が増(ふ)

えた／隨著法案的修正，需要的文件也越多。

ぼう [棒]　　　□36

(名・漢造) 棒，棍子；（音樂）指揮；（畫的）直線，粗線。

(類) 桿（かん）
△ 疲れて、足が棒のようになりました／太過疲累，兩腳都僵硬掉了。

ぼう [防]　　　□6

(漢造) 防備，防止；堤防。

ぼうえき [貿易]　　　□2

(名) 貿易。

(類) 交易
△ 貿易の仕事は、おもしろいはずだ／貿易工作應該很有趣的！

ぼうえんきょう [望遠鏡]　　　□6

(名) 望遠鏡。

(類) 眼鏡
△ 望遠鏡で遠くの山を見た／我用望遠鏡觀看遠處的山峰。

ほうがく [方角]　　　□36

(名) 方向，方位。

(類) 方位
△ 西の方角に歩きかけたら、林さんにばったり会った／往西的方向走了之後，碰巧地遇上了林先生。

ほうき [箒]　　　□6

(名) 掃帚。

(類) 草箒
△ 掃除をしたいので、ほうきを貸してください／我要打掃，所以想跟你借支掃把。

ほうげん [方言]　　　□36

(名) 方言，地方話，土話。

(反) 標準語　(類) 俚語（りご）
△ 日本の方言というと、どんなのがありますか／說到日本的方言有哪些呢？

ぼうけん [冒険]　　　□36

(名・自サ) 冒險。

(類) 探検
△ 冒険小説が好きです／我喜歡冒險的小說。

ほうこう [方向]　　　□36

(名) 方向；方針。

(類) 方針
△ 泥棒は、あっちの方向に走っていきました／小偷往那個方向跑去。

ほうこく [報告]　　　□36

(名・他サ) 報告，匯報，告知。

(類) 報知
△ 忙しさのあまり、報告を忘れました／因為太忙了，而忘了告知您。

ぼうさん [坊さん]　　　□6

(名) 和尚。
△ あのお坊さんの話には、聞くべきものがある／那和尚說的話，確實有一聽的價值。

ほ

ぼうし [帽子] 四2

㊔ 帽子。

㊣ 冠（かぶ）り物

△ きれいな帽子がほしいです／我想要一頂漂亮的帽子。

ぼうし [防止] 二6

㊔·他サ 防止。

㊣ 防ぐ

△ 水漏れを防止できるばかりか、機械も長持ちします／不僅能防漏水，機器也耐久。

ほうしん [方針] 二36

㊔ 方針；（羅盤的）磁針。

㊣ 目当て

△ 政府の方針は、決まったかと思うとすぐに変更になる／政府的施政方針，以為要定案，卻馬上又更改掉。

ほうせき [宝石] 二36

㊔ 寶石。

㊣ 宝玉

△ きれいな宝石なので、買わずにはいられなかった／因為是美麗的寶石，所以不由自主地就買了下去。

ほうそう [放送] 三2

㊔·他サ 播映，播放。

△ 英語の番組が放送されることがありますか／有時會播放英語節目嗎？

ほうそう [放送] 二36

㊔·他サ 廣播；（用擴音器）傳播，散佈（小道消息、流言蜚語等）。

㊣ 有線放送

△ 放送の最中ですから、静かにしてください／現在是廣播中，請安靜。

ほうそう [包装] 二6

㊔·他サ 包裝，包捆。

㊣ 荷造り

△ きれいな紙で包装した／我用漂亮的包裝紙包裝。

ほうそく [法則] 二36

㊔ 規律，定律；規定，規則。

㊣ 規則

△ 実験を通して、法則を考察した／藉由實驗來審核定律。

ほうたい [包帯] 二6

㊔·他サ （醫）繃帶。

㊣ ガーゼ

ぼうだい [膨大] 二6

㊔·形動 龐大的，臃腫的，膨脹。

㊣ 膨らむ

△ こんなに膨大な本は、読みきれない／這麼龐大的書看也看不完。

ほうちょう [包丁] 二36

㊔ 菜刀；廚師；烹調手藝。

㊣ 刃物

△ 刺身を包丁でていねいに切った／我用刀子謹慎地切生魚片。

ほうていしき [方程式] 二6

（名）（數學）方程式。
△ 子どもが、そんな難しい方程式をわかりっこないです／這麼難的方程式，小孩子絕不可能會懂得。

ぼうはん [防犯] 　　　　二 6

（名）防止犯罪。
△ 住民の防犯意識にこたえて、パトロールを強化した／響應居民的防犯意識而加強了巡邏隊。

ほうふ [豊富] 　　　　二 3 6

（形動）豐富。
（類）一杯
△ 商品が豊富で、目が回るくらいでした／商品很豐富，有種快眼花的感覺。

ほうほう [方法] 　　　　二 3 6

（名）方法，辦法。
（類）手段
△ 方法しだいで、結果が違ってきます／因方法不同，結果也會不同。

ほうぼう [方々] 　　　　二 3 6

（名・副）各處，到處。
（類）到る所
△ 方々探したが、見つかりません／四處都找過了，但還是找不到。

ほうめん [方面] 　　　　二 3 6

（名）方面，方向；領域。
（類）地域
△ 新宿方面の列車はどこですか／往新宿方向的列車在哪邊？

ほうもん [訪問] 　　　　二 3 6

（名・他サ）訪問，拜訪。
（類）訪れる
△ 彼の家を訪問するにつけ、昔のことを思い出す／每次去拜訪他家，就會想起以往的種種。

ぼうや [坊や] 　　　　二 6

（名）對男孩的親切稱呼；未見過世面的男青年；對別人男孩的敬稱。
（類）子供
△ お宅のぼうやはお元気ですか／你家的小寶貝是否健康？

ほうりつ [法律] 　　　　三 2

（名）法律。
（類）法令
△ 法律は、ぜったい守らなくてはいけません／一定要遵守法律。

ぼうりょく [暴力] 　　　　二 6

（名）暴力，武力。
（類）乱暴

ほうる [放る] 　　　　二 6

（他五）拋，扔；中途放棄，棄置不顧，不加理睬。
（類）うっちゃらかす
△ ボールを放ったら、隣の塀の中に入ってしまった／我將球扔了出去，結果掉進隔壁的圍牆裡。

ほえる [吠える] 　　　　二 6

（自下一）（狗、犬獸等）吠，吼；（人）

大聲哭喊，喊叫。

[類] 哮る

△ 小さな犬が大きな犬に出会って、恐怖のあまりワンワン吠えている／小狗碰上了大狗，嚇得汪汪叫。

ボーイ [boy] [二] 3 6

[名] 少年，男孩；男服務員。

[類] 執事（しつじ）

△ ボーイを呼んで、ビールを注文しよう／請男服務生來，叫杯啤酒喝吧。

ボート [boat] [二] 3 6

[名] 小船，小艇。

[類] 舟

ボーナス [bonus] [二] 6

[名] 特別紅利，花紅；獎金，額外津貼。

[類] 給料

△ 車を買ったので、ボーナスが全部なくなった／因為買了車，所以獎金都用光了。

ホーム [home] [二] 6

[名] 家，家庭；故鄉；本國；療養院；孤兒院。

[類] 家庭

ボール [ball] [二] 3 6

[名] 球；（棒球）壞球。

[類] 球

ボールペン [ball pen] [四] 2

[名] 原子筆，鋼珠筆。

△ あなたのボールペンは、どれですか／你的原子筆是哪一支？

ほか [外・他] [四] 2

[名] 其他，另外，別的；旁邊，旁處，外部。

[類] 余所

△ 外になにか質問はありますか／還有什麼其他問題嗎？

ほかく [捕獲] [二] 6

[名·他サ] （文）捕獲。

[類] 捕まえる

△ 鹿を捕獲する／捕獲鹿。

ほがらか [朗らか] [二] 6

[形動] （天氣）晴朗，萬里無雲；明朗，開朗；（聲音）嘹亮；（心情）快活。

[類] にこやか

△ うちの父は、いつも朗らかです／我爸爸總是很開朗。

ぼく [僕] [三] 2

[名] 我（男性用）。

[類] 私

△ この仕事は、僕がやらなくちゃならない／這個工作非我做不行。

ぼくじょう [牧場] [二] 6

[名] 牧場。

[類] 牧畜

△ 牧場には、牛もいれば羊もいる／牧場裡既有牛又有羊。

ぼくちく [牧畜] [二]6

[名] 畜牧。

[類] 畜産

△ 牧畜業が盛んになるに伴って、村は豊かになった／伴隨著畜牧業的興盛，村落也繁榮了起來。

ポケット [pocket] [四]2

[名] （西裝的）口袋，衣袋。

[類] 隠し

△ その服に、ポケットはいくつありますか／那件衣服有幾個口袋？

ほけん [保険] [二]3 6

[名] 保險；（對於損害的）保證。

[類] 損害保険

△ 会社を通じて、保険に入った／透過公司投了保險。

ほこり [誇り] [二]3 6

[名] 自豪，自尊心；驕傲，引以為榮。

[類] 誉れ

△ 何があっても、誇りを失うものか／無論發生什麼事，我絕不捨棄我的自尊心。

ほこり [埃] [二]3 6

[名] 灰塵，塵埃。

[類] 塵(ちり)

△ ほこりがたまらないように、毎日そうじをしましょう／為了不要讓灰塵堆積，我們來每天打掃吧。

ほこる [誇る] [二]3 6

[自五] 誇耀，自豪。

[反] 恥じる [類] 勝ち誇る

△ 成功を誇る／以成功自豪。

ほころびる [綻びる] [二]6

[自下一] 脫線；使微微地張開，綻放。

[類] 破れる

△ 桜が綻びる／櫻花綻放。

ほし [星] [三]2

[名] 星星。

[類] 星斗

△ 山の上では、星がたくさん見えるだろうと思います／我想在山上應該可以看到很多的星星吧！

ほしい [四]2

[形] 想要，希望得到手。

[類] 欲する

△ 本棚もテーブルもほしいです／我想要書架，也想要餐桌。

ぼしゅう [募集] [二]3 6

[名·他サ] 募集，征募。

[類] 募る

△ 工場において、工員を募集しています／工廠在招募員工。

ほしょう [保証] [二]3 6

[名·他サ] 保証，擔保。

[類] 請け合う

△ 保証期間が切れないうちに、修理しましょう／在保固期間還沒到期前，快拿去修理吧。

は

ポスター [poster]　　　　□6

名 海報。

類 看板

△ 周囲の人の目もかまわず、スターのポスターをはがしてきた／我不管周遭的人的眼光，將明星的海報撕了下來。

ほそい [細い]　　　　四2

形 細，細小；狹窄；微少。

反 太い　類 細やか

△ 細いペンがほしいです／我想要支細的筆。

ほそう [舗装]　　　　□6

名・他サ （用柏油等）鋪路。

△ 舗装のしていない道／沒有鋪柏油的道路。

ほぞん [保存]　　　　□36

名・他サ 保存。

類 保つ

△ ファイルを保存してからでないと、パソコンのスイッチを切ってはだめです／要是沒將檔案先儲存好，就不能關電腦的電源。

ボタン [（葡）botão]　　　　四2

名 扣子，鈕釦；按鈕。

類 止め具

△ ボタンを強く押しました／用力地按下了按鈕。

ほっきょく [北極]　　　　□6

名 北極。

△ 北極を探検してみたいです／我想要去北極探險。

ぼっちゃん [坊ちゃん]　　　　□36

名 （對別人男孩的稱呼）公子，令郎；少爺，不通事故的人，少爺作風的人。

類 息子

△ 坊ちゃんは、頭がいいですね／公子真是頭腦聰明啊。

ホテル [hotel]　　　　四2

名 （西式）飯店，旅館。

類 宿屋

△ 日本のホテルで、どこが一番有名ですか／日本的飯店，哪一家最有名？

ほど　　　　三2

副助 …的程度。

△ あなたほど上手な文章ではありませんが、なんとか書き終わったところです／我的文章沒有你寫得好，但總算是完成了。

ほどう [歩道]　　　　□36

名 人行道。

△ 歩道を歩く／走人行道。

ほどく [解く]　　　　□36

他五 解開（繩結等）；拆解（縫的東西）。

反 結ぶ　類 解（と）く

△ この紐を解いてもらえますか／我可以請你幫我解開這個繩子嗎？

ほとけ [仏] （二）6

（名）佛，佛像；（佛一般）溫厚，仁慈的人；死者，亡魂。

（類）釈迦(しゃか)

△ 地獄で仏に会ったような気分だ／心情有如在地獄裡遇見了佛祖一般。

ほとんど [殆ど] （三）2

（副）幾乎。

（類）大部分

△ みんな、ほとんど食べ終わりました／大家幾乎用餐完畢了。

ほのお [炎] （二）36

（名）火焰，火苗。

（類）火

△ ろうそくの炎を見つめていた／我注視著蠟燭的火焰。

ほほ [頬] （二）36

（名）臉頰。

（類）顔

△ 彼女は、ほほを真っ赤にした／她的兩頰泛紅了起來。

ほぼ [略・粗] （二）36

（副）大約，大致，大概。

△ 私と彼女は、ほぼ同じ頃に生まれました／我和她幾乎是在同時出生的。

ほほえむ [微笑む] （二）6

（自五）微笑，含笑；（花）微開，乍開。

（類）笑う

△ 彼女は、何もなかったかのように微笑んでいた／她微笑著，就好像什麼事都沒發生過一樣。

ほめる （三）2

（他下一）誇獎，稱讚，表揚。

（反）叱る　（類）称(たた)える

△ 両親がほめてくれた／父母誇獎了我。

ほり [堀] （二）6

（名）溝渠，壕溝；護城河。

（類）運河

△ 城は、堀に囲まれています／圍牆圍繞著城堡。

ほる [掘る] （二）36

（他五）掘，挖，刨；挖出，掘出。

（類）掘り出す

△ 土を掘ったら、昔の遺跡が出てきた／挖土的時候，出現了古代的遺跡。

ほる [彫る] （二）6

（他五）雕刻；紋身。

（類）刻む

△ 寺院の壁に、いろいろな模様が彫ってあります／寺院裡，刻著各式各樣的圖騰。

ぼろ [襤褸] （二）6

（名）破布，破爛衣服；破爛的狀態；破綻，缺點。

（類）ぼろ布

△ そんなぼろは汚いから捨てなさい／那種破布太髒快拿去丟了。

ほ

□ ほん [本] [四2]

[名·接尾] 書，書籍；計算細而長的物品）…枝，…棵，…瓶，…條。

[類] 書(しょ)

△ 本を見ないで、答えなさい／請不要看書回答。

□ ぼん [盆] [二6]

[名·漢造] 拖盤，盆子；中元節略語。

△ お盆には実家に帰ろうと思う／我打算在盂蘭盆節回娘家一趟。

□ ほんだな [本棚] [四2]

[名] 書架，書櫥，書櫃。

[類] 棚

△ その本は、どの本棚にありますか／那本書在哪個書架上？

□ ぼんち [盆地] [二6]

[名] （地）盆地。

△ 平野に比べて、盆地は夏暑いです／跟平原比起來，盆地更加酷熱。

□ ほんと [二6]

[名] 真實，真心；實在，的確；真正；本來，正常。

△ それがほんとの話だとは、信じがたいです／我很難相信那件事是真的。

□ ほんとうに [本当に] [四2]

[副] 真的，確實；實在，的確。

[類] 実に

△ 彼女は本当に面白いですね／她真是個有趣的人。

□ ほんにん [本人] [二6]

[名] 本人。

[類] 当人

△ 本人であることを確認してからでないと、書類を発行できません／如尚未確認他是本人，就沒辦法發行這份文件。

□ ほんの [二36]

[連體] 不過，僅僅，一點點。

[類] 少し

△ ほんの少ししかない／只有一點點。

□ ほんぶ [本部] [二6]

[名] 本部，總部。

△ 本部を通して、各支部に連絡してもらいます／我透過本部，請他們幫我連絡各個分部。

□ ほんもの [本物] [二36]

[名] 真貨，真的東西。

[反] 偽物　[類] 実物

△ これが本物の宝石だとしても、私は買いません／就算這是貨真價實的寶石，我也不會買的。

□ ほんやく [翻訳] [三2]

[名·他サ] 翻譯，筆譯。

[類] 訳す

△ 英語の小説を翻訳しようと思います／我想翻譯英文小說。

□ ほんやく [翻訳] [二36]

[名·他サ] 翻譯，筆譯；譯本。

㉕ 訳す

△ この表現は、日本語に翻訳しにく
いです／這個說法，實在很難翻譯成日
文。

ぼんやり 　　　　　　　（二）36

（名·副·自サ） 模糊，不清楚；迷糊，傻楞
楞；心不在焉；笨蛋，呆子。

㉕ はっきり　㉕ うつらうつら

△ ぼんやりしていたにせよ、ミスが多
すぎますよ／就算你當時是在發呆，也
錯得太離譜了吧！

ほんらい [本来] 　　　　　　（二）6

（名） 本來，天生，原本；按道理，本應。

㉕ 元々

△ 私の本来の仕事は営業です／我原本
的工作是業務。

まマ

ま [間] 　　　　　　　　　　（二）36

（名·接尾） 間隔，空隙；間歇；機會，時
機；（音樂）節拍間歇；房間；（數
量）間。

㉕ 距離

△ いつの間にか暗くなってしまった／
不知不覺天黑了。

まあ 　　　　　　　　　　　　（二）36

（副·感） （安撫、勸阻）暫且先，一會；
躊躇貌；還算，勉強；制止貌；（女性
表示驚訝）哎唷，哎呀。

㉕ 多分

△ 話はあとにして、まあ１杯どうぞ／
話等一下再說，先喝一杯吧！。

マーケット [market] 　　　　（二）6

（名） 商場，市場；（商品）銷售地區。

㉕ 市場

△ アジア全域にわたって、この商品の
マーケットが広がっている／這商品的
市場散佈於亞洲這一帶。

まあまあ 　　　　　　　　　　（二）6

（副·感） （催促、撫慰）得了，好了好
了，哎哎；（表示程度中等）還算，還
過得去；（女性表示驚訝）哎唷，哎
呀。

△ その映画はまあまあだ／那部電影還
算過得去。

まい [枚] 　　　　　　　　　（四）2

（接尾） （計算平而薄的東西）張，片，
幅，扇。

△ ５枚でいくらですか／五張要多少
錢？

まい [毎] 　　　　　　　　　（二）6

（漢造） 每。

まいあさ [毎朝] 　　　　　　（四）2

（名） 每天早上。

△ 私たちは、毎朝体操をしています／
我們每天早上都會做體操。

マイク [mike] 二6

名 麥克風。

△ 彼は、カラオケでマイクを握ると夢中で歌い出す／一旦他握起麥克風，就會忘我地開唱。

まいげつ・まいつき [毎月] 四2

名 每個月。

類 月々

△ 毎月、部長さんがたのパーティーがあります／每個月部長都會舉辦宴會。

まいご [迷子] 二36

名 迷路的孩子，走失的孩子。

類 逸（はぐ）れ子

△ 迷子にならないようにね／不要迷路了唷！

まいしゅう [毎週] 四2

名 每個星期，每週，每個禮拜。

△ 毎週、どんなスポーツをしますか／每個星期都做什麼樣運動？

まいすう [枚数] 二6

名 （紙、衣、版等薄物）張數，件數。

△ お札の枚数を数えた／我點算了鈔票的張數。

まいど [毎度] 二6

名 曾經，常常，屢次；每次。

類 毎回

△ 毎度ありがとうございます／謝謝您的再度光臨。

まいとし・まいねん [毎年] 四2

名 每年。

類 年々

△ 毎年、子どもたちが遊びに来ます／每年孩子們都會來玩。

マイナス [minus] 二36

名・他サ （數）減，減法；減號，負數；負極；（溫度）零下。

反 プラス 類 損

△ この問題は、わが社にとってマイナスになるにきまっている／這個問題，對我們公司而言肯定是個負面影響。

まいにち [毎日] 四2

名 每天，每日，天天。

類 日々

△ 毎日、洗濯や掃除などをします／每天清洗和打掃。

まいばん [毎晩] 四2

名 每天晚上。

類 連夜

△ 毎晩、うちに帰って、晩ご飯を食べます／每天晚上回家吃晚飯。

まいる [参る] 三2

自五 來，去（「行く、来る」的謙讓語）。

△ ご都合がよろしかったら、2時にまいります／如果您時間方便，我兩點過去。

まいる [参る] [二][3][6]

[自五·他四] （敬）去，來；参拜（神佛）；認輸；受不了，吃不消；（俗）死；（常用「に参っている」的形式）迷戀，神魂顛倒；（文）（從前婦女寫信，在收件人的名字右下方寫的敬語）鈞啓；（古）獻上；吃，喝；做。

[類] 行く

△ はい、ただいま参(まい)ります／好的，我馬上到。

まう [舞う] [二][6]

[自五] 飛舞；舞蹈。

[類] 踊る

△ 花(はな)びらが風(かぜ)に舞(ま)っていた／花瓣在風中飛舞著。

まえ [前] [四][2]

[名] （時間、空間的）前，之前。

[反] あと

△ それは、何年前(なんねんまえ)の話(はなし)ですか／那是幾年前的事？

まかせる [任せる] [二][3][6]

[他下一] 委託，託付；聽任，隨意；盡力，盡量。

[類] 委託

△ この件(けん)については、あなたに任(まか)せます／關於這一件事，就交給你了。

まかなう [賄う] [二][6]

[他五] 供給飯食；供給，供應；維持。

[類] 処理

△ 夕食(ゆうしょく)を賄(まかな)う／提供晚餐。

まがる [曲がる] [四][2]

[自五] 彎曲；拐彎。

[類] 折れる

△ あの道(みち)を曲(ま)がれば、郵便局(ゆうびんきょく)があります／那條路轉彎後，就有一間郵局。

まく [巻く] [二][3][6]

[自五·他五] 形成漩渦；喘不上氣來；捲；纏繞；上發條；捲起；包圍；（登山）迂迴繞過險處；（連歌，俳諧）連吟。

[類] 丸める

△ 紙(かみ)を筒状(つつじょう)に巻(ま)く／把紙捲成筒狀。

まく [蒔く] [二][6]

[他五] 播種；（在漆器上）畫泥金畫。

△ 寒(さむ)くならないうちに、種(たね)をまいた／趁氣候未轉冷之前播了種。

まく [幕] [二][6]

[名·漢造] 幕，布幕；（戲劇）幕；場合，場面；營幕。

[類] カーテン

△ イベントは、成功(せいこう)のうちに幕(まく)を閉(と)じた／活動在成功的氣氛下閉幕。

まくら [枕] [二][3][6]

[名] 枕頭；（理髮店、牙醫座椅上的）頭靠；枕頭形狀的支撐物；（睡覺時）頭部；依據，根據；開場白，引子。

[類] ピロー

□ まけ [負け] [二6]

[名] 輸，失敗；減價；（商店送給客戶的）贈品。

[反] 勝ち [類] 敗（はい）

△ 今回(こんかい)は、私(わたし)の負(ま)けです／這次是我輸了。

□ まげる [曲げる] [二36]

[他下一] 彎，曲；歪，傾斜；扭曲，歪曲；改變，放棄；（當舖裡的）典當；偷，竊。

[類] 折る

△ 腰(こし)を曲(ま)げる／彎腰。

□ まける [負ける] [三2]

[自下一] 輸；屈服。

[反] 勝つ [類] 敗れる

△ がんばれよ。ぜったい負(ま)けるなよ／加油喔！千萬別輸了！

□ まご [孫] [二36]

[名·造語] 孫子；隔代，間接。

[類] 孫ども

□ まごまご [二6]

[名·自サ] 不知如何是好，惶張失措，手忙腳亂；閒蕩，遊蕩，懶散。

[類] 間誤つく

△ 渋谷(しぶや)に行(い)くたびに、道(みち)がわからなくてまごまごしてしまう／每次去澀谷，都會迷路而不知如何是好。

□ まさか [二36]

[副] （後接否定語氣）絕不，總不會，難道；萬一，一旦。

[類] 幾ら何でも

△ まさか彼(かれ)が来(く)るとは思(おも)わなかった／萬萬也沒料到他會來。

□ まさつ [摩擦] [二6]

[名·自他サ] 摩擦；不和睦，意見紛歧，不合。

△ 気(き)をつけないと、相手国(あいてこく)との間(あいだ)で経済摩擦(けいざいまさつ)になりかねない／如果不多注意，難講不會和對方國家，產生經濟摩擦。

□ まさに [二6]

[副] 真的，的確，確實。

[類] 確かに

△ 料理(りょうり)にかけては、彼女(かのじょ)はまさにプロです／就做菜這一點，她的確夠專業。

□ まざる [混ざる] [二36]

[自五] 混雜，夾雜。

[類] 混(ま)じる

△ いろいろな絵(え)の具(ぐ)が混(ま)ざって、不思議(ふしぎ)な色(いろ)になった／裡面夾帶著多種水彩，呈現出很奇特的色彩。

□ まし [二6]

[名·形動] 增，增加；勝過，強。

△ 賃金(ちんぎん)を1割増(わりま)しではどうですか／工資加一成如何？

□ まじめ [真面目] [三2]

[名·形動] 認真。

[反] 不真面目　[類] 真面（まとも）

△ 今後も、まじめに勉強していきます／從今以後，會認真唸書。

まじる [雑じる]　二 6

[自五] 夾雜，混雜；加入，交往，交際。

[類] 混ざる

△ ご飯の中に石が雑じっていた／米飯裡面摻雜著小的石子。

まず [先ず]　三 2

[副] 首先，總之。

[類] 取り敢えず

△ まずここにお名前をお書きください／首先請在這裡填寫姓名。

ます [増す]　二 3 6

[自五·他五] （數量）增加，增長，增多；（程度）增進，增高；勝過，變的更甚。

[反] 減る　[類] 増える

△ あの歌手の人気は、勢いを増している／那位歌手的支持度節節上升。

まずい　四 2

[形] 不好吃，難吃。

[反] おいしい　[類] 不味

△ この料理はまずいです／這道菜不好吃。

マスク [mask]　二 6

[名] 面罩，假面；防護面具；口罩；防毒面具；面相，面貌。

[類] 顔形

△ 風邪の予防といえば、やっぱりマスクですよ／一說到預防感冒，還是想到口罩啊。

まずしい [貧しい]　二 3 6

[形] （生活）貧窮的，窮困的；（經驗、才能的）貧乏，淺薄。

[反] 富んだ　[類] 貧乏

△ 貧しい人々を助けようじゃないか／我們一起來救助貧困人家吧！

ますます [益々]　二 3 6

[副] 越發，益發，更加。

△ 若者向けの商品が、ますます増えている／迎合年輕人的商品是越來越多。

まぜる [混ぜる]　二 6

[他下一] 混入；加上，加進；攪，攪拌。

[類] 混ぜ合わせる

△ ビールとジュースを混ぜるとおいしいです／將啤酒和果汁加在一起很好喝。

また　四 2

[副] 還，又，再；也，亦；而。

[類] 及び

△ また、そちらに遊びに行きます／還會再度造訪您的。

まだ　四 2

[副] 還，尚；仍然；才，不過；並且。

[反] もう　[類] 未だ

△ まだ、なにも飲んでいません／還沒有喝任何東西。

ま

またぐ [跨ぐ] [二][6]

[他五] 跨立，叉開腿站立；跨過，跨越。

[類] 越える

△ 本の上をまたいではいけないと母に言われた／媽媽叫我不要跨過書本。

または [又は] [三][2]

[接] 或者。

[類] 或は

△ ペンか、または鉛筆をくれませんか／可以給我筆或鉛筆嗎？

まち [町] [四][2]

[名] 城鎮；街道；町。

[類] 都市

△ 町で、友達と会います／在街上跟朋友見面。

まちあいしつ [待合室] [二][6]

[名] 候車室，候診室，等候室。

[類] 控室

△ 患者の要望にこたえて、待合室に花を飾りました／為了響應患者的要求，在候診室裡擺設了花。

まちあわせる [待ち合わせる] [二][3][6]

[自他下一] （事先約定的時間、地點）等候，會面，碰頭。

[類] 集まる

△ 渋谷のハチ公のところで待ち合わせている／我約在澀谷的八公犬銅像前碰面。

まちがい [間違い] [二][6]

[名] 錯誤，過錯；不確實；差錯，意外；吵架，毆打；（男女的）不正當關係。

[類] 誤り

まちがう [間違う] [二][3][6]

[他五·自五] 做錯，搞錯；錯誤。

[類] 誤る

△ 緊張のあまり、字を間違ってしまいました／太過緊張，而寫錯了字。

まちがえる [間違える] [三][2]

[他下一] 錯；弄錯。

△ 先生は、間違えたところを直してくださいました／老師幫我訂正了錯誤的地方。

まちかど [街角] [二][3][6]

[名] 街角，街口，拐角。

[類] 街

△ たとえ街角で会ったとしても、彼だとはわからないだろう／就算在街口遇見了他，我也認不出來吧。

まつ [松] [二][3][6]

[名] 松樹，松木；新年裝飾正門的松枝，裝飾松枝的期間。

△ 裏山に松の木がたくさんある／後山那有許多松樹。

まつ [待つ] [四][2]

[他五] 等候，等待；期待，指望。

[類] 待ち合わせる

△ あなたは、まだあの人を待っている

の／你還在等那個人嗎？

まっか [真っ赤] [二][3][6]

[名·形] 鮮紅；完全。

[類] 赤い

△ 西(にし)の空(そら)が真(ま)っ赤(か)だ／西邊的天空一片通紅。

まっくら [真っ暗] [二][3][6]

[名·形動] 漆黑；（前途）黯淡。

[類] 暗い

まっくろ [真っ黒] [二][3][6]

[名·形動] 漆黑，烏黑。

[類] 黒い

まっさお [真っ青] [二][3][6]

[名·形動] 蔚藍，深藍；（臉色）蒼白。

[類] 青い

まっさき [真っ先] [二][6]

[名] 最前面，首先，最先。

[類] 最初

△ 真(ま)っ先(さき)に手(て)を上(あ)げた／我最先舉起了手。

まっしろ [真っ白] [二][6]

[名·形動] 雪白，淨白，皓白。

[類] 白い

まっしろい [真っ白い] [二][6]

[形] 雪白的，淨白的，皓白的。

まっすぐ [四][2]

[副·形動] 筆直，不彎曲；一直，直接。

[類] 一筋に

△ あちらにまっすぐ歩(ある)いてください／請往那裡直走。

まったく [全く] [二][3][6]

[副] 完全，全然；實在，簡直；（後接否定）絕對，完全。

[類] 少しも

△ 全(まった)く知(し)らない人(ひと)だ／素不相識的人。

マッチ [match] [四][2]

[名] 火柴；火材盒。

[類] 火打ち金

△ だれか、マッチを持(も)っていますか／有誰帶火柴嗎？

まつり [祭り] [二][3][6]

[名] 祭祀；祭日，廟會；（紀念、祝賀）儀式，節日；（衆人）狂歡，歡鬧。

[類] 祭礼

まつる [祭る] [二][6]

[他五] 祭祀，祭奠；供奉。

[類] 祀る

△ この神社(じんじゃ)では、どんな神様(かみさま)を祭(まつ)っていますか／這神社祭拜哪種神明？

まど [窓] [四][2]

[名] 窗戶。

[類] ウインドー

△ 窓(まど)が開(あ)いています／窗戶是開著的。

まどぐち [窓口] [二][3][6]

[名] （銀行，郵局，機關等）窗口；（與

外界交涉的）管道，窗口。

[類] 受付

△ 窓口は、いやになるほどに込んでいた／櫃檯那裡的人潮多到令人厭的程度。

まとまる [纏まる] [二36]

[自五] 解決，商訂，完成，談妥；湊齊，湊在一起；集中起來，概括起來，有條理。

[類] 調う

△ 意見がまとまり次第、政府に提出する／等意見一致之後，再提交政府。

まとめる [纏める] [二36]

[他下一] 解決，結束；總結，概括；匯集，收集；整理，收拾。

[類] 整える

△ クラス委員を中心に、意見をまとめてください／請以班級委員為中心，整理一下意見。

まなぶ [学ぶ] [二6]

[他五] 學習；掌握，體會。

[反] 教える [類] 習う

△ 大学の先生を中心にして、漢詩を学ぶ会を作った／以大學的教師為主，成立了一個研讀漢詩的讀書會。

まにあう [間に合う] [三2]

[自五] 來得及；夠用。

[類] 役立つ

△ タクシーに乗らなくちゃ、間に合わないですよ／要是不搭計程車，就來不及了唷！

まね [真似] [二6]

[名・他サ・自サ] 模仿，裝，仿效；（愚蠢糊塗的）舉止，動作。

[類] 模倣

△ 彼の真似など、とてもできません／我實在無法模仿他。

まねく [招く] [二36]

[他五] （搖手、點頭）招呼；招待，宴請；招聘，聘請；招惹，招致。

[類] 迎える

△ 大使館のパーティーに招かれた／我受邀到大使館的派對。

まねる [真似る] [二36]

[他下一] 模效，仿效。

[類] 似せる

△ 彼の声はとても不思議な声で、真似たくても真似ようがない／他的聲音非常奇怪，就算想模仿也模仿不來。

まぶしい [眩しい] [二36]

[形] 耀眼，刺眼的；華麗奪目的，鮮豔的，刺目。

[類] 眩（まばゆ）い

△ 日の光が入ってきて、彼は眩しげに目を細めた／陽光射進，他刺眼般地瞇起了眼睛。

まぶた [瞼] [二6]

[名] 眼瞼，眼皮。

[類] 目

△ 瞼を閉じると、思い出が浮かんできた／闔上眼瞼，回憶則一一浮現。

□ まふゆ [真冬] [二6]

[名] 隆冬，正冬天。

△ 真冬の料理といえば、やはり鍋ですね／說到嚴冬的菜餚，還是火鍋吧。

□ マフラー [muffler] [二6]

[名] 圍巾；（汽車等的）滅音器。

[類] 襟巻き

□ まま [三2]

[名] 如實，照舊；隨意。

[類] 通りに

△ 靴もはかないまま、走りだした／沒穿著鞋，就跑起來了！

□ ママ [mama] [二6]

[名] （兒童對母親的愛稱）媽媽；（酒店的）老闆娘。

△ この話をママに言えるものなら、言ってみろよ／你敢跟媽媽說這件事的話，你就去說看看啊！

□ まめ [豆] [二36]

[名·接頭] （總稱）豆；大豆；小的，小型；（手腳上磨出的）水泡。

△ 私は豆料理が好きです／我喜歡豆類菜餚。

□ まもなく [間も無く] [二36]

[副] 馬上，一會兒，不久。

△ まもなく映画が始まります／電影馬上就要開始了。

□ まもる [守る] [二36]

[他五] 保衛，守護；遵守，保守；保持（忠貞）；（文）凝視。

[類] 従う

△ 秘密を守る／保密。

□ まよう [迷う] [二36]

[自五] 迷，迷失；困惑；迷戀；（佛）執迷；（古）（毛線、線繩等）絮亂，錯亂。

[反] 悟る　[類] 惑う

△ 山の中で道に迷う／我在山上迷了路。

□ マラソン [marathon] [二6]

[名] 馬拉松長跑。

[類] 競走

△ マラソンのコースを全部走りきりました／馬拉松全程都跑完了。

□ まる [丸] [二36]

[名·造語·接頭·接尾] 圓形，球狀；句點；（隱）錢；甲魚，鱉；（關西方言）鰭魚；完全；整個；原封不動；整整；接在人名下；接在刀名，兵器，船隻下。

□ まるい [丸い] [四2]

[形] 圓形，球形。

[類] 球（きゅう・たま）

△ いつごろ、月は丸くなりますか／月亮什麼時候會變圓？

ま

まるで [丸で] [二][3][6]

[副] （後接否定）簡直，全部，完全；好像，宛如，恰如。

[類] さながら

△ 90歳(さい)の人(ひと)からすれば、私(わたし)はまるで孫(まご)のようなものです／從90歲的人的眼裡來看，我宛如就像是孫子一般。

まれ [まれ] [二][6]

[形動] 稀少，稀奇，希罕。

△ まれに、副作用(ふくさよう)が起(お)こることがあります／鮮有引發副作用的案例。

まわす [回す] [二][3][6]

[他五·接尾] 轉，轉動；（依次）傳遞；傳送；調職；各處活動奔走；想辦法；運用；投資；（前接某些動詞連用形）表示遍布四周。

[類] 捻る

△ こまを回(まわ)す／轉動陀螺（打陀螺）。

まわり [周り] [三][2]

[名] 周圍，周邊。

[類] 周囲

△ 周(まわ)りの人(ひと)のことを気(き)にしなくてもかまわない／不必在乎周圍的人也沒有關係！

まわりみち [回り道] [二][3][6]

[名] 繞道，繞遠路。

[類] 遠回り

△ たとえ回(まわ)り道(みち)だったとしても、私(わたし)はこちらの道(みち)から帰(かえ)りたいです／就算是繞遠路，我還是想從這條路回去。

まわる [回る] [三][2]

[自五] 轉動；走動；旋轉。

[類] 巡る

△ 村(むら)の中(なか)を、あちこち回(まわ)るところです／正要到村裡到處走動走動。

まん [万] [四][2]

[名] 萬。

△ 何万人(なんまんにん)の人(ひと)が死(し)にましたか／幾萬人喪命了？

まんいち [万一] [二][3][6]

[名·副] 萬一。

[類] 若し

△ 万一(まんいち)のときのために、貯金(ちょきん)をしている／為了以防萬一，我都有在存錢。

まんいん [満員] [二][3][6]

[名] （規定的名額）額滿；（車、船等）擠滿乘客，滿座；（會場等）塞滿觀衆。

[類] 一杯

△ このバスは満員(まんいん)だから、次(つぎ)のに乗(の)ろう／這班巴士人已經爆滿了，我們搭下一班吧。

まんが [漫画] [三][2]

[名] 漫畫。

[類] 戯画

△ 漫画(まんが)ばかりで、本(ほん)はぜんぜん読(よ)みません／光看漫畫，完全不看書。

マンション [manshion] (二)6

(名) 公寓大廈；（高級）公寓。

(類) 家

まんぞく [満足] (二)6

(名・自他サ・形動) 滿足，令人滿意的，心滿意足；滿足，符合要求；完全，圓滿。

(反) 不満　(類) 満悦

△ 父はそれを聞いて、満足げに微笑みました／父親聽到那件事，便滿足地微笑了一下。

まんてん [満点] (二)6

(名) 滿分；最好，完美無缺，登峰造極。

(類) 完全

△ テストで満点を取りました／我在考試考了滿分。

まんなか [真ん中] (三)2

(名) 正中間。

(反) 隅　(類) 中心

△ 真ん中にあるケーキをいただきたいです／我想要中間的那個蛋糕。

まんねんひつ [万年筆] (四)2

(名) 鋼筆。

△ 万年筆はどこですか／鋼筆在哪裡？

まんまえ [真ん前] (二)6

(名) 公寓大廈；（高級）公寓。

△ 車は家の真ん前に止まった／車子停在家的正前方。

まんまるい [真ん丸い] (二)6

(形) 溜圓，圓溜溜。

△ 真ん丸い月が出た／圓溜的月亮出來了。

みミ

み [身] (二)6

(名) 身體；自身，自己；身份，處境；心，精神；肉；力量，能力。

(類) 体

△ 身の安全を第一に考える／以人身安全為第一考量。

み [実] (二)3 6

(名) （植物的）果實；（植物的）種子；成功，成果；內容，實質。

(類) 果実

△ りんごの木にたくさんの実がなった／蘋果樹上結了許多果實。

み [未] (二)3 6

(漢造) 末，沒；（地支的第八位）末。

△ 未婚の母／未婚媽媽。

みあげる [見上げる] (二)6

(他下一) 仰視，仰望；欽佩，尊敬，景仰。

(類) 仰ぎ見る

△ 彼は、見上げるほどに背が高い／他個子高到需要抬頭看的程度。

みえる [見える] (三)2

(自下一) 看見；看得見；看起來。

[類] 見掛ける

△ ここから東京タワーが見えるはずがない／從這裡不可能看得到東京鐵塔。

みおくり [見送り] [二][3][6]

[名] 送行；靜觀，觀望；（棒球）放著好球不打。

△ 彼の見送り人は50人以上いた／給他送行的人有50人以上。

みおくる [見送る] [二][3][6]

[他五] 目送；送別；（把人）送到（某的地方）；觀望，擱置，暫緩考慮；送葬。

[類] 送別

△ 門の前で客を見送った／在門前送客。

みおろす [見下ろす] [二][6]

[他五] 俯視，往下看；輕視，藐視，看不起；視線從上往下移動。

[反] 見上げる　[類] 俯く

△ 山の上から見下ろすと、村が小さく見える／從山上俯視下方，村子顯得很渺小。

みがく [磨く] [四][2]

[他五] 刷洗，擦亮；研磨，琢磨。

[類] 擦る

△ 顔を洗って、歯を磨きます／洗臉後刷牙。

みかけ [見掛け] [二][3][6]

[名] 外貌，外觀，外表。

[類] 外見

△ 見かけからして、すごく派手な人なのがわかりました／從外表來看，可知他是個打扮很華麗的人。

みかた [見方] [二][3][6]

[名] 看法，看的方法；見解，想法。

[類] 見解

△ 彼と私とでは見方が異なる／他跟我有不同的見解。

みかた [味方] [二][3][6]

[名·自サ] 我方，自己的這一方；夥伴，朋友。

[反] 敵　[類] 我が方

みかづき [三日月] [二][3][6]

[名] 新月，月牙；新月形。

[類] 三日月形

△ 今日はきれいな三日月ですね／今天真是個美麗的上弦月呀。

みぎ [右] [四][2]

[名] 右，右側，右邊，右方。

[反] 左　[類] 右方

△ 道を渡る前に、右と左をよく見てください／過馬路之前，請仔細看左右方。

みごと [見事] [二][3][6]

[形動] 漂亮，好看；卓越，出色，巧妙；整個，完全。

[類] 立派

△ サッカーにかけては、彼らのチーム

は見事なものです／他們的球隊在足球方面很厲害。

みさき [岬] [二][6]

[名] （地）海角，岬。

[類] 岬角

△ 岬の灯台／海角上的燈塔。

みじかい [短い] [四][2]

[形] （時間）短少；（距離、長度等）短，近。

[反] 長い [類] 短（たん）

△ 王さんのスカートは、どれぐらい短いですか／王小姐的裙子大約有多短？

みじめ [惨め] [二][6]

[形動] 悽慘，慘痛。

[類] 痛ましい

△ 惨めな思いをする／感到很悽慘。

ミシン [sewing machine] [二][6]

[名] 縫紉機。

ミス [miss] [二][6]

[名·自サ] 失敗，錯誤，差錯。

[類] 誤り

△ それは、やりがちなミスですね／那是個很容易會犯的錯誤。

ミス [Miss] [二][6]

[名] 小姐，姑娘。

[類] 嬢

みず [水] [四][2]

[名] 水。

[類] ウオーター

△ きれいで冷たい水が飲みたい／我想喝乾淨又冰涼的水。

みずうみ [湖] [三][2]

[名] 湖，湖泊。

[類] 湖水

△ 山の上に、湖があります／山上有湖泊。

みずから [自ら] [二][3][6]

[代·名·副] 我；自己，自身；親身，親自。

[類] 自分

△ 顧客の希望にこたえて、社長自ら商品の説明をしました／回應顧客的希望，社長親自為商品做了說明。

みずぎ [水着] [二][6]

[名] 泳裝。

[類] 海水着

△ 水着姿で写真を撮った／穿泳裝拍了照。

みせ [店] [四][2]

[名] 店，商店，店鋪，攤子。

[類] 商店

△ その店のはあまりおいしくありません／那家店的東西不怎麼好吃。

みせや [店屋] [二][6]

[名] 店鋪，商店。

[類] 店

△ 少し行くとおいしい店屋がある／稍往前走，就有好吃的商店了。

みせる [見せる] [四2]

[他下一] 讓…看，給…看；表示，顯示。

△ みんなにも写真を見せました／我也將相片拿給大家看了。

みぞ [溝] [二36]

[名] 水溝；（拉門門框上的）溝槽，切口；（感情的）隔閡。

[類] 泥溝

△ 二人の間の溝は深い／兩人之間的隔閡甚深。

みそ [味噌] [三2]

[名] 味噌。

△ この料理は、味噌を使わなくてもかまいません／這道菜不用味噌也行。

みたい [二6]

[助動·形動型] （表示和其他事物相像）像一樣；（表示具體的例子）像 這樣；表示推斷或委婉的斷定。

△ 外は雪が降っているみたいだ／外面好像在下雪。

みだし [見出し] [二36]

[名] （報紙等的）標題；目錄，索引；選拔，拔擢；（字典的）詞目，條目。

[類] タイトル

△ この記事の見出しは何にしようか／這篇報導的標題命名為什麼好？

みち [道] [四2]

[名] 路，道路；道義，道德；方法，手段。

[類] 通路

△ 10年前、この道はどんな様子でしたか／十年前，這條道路是什麼樣子？

みちじゅん [道順] [二6]

[名] 順路，路線；步驟，程序。

[類] 順路

△ 道順が合っていると思ったら、実は間違っていました／以為路走對了，才發現原來是錯的。

みちる [満ちる] [二6]

[自上一] 充滿；月盈，月圓；（期限）滿，到期；潮漲。

[反] 欠ける [類] あふれる

△ 潮がだんだん満ちてきた／潮水逐漸漲了起來。

みつ [蜜] [二6]

[名] 蜂蜜。

[類] ハニー

△ パンに蜂蜜を塗った／我在麵包上塗了峰蜜。

みっか [三日] [四2]

[名] （每月）三號；三天。

[類] 3日間

△ 三月三日ごろに遊びに行きます／三月三號左右要去玩。

みつかる [見つかる] [三2]

[自五] 被發現；找到。

△ 財布は見つかったかい／錢包找到了嗎？

みつける [見つける] [三] [2]

[他下一] 發現，找到；目睹。

△ どこでも、仕事を見つけることができませんでした／到哪裡都找不到工作。

みっつ [三つ] [四] [2]

[名] 三；三個；三歲。

[類] 3個

△ 三つで100円です／三個共100日圓。

みっともない [見っとも無い] [二] [6]

[形] 難看的，不像樣的，不體面的，不成體統；醜。

[類] 見苦しい

△ 泥だらけでみっともないから、着替えたらどうですか／滿身泥巴真不像樣，你換個衣服如何啊？

みつめる [見詰める] [二] [6]

[他下一] 凝視，注視，盯著。

[類] 凝視する

△ 少年は少女を、優しげに見つめている／少年溫柔地凝視著少女。

みとめる [認める] [二] [3] [6]

[他下一] 看出，看到；認識，賞識，器重；承認；斷定，認為；許可，同意。

[類] 承認する

△ これだけ証拠があっては、罪を認めざるをえません／有這麼多的證據，不認罪也不行。

みどり [緑] [三] [2]

[名] 綠色。

[類] グリーン

△ 今、町を緑でいっぱいにしているところです／現在鎮上正是綠意盎然的時候。

みな [三] [2]

[名] 大家；所有的。

[類] 全員

△ この街は、みなに愛されてきました／這條街一直深受大家的喜愛。

みなおす [見直す] [二] [6]

[自他五] （見）起色，（病情）轉好；重看，重新看；重新評估，重新認識。

[類] 見返す

△ 今会社の方針を見直している最中です／現在正在重新檢討公司的方針中。

みなさん [皆さん] [四] [2]

[名] 大家，各位。

[類] 皆様

△ 皆さんは、もう来ていますよ／大家已經都到了哦。

みなと [港] [三] [2]

[名] 港口，碼頭。

[類] 港湾

△ 港には、船が沢山あるはずだ／港口應該有很多船。

みなみ [南] [四][2]

[名] 南，南方，南邊。

[反] 北 [類] 南方

△ 南はどちらですか／南邊在哪一邊？

みなれる [見慣れる] [二][6]

[自下一] 看慣，眼熟，熟識。

△ この国には、見慣れない習慣が多い／這個國家有許多不常見的習慣。

みにくい [醜い] [二][6]

[形] 難看的，醜的；醜陋，醜惡。

[反] 美しい [類] 見苦しい

△ 醜いアヒルの子は、やがて美しい白鳥になりました／難看的鴨子，終於變成了美麗的天鵝。

みのる [実る] [二][6]

[自五] （植物）成熟，結果；取得成績，獲得成果，結果實。

[類] 熟れる

△ 農民たちの努力のすえに、すばらしい作物が実りました／經過農民的努力後，最後長出了優良的農作物。

みぶん [身分] [二][3][6]

[名] 身份，社會地位；（諷刺）生活狀況，境遇。

[類] 地位

△ 身分が違うと知りつつも、好きになってしまいました／儘管知道門不當戶不對，還是迷上了她。

みほん [見本] [二][6]

[名] 樣品，貨樣；榜樣，典型。

[類] サンプル

△ 商品の見本を持ってきました／我帶來了商品的樣品。

みまい [見舞い] [二][3][6]

[名] 探望，慰問；蒙受，挨（打），遭受（不幸）。

△ 先生の見舞いのついでに、デパートで買い物をした／去老師那裡探病的同時，順便去百貨公司買了東西。

みまう [見舞う] [二][6]

[他五] 訪問，看望；問候，探望；遭受，蒙受（災害等）。

[類] 慰問

△ 友だちが入院したので、見舞いに行きました／因朋友住院了，所以前往探病。

みまん [未満] [二][6]

[接尾] 未滿，不足。

△ 男女を問わず、10歳未満の子どもは誰でも入れます／不論男女，只要是未滿10歲的小朋友都能進去。

みみ [耳] [四][2]

[名] 耳朵。

[類] 耳朵（じだ）

△ 耳が遠いから、大きい声で言ってください／因為我耳朵不好，麻煩講話大聲一點。

みやげ [土産] [二][3][6]

[名] （贈送他人的）禮品，禮物；（出門帶回的）土產。

[類] 土産物

△ 神社から駅にかけて、お土産の店が並んでいます／神社到車站這一帶，並列著賣土產的店。

□ みやこ [都]　二 6

[名] 京城，首都；大都市，繁華的都市。

[類] 京

△ 当時、京都は都として栄えました／當時，京都是首都很繁榮。

□ みょう [妙]　二 6

[名·自サ·漢造] 奇怪的，異常的，不可思議；格外，分外；妙處，奧妙；巧妙。

[類] 珍妙

△ 彼が来ないとは、妙ですね／他會沒來，真是怪啊。

□ みょう [明]　二 6

[接頭] （相對於「今」而言的）明。

□ みょうごにち [明後日]　二 3 6

[名] 後天。

[類] 明後日（あさって）

△ 明後日は文化の日につき、休業いたします／基於後天是文化日，歇業一天。

□ みょうじ [名字・苗字]　二 3 6

[名] 姓，姓氏；（明治維新前屬於公卿、武士階級的）家名。

[類] 姓

□ みらい [未来]　二 3 6

[名] 將來，未來；（佛）來世。

[反] 過去　[類] 将来

□ ミリ・ミリメートル [millimetre]　二 3 6

[名·造語] 毫，千分之一；毫米，公厘（尺寸）。

[類] ミリメートル

□ みりょく [魅力]　二 3 6

[名] 魅力，吸引力。

△ 老若を問わず、魅力のある人と付き合いたい／不分老幼，我想和有魅力的人交往。

□ みる [見る]　四 2

[他上一] 看，觀看，察看；照料；參觀。

[類] 眺める

△ 私は映画を見ません／我不看電影。

□ ミルク [milk]　二 6

[名] 牛奶；煉乳。

[類] 牛乳

□ みんかん [民間]　二 6

[名] 民間；民營，私營。

□ みんしゅ [民主]　二 6

[名] 民主，民主主義。

□ みんな　四 2

[代] 大家，全部，全體。

類 皆（みんな）
△ 男の子は、みんな電車が好きです／男孩子大都喜歡電車。

みんよう [民謡] 〓6

名 民謡，民歌。

類 皆様
△ 日本の民謡をもとに、新しい曲を作った／依日本的民謡做了新曲子。

むﾑ

む [無] 〓6

名・接頭・漢造 無，沒有；徒勞，白費；無…，不…；欠缺，無。

反 有
△ 無から始めて会社を作った／從零做起事業。

むいか [六日] 四2

名 六號，六日，六天。

類 六日間
△ 作業は、六日以内に終わるでしょう／工作應該會在六天內完成吧！

むかい [向かい] 〓36

名 正對面。

類 正面
△ 向かいの家には、誰が住んでいますか／誰住在對面的房子？

むかう [向かう] 〓36

自五 向著，朝著；面向；往…去，向…去；趨向，轉向。

類 面する
△ 向かって右側が郵便局です／面對它的右手邊就是郵局。

むかえ [迎え] 〓6

名 迎接；去迎接的人；接，請。

類 迎い（むかい）
△ 迎えの車が、なかなか来ません／接送的車遲遲不來。

むかえる [迎える] 〓2

他下一 迎接；迎接；邀請。

反 送る 類 出迎え
△ 村の人がみんなで迎えてくださった／全村的人都來迎接我。

むかし [昔] 〓2

名 以前；十年來。

反 今 類 過去
△ 私は昔、あんな家に住んでいました／我以前住過那樣的房子。

むき [向き] 〓36

名 方向；適合，合乎；認真，慎重其事；傾向，趨向；（該方面的）人，人們。

類 適する
△ この雑誌は若い女性向きです／這本雜誌是以年輕女性為取向。

むく [向く] 〓36

自五・他五 朝，向，面；傾向，趨向；適

合；面向，著。

[類] 面する

△ 右を向く／向右。

むく [剥く] 二36

[他五] 剥，削。

[類] 剥がす

△ りんごを剥いてあげましょう／我替你削蘋果皮吧。

むけ [向け] 二6

[造語] 向，對。

△ 少年向けの漫画／以少年為對象畫的漫畫。

むける [向ける] 二36

[自他下一] 向，朝，對；差遣，派遣；撥用，用在。

[類] 差し向ける

△ 銃を男に向けた／槍指向男人。

むげん [無限] 二6

[名・形動] 無限，無止境。

[反] 有限　[類] 限りない

△ 人には、無限の可能性があるものだ／人有無限的可能性。

むこう [向こう] 四2

[名] 對面，正對面；另一側；那邊。

[類] 正面

△ 木村さんは、まだ向こうにいます／木村先生還在那邊。

むし [虫] 二36

[名] 蟲，昆蟲，寄生蟲；（小孩）體弱多病所引起的病痛；（影響情緒的原因）怒氣，鬱悶；熱衷，入迷；（做為複合名詞使用）好（的人），容易…（的人）。

[類] 昆虫

むし [無視] 二6

[名・他サ] 忽視，無視，不顧。

[類] 見過ごす

△ 彼が私を無視するわけがない／他不可能會不理我的。

むじ [無地] 二6

[名] 素色。

△ 色を問わず、無地の服が好きだ／不分顏色，我喜歡素面的衣服。

む

むしあつい [蒸し暑い] 二36

[形] 悶熱的。

[類] 暑苦しい

△ 昼間は蒸し暑いから、朝のうちに散歩に行った／因白天很悶熱，所以趁早晨去散步。

むしば [虫歯] 二36

[名] 齲齒，蛀牙。

[類] 虫食い歯

△ 歯が痛くて、なんだか虫歯っぽい／牙齒很痛，感覺上有很多蛀牙似的。

むじゅん [矛盾] 二36

[名・自サ] 矛盾。

[類] 行き違い

△ 彼の話が矛盾していることから、嘘をついているのがはっきりした／從他講話有矛盾這點看來，明顯地可看出他在說謊。

むしろ [寧ろ] [二][3][6]

[副] 與其說 倒不如，寧可，莫如，索性。

[類] 却て

△ 彼は、教師として寧ろ厳しいほうだ／他當老師可說是嚴格的那一邊。

むす [蒸す] [二][6]

[他五·自五] 蒸，熱（涼的食品）；（天氣）悶熱。

[類] 蒸かす

△ 肉まんを蒸して食べました／我蒸了肉包來吃。

むすう [無数] [二][6]

[名·形動] 無數。

[類] 限りない

むずかしい [難しい] [四][2]

[形] 難，困難，難辦；麻煩，複雜。

[反] 易しい [類] 難解

△ この問題は、私にも難しいです／這個問題對我來說也很難。

むすこさん [息子さん] [三][2]

[名] （尊稱他人的）令郎。

[反] 娘さん [類] 令息

△ 息子さんのお名前を教えてください／請教令郎的大名。

むすぶ [結ぶ] [二][3][6]

[他五·自五] 連結，繫結；締結關係，結合，結盟；（嘴）閉緊，（手）握緊。

[反] 解く [類] 締結する

△ 契約を結ぶのに先立ち、十分に話し合った／在簽下合約前，我們有好好的溝通過。

むすめさん [娘さん] [三][2]

[名] 您女兒，令嬡。

[反] 息子さん [類] 息女

△ うちの娘は、まだ小学生でございます／我女兒還只是小學生。

むだ [無駄] [二][3][6]

[名·形動] 徒勞，無益；浪費，白費。

[類] 無益

△ 彼を説得しようとしても無駄だよ／你說服他是白費口舌的。

むちゅう [夢中] [二][3][6]

[名·形動] 夢中，在睡夢裡；不顧一切，熱中，沉醉，著迷。

[類] 熱中

△ 競馬に夢中になる／沈迷於賭馬。

むっつ [六つ] [四][2]

[名] 六；六個；六歲。

[類] 六個

△ どうしてお菓子を六つも食べたのですか／為什麼吃了六個點心那麼多？

むね [胸] [二][3][6]

[名] 胸，胸部，胸膛；心，心臟；內心，

心裡。

[類] 胸部

むら [村] [三][2]

[名] 村莊，村落。

[類] 村里

△ この村への行きかたを教えてください／請告訴我怎麼去這個村子。

むらさき [紫] [二][3][6]

[名] 紫，紫色；醬油；紫丁香；（植）藥用的紫草。

[類] 紫色

むりょう [無料] [二][3][6]

[名] 免費；無須報酬。

[反] 有料 [類] ただ

△ 有料か無料かにかかわらず、私は参加します／無論是免費與否，我都要參加。

むれ [群れ] [二][6]

[名] 群，伙，幫；伙伴。

[類] 群がり

△ 象の群れを見つけた／我看見了象群。

めメ

め [芽] [二][3][6]

[名] （植）芽。

[類] 若芽

△ 春になって、木々が芽をつけています／春天來到，樹木們發出了嫩芽。

め [目] [四][三][2]

[名·接尾] 眼睛；眼珠，眼球；眼神；第…。

[類] 瞳

△ そちらの目のきれいな方はだれですか／那邊那位眼睛很漂亮的人是誰？

めい [姪] [二][6]

[名] 姪女，外甥女。

[反] 甥

めい [名] [二][3][6]

[接尾] （計算人數的助數詞）名，人。

めいかく [明確] [二][6]

[名·形動] 明確，準確。

[類] 確か

△ 明確な予定は、まだ発表しがたい／還沒辦法公佈明確的行程。

めいさく [名作] [二][6]

[名] 名作，傑作。

[類] 秀作

△ 名作だと言うから読んでみたら、退屈でたまらなかった／因被稱為名作，所以看了一下，誰知真是無聊透頂了。

めいし [名刺] [二][3][6]

[名] 名片。

[類] 刺

△ 名刺交換会に出席した／我出席了名片交換會。

めいし [名詞] 　二 3 6
名 （語法）名詞。
△ この文の名詞はどれですか／這句子的名詞是哪一個？

めいしょ [名所] 　二 6
名 名勝地，古蹟。
類 名勝
△ 京都の名所といえば、金閣寺と銀閣寺でしょう／一提到京都古蹟，首當其選的就是金閣寺和銀閣寺了吧。

めいじる・めいずる [命じる・命ずる] 　二 6
他上一・他サ 命令，吩咐；任命，委派；命名。
類 命令する
△ 上司は彼にすぐ出発するように命じた／上司命令他立刻出發。

めいしん [迷信] 　二 6
名 迷信。
類 盲信
△ 迷信とわかっていても、信じずにはいられない／雖知是迷信，卻無法不去信它。

めいじん [名人] 　二 6
名 名人，名家，大師，專家。
類 名手
△ 彼は、魚釣りの名人です／他是釣魚

的名人。

めいぶつ [名物] 　二 6
名 名產，特產；（因形動奇特而）有名的人。
類 名產
△ 名物といっても、大しておいしくないですよ／雖說是名產，但也沒多好吃呀。

めいめい [銘々] 　二 3 6
名・副 各自，每個人。
類 おのおの
△ 銘々で食事を注文してください／請各自點餐。

めいれい [命令] 　二 3 6
名・他サ 命令，規定；（電腦）指令。
類 指令
△ 上司の命令には、従わざるをえません／不得不遵從上司的命令。

めいわく [迷惑] 　二 3 6
名・自サ 麻煩，煩擾；為難，困窘；討厭，妨礙，打擾。
類 困惑
△ 人に迷惑をかけるな／不要給人添麻煩。

めうえ [目上] 　二 3 6
名 上司；長輩。
反 目下　類 年上

メーター [meter] 　二 6

名 米，公尺；儀表，測量器。

類 計器

△ このプールの長さは、何メーターありますか／這座泳池的長度有幾公尺？

メートル [（法）metre]　四2

名 公尺，米。

類 メートル

△ そこからあそこまで、10メートルあります／從那邊到那邊，相距十公尺。

めがね [眼鏡]　四2

名 眼鏡。

類 眼鏡（がんきょう）

△ どんな時に眼鏡をかけますか／什麼時候會戴眼鏡？

めぐまれる [恵まれる]　二6

自下一 得天獨厚，被賦予，受益，受到恩惠。

反 見放される　類 時めく

△ 環境に恵まれるか恵まれないかにかかわらず、努力すれば成功できる／無論環境的好壞，只要努力就能成功。

めぐる [巡る]　二6

自五 循環，轉回，旋轉；巡遊；環繞，圍繞。

類 巡回する

△ 東ヨーロッパを巡る旅に出かけました／我到東歐去環遊了。

めざす [目指す]　二6

他五 指向，以…為努力目標，瞄準。

類 狙う

△ もしも試験に落ちたら、弁護士を目指すどころではなくなる／要是落榜了，就不是在那裡妄想當律師的時候了。

めざまし [目覚まし]　二6

名 叫醒，喚醒；小孩睡醒後的點心；醒後為打起精神吃東西；鬧鐘。

類 目覚まし時計

△ 目覚ましなど使わなくても、起きられますよ／就算不用鬧鐘也能起床呀。

めし [飯]　二6

名 米飯；吃飯，用餐；生活，生計。

類 食事

△ みんなもう飯は食ったかい／大家吃飯了嗎？

めしあがる [召し上がる]　三2

他五 吃，喝。

類 食べる

△ お菓子を召し上がりませんか／要不要吃一點點心呢？

めした [目下]　二36

名 部下，下屬，晚輩。

反 目上　類 後輩

△ 部長は、目下の者には威張る／部長會在部屬前擺架子。

めじるし [目印]　二36

名 目標，標記，記號。

類 印

め

△ 自分の荷物に、目印をつけておきました／我在自己的行李上做了記號。

□ めずらしい [珍しい] [三2]

[形] 少見；稀奇。

[類] 希（まれ）

△ 彼がそう言うのは、珍しいですね／他會那樣說倒是很稀奇。

□ めだつ [目立つ] [二6]

[自五] 顯眼，引人注目，明顯。

[類] 際立つ

△ 彼女は華やかなので、とても目立つ／她打扮華麗，所以很引人側目。

□ めちゃくちゃ [二6]

[名·形動] 亂七八糟，胡亂，荒謬絕倫。

[類] めちゃめちゃ

△ 部屋が片付いたかと思ったら、子どもがすぐにめちゃくちゃにしてしまった／我才剛把房間整理好，就發現小孩馬上就把它用得亂七八糟的。

□ めっきり [二6]

[副] 變化明顯，顯著的，突然，劇烈。

[類] 著しい

△ 最近めっきり体力がなくなりました／最近體力明顯地降下。

□ めったに [滅多に] [二6]

[副] （後接否定語）不常，很少。

[類] ほとんど

△ めったにないチャンスだ／難得的機會。

□ めでたい [目出度い] [二36]

[形] 可喜可賀，喜慶的；順利，幸運，圓滿；頭腦簡單，傻氣；表恭喜慶祝。

[類] 喜ばしい

△ 赤ちゃんが生まれたとは、めでたいですね／聽說小寶貝生誕生了，那真是可喜可賀。

□ メニュー [menu] [二6]

[名] 菜單。

[類] 献立

□ めまい [目眩・眩暈] [二6]

[名] 頭暈眼花。

△ めまいがする／頭暈眼花。

□ メモ [memo] [二36]

[名·他サ] 筆記；備忘錄，便條；紀錄。

[類] 備忘録

△ メモをとる／記筆記。

□ めやす [目安] [二6]

[名] （大致的）目標，大致的推測，基準；標示。

[類] 見当

△ 目安として、1000円ぐらいのものを買ってきてください／請你去買約1000日圓的東西回來。

□ めん [面] [二36]

[名·接尾·漢造] 臉，面；面具，假面；防護面具；用以計算平面的東西；會面。

[類] 方面

△ お金の面においては、問題ありませ

ん／在金錢方面沒有問題。

めん [綿] （二）6

（名・漢造）棉，棉線；棉織品；綿長；詳盡；棉，棉花。

（類）木綿

△綿のセーターを探しています／我在找棉質的毛衣。

めんきょ [免許] （二）6

（名・他サ）政府機關）批准，許可；許可證，執照；傳授秘訣。

（類）ライセンス

△時間があるうちに、車の免許を取っておこう／趁有空時，先考個汽車駕照。

めんぜい [免税] （二）6

（名・他サ・自サ）免稅。

（類）免租

△免税店で買い物をしました／我在免稅店裡買了東西。

めんせき [面積] （二）3 6

（名）面積。

（類）広さ

△面積が広いわりに、人口が少ない／面積雖然大，但相對地人口卻很少。

めんせつ [面接] （二）6

（名・自サ）（為考察人品、能力而舉行的）面試，接見，會面。

（類）面会

△面接をしてみたところ、優秀な人材がたくさん集まりました／舉辦了面試，結果聚集了很多優秀的人才。

めんどう [面倒] （二）3 6

（名・形動）麻煩，費事；繁瑣，棘手；照顧，照料。

（類）厄介

△手伝おうとすると、彼は面倒げに手を振って断った／本來要過去幫忙，他卻礙事地揮手說不用了。

めんどうくさい [面倒臭い] （二）6

（形）非常麻煩，極其費事的。

（類）煩わしい

△面倒臭いからといって、掃除もしないのですか／嫌麻煩就不用打掃了嗎？

メンバー [member] （二）3 6

（名）成員，一份子；（體育）隊員。

（類）成員

△チームのメンバーにとって、今度の試合は重要です／這次的比賽，對隊上的隊員而言相當地重要。

もモ

もう （四）2

（副）已經；馬上就要；還，再。

（類）既に

△もうあなたとは、友達ではありません／我跟你不再是朋友了。

もうかる [儲かる] [二][3][6]

[自五] 賺到，得利；賺得到便宜，撿便宜。

△ 儲(もう)かるからといって、そんな危(あぶ)ない仕事(しごと)はしない方(ほう)がいい／雖說會賺大錢，那種危險的工作還是不做的好。

もうける [儲ける] [二][3][6]

[他下一] 賺錢，得利；（轉）撿便宜，賺到。

[反] 損する [類] 得する

△ 彼(かれ)はその取(と)り引(ひ)きで大金(たいきん)をもうけた／他在那次交易上賺了大錢。

もうける [設ける] [二][6]

[他下一] 預備，準備；設立，制定；生，得（子女）。

[類] 備える

△ スポーツ大会(たいかい)に先立(さきだ)ち、簡易(かんい)トイレを設(もう)けた／在運動會之前，事先設置了臨時公廁。

もうしあげる [申し上げる] [三][2]

[他下一] 說（「言う」的謙讓語）。

[類] 言う

△ 先生(せんせい)にお礼(れい)を申(もう)し上(あ)げようと思(おも)います／我想跟老師道謝。

もうしこむ [申し込む] [二][3][6]

[他五] 提議，提出；申請；報名；訂購；預約。

[類] 申し入れる

△ 結婚(けっこん)を申(もう)し込(こ)む／求婚。

もうしわけ [申し訳] [二][3][6]

[名·他サ] 申辯，辯解；道歉；敷衍塞責，有名無實。

[類] 弁解

△ 感激(かんげき)のあまり、大(おお)きな声(こえ)を出(だ)してしまって申(もう)し訳(わけ)ありません／太過於感動而不禁大聲了起來。

もうしわけない [申し訳ない] [二][3][6]

[寒暄] 實在抱歉，非常對不起。

[類] 済まない

もうす [申す] [四][三][2]

[自·他五] 叫做，稱；告訴；請求。

[類] 言う

△ 私(わたし)は、田中(たなか)と申(もう)します／我叫做田中。

もうすぐ [三][2]

[副] 不久，馬上。

△ この本(ほん)は、もうすぐ読(よ)み終(お)わります／這本書馬上就要看完了。

もうふ [毛布] [二][6]

[名] 毛毯，毯子。

[類] ブランケット

もえる [燃える] [二][3][6]

[自下一] 燃燒，起火；（轉）熱情洋溢，滿懷希望；（轉）顏色鮮明。

[類] 燃焼する

△ 紙(かみ)が燃(も)える／紙燃燒了起來。

モーター [motor] [二][6]

名 發動機；電動機；馬達。

類 電動機

△ 機械のモーターが動かなくなってしまいました／機器的馬達停了。

もくざい [木材] 二6

名 木材，木料。

類 材木

△ 海外から、木材を調達する予定です／我計畫要從海外調木材過來。

もくじ [目次] 二36

名 （書籍）目錄，目次；（條目、項目）目次。

類 見出し

△ 目次はどこにありますか／目錄在什麼地方？

もくてき [目的] 二36

名 目的，目標。

類 目当て

△ 情報を集めるのが、彼の目的にきまっているよ／他的目的一定是蒐集情報啊。

もくひょう [目標] 二36

名 目標，指標。

類 目当て

△ 目標ができたからには、計画を立ててがんばるつもりです／既然有了目標，就打算立下計畫好好加油。

もくようび [木曜日] 四2

名 星期四。

類 木曜

△ 木曜日か金曜日か、どちらかに行きます／星期四或星期五，我會其中選一天過去。

もぐる [潜る] 二6

自五 潛入（水中）；鑽進，藏入，躲入；潛伏活動，違法從事活動。

類 潜伏する

△ 海に潜ることにかけては、彼はなかなかすごいですよ／在潛海這方面，他相當厲害唷。

もし 三2

副 如果，假如。

類 万一

△ もしほしければ、さしあげます／如果想要就送您。

もじ [文字] 二36

名 字跡，文字，漢字；文章，學問。

類 字

△ ひらがなは、漢字をもとにして作られた文字だ／平假名是根據漢字而成的文字。

もしかしたら 二6

連語・副 或許，也許，萬一，可能，有可能，說不定。

類 ひょっとしたら

△ もしかしたら、貧血ぎみなのかもしれません／可能有一點貧血的傾向。

も

もしかすると　[二36]

[副] 也許，或，可能。

[類] もしかしたら

△ もしかすると、手術をすることなく病気を治せるかもしれない／或許不用手術就能治好病情也說不定。

もしも　[二36]

[副] （強調）如果，萬一，倘若。

[類] 若し

△ もしも会社をくびになったら、結婚どころではなくなる／要是被公司革職，就不是結婚的時候了。

もしもし　[四2]

[感] （打電話）喂。

△ もしもし、田中商事ですか／喂！請問是田中商事嗎？

もたれる [凭れる・靠れる]　[二6]

[自下一] 依靠，憑靠；消化不良。

[類] 寄りかかる

△ 相手の迷惑もかまわず、電車の中で隣の人にもたれて寝ている／也不管會不會造成對方的困擾。

モダン [modern]　[二6]

[名·形動] 現代的，流行的，時髦的。

[類] 今様

△ 外観はモダンながら、ビルの中は老朽化しています／雖然外觀很時髦，但是大廈裡已經老舊了。

もち [餅]　[二6]

[名] 年糕。

△ 日本では、正月に餅を食べます／在日本，過新年要吃麻糬。

もちあげる [持ち上げる]　[二6]

[他下一] （用手）舉起，抬起；阿諛奉承，吹捧；抬頭。

[類] 上げる

△ こんな重いものが、持ち上げられるわけはない／這麼重的東西，怎麼可能抬得起來。

もちいる [用いる]　[二36]

[自五] 使用；採用，採納；任用，錄用。

[類] 使用する

△ これは、DVDの製造に用いる機械です／這台是製作DVD時會用到的機器。

もちろん　[四2]

[副] 當然，不用說，不待言。

[類] 無論

△ 私はもちろん、楽しい映画が好きです／我當然是喜歡愉快的電影。

もつ [持つ]　[四2]

[他五] 拿，帶，持，攜帶。

[類] 携帯する

△ 百円玉をいくつ持っていますか／你身上有幾個百圓硬幣？

もったいない　[二36]

[形] 可惜的，浪費的；過份的，惶恐的，不敢當。

[類] 惜しい

△ もったいないことに、残った食べ物は全部捨てるのだそうです／真是浪費，聽說要把剩下來的食物全部丟掉的樣子。

もって [以って] （二36）

連語・接續　（をもって形式，格助詞用法）以，用，拿；因為；根據；（時間或數量）到；（加強を的語感）把；而且；因此；對此。

△ 書面をもって通知する／以書面通知。

もっと （四2）

副　更，再，進一步，更稍微。

類　一層

△ もっと安いのはありますか／有沒有更便宜一點的？

もっとも [最も] （二36）

副　最，頂。

類　一番

△ 思案のすえに、最も優秀な学生を選んだ／再三考慮後才選出最優秀的學生。

もっとも [尤も] （二36）

形動・接續　合理，正當，理所當有的；話雖如此，不過。

類　当然

△ 合格して、嬉しさのあまり大騒ぎしたのももっともです／因上榜太過歡喜而大吵大鬧也是正常的呀。

モデル [model] （二6）

名　模型；榜樣，典型，模範；（文學作品中）典型人物，原型；模特兒。

類　手本

△ 彼女は、歌も歌えば、モデルもやる／她既唱歌也當模特兒。

もと [元] （二36）

名・接尾　本源，根源；根本，基礎；原因，起因；顆，根。

類　始め

△ 私は、元スチュワーデスでした／我原本是空中小姐。

もと [基] （二6）

名　起源，本源；基礎，根源；原料；原因；本店；出身；成本。

類　基礎

△ 彼のアイデアを基に、商品を開発した／以他的構想為基礎來開發商品。

もどす [戻す] （二36）

他五・自五　退還，歸還；送回，退回；使倒退；（經）市場價格急遽回升。

類　返す

△ 本を読み終わったら、棚に戻してください／書如果看完了，就請放回書架。

もとづく [基づく] （二6）

自五　根據，按照；由…而來，因為，起因。

類　依る

も

△ 去年の支出に基づいて、今年の予算を決めます／根據去年的支出，來決定今年度的預算。

もとめる [求める] [二][3][6]

[他下一] 想要，渴望，需要；謀求，探求；征求，要求；購買。

[類] 要求する

△ 私たちは株主として、経営者に誠実な答えを求めます／作為股東的我們，要求經營者要給真誠的答覆。

もともと [元々] [二][3][6]

[名·副] 與原來一樣，不增不減；從來，本來，根本。

[類] 本来

△ 彼はもともと、学校の先生だったということだ／據說他原本是學校的老師。

もどる [戻る] [三][2]

[自五] 回到；回到（原來的地點）；折回。

[反] 進む [類] 後返り

△ こう行って、こう行けば、駅に戻れます／這樣走，再這樣走下去，就可以回到車站。

もの [物] [四][2]

[名] （有形、無形的）物品，東西；事物，事情；食物。

[類] 食物

△ おいしいものが、食べたいです／我想吃好吃的東西。

もの [者] [二][3][6]

[名] （特定情況之下的）人，者。

[類] 人

△ 泥棒の姿を見た者はいません／沒有人看到小偷的蹤影

ものおき [物置] [二][6]

[名] 庫房，倉房。

[類] 倉庫

△ はしごは物置に入っています／梯子放在倉庫裡。

ものおと [物音] [二][6]

[名] 響聲，響動，聲音。

△ 何か物音がしませんでしたか／剛剛是不是有東西發出聲音？

ものがたり [物語] [二][6]

[名] 談話，事件；傳說；故事，傳奇；（平安時代後散文式的文學作品）物語。

[類] ストーリー

△ 江戸時代の商人についての物語を書きました／撰寫了一篇有關江戶時期商人的故事。

ものがたる [物語る] [二][6]

[他五] 談，講述；說明，表明。

△ 血だらけの服が、事件のすごさを物語っている／滿是血跡的衣服，述說著案件的嚴重性。

ものごと [物事] [二][3][6]

[名] 事情，事物；一切事情，凡事。

㉘ 事柄
△ 物事をきちんとするのが好きです／我喜歡將事物規劃地井然有序。

ものさし [物差し]　　　　　二36

㉔ 尺；尺度，基準。
△ 物差しで長さを測った／我用尺測量了長度。

ものすごい [物凄い]　　　　二36

㉕ 可怕的，恐怖的，令人恐懼的；猛烈的，驚人的。
㉘ 甚だしい
△ 試験の最中なので、ものすごくがんばっています／因為是考試期間，所以非常的努力。

モノレール [monorail]　　　二6

㉔ 單軌電車，單軌鐵路。
㉘ 単軌鉄道
△ モノレールに乗って、羽田空港まで行きます／我搭單軌電車要到羽田機場。

もみじ [紅葉]　　　　　　　二6

㉔ 紅葉；楓樹。
㉘ 紅葉（こうよう）
△ 紅葉がとてもきれいで、歓声を上げないではいられなかった／因為楓葉實在太漂亮了，所以就不由得地歡呼了起來。

もむ [揉む]　　　　　　　　二6

㉕ 搓，揉；捏，按摩；（很多人）互

相推擠；爭辯；（被動式型態）錘鍊，受磨練。
㉘ 按摩する
△ 肩をもんであげる／我幫你按摩肩膀。

もめん [木綿]　　　　　　　三2

㉔ 棉。
㉘ コットン
△ 友だちに、木綿の靴下をもらいました／朋友送我棉質襪。

もめん [木綿]　　　　　　　二36

㉔ 棉花；棉線；棉織品。
㉘ コットン

もも [腿]　　　　　　　　　二6

㉔ 大腿。
㉘ 太もも

もやす [燃やす]　　　　　　二36

㉕ 燃燒；（把某種情感）燃燒起來，激起。
㉘ 燃す
△ それを燃やすと、悪いガスが出るおそれがある／燒這個的話，有可能會產生有毒氣體。

もよう [模様]　　　　　　　二36

㉔ 花紋，圖案；情形，狀況；徵兆，趨勢。
㉘ 綾（あや）
△ 模様のあるのやら、ないのやら、いろいろな服があります／有花樣的啦、

も

沒花樣的啦，這裡有各式各樣的衣服。

もよおし [催し] [二]6

[名] 舉辦，主辦；集會，文化娛樂活動；預兆，兆頭。

[類] 催し物

△ その催しは、九月九日から始まることになっています／那個活動預定從9月9日開始。

もらう [三]2

[他五] 收到，拿到。

[反] やる　[類] 頂く

△ 私は、もらわなくてもいいです／不用給我也沒關係。

もり [森] [二]36

[名] 樹林，森林。

[類] 森林

もる [盛る] [二]6

[他五] 盛滿，裝滿；堆滿，堆高；配藥，下毒；刻劃，標刻度。

[類] 積み上げる

△ 果物が皿に盛ってあります／盤子上堆滿了水果。

もん [問] [二]6

[接尾] （計算問題數量的助數詞）題。

[類] 質問

もん [門] [四]2

[名] 門，大門。

[類] 出入り口

△ 学生たちが、学校の門の前に集まりました／學生們聚集在學校的校門前。

もんく [文句] [二]36

[名] 詞句，語句；不平或不滿的意見，異議。

[類] 愚痴

△ みんな文句を言いつつも、仕事をやり続けた／大家雖邊抱怨，但還是繼續做工作。

もんだい [問題] [四]2

[名] 問題；（需要研究、處理、討論的）事項。

[類] 問い

△ この問題は、どうしますか／這個問題該怎麼辦？

もんどう [問答] [二]6

[名·自サ] 問答；商量，交談，爭論。

[類] 議論

△ 教授との問答に基づいて、新聞記事を書いた／根據我和教授間的爭論，寫了篇報導。

やャ

や [屋] [四][2]

[接尾] …店，商店或工作人員。

[類] 店

△ 薬屋(くすりや)まで、どのぐらいですか／到藥房大約要多久？

や [屋] [二][3][6]

[接尾] （前接名詞，表示經營某家店或從事某種工作的人）店，舖；（前接表示個性、特質）帶點輕蔑的稱呼；（寫作「舍」）表示堂號，房舍的雅號。

[類] 店

△ 魚屋(さかなや)／魚店，賣魚的。

やおや [八百屋] [四][2]

[名] 蔬果店，菜舖。

[類] 青物屋

△ 八百屋(やおや)で、果物(くだもの)を買(か)いました／到蔬菜店買了水果。

やがて [二][3][6]

[副] 不久，馬上；幾乎，大約；歸根究底，亦即，就是。

[類] まもなく

△ やがて上海(シャンハイ)行(ゆ)きの船(ふね)が出港(しゅっこう)します／不久後前往上海的船就要出港了。

やかましい [喧しい] [二][3][6]

[形] （聲音）吵鬧的，喧擾的；囉唆的，嘮叨的；難以取悅；嚴格的，嚴厲的。

[類] うるさい

△ 隣(となり)のテレビがやかましかったものだから、抗議(こうぎ)に行(い)った／因為隔壁的電視聲太吵了，所以跑去抗議。

やかん [夜間] [二][6]

[名] 夜間，夜晚。

[類] 夜

△ 夜間(やかん)は危険(きけん)なので外出(がいしゅつ)しないでください／晚上很危險不要外出。

やかん [薬缶] [二][3][6]

[名] （銅、鋁製的）壺，水壺。

[類] 湯沸かし

△ やかんで湯(ゆ)を沸(わ)かす／用水壺燒開水。

やく [焼く] [三][2]

[他五] 焚燒；烤。

[類] 焙る

△ 肉(にく)を焼(や)きすぎました／肉烤過頭了。

やく [役] [二][6]

[名·漢造] 職務，官職；責任，任務，（負責的）職位；角色；使用，作用。

[類] 役目

△ この役(やく)を、引(ひ)き受(う)けないわけにはいかない／不可能不接下這個職位。

やく [約] [二][3][6]

[名·副·漢造] 約定，商定；縮寫，略語；大約，大概；簡約，節約。

[類] 大体

△ 資料(しりょう)によれば、この町(まち)の人口(じんこう)は約(やく)100万人(まんにん)だそうだ／根據資料所顯示，

這城鎮的人口約有100萬人。

□ やく [訳] [二36]

[名·他サ·漢造] 譯，翻譯；漢字的訓讀。

[類] 翻訳

△ その本は、日本語訳で読みました／那本書我是看日文翻譯版的。

□ やくしゃ [役者] [二6]

[名] 演員；善於做戲的人，手段高明的人，人才。

[類] 俳優

△ 役者としての経験が長いだけに、演技がとてもうまい／到底是長久當演員的緣故，演技實在是精湛。

□ やくしょ [役所] [二36]

[名] 官署，政府機關。

[類] 官公庁

△ 手続きはここでできますから、役所までいくことはないよ／這裡就可以辦手續，沒必要跑到區公所哪裡。

□ やくす [訳す] [二36]

[他五] 翻譯；解釋。

[類] 翻訳する

△ 英語を訳すことにかけては、誰にも負けません／就翻譯英文這一點上，我絕不輸任何人。

□ やくそく [約束] [三2]

[名·他サ] 約定，規定。

[類] 約する

△ ああ約束したから、行かなければならない／已經那樣約定好了，所以非去不可。

□ やくにたつ [役に立つ] [三2]

[慣] 有幫助，有用。

[類] 役に立つ

△ その辞書は役に立つかい／那辭典有用嗎？

□ やくだつ [役立つ] [二36]

[自五] 有用，有益。

[類] 役に立つ

△ パソコンの知識が就職に非常に役立った／電腦知識對就業很有幫助。

□ やくにん [役人] [二6]

[名] 官員，公務員。

[類] 公務員

△ 役人にはなりたくない／我不想當公務員。

□ やくひん [薬品] [二6]

[名] 藥品；化學試劑。

[類] 薬物

△ この薬品は、植物をもとにして製造された／這個藥品，是以植物為底製造而成的。

□ やくめ [役目] [二36]

[名] 責任，任務，使命，職務。

[類] 役割

△ 責任感の強い彼のことだから、役目をしっかり果たすだろう／因為是責任感很強的他，所以一定能完成使命的！

□ やくわり [役割] [二][6]

[名] 分配任務（的人）；（分配的）任務，角色，作用。

[類] 受け持ち

△ それぞれの役割に基づいて、仕事をする／按照各自的職務工作。

□ やけど [火傷] [二][3][6]

[名·自サ] 燙傷，燒傷；（轉）遭殃，吃虧。

△ 熱湯で手にやけどをした／熱水燙傷了手。

□ やける [焼ける] [三][2]

[自下一] 烤熟；（被）烤熟。

△ ケーキが焼けたら、お呼びいたします／蛋糕烤好後我會叫您的。

□ やこう [夜行] [二][6]

[名·接頭] 夜行；夜間列車；夜間活動。

[類] 夜行列車

△ 彼らは、今夜の夜行で旅行に行くということです／聽說他們要搭今晚的夜車去旅行。

□ やさい [野菜] [四][2]

[名] 蔬菜，青菜。

[類] 蔬菜

△ 野菜では、何が好きですか／你喜歡什麼蔬菜？

□ やさしい [四][2]

[形] 簡單，容易，易懂。

[反] 難しい　[類] 容易い

△ どの問題が易しいですか／哪個問題比較簡單？

□ やさしい [優しい] [三][2]

[形] 溫柔，體貼。

[類] 親切

△ 彼女があんな優しい人だとは知りませんでした／我不知道她是那麼貼心的人。

□ やじるし [矢印] [二][3][6]

[名] （標示去向、方向的）箭頭，箭形符號。

△ 矢印により、方向を表した／透過箭頭來表示方向。

□ やすい [安い] [四][2]

[形] 便宜，（價錢）低廉。

[反] 高い　[類] 安価

△ こちらの店は、安いですよ／這家店很便宜唷。

□ やすい [三][2]

[接尾] 容易…。

△ 風邪をひきやすいので、気をつけなくてはいけない／容易感冒，所以得小心一點。

□ やすみ [休み] [四][2]

[名] 休息，假日；休假，停止營業。

[類] 休息

△ 学生さんがたの休みは長いですね／學生們的假期還真長。

やすむ [休む] [四][2]

[自五] 休息，歇息；停歇，暫停；睡，就寢。

[類] 休息する

△ 風邪を引いて、会社を休みました／感冒而向公司請假。

やせる [痩せる] [三][2]

[自下一] 瘦；貧瘠。

[反] 太る　[類] 細る

△ 先生は、少し痩せられたようですね／老師您好像瘦了。

やたらに [二][6]

[形動·副] 胡亂的，隨便的，任意的，馬虎的；過份，非常，大膽。

[類] むやみに

△ 重要書類をやたらに他人に見せるべきではない／不應當將重要的文件，隨隨便便地給其他人看。

やちん [家賃] [二][3][6]

[名] 房租。

[類] 店賃

やっかい [厄介] [二][6]

[名·形動] 麻煩，難為，難應付的；照料，照顧，幫助；寄食，寄宿（的人）。

[類] 面倒臭い

△ やっかいな問題が片付いたかと思うと、また難しい問題が出てきた／才正解決了麻煩事，就馬上又出現了難題。

やっきょく [薬局] [二][6]

[名] （醫院的）藥局；藥鋪，藥店。

△ 薬局で薬を買うついでに、洗剤も買った／到藥局買藥的同時，順便買了洗潔精。

やっつ [八つ] [四][2]

[名] （數）八，八個，八歲。

[類] 八個

△ 箱は八つしかありません／只有八個箱子。

やっつける [遣っ付ける] [二][6]

[他下一] （俗）幹完（工作等，「やる」的強調表現）；教訓一頓；幹掉；打敗，擊敗。

[類] 打ち負かす

△ 手ひどくやっつけられる／被修理得很慘。

やっと [三][2]

[副] 終於，好不容易。

[類] ようやく

△ やっと来てくださいましたね／您終於來了。

やっと [二][3][6]

[副] 終於，好不容易才；勉勉強強。

[類] ようやく

△ やっと問題が解けた／問題終於解開了。

やど [宿] [二][6]

[名] 家，住處，房屋；旅館，旅店；下榻處，過夜。

[類] 旅館

△ 宿の予約をしていないばかりか、電車の切符も買っていないそうです／不僅沒有預約住宿的地方，聽說就連電車的車票也沒買的樣子。

やとう [雇う] [二][6]

[他五] 雇用。

[類] 雇用する

△ 大きなプロジェクトに先立ち、アルバイトをたくさん雇いました／進行盛大的企劃前，事先雇用了很多打工的人。

やぬし [家主] [二][3][6]

[名] 戶主；房東，房主。

[類] 大家

△ うちの家主はとてもいい人です／我們家的房東人很親切。

やね [屋根] [二][3][6]

[名] 屋頂。

[類] ルーフ

やはり・やっぱり [三][2]

[副] 果然；還是，仍然。

[類] 果たして

△ やっぱり、がんばってみます／我還是再努力看看。

やぶく [破く] [二][6]

[他五] 撕破，弄破。

[類] 破る

△ ズボンを破いてしまった／弄破褲子了。

やぶる [破る] [二][3][6]

[他五] 弄破；破壞；違反；打敗；打破（記錄）。

[類] 突破する

△ 警官はドアを破って入った／警察破門而入。

やぶれる [破れる] [二][3][6]

[自下一] 破損，損傷；破壞，破裂，被打破；失敗。

[類] 破ける

△ 上着がくぎに引っ掛かって破れた／上衣被釘子鉤破了。

やま [山] [四][2]

[名] 山；一大堆，成堆如山。

△ 山へは、いつ行きますか／什麼時候去山上？

やむ [止む] [三][2]

[自五] 停止，中止，罷休。

[類] 終わる

△ 雨が止んだら、でかけましょう／如果雨停了，就出門吧！

やむ [病む] [二][6]

[自他五] 得病，患病；煩惱，憂慮。

[類] 患う

△ 胃を病んでいた／得胃病。

やむをえない [やむを得ない] [二][6]

[形] 不得已的，沒辦法的。

[類] しかたがない

△ 仕事が期日どおりに終わらなくて

や

も、やむを得ないノ就算工作不能如期完成也是沒辦法的事。

やめる [辞める] [三][2]

[他下一] 停止；取消；離職。

[類] 辞任する

△ こう考えると、会社を辞めたほうがいい／這樣一想，還是離職比較好。

やめる [止める] [二][3][6]

[他下一] 停止，做罷，廢止，放棄；戒，忌 。

[類] 終える

△ 危ない仕事など、もう止めてください／請馬上停止做那些危險的事。

やや [稍稍] [二][3][6]

[副] 稍微，略；片刻，一會兒。

[類] 少し

△ スカートがやや短すぎると思います／我覺得這件裙子有點太短。

やる [四][三][2]

[他五] 做，幹；派遣，送去；給，給予。

[類] する

△ この仕事は、明日中にやります／這個工作會在（明天）之內做好。

やわらかい [柔らかい] [三][2]

[形] 柔軟；和藹；靈活。

[反] かたい [類] 柔らか

△ 柔らかい布団のほうがいい／柔軟的棉被比較好。

ゆュ

ゆ [湯] [三][2]

[名] 開水，熱水。

[反] 水

△ 湯をわかすために、火をつけた／為了燒開水，點了火。

ゆいいつ [唯一] [二][6]

[名] 唯一，獨一。

△ 彼女は、わが社で唯一の女性です／她是我們公司唯一的女性。

ゆうえんち [遊園地] [二][6]

[名] 遊樂場。

△ 子どもと一緒に、遊園地なんか行くものか／我哪可能跟小朋友一起去遊樂園呀！

ゆうがた [夕方] [四][2]

[名] 傍晚。

[反] 朝方 [類] 暮れ

△ なぜ夕方出かけましたか／為什麼傍晚出門去了呢？

ゆうかん [夕刊] [二][6]

[名] 晚報。

[反] 朝刊

ゆうき [勇気] [二][3][6]

[形動] 勇敢。

[類] 度胸

△ 彼には、彼女に声をかける勇気は

あるまい／他大概沒有跟她講話的勇氣吧。

ゆうこう [友好]　　二6

名 友好。

類 親善

ゆうこう [有効]　　二36

形動 有效的。

反 無効

ゆうしゅう [優秀]　　二36

名・形動 優秀。

類 立派

ゆうしょう [優勝]　　二36

名・自サ 優勝，取得冠軍。

類 勝利

△ しっかり練習しないかぎり、優勝はできません／要是沒紮實地做練習，就沒辦法得冠軍。

ゆうじょう [友情]　　二36

名 友情。

反 敵意　類 友誼

△ 友情を裏切るわけにはいかない／友情是不能背叛的。

ゆうじん [友人]　　二6

名 友人，朋友。

類 友達

△ 多くの友人に助けてもらいました／我受到許多朋友的幫助。

ゆうそう [郵送]　　二36

名・他サ 郵寄。

△ プレゼントを郵送したところ、住所が違っていて戻ってきてしまった／將禮物用郵寄寄出，結果地址錯了就被退了回來。

ゆうだち [夕立]　　二6

名 雷陣雨。

類 にわか雨

△ 雨が降ってきたといっても、夕立だからすぐやみます／雖說下雨了，但因是驟雨很快就會停。

ゆうのう [有能]　　二6

名・形動 有才能的，能幹的。

反 無能

△ わが社においては、有能な社員はどんどん出世します／在本公司，有能力的職員都會一一地順利升遷。

ゆうはん [夕飯]　　三2

名 晚飯。

△ 叔母は、いつも夕飯を食べさせてくれる／叔母總是做晚飯給我吃。

ゆうひ [夕日]　　二6

名 夕陽。

類 夕陽

△ 夕日が沈むのを見に行った／我去看了夕陽西下的景色。

ゆうびん [郵便]　　二36

名 郵政；郵件。

[類] 郵便物

ゆうびんきょく [郵便局] [四] [2]

[名] 郵局。

△ 郵便局（ゆうびんきょく）で、手紙（てがみ）を出（だ）しました／到郵局寄了信。

ゆうべ [夕べ] [四] [2]

[名] 昨天晚上，昨夜。

[類] 昨晚

△ 夕（ゆう）べは、どこかへ行（い）きましたか／昨天晚上到哪裡去了嗎？

ゆうめい [有名] [四] [2]

[形動] 有名，聞名，著名，名見經傳。

[反] 無名　[類] 知名

△ あちらにいる人（ひと）は、とても有名（ゆうめい）です／那邊的那位，非常的有名。

ユーモア [humor] [二] [3] [6]

[名] 幽默。

[類] 諧謔（かいぎゃく）

△ 彼（かれ）はとてもユーモアのある人（ひと）だ／他是個充滿幽默的人。

ゆうゆう [悠々] [二] [6]

[副·形動] 悠然，不慌不忙；綽綽有餘，充分；（時間）悠久，久遠；（空間）浩瀚無垠。

[類] ゆったり

△ 彼（かれ）は毎日悠々（まいにちゆうゆう）と暮（く）らしている／他每天都悠哉悠哉地過生活。

ゆうり [有利] [二] [6]

[形動] 有利。

[反] 不利

ゆうりょう [有料] [二] [3] [6]

[名] 收費。

[反] 無料

△ ここの駐車場（ちゅうしゃじょう）は、どうも有料（ゆうりょう）っぽいね／這裡的停車場，好像是要收費的耶。

ゆか [床] [二] [3] [6]

[名] 地板。

[反] 天井

ゆかい [愉快] [二] [3] [6]

[名·形動] 愉快，暢快；令人愉快，討人喜歡；令人意想不到。

[類] 楽しい

△ お酒（さけ）なしでは、みんなと愉快（ゆかい）に楽（たの）しめない／如沒有酒，就沒辦法和大家一起愉快的享受。

ゆかた [浴衣] [二] [6]

[名] 夏季穿的單衣，浴衣。

△ 君（きみ）は、浴衣（ゆかた）を着（き）ていると女（おんな）っぽいね／妳一穿上浴衣，就真有女人味啊！

ゆき [雪] [四] [2]

[名] 雪。

△ 雪（ゆき）で、電車（でんしゃ）が止（と）まりました／電車因為下雪而停駛了。

ゆくえ [行方] [二] [6]

[名] 去向，目的地；下落，行蹤；前途，

將來。

類 行く先

△ 犯人のみならず、犯人の家族の行方もわからない／不單只是犯人，就連犯人的家人也去向不明。

ゆげ [湯気] 　　　　二6

名 蒸氣，熱氣；（蒸汽凝結的）水珠，水滴。

類 水蒸気

△ やかんから湯気が出ている／不久後蒸汽冒出來了。

ゆけつ [輸血] 　　　　二6

名・自サ （醫）輸血。

△ 輸血をしてもらった／幫我輸血。

ゆしゅつ [輸出] 　　　　二2

名・他サ 出口。

反 輸入

△ 自動車の輸出をしたことがありますか／曾經出口汽車嗎？

ゆずる [譲る] 　　　　二36

他五 讓給，轉讓；謙讓，讓步；出讓，賣給；改日，延期。

類 譲渡する

△ 彼は老人じゃないから、席を譲ることはない／他又不是老人，沒必要讓位給他。

ゆそう [輸送] 　　　　二36

名・他サ 輸送，傳送。

類 輸送

△ 自動車の輸送にかけては、うちは一流です／在搬運汽車這方面，本公司可是一流的。

ゆだん [油断] 　　　　二36

名・自サ 缺乏警惕，疏忽大意。

類 不覚

△ 仕事がうまくいっているときは、誰でも油断しがちです／當工作進行順利時，任誰都容易大意。

ゆっくり 　　　　二36

副・自サ 慢慢地，不著急的，從容地；安適的，舒適的；充分的，充裕的。

類 徐々に

△ ゆっくり考えたすえに、結論を出しました／仔細思考後，有了結論。

ゆっくりと 　　　　四2

副 慢慢，不著急；舒適，安靜。

類 緩やか

△ ドアがゆっくりと閉まる／門慢慢地關了起來。

ゆでる [茹でる] 　　　　二36

他下一 （用開水）煮，燙。

△ よく茹でて、熱いうちに食べてください／請將這煮熟後，再趁熱吃。

ゆのみ [湯飲み] 　　　　二6

名 茶杯，茶碗。

類 湯呑み茶碗

△ お茶を飲みたいので、湯飲みを取ってください／我想喝茶，請幫我拿茶杯。

ゆ

ゆび [指] 三2

[名] 手指。

△ 指が痛いために、ピアノが弾けない／因為手指疼痛，而無法彈琴。

ゆびわ [指輪] 三2

[名] 戒指。

[類] リング

△ 記念の指輪がほしいかい／想要戒指做紀念嗎？

ゆめ [夢] 三2

[名] 夢；夢想。

[反] うつつ　[類] ドリーム

△ 彼は、まだ甘い夢を見つづけている／他還在做天真浪漫的美夢！

ゆるい [緩い] 二6

[形] 鬆，不緊；徐緩，不陡；不急；不嚴格；稀薄。

[反] きつい　[類] 緩々

△ ねじが緩くなる／螺絲鬆了。

ゆるす [許す] 二36

[他五] 允許，批准；寬恕；免除；容許；承認；委託；信賴；疏忽，放鬆；釋放。

[反] 禁じる　[類] 許可する

△ 外出が許される／准許外出。

ゆれる [揺れる] 三2

[自下一] 搖晃，搖動；躊躇。

[類] 揺らぐ

△ 大きい船は、小さい船ほど揺れない／大船不像小船那麼會搖晃。

よ ヨ

よ [夜] 二6

[名] 夜，晚上，夜間。

[反] 昼　[類] 晩

△ 夜が明けたら出かけます／天一亮就啟程。

よあけ [夜明け] 二6

[名] 拂曉，黎明。

[類] 明け方

△ 夜明けに、鶏が鳴いた／天亮雞鳴。

よい [良い] 二36

[形] 好，出色；漂亮；（地位、價位）高，貴；應當，正當；恰好；（表示同意）可以；充分；有益。

[反] 悪い　[類] 宜しい

よいしょ 二6

[感] （搬重物、用力時或傳東西時的吆喝聲）嗨喲。

[類] よいさ

よう [様] 二36

[造語·漢造] （後接動詞連用形）樣子，方式；表示同類型狀的東西；（書法等）風格，樣式；形狀；花樣。

[類] 有様

よう [用] [三2]

[名] 事情，工作。

[類] 用事

△ 用がなければ、来なくてもかまわない／如果沒事，不來也沒關係。

よう [酔う] [二36]

[自五] 醉，酒醉；暈（車、船）；（吃魚等）中毒；陶醉。

[類] 酔っ払う

△ 彼は酔っても乱れない。／他喝醉了也不會亂來。

ようい [容易] [二6]

[形動] 容易，簡單。

[類] 簡単

△ 私にとって、彼を説得するのは容易なことではない／對我而言，要說服他不是件容易的事。

ようい [用意] [三2]

[名·他サ] 準備。

[類] 支度

△ 食事をご用意いたしましょうか／我來為您準備餐點吧？

ようか [八日] [四2]

[名] （月的）八號；八日；八天。

[類] 8日間

△ 八日ぐらい、学校を休みました／向學校請了約八天的假。

ようがん [溶岩] [二6]

[名] （地）溶岩。

△ 火山が噴火して、溶岩が流れてきた／火山爆發，有熔岩流出。

ようき [容器] [二6]

[名] 容器。

[類] 入れ物

△ 容器におかずを入れて持ってきた／我將配菜裝入容器內帶了過來。

ようき [陽気] [二6]

[名·形動] 季節，氣候；陽氣（萬物發育之氣）；爽朗，快活；熱鬧，活躍。

[反] 陰気　[類] 気候

△ 天気予報の予測に反して、春のような陽気でした／和天氣預報背道而馳，是個像春天的天氣。

ようきゅう [要求] [二6]

[名·他サ] 要求，需求。

[類] 請求

△ 社員の要求を受け入れざるをえない／不得不接受員工的要求。

ようご [用語] [二6]

[名] 用語，措辭；術語，專業用語。

[類] 術語

△ これは、法律用語っぽいですね／這個感覺像是法律用語啊。

ようし [要旨] [二6]

[名] 大意，要旨，要點。

[類] 要点

△ 論文の要旨を書いて提出してください／請寫出論文的主旨並交出來。

ようじ [用事]　　　三2

名 事情，工作。

類 用件

△ 用事があるなら、行かなくてもかまわない／如果有事，不去也沒關係。

ようじ [用事]　　　二36

名 （應辦的）事情，工作。

類 用件

△ 用事で出かけたところ、大家さんにばったり会った／因為有事出門，而和房東不期而遇。

ようじ [幼児]　　　二6

名 學齡前兒童，幼兒。

類 赤ん坊

△ 私は幼児教育に従事している／我從事於幼兒教育。

ようじん [用心]　　　二36

名・自サ 注意，留神，警惕，小心。

類 配慮

△ 治安がいいか悪いかにかかわらず、泥棒には用心しなさい／無論治安是好是壞，請注意小偷。

ようす [様子]　　　二36

名 情況，狀態；容貌，樣子；緣故；光景，徵兆。

類 状況

△ あの様子から見れば、ずいぶんお酒を飲んだのに違いない／從他那樣子來看，一定是喝了很多酒。

ようするに [要するに]　　　二36

副・連 總而言之，總之。

類 つまり

△ 要するに、あの人は大人げがないんです／總而言之，那個人就是沒個大人樣。

ようせき [容積]　　　二6

名 容積，容量，體積。

類 容量

△ 三角錐の容積はどのように計算しますか／要怎麼算三角錐的容量？

ようそ [要素]　　　二6

名 要素，因素；（理、化）要素，因子。

類 成分

△ 会社を作るには、いくつかの要素が必要だ／要創立公司，有幾個必要要素。

ようち [幼稚]　　　二6

名・形動 年幼的；不成熟的，幼稚的。

類 未熟

△ 大学生にしては、幼稚な文章ですね／作為一個大學生，真是個幼稚的文章啊。

ようちえん [幼稚園]　　　二36

名 幼稚園。

ようてん [要点]　　　二6

名 要點，要領。

類 要所

△ 要点をまとめておいたせいか、上手に発表できた／可能是有將重點歸納過的關係，我上台報告得很順利。

ようと [用途] 二 6

[名] 用途，用處。

[類] 使い道

△ この製品は、用途が広いばかりでなく、値段も安いです／這個產品，不僅用途廣闊，價錢也很便宜。

ようび [曜日] 二 6

[名] 星期。

ようひんてん [洋品店] 二 6

[名] 舶來品店，精品店，西裝店。

△ 洋品店の仕事が、うまくいきつつあります／西裝店的工作正開始上軌道。

ようふく [洋服] 四 2

[名] 西服，西裝。

[反] 和服 [類] 洋装

△ 本や洋服を買います／買書籍和衣服。

ようぶん [養分] 二 6

[名] 養分。

[類] 滋養分

△ 植 物を育てるのに必要な養分は何ですか／培育植物所需的養分是什麼？

ようもう [羊毛] 二 6

[名] 羊毛。

[類] ウール

△ このじゅうたんは、羊毛でできています／這地毯是由羊毛所製。

ようやく 二 6

[副] 好不容易，勉勉強強，終於；漸漸。

[類] やっと

△ あちこちの店を探したあげく、ようやくほしいものを見つけた／四處找了很多店家，最後終於找到要的東西。

ようりょう [要領] 二 6

[名] 要領，要點；訣竅，竅門。

[類] 要点

△ 彼は要領が悪いのみならず、やる気もない／他做事不僅不得要領，也沒有什麼幹勁。

ヨーロッパ [Europe] 二 6

[名] 歐洲。

[類] 欧州

△ ヨーロッパの映画を見るにつけて、現地に行ってみたくなります／每看歐洲的電影，就會想到當地去走一遭。

よき [予期] 二 6

[名·自サ] 預期，預料，料想。

[類] 予想

△ 予期した以上の成果／達到預期的成果。

よく 四 2

[副] 仔細地，充分地；經常地，常常。

[類] 十分に

△ よく見てくださいね／請您說仔細看

清楚喔。

□ よく [四] 2

[副] 經常地，常常，動不動就。

[類] 度々

△ 本や雑誌などをよく読みますか／經常閱讀書籍或雜誌嗎？

□ よく [翌] [二] 6

[漢造] 次，翌，第二。

[類] あくる

□ よくいらっしゃいました [三] 2

[寒暄] 歡迎光臨。

△ よくいらっしゃいました。靴(くつ)を脱(ぬ)がずに、お入(はい)りください／歡迎光臨。不用脫鞋，請進來。

□ よくいらっしゃいました [二] 6

[寒暄] 真難為您來了。

□ よくばり [欲張り] [二] 6

[名·形動] 貪婪，貪得無厭（的人）。

△ 彼(かれ)はきっと欲張(よくば)りに違(ちが)いありません／他一定是個貪得無厭的人。

□ よくばる [欲張る] [二] 6

[自五] 貪婪，貪心，貪得無厭。

[類] 貪る

△ 彼(かれ)が失敗(しっぱい)したのは、欲張(よくば)ったせいにほかならない／他之所以會失敗，無非是他太過貪心了。

□ よけい [余計] [二] 3 6

[形動·副] 多餘的，無用的，用不著的；過多的；更多，格外，更加，越發。

[類] 余分

△ 私(わたし)こそ、余計(よけい)なことを言(い)って申(もう)し訳(わけ)ありません／我才是，說些多事的話真是抱歉。

□ よこ [横] [四] 2

[名] 橫；側面；旁邊。

[反] 縦　[類] 隣

△ ドアの横(よこ)になにかあります／門的一旁好像有什麼東西。

□ よこぎる [横切る] [二] 3 6

[他五] 橫越，橫跨。

[類] 横断する

△ 道路(どうろ)を横切(よこぎ)る／橫越馬路。

□ よこす [遣す] [二] 3 6

[他五] 寄來，送來；交給，轉給。

△ かれは、怒(いか)りをこめて抗議(こうぎ)の手紙(てがみ)を遣(よこ)した／他寄來了一份充滿怒意的抗議信。

□ よごす [汚す] [二] 3 6

[他五] 弄髒；攪拌。

[類] 汚（けが）す

△ 服(ふく)を汚(よご)した／弄髒了衣服。

□ よごれる [汚れる] [三] 2

[自下一] 髒污；齷齪。

[類] 汚（けが）れる

△ 汚(よご)れたシャツを洗(あら)ってもらいました／我請他幫我把髒的襯衫拿去送洗了。

よさん [予算] [二][3][6]

[名] 預算。

[反] 決算

△ 予算については、社長と相談します／就預算相關一案，我會跟社長商量的。

よしゅう [予習] [三][2]

[名·他サ] 預習。

[反] 復習

△ 授業の前に予習をしたほうがいいです／上課前預習一下比較好。

よす [止す] [二][3][6]

[他五] 停止，做罷；戒掉；辭掉。

[類] やめる

△ そんなことをするのは止しなさい／不要做那種蠢事。

よせる [寄せる] [二][6]

[他下一·自下一] 靠近，移近；聚集，匯集，集中；加；投靠，寄身。

[類] 近づく

△ 討論会に先立ち、みなさまの意見をお寄せください／在討論會開始前，請先集中大家的意見。

よそ [他所] [二][6]

[名] 別處，他處；遠方；別的，他的；不顧，無視，漠不關心。

[類] 他所（たしょ）

△ 彼は、よそでは愛想がいい／他在外頭待人很和藹。

よそく [予測] [二][3][6]

[名·他サ] 預測，預料。

[類] 予想

△ 来年の景気は予測しがたい／很難去預測明年的景氣。

よっか [四日] [四][2]

[名] 四號，四日；四天。

△ なぜ四日も休みましたか／為什麼連請了四天的假？

よつかど [四つ角] [二][3][6]

[名] 十字路口；四個犄角。

[類] 十字路

△ 四つ角のところで友だちに会った／我在十字路口遇到朋友。

よっつ [四つ] [四][2]

[名] （數）四個；四歲。

[類] 四個

△ 四つで100円ですよ／四個共一百日圓喔。

ヨット [yacht] [二][6]

[名] 遊艇，快艇。

△ 夏になったら、海にヨットに乗りに行こう／到了夏天，一起到海邊搭快艇吧。

よっぱらい [酔っ払い] [二][6]

[名] 醉鬼，喝醉酒的人。

[類] 醉漢

△ 酔っ払い運転／酒醉駕駛。

よてい [予定] [三2]

[名·他サ] 預定。

[類] 見込み

△ 木村さんから自転車をいただく予定です／我準備接收木村的腳踏車。

よなか [夜中] [二6]

[名] 半夜，深夜，午夜。

[類] 夜ふけ

△ 夜中に電話が鳴った／深夜裡電話響起。

よのなか [世の中] [二36]

[名] 人世間，社會；時代，時期；男女之情。

[類] 世間

△ 世の中の動きに伴って、考え方を変えなければならない／隨著社會的變化，想法也得要改變才行。

よび [予備] [二6]

[名] 預備，準備。

[類] 用意

△ 彼は、予備の靴を持ってきているとか／聽說他有帶預備的鞋子。

よびかける [呼び掛ける] [二6]

[他下一] 招呼，呼喚；號召，呼籲。

[類] 勧誘

△ ここにゴミを捨てないように、呼びかけようじゃないか／我們來呼籲大眾，不要在這裡亂丟垃圾吧！

よびだす [呼出す] [二6]

[他五] 喚出，叫出；叫來，喚來，邀請；傳訊。

△ こんな夜遅くに呼出して、何の用ですか／那麼晚了還叫我出來，到底是有什麼事？

よぶ [呼ぶ] [四2]

[他五] 呼叫，招呼；喚來，叫來；叫做。

△ だれか呼んでください／請幫我叫人來。

よぶん [余分] [二6]

[名·形動] 剩餘，多餘的；超量的，額外的。

[類] 残り

△ 余分なお金があるわけがない／不可能會有多餘的金錢。

よほう [予報] [二6]

[名·他サ] 預報。

[類] 知らせ

△ 天気予報によると、明日は曇りがちだそうです／根據氣象報告，明天好像是多雲的天氣。

よぼう [予防] [二36]

[名·他サ] 預防。

△ 病気の予防に関しては、保健所に聞いてください／關於生病的預防對策，請你去問保健所。

よみ [読み] [二6]

[名] 唸，讀；訓讀；判斷，盤算。

[類] 訓

よみがえる [蘇る] （二）6

（自五）甦醒，復活；復興，復甦，回復；重新想起。

（類）生き返る

△ しばらくしたら、昔の記憶が蘇るに相違ない／過一陣子後，以前的記憶一定會想起來的。

よむ [読む] （四）2

（他五）閲讀，看；念，朗讀。

（反）書く　（類）閲読

△ 朝は新聞しか読みません／早上都只看報紙。

よめ [嫁] （二）6

（名）兒媳婦，妻，新娘。

（反）婿　（類）花嫁

△ 彼女は嫁に来て以来、一度も実家に帰っていない／自從她嫁過來之後，就沒回過娘家。

よやく [予約] （二）2

（名・他サ）預約。

△ レストランの予約をしなくてはいけない／得預約餐廳。

よゆう [余裕] （二）6

（名）富餘，剩餘；寬裕，充裕。

（類）裕り

△ 忙しくて、余裕なんかぜんぜんない／太過繁忙，根本就沒有喘氣的時間。

より （二）3 6

（副）更，更加。

（類）更に

△ 他の者に比べて、彼はより勤勉だ／他比任何人都勤勉。

よる [因る] （二）3 6

（自五）由於，因為；任憑，取決於；依靠，依賴；按照，根據。

（類）従う

△ 理由によっては、許可することができる／因理由而定，來看是否批准。

よる [寄る] （二）2

（自五）順道去…；接近。

（類）近寄る

△ 彼は、会社の帰りに喫茶店に寄りたがります／他回公司途中總喜歡順道去咖啡店。

よる [夜] （四）2

（名）晚上，夜裡。

（反）昼　（類）晩

△ 今日の夜は、いかがですか／今晚如何？

よろこび [喜び] （二）6

（名）高興，歡喜，喜悅；喜事，喜慶事；道喜，賀喜。

（反）悲しみ　（類）祝い事

△ どんなに小さいことにしろ、私たちには喜びです／即使是再怎麼微不足道的事，對我們而言都是種喜悅。

よろこぶ [喜ぶ] （二）2

（自五）高興，歡喜。

反 悲しむ　類 うれしい
△ 弟と遊んでやったら、とても喜び
ました／我陪弟弟玩，結果他非常高
興。

よろしい　　　　　　　三2
形 好，可以。
類 宜(よ)い
△ よろしければ、お茶をいただきたいの
ですが／如果可以的話，我想喝杯茶。

よろしく　　　　　　　四2
寒暄 指教，關照。
△ これからも、どうぞよろしく／今後
也請多多指教。

よわい [弱い]　　　　　三2
形 虚弱；不高明。
反 強い
△ その子どもは、体が弱そうです／那
個小孩看起來身體很虚弱。

らラ

ら [等]　　　　　　　　二36
接尾 （前接名詞、代名詞或人稱代
詞，表示複數）們；（指同類型的人或
物）等，這些。
類 達

らい [来]　　　　　　　二6
連體 （時間）下個，下一個。

類 きたる

らいげつ [来月]　　　　四2
名 下個月。
反 先月　類 翌月
△ 来月は11月ですね／下個月就是
十一月吧！

らいしゅう [来週]　　　四2
名 下星期。
類 次週
△ テストは来週です／下星期考試。

ライター [lighter]　　　二6
名 打火機。

らいにち [来日]　　　　二6
名・自サ （外國人）來日本，到日本來。
類 訪日
△ トム・ハンクスは来日したことがあ
りましたっけ／湯姆漢克有來過日本來
著？

らいねん [来年]　　　　四2
名 明年。
反 去年　類 明年
△ 来年から再来年まで、アメリカに留
学します／從明年到後年要到美國留
學。

らく [楽]　　　　　　　二36
名・自サ・漢造 快樂，安樂，快活；輕鬆，
簡單；富足，充裕。
類 気楽

△ 生活が、以前に比べて楽になりました／生活比過去快活了許多。

らくだい [落第] (二)3 6

(名・自サ) 不及格，落榜，沒考中；留級。
(反) 及第　(類) 不合格
△ 彼は落第したので、悲しげなようすだった／他因為落榜了，所以很難過的樣子。

ラケット [racket] (二)6

(名) （網球、羽毛球、乒乓球等的）球拍。

ラジオ [radio] (四)2

(名) 收音機。
△ まだラジオを買っていません／還沒買收音機。

ラッシュアワー [rush hour] (二)6

(名) 尖峰時刻，擁擠時段。
(類) ラッシュ

らん [欄] (二)6

(名・漢造) （表格等）欄目；欄杆；（書籍、刊物、版報等的）專欄。
(類) てすり
△ テレビ欄を見たかぎりでは、今日はおもしろい番組はありません／就電視節目表來看，今天沒有有趣的節目。

ランチ [lunch] (二)6

(名) 午餐。

(類) 昼食

ランニング [running] (二)6

(名) 賽跑，跑步。
(類) 競走
△ 雨が降らないかぎり、毎日ランニングをします／只要不下雨，我就會每天跑步。

らんぼう [乱暴] (二)3 6

(名・形動) 粗暴，粗魯；蠻橫，不講理；胡來，胡亂，亂打人。
(類) 粗暴
△ 彼の言い方は乱暴で、びっくりするほどだった／他的講話很粗魯，嚴重到令人吃驚的程度。

り

りリ

リード [lead] (二)6

(名・自他サ) 領導，帶領；（比賽）領先，贏；（新聞報導文章的）內容提要。
△ 5点リードしているからといって、油断しちゃだめだよ／不能因為領先五分，就因此大意唷。

りえき [利益] (二)3 6

(名) 利益，好處；利潤，盈利。
(反) 損失　(類) 利潤
△ たとえ利益が上がらなくても、私は仕事をやめません／就算紅利不增，我也不會辭掉工作。

りか [理科] [二][3][6]

[名] 理科（自然科學的學科總稱）；（大學中主要講授自然科學的）理科，理學院。

[反] 文科

りかい [理解] [二][3][6]

[名·他サ] 理解，領會，明白；體諒，諒解。

[反] 表現 [類] 了解

△ あなたの考えは、理解しがたい／你的想法，我實在難以理解。

りがい [利害] [二][6]

[名] 利害，得失，利弊，損益。

[類] 損得

△ 彼らに利害関係があるとしても、そんなにひどいことはしないと思う／就算和他們有利害關係，我猜他們也不會做出那麼過份的事吧。

りく [陸] [二][3][6]

[名·漢造] 陸地，旱地；陸軍的通稱。

[反] 海 [類] 陸地

△ 長い航海の後、陸が見えてきた／在長期的航海之後，見到了陸地。

りこう [利口] [二][3][6]

[名·形動] 聰明，伶利機靈；巧妙，周到，能言善道。

[反] 馬鹿 [類] 賢い

△ 彼らは、もっと利口に行動するべきだった／他們那時應該要更機伶些行動才是。

りこん [離婚] [二][6]

[名·自サ] （法）離婚。

[類] 離縁

リズム [rhythm] [二][6]

[名] 節奏，旋律，格調，格律。

[類] テンポ

△ ジャズダンスは、リズム感が大切だ／跳爵士舞節奏感很重要。

りそう [理想] [二][3][6]

[名] 理想。

[反] 現実 [類] 理念

△ 理想の社会について、話し合おうではないか／大家一起來談談理想中的社會吧！

りつ [率] [二][6]

[名] 率，比率，成數；有力或報酬等的程度。

[類] 割合

△ 消費税率の変更に伴って、値上げをする店が増えた／隨著稅率的變動，漲價的店家也增加了許多。

リットル [liter] [二][6]

[名] 升，公升。

[類] リッター

△ 女性雑誌によると、毎日1リットルの水を飲むと美容にいいそうだ／據女性雜誌上所說，每天喝一公升的水有助於養顏美容。

りっぱ [立派] 　　　　　　　(四)②

形動 了不起，優秀；漂亮，美觀。

反 貧弱　類 素敵
△ あなたのお父さんは、立派ですばらしいです／你的父親既優秀又了不起。

リボン [ribbon] 　　　　　　(二)36

名 緞帶，絲帶；髪帶。

りゃくする [略する] 　　　　(二)6

他サ 簡略；省略，略去；攻佔，奪取。

類 省略する
△ 国際連合は、略して国連と言います／國際聯合簡稱國聯。

りゆう [理由] 　　　　　　　(二)2

名 理由，原因。

類 訳
△ 彼女は、理由を言いたがらない／她不想說理由。

りゅう [流] 　　　　　　　　(二)36

名 （接在詞後面，表示特有的方式、派系）流，流派。

類 流派

りゅういき [流域] 　　　　　(二)6

名 流域。
△ この川の流域で洪水が起こって以来、地形がすっかり変わってしまった／這條河域自從山洪爆發之後，地形就完全變了個樣。

りゅうがくせい [留学生] 　　(四)②

名 留學生。
△ アメリカからも、留学生が来ています／也有從美國來的留學生。

りゅうこう [流行] 　　　　　(二)36

名・自サ 流行，時髦，時興；蔓延。

類 はやり
△ 去年はグレーが流行したかと思ったら、今年はピンクですか／還在想去年是流行灰色，今年是粉紅色啊？

りよう [利用] 　　　　　　　(二)36

名・他サ 利用。

類 活用
△ 空き缶を利用して、花瓶を作りました／利用空罐子做了花瓶。

りょう [量] 　　　　　　　　(二)36

名・漢造 數量，份量，重量；推量；器量。

反 質　類 数量
△ 期待に反して、収穫量は少なかった／與預期相反，收成量是少之又少。

りょう [寮] 　　　　　　　　(二)36

名・漢造 宿舍（狹指學生、公司宿舍）；茶室；別墅。

類 寄宿
△ 学生寮はにぎやかで、動物園かと思うほどだ／學生宿舍熱鬧到讓人誤以為是動物園的程度。

りょう [両] 　　　　　　　　(二)36

漢造 雙，兩。

[類] 両方

りょう [料] [二][3][6]

[接尾] 費用，代價。

[類] 代金

りょう [領] [二][6]

[名·漢造·接尾] 領土；脖領；首領；占領；收；領悟；（計算盔甲、服裝的單位）件，套。

[類] 領地

りょうがえ [両替] [二][3][6]

[名·他サ] 兌換，換錢，兌幣。

△ 円（えん）をドルに両替（りょうがえ）する／日圓兌換美金。

りょうがわ [両側] [二][3][6]

[名] 兩邊，兩側，兩方面。

△ 川（かわ）の両側（りょうがわ）は崖（がけ）だった／河川的兩側是懸崖。

りょうきん [料金] [二][3][6]

[名] 費用，使用費，手續費。

[類] 料

△ 料金（りょうきん）を払（はら）ってからでないと、会場（かいじょう）に入（はい）ることができない／如尚未付款，就不能進會場。

りょうし [漁師] [二][6]

[名] 漁夫，漁民。

[類] 漁夫

△ 漁師（りょうし）の仕事（しごと）をしています／我從事漁夫的工作。

りょうじ [領事] [二][6]

[名] 領事。

[類] 領事官

△ 領事館（りょうじかん）の協力（きょうりょく）をぬきにしては、この調査（ちょうさ）は行（おこな）えない／如果沒有領事館的協助，就沒有辦法進行這項調查。

りょうしゅう [領収] [二][6]

[名·他サ] 收到。

△ 会社（かいしゃ）向（む）けに、領収書（りょうしゅうしょ）を発行（はっこう）する／發行公司用的收據。

りょうしん [両親] [四][2]

[名] 父母，雙親。

[類] 二親

△ 両親（りょうしん）は、なにも言（い）いません／父母什麼都沒說。

りょうほう [両方] [三][2]

[名] 兩方，兩種。

[類] 双方

△ やっぱり両方（りょうほう）買（か）うことにしました／我還是決定兩種都買。

りょうり [料理] [四][2]

[名] 菜餚，飯菜；做菜，烹調。

[類] 調理

△ 兄（あに）は、料理（りょうり）ができます／哥哥會作菜。

りょかん [旅館] [三][2]

[名] 旅館。

[類] 宿屋

△ 日本風（にほんふう）の旅館（りょかん）に泊（と）まることがありま

すか／你有時會住日式旅館嗎？

りょく [力] [二] 3 6

[名]（也唸「りく」）力量。

[類] 力（ちから）

りょこう [旅行] [四] 2

[名·自サ] 旅行，旅遊，遊歷。

[類] 旅

△ 明日、旅行に行きます／明天要去旅行。

りんじ [臨時] [二] 3 6

[名] 臨時，暫時，特別。

[反] 通常

△ 彼はまじめな人だけに、臨時の仕事でもきちんとやってくれました／到底他是個認真的人，就算是臨時進來的工作，也都做得好好的。

るル

るすばん [留守番] [二] 6

[名] 看家，看家人。

△ 留守番のついでに、部屋の掃除をしてください／請你看家時順便整理一下房間。

れレ

れい [零] [四] 2

[名] 零。

[類] ゼロ

△ そこは、冬は零度になります／那邊冬天氣溫會降到零度。

れい [例] [二] 3 6

[名·漢造] 慣例；先例；例子；往常；那個（表示雙方都知道、或是不便明講的事物）；規則。

[類] 先例

れい [礼] [二] 3 6

[名·漢造] 禮儀，禮節，禮貌；鞠躬；道謝，致謝；敬禮；禮品。

[類] 礼儀

△ いろいろしてあげたのに、礼さえ言わない／我幫他那麼多忙，他卻連句道謝的話也不說。

れいがい [例外] [二] 3 6

[名] 例外。

[類] 特別

△ 例外に関しても、きちんと決めておこう／我們也來好好規範一下例外的處理方式吧。

れいぎ [礼儀] [二] 3 6

[名] 禮儀，禮節，禮法，禮貌。

[類] 礼節

△ 彼は、外見に反して、礼儀正しい青年でした／跟外表不同，其實是他是位端正有禮的青年。

れいせい [冷静] [二] 6

[名·形動] 冷靜，鎮靜，沉著，清醒。

[類] 落ち着き

△ 彼(かれ)は、どんなことにも慌(あわ)てることなく冷静(れいせい)に対処(たいしょ)した／不管任何事，他都不慌不忙地冷靜處理。

□ れいぞうこ [冷蔵庫] [四][2]

[名] 冰箱，冷藏室，冷藏庫。

△ 冷蔵庫(れいぞうこ)はどこにありますか／冰箱在哪裡？

□ れいてん [零点] [二][6]

[名] 零分；毫無價值，不夠格：零度，冰點。

[類] 氷点

△ 零点(れいてん)取(と)って、母(はは)にしかられた／考個鴨蛋，被媽媽罵了一頓。

□ れいとう [冷凍] [二][6]

[名·他サ] 冷凍。

[類] 凍る

△ うちで食(た)べてみたかぎりでは、冷凍(れいとう)食品(しょくひん)は割(わり)においしいです／就在我們家試吃的結果來看，冷凍食品其實挺好吃的。

□ れいぼう [冷房] [二][3][6]

[名·他サ] 冷氣；放冷氣。

[反] 暖房

□ レーンコート [rain coat] [二][6]

[名] 雨衣。

□ れきし [歴史] [三][2]

[名] 歷史。

[類] 史実

△ 日本(にほん)の歴史(れきし)についてお話(はな)しいたします／我要講的是日本歷史。

□ レクリエーション [recreation] [二][6]

[名] （身心）休養；娛樂，消遣。

[類] 楽しみ

△ 遠足(えんそく)では、いろいろなレクリエーションを準備(じゅんび)しています／遠足時準備了許多娛興節目。

□ レコード [record] [四][2]

[名] 黑膠唱片。

[類] 音盤

△ このレコードは、どなたのですか／這張唱片是誰的？

□ レジャー [leisure] [二][6]

[名] 空閒，閒暇，休閒時間；休閒時間的娛樂。

[類] 余暇

△ レジャーに出(で)かける人(ひと)で、海(うみ)も山(やま)もたいへんな人出(ひとで)です／無論海邊或是山上，都湧入了非常多的出遊人潮。

□ レストラン [（法）restaurant] [四][2]

[名] 西餐廳。

[類] 食堂

△ どのレストランで、食事(しょくじ)をしますか／要到哪家餐廳用餐？

□ れつ [列] [二][3][6]

[名·漢造] 列，隊列，隊；排列；行，列，級，排。

[類] 行列

△ 列が長いか短いかにかかわらず、私は並びます／無論排隊是長是短，我都要排。

れっしゃ [列車] [二 3 6]

[名] 列車，火車。

[類] 汽車

△ 列車に乗り遅れたにせよ、ちょっと来るのが遅すぎませんか／即使火車誤點了也好，你來得會不會也太慢了點？

れっとう [列島] [二 6]

[名] （地）列島，群島。

△ 日本列島が、雨雲に覆われています／烏雲滿罩日本群島。

レベル [level] [二 6]

[名] 水平，水準；水平線，水平面；水平儀，水平器。

[類] 水準

△ レベルが高いか低いかにかかわらず、私はそのクラスで勉強します／無論水準是高是低，我都要到那班讀書。

レポート [report] [二 3 6]

[名·他サ] 報告；調查報告，研究報告；新聞報導，通訊；學生的小論文。

[類] 報告

△ レポートが遅れぎみで困っています／研究報告有點延誤到了，真是令人頭痛。

れんが [煉瓦] [二 6]

[名] 磚，紅磚。

△ 煉瓦で壁を作りました／我用紅磚築成了一道牆。

れんごう [連合] [二 6]

[名·他サ·自サ] 聯合，團結；（心）聯想。

[類] 協同

△ いくつかの会社で連合して対策を練った／幾家公司聯合起來一起想了對策。

れんしゅう [練習] [四 2]

[名·他サ] 練習，反覆學習。

[類] 習練

△ ここで歌の練習ができます／這裡可以練習唱歌。

レンズ [（荷）lens] [二 6]

[名] （理）透鏡，凹凸鏡片；照相機的鏡頭。

△ 眼鏡のレンズが割れてしまった／眼鏡的鏡片破掉了。

れんそう [連想] [二 6]

[名·他サ] 聯想。

[類] 想像

△ チューリップを見るにつけ、オランダを連想します／每當看到鬱金香，就會聯想到荷蘭。

れんぞく [連続] [二 3 6]

[名·他サ·自サ] 連續，接連。

[類] 引き続く

△ わが社(しゃ)は、創立(そうりつ)して以来(いらい)、3年連続黒字(ねんれんぞくくろじ)である／打從本公司創社以來，就連續了三年的盈餘。

れんらく [連絡] [二][3][6]

[名·自他サ] 聯絡，聯繫，彼此關連；（交通）連接，聯運；通知，告知（相關人員）。

[類] 知らせ

△ 連絡(れんらく)が取(と)れないかぎり、出発(しゅっぱつ)できません／要是聯絡不上，就無法出發。

ろ ロ

ろうか [廊下] [二][3][6]

[名] 走廊，走道。

ろうじん [老人] [二][3][6]

[名] 老人，老年人。

[類] 年寄り

△ 老人(ろうじん)は楽(たの)しげに、「はっはっは」と笑(わら)った／老人快樂地「哈哈哈」笑了出來。

ろうそく [蝋燭] [二][6]

[名] 蠟燭。

[類] キャンドル

△ 停電(ていでん)したので、ろうそくをつけた／因為停電，所以點了蠟燭。

ろうどう [労働] [二][6]

[名·自サ] 勞動，體力勞動，工作；（經）勞動力。

[類] 労務

△ 労働(ろうどう)したせいか、体(からだ)が痛(いた)い／不知道是不是工作勞動的關係，身體很酸痛。

ローマじ [ローマ字] [二][3][6]

[名] 羅馬字，拉丁字母。

[類] ラテン文字

ろく [六] [四][2]

[名] （數）六；六個。

△ 鳥(とり)が6羽(わ)ぐらいいます／有六隻左右的鳥。

ろくおん [録音] [二][3][6]

[名] 錄音。

[反] 再生　[類] 吹き込み

ロケット [rocket] [二][6]

[名] 火箭發動機；（軍）火箭彈；狼煙。

△ 学(まな)んだ技術(ぎじゅつ)をもとにして、ロケットを開発(かいはつ)しました／應用所學的技術開發了火箭。

ロッカー [locker] [二][6]

[名] （公司、機關用可上鎖的）文件櫃；（公共場所用可上鎖的）置物櫃，置物箱。

△ ロッカーに荷物(にもつ)を入(い)れます／我把行李放入置物櫃裡。

ロビー [lobby] [二][6]

[名] （飯店、電影院等人潮出入頻繁的建築物的）大廳，門廳；接待室，休息室，走廊。

類 客間
△ ホテルのロビーで待^まっていてください／請到飯店的大廳等候。

ろん [論] ⑤⑥

名 論，議論。

類 論議

ろんじる・ろんずる
[論じる・論ずる] ⑤⑥

他上一 論，論述，闡述。

類 論争する

△ 事^{こと}の是非^{ぜひ}を論^{ろん}じる／論述事情的是非。

ろんそう [論争] ⑤⑥

名・自サ 爭論，爭辯，論戰。

類 言い争う

△ 女性^{じょせい}の地位^{ちい}についての論争^{ろんそう}は、激^{はげ}しくなる一方^{いっぽう}です／針對女性地位的爭論，是越來越激烈。

ろんぶん [論文] ⑤③⑥

名 論文；學術論文。

△ 論文^{ろんぶん}を提出^{ていしゅつ}して以来^{いらい}、毎日^{まいにち}寝^ねてばかりいる／自從交出論文以來，每天就是一直睡。

わ ワ

わ [輪] ⑤③⑥

名 圈，環，箍；環節；車輪。

類 円形

△ 輪^わになってお酒^{さけ}を飲^のんだ／大家圍成一圈喝起了酒來。

わ [和] ⑤⑥

名 和，人和；停止戰爭，和好；所得的結果，和。

反 差

わ [羽] ⑤③⑥

接尾 （數鳥或兔子）隻。

ワイシャツ [white shirt] 四②

名 襯衫。

△ 青^{あお}いワイシャツがほしいです／我想要藍色的襯衫。

ワイン [wine] ⑤⑥

名 葡萄酒；水果酒；洋酒。

類 ぶどう酒

わえい [和英] ⑤③⑥

名 日本和英國；日語和英語；日英辭典的簡稱。

類 和英辞典

△ 適切^{てきせつ}な英単語^{えいたんご}がわからないときは、和英辞典^{わえいじてん}を引^ひくものだ／找不到適當的英文單字時，就該查看看日英辭典。

わが [我が] ⑤⑥

連體 我的，自己的，我們的。

類 われわれの

わかい [若い] 四②

形 年輕，年紀小，有朝氣。

わ

反 老いた　類 若々しい
△ どの人が、一番若いですか／哪個人最年輕？

わかす [沸かす]　三2

他五 煮沸；使沸騰。
類 煮沸する
△ ここでお湯が沸かせます／這裡可以將水煮開。

わがまま [我侭]　二6

名・形動 任性，放肆，肆意。
類 自分勝手
△ あなたがわがままなことを言わないかぎり、彼は怒りませんよ／只要你不說些任性的話，他就不會生氣。

わかる　四2

自五 知道，明白；懂，會，瞭解。
類 理解する
△ 意味がわかりますね／懂意思吧！

わかれ [別れ]　二6

名 別，離別，分離；分支，旁系。
類 別離
△ 別れが悲しくて、泣かずにはいられなかった／離別過於悲傷，忍不住地哭了出來。

わかれる [別れる]　三2

自下一 分別，分開。
反 会う　類 別離
△ 若い二人は、両親に別れさせられた／兩位年輕人，被父母給強行拆散了。

わかわかしい [若々しい]　二6

形 年輕有朝氣的，年輕輕的，富有朝氣的。
類 若い
△ 華子さんは、あんなに若々しかったっけ／華子小姐有那麼年輕嗎？

わき [脇]　二6

名 腋下，夾肢窩；（衣服的）旁側；旁邊，附近，身旁；旁處，別的地方；（演員）配角。
類 横
△ 本を脇に抱えて歩いている／將書本夾在腋下行走。

わく [沸く]　三2

自五 煮沸，煮開；興奮。
類 沸騰
△ お湯が沸いたから、ガスをとめてください／熱水一開，就請把瓦斯關掉。

わけ [訳]　三2

名 原因，理由 ；意思。
類 理由
△ 私がそうしたのには、訳があります／我那樣做，是有原因的。

わける [分ける]　二6

他下一 分，分開；區分，劃分；分配，分給；分開，排開，擠開。
類 分割する
△ 5回に分けて支払う／分五次支付。

わざと [態と]　二6

副 故意，有意，存心；特意地，有意識

地。

[類] 故意に

△ 彼女(かのじょ)は、わざと意地悪(いじわる)をしているにきまっている／她一定是故意刁難人的。

わずか [僅か] [二] 6

[副·形動] （數量、程度、價值、時間等）很少，僅僅；一點也（後加否定）。

[類] 微か

△ 貯金(ちょきん)があるといっても、わずか20万円(まんえん)にすぎない／雖說有存款，但也只不過是僅僅的20萬日幣而已。

わすれもの [忘れ物] [三] 2

[名] 遺忘物品，遺失物。

[類] 遺失物

△ あまり忘(わす)れ物(もの)をしないほうがいいね／最好別太常忘東西。

わすれる [忘れる] [四] 2

[他下一] 忘記，忘掉；忘懷，忘卻；遺忘。

[反] 覚える　[類] 遺忘する

△ 私(わたし)は、あなたを忘(わす)れません／我不會忘記你的。

わた [綿] [二] 6

[名] （植）棉；棉花；柳絮；絲棉。

[類] 木綿

△ 布団(ふとん)の中(なか)には、綿(わた)が入(はい)っています／棉被裡裝有棉花。

わだい [話題] [二] 6

[名] 話題，談話的主題、材料；引起爭論的人事物。

[類] 話柄

△ 彼(かれ)らは、結婚(けっこん)して以来(いらい)、いろいろな話題(わだい)を提供(ていきょう)してくれる／自從他們結婚以來，總會分享很多不同的話題。

わたし [私] [四] 2

[代] 我（謙遜的說法「わたくし」）。

[反] あなた　[類] 私（わたくし）

△ 私(わたし)は、冬(ふゆ)がきらいです／我不喜歡冬天。

わたす [渡す] [四] 2

[他五] 交給；給，讓予；渡，跨過河。

[類] 手渡す

△ 渡(わた)すか渡(わた)さないかは、私(わたし)が決(き)める／由我來決定給或不給。

わたる [渡る] [四] 2

[自五] 渡，過；（從海外）渡來，傳入。

△ 船(ふね)に乗(の)って、川(かわ)を渡(わた)ります／搭上船渡河。

わびる [詫びる] [二] 6

[自五] 道歉，賠不是，謝罪。

[類] 謝る

△ みなさんに対(たい)して、詫(わ)びなければならない／我得向大家道歉才行。

わふく [和服] [二] 6

[名] 日本和服，和服。

[類] 洋服

△ 彼女(かのじょ)は、洋服(ようふく)に比(くら)べて、和服(わふく)の方がよく似合(にあ)います／比起穿洋裝，她比較

わ

適合穿和服。

わらい [笑い] [二6]

[名] 笑；笑聲；嘲笑、譏笑，冷笑。

[類] 笑み

△ おかしくて、笑いが止まらないほどだった／實在是太好笑了，好笑到停不下來。

わらう [笑う] [三2]

[自五·他五] 笑；譏笑。

[反] 泣く　[類] 笑む

△ 失敗して、みんなに笑われました／失敗而被大家譏笑。

わりあいに [割合に] [三2]

[名·副] 相比而言；比較地；更…一些。

[類] 割に

△ 東京の冬は、割合寒いだろうと思う／我想東京的冬天，應該比較冷吧！

わりあて [割り当て] [二6]

[名] 分配，分擔。

[類] 割り前

わりこむ [割り込む] [二6]

[自五] 擠進，插隊；闖入，闖進；插嘴。

[類] 口出し

わりざん [割り算] [二6]

[名] （算）除法。

[反] 掛け算

△ 小さな子どもに、割り算は難しいよ／對年幼的小朋友而言，除法很難。

わりと・わりに [割と・割に] [二6]

[副] 比較；分外，格外，出乎意料。

[類] 比較的

△ 病み上がりにしてはわりと元気だ／雖然病才剛好，但精神卻顯得相當好。

わりびき [割引] [二6]

[名·他サ] （價錢）打折扣，減價；（對說話內容）打折；票據兌現。

[反] 割増し　[類] 値引き

△ 割引をするのは、三日きりです／折扣只有三天而已。

わる [割る] [二6]

[他五] 打，砸破，劈開；分給；用除法計算；分開，擠開；稀釋；低於。

[類] 裂く

わるい [悪い] [四2]

[形] 不好，壞的；惡性，有害；不對，錯誤。

[反] よい　[類] 悪質

△ 悪いのはそっちですよ／錯的人是你吧！

わるくち [悪口] [二6]

[名] 壞話，誹謗人的話；罵人。

[類] 悪言

△ 人の悪口を言うべきではありません／不該說別人壞話。

われる [割れる] [三2]

[自下一] 碎，裂；分裂。

[類] 砕ける

△ 鈴木(すずき)さんにいただいたカップが、割(わ)れてしまいました／鈴木送我的杯子，破掉了。

われわれ [我々] 二 6

[代]（人稱代名詞）我們；（謙卑說法的）我；每個人。

[類] われら

△ われわれは、コンピュータに関(かん)してはあまり詳(くわ)しくない／我們對電腦不大了解。

わん [湾] 二 6

[名] 灣，海灣。

△ 東京湾(とうきょうわん)に、船(ふね)がたくさん停泊(ていはく)している／東京灣裡停靠著許多船隻。

わん [椀・碗] 二 2

[名] 碗，木碗；（計算數量的單位）碗。

[類] 茶碗

ワンピース [one-piece] 二 6

[名]（上半身衣服和裙子連身的）連身裙。

[類] 洋服

△ パーティーに、どちらのワンピースを着(き)ていったらいいかしら／穿哪件連身裙去參加宴會好呢？

小白變酷炫大神　QR Code朗讀 隨看隨聽

日本語 基本 6000 單字

生活、報紙、書籍 用這本就夠啦！

［20K＋QR Code線上音檔］

【實用日語 14】

發行人 ● 林德勝

著者 ● 吉松由美・田中陽子・西村惠子・林勝田 ◎合著

出版發行 ● 山田社文化事業有限公司
臺北市大安區安和路一段112巷17號7樓
電話　02-2755-7622
傳真　02-2700-1887

郵政劃撥 ● 19867160號　　大原文化事業有限公司

總經銷 ● 聯合發行股份有限公司
新北市新店區寶橋路235巷6弄6號2樓
電話　02-2917-8022
傳真　02-2915-6275

印刷 ● 上鎰數位科技印刷有限公司

法律顧問 ● 林長振法律事務所　林長振律師

書＋QR碼 ● 定價　新台幣492元

初版 ● 2023年12月

ISBN　978-986-246-797-8
© 2023, Shan Tian She Culture Co., Ltd.